首届向全国推荐优秀古籍整理图书

首屆向全國推薦優秀古籍整理圖書

〔唐〕杜甫 著
〔清〕錢謙益箋注

# 錢注杜詩

上

上海古籍出版社

**圖書在版編目(CIP)數據**

錢注杜詩/(唐)杜甫著;(清)錢謙益箋注.—2版:
上海:上海古籍出版社,2009.4(2025.4重印)
(中國古典文學叢書)
ISBN 978-7-5325-5299-3

Ⅰ.錢…　Ⅱ.①杜…②錢…　Ⅲ.杜詩—注釋　Ⅳ.
I222.742

中國版本圖書館CIP數據核字(2009)第029331號

中國古典文學叢書

**錢注杜詩**

(全二册)

[唐]杜甫　著　　[清]錢謙益　箋注

上海古籍出版社　出版、發行

(上海市閔行區號景路159弄1-5號A座5F　郵政編碼201101)

(1)網址:www.guji.com.cn

(2)E-mail:gujil@guji.com.cn

(3)易文網網址:www.ewen.co

常州市金壇古籍印刷廠有限公司印刷

開本850×1168　1/32　印張25.375　插頁10　字數625,000

2009年4月第2版　2025年4月第12次印刷

印數:12,051-12,650

ISBN 978-7-5325-5299-3

I·2094　平裝定價:85.00元

如有質量問題,請與承印公司聯繫

# 出版說明

杜甫（公元七一二年——七七〇年）是我國文學史上偉大的詩人之一。他繼承和發展了《詩經》、《楚辭》、漢魏樂府和六朝聲律的優良傳統，寫出大量優秀作品，把我國古代詩歌推向一個新的高峯。杜甫生活在唐王朝由强盛轉向衰敗，戰亂頻仍、民不聊生的時代。由于政治上的失意和長期的顛沛流離，使杜甫接近了人民。他的詩歌廣泛而深刻地反映了這個動亂時代的種種社會現象和階級矛盾，反映了廣大人民的苦難和願望，具有鮮明的進步傾向和强烈的現實主義精神。杜甫詩歌創作的巨大成就，對後世起着極其深遠的影響。

本書是清初錢謙益據吳若本加以詮訂箋注的，是杜甫詩集較有影響的注本之一。錢氏着重以史證詩，相當注意歷史背景，通過對歷史事實的鈎稽考核，進一步闡明杜詩的思想內容。而對交遊、地理、職官和典章制度等方面的箋注，也頗有特色，大都資料翔實，論證精當。雖然，錢氏的某些箋釋，因過于求深，不免有穿鑿附會之處，但總的說來，本書對我們今天理解和研究杜詩還是有一定的參考價值。

一九五八年中華書局上海編輯所曾據清康熙靜思堂原刊本斷句排印，現訂正了書中某些錯字和斷句不妥之處，予以再版，供讀者研究參考。

上海古籍出版社

一九七九年六月

# 序

丙午冬。予渡江訪虞山劍門諸勝。得識遵王。遵王。錢牧齋先生老孫子也。入其門庭。見几閣壁架間。縹緗粲然。茶碗酒盞。無非墨香。知其爲人。讀書而外。顧無足好者。一日指杜詩數帙。泣謂予曰。此我牧翁箋注杜詩也。年四五十卽隨筆記錄。極年八十書始成。得疾著牀。我朝夕守之。中少間。輒轉喉作聲曰。杜詩某章某句尚有疑義。口占析之以屬我。我執筆登焉。成書而後。又千百條。臨屬纊。目張。老淚猶濕。我撫而拭之曰。而之志有未終焉者乎。而在而手。而亡我手。我力之不足。而或有人焉。足謀之而何恨。而然後瞑目受含。牧翁閱世者。於今三年。門生故舊。無有過而問其書者。予讀其書。部居州次。都非人間所讀本。而筆陣縱橫。甲乙牽連。目眯志荒。不可辨別。遵王袞袞誦之。若數一二。蓋牧齋先生投老。晨夕棐几。與聞後堂筦絃。老門生則馮子定遠、陸子敕先。而其家族子孫。雖冠帶得得。其與之共讀書者。則惟遵王一人。以是牧齋先生所讀書。遵王實能讀之。凡箋注中未及記錄。特標之曰。具出某書某書。往往非人間所有。又獨遵王有之。遵王棄日留夜。必探其窟穴。擒之而出。以補箋注之所未具。裝合輻輳。眉目井然。譬彼船釘秤星。移換不得。而後牧齋先生之書成。而後杜詩之精神愈出。人但知其能一弓。而不知其成之者三年。人但知其能三賦。而不知其成之者十年。後生輕薄。喜謗先輩。偶得一隅。乃敢奮筆塗抹改竄。參臆逞私。號召於人曰。我注杜詩矣。是猶未能坐而學揖讓。未能立而學步趨。豈飲狂藥中風者之謂。亦不讀書而已矣。嗟乎。牧齋先生仕宦垂五十年。生平精力。購古書百萬卷。作樓登而藏之。名曰絳雲。一旦弗戒於火。皆爲祝融取去。拔劍擊闔。文武之道頓盡。而杜詩箋注巍然獨存於焦頭爛額之餘。杜曲浣花。拂水紅豆。千載而遙。精氣相感。默相呵護。有如是乎。丁未夏。予延遵王渡江。商量雕刻。日長志苦。遵王又矻矻數月。而後託梓人以傳焉。噫。斯幸矣。牧翁著述。自少至老。連屋疊牀。使非遵王篤信而死守之。其漫漶不可料理。縱免絳雲樓之一炬。亦將在白鷄棲牀之辰也。謀於予則獲。遵王眞不負牧翁幽冥之中者哉。

康熙六年仲夏泰興季振宜序

# 草堂詩箋元本序

余爲讀杜箋。應盧德水之請也。孟陽曰。何不遂及其全。於是取僞注之紕繆。舊注之踳駮者。痛加繩削。文句字義。間有詮釋。藏諸篋衍。用備遺忘而已。吳江朱長孺。苦學强記。冥搜有年。請爲余摭遺決滯。補其未逮。余忻然舉元本畀之。長孺力任不疑。再三削藁。余定其名曰朱氏補注。舉陸務觀注詩誠難之語。以爲之序。而并及天西采玉門求七祖二條。以道吾所以不敢輕言注杜之意。今年長孺以定本見眎。亟請鋟梓。仍以椎輪歸功於余。余蹴然不敢當。爲避席者久之。蓋注杜之難。不但如務觀所云也。今人注書。動云吾效李善。善注文選。如頭陀寺碑一篇。三藏十二部。如缾瀉水。今人餖飣拾取。曾足當九牛一毛乎。顏之推言。觀天下書未徧。不得妄下雌黄。何況注詩。何況注杜。少陵間代英靈。目空終古。佔畢儒生。眼如針孔。尋撦字句。割剝章段。鑽研不出故紙。拈放皆成死句。旨趣滯膠。文義違反。呂向謂善注未能析理。增改舊文。唐人貶斥。比於虎狗鳳鷄。寧可用罔。復蹈斯轍。樊晃小集出於亡逸之餘。初無次第。秦中蜀地。約略排纘。有識者聊可見其爲事之早晚。才力之壯老。今師魯旹黃鶴之故智。鉤稽年月。穿穴瑣碎。盡改樊吳之舊而後已。鼷鼠之食牛角也。其嚙愈專。其入愈深。其窮而無所出也滋甚。此亦魯旹輩之善喻也。余既不敢居注杜之名。而又不欲重拂長孺之意。老歸空門。撥棄世間文字。何獨於此書。護前鞭後。顧視而不舍。然長孺心力專勤。經營慘淡。令其久錮不傳。必將有精芒光怪下六丁而干南斗者。則莫如聽其流布。而余爲馮軾寓目之人。不亦可乎。族孫遵王。謀諸同人曰。草堂箋注。元本具在。若玄元皇帝廟、洗兵馬、入朝、諸將諸箋。鑿開鴻蒙。手洗日月。當大書特書。昭揭萬世。而今珠沉玉錮。晦昧於行墨之中。惜也。考舊注以正年譜。倣蘇注以立詩譜。地里姓氏。訂譌斥僞。皆吾夫子獨力創始。而今不復知出於誰手。僨也。句字詮釋。落落星布。取雅去俗。推腐致新。其存者可咀。其闕者可思。若夫類書讕語。掇拾補綴。吹花已萎。嘬飯不甘。雖多亦奚以爲。今取箋注元本。孤行於世。以稱塞學士大夫之望。其有能補者續者。則聽客之所爲。道可兩行。羅取衆目。瑜則相貧。類無相及。庶幾不失讀杜之初指。而亦吾黨小子之所有事也。余曰。有是哉。平原有言。離之則雙美。合之則兩傷。此千古通人之論也。因狗遵王之請。而重爲之序。以申道余始終不敢注杜之意。虞山蒙叟錢謙益謹書。

# 注杜詩略例

呂汲公大防作杜詩年譜。以謂次第其出處之歲月。略見其爲文之時。得以考其辭力。少而銳。壯而肆。老而嚴者如此。汲公之意善矣。亦約略言之耳。後之爲年譜者。紀年繫事。互相排纘。梁權道、黄鶴、魯訔之徒。用以編次後先。年經月緯。若親與子美游從。而籍記其筆扎者。其無可援據。則穿鑿其詩之片言隻字。而曲爲之説。其亦近于愚矣。今據吴若本。識其大略。某卷爲天寶未亂作。某卷爲居秦州、居成都、居夔州作。其紊亂失次者。略爲詮訂。而諸家曲説。一切削去。

子美皆天寶以後之作。而編詩者繫某詩某詩于開元。仍年譜之譌也。子美與高李游梁、宋、齊、魯。在天寶初太白放還之後。而譜繫于開元二十五年。故諸家因之耳。舊史載高適代崔光遠爲成都尹。譜以爲攝也。遂大書于上元二年曰。十月以蜀州刺史高適攝成都。唐制。節度使闕。以行軍司馬攝知軍府事。未聞以刺史也。元微之墓誌載嗣子宗武。譜以宗文爲早世也。遂大書于大曆四年曰。夏復回潭州。宗文夭。按樊晃小集。敍子美殁後。宗文尚漂寓江陵也。若此之類。則愚而近于妄矣。

杜詩昔號千家注。雖不可盡見。亦略具于諸本中。大抵蕪穢舛陋。如出一轍。其彼善于此者三家。趙次公以箋釋文句爲事。邊幅單窘。少所發明。其失也短。蔡夢弼以捃摭子傳爲博。泛濫踳駮。昧於持擇。其失也雜。黃鶴以考訂史鑑爲功。支離割剝。罔識指要。其失也愚。余于三家。截長補短。略存什一而已。

注家錯繆。不可悉數。略舉數端。以資隅反。

一曰僞託古人。世所傳僞蘇注。卽宋人東坡事實。朱文公云。閩中鄭昂僞爲之也。宋人注太白詩。卽引僞杜注以注李。而類書多誤引爲故實。如贈李白詩。何當拾瑤草。注載東方朔與友人書。元人編眞仙通鑑。近時人編尺牘書記。並載入矣。洪容齋謂疑誤後生者此也。又注家所引唐史拾遺。唐無此書。亦出諸人僞撰。

一曰僞造故事。本無是事。反用杜詩見句。增減爲文。而傅以前人之事。如僞蘇注碧山學士之爲張褰。一錢看囊之爲阮孚。昏黑上頭之爲常琮是也。蜀人師古注尤可恨。王翰卜鄰。則造杜華母命華與翰卜鄰之事。焦遂五斗。則造焦遂口吃。醉後雄譚之事。流俗互相引據。疑誤弘多。

一曰傅會前史。注家引用前史。眞僞雜互。如王羲之未嘗守永嘉。而曰庭列五馬。向秀在朝。本不任職。而曰繼杜預鎭荆。此類如盲人瞽說。不知何所自來。而注家尤傳之。

一曰僞撰人名。有本無其名而僞撰以實之者。如衞八處士之爲衞賓。惠荀之爲惠昭、荀珏。向卿之爲向詢是也。有本非其人妄引以當之者。如韋使君之爲韋宙。馬將軍之爲馬璘。顧文學之爲顧況。蕭丞相之爲蕭華。巳公之爲齊己是也。至前年渝州殺刺史一首。注家妄撰渝遂刺史及叛賊之名。而單復讀杜愚得遂繫之于譜。尤爲可笑。

一曰改竄古書。有引用古文而添改者。如慕容寶摴蒱得盧。添袒跣大叫四字。赭白馬賦用品藝驍騰爲句。而蜀都賦觴以縹青。一醉累月。斷裂上下文。以就蜀酒之句也。有引用古詩而竄易者。如庾信蒲城桑葉落。改爲蒲城桑落酒。陸機佳人眇天末。改爲涼風起天末是也。此類文義違反。大誤後學。然而爲之者亦愚且陋矣。

一曰顛倒事實。有以前事爲後事者。如白絲行以爲刺竇眞。蕭京兆以爲哀蕭至忠是也。有以後事爲前事者。如悲青坂而以爲鄴城之役。雍王節制而以爲朱滔、李懷仙之屬是也。

一曰強釋文義。如掖垣竹埤梧十尋。解之曰。垣之竹。埤之梧。長皆十尋。有是句法乎。如九重春色醉仙桃。解之曰。入朝飲酒。其色如春。有此文理乎。此類皆足以疑誤末學。削之不可勝削也。

一曰錯亂地理。如注龍門。則旁引禹貢之龍門。不辨其在洛陽也。注土門杏園。則概舉長安之土門杏園。不辨其在河南也。注馬邑。則概舉雁門之馬邑。不辨其在成州也。諸家惟黃鶴頗知援據。惜其不曉抉擇耳。

宋人解杜詩。一字一句。皆有比託。若僞蘇注之解屋上三重茅。師古之解筍根稚子。尤爲可笑者也。黄魯直解春日憶李白詩曰。庾信止于清新。鮑照止于俊逸。二家不能互兼所長。渭北地寒。故樹有花少實。江東水鄉多蜃氣。故雲色駁雜。文體亦然。欲與白細論此耳。洪駒父詩話。一老書生注杜詩云。儒冠上服。本乎天者親上。以譬君子。紈袴下服。本乎地者親下。以譬小人。魯直之論。何以異于此乎。而老書生獨以見笑。何哉。

宋人之宗黄魯直。元人及近時之宗劉辰翁。皆奉爲律令。莫敢異議。余嘗爲之説曰。自宋以來。學杜詩者。莫不善于黄魯直。評杜詩者。莫不善于劉辰翁。魯直之學杜也。不知杜之眞脈絡。所謂前輩飛騰。餘波綺麗者。而擬議其横空排奡。奇句硬語。以爲得杜衣鉢。此所謂旁門小徑也。辰翁之評杜也。不識杜之大家數。所謂鋪陳終始。排比聲韻者。而點綴其尖新僻冷。單詞隻字。以爲得杜骨髓。此所謂一知半解也。弘正之學杜者。生吞活剝。以撏撦爲家當。此魯直之隔日瘧也。其黠者又反脣于西江矣。近日之評杜者。鈎深抉異。以鬼窟爲活計。此辰翁之牙後慧也。其横者幷集矢于杜陵矣。余之注杜。實深有慨焉。而未能盡發也。其大意則見于此。

杜集之傳于世者。惟吳若本最爲近古。他本不及也。題下及行間細字。諸本所謂公自注者多在焉。而別注亦錯出其間。余稍以意爲區別。其類於自者。用朱字。別注則用白字。從本草之例。若其字句異同。則一以吳本爲主。間用他本參伍焉。

宋人詞話以蜀人將進酒爲少陵作者。蔡夢弼詩注載王維畫子美騎驢醉圖。幷子美斷句詩。至于鄭虔愈瘧之說。文宗斧臂之戲。李觀墳土之辨。韓愈摭遺之詩。皆委巷小人流傳之語。君子所不道也。飯顆山頭一詩。雖出于孟棨本事。而以譏其拘束。非通人之譚也。吾亦無取焉。

# 杜工部集目録

卷之一　古詩五十五首

卷之二　古詩四十二首

卷之三 古詩七十八首

卷之四　古詩三十七首

卷之七 古詩四十九首

卷之八 古詩四十五首

卷之十　近體詩一百二十四首

卷之十一　近體詩一百四首

卷之十二　近體詩一百二十八首

卷之十三　近體詩九十六首

卷之十四　近體詩一百十九首

卷之十五　近體詩一百四十三首

卷之十六　近體詩九十七首

卷之十七　近體詩五十五首

卷之十八　近體詩六十一首

卷之十九　表賦記說讚述十五首

卷之二十　策問文狀表碑誌十七首



杜工部集目錄終

# 杜工部集卷之一

虞山蒙叟錢謙益箋注

## 古詩五十五首（天寶未亂時并陷賊中作）

### 奉贈韋左丞丈二十二韻

紈袴不餓死。儒冠多誤身。丈人試靜聽。賤子請具陳。甫昔少（一作妙）年日。早充觀國賓。讀書破萬卷。下筆如有神。賦料揚雄敵。詩看子建親。李邕求識面。王翰願卜（卜陳作爲）鄰。自謂頗挺出。（一作生）立登要路津。致君堯舜上。再使風俗淳。此意竟蕭條。行歌非隱淪。騎驢三十載。旅食京華春。朝扣富兒門。暮隨肥馬塵。殘杯與冷炙。到處潛悲辛。主上頃見徵。欻然欲求伸。青冥卻垂翅。蹭蹬無縱鱗。甚媿丈人厚。甚知丈人眞。每於百寮上。猥誦佳句新。竊效貢公喜。難甘原憲貧。焉能心怏怏。祇是走踆踆。今欲東入海。卽將西去秦。尙憐終南山。回首淸渭濱。常擬報一飯。況懷辭大臣。白鷗沒（宋作波）浩蕩。萬里誰能馴。

韋濟（天寶七載。爲河南尹。遷尙書左丞。）紈袴（前書敘傳。班伯與王許子弟爲羣。在於綺襦紈袴之間。非其好也。師古曰。紈。素也。綺。今之細綾也。並貴戚子弟之服。任昉奏彈劉整。以前代外戚。仕因紈袴。）觀國賓黃鶴年譜。開元二十三年。遊吳越歸。赴鄉舉。上韋左丞詩云。甫昔少年日。早充觀國賓。是年方二十三歲。明年下第。所謂悞下考功第也。舊書云。天寶初。舉進士不第。悞以開元爲天寶耳。詩賦進雕賦表。臣之述作。雖不足以鼓吹六經。先鳴數子。至于沈鬱頓挫。隨時敏捷。而揚雄、枚皐之流。庶可跂及也。李邕新書。甫少貧。不自振。客齊趙吳越間。李邕奇其才。先往見之。王翰王翰。字子羽。并州晉陽人。見唐書文苑傳。舊注載唐史拾遺杜華母使華與王翰卜鄰事。僞書杜撰。今削去。隱淪桓譚新論。天下神人五。一曰神仙。二曰隱淪。顏延之詩。尋山洽隱淪。見徵天寶六載。詔天下有一藝詣轂下。李林甫命尚書省皆下之。公應詔而退。元結喻友。天寶丁亥中。詔徵天下士。有一藝者。皆得詣京師就選。相國晉公林甫。以草野之士猥多。恐洩漏當時之機。議於朝廷曰。舉人多卑賤愚聵。不識禮度。恐有俚言。汚濁聖聽。於是奏待制者。悉令長官考試。御史中丞監之。試如長吏。已而布衣之士。無有第者。遂表賀人主。以爲野無遺賢。元子時在舉中。將東歸。貢公喜廣絕交論。王陽登則貢公喜。白鷗沒東坡云。近世人輕以意改書。杜子美云。白鷗沒浩蕩。萬里誰能馴。蓋滅沒于烟波間耳。而宋敏求謂余云。鷗不解沒。改作波。改此一字。覺一篇神氣索然也。范元實詩眼云。此詩前賢錄爲壓卷。其布置最得正體。

## 送高三十五書記

崆峒小麥熟。且一作吾願休王師。請公問主將。焉用窮荒爲。饑鷹未飽肉。側翅隨人飛。高生跨鞍馬。有似幽并一作并州兒。脫身簿尉中。始與捶楚辭。借問今何官。觸熱向武威。答云一作言一書記。所媿國士知。人實不易知。更一作尤須慎其儀。一作宜十年出幕府。自可持旌麾。一作旗此行既特達。足以慰所思。一云。亦足慰遠思。男兒功名遂。亦在老大唐佐切。夜歸詩。明星當空大。同。時。常恨結驩淺。各在天一涯。又如參與商。慘慘中腸悲。驚風吹一作飄鴻鵠。不得相追隨。黃塵翳沙漠。念子何當一作時歸。

邊城有餘力。早寄從軍詩。

書記 舊書。適解褐汴州封丘尉。非其好也。乃去位。客遊河右。河西節度哥舒翰見而異之。表爲左驍衛兵曹。充翰府掌書記。從翰入朝。盛稱之于上前。通鑑。天寶十三載五月。哥舒翰奏前封丘尉高適爲掌書記。

崆峒 先是吐蕃每至麥熟時。即率部衆至積石軍穫取之。共呼爲吐蕃麥莊。天寶六載。哥舒翰使王難得、楊景暉等。潛引兵至積石軍。設伏以待之。吐蕃以五千騎至。翰於城中率驍勇邀擊。匹馬不還。太平寰宇記。崆峒山。在岷州溢樂縣西二百步。長城在縣南一里。本秦之臨洮縣。唐屬隴右道。

窮荒 舊書。玄宗方有事石堡城。詔問王忠嗣以攻取之略。忠嗣奏云。石堡險固。吐蕃舉國而守之。臣恐所得不如所失。玄宗因不快。六載。董延光獻策。請下石堡城。詔分兵接應。忠嗣僶勉而從。延光過期不克。訴忠嗣緩師。徵入貶官。八載。哥舒翰大舉兵伐石堡城。拔之。士卒死者數萬。果如忠嗣之言。通鑑。翰又遣兵於赤嶺西開屯田。以謫卒二千戍龍駒島。冬冰合。吐蕃大集。戍者盡沒。玄宗有事于西戎。垂二十年。用哥舒翰于隴右。始克石堡。而靡敝中國多矣。此詩以窮荒爲戒。亦以見哥舒之謀國不如忠嗣也。

捶楚 邵氏聞見錄。退之贈張功曹詩云。判司卑官不堪說。未免捶楚塵埃間。杜牧寄姪阿宜詩云。參軍與簿尉。塵土驚劻勷。一語不中治。鞭笞身滿瘡。乃知唐參軍簿尉。有罪加撻罰。如今之胥吏也。高子勉見山谷云爾。予讀唐史。代宗命劉晏考所部官善惡。刺史有罪者。五品以上劾治。六品以上杖訖奏。參軍簿尉。不足道也。吳曾漫錄。于頔傳。頔爲湖州刺史。改蘇州。追憾湖州舊尉。封杖以計強決之。太平廣記載李遜決包尉臀杖十下。則簿尉果不免杖決也。

武威 唐志。涼州中都督府。隋武威郡。屬河西道。武德二年。置涼州總管府。天寶元年。改爲武威郡。督涼甘肅三州。乾元元年。復爲涼州。

## 贈李白

二年客東都。所歷厭機巧。野人對羶腥。蔬食常不飽。豈無青精一作粇。亦作䭀。飯。使我顏色好。苦乏大一作買藥資。山林跡如掃。李侯金閨彥。陳浩然本作深脫身事幽討。亦一作未有梁宋遊。方期拾瑤草。

**青精飯** 本草注。陶隱居登眞隱訣載太極眞人青精乾石䬾飯法。䬾音迅。䬾之爲言飱也。謂以酒蜜藥草輩殨搜而暴之也。亦作䭀。凡內外諸書。並無此字。惟施於今飯之名耳。皮日休詩。半月始齋青䬾飯。 **金閨彥** 別賦。金閨之諸彥。注。金閨。金馬門也。東方朔、公孫弘待詔金馬門。白供奉翰林。故云。按白以天寶三載召入翰林。賜金放還。遊海岱間。至雒陽。游梁最久。李陽冰草堂集序云。就從祖陳留採訪大使彥允。請北海高天師授道籙于齊州紫極宮。將東歸蓬萊。此所謂脫身事幽討也。 **梁宋** 唐書李白傳。白與高適同過汴州。酒酣。登吹臺。慷慨懷古。公後在梁宋。亦與白同遊。遺懷、昔遊二詩所云是也。 **瑤草** 江淹登廬山詩。瑤草正翕艷。李善注云。玉芝也。本草經曰。白芝。一名玉芝。此與別賦惜瑤草之徒芳。興義不同。

## 遊龍門奉先寺

**已從招提遊。更宿招提境。陰壑生虛**一作靈**籟。月林散清影。天闕**一作闊。荆作閱。蔡興宗考異作闚。**象緯逼。雲臥衣裳冷。欲覺聞晨鐘。令人發深省。**

**龍門** 太平寰宇記。闕塞山。左傳。晉趙鞅納王。使女寬守闕塞。服虔謂南山伊闕是也。杜預云。洛陽西南伊闕口也。俗名龍門。元和郡國志。伊闕山。在伊闕縣北四十五里。兩山相對。望之若闕。伊水流其間。故名。又煬帝登北邙山。覩伊闕曰。此非龍門耶。河南總志。闕塞山。在雒陽縣西南三十里。又名伊闕。俗名龍門。又名闕口。傅毅反都賦。因龍門以暘化。開伊闕以達聰也。舊注妄引禹貢河東之龍門。今削之。 **招提** 增輝記云。招提者。梵言拓鬬提奢。唐言四方僧物。後人傳寫。以拓爲招。又省鬬奢二字。止稱招提。卽今十方住持寺院是也。翻譯名義集。後魏太武始光元年。造伽藍。創立招提之名。唐書。武宗拆寺四千六百餘所。蘭若招提四萬餘所。 **天闕** 蔡絛西清詩話。黃魯直校本云。王荆公改天闕作天閱。對雲臥爲親切。余讀韋述東都記。龍門號雙闕。以與大內對峙。若天闕焉。此宿龍門詩也。用闕字何疑。程大昌演繁露。王介甫改闕爲閱。非也。水經注穀水曰。漢官典職曰。偃師去洛西四十五里。望朱雀闕。其上鬱然與天連。是明峻極矣。白虎通曰。今閶闔門外。夾建雙闕。以應天宿。箋曰。韋應物龍門遊眺詩云。鑿山導伊流。中斷若天闕。又云。南山鬱相對。此杜詩注脚也。宋人妄改。削之何疑。楊用修又據章表臣詩話。定爲天闕。引據支離。悉所不取。

## 望嶽

岱宗夫如何。齊魯青未了。造化鍾神秀。陰陽割昏曉。盪胸生曾雲。決眥入歸鳥。會當凌絶頂。一覽衆山小。

齊魯 史記貨殖傳。泰山之陽則魯。其陰則齊。 陰陽 趙注。言其山之高大。如史記言崑崙。日月所相隱避爲光明也。 盪胸 張衡南都賦。淯水盪其胸。馬融廣成讚云。洞盪胸臆。發明耳目。 曾雲 陸機文賦。墜曾雲之峻。 決眥 子虛賦。中必決眥。李奇注。射之巧妙。決於目眥。夢符曰。言登覽之遠。攄決其目力。入歸鳥之羣也。廣韻。決。破也。薛注是。

## 陪李北海宴歷下亭 時邑人蹇處士等在坐。李公序。

東藩駐皁蓋。北渚淩青荷。一作清河 海內一作右 此亭古。濟南名士多。雲山已發興。玉珮仍當謌。修竹不受暑。交流空湧波。蘊眞愜所遇。落日將如何。貴賤俱物役。從公難重過。

歷下亭 水經注。濼水出歷縣故城西南。城南對山。其水北爲大明湖。西即大明寺。寺東北兩面側湖。此水便成淨池也。池上有客亭。左右楸桐。負日俯仰。目對魚鳥。極水木明瑟。可謂濠梁之性。物我無違矣。齊乘曰。池上有亭。即渚池。今名五龍潭。客亭當爲歷下古亭。故曰海右此亭古也。水經注又云。湖水引瀆。東入西郭。至歷城西而側城北。注湖水。上承東城歷祠下。泉源競發。其水北流。逕歷城東。又北引水爲流杯池。州僚賓燕。公私多在其上。疑此卽員外新亭之地也。曰新亭。所以別於古。次篇題下注曰。亭對鵲湖。詩曰。隱見清湖陰。則新亭遺址。亦可想見。齊乘。濟南府城驛。卽內歷山。臺上面山背湖。實爲絕勝。**青荷** 青荷對阜蓋。所謂圓荷想自昔也。一作清河。注云。指濟水也。或云當作清菏。菏。濟別名也。不如從青荷爲長。**交流** 水經注。湖水引瀆。上承東城歷祠下。泉源競發。其水北流。逕歷城東。分爲二水。右水北出。左水西逕歷城北。西北爲陂。謂之歷水。與濼水合。三齊記云。歷水出歷祠下。泉源競發。與濼水同入鵲山湖。此所謂交流也。**蘊眞** 謝靈運詩。表靈物莫賞。蘊眞誰爲傳。

## 登歷下古城員外新亭 草堂本此下有孫字 北海太守李邕

吾宗固神秀。體物寫謀長。形制開古跡。曾冰延樂方。太山雄地理。巨壑眇雲莊。高興泊陳浩然本作洦煩促。永懷清典常。含弘知四大。出入見三光。負郭喜粳稻。安時詞吉祥。

**員外** 吳若本題下注云。本傳云。天寶初。爲汲郡北海郡太守。時李之芳自尚書郎出爲齊州司馬。作此亭。按唐書。之芳開元末爲駕部員外郎。天寶十三載。安祿山奏爲范陽司馬。祿山叛。自拔歸西京。此云爲齊州司馬。未知何據。或是史闕也。**寫謀** 西征賦。摹寫舊豐。制造新邑。**樂方** 傅毅舞賦。抗音高歌。爲樂之方。**三光** 潘淳詩話。李邕詩。出入見三光。典引曰。經緯乾坤。出入三光。古人必有源委。不苟作也。

## 同前 亭對鵲湖 草堂諸本。題作同李太守登歷下古城員外新亭。

新亭結搆罷。隱見清湖陰。跡籍臺觀舊。氣溟海嶽深。圓荷想自昔。遺堞感至今。芳宴此時具。一作俱哀絲一作絃千古心。主稱壽尊客。筵秩宴北林。北一作密不阻蓬蓽興。得兼一作兼得梁甫吟。

**海嶽** 趙注。言東海太山之氣相與冥接也。**遺堞** 歷城。古齊歷下。城對歷山之下。韓信渡河。破齊歷下之師。卽此也。城東有故譚國城。故云遺堞感至今也。**芳宴** 謝朓賦曲水宴詩。嘉樂具矣。芳宴在斯。

梁甫吟寰宇記。郡國志云。臨淄縣東有陰陽里。樂府文苑俱作蕩陰里。即諸葛亮梁父吟曰。步出齊東門。遙望蕩陰里。臨淄。屬北海郡。故云得兼梁甫吟。

## 玄都壇歌寄元逸人

故人昔隱東蒙峯。已佩含景蒼精龍。故人今居子午谷。獨在一作並陰崖結一作白茅屋。屋前太古玄都壇。青石漠漠常風寒。子規夜啼山竹裂。王母晝下雲旗翻。一作蟠知君此計成或作誠長往。芝草琅玕日應長。鐵鏁高垂不可攀。致身福地何蕭爽。

東蒙陸游筆記。東蒙。終南山峯名。种明逸東蒙新居詩。登遍終南峯。東蒙最孤秀。南士不知。故注杜詩者。妄引東蒙主爲說。含景初學記。後漢公孫端劍銘。從革庚辛。含景吐商。蒼精龍春秋繁露。劍之在左。蒼龍象也。子午谷長安志。漢書。子午道。從杜陵直絕南中徑漢中。今京城直南山有谷通梁漢道者。名子午谷。風土記曰。王莽以皇后有子。通子午道。從杜陵直抵終南。玄都玉京經曰。玄都。在玉京山。有七寶城。太上無極大道虛皇君之所治也。高仙之玄都在焉。王母酉陽雜俎。齊郡函山有鳥。三足青嘴赤黃。素翼絳顙。名王母使者。昔漢武登此山。得玉函。長五寸。帝下山。玉函忽化爲白鳥飛去。世傳山上有王母藥函。常令鳥守之。夢弼曰。此正假王母以對子規也。芝草十洲記。鍾山在北海。地隔弱水之北。自生玉芝及神草。方丈州仙家數十萬。耕田種芝草。課計頃畝。如種稻狀。亦有玉石泉。上有九源丈人宮。鐵鏁法苑珠林。終南山大秦嶺竹林寺者。至貞觀初。採蜜人山行。聞有鐘聲。尋而往至焉。寺舍二間。有人住處。傍大竹林。可有二頃。其人斷二節竹以盛蜜。可得五升許。兩人負下。尋路而至大秦戍。具告防人。從林至此。可十五里。戍主利其大竹。將往伐取。遣人依言往覓。過小竹谷。達于崖下。有鐵鏁。長三丈許。防人曳鏁。掣之大牢。將上。有二虎踞崖頭。向下大呼。其人怖。急返走。又將十人重尋。值大洪雨。便返。福地福地記。終南太乙山在長安西南五十里。左右四十里。內皆福地。

## 今夕行（自齊趙西歸至咸陽作）

今夕何夕歲云徂。更長燭明不可孤。咸陽客舍一事無。相與博塞（一云賭博）爲歡娛。馮陵大叫呼五白。袒跣不肯成梟盧。（一作牟）英雄有時亦如此。邂逅豈即非良圖。君莫笑劉毅從來布衣願。家無儋石輸百萬。

博塞　說文。簙。局戲也。六箸十二棊也。行棊相塞謂之簺。五白梟盧　招魂。成梟而牟。呼五白些。王逸注。倍勝爲牟。五白。簙齒也。言己棊已梟當成牟勝。射張食棊。下兆于屈。故呼五白以助投也。吳曾漫錄曰。五木之戲。其四爲玉采。貴也。其八爲珉采。賤也。五采之中。有采曰白。蓋五木俱白也。楚辭。成梟爲牟呼五白。梟二爲珉采。牟者勝也。欲勝其梟。必呼五白也。梟盧。樗蒱采名。漢書梟騎注云。梟。勇也。若六博之梟。晉鄧艾曰。梟。邀也。六博得邀者勝。晉書。劉毅於東府聚樗蒱大擲。一判應至數百萬。餘人並黑犢以還。唯劉裕及毅在後。毅次擲得雉。大喜。褰衣繞床叫。謂同坐曰。非不能盧。不事此耳。裕惡之。因挼五木久之。曰。老兄試爲卿答。既而四子俱黑。一子轉躍未定。裕厲聲喝之。即成盧。毅意殊不快。然素黑。其面如鐵色焉。既而乃和言曰。亦知明公不能以此見借。程大昌曰。凡投子者。五皆現黑則其名盧。在樗蒱爲最高之采。四黑一白。其采名雉。比盧降一等。自此而降。白黑相雜。每每不同。三白三黑爲犍。犍。惡齒也。御覽曰。六博五擲皆犍。不爲不能。則知犍爲惡齒。五白非樗蒱所貴。不知何以云呼五白也。韓子曰。儒何以不好博。勝者必殺梟。是殺其所貴也。梟固爲善齒。而殺梟者又當得雋。則梟之采品。非盧比也。老杜概言梟盧。亦恐未詳。按成梟五白。原本招魂。詞人引據。遞相祖述。大昌之論。斯爲固矣。

## 貧交行

翻手作雲覆手雨。紛紛輕薄何須數。君不見管鮑貧時交。此道今人棄如土。

## 兵車行

車轔轔。馬蕭蕭。行人弓箭各在腰。耶孃妻子走相送。塵埃不見咸陽橋。牽衣頓足攔一作橋道哭。哭聲直上干雲霄。道傍過者問行人。行人但云點行頻。或從十五北防河。便至四十西營田。去時里正與裹頭。歸來頭白還戍邊。邊亭一作庭流血成海水。武一作我皇開邊意未已。君不聞漢家山東二百州。千村萬落生荊杞。縱有健婦把鋤犂。禾生隴畝無東西。況復秦兵耐苦戰。被驅不異犬與鷄。長者雖有問。役夫敢申恨。且如今年冬。未休關一作隴西卒。一云役夫心益憤。如今縱得休。還爲隴西卒。縣官急索租。草堂本作縣官云急索租稅從何出。信知生男惡。反是生女好。生女猶是一作得嫁比鄰。生男一作兒埋沒隨百草。君不見青海頭。古來白骨無人收。新鬼煩冤舊鬼哭。天陰雨濕聲一作悲啾啾。

**耶孃**吳若本注云。古樂府云。不聞耶孃哭子聲。但聞黃河流水鳴濺濺。**咸陽橋**咸陽橋。即中渭橋也。長安志。中渭橋。在咸陽東南二十里。本名橫橋。貫渭水上。橋廣六丈。南北一百八十步。洞六十八。柱七百五。梁二百二十二。今云塵埃不見咸陽橋。出師之盛可知。**防河**開元十五年十二月。制以吐蕃爲邊害。令隴右道及諸軍團兵五萬六千人。河西及諸軍團兵四萬人。又徵關中兵萬人。集臨洮。朔方兵萬人。集會州防秋。至冬初無寇而罷。是時吐蕃侵擾河右。故曰防河也。**營田**唐食貨志。唐開軍府以捍要衝。因隙地以置營田。有警則以軍若夫千人助役。**武皇**唐人詩稱明皇多云武皇。王昌齡白馬金鞍從武皇。韋應物少事武皇帝。公亦云武帝旌旗在眼中也。**山東**趙傻曰。山東者。太行山之東。古之晉地。今之河北。唐都長安。故以河北爲山東。杜牧罪言曰。山東之地。一曰冀州。一曰幷州。其人沈鷙。多才力。敎五種本兵矢。復產健馬。下者日馳二百里。所以兵常當天下。天寶末。燕盜徐起。出入成皐函潼間。若涉無人地。郭李輩常以兵五十萬。不能過鄴。自爾一百餘城。天下力盡。不得尺寸。元好問曰。古之山東。今河朔燕趙魏是也。**二百州**十道四蕃志。關以東七道。凡二百一十一州。舊書。貞觀中。開西域。置四鎭。歲調山東丁男爲戍卒。繒帛爲軍資。有屯田以資糗糧。牧使以娩羊馬。大軍萬人。小軍千人。烽戍邏卒。萬里相繼。**今年冬**通鑑。天寶九載十二月。關西遊奕使王難得擊吐蕃。克五橋。拔樹敦城。**生男**水經注。楊泉物理論曰。秦始皇使蒙恬築長城。死者相屬。民歌曰。生男愼勿舉。生女哺用餔。不見長城下。尸骸相支拄。太眞外傳。當時謠曰。生女勿悲酸。生男勿喜歡。**青海**水經注。金城郡南有湟水。出塞外。又東南逕卑禾羌海。北有鹽池。闞駰曰。縣西有卑禾羌海者也。世謂之青海。隋西域傳。吐谷渾城。在青海西四十里。舊書。吐谷渾有青海。周圍八九百里。唐高宗龍朔三年。爲吐蕃所併。唐自儀鳳中。李敬玄與吐蕃戰敗于青海。開元中。王君㚟、張景順、張忠亮、崔希逸、皇甫惟明、王忠嗣先後破吐蕃。皆在青海西。天寶中。哥舒翰築神威軍于青海上。又築城龍駒島。吐蕃始不敢近青海。箋曰。天寶十載。鮮于仲通討南詔蠻。士卒死者六萬。楊國忠掩其敗狀。反以捷聞。制大募兩京及河南北兵。以擊南詔。人聞雲南瘴癘。士卒未戰而死者十八九。莫肯應募。國忠遣御史分道捕人。連枷送軍所。于是行者愁怨。父母妻子送之。所在哭聲震野。此詩序南征之苦。設爲役夫問答之詞。君不聞已下。言征戍之苦。海內驛騷。不獨南征一役爲然。故曰役夫敢申恨也。且如以下。言土著之民。亦不堪賦役。不獨征人也。君不見以下。舉青海之故。以明征南之必不返也。不言南詔。而言山東。言關西。言隴右。其詞哀怨而不迫如此。曰君不聞。君不見。有詩人呼祈父之意焉。是時國忠方貴盛。未敢斥言之。雜舉河隴之事。錯亐其詞。若不爲南詔而發者。此作者之深意也。

## 高都護驄馬行

安西都護胡青驄。聲價欻然來向東。此馬臨陣久無敵。與人一心成大功。功成惠養隨所致。飄飄（一作颻）遠自流沙至。雄姿未受伏櫪恩。猛氣猶思戰場利。腕促蹄高如踣鐵。交河幾蹴曾冰裂。五花散作雲滿身。萬里方看汗流血。長安壯兒不敢騎。走過掣電傾城知。青絲絡頭爲君老。何由卻出橫門道。

安西都護長壽二年。收復安西四鎮。依前於龜茲國置安西都護府。于闐以西。波斯以東。十六都督府。皆隸安西都護府。鶴曰。高都護謂高仙芝也。天寶六載。仙芝討小勃律。擄其王。所謂大功也。青驄隋書。吐谷渾有青海。周匱千餘里。中有小山。其俗至冬。輒放牝馬於其上。言得龍種。常得波斯草馬。放入海。因生驄駒。日行千里。故特稱青海驄馬。腕蹄齊民要術。腕欲得細而促。蹄欲得厚而大。又曰。腕欲促而大。其間纔容靬。蹄欲厚二三寸。硬如石。交河寰宇記。交河縣。本漢車師前王之地。貞觀十四年置縣。取界內交河以爲名。交河源出縣北天山。東南入高昌縣。五花開元天寶間。多愛三花飾馬。郭若虛家藏貴戚閱馬圖。中有三花馬。三花者。剪鬃爲之瓣。白樂天詩云。舞衣裁四葉。馬鬣剪三花是也。李杜詩有五花。或云。取隋丹元子步天歌。五箇吐花王良星。名畫要錄。開元內廐。有飛黃、照夜、浮雲、五花之乘。杜陽編。代宗以御馬九花虯賜郭子儀。唐六典。凡外牧進良馬。印以三花飛風之字。而爲誌焉。又云。細馬次馬送尚乘局者。尾側依左右閑。印以三花。橫門水經注。北出西頭第一門。本名橫門。如淳曰。音光。故名光門。雍錄。以黃圖考之。長安城北面。從西數來。第一門名橫門。門外有橋曰橫橋。杜詩何由卻出橫門道。蓋自橫門渡渭而西。卽是趨西域之路也。水經注。光門亦名突門。在長安西。從南來第三門。正與黃圖隅角相次。前漢西域傳。立尉屠耆爲王。更名其國爲鄯善。賜以宮女爲夫人。丞相將軍率百官送至橫門外。祖而遣之。

## 天育驃騎歌

吾聞天子之馬走千里。今之畫圖無乃是。是何意態雄且傑。駿一作騣尾蕭梢朔風起。毛爲綠縹兩耳黃。眼有紫焰雙瞳方。矯矯一作矯然龍性一云逸龍性矯合草堂本云。東坡作含。變化。卓立天骨森開張。伊昔太僕張景順。監牧攻駒一云考牧攻駒。一云考牧神駒。閱清峻。遂令大奴守一作字天育。別養驥子憐神俊。當時四十萬匹馬。張公歎其材盡下。故獨寫眞傳世人。見之座右久更新。年多物化空形影。嗚呼健步無由騁。如今豈無騕褭與驊騮。時無王良伯樂死卽休。

天子之馬穆天子傳。天子之馬走千里。勝如猛獸。 驃說文。驃。青白色。 雙瞳赭白馬賦。雙瞳夾鏡。相馬經。眼欲得高。眶欲得端。光睛欲得如懸鈴紫艷。 張景順張說開元十三年隴右監牧頌德碑。其序云。元年牧馬二十四萬匹。十三年乃四十三萬匹。上顧謂太僕少卿兼秦州都督監牧都副使張景順曰。我馬幾何。其蕃育。卿之力也。對曰。帝之福也。仲之令也。臣何力之有焉。其頌曰。有霍公之掌政。擇張氏之舊令。霍公。卽王毛仲也。 監牧唐兵志。監牧所以蕃馬也。唐之初起。得突厥馬二千匹。又得隋馬三千于赤岸澤。徙之隴右。監牧之制始于此。其官領以太僕。唐六典。諸牧監掌羣牧孳課之事。凡馬有左右監。以別其麤良。以數紀爲名。而著其簿籍。細馬之監稱左。麤馬之監稱右。凡馬以季春游牝。其駒犢在牧。三歲別羣馬。牧牝馬四游五課。 大奴王毛仲。本高麗人。其父坐事沒官。生毛仲。隸于玄宗。 守天育舊注。天育。天子廄名。未詳所出。胡仔曰。東坡書此詩。作字天育。卻昂馬坊頌碑。唐初得馬于赤岸澤。命張萬歲傍隴右馴字之。從字爲是。 寫眞張彥遠名畫記。玄宗好大馬。御廐至四十萬。遂有沛艾大馬。命王毛仲爲監牧使。西域大宛。時有來獻。詔于此地置羣牧。筋骨行步。久而方全。調習之能。逸異並至。骨力追風。毛彩照地。不可名狀。號木槽馬。聖人舒身安神。如據床榻。是知異於古馬也。 騕褭瑞應圖。騕褭者。神馬也。與飛兔同。應劭曰。赤喙黑身。一日行萬五千里。 驊騮水經注。桃林多野馬。造父于此得驊騮、綠耳、盜驪之乘。以獻周穆王。使之御。以見王母。周穆王傳。驊騮、騄耳。日馳三萬里。

## 白絲行

繰絲須長不須白。越羅蜀錦金粟尺。象一作牙床玉手亂殷紅。萬草千花動凝碧。已悲素質隨時染。一作改裂下鳴機色相射。美人細意熨帖平。裁縫滅盡針線跡。春天衣着爲君舞。蛺蝶飛來黃鸝語。落絮遊絲亦有情。隨風照日宜一作疑輕舉。香汗輕塵汚顏色。一云香汗清塵似微汚。又云香汗清塵汚不着。陳浩然本。一云香汗清塵似顏色。開新合故置何一作相許。君不見才一作志士汲引難。恐懼棄捐忍羇旅。

白絲行 傅咸集曰。河南郭泰機。寒素後門之士。不知余無能爲益。以詩見激切可施用之才。而況沉淪不能自拔于世。余雖心知之而未如之何。此屈非復文辭可了。故直戲以答其詩云。郭詩云。皦皦白素絲。織爲寒女衣。寒女雖妙巧。不得秉杼機。天寒知運速。況復雁南飛。衣工秉刀尺。棄我忽若遺。人不取諸身。世事焉所希。況復已朝餐。曷由知我飢。此詩用泰機之言而反之。泰機以白絲寒女自喻。而致憾于衣工之棄我。以冀咸之相薦。公此詩謂白絲素質。隨時染裂。有香汗輕塵之汚。有開新合故之置。所以深思汲引之難。恐懼棄捐。而忍于羇旅也。

## 秋雨歎三首

雨中百草秋爛死。階下決明顏色鮮。著葉滿枝翠羽蓋。開花無數黃金錢。涼風蕭蕭吹汝急。恐汝後時難獨立。堂上書生空白頭。臨風三嗅馨香泣。

秋雨 天寶十三載秋。霖雨六十餘日。上憂雨傷稼。國忠取禾之善者獻之曰。雨雖多。不害稼也。秋述。杜子臥病長安旅次。多雨生魚。青苔及榻。 決明 本草。決明子生龍門川澤。石決明生豫章。唐本草云。皆主明目。故並有決明之名。圖經曰。夏初生苗。高三四尺許。根帶紫色。葉似苜蓿而大。七月有花。黃白色。其子作穗。如青菉豆而銳。

闌一作蘭。風長去聲。一作伏。荆公作仗。雨一作東風細雨秋紛紛。四海一云萬里八荒同一雲。去馬來牛不復辨。濁涇清渭何嘗分。禾（一作木）頭生耳黍穗黑。農夫田婦（一作父）無消息。城中斗米換（一作抱）衾裯。相許寧論兩相直。

闌風長雨 趙子櫟曰。闌如謝靈運所謂闌暑之闌。伏如左傳夏無伏陰之伏也。東皐雜錄曰。伏乃伏之悞。言闌珊之風。冗伏之雨也。胡仔曰。善本作長雨。世說。恭作人無長物。用長字爲是。按蘭字與闌通。舊注引光風泛崇蘭。非是。 同雲 陶潛詩。靄靄停雲。濛濛時雨。八表同昏。平路伊阻。此云四海八荒同一雲。亦停雲之意。 馬牛 秋水篇。渚涯之間。不辨牛馬。 涇渭 西征賦。北有清渭濁涇。 禾頭 朝野僉載。俚諺云。春雨甲子。赤地千里。夏雨甲子。行船入市。秋雨甲子。禾頭生耳。單父人戴寂云。久雨則禾生耳。謂牙蘗卷攣如耳形也。王原叔以禾作木。木固有耳。恐非本旨。

長安布衣誰比數。反鏁衡門守環堵。老夫不出長蓬蒿。稚子無憂走（讀作奏）風雨。雨聲颼颼催早寒。胡雁翅濕高飛難。秋來未曾（陳浩然本作省）見白日。泥汚后（一作厚）土何時乾。

后土 九辯。皇天淫溢而秋霖兮。后土何時而得乾。

## 歎庭前甘菊花

簷（一作階一作庭）前甘菊移時晚。青蘂重陽不堪摘。明日蕭條醉盡醒。（一作盡醉醒）殘花爛熳開何益。籬邊野外多衆芳。采擷細瑣升中堂。念茲空長大枝葉。結根失所纏（一作埋）風霜。

## 醉時歌 贈廣文館博士鄭虔

諸公衮衮登臺（一作華）省。廣文先生官獨冷。甲第紛紛厭粱肉。廣文先生飯不足。先生有道出羲皇。先生有才（一作所談。一作所該。一作所抱。）過屈宋。（一云有才或屈宋）德尊一代常坎軻。名垂萬古知何用。杜陵野客人更（一作見）嗤。被褐短窄（一作穴）鬢如絲。日糴太（一作泰）倉五升米。時赴鄭老同襟期。得錢卽相覔。沽酒不復疑。忘形到爾汝。痛飲眞（一作直）吾師。淸夜沈沈動春酌。燈前細雨簷花落。（一作簷前細雨燈花落）但覺高歌有（一作感）鬼神。焉知餓死塡溝壑。相如逸才親滌器。子雲識字終投閣。先生早賦歸去來。石田茅屋荒蒼苔。儒術於我何有哉。孔丘盜跖俱塵埃。不須聞此意慘愴。生前相遇且銜盃。

**鄭虔**　舊書。天寶九載。國子監置廣文館。唐語林云。天寶中。國學增置廣文館。以領詞藻之士。鄭虔久被貶謫。是歲始還京師參選。除廣文館博士。虔聞命。不知廣文曹司何在。執政謂曰。廣文館新置。總領文詞。故以公名賢處之。且令後代稱廣文博士自鄭虔始。不亦美乎。遂就職。按廣文館於國子監增置。故云不知曹司何在。新書云。久之。雨壞廡舍。有司不復修完。寓治國子館。自是遂廢。非實錄也。長安志。韓莊在韋曲之東。退之與孟郊賦詩。又送其子讀書之所也。鄭莊又在其東南。鄭十八虔之居也。通志。鄭莊卽鄭虔郊居。李商隱有過鄭虔舊隱詩。　**杜陵**　宣帝紀。元康元年。以杜東原上爲初陵。更名杜縣爲杜陵。

## 醉歌行（別從姪勤落第歸）

陸機二十作文賦。汝更小年能綴文。總角草書又神速。世上兒子徒紛紛。驊騮作駒已汗血。

鷙鳥舉翮連青雲。詞源一作賦倒流三峽水。筆陣獨掃千人軍。只今年浩然本作生纔十六七。射策君門期第一。舊穿楊葉眞自知。暫蹶霜蹄未爲失。偶然擢秀非難取。會是排風有毛質。汝身已一作郎見唾成珠。汝伯何由髮如漆。春光淡沲草堂本作潭沲。沲。徒可切。秦東亭。渚蒲芽白水荇青。風吹客衣日杲杲。樹攪離思花冥冥。酒盡沙頭雙玉瓶。衆賓皆一作已醉我獨醒。乃知貧賤別更苦。吞聲躑躅涕淚零。

陸機臧榮緒晉書。機少襲領父兵。爲牙門將軍。年二十而吳滅。退臨舊里。與弟雲勤學。積十一年。與弟雲俱入洛。機妙解情理。心識文體。故作文賦。草書趙注。草書以遲爲工。所謂怱怱不及草書是也。以速爲神。所謂一筆變化書是也。詞源隋藝文傳。筆有餘力。詞無竭源。筆陣王羲之題衞夫人筆陣圖云。紙者陣也。筆者刀矟也。墨者鍪甲也。水硯者城池也。心意者將軍也。本領者副將也。掃千人。言用筆之快利。排風鮑明遠與妹書。浴雨排風。成珠秋水篇。子不見夫唾者乎。噴則大者如珠。趙壹歌曰。勢家多所宜。咳唾自成珠。淡沲吳曾漫錄。淡沲當是潭沲。江賦。隨風猗萎。與波潭沲。善曰。潭沲。隨波之貌。梁簡文和湘東王陽雲樓簷柳詩云。潭沲靑帷閉。玲瓏朱扇開。富嘉謩明冰篇。陽春二月朝始暾。春光潭沲度千門。渚蒲趙曰。蒲才有芽而白。荇在水而青。指東亭春景而言。

## 贈衞八處士

人生不相見。動如參與商。今夕一作此復何夕。共此燈燭光。一云共宿此燈光少壯能幾時。鬢髮各已蒼。訪舊魯作問半爲鬼。驚呼熱中腸。焉知二十載。重上君子堂。昔別君未婚。兒女忽成行。怡然敬父執。問我來何方。問答乃未已。（陳浩然作未及已）兒女（一作驅兒）羅酒漿。夜雨剪春韭。新（一作晨）炊間（一作聞）黃粱。主稱會面難。一舉累（一作蒙）十觴。十觴（一云百觴）亦不醉。（一作辭）感子故意長。明日隔山岳。世事兩茫茫。

驚呼（近時胡儼曰。常於內閣見子美親書贈衞八處士詩。字甚怪偉。驚呼熱中腸。作嗚呼熱中腸。）黃粱（招魂。稻粢穱麥。挐黃粱些。注曰。挐。糅也。言飯則以秔稻糅穱。擇新麥糅以黃粱。和而柔濡。且香滑也。本草。香美逾于諸粱。號爲竹根黃。按此詩間黃粱。即挐字之義。作聞字。非是。）

苦雨奉寄隴西公兼呈王徵士（隴西公。即漢中王瑀。徵士。瑯琊王徹。）

今秋乃淫雨。仲月來寒風。羣木水光下。萬象（一作家）雲氣中。所思礙行潦。九里信不通。悄悄素滻路。迢迢天漢東。願騰六尺馬。（一作駒）背若孤征鴻。劃見公（一作君）子面。超然懽笑同。奮飛既胡越。局促傷樊籠。一飯四五起。憑軒心力窮。嘉蔬沒溷濁。時菊碎榛叢。鷹隼亦屈猛。烏鳶何所蒙。式瞻北鄰居。取適南巷翁。挂席釣川漲。焉知清興終。

隴西公（漢中王瑀。讓皇帝第三子。初爲隴西郡公。）素滻（潘岳西征賦。玄灞素滻。長安志。滻水在萬年縣東。北流四十里入渭。）天漢（三輔黃圖。渭水貫都。以象天漢。橫橋南渡。以法牽牛。）六尺馬（周禮。馬八尺以上爲龍。七尺以上爲騋。六尺以上爲馬。）嘉蔬（記。稻曰嘉蔬。江賦。挺自然之嘉蔬。）屈猛（張華鷦鷯賦。蒼鷹鷙而受紲。屈猛志以服養。）

## 同諸公登慈恩寺塔時高適薛據先有此作

高標跨蒼天。一作穹烈風無時休。自非曠一作壯士懷。登茲翻百憂。方知象教力。足一作立可追冥搜。仰穿龍蛇窟。始出一作驚枝撐幽。七星在北戶。一云戶北河漢聲西流。羲和鞭白日。少昊行清秋。秦一作泰。非。山忽破碎。涇渭不可求。俯視但一氣。焉能辨皇州。迴首叫虞舜。蒼梧雲正愁。惜哉瑤池飲。一作燕日晏崑崙丘。黃鵠去不息。哀鳴何所投。君看隨陽雁。各有稻粱謀。

**慈恩寺塔**長安志。慈恩寺。隋無漏寺故地。高宗在春宮時。爲文德皇后立。故名慈恩。浮圖六級。崇三百尺。永徽三年。沙門玄奘所立。初惟五層。崇一百九十尺。塼表土心。倣西域窣堵波制度。後浮屠心內卉木鑽出。漸以頹毀。長安中。更坼改造。依東夏刹表舊式。特崇于前。李適傳。景龍以後。天子游豫。秋登報恩浮圖。從者獻菊花酒稱壽。**高標**蜀都賦。陽烏回翼乎高標。**象教**長安志。塔有辟支佛牙。大如升。光彩煥爛。東有翻經院。西京雜記。浮圖內有梵本諸經數十匣。浮圖前東街。立太宗皇帝撰三藏聖教序。及高宗皇帝述聖記二碑。並褚遂良書。**枝撐**靈光殿賦。枝撐槎枒而斜據。說文曰。撐。拄也。山谷云。慈恩塔下數級。皆枝撐洞黑。出上級乃明。**蒼梧**禮記。舜葬于蒼梧之野。蓋二妃未之從也。劉向列女傳。舜陟死于蒼梧。二妃死于江湘之間。**瑤池**列子。別日升崑崙之丘。以觀黃帝之宮而封之。以詔後世。遂賓于西王母。觴于瑤池之上。西王母爲王謠。王和之。其辭哀焉。乃觀日之所入。日行萬里。穆王幾神人哉。能窮當身之樂。猶百年乃徂。世以爲登假焉。**黃鵠**韓詩外傳。田饒謂魯哀公曰。夫黃鵠一舉千里。止君園池。啄君稻粱。君猶貴之。以其從來遠也。故臣將去君。黃鵠舉矣。**稻粱**廣絕交論。分雁鶩之稻粱。三山老人曰。此詩譏切天寶時事也。秦山忽破碎。喻人君失道也。涇渭不可求云云。言清濁不分。而天下無綱紀文章也。虞舜蒼梧。思古之聖君而不可得也。瑤池日晏。言明皇方耽於淫樂而未已也。賢人君子多去朝廷。故以黃鴟哀鳴比之。小人貪祿戀位。故以陽雁稻粱刺之。箋曰。高標烈風。登茲百憂。岌岌乎有漂摇崩析之恐。正起興也。涇渭不可求。長安不可辨。所以迴首而思叫虞舜。蒼梧雲正愁。猶太白云長安不見使人愁也。唐人多以王母喻貴妃。瑤池日晏。言天下將亂。而宴樂之不可以爲常也。程嘉燧曰。玄宗遊宴。貴妃皆從幸。蒼梧雲正愁。闇指二妃之事也。故以瑤池日晏惜之。

## 示從孫濟

平明跨驢出。未知(一作委)適誰門。權門多噂沓。且復尋諸孫。諸孫貧無事。宅舍如荒村。堂前自生竹。堂後自生萱。萱草秋已死。竹枝霜不蕃。(一作翻)淘米少汲水。汲多井水渾。刈葵莫放手。放手傷葵根。阿翁嬾惰久。覺兒行步奔。所來(一作求)爲宗族。亦不爲盤飧。小人利口實。(一云小人實利口)薄俗難可(一作具)論。勿受外嫌猜。同姓古所敦。

杜濟 宰相世系表。濟字應物。給事中。京兆尹。顏魯公神道碑。征南十四代孫。東川節度兼京兆尹。刈葵 古詩。採葵莫傷根。傷根葵不生。結交莫羞貧。羞貧交不成。放手 東漢永平詔。權門請託。殘吏放手。

## 九日寄岑參

出門復入門。兩(陳作雨)脚但(一作仍)如(一作但仍)舊。所向泥活活。(一作浩浩)思君令人瘦。沈吟坐西(一作秋)軒。(一云吟臥軒窗下)飲(一作飯)食錯昏晝。寸步曲江頭。難爲一相就。吁嗟呼(一作乎)蒼生。稼穡不可救。安得誅雲師。

嚋能補天漏。大明韜日月。曠野號禽獸。君子强逶迤。小人困馳驟。維南有崇山。恐一作漭與川浸溜。是節一作時東籬菊。紛披爲誰秀。岑生多新詩。一作語性亦嗜醇酎。采采黃金花。何由滿一作灑衣袖。

天漏 梁益州記。大小漏天。在雅州西北。寰宇記。邛都縣漏天。秋夏常雨。僰道有大漏天、小漏天。　醇酎 楚辭招魂曰。挫糟凍飲酎清涼。王逸曰。酎。三重釀醇酒也。雪賦。酌湘吳之醇酎。張載酒賦。中山冬啓。醇酎秋發。

送孔巢父謝病歸遊江東兼呈李白

巢父掉頭不肯住。東將入海隨煙霧。詩卷長留天地間。釣竿欲拂珊瑚一云三珠樹。深山大澤龍蛇遠。春寒野陰風景暮。一云花繁草青春日暮蓬萊織女迴雲車。指點虛無是征路。一作引歸路自是君身有仙骨。世人那得知其故。惜君只欲苦死留。富貴何如草頭露。一云我欲苦留君富貴。何如草頭易晞露。蔡侯靜者意有餘。清夜置酒臨前除。罷琴惆悵月照荆作點席。幾歲寄我空中書。南尋禹穴見李白。道甫問信今何如。一本云。巢父掉頭不肯住。東將入海隨煙霧。書卷長攜天地間。釣竿欲拂珊瑚樹。我擬把袂苦留君。富貴何如草頭露。深山大澤龍蛇遠。花繁草青風景暮。仙人玉女迴雲車。指點虛無引歸路。若逢李白騎鯨魚。道甫問信今何如。

孔巢父 巢父。字弱翁。冀州人。早勤文史。少與韓準、李白、張叔明、陶沔隱於徂徠山。酣歌縱酒。時號竹溪六逸。永王璘赴江淮。聞其賢。以從事辟之。巢父察其必敗。側身潛遯。由是知名。後爲潭州刺史。湖南觀察使。

未行。會德宗幸奉天。還給事中。御史大夫。興元元年。使李懷光於河中。遇害。按巢父初與李白共隱徂徠。白有送韓準、裴政、孔巢父還山詩云。昨宵夢裏還。云弄竹溪月。今晨魯東門。悵飲與君別。此詩云南尋禹穴見李白。蓋巢父既與白別。復往尋白於江東也。公與白別於魯郡石門。在天寶四五載間。此詩當在與白別之後。巢父不應永王辟。側身潛遯。則在遊江東之後也。**掉頭**莊子在宥篇。鴻濛拊髀雀躍。掉頭曰。吾弗知。**珊瑚樹**述異記。鬱林郡有珊瑚市。海客市珊瑚處也。珊瑚碧色。生海底。一樹數十枝。枝間無葉。大者高五六尺。南州志。珊瑚出大秦國海中。生海底石上。西京雜記。積草池中有珊瑚樹。高一丈二尺。一本三柯。上有四百六十二條。是南越王趙佗所獻。號爲烽火樹。至夜。光景常欲燃。**空中書**西溪叢語。空中書。用史宗引小兒騰空。覺脚下有波濤。寄書事乃蓬萊仙人也。洪慶善云。空中書乃雁足書。非也。梁高僧傳。史宗。不知何許人。常在廣陵白土埭。憑埭謳唱。後有一道人。不知姓名。常賚一枚一箱自隨。嘗遍暮來詣海鹽令云。欲數日行。暫倩一人。令乃選取守鵝鴨小兒將去。倏忽之間。至一山。山上有屋。屋中有三道人。相見欣然。共語向暝。道人辭欲還。屋中人問云。君知史宗所在不。其謫何當竟。道人云。在徐州江北廣陵白土埭上。計其謫亦竟也。屋中人便作書曰。因君與之。道人以書付小兒。比曉至縣。令呼小兒。問近所經。小兒云。道人令其捉杖。飄然而去。或聞足下波浪聲。幷說山中人寄書。猶在小兒衣帶。令開看。都不解。乃封其本書。令人送此小兒至白土埭。史宗開書大驚云。汝那得蓬萊道人書耶。或云有商人海行。于孤洲上見一沙門。求寄書於史宗。置書於船中。同侶欲看書。書著船不脫。及至白土埭。書飛起就宗。宗接而將去。**禹穴**太史公自序。司馬遷。年二十。南遊江淮。上會稽。探禹穴。張晏曰。禹巡守至會稽而崩。因葬焉。上有孔穴。或云禹入此穴。御覽載括略曰。會稽山有一石穴委曲。黃帝藏書於此。禹得之。又吳越春秋。禹藏書之所。謂之禹穴也。

## 飲中八仙歌

知章騎馬似乘船。眼花落井水底眠。汝陽三斗始朝天。道逢白氏長慶集注。逢作見。麴車口流涎。恨不移封向酒泉。左相日興費萬钱。飲如長鯨吸百川。銜盃樂聖稱世邵刊作避賢。宗之瀟灑美少年。舉觴白眼望青天。皎如玉樹臨風前。蘇晉長齋繡佛前。醉中往往愛逃禪。李白一斗詩百篇。長安市上酒家眠。天子呼來不上船。自稱臣是酒中仙。張旭三盃草聖傳。脫帽露頂王公前。揮毫落紙如雲烟。焦遂五斗方卓然。高談雄辯驚四筵。

飲中八仙李陽冰草堂集敘。公出入翰林中。害能成謗。帝用疎之。乃浪跡縱酒。以自昏穢。與賀知章、崔宗之等。目爲八仙之遊。謂公謫仙人。朝列賦謫仙人歌。凡數百首。多言公之不得意。天子知其不可留。乃賜金歸之。范傳正李白新墓碑。在長安時。時人以公及賀監、汝陽王、崔宗之、裴周南等八人爲酒中八仙。按李序范碑。皆言白與賀監等八仙之遊在天寶初。然蘇晉以開元二十二年卒。范碑又有裴周南。不在公所詠之數。何也。新書則云。白與賀知章、李適之、汝陽王璡、崔宗之、蘇晉、張旭、焦遂爲酒八仙人。此因杜詩附會耳。且既云天寶初供奉。又云與蘇晉同游。何自相矛盾也。賀知章舊書。知章性放曠。善談笑。晚年尤縱誕。無復規檢。自號四明狂客。又稱祕書外監。遨遊里巷。醉後屬辭。動成卷軸。天寶三載。因病恍惚。乃上疏請度爲道士。求還鄉里。金壺記。賀知章。字維摩。自號四明狂客。李白訪賀監不遇詩。東山無賀老。却棹酒船回。箋云。吳人善乘船。醉後馬上傲兀。安穩如乘船。言醉鄉之樂也。眼花落井水底眠。極狀其醉態之妙。眼花落井。便如安眠于井底。得全于酒。無往而非眠也。注以爲嘲其不善乘馬。又云。落井而眠于水。言其安于水也。可謂陋矣。吳均雜句有云。夢中難言見。終成亂眼花。眼花之義如此。汝陽舊書。讓皇帝子璡。封汝陽郡王。與賀知章、褚廷誨爲詩酒之交。流涎魏文帝曰。葡萄釀以爲酒。甘於麴米。逢之已流涎咽唾。移封拾遺記。羌人姚馥嗜酒。羣輩呼爲渴羌。武帝擢爲朝歌宰。辭曰。請辭朝歌之縣。長充養馬之役。時賜美酒。以樂餘年。帝曰。朝歌。紂之舊都。地有酒池。使老羌不復呼渴。對曰。老羌漸染王化。若歡酒池之役。更爲殷紂之民。帝大悅。即遷酒泉太守。左相舊書。李適之雅好賓友。飲酒一斗不亂。夜則燕賞。晝決公務。天寶元年。代牛仙客爲左相。與李林甫爭權不叶。爲其陰中。五載。罷知政事。守太子少保。遽命親知懽會。賦詩曰。避賢初罷相。樂聖且銜盃。爲問門前客。今朝幾箇來。七月。貶宜春太守。仰藥而死。本事詩。適之罷免意憤。日飲醇酎。且爲詩云云。林甫愈怒。終遂不免。邵氏聞見錄云。世賢當作避賢。傳寫誤也。宗之舊書。崔宗之。日用之子。襲封齊國公。李白傳。侍御史崔宗之謫官金陵。與白詩酒唱和。常月夜乘舟。自采石達金陵。白衣宮錦袍。于舟中顧瞻笑傲。旁若無人。**蘇晉** 吳若本注。蘇晉事見甘澤謠。舊書。蘇珦。雍州藍田人。子晉。數歲知爲文。舉進士及大禮科。皆上第。歷戶部侍郎。

**李白** 范傳正新墓碑。他日泛白蓮池。公不在宴。皇懽既洽。召公作序。時公已被酒於翰苑中。仍命高將軍扶以登舟。優寵如是。樂史別集序。上命李龜年持金花箋。宣賜翰林供奉李白。立進清平調詞三章。白欣然承詔。猶苦宿酲未解。因援筆賦之。國史補。白在翰林。多沉飲。玄宗命撰樂詞。醉不可待。以水沃之。白稍能動。索筆一揮十數章。文不加點。箋云。玄宗泛白蓮池。命高力士扶白登舟。此詩證據顯然。注家謂關中呼衣襟爲船。不上船者。醉後披襟見天子也。穿鑿可笑。趙次公云。白在翰苑被酒。扶以登舟。則竟上船矣。非不上船也。此尤似兒童之語。夫天子呼之而不上船。正以扶曳登舟。狀其酒狂也。豈竟不上船耶。**張旭** 國史補。旭飲酒輒草書。揮筆而大叫。以頭搵水墨中而書之。醒後。自視以爲神異。舊書。吳郡張旭。與知章相善。旭善草書而好酒。每醉後。號呼狂走。索筆揮洒。變化無窮。若有神助。金壺記。知章嘗與張旭遊于人間。凡見人家廳館好牆壁及屏障。忽忘機興發。落筆數行。如蟲篆鳥飛。古之張索不如也。然旭過于知章焉。李頎贈旭詩。露頂據胡床。長叫三五聲。**焦遂** 甘澤謠。陶峴。開元中家于崑山。客有前進士孟彥深。進士孟雲卿。布衣焦遂。各置僕妾共載。

## 曲江三章章五句

曲江蕭條秋氣高。菱荷枯折隨風濤。遊子空嗟垂二毛。白石素沙亦相蕩。哀鴻獨叫求其曹。

**曲江** 司馬相如哀二世賦。臨曲江之隑洲。注。曲江在杜陵西北五里。寰宇記。曲江池。漢武帝所造。名爲宜春苑。其水曲折。有似廣陵之江。故名之。西京雜記。朱雀街東第五街。皇城之東第三街。昇道坊龍華尼寺南。有流水屈曲。謂之曲江。

卽事非今亦非古。長歌激越梢林莽。比屋豪華固難數。吾人甘作心似灰。弟姪何傷淚如雨。

**卽事** 列子云。周之尹氏。有老役夫。晝則呻吟卽事。陶淵明云。卽事多所欣。謝詩。卽事怨睽攜。 **吾人** 漢武帝歌曰。泛濫不止兮愁吾人。西都賦。實列仙之攸館。非吾人之所寧。西征賦。陋吾人之拘攣。

自斷此生休問天。杜曲幸有桑麻田。故將移住南山邊。短衣匹馬隨李廣。看射猛虎終殘年。

杜曲雍錄。樊川韋曲東十里。有南杜北杜。杜固謂之南杜。杜曲謂之北杜。二曲名勝之地。南山李廣傳。屛居藍田南山中射獵。

麗人行楊愼曰。古本稱身下有足下何所着。紅渠羅韈穿鐙銀。徧考宋刻本並無。知楊氏僞託也。今削正。

三月三日天氣新。長安水邊多麗人。態濃意遠淑且眞。肌理細膩骨肉勻。繡一作畫羅衣裳照暮春。蹙金孔雀銀麒麟。頭上何所有。翠微一作爲㔩烏合反。一作匌葉一作匌㔩垂鬢脣。背一作身後何所見。珠壓腰衱其輒切。一作襟穩稱身。就中雲幕椒房親。賜名大國虢與秦。紫駝之峯一作珍出翠釜。水精之盤行素鱗。犀筯厭飫久未下。鸞刀縷切空一作坐紛綸。黃門飛鞚不動塵。御廚絡繹一作絲絡送八珍。簫鼓一作管哀吟感鬼神。賓從雜一作合遝實要津。後來鞍馬何逡巡。當軒一作道下馬入錦茵。楊花雪落覆音副白蘋。青鳥飛去銜紅巾。炙手可熱勢一作世絕倫。愼莫近一作向前丞相嗔。

麗人行舊書。玄宗每年十月。幸華清宮。國忠姊妹五家扈從。每家爲一隊。著一色衣。五家合隊。照暎如百花之煥發。遺鈿墜舄。瑟瑟珠翠。燦爛芳馥于路。而國忠私于虢國。不避雄狐之刺。每入朝。或聯鑣方駕。不施帷幔。每三朝慶賀。五鼓待漏。靚粧盈巷。蠟炬如晝。明皇雜錄。上將幸華清宮。貴妃姊妹競飾車服。各爲一犢車。飾以金銀。間以珠翠。一車之費。不啻數十萬。既成甚重。而牛不能引。因復上閤請乘馬。于是競須名馬。以黃金爲啣橛。組繡爲障泥。共會於國忠宅。同入禁中。炳煥照燭。觀者如堵。注並引十月幸華清事。度上巳修禊。亦必爾也。肌理細膩招魂。靡顏膩理。王逸注。膩。滑也。蹙金趙云。蹙金實事。唐人常語。故杜牧自謂其詩蹙金結繡。而無痕迹。**翠微㔩葉**玉篇。㔩綵。婦人頭花髻飾也。趙注。翠微一作翠爲。㔩一作匐。㔩音罨。匐音洽。與匒字連而曰匒匐。匒音答。重疊貌。海賦云。磊匒匐而相連。翠微㔩葉。則翡翠微布於㔩綵之葉。翠爲匐葉。則以翠爲匐匝之葉也。**衱**吳若本注。禮記注。交領也。爾雅。衱謂之裾。郭璞云。衣後裾也。趙云。謂之腰衱。則裙腰耳。以珠綴之。故言珠壓腰衱。**雲幕**西都記。成帝設雲幄雲幕於甘泉紫殿。世謂三雲殿。西都賦。後宮則掖庭椒房。后妃之室。第五倫傳。竇憲。椒房之親。**大國**舊書。太眞有姊三人。皆有才貌。並封國夫人之號。長曰大姨。封韓國。三姨封虢國。八姨封秦國。天寶七載。幸華淸宮。同日拜命。趙云。考長安志。虢國。八姨也。則秦國乃大姨也。**駝峯**西陽雜俎。衣冠家名食。將軍曲良翰有駝峯羹。漢書。大月氏本西域國。出一封橐駝。注云。脊上有一封高也。如封土然。今俗呼爲犎。音峯。**犀筯**西陽雜俎。明皇恩寵祿山。所賜之物。有金平脫犀頭匙筯。**鑾刀**西征賦。饔人縷切。鑾刀若飛。**黃門**明皇雜錄。虢國夫人出入禁中。常乘紫驄。使小黃門爲御。紫驄之俊健。黃門之端秀。皆冠絕一時。**御廚**新書。帝所得奇珍及貢獻。分賜之。使者相銜于道。五家如一。**楊花**樂府。楊白花歌辭曰。楊花飄蕩落南家。又曰。願銜楊花入窠裏。此句亦寓諷于楊氏也。**青鳥**山海經。三危之山。有青鳥居之。注。主爲西王母取食者。漢武故事。王母至。有二青鳥如烏。挾侍王母旁。沈約詩。啣書必青鳥。**紅巾**王勃落花篇。羅袂紅巾往復還。**熱手可炙**唐語林云。進士舉人。各樹名甲。開成會昌中語曰。鄭楊段薛。炙手可熱。蓋唐時長安市語如此。**丞相**樂史外傳。十一載。李林甫死。以國忠爲右相。十二載。加國忠司空。扈從之時。每家爲一隊。隊著一色衣。五家合隊。相暎如百花之煥發。遺鈿墜舄。珠翠燦于路岐可掬。曾有人俯身一窺其車。香氣數日不絕。駞馬千餘頭匹。以劍南旌節器仗前驅。及秦國先死。獨虢國韓國國忠轉盛。虢國又與國忠亂焉。每入朝謁。國忠與韓虢聯轡。揮鞭驟馬。以爲諧謔。玉臺新詠引漢桓帝時童謠曰。臙梁之下有懸鼓。我欲擊之丞相怒。

## 樂遊園歌 晦日賀蘭楊長史筵醉中作

樂遊古園崒（一作萃）森爽。烟緜碧草萋萋長。公子華筵勢最高。秦川對酒平如掌。長生木瓢示眞率。更調鞍馬狂歡賞。青春波浪芙蓉園。白日雷霆夾（一作甲）城仗。閶闔晴開昳（一作詄）蕩蕩。曲江翠幕排銀牓。拂水低徊舞袖翻。緣雲清切歌聲上。卻憶年年人醉時。只今未醉已先悲。數莖白髮那拋得。百罰一作刻深盃亦不辭。英華作辭不辭聖朝亦一作已知賤士醜。一物自一作但荷皇天慈。一作私此身飲罷無歸處。獨立蒼茫自詠詩。

**樂遊園** 長安志。樂遊原。在萬年縣南八里。漢書。宣帝起遊廟。在曲江北。案其處。則今之所呼樂遊廟是也。蓋本爲苑。後因立廟。康駢劇談錄。曲江池。本秦時隑洲。唐開元中。疏鑿爲勝境。其南爲紫雲樓、芙蓉苑。其西有杏園、慈恩寺。花卉環列。煙水明媚。都人遊翫。盛于中和上巳之節。西京雜記。長安中。太平公主于原上置亭遊賞。後賜寧申岐薛王。每正月晦日。三月三日。九月九日。士女咸就此登高祓禊。帟幕雲布。車馬填塞。虹彩映日。馨香滿路。朝士詞人賦詩。翌日傳于都市。**晦日** 貞元四年。勅正月晦日。文武百僚賜錢。以充宴會。德宗時。李泌請廢正月晦。以二月朔爲中和節。**秦川** 長安志。三秦記曰。長安正南秦嶺。嶺根水流爲秦川。一名樊川。雍錄。長樂坡基最高。四面山巒皆見。杜詩秦川云云是也。坐中見得秦川。則高可知矣。長安志。樂遊原居京城之最高。四面寬敞。京城之內。俯視如掌。沈佺期詩。秦地平如掌。層城出雲漢。**芙蓉園** 雍錄。凡宜春下苑。皆少陵地也。其下亦爲曲江。曲江之北。又爲樂遊原及樂遊苑。漢宣帝樂遊廟也。廟在唐世。基跡尚存。與唐之芙蓉園芙蓉池。皆相並也。宇文愷爲隋營京城。以京城東南隅地高不便。故于城之東南。穿芙蓉池以厭勝之。劉餗小說。園本古曲江。文帝惡其名曲。改名芙蓉。以其水盛而芙蓉富也。遊城南記。芙蓉園與杏園。皆秦宜春下苑之地。園內有池。謂之芙蓉池。唐之南苑也。**夾城** 韋述西京雜記。開元二十年。築夾城入芙蓉園。自大明宮夾亘羅城複道。經通化門觀以達興慶宮。次經春明延喜門至曲江芙蓉園。而外人不知也。津陽門詩。其年十月移禁仗。五王扈駕夾城路。**昳蕩蕩** 漢郊祀歌。天門開。詄蕩蕩。如淳曰。詄讀如迭。詄蕩蕩。天體堅青之狀也。**銀牓** 神異經。東方有宮。青石爲牆。高三仞。左右闕高百尺。畫以五色。門有銀牓。張正見詩。銀牓映仙宮。

## 渼陂行

岑參兄弟皆好奇。攜我遠來遊渼陂。天地黤慘忽異色。波濤萬頃堆琉璃。琉璃漫汗泛舟入。事殊興極憂思集。鼉作鯨吞不復知。惡風白浪何嗟及。主人錦帆相爲開。舟子喜甚無氛埃。鳧鷖散亂棹謳發。絲管啁啾空翠來。沈竿續蔓深莫測。菱葉荷花靜一作淨如拭。宛在中流渤澥清。下歸無極一云下臨無地終南黑。半陂已南純浸山。動影裊窕沖融間。船舷暝戛雲際寺。水面月出藍田關。此時驪龍亦吐珠。馮夷擊鼓羣龍趨。湘妃漢女出歌舞。金支翠旗光有無。咫尺但愁雷雨至。蒼茫不曉神靈意。少壯幾時奈老何。向來哀樂何其多。

岑參天寶三載進士。釋褐爲右內率府兵曹參軍。渼陂長安志。渼陂。在鄠縣西五里。出終南山諸谷。合胡公泉爲陂。十道志曰。有五味陂。陂魚甚美。因誤名之。本屬奉天。又說文曰。渼陂在京兆鄠縣。其周一十四里。北流入澇水。通志。元末游兵決水取魚。水去而陂涸爲田。拭雜記。雍人拭羊。注。拭。淨也。渤澥應劭曰。海別支也。沖融海賦。沖融沆瀁。船舷江賦。詠採菱以扣舷。楚辭。鼓枻而歌。王逸曰。扣船舷也。雲際寺長安志。雲際山大安寺。在鄠縣東南六十里。隋置居賢捧日寺。藍田關長安志。藍田關。在藍田縣東南六十八里。即秦嶢關也。後周明帝徙青泥故城側。改曰青泥關。武帝改藍田關。雍錄。杜詩。水面月出藍田關。嶢關在渼陂之東南也。金支安世房中歌。金支秀華。庶旄翠旌。臣瓚曰。樂上衆飾。有流蘇羽葆。以黃金爲支。相如賦。建翠華之旗。少壯秋風辭。歡樂極兮哀情多。少壯幾時兮奈老何。

## 渼陂西南臺

高臺面蒼陂。六月風日冷。蒹葭離披去。天水相與永。懷新目似擊。接要心已領。仿像識鮫人。空濛辨魚艇。錯磨終南翠。顛倒白閣影。崷一作嶒崒增光輝。乘一作陰陵惜俄頃。勞生愧嚴鄭。外物慕張邴。世復輕驊騮。吾甘雜鼃黽。知歸俗可忽。取適一作足事莫並。身退豈待官。老來苦便平聲靜。況資菱芡足。庶結茅茨迥。從此具扁舟。彌年逐清景。

鮫人 海賦。其垠則有天琛水怪鮫人之室。江賦。鮫人構館于懸流。 白閣 岑參歸白閣草堂詩。雷聲傍太白。雨在八九峯。東望白閣雲。半入紫閣松。通志。紫閣、白閣、黃閣三峯。俱在圭峯東。紫閣。旭日射之。爛然而紫。白閣陰森。積雪弗融。黃閣不知所謂。三峯相去不甚遠。 嚴鄭 前漢王貢兩龔傳序。谷口有鄭子眞。蜀有嚴君平。皆修身自保。三輔決錄云。子眞名樸。君平名遵。嵇康幽憤詩。仰慕嚴鄭。樂道閑居。 張邴 謝靈運還舊園作。辭滿豈多秩。謝病不待年。偶與張邴合。久欲還東山。注謂張良、邴曼容也。 便靜 謝靈運詩。拙疾相倚薄。還得靜者便。

## 戲簡鄭廣文虔兼呈蘇司業源明

廣文到官舍。繫一作置馬堂階下。醉則一作即騎馬歸。頗遭官長罵。才名四一作三十年。坐客寒無氊。賴一作近有蘇司業。時時與一作乞酒錢。

蘇司業 蘇源明。京兆武功人。天寶間及進士第。累遷太子諭德。出爲東平太守。召爲國子司業。安祿山陷京師。以病不受僞署。 乞 潘淳詩話。乞。與也。丘既切。

## 夏日李公一云李家令見訪

李時爲太子家令。 黃鶴曰。按宗室世系表。當是李炎。

遠林暑氣薄。公子過我遊。貧居類村塢。僻近城南樓。旁舍頗淳朴。所願(樊陳並作須)亦易求。隔屋喚西家。借問有酒不。牆頭過濁醪。展席俯長流。清風左右至。客意已驚秋。巢多衆鳥鬭。(一作喧)葉密鳴蟬稠。苦道(一作遭)此物聒。孰謂(陳作語)吾廬幽。水花晚色靜。(樊作淨)庶足充淹留。預恐樽中盡。更起爲君謀。

水花(崔豹古今注。芙蓉。一名荷花。生池澤中。實曰蓮。華之最秀異者。一名水芝。一名水花。)

## 奉同郭給事湯東靈湫作

東山氣鴻濛。宮殿居上頭。君來必十月。樹羽臨九州。陰火煑玉泉。噴薄漲巖幽。有時浴赤日。光抱空中樓。閬風入轍跡。曠(一作廣)原(一作野)延冥搜。沸(一作拂)天萬乘動。觀水百丈湫。幽靈(一云靈湫)斯(一作新)可佳。(一作怪)王命官屬休。初聞龍用壯。擘石摧林丘。中夜窟宅改。移因風雨秋。倒懸瑤池影。屈注蒼江流。味如甘露漿。揮弄滑且柔。翠旗淡偃蹇。雲車紛少留。簫鼓蕩四溟。異香泱漭浮。鮫人獻微(一作徵)綃。曾祝沈豪牛。百祥奔盛明。古先莫能儔。坡陀金蝦蟆。出見蓋有由。至尊顧之笑。王母不肯(一作遣)收。復歸虛無底。化作長黃虯。(一云龍與虯)飄飄(一作颻)青瑣郎。文采珊瑚鈎。浩歌淥水曲。清絕聽者愁。

東山長安志。驪山。在臨潼縣東南二里。溫湯在山下。開元後。玄宗嘗以十月幸溫泉。歲盡而歸。陰火海賦。陰火潛然。曠原吳若本注。原。崑崙東北脚名也。穆天子傳。自羣玉之山以西。至於西王母之邦。三千里。自西母王之邦。北至于曠原之野。飛鳥之所解其羽。千有九百里。宗周至于大曠原。萬四千里。百丈湫長安志。冷水。一曰零水。在臨潼縣東三十五里。亦曰百丈泉。水經注。冷水出肺浮山。歷陰盤、新豐兩原之間。北流注上渭。寰宇記。百丈水。即冷水之别名。郊祀志。湫淵祀朝那。龍用壯長安志。陰盤城。漢縣。湯泉水。在陰盤故城東門外。去昭應十五里。往來大路。必由此城。行人憧憧。無所留礙。近古帝王。未嘗經度。必迂迴城西。别開御路。貞觀中。乘輿將自東門入湯泉水。岸深數丈。時水暴漲平岸。又見物狀豬畜。臨土門。命有司致祭。其物起向北。因失所在。開元八年冬。乘輿自南入。行至半城。黑氣自城東北角起。倏忽滿城。從官皆相失。上策馬踰城赴官路。下至渭川。雲氣稍解。侍臣分散。尋求乘輿所在。上悵然還宮。數日不出。翰林學士通事舍人王翰作答客問上之。詞曰。龍躍湯泉雲漸迴。龍飛香殿氣還來。龍潛龍見雲皆應。天道常然何問哉。劇談錄。咸通九年春。華陰縣南十餘里。一夕。風雨暴作。有龍移湫。自遠而至。先是厓壙高亞。無貯水之所。此夕迴從數丈小山。從東西直亘南北。峯巒草樹。一無所傷。碧波迴塘。湛若疏鑿。偃蹇七發。旌旗偃蹇。微綃吳都賦。泉室潛織而卷綃。劉淵林曰。俗傳鮫人從水中出。曾寄寓人家。積日賣綃。曾祝豪牛穆天子傳。天子大朝于燕然之山。天子奉璧南面。曾祝佐之。祝沈牛豕羊。又文山之人歸。遺獻牥牛一百。天子與之豪馬豪牛。金蝦蟆酉陽雜俎。有人夜見月光屬于林中如疋布。尋眎之。見一金背蝦蟆。疑是月中者。月中陰精。后妃之象。祿山詔約楊妃。誓爲子母。通宵禁掖。暱狎嬪嬙。和士開之出入臥內。方此爲疎。薊城侯之獲廁刑餘。又奚足尙。方諸蝦蟆之入月。詩人之託諭。不亦婉而章乎。長黃虯安祿山事蹟。玄宗嘗夜宴祿山。祿山醉臥。化爲一黑豬而龍首。左右遽言之。玄宗曰。此豬龍也。無能爲者。祿山將入朝。乃令于溫泉爲祿山造宅。至溫泉賜浴。玄宗計日幸望春宮以待。十載正月一日。是祿山生日後三日。召祿山入內。貴妃以繡綳子縛祿山。令內人以綵輿舁之。歡呼動地。玄宗使人問之。報云貴妃與祿山作三日洗兒了。又綳祿山。是以歡笑。玄宗就觀之。大悅。十三載。祿山入廟。歸范陽。玄宗御望春亭。脫御服以賜之。祿山受之。驚懼不敢言。自謂先兆。恐復留之。遂疾驅出關。至淇門。順流而下。所至郡縣。令船夫持牽扳繩。立于岸上以待。至則牽之。日行三四百里。

十四載。玄宗遣中使馮承威賫璽書召祿山曰。與卿修得一湯沐。故令召卿至。十月。朕于華清宮待卿。十一月。祿山起兵反。夢弼曰。楊國忠言祿山必反。曰陛下試召之。必不來。祿山聞命卽至。見上于華清宮。此祿山謁見之由。故曰坡陀金蝦蟆。出見蓋有由也。上由是益親信祿山。國忠之言不能入。太子亦知祿山必反。言之不聽。雖國忠欲收祿山。貴妃必不肯。故曰至尊顧之笑。王母不肯收也。續遺歸范陽。祿山遂反。豈非復歸虛無底。化作長黃虯乎。

夜聽許十損一本作許十一。一本作許十。無損字。誦詩愛而有作

許生五臺賓。業白出石壁。余亦師粲可。身猶縛禪寂。何階子方便。謬引爲匹敵。離索晚相逢。包蒙欣有擊。誦詩渾一作混遊衍。四座皆一作俱辟易。應手看捶鉤。清心聽鳴鏑。精微穿溟涬。飛動摧霹靂。陶謝不枝梧。風騷共推激。紫燕舊作鸞。非。自超詣。翠駮誰剪剔。君意人莫知。人間夜寥闃。

五臺 華嚴大疏。清涼山。卽代州雁門郡五臺山也。歲積堅冰。夏仍飛雪。曾無炎暑。故曰清涼。五峯聳出。頂無林木。有如壘土之臺。故曰五臺。太平寰宇記。五臺。在代州五臺縣東北一百四十里。水經注。五臺山。五巒巍然。故謂之五臺。石壁 續高僧傳。曇鸞。或爲巒。雁門人也。家近五臺山。後住汾州北山石壁玄中寺。粲可 舊書。達摩傳慧可。慧可傳粲。捶鉤 知北遊。大馬之捶鉤者。年八十矣。而不失豪芒。郭云。捶者。拈捶鉤之輕重。而不失豪芒也。紫燕 昭陵六馬贊。紫燕超躍。駮 爾雅。駮如馬。鋸牙。食虎豹。

橋陵詩三十韻因呈縣內諸官

先帝昔晏駕。茲山朝百靈。崇岡擁象設。沃野開天庭。卽事壯重險。論功超五丁。坡陁因一作用

厚地。一作力卻略羅峻屏。雲闕虛冉冉。風松肅泠泠。石門霜露一作霧白。玉殿莓苔青。宮女晚一作曉知曙。祠官一作臣朝見星。空梁簇畫戟。陰井敲銅瓶。中使日夜繼。一云日繼夜。正異云日相繼。惟王心不寧。豈徒郵備享。尚謂求無形。孝理敦國政。神凝推道經。瑞芝產廟柱。好鳥鳴一作巢。一作宿。巖扃。高岳前嵂崒。洪河左瀅濙。瀅。玉篇同滎。胡坰烏迥二切。無瑩音。濙字玉篇韻略俱無。毛氏據此詩增。恐非。當作濚。金城蓄峻趾。沙苑交迴汀。永與奧區固。川原紛眇冥。居然赤縣立。臺榭爭岧亭。官屬果稱是。聲華眞一作宜可聽。王劉美竹潤。裴李春蘭馨。鄭氏才振古。啖侯筆不停。遣辭必中律。利物常發硎。綺繡相展轉。琳琅愈一作逾青熒。側聞魯恭化。秉德崔瑗銘。太史候鳧影。王喬隨鶴翎。朝儀限霄漢。客思迴林坰。轙軻辭下杜。飄颻陵濁涇。諸生舊短褐。旅泛一浮萍。荒歲兒女瘦。暮途涕泗零。主人念老馬。廨署一作宇容一作客秋螢。流寓理豈愜。窮愁醉未醒。何當擺俗累。浩蕩乘滄溟。

**橋陵** 開元四年十月。葬睿宗于橋陵。以同州蒲城縣爲奉先縣。十七年十一月。謁橋陵。上望陵涕泣。改奉先同赤縣。以所管三百戶供陵寢。長安志。橋陵。在奉先縣西北二十里豐山。封內四十里。陪葬太子三。公主三。

**象設** 招魂。象設君室。注。象。法也。言乃爲君造設第室。法象舊廬。**坡陁** 哀二世賦。登坡陁之長坂。匡謬正俗。坡陁者。猶言靡迤耳。**金城** 寰宇記。秦孝公九年。築長城。簡公二年。塹洛。故云自鄭濱洛。今沙苑長城是也。三秦記云。在蒲城東五十里。秦築長城。即是塹洛也。賈誼云。關中之固。金城千里。愚謂指長城也。舊注引京兆始平之金城。非是。**下杜** 水經注。下杜城。應劭曰。故杜陵之下聚落也。故曰下杜門。長安志。下杜城。在長安縣南一十五里。秦杜縣。宣帝修杜之東原爲陵。曰杜陵縣。更名此爲下杜城。東有杜原。城在下。故曰下杜。困學紀聞。石門霧露白。玉殿莓苔青。舊史。鄭顥夢爲聯句。與此同。

## 沙苑行

君不見左輔白沙如白水。一作白如水 繚以周牆百餘里。龍媒昔是渥洼生。汗血今稱獻於此。苑中騋牝三千匹。豐草青青寒不死。食之豪健西域無。一云騰西域 每歲攻一作收。作牧。駒冠邊鄙。王有虎臣司苑門。入門天廐皆雲屯。驌驦一骨獨當御。春秋二時歸一作朝至尊。至尊內外馬盈億。鮑作內外馬數將盈億 伏櫪在坰空大存。逸羣絕足信殊傑。倜儻權奇難具論。纍纍𡍼阜藏奔突。往往坡陁縱超越。角壯翻同一作騰麋鹿遊。浮深簸蕩黿鼉窟。泉一作海出巨魚長比人。丹砂作尾黃金鱗。豈知異物同精氣。雖未成龍亦有神。

沙苑 元和郡國志。沙苑。一名沙阜。在同州馮翊縣南二十里。其處宜六畜。置沙苑監。唐六典。沙苑監。掌牧養隴右諸牧牛羊。水經注。洛水東經沙阜北。其阜東西八十里。南北三十里。俗名之曰沙苑。寰宇記。白水縣。其境東南谷多白土。因名白水。周牆 西都賦。西郊則有上囿禁苑。繚以周牆。四百餘里。天廐 六典。六閑左右。凡十有二閑。分爲二廐。一曰祥麟。二曰鳳苑。以繫飼馬。歸至尊 唐六典。使司每歲簡細馬五十匹。敦馬一百匹進之。今本六典云。凡在牧之馬皆印。注云。印以監名。若擬送尚乘。不用監名。尾側依左右閑。印以三花。雜馬送尚乘者。以風字印左髆。以飛字印左髀。角壯 赭白馬賦。分馳迴場。角壯永埒。泉出巨魚 泉出。吳若本注作海出。後漢志。按靈帝熹平二年。東萊海出大魚二枚。京房易傳。海出巨魚。邪人進。賢人疎。

驄馬行（太常梁卿勑賜馬也。李鄧公愛而有之。命甫製詩。）

鄧公馬癖人共知。初得花驄大宛種。夙昔傳聞思一見。牽來左右神皆竦。雄姿逸態何崷崒。顧影驕嘶自矜寵。隅目青熒夾鏡懸。肉駿（荊作騣）碨礧連錢動。朝來久（草堂作少）試華軒下。未覺千金滿高價。赤汗微生白雪毛。銀鞍卻覆香羅帕。卿家舊賜公取之。（一云能取。一云有之。）天廄真龍此其亞。晝洗須騰涇渭深。朝（荊作夕。一作晨。）趨可刷幽并夜。吾聞良驥老始成。此馬數年人更驚。豈有四蹄疾于鳥。不與八駿俱先鳴。時俗造次那得致。雲霧晦冥方降精。近聞下詔喧都邑。肯使（一作知有）騏驎地上行。

隅目　西京賦。隅目高匡。薛綜曰。隅目。角眼視也。相馬經曰。眼欲得高匡。　肉駿　東坡曰。余在岐下。見秦州進一馬。騣如牛。項下垂胡。側立倒傾。毛生肉端。蕃人曰。此肉騣也。乃知驄馬行肉駿碨礧。當作肉騣耳。

晝洗　赭白馬賦。旦刷幽燕。晝秣荊越。張說隴右監牧頌。朝刷閩風。夕洗天泉。太白天馬歌。雞鳴刷燕暮秣越。

去矣行

君不見鞲上鷹。一飽則飛掣。焉能作堂上燕。銜泥附炎熱。野人曠蕩無靦顏。豈可久在王侯間。未試囊中餐玉法。明朝且入藍田山。

飽欽止曰。天寶十四載。公在率府。數上賦頌。不蒙採錄。欲辭職。遂作去矣行。**餐玉法**後魏書。李預每羨餐玉法。乃採訪藍田。躬往掘得若環璧雜器形者。大小百餘。至而觀之。皆光潤可玩。預乃椎七十枚爲屑。日服食之。**藍田山**漢地理志。藍田縣。本秦孝公置。山出美玉。三秦記曰。玉之美者曰球。其次曰藍。蓋以縣出美玉。故名。

## 自京赴奉先縣詠懷五百字天寶十四載十一月初作

杜陵有布衣。老大意轉拙。許身一何愚。樊作過竊比稷與契。居然成濩落。白首甘一云苦契闊。蓋棺事則已。此志常覬豁。窮年憂黎元。歎息腸一作腹內熱。取笑同學翁。浩歌彌激烈。非無江海志。瀟洒送一作迭日月。生逢堯舜君。一云堯爲君不忍便永訣。當今廊廟具。構廈豈云缺。葵藿傾太陽。物性固莫一作難奪。顧惟螻蟻輩。但自求其穴。胡爲慕大鯨。輒擬偃溟渤。以茲悟生理。獨恥事干謁。兀兀遂至今。忍爲塵埃沒。終愧巢與由。未能易其節。沉飲聊自適。一作遣放歌破愁絕。歲暮百草零。疾風高岡裂。天衢陰崢嶸。客子中夜發。霜嚴衣帶斷。指直不得一作能結。淩晨過驪山。御榻在嵽嵲。蚩尤塞寒空。蹴踏崖谷滑。瑤池氣鬱律。羽林相摩戛。君臣一云聖君留懽娛。樂動殷樛嶱。荆作膠葛。一作嶱蝎。一作福嵑嶱。一作湯嶱。一賜浴皆長纓。與宴一作謀非短褐。彤廷所分帛。本自寒女出。鞭撻一作箠其夫家。聚斂貢城闕。聖人筐篚恩。實欲一作願邦國活。臣如忽至理。君豈棄此物。

多士盈朝廷。仁者宜戰慄。況聞內金盤。盡在衛霍室。中堂舞一作有神仙。煙霧散一作蒙玉質。煖客一云蒙貂鼠裘。悲管逐清瑟。勸客駝蹄羹。霜橙壓香橘。朱門酒肉一作𠕎臭。路有凍死骨。榮枯咫尺異。惆悵難再述。北轅就涇渭。官渡又改轍。羣冰一作水從西下。極目高崪兀。疑是崆峒來。恐觸天柱折。河梁幸未坼。枝撐聲窸窣。行旅相攀援。川廣不一作且可越。老妻寄荆作既異縣。十口隔風雪。誰能久不顧。庶往共饑渴。入門聞號咷。幼子飢一作餓已卒。吾寧捨一哀。里巷亦陳作猶嗚咽。所愧爲人父。無食致夭折。豈知秋未一作禾登。貧窶有倉卒。生常陳作當免租稅。名不隸征伐。撫迹猶一作獨酸辛。平人固騷屑。默思失業徒。因念遠戍卒。憂端齊一作際終南。澒洞不可掇。

奉先 西魏蒲城縣。屬同州。開元四年。改爲奉先縣。移隸京兆府。以奉睿宗橋陵。十七年。昇爲赤縣。去長安一百五十里。長安志。蒲城縣。秦名重泉。後魏白水。又改蒲城。開元四年。建睿宗橋陵。改爲奉先縣。隸京兆府。十七年。昇爲赤縣。驪山 太平寰宇記。驪山。在昭應縣東南二里。卽藍田山也。雍錄。溫泉在驪山。秦漢隋唐皆常遊幸。惟玄宗特侈。蓋卽山建立百司。庶府皆行。各有寓止。自十月往。至歲盡乃還宮。又緣楊妃之故。其奢蕩益著。大抵宮殿包裹驪山一山。而繚牆周徧其外。觀風樓下。又有夾城。可通禁中。蚩尤 羽獵賦。蚩尤並轂。蒙公先驅。韓子曰。黃帝駕象車。異方並轂。蚩尤居前。皇覽。蚩尤塚。在東郡壽張縣闞鄉城中。高七丈。民常十月祀之。有赤氣出。如匹絳帛。民名爲蚩尤旗。余按此正十一月初。借蚩尤以喻兵象也。鬱律 西京賦。隆穹崔崒。隱轔鬱律。羽林 唐會要。垂拱元年。置羽林軍。應劭漢紀注。林喻林木。羽若羽翼。樂動開元天寶遺事。貴妃生日。宴長生殿。南方適進荔枝。因以荔枝香爲曲。劉禹錫華清宮詩。言昔太上皇。常居此祈年。空中聞清樂。往往來列仙。樛嶱上林賦。張樂乎膠葛之寓。郭璞曰。言曠遠深貌也。魯靈光殿賦。洞轇轕乎其無垠也。甘泉賦。齊總總以撙撙。其相膠轕。張衡南都賦。其山則崆峣嶱嵑。注。山石高峻之貌。賜浴津陽門詩注曰。宮内除供奉兩湯池。内外更有湯十六所。長湯每賜諸嬪御。其修廣與諸湯不侔。甃以文瑶密石。中央有玉蓮華捧湯。噴以成池。又縫綴錦繡爲鳬雁。置于水中。上時于其間泛鈒鏤小舟。以嬉遊焉。次西曰太子湯。又次西少陽湯。又次西尚食湯。又次西宜春湯。又次西長湯十六所。今惟太子、少陽二湯存焉。孔帖云。李適賜浴溫湯。給香粉蘭澤。安祿山事蹟。祿山將及戲水。楊國忠兄弟、虢國姊妹並至新豐。所止之處。皆賜御膳。至溫泉賜浴。將士並賜浴賜食賜錢。玄宗計日幸望春宮以待。官渡郎涇渭之渡也。舊注引魏志官渡。謬甚。長安志。横𣃁官渡。在萬年縣東南二十五里。入藍田路。天柱水經注。張華敘東方朔神異經曰。崑崙有銅柱焉。其高入天。所謂天柱也。圍三千里。員周如削。列子。共工氏與顓頊爭爲帝。怒而觸不周之山。折天柱。絕地維。澒洞許慎注淮南子。澒。讀如項羽之項。洞。讀如同遊之同。

呂汲公詩譜云。是年十一月初。自京赴奉先。有詠懷詩。是月有祿山之亂。按祿山起兵在十一月九日。反書至長安。玄宗猶未信。故此詩言歡娛聚斂。致亂在旦夕。而不言祿山反狀也。

## 奉先劉少府新畫山水障歌

英華題云。新畫山水障歌奉先尉劉單宅作。

堂上一作中不合生楓樹。怪底江山一作山川起烟霧。聞君掃卻赤縣圖。乘興遣畫滄洲趣。畫師亦無數。好手不可遇。對此融心神。知君重毫素。豈但祁岳與鄭虔。筆迹遠過楊契丹。得非玄圃裂。一作坼無乃瀟湘飜。悄然坐我天姥下。耳邊已似聞清猿。反思前夜風雨急。乃一作恐是蒲一作滿城鬼神入。元氣淋漓障猶濕。眞宰上訴天應泣。野亭春還雜花遠。漁翁暝踏孤舟立。滄浪水深青溟闊。英華云。滄浪之水深且闊。欹岸側島英華云。欹峯側岸。秋毫末。不見湘妃鼓瑟時。至今斑竹臨江活。劉侯天機精。愛畫入骨髓。自有兩兒郎。揮灑亦莫比。大兒聰明到。能添老樹巔崖裏。小兒心孔開。貌音邈得山僧及童子。若耶溪。雲門寺。吾獨胡爲在泥滓。青鞋布襪從此始。

赤縣劉爲奉先尉。寫其邑之山水。故曰赤縣圖。　祁岳朱景玄唐朝名畫錄。李嗣眞畫錄云。空有其名。不見蹤跡。二十五人。祁岳在李國恆之下。岑參送祁樂還山東詩。有時或乘興。畫出江上峯。床頭蒼梧雲。簾下天台松。瞽者唐仲云。疑即其人。岳之與樂。傳寫之誤也。　楊契丹張彥遠名畫記。隋楊契丹。官至上儀同。山東體製。尤屬斯人。品在閻立本下。　李云。沙門法琮云。六法備該。殊豐骨氣。田楊聲侔董展。昔田楊與鄭法士同于京師光明寺畫小塔。楊以簟蔽畫處。鄭竊覘之。謂楊曰。卿畫終不可學。何勞障蔽。楊託以婚姻有對門之好。又求楊畫本。楊引鄭至朝堂。指以宮闕衣冠人物車馬曰。此是吾畫本也。由是鄭深歎服。　天姥寰宇記。天姥山。在剡縣南八十里。名山志曰。山上有楓千餘丈。蕭蕭然。吳錄云。登者聞天姥歌謠之響。郡國志。天姥山與括蒼山相連。石壁上有刊字。科斗形。高不可識。春月樵者。聞簫鼓笳吹之聲聒耳。元嘉中。遣名畫寫狀于團扇。即此山也。謝靈運詩曰。暝投剡中山。明登天姥岑。壯遊詩。歸帆拂天姥。蓋舊遊之地。故云悄然坐我天姥下也。　若耶溪寰宇記。在會稽縣東二十八里。水經注。若耶溪水。上承嶕峴麻谿。谿之下。孤潭周數畝。甚清深。有孤石臨潭。垂崖俯視。猿狖驚心。寒木被潭。森沈駭觀。上有一櫟樹。謝靈運與從弟惠連常遊之。作聯句。題刻樹側。麻潭下注若耶溪。水至清。照衆山倒影。窺之如畫。　雲門寺會稽志。雲門山。在縣南三十里。水經注。山陰縣南。有玉笥竹林。雲門天柱精舍。並疏山創基。架林裁宇。割潤延流。盡泉石之好。南史。何胤以會稽山多靈異。往遊焉。居若耶山雲門寺。　青鞋布襪送孔巢父詩云。南尋禹穴見李白。公方悲亂。思孔、李輩或在剡中。欲往從之而不可得。故曰我獨胡爲在泥滓。草堂詩箋。序于自京赴奉先縣之後。

## 白水縣崔少府十九翁高齋三十韻天寶十五載五月作

客從南縣來。浩蕩無與適。旅食白日長。況當朱炎赫。高齋坐林杪。信宿遊衍闃。清晨陪躋攀。傲睨俯峭壁。崇岡相枕帶。曠野懷（一作迴。一作迥。）咫尺。始知賢主人。贈此遣愁寂。危堦根青冥。曾冰生淅瀝。上有無心雲。下有欲落石。泉聲聞復急。（一作息。）動靜隨所擊。（陳作激。）鳥呼藏其身。有似懼彈射。吏隱道（陳作適。一作通。）情性。茲焉其窟宅。白水見舅氏。諸翁乃仙伯。杖藜長松陰。作尉窮谷僻。爲我炊雕胡。逍遙展良覿。坐久風頗愁。（一作怒。）晚來山更碧。相對十丈蛟。欻翻盤渦坼。何得空裏雷。殷殷尋地脈。煙氛（一作氣。）藹崷（一作崺。）崒。魍魎森慘戚。崑崙崆峒顛。迴首如（一云知。）不隔。前軒頽（一作摧。）反照。巉絕華岳赤。兵氣漲林巒。川光雜鋒鏑。知是相公軍。鐵馬雲霧（一作壓。）積。玉觴淡無味。胡羯豈強敵。長歌激屋梁。淚下流衽席。人生半哀樂。天地有順逆。慨彼萬國夫。休明備征狄。（一作敵。）猛將紛塡委。廟謀蓄長策。東郊何時開。帶甲且來（荆作未。）釋。欲告清宴罷。難（一作疲。）拒幽明迫。三歎酒食旁。何由似平昔。

白水 元和郡國志。白水。漢衙縣地。春秋秦晉戰于彭衙是也。後魏置白水郡。南臨白水。因以爲名。唐屬同州。 南縣 舊注。南縣。謂奉先縣也。奉先在白水之南。寰宇記。蒲城縣。本漢重泉縣地。後魏分白水縣。置南白水縣。以在白水之南爲名。廢帝三年。改爲蒲城。開元中。改爲奉先縣。白水則後魏所置縣及白水郡也。公從奉先而來。循其舊名。故曰南縣也。 仙伯 舊注。梅福作尉。人謂之仙尉。故呼少府爲仙伯。 雕胡 宋玉諷賦。爲臣炊雕胡之飯。大招。設菰粱只。注。菰粱。蔣實。謂雕胡也。相公軍天寶十四載。祿山反。拜哥舒翰爲兵馬副元帥。以討祿山。明年正月。加同平章事。八月。翰軍敗于靈寶。三歎左傳。魏子曰。諺曰唯食忘憂。吾子置食之間三歎。何也。

## 三川觀水漲二十韻天寶十五載七月中。避寇時作。

我經華原來。不復見平陸。北上唯土山。連天走窮一作穹谷。火雲無時出。一云出無時飛電常在目。自多窮岫雨。行潦相豗蹙。蓊音烏匌音閤。又音溘。川氣黃。羣流會空曲。清晨望高浪。忽謂陰崖踣。音匐恐泥竄蛟龍。登危聚麋鹿。枯查卷拔樹。礧磈共充塞。聲吹鬼神下。勢閱人代速。不有萬穴歸。何以尊四瀆。及觀泉源漲。反懼江海覆。漂沙圻岸去。一作去岸漱壑松柏禿。乘陵陳作凌破山門。迴斡裂一作倒地軸。交洛赴洪河。及關豈信宿。應沈數州沒。如聽萬室哭。穢濁殊未清。風濤怒猶蓄。何時通舟車。陰氣不一云亦黲黷。浮生有蕩汩。吾道正羈束。人寰難容身。石壁滑側足。雲雷此一作屯不已。艱險路更跼。普天無川梁。欲濟願水縮。因悲中林士。未脫衆魚腹。舉頭向蒼天。安得騎鴻鵠。

三川元和郡國志。三川縣。本漢翟道縣地。以華池水、黑水及洛水三川同會。因爲名。開皇三年。屬鄜州。華原長安志。華原縣。本漢祋祤縣之地。貞觀十七年。省宜州及土門縣。以華原、同官二縣屬雍州。大足元年。隸京兆府。柳子厚曰。自渭而北。至于華原。其驛凡九。**土山**元和郡國志。土門山。在華原縣東南四里。**蓊匌**海賦。磊匌匌而相豗。注。匌匌。重疊也。**漂沙**海賦。彯沙礐石。蕩颺島濱。**乘陵**宋玉風賦。乘陵高城。**山門**即土門山也。山有二土門。故曰山門。**地軸**海賦。狀如天輪。膠戾而激轉。又似地軸。挺拔而爭迴。**交洛**元和郡國志。隋開皇十六年。分三川、洛川二縣。置洛交縣。屬鄜州。洛水之交。故曰洛交。寰宇記。洛交水。在縣南一里。洛水交會之所。**及關**潼關。在華州之華陰縣。鶴曰。天寶十四載十一月。公自京兆之奉先。明年夏五月。自奉先之同州白水縣。又自白水之鄜州。途出華原。是赴靈武時所經處也。同州在華原東百八十里。華原北至坊州百八十里。坊北至鄜百四十五里。豈非公自白水西北至華原。又自華原北至坊。復自坊北至鄜也。後有玉華宮詩。玉華宮。在坊州宜春縣。

## 悲陳陶

孟冬十郡良家子。血作陳陶澤中水。野曠一作廣天清一作晴無戰聲。四萬義軍同日死。羣胡歸來血一作雪洗箭。仍唱一云撚箭胡歌飲都市。都人迴面向北啼。日夜更望官軍至。一云前後官軍苦如此

**陳陶**至德元載十月。房琯請爲兵馬元帥收復西京。辛丑。與賊將安守忠戰于咸陽縣之陳濤斜。官軍敗績。時琯用春秋車戰之法。以車二千乘。馬步夾之。既戰。賊順風揚塵鼓譟。牛皆震駭。因縛蒭縱火焚之。人畜撓敗。爲所殺傷者四萬餘人。存者數千而已。雍錄。陳濤斜在咸陽。李晟自東渭橋移軍西上。與李懷光會于陳濤斜是也。未戰陳濤斜時。琯已先至便橋據要。既敗。又爲中人所促。并與南軍而敗。人事失之也。

## 悲青坂

我軍青坂在東門。天寒飲馬太白窟。黃頭奚兒日向西。數騎彎弓敢馳突。山雪河冰野樊作晚。

樂府作已。蕭颸。一作颼。一作颯。青是烽一作人煙白人骨。焉得附書與我軍。忍待明年莫倉卒。

青坂癸卯。琯又率南軍卽戰。復敗。東坡曰。琯既敗。猶欲持重有所伺。而中人邢延恩等促戰。倉皇失據。遂及于敗。故後篇云。安得附書與我軍。忍待明年莫倉卒。青坂。地名。未詳。陳濤斜在咸陽。房琯師次便橋。便橋在咸陽縣西南十里。架渭水上。則青坂去陳濤便橋當不遠。太白窟太白山在武功縣。去長安二百里。琯先分三軍。劉秩將中軍。自武功入。故曰飲馬太白窟。茅元儀曰。肅宗已入賀蘭進明之謗。而使房琯將兵。人主嫌疑于上。小人窺伺于下。持重有伺。焉知非勝機。而中人輒敢促戰。敗師之罪。琯不任受也。琯以宰相將師。若非主上見疑。何至使中人監制。若琯幸而勝。則肅宗之疑愈深。進明之謗滋甚。豈惟不敢望一州。他日欲如高力士、陳玄禮。亦不可得矣。琯既敗。帝猶未敢卽廢。假琴工之事。發怒斥之。既廢。而朝士多言琯謀包文武。可復用。帝益不能容。由此言之。唐世公議。猶足重也。

## 哀江頭

少陵野老吞聲哭。春日潛行曲江曲。江頭宮殿鎖千門。細柳新蒲爲誰綠。憶昔霓旌下南苑。苑中萬物生顏色。昭陽殿裏第一人。同輦隨君侍君側。輦前才一作詞人帶弓箭。白馬嚼一作噍齧黃金勒。翻身向天一作空仰射雲。一箭考異作笑。蔡君謨作發。正墜雙飛翼。明眸皓齒今何在。血污遊魂歸不得。清渭東流劍閣深。去住彼此無消息。人生有情淚沾臆。江水一作草江花豈終極。黃昏胡騎塵滿城。欲往城南忘南北。一云望城北。

少陵雍錄。少陵原。在長安縣南四十里。宣帝陵在杜陵縣。許后葬杜陵南園。師古曰。卽今謂小陵者也。去杜陵十八里。他書皆作少陵。杜甫家焉。故自稱杜陵老。亦曰少陵也。江頭宮殿舊書。文宗能詩。

常誦杜甫曲江行云云。始知天寶以前。曲江四岸。有行宮臺殿。百司廨署。思復昇平故事。命濬曲江池。爲宮殿以壯之。**細柳新蒲**康駢劇談錄。曲江池。入夏則菰蒲葱翠。柳陰四合。碧波紅蕖。湛然可愛。**南苑**卽南內興慶宮也。**同輦**漢書。成帝遊于後庭。常欲與班婕妤同輦。**白馬**明皇雜錄。上幸華清宮。貴妃姊妹。各購名馬。以黃金爲銜勒。**一箭**潘岳射雉賦。昔賈氏之如臯。始解顏於一箭。**清渭**丙申。次馬嵬驛。上命力士賜貴妃自盡。驛在興平縣。縣在府西百餘里。玄宗由便橋度渭。自咸陽望馬嵬而西。由武功入大散關河池劍閣。以達成都。**忘南北**陸游筆記。欲往城南忘南北。言惶惑避死。不能記孰爲南北也。荊公集句。兩篇皆作望城北。蓋傳本偶異耳。北人謂向爲望。欲往城南。乃向城北。亦不能記南北之意。

箋曰。此詩興哀于馬嵬之事。專爲貴妃而作也。蘇黃門曰。哀江頭。卽長恨歌也。斯言當矣。清渭劍閣。寓意于上皇貴妃也。玄宗之幸蜀也。出延秋門。過便橋。渡渭。自咸陽望馬嵬而西。則清渭以西。劍閣以東。豈非蛾眉宛轉。血汚遊魂之處乎。故曰。去住彼此無消息。行宮對月。夜雨聞鈴。寂寞傷心。一言盡之矣。人生有情淚沾臆。江水江花豈終極。卽所謂天長地久有時盡。此恨綿綿無絕期也。興哀于無情之地。沈吟感歎。瞀亂迷惑。雖胡騎滿城。至不知地之南北。昔人所謂有情癡也。陸放翁但以避死惶惑爲言。殆亦淺矣。

## 哀王孫

長安城頭頭白烏。（樊作多白烏。一作頸白烏。）夜飛延秋門上呼。又向（一作來）人家啄大屋。屋底達官走避胡。金鞭斷折九馬死。骨肉不待（一作得）同馳驅。腰下寶玦青珊瑚。可憐王孫泣路隅。問之不肯道姓名。但道困苦乞爲奴。已經百日竄荆棘。身上無有完肌膚。高帝子孫盡隆（一作高）準。龍種自與常人殊。豺狼在邑龍在野。王孫善保千金軀。不敢長語臨交衢。且爲王孫立斯須。昨夜東一作春風吹血腥。東來橐一作駱駝滿舊都。朔方健兒好身手。昔何勇銳今何愚。竊聞天一作太子已傳位。聖德北服南單于。花門剺面請雪恥。愼勿出口他人狙。一作徂哀哉王孫愼勿疏。五陵佳氣無時無。

**哀王孫** 舊書。六月九日。潼關不守。十二日凌晨。自延秋門出。微雨沾濕。國忠與貴妃及親屬擁上出。親王妃主皇孫已下。多從之不及。平明。旣渡渭。卽令斷便橋。辰時。至咸陽望賢驛置頓。通鑑。上出延秋門。妃主皇孫之在外者。皆委之而去。是日百官猶有入朝者。至宮門猶聞漏聲。三衞立仗儼然。門旣啓。則宮人亂出。中外擾攘。不知上所之。王公士民四出。逃竄山谷。**延秋門** 雍錄。玄宗幸蜀。自苑西門出。在唐爲苑之延秋門。在漢爲都城直門也。旣出。卽由便橋渡渭。自咸陽望馬嵬而西。雍錄有漢唐要地參出圖。唐禁苑西北包漢長安故城。未央宮。唐後改爲通光殿。西出卽延秋門。**乞爲奴** 干寶晉紀總論。劉淵王彌之亂。將相侯王。交頸受僇。乞爲奴僕而猶不獲。**在野** 光武紀。赤伏符曰。四夷雲集龍鬬野。**橐駞** 史思明傳。祿山陷兩京。以駱駝運御府珍寶于范陽。不知紀極。**朔方兵** 哥舒翰將河隴朔方兵及蕃兵共二十萬拒賊。敗績于潼關。**傳位** 天寶十五載七月。肅宗卽位于靈武。安祿山事迹。祿山深宮高居。殘虐日恣。酷如狼虎。百姓騷然。間諜日至。士庶潛議亡歸。知肅宗至靈武。皆企官軍。相傳曰。皇太子從西來也。人皆奔走。市肆爲空。**南單于** 光武紀。匈奴薁鞬日逐王比。自立爲南單于。於是分爲南北匈奴。建武二十五年。南單于遣使。詣闕貢獻。奉藩稱臣。開元中。玄宗使郭知運討逐回鶻。退保烏德健山。南去西域一千七百里。肅宗卽位。九月。南幸彭原。遣使與回紇和親。二載二月。其首領入朝。**花門** 唐志。甘州有花門山堡。東北千里。至回鶻衙帳。**剺面** 後漢耿秉傳。匈奴或至梨面流血。梨卽剺字。**狙** 史記索隱。狙。伺也。謂狙之伺物。必伏而候之。箋曰。至德元載九月。孫孝哲害霍國長公主、永王妃及駙馬楊駙等八十人。又害皇孫二十餘人。並刳其心。以祭安慶宗。王侯將相扈從入蜀者。子孫兄弟雖在嬰孩之中。皆不免于刑戮。當時降逆之臣。必有爲賊耳目。搜捕皇孫妃主以獻奉者。不獨如孝哲輩爲賊寵任者也。故曰。王孫善保千金軀。又曰。哀哉王孫愼勿疏。危之也。亦戒之也。有宋靖康之難。羣臣爲金人搜索。趙氏遂無遺種。讀此詩。如出一轍。

## 大雲寺贊公房四首

心在水精域。衣霑春雨時。洞門盡徐步。深院果幽期。到（一作倒）扉（一作屝。又作扊）。開復閉。撞鐘齋及茲。醍醐長發性。飲（一作飯）食過扶衰。把臂有多日。開懷無媿辭。黃鸝（一作鶯）度結構。紫鴿下罘罳。（一云芳菲）愚（一作芳）意會所適。花邊行自遲。湯休起我病。微笑索題詩。

大雲寺　長安志。大雲經寺。在京城朱雀街南懷遠坊之東南隅。本名光明寺。武后初幸此寺。沙門宣政進大雲經。中有女主之符。因改爲大雲經寺。　水精域　江總大莊嚴寺碑。俯看鷲電。影徹琉璃之道。遙拖宛虹。光遍水精之域。　罘罳　西陽雜俎。士林間多呼殿榱桷護雀網爲罘罳。其淺悞如此。禮記。疏屛。天子之廟飾。鄭注云。屛謂之樹。今罘罳也。列之爲雲氣蟲獸。如今之闕。張揖廣雅曰。復罳謂之屛。劉熙釋名曰。罘罳在門外。罘。復也。臣將入請事。此復重思。王莽遣使壞渭陵延陵園門罘罳。曰使民無復思漢也。魚豢魏略曰。黃初三年。築諸門闕外罘罳。鹽鐵論曰。垣闕罘罳。言樹屛隅角所架也。雍錄。罘罳。鏤木爲之。其中疏通。可以透明。或爲方空。或爲連鎖。其狀扶疎。故曰罘罳。其制與靑鎖同類。顧所施之地不同。而名亦隨異。在宮闕則爲闕上罘罳。在陵垣則爲陵上罘罳。禮記疏屛。亦其物也。又有網戶者。刻爲連文。遞相綴屬。其形如網。後世遂有直織絲網。而張之簷窗。以護禽雀者。文宗出殿北門。裂斷罘罳而去。元微之詩。網索西臨太液池。皆眞網也。

細軟靑絲履。光明白氎巾。深藏供老宿。取用及吾身。自顧轉無趣。交情何尙新。道林才不世。惠遠德過人。雨瀉暮簷竹。風吹靑（一作春）井芹。天陰對圖畫。最覺潤龍鱗。

白氎　後漢南蠻傳。哀牢夷知染采文繡。罽毲白疊。注。外國傳曰。諸薄國女子。織作白疊花布。　圖畫　長安志。寺內有三絕塔。塔內有鄭法輪、田僧亮、楊契丹畫跡。張彥遠名畫記。大雲寺東浮圖北有塔。俗呼爲三寶塔。隋文帝造。馮提伽畫車馬井帳幕人物。已剝落。東壁北壁鄭法輪畫。西壁田僧亮畫。外邊四壁楊契丹畫。本行經。塔東叉手下畫辟邪。雙目隨人物轉盼。塔三階下。曠野雜獸。似是張孝師西南淨土院。遶殿僧至妙。失人名。

燈影照無睡。心清聞妙香。夜深殿突兀。風動金鋃鐺。天黑閉春院。地清棲暗芳。玉繩迴斷絕。鐵鳳森翱翔。梵放時出寺。鐘殘仍殷牀。明朝在沃野。苦見塵沙黃。時西郊逆賊。拒官軍未已。

鋃鐺西域傳注。鋃鐺。長鎖也。若今之禁繫人鎖。今殿塔皆有之。舊注以為殿角懸鈴。非是。鐵鳳西京賦。鳳騫翥于甍標。咸遡風而欲翔。薛綜注。謂作鐵鳳皇。令張兩翼。舉頭敷尾。以函屋上。當棟中央。下有轉樞。常向風如將飛者。長安志。寺內有浮圖。東西相値。

童兒汲井華。慣捷海錄作慣健瓶上一作在手。霑灑不濡地。掃除似無箒。明一作晨霞爛複閣。霽霧搴高牖。側塞被徑花。飄颻委墀一作堦柳。艱難世事迫。隱遁佳期後。晤語契深心。那能總鉗口。奉辭還杖策。暫別終回首。泱泱一作浹浹泥汚人。听听國多狗。既未免羈絆。一作寓時來憩奔走。近公如白雪。執熱煩何有。

井華本草注。井華水。平旦第一汲者是。複閣長安志。此寺當中寶閣。崇百尺。時人謂之七寶臺。听听九辯。猛犬狺狺而迎吠兮。補注。狺音垠。馮已倉曰。听。疑謹切。笑貌。上林賦。無是公听然而笑。與此意義殊遠。蔡夢弼云。字當作犷。按玉篇。犷音牛佳語斤二切。字通狺。故引九辯。

杜工部集卷之一終

# 杜工部集卷之二

虞山蒙叟錢謙益箋注

## 古詩四十二首 避賊至鳳翔行在。及歸鄜州。還京師。出華州作。

### 蘇端薛復筵簡薛華醉歌

文章有神交有道。端復得之名譽早。愛客滿堂盡豪翰。一作傑 開筵上日一作月 思芳草。安得健步移遠梅。亂插繁花向晴昊。千里猶殘舊冰雪。百壺且試開懷抱。垂老惡聞戰鼓悲。急一作羽 觴爲緩憂心擣。少年努力縱談笑。看我形容已枯槁。坐中薛華善一作能 醉歌。歌辭一云醉歌 自作風格老。近來海內爲一作無 長句。汝與山東李白好。何劉沈謝力未工。才兼鮑昭愁絕倒。諸生頗盡新知樂。萬事終傷不自保。氣酣日落西風來。願吹野水添一作注 金盃。如澠之酒常快意。亦如荆作不知 窮愁英華作未知窮達。安在哉。忽憶雨時秋井塌。古人白骨生青苔。如何不飲令心哀。

上日 尚書。正月上日。孔安國注。上日。朔日也。 急觴 謝靈運詩。急觴盪幽默。 山東 曾鞏曰。白。蜀郡人。初隱岷山。出居湖漢之間。南遊江淮。去之齊魯。舊史稱白山東人。蓋史誤也。按舊書。白。山東人。父爲任城尉。因家焉。錢希易南部新書亦同。元微之作杜工部墓志。亦云山東人李白。蓋白隱于徂徠。時人皆以山東人稱之。故杜詩亦曰山東李白。鞏以史爲誤。而希易反以世稱蜀人爲誤。皆非也。近時楊慎據李陽冰、魏顥序。欲以爲東山李白。陽冰云。歌詠之際。屢稱東山。顥云。迹類謝康樂。世號爲李東山。此亦偶然題目。豈可援據爲稱謂乎。楊好奇曲說。吾所不取。何劉沈謝梁書。何遜文章。與劉孝綽並見重于世。世謂之何劉。世祖著論論之云。詩多而能者沈約。少而能者謝朓何遜。鮑昭宋景文筆記。金陵人得石刻。作鮑照。唐人諱天后名。書照爲昭耳。

晦日尋崔戢李封晦日。謂正月晦日。

朝光入甕牖。尸一作方。一作宴。寢驚弊裘。起行視天宇。春氣漸和柔。興來一云得興。一云乘興。不暇嬾。今晨梳我頭。出門無所待。徒一作徙步覺自由。杖藜復恣意。免值公與侯。晚定崔李交。會心眞罕儔。每過得酒傾。一作喫二宅可淹留。喜結仁里懽。況因令節求。李生園欲荒。舊一作有竹頗修修。引客看掃除。隨時成獻酬。崔侯初筵色。已畏空尊愁。未知天下士。至一作志性有此不。草牙既青出。蜂聲亦暖遊。思見農器陳。何當甲兵休。上古葛天民。不貽黃屋一作綺憂。至今阮籍等。熟醉爲身謀。威鳳高其翔。一云自高翔長鯨吞九州。地軸爲之翻。百川皆亂流。當歌欲一放。淚下恐莫收。濁醪有妙理。庶用一云與慰沈浮。

雨過蘇端端置酒

雞鳴風雨一云雲交。久旱雲一作雨亦好。杖藜入春泥。無食起我早。諸家憶所歷。一飯一云飽跡便一云更掃。蘇侯得數過。懽喜每傾倒。也復（一作復也）可憐人。呼兒具梨棗。濁醪必在眼。盡醉攄懷抱。紅稠屋角花。碧委（一作秀）牆隅草。親賓縱（一作絕）談謔。喧閙畏衰老。（畏一作慰）況蒙霈澤垂。糧粒或自保。妻孥隔軍壘。撥棄不擬道。

蘇端（卞圜曰。端時白衣。唐科名記。端明春始及第。困學紀聞。楊綰謚文正。比部郎中蘇端持兩端。豈即斯人與。）

喜晴（一云喜雨）

皇天久不雨。既雨晴亦佳。出郭眺西郊。肅肅（一作蕭蕭）春增華。青熒陵陂麥。窈窕桃李（一作杏）花。春夏各有實。我飢豈無涯。干戈雖橫放。慘澹鬬龍蛇。甘澤不猶愈。且耕今未賒。丈夫則帶甲。婦女終在家。力難及黍稷。得種菜與麻。千載商山芝。往者東門瓜。其人骨已朽。（一作滅）此道誰疵瑕。英賢遇轗軻。遠引蟠泥沙。顧慚昧所適。迴首白日斜。漢陰有鹿門。滄海有靈（一作雲）查。焉能學衆口。咄咄空（一作同）咨嗟。

陵陂（莊子。青青之麥。生于陵陂。）

送率府程錄事還鄉（程攜酒饌。相就取別。）

鄙夫行衰謝。抱病昏妄（一作忘）集。常時往還人。記一不識十。程侯晚相遇。與語才傑立。薰然耳目開。頗覺聰明入。千載得鮑叔。末契有所及。意鍾（一作中）老柏青。義動修虵蟄。若人可數見。慰我垂白泣。告別無淹晷。百憂復相襲。內愧突不黔。庶羞以（一云庶明似）賙給。素絲挈長魚。碧酒隨玉粒。途窮見交態。世梗悲路澀。東風吹春冰。泱莽（草堂本作漭）后土濕。念君惜羽翮。既飽更思戢。莫作翻雲鶻。聞呼向禽急。

述懷一首（此已下自賊中竄歸鳳翔作）

去年潼關破。妻子隔絕久。今夏草木長。脫身得西走。麻鞋見天子。衣袖露兩肘。朝廷愍生還。親故傷老醜。涕淚授拾遺。流離主恩厚。柴門雖得去。未忍即開口。寄書問三川。不知家在否。比聞同罹禍。殺戮到雞狗。山中漏茅屋。誰復依戶牖。摧頹蒼松根。地冷骨未朽。幾人全性命。盡室豈相偶。嶔岑（一作崟）猛虎場。鬱結迴我首。自寄一封書。今已十月後。反畏消息來。寸心亦何有。漢運初中興。生平老躭酒。沈思歡會處。恐作窮獨（一作塗）叟。

舊書。十五載。肅宗徵兵靈武。甫自京師宵遁。赴河西。謁肅宗于彭原郡。拜右拾遺。新書。天子入蜀。甫避走三川。肅宗立。自鄜州羸服。欲奔行在。爲賊所得。至德二載。亡走鳳翔。謁上。拜左拾遺。時所在寇奪。甫家寓鄜。彌年艱窶。孺弱至餓死。因許甫自往省視。從還京師。唐授左拾遺誥。襄陽杜甫。爾之才德。朕深知之。今特命爲宣義郎。行在左拾遺。授職之後。宜勤是職。毋怠。命中書侍郎張鎬齎符告諭。至德二載五月十六日行。右勅用黃紙。高廣皆可四尺。字大二寸許。年月有御寶。寶方五寸許。今藏湖廣岳州府平江縣裔孫杜富家。**麻鞋**吳曾漫錄。王叡炙轂子云。夏商以草爲屩。左氏曰。菲屨也。至周以麻爲之。謂之麻鞋。貴賤通着。晉永嘉中。以絲爲之。宮中妃嬪皆着。

## 送長孫九侍御赴武威判官

驄馬新鑿蹄。銀鞍被來好。繡衣黃白郎。騎向交河道。問君適萬里。取別何草草。天子憂涼州。嚴程到須早。去秋羣胡反。不得無電掃。此行收（陳作牧）遺甿。風俗方再造。族父領元戎。名聲國（晉作閣）中老。奪我同官良。飄颻按城堡。使我不能餐。令我惡懷抱。若人才思闊。溟漲浸（一作漫）絕島。尊前失詩流。塞上得（一作多）國寶。皇天悲送遠。雲雨白浩浩。東郊尚烽火。朝野色枯槁。西極柱亦傾。如何正穹昊。

**涼州**漢置涼州。河西五郡皆屬焉。武德二年。置河西節度使。天寶元年。改武威郡。乾元元年。復爲涼州。**族父**至德二載五月。以武部侍郎杜鴻漸爲河西節度使。**西極**新書。祿山亂。吐蕃乘隙暴掠。至德初。取嶲州及武威等諸城。入屯石堡。

## 送樊二十三侍御赴漢中判官

威弧不能弦。自爾無寧歲。川谷血橫流。豺狼沸相噬。天子從北來。長驅振凋敝。頓兵岐梁下。卻跨沙漠裔。二京陷未收。四極我得制。蕭索（一作瑟）漢水清。緬通淮湖稅。使者紛星散。王綱尚旒綴。南伯從事賢。君行立談際。生（一作坐）知七曜曆。手畫三軍勢。冰雪淨聰明。雷霆走精銳。幕府輟諫官。朝廷無此（一作比）例。至尊方旰食。仗爾布嘉惠。補闕暮徵入。柱史晨征憩。（樊作補闕入柱史。晨征固多憩。）正當艱難時。實藉長久計。迴風吹獨樹。白日照執袂。慟哭蒼煙根。山門萬重（一作里）閉。居人莽牢落。遊子方迢遞。徘徊悲生離。局促老一世。陶唐歌遺民。後漢更列（一作別）帝。恨無匡復姿。（一作資）聊欲從此逝。

威弧（天文。弧矢星。）漢中（漢中。古梁州之境。唐置梁州。天寶元年。改漢中郡。乾元元年。復爲梁州。）淮湖稅（西都賦。東郊則有通溝大漕。潰渭洞河。泛舟山東。控引淮湖。通鑑。第五琦見上于彭原。請以江淮租庸市輕貨。泝江漢而上。至洋州。令漢中王瑀陸運至扶風以助軍。至）七曜曆（漢志注。日月五星爲七曜。）三軍勢（張千秋隨范明友擊烏桓還。大將軍問戰鬭方略。山川形勢。千秋口對兵事。畫地成圖。）

## 送從弟亞赴安西（一云河西）判官

南風作秋聲。殺氣薄炎熾。盛夏鷹隼擊。時危異人至。令弟草中來。蒼然（一作茫）請論事。詔書引上殿。奮舌動天意。兵法五十家。爾腹爲篋笥。應對如轉丸。疏通略文字。經綸皆新語。足以正神器。宗廟尙爲灰。君臣俱一作皆下淚。崆峒地無軸。青海浩然本作清海。天軒輊。一作轋。未詳。西極最瘡痍。連山暗烽燧。帝曰大布衣。藉卿佐元帥。坐看清流沙。所以子奉使。歸當再前席。適遠非歷一作虛試。須存武威郡。爲畫長久利。孤峯石戴驛。快馬金纏轡。黃羊飲不羶。蘆一作魯酒多還醉。踊躍常人情。慘澹苦士志。安邊敵何有。反正計始遂。吾聞駕鼓車。不合用騏驎。龍吟迴其頭。夾輔待所致。

**論事** 舊書。杜亞。字次公。自云京兆人也。少頗涉學。善言物理及歷代成敗之事。至德初。于靈武獻封章。言政事。授校書郎。其年杜鴻漸爲河西節度。辟爲從事。累授評事御史。 **兵法** 藝文志。凡兵書五十三家。七百九十篇。 **宗廟** 肅宗紀。九廟爲賊所焚。上入長安。素服哭于廟三日。 **清海** 元和郡國志。北庭都護府西七百里有清海軍。 **流沙** 元和郡國志。居延海。在張掖縣東北一千六百里。卽居延澤。古文以爲流沙者。風吹流行。故曰流沙。 **武威** 漢武帝置張掖、酒泉、燉煌、武威四郡。昭帝又置金城一郡。謂之河西五郡。地勢西北斜出。在南山之間。隔絕西羌西域。于時號爲斷匈奴右臂。自建武初大擾。而河西獨安。天寶元年。復爲武威郡。是時吐蕃乘間侵擾河西。故曰須存武威郡也。 **石戴** 釋山。石戴土。謂之崔嵬。 **黃羊** 夢弼注。大觀三年。郭隨使虜。常舉此詩以問虜使時立愛。立愛云。黃羊。野物。可獵取。食之不羶。 **蘆酒** 糜穀醞成。可撥醅。取不醉也。但力微。飲多卽醉。蘆。蔡肇作虜。引虜酒千鍾不醉人爲證。莊綽雞肋編。關右塞上有黃羊。無角。色類麞麅。人取其皮以爲衾褥。有虜人造嗜酒。以荻管吸于瓶中。杜詩黃羊蘆酒。蓋謂此也。 **鼓車** 南史。王融謂宋弁曰。若千里斯至。聖上當駕鼓車。

## 送韋十六評事充同谷郡防禦判官

昔沒賊中時。潛與子同遊。今歸行在所。王事有去留。偪側兵馬間。主憂急良籌。子雖軀幹小。老（一作志）氣橫九州。挺身艱難際。張目視寇讎。朝廷壯其節。奉詔令參謀。鑾輿駐鳳翔。同谷爲咽喉。西扼弱水道。南鎮枹罕（一作氐羌）陬。此邦承平日。剽劫吏所羞。況乃胡未滅。控帶莽悠悠。府中韋使君。道足示懷柔。令姪才俊茂。二美又何求。受詞太白腳。走馬仇池頭。古色（一作邑）沙土裂。積陰雪雲（一作霜雪）稠。（一作積雪陰雲稠）羌父豪豬靴。（一云帽）羌兒青兕裘。（晉作漢兵黑貂裘）吹角向月窟。蒼山（一作山蒼）旌旆愁。鳥驚出死樹。龍怒拔老湫。古來無人境。今代橫戈矛。傷哉文儒士。憤激馳林丘。中原正格鬬。後會何緣由。百年賦命定。豈料沉與浮。且復戀良友。握手步道周。論兵遠壑淨。亦可縱冥搜。題詩得秀句。札翰時相投。

同谷　寰宇記。秦置隴西郡。天寶元年。改爲同谷郡。乾元元年。復爲成州。自至德之後。吐蕃侵擾。百姓流散。諸縣並廢爲鎮。　軀幹　晉書。隴上歌。隴上健兒有陳安。軀幹雖小腹中寬。　弱水　元和郡國志。弱水。在删丹縣南山下。寰宇記。弱水東自删丹縣界流入張掖縣北二十三里。删丹。漢舊縣。屬張掖郡。　枹罕　元和郡國志。河州枹罕縣。本漢舊縣。屬金城郡。故罕羌侯邑。後魏至唐。河州皆治于此。水經注。應劭曰。故罕羌侯邑也。地理志曰。灘水出白石縣西塞外。東至于枹罕入河。　使君　鮑曰。注以爲韋宙。宙乃舟之子。仕宣宗時。非此所送人也。　仇池　成州南八十里。有山曰仇池。即白馬羌之處。辛氏三秦記曰。仇池山。上廣百頃。地平如砥。其南北有山路。東西絕壁萬仞。上有數萬家。一人守道。萬夫莫向。山勢自然有樓櫓卻敵之狀。東西二門。盤道可七里。上有岡阜泉源。史記謂秦得百二之固也。西晉末。爲氐楊茂搜所據。立宮室囷倉。皆爲板屋。**豪豬**長楊賦。搤熊羆。拖豪豬。本草圖經。豪豬。鬣間有豪如箭。能射人。陝洛江東諸山中。並有之。**青兕**招魂。君王親發兮憚青兕。說文。兕如野牛。青皮。厚可爲鎧。**月窟**長楊賦。西壓月䆸。服虔曰。䆸音窟。月所生也。

## 塞蘆子

五城何迢迢。迢迢隔河水。邊兵盡東征。城內空荆杞。思明割懷衛。秀巖西未已。廻一作迴略大荒來。一作東崤函蓋虛爾。延州秦北戶。關防猶可倚。焉得一萬人。疾驅塞蘆子。岐一作頃有薛大夫。旁制山賊起。近聞昆戎徒。爲退三百里。蘆關扼兩寇。深意實在此。誰能晉作敢叫帝閽。陳作門胡行速如鬼。

**蘆子**元和郡國志。塞門鎮。在延州延昌縣西北三十里。鎮本在夏州寧朔縣界。開元二年。移就蘆子關南金鎮所安置。蘆子關屬夏州。北去鎮一十八里。寰宇記。延州。天寶元年。改爲延安郡。西南至長安九百里。**五城**沈括云。延州今有五城。說者謂舊有東西二城。夾河對立。高萬典郡。始展南北東三關城。考杜詩云云。乃知天寶中已有五城矣。寰宇記。延州東北。到隰州黃河界二百二十里。會要。夏州朔方縣。長慶四年。節度使李祐築烏延、宥州、臨塞、陰河、淘子等五城于蘆子關北。以護塞外。**東征**通鑑。祿山反。邊兵精銳者。皆徵發入援。謂之行營。所留兵孱弱。匈奴猶蠶食之。**思明秀巖**至德二載正月。史思明自博陵。蔡希德自太行。高秀巖自大同。引兵共十萬。寇太原。李光弼麾下精兵。皆赴朔方。思明以爲太原指掌可取。既得之。當遂長驅取朔方河隴。**薛大夫**舊書。賊據長安。陳倉令薛景仙率衆收扶風郡。守之。由是關輔豪右。皆謀杀賊。賊故不敢侵軼。通鑑。賊遣兵寇扶風。薛景仙擊卻之。京畿豪傑往往殺賊官吏。遙應官軍。賊兵力所及者。南不出武關。北不過雲陽。西不過武功。江淮奏請之蜀之靈武者。皆自襄陽取上津路抵扶風。道路無壅。皆景仙之功也。

箋曰。是時賊據長安。史思明、高秀巖重兵趨太原。崤函空虛。公以爲得延州精兵萬人。塞蘆關而入。直擣長安。可以立奏收復之功也。首言五城荆杞。惜其單虛。無兵可用也。思明自博陵寇太原。舍河北而西。故曰割懷衞。秀巖自大同與思明合兵。故曰西未已。二賊欲取太原。長驅朔方河隴。而長安西門之外。皆爲敵壘。故曰迴略大荒來。崤函蓋虛爾也。疾驅塞蘆子。言塞蘆子而疾驅長安。非壅塞之塞也。薛景仙守扶風。關輔響應。取道扶風。與景仙合力。則收復尤易也。故曰蘆關扼兩寇。深意實在此。此公之深意也。王深父以爲不當撤西備而爭利于東。宋人又有謂塞蘆子以拒吐蕃者。荆公極推深父。不應無識至此。此詩所論。乃至德二載未收京時事。與留花門似非並時之作。或事後追記之也。

## 彭衙行

憶昔避賊初。北走經險艱。夜深彭衙道。一作門月照白水山。盡室久徒步。逢人多厚顏。參差谷鳥吟。一作鳴不見遊子還。癡女饑咬我。啼畏虎狼一作猛虎聞。懷中掩其口。反側聲愈嗔。小兒強解事。故索苦李餐。一旬半雷雨。泥濘相牽攀。既無禦雨一作濕備。徑滑衣又寒。有時經一作最契闊。竟日數里間。野果充糇糧。卑枝成屋椽。早行石上水。暮宿天邊烟。少留周晋作固。一作同。家窪。欲出蘆子關。故人有孫宰。高義薄曾雲。延客已曛黑。張燈啓重門。煖湯濯我足。剪紙招我魂。

從此出妻孥。相視涕闌干。衆雛爛熳睡。喚起沾盤飧。誓將與夫子。永結爲弟昆。遂空所坐堂。安居奉我懽。誰肯艱難際。豁達露心肝。別來歲月周。胡羯仍搆患。何當有翅翎。飛去墮爾前。

彭衙 元和郡國志。同州白水縣。漢彭衙縣地。春秋秦晉戰于彭衙是也。寰宇記。彭衙故城。在白水縣東北六十里。 闌干 息夫躬絕命詞。涕泗流兮萑蘭。臣瓚曰。萑蘭。涕泗闌干也。

北征 歸至鳳翔。墨制放往鄜州作。

皇帝二載秋。閏八月初吉。杜子將北征。蒼茫問家室。維時遭艱虞。一作危 朝野少暇日。顧慚恩私被。詔許歸蓬蓽。拜一作奉 辭詣闕下。一云閤門 怵惕久未出。雖乏諫諍姿。恐君有遺失。君誠中興主。經緯固密勿。東胡反未已。臣甫憤所切。揮涕戀行在。道途一作路 猶恍惚。乾坤含陳浩然本作合 瘡痍。憂虞何時畢。靡靡踰阡陌。人烟眇蕭瑟。一作索 所遇多被傷。呻吟更流血。迴首鳳翔縣。旌旗晚明滅。前登寒山重。屢得飲馬窟。邠郊入地底。涇水中蕩潏。猛虎立我前。蒼崖吼時裂。菊垂今秋花。石戴一作帶。一作載。 古車轍。青雲動高興。幽事亦可悅。山果多瑣細。羅生雜橡栗。或紅如丹砂。或黑如點漆。雨露之所濡。甘苦一作酸 齊結實。緬一作縹 思桃源內。益歎身世拙。坡陀望鄜時。巖谷一作谷巖互出沒。我行已水濱。我僕猶木末。鴟鳥一作梟鳴黃桑。野鼠拱亂穴。夜深一作中經戰場。寒月照白骨。潼關百萬師。往者散一作敗何卒。遂令半秦民。殘害爲異物。況我墮一作隨胡塵。及歸盡華髮。經年至茆屋。妻子衣百結。慟哭松聲迴。一作迴悲泉共幽一作鳴咽。平生所嬌兒。顏色白勝雪。見耶背面啼。垢膩腳不襪。床前兩小女。補綻才一作纔過膝。海圖拆波濤。舊繡移曲折。天吳及紫鳳。顚倒在裋一作短褐。老夫情懷惡。嘔泄一作咽臥數日。一云數日臥嘔泄那無一作能囊中帛。救汝寒凜慄。粉黛亦解苞。衾裯稍羅列。瘦妻面復光。癡女頭自櫛。學母無不爲。曉粧隨手抹。移時施朱鉛。狼藉畫眉闊。生還對童稚。似欲忘飢渴。問事競挽鬚。誰能卽嗔喝。翻思在賊愁。甘受雜亂聒。新歸且慰意。生理焉得說。一作脫至尊尚蒙塵。幾日休練卒。仰觀一作看天色改。坐一作旁覺祅氣一作氛豁。陰風西北來。慘澹隨回鶻。一作紇其王願助順。其俗善一作喜馳突。送兵五千人。驅馬一萬匹。此輩少爲貴。四方服勇決。所用皆鷹騰。破敵過一作如箭疾。聖心頗虛佇。時議氣欲奪。伊洛指掌收。西京不足拔。官軍請深入。蓄銳何一作可。陳浩然本作伺。俱發。此舉開青徐。旋瞻略恆碣。昊天積霜露。正氣有肅殺。禍轉亡胡歲。勢成擒胡月。胡命其能久。皇綱未宜絶。憶昨狼狽初。事與古先別。姦臣竟葅醢。同惡隨蕩析。不聞夏殷當作殷周衰。中自誅褒妲。周漢獲再興。宣光果明哲。桓桓陳將軍。仗鉞奮忠烈。微爾人盡非。于今國猶活。淒涼大同殿。寂寞白獸闥。都人望翠華。佳氣向金闕。園陵固有神。掃灑數不缺。煌煌太宗業。樹立甚宏達。

**北征** 流別論曰。更始時。班彪避難涼州。發長安。至安定。作北征賦。公遭祿山之亂。自行在往鄜州。故以北征命篇。 **鄜畤** 元和郡國志。漢爲上郡雕陰縣之地。後魏爲鄜州。因秦文公夢黃蛇自天降。屬于地。遂于鄜衍立鄜畤爲名。天寶元年。改爲洛交郡。乾元元年。復爲鄜州。 **天吳** 山海經云。朝陽之谷神。爲天吳。爲水伯。虎身人面。八尾八足。背黃青色。 **畫眉闊** 劉績霏雪錄云。唐時婦女。畫眉尚闊。北征云。狼籍畫眉闊。張籍倡女詞有輕鬢叢梳闊掃眉之句。蓋當時所尚如此。諺曰。宮中好廣眉。四方且半額。 **回鶻** 至德元載九月。回紇遣其太子葉護領兵馬四千餘衆助國討逆。肅宗宴賜甚厚。命廣平見葉護。約爲兄弟。葉護大喜。謂王爲兄。同收西京。十月。從廣平郭子儀入東京。唐書。回鶻。北胡種。隋曰韋紇。亦曰回紇。元和四年。遣使請改回鶻。義取回紇輕捷如鶻也。 **擒胡月** 酉陽雜俎。祿山反。李白製胡無人。言太白入月敵可摧。及祿山死。太白蝕月。 **誅褒妲** 魏泰曰。唐人詠馬嵬事。劉禹錫則曰。官軍誅佞幸。天子捨妖姬。白樂天則曰。六軍不發無奈何。宛轉蛾眉馬前死。此乃歌詠官軍。而明皇不得已誅貴妃也。豈特不曉文體。蓋亦失事君之禮。老杜則不然。曰憶昨狼狽初。事與古先別云云。乃明皇鑒夏商之敗。畏天悔禍。賜妃子死。官軍何與焉。 **陳將軍** 許彥周曰。禍亂既作。惟賞罰當則再振。否則不可支矣。陳玄禮首議誅國忠太真。無此舉。雖有李、郭。不能奏匡復之功。故以活國許之。余謂微爾人盡非。猶言微管仲吾其被髮左衽矣。其推許之至矣。 **大同殿** 長安志。南內興慶宮勤政樓之北曰大同門。其內大同殿。唐畫斷曰。玄宗天寶中忽思蜀中嘉陵江山水。遂假吳生驛遞。令往寫貌。遣于大同殿圖之。高力士外傳。上因大同殿思神念道。左右無人。謂高公曰云云。 **白獸闥** 三輔黃圖。未央宮有白虎殿。王莽傳。自前殿南下椒除。西出白虎門。山堂考索。開元中。鵝鴿集白虎庭木。則唐亦有白虎之號也。顏魯公康使君碑。父國安。直崇文館。太學助敎。遷博士。白獸門內供奉。崇文館學士。

### 得舍弟消息

風吹紫荊樹。色與春庭暮。花落辭故枝。風廻返無處。骨肉恩書重。漂泊難相遇。猶有淚成河。經天復東注。

紫荊樹 陸士衡豫章行。三荊歡同株。

### 徒步歸行 贈李特進。自鳳翔赴鄜州。途經邠州作。

明公壯年值時危。經濟實藉英雄姿。國之社稷今若是。武定禍亂非公誰。鳳翔千官且飽飯。衣馬不復能輕肥。青袍朝士最困者。白頭拾遺徒步歸。人生交契無老少。論交一作心何必先同調。妻子山中哭向天。須公櫪上追風驃。

輕肥 時當肅宗括馬之後。故曰不復能輕肥也。追風 古今注。始皇七馬。一曰追風。驃 說文。驃。黃馬發白色。一曰白髦尾。廣韻。馬黃白色曰驃。

### 玉華宮

溪廻一作迴松風長。蒼鼠竄古瓦。不知何王殿。遺構絕壁下。陰房鬼火青。壞道哀湍瀉。萬籟眞笙竽。一作竽瑟秋色一作氣。一作光。正一作極蕭灑。美人爲黃土。況乃粉黛假。當時侍金輿。故物獨石馬。憂來藉草坐。浩歌淚盈把。冉冉征途間。誰是長年者。

玉華宮 貞觀二十一年七月。作玉華宮。詔玉華宮制度。務從菲薄。更令卑陋。二十二年詔曰。即澗疏隍。憑巖建宇。土無文繪。木不雕鏤。矯鋪首以荆扉。變綺窗于甕牖。地理志。貞觀二十年置玉華宮。在坊州宜君縣北七里鳳凰谷。永徽二年。廢爲玉華寺。寰宇記。廢玉華宮。在坊州宜君縣西四十里。貞觀十七年置。正殿覆瓦。餘皆葺茅。當時以爲清涼勝于九成宮。 鬼火 淮南子。人血爲燐。許慎云。兵死之血爲鬼火。燐者鬼火。

## 九成宮

蒼山入百里。崖斷如杵臼。曾宮憑風廻。一作迴岌嶪土囊口。立神扶棟梁。一作宇鑿翠開戶牖。其陽産靈芝。其陰宿牛斗。紛披一作扶長松倒。一作側揭巘怪石走。哀猿啼一聲。客淚迸林藪。荒哉隋家帝。製此今頹朽。向使國不亡。焉爲巨唐有。雖無新增修。尚置官居守。巡非瑤水遠。跡是雕牆後。我行一作來屬時危。仰望嗟歎久。天王守晉晁並作狩。趙云。守音狩。太白。駐馬更搔一作回首。

九成宮 寰宇記。在麟遊縣西一里。本隋仁壽宮。開皇十三年。楊素于岐山北建。平山堙谷。館宇相屬。督役嚴急。作者多死。高祖不悅。及幸新宮遊觀。乃喜。貞觀五年復舊宮。以備清暑。改名九成宮。 土囊 風賦。風生于地。浸淫谿谷。盛怒于土囊之口。注。谷口也。 立神 魯靈光殿賦。神靈扶其棟宇。 置官 地理志云。周垣千八百步。并置禁苑。及府庫官寺等。 雕牆 魏徵九成宮醴泉銘序。九成宮。隋之仁壽宮也。冠山抗殿。絕壑爲池。跨水架楹。分巖竦闕。高閣周建。長廊四起。棟宇膠葛。臺榭參差。仰視則迢遞百尋。下臨則崢嶸千仞。珠璧交映。金碧相輝。照灼雲霞。蔽虧日月。觀其移山廻澗。窮泰極侈。以人從欲。良足深尤。

太白吳若本注云。謂肅宗至德二載次于鳳翔時也。地理志。鳳翔郿縣有太白山。贈秦少府歌。去年行宮當太白。

## 羌村三首

崢嶸赤雲西。日脚下平地。柴門鳥雀噪。歸客一云客子千里至。妻孥怪我在。驚定一作走還拭淚。世亂遭飄蕩。生還偶然遂。鄰人滿牆頭。感歎亦歔欷。夜闌更秉燭。相對如夢寐。

更冷齋詩話。言更互秉燭也。陸放翁云。夜深宜睡而復秉燭。見久客喜歸之意。惠洪讀平聲。妄也。

晚歲迫偷生。還家少歡趣。嬌兒不離膝。畏我復卻去。憶昔好一作多追涼。故繞池邊樹。蕭蕭北風勁。撫事煎百慮。賴知禾黍一作黍秫。一作黍稌。收。已覺糟牀注。如今足斟酌。且用慰遲暮。

羣雞正一作忽亂叫。客至雞鬭爭。一云正生驅雞上樹木。始聞扣柴荊。父老四五人。問我久遠行。手中各有攜。傾榼濁復清。苦一作莫辭酒味薄。黍地無人耕。兵革既未息。兒童一作郎盡東征。請爲父老歌。艱難媿深一作餘情。歌罷仰天歎。四座淚縱橫。

## 偪仄行贈畢曜一云偪偪行。篇中字亦作偪偪。英華作贈畢四曜。

偪仄何偪仄。我居巷南子巷北。可恨鄰里間。十日不一見顏色。自從官馬送還官。行路難行澁如棘。我貧無乘非無足。昔者相過今不得。實不是（一作未敢）愛微軀。（一云慵相訪）又非關足無力。徒步翻愁官長怒。此心炯炯君應識。曉來急雨春風顛。睡美不聞鐘鼓傳。東家蹇驢許借我。泥滑不敢騎朝天。已令請急會通籍。（一云已令把牒還請假）男兒信（一作性）命絕可憐。焉能終日心拳拳。憶君誦詩神凜然。辛夷始花亦（一作又）已落。況我與子非壯年。街頭酒價常苦貴。方外酒徒稀醉眠。速宜（一作徑須）相就飲一斗。恰有三百青銅錢。

偪仄（上林賦。偪側泌瀄。司馬彪曰。偪側。相逼也。）官馬（至德二載二月。上幸鳳翔。議大舉收復兩京。盡括公私馬以助軍。給事中李廙署云無馬。大夫崔光遠劾之。貶廙江華太守。）請急（晉令。急假者五日一急。一歲中以六十日爲限。元熹起居注云。請急跨月。有違憲制。唐令。諸京官請假。職事三品以上給三日。五品以上給十日。）通籍（元帝紀注。籍者爲二尺竹牒。記其年紀名字物色。懸之宮門。省禁相應。乃得入也。）相就（鮑照行路難。且願得志數相就。牀頭恆有沽酒錢。）三百（鶴曰。唐初無酒禁。乾元二年。京師酒貴。肅宗以稟食方缺。乃禁京城酤酒。建中三年。置肆釀酒。斛收直三千。貞元二年。斗錢百五十。眞宗問唐時酒價。丁晉公引此詩以對。丁蓋知詩。而未知史也。）

## 送李校書二十六韻

代北有豪鷹。生子毛盡赤。渥洼騏驥兒。（一作種）尤異是龍（一作虎）脊。李舟名父子。清峻流（樊作時）輩伯。人間好少（一作妙）年。不必須白皙。十五富文史。十八足賓客。十九授校書。二十聲輝（一作燀。樊作烜）赫。

衆中每一見。使我潛動魄。自恐二男兒。辛勤養無益。乾元元（一作二）年春。萬姓始安宅。舟也衣綵衣。告我欲遠適。倚門固有望。斂衽就行役。南登吟白華。已見楚山碧。藹藹咸陽都。冠蓋日雲（一作已如）積。何時太夫人。堂上會親戚。汝翁草明光。天子正前席。歸期豈爛漫。別意終感激。顧我蓬屋姿。謬通金閨（一作門）籍。小來習性嬾。晚節（一作歲）慵轉劇。每愁悔吝作。如覺天地窄。羨君齒髮新。行已能夕惕。臨歧意頗切。對酒不能喫。廻身視綠野。慘澹如荒澤。老雁春忍（陳作忍春）饑。哀號待枯麥。時哉高飛燕。絢練新羽翮。長雲濕褒斜。漢水饒巨石。無令軒車遲。衰疾悲夙昔。

李舟（宗室世系表。舟字公受。虔州刺史。隴西縣男。父岑。水部郎中。眉州刺史。石表先友記。李舟。隴西人。有文學俊辯。高志氣。以尚書郎使危疑反側者再。不辱命。其道大顯。被讒妬。出爲刺史。廢痼卒。李肇國史補。初。詼諧自賀知章。輕薄自祖詠。近代。機警有李舟、張彧。又云。李舟好事。嘗得村舍烟竹。截以爲笛。堅如鐵石。）　褒斜（西都賦注。褒斜谷。在長安西南。南曰褒。北曰斜。長四百七十里。其水南流。）

洗兵馬（收京後作）

中興諸將收山東。捷書日（荆作夜。又作夕）報清晝同。河廣傳聞一葦過。胡危命在破竹中。祇殘鄴城不日得。獨任朔方無限功。京師皆騎汗血馬。回紇餵肉蒲萄宮。已喜皇威清海岱。常思仙仗過崆峒。三年笛裏關山月。萬國兵前草木風。成王功大心轉小。郭相謀深一作謀猷。一作深謀。古來少。司徒清鑒懸明鏡。尚書氣與秋天杳。二三豪俊爲時出。整頓乾坤濟時了。東走無復憶鱸魚。南飛覺有安巢鳥。青春復隨冠冕入。紫禁吳本作駕正耐烟花繞。鶴禁通霄鳳輦備。鷄鳴問寢龍樓一作蛇曉。攀龍附鳳勢一作世莫當。天下盡化爲侯王。汝等豈知蒙一作象帝力。時來不得誇身强。關中既留蕭丞相。幕下復用張子房。張公一生江海客。身長九尺鬚眉蒼。徵起適遇風雲會。扶顛始知籌策良。青袍白馬更何有。後漢今周喜再昌。寸地尺天皆入貢。奇祥異瑞爭來送。不知何國致白環。復道諸山得銀甕。隱士休歌紫芝曲。詞人解西溪叢語。善本作角。撰河清一云清河頌。田家望望惜雨乾。布穀處處催春種。淇上健兒歸莫嬾。城南思婦愁多夢。安得壯士挽天河。淨洗甲兵長不用。

洗兵馬 西溪叢語。左思魏都賦。洗兵海島。刷馬江洲。六韜。武王問太公。雨輜車至軫。何也。云洗甲兵也。說苑。武王伐紂。風霽而乘以大雨。散宜生諫曰。此非妖與。王曰。非也。天洗兵也。魏武兵要曰。大將將行。雨濕衣冠。是謂洗兵。收山東 十月。廣平王統郭子儀等。與賊戰于陝城之新店。官軍與回紇夾擊。大敗之。安慶緒自苑門夜遁。走河北。保鄴郡。廣平王入東京。朔方 舊書。肅宗大閱六軍。南趨關輔。至彭原郡。房琯敗于陳陶斜。方事討除而軍半殪。惟倚朔方軍爲根本。蒲萄宮 葉護自東京還。宴之于宣政殿。漢書。元壽二年。單于來朝。舍之于上林蒲萄宮。崆峒 雍錄。崆峒山。在原州高平縣。即笄頭山。涇水之所發源也。

元和志。隴山在隴州。隴山之北即靈州。靈州即靈武也。肅宗即位靈武。南回自原州入。即崆峒在回鑾之地矣。南部新書。崆峒山。在松州。屬隴州西北界。蜀破後。路不通。即古之空桐也。**關山月**樂府解題。關山月。傷別離也。**成王**乾元元年三月。廣平王俶自楚王徙封成王。五月。立爲皇太子。**郭相**吳若本注。郭子儀。**司徒**李光弼。**尚書**僕固懷恩。或云王思禮收兩京。遷戶部尚書。懷恩雖有功。止詔加鴻臚卿。上元二年。始加工部尚書。豈即是懷恩。八哀詩哀思禮云。爽氣春淅瀝。亦與此詩語合。**鶴禁**類聚。太子晉乘白鶴仙去。後世稱太子之駕曰鶴駕。禁曰鶴禁。白帖。漢宮闕疏曰。白鶴。太子所居之地。凡人不得輒入。故云鶴禁也。**問寢**肅宗即位。下制曰。復宗廟于函雒。迎上皇于巴蜀。道鑾輿而反正。朝寢門而問安。朕願畢矣。上皇至自蜀。即日幸興慶宮。肅宗請歸東宮。不許。此詩援據寢門之詔。引太子東朝之禮以諷諭也。鶴駕龍樓。不欲其成乎爲君也。顏魯公天下放生池碑云。迎上皇于西蜀。申子道于中京。一日三朝。大明天子之孝。問安侍膳。不改家人之禮。東坡云。魯公知肅宗有愧于是。故以此諫也。高力士傳。太上皇至鳳翔。賊臣李輔國詔收隨駕甲仗。上曰。臨至皇城。安用此物。悉令收付所由。輔國趨馳末品。小了纖人。一承攀附之恩。致位雲霄之上。欲令猜阻。更樹勳庸。移仗之端。莫不由此。**龍樓**成帝初居桂宮。上嘗急召。太子出龍樓門。不敢絕馳道。王融曲水詩序。儲后睿哲在躬。出龍樓而問豎。**攀龍附鳳**是時方加封蜀郡靈武元從功臣。肅宗之意。獨厚于靈武。故婉辭以譏之。攀龍附鳳。郭湜謂李輔國一承攀附之恩。致位雲霄之上是也。豈知蒙帝力。不得誇身强。介子推所謂二三子貪天功以爲己力。不亦難乎是也。**蕭丞相張子房**蕭丞相。指房琯也。琯自蜀郡奉册。留相肅宗。故曰既留。或以謂指杜鴻漸。據新書卿乃吾蕭何之語。非也。琯既罷。張鎬代琯爲相。故曰復用張子房。琯以至德二載五月罷相。以鎬代。八月。出鎬于河南。次年五月。鎬罷。六月。琯貶邠州。琯。鎬皆上皇舊臣。遣赴行在。肅宗疑之。用之而不終者也。**張公**舊書。鎬風儀魁岸。廓落有大志。好譚王霸大略。自褐衣拜左拾遺。玄宗幸蜀。自山谷徒步扈從。玄宗遣赴行在。至鳳翔。奏議多有弘益。拜諫議大夫。尋代房琯爲相。獨孤及張公頌。隱居終南。蓋三十朞。天寶十四載。始褐衣召見。令狐峘顏眞卿墓志。在平原。嘗薦安陵處士張鎬。有公輔之望。數年後。鎬位列鼎司。**青袍白馬**梁書侯景傳。普通中童謠曰。青絲白馬壽陽來。後景果乘白馬。兵皆青衣。哀江南賦。青袍如草。白馬如練。**白環銀甕**竹書紀年。帝舜九年。西王母來朝。獻白環玉玦。馬融廣成頌。受王母之玉環。禮運。山出器車。鄭氏注。謂若銀甕丹甑。孝經援神契。神靈滋液。有銀甕不汲自滿。**紫芝曲**隱士。謂李泌也。肅宗即位八九日。泌謁見于靈武。調護玄、肅父子之間。爲張良娣、李輔國所惡。及上皇東行有日。泌求歸山不已。乃聽歸衡山。公以四皓擬泌。不獨著其羽翼之功。蓋亦以正肅宗爲太子之名也。收京詩云。羽翼懷商老。其意深如此。

**河淸頌**

宋元嘉中。河濟俱淸。鮑照爲河淸頌。其序甚工。是時文士爭獻歌頌。如楊炎靈武受命、鳳翔出師之類是也。

箋曰。洗兵馬。刺肅宗也。刺其不能盡子道。且不能信任父之賢臣。以致太平也。首敍中興諸將之功。而卽繼之曰。已喜皇威淸海岱。常思仙仗過崆峒。崆峒者。朔方回鑾之地。安不忘危。所謂願君無忘其在莒也。兩京收復。鑾輿反正。紫禁依然。寢門無恙。整頓乾坤皆二三豪俊之力。于靈武諸人何與。諸人徼天之幸。攀龍附鳳。化爲侯王。又欲開猜阻之隙。建非常之功。豈非所謂貪天功以爲己力者乎。斥之曰汝等。賤而惡之之辭也。當是時。內則張良娣、李輔國。外則崔圓、賀蘭進明輩。皆逢君之惡。忌疾蜀郡元從之臣。而玄宗舊臣。遣赴行在。一時物望最重者。無如房琯、張鎬。琯旣以進明之譖罷去。鎬雖繼相而旋出。亦不能久于其位。故章末諄復言之。靑袍白馬以下。言能終用鎬。則扶顚籌策。太平之效。可以坐致。如此望之也。亦憂之也。非尋常頌禱之詞也。張公一生以下。獨詳于張者。琯已罷矣。猶望其專用鎬也。是時李鄴侯亦先去矣。泌亦琯鎬一流人也。泌之告肅宗也。一則曰。陛下家事。必待上皇。一則曰。上皇不來矣。泌雖在肅宗左右。實乃心上皇。琯之敗。泌力爲營救。肅宗必心疑之。泌之力辭還山。以避禍也。鎬等終用。則泌亦當復出。故曰隱士休歌紫芝曲也。兩京旣復。諸將之能事畢矣。故曰整頓乾坤濟時了。收京之後。洗兵馬以致太平。此賢相之任也。而肅宗以讒猜之故。不能信用其父之賢臣。故曰安得壯士挽天河。淨洗甲兵常不用。蓋至是而太平之望益邈矣。嗚呼傷哉。

公之自拾遺移官。以上疏救房琯也。琯夙負重名。馳驅奉册。肅宗以其爲上皇建議。諸子悉領大藩。心忌而惡之。乾元元年六月。下詔貶琯。幷及劉秩、嚴武等。以琯黨也。舊書甫本傳云。房琯布衣時與甫善。琯罷相。甫上言。琯不宜罷。肅宗怒。貶琯爲刺史。出甫爲華州司功參軍。按杜集有至德二載六月奉謝口敕放三司推問狀。蓋琯罷相時。公抗疏論救。詔三司推問。以張鎬救。敕放就列。至次年六月。復與琯俱貶也。然而詔書不及者。以官卑耳。鎬代琯相亦罷。亦坐琯黨也。公流落劍外。卒依嚴武。拜房相之墓。哭其旅櫬。而肅代間論事。則于封建三致意焉。此公一生出處事君交友之大節。而後世罕有知之者。則以房琯之生平爲唐史抹摋。而肅宗之逆狀隱而未暴故也。史稱琯登相位。奪將權。聚浮薄之徒。敗軍旅之事。又言其高談虛論。招納賓客。因董庭蘭以招納貨賄。若以周行具悉之詔。爲金科玉條者。琯以宰相。自請討賊。可謂之奪將權乎。劉秩固不足當曳落河。王思禮、嚴武亦可謂浮薄之徒乎。門客受贓。不宜見累。肅宗猶不能非張鎬之言。而史顧以此坐琯乎。請循本而論之。肅宗擅立之後。猜忌其父。因而猜忌其父所遺之臣。而琯其尤也。賀蘭進明之譖琯曰。琯昨于南朝。爲聖皇制置天下。于聖皇爲忠。于陛下則非忠。聖皇于陛下。何人也。而敢以忠不忠爲言。其仇讐視父之心。進明深知之矣。李輔國之言曰。陳玄禮、高力士謀不利于陛下。六軍將士。盡靈武功臣。皆反仄不安。琯與鎬在朝。何啻十玄禮、百力士。肅宗志豈嘗斯須忘之。是故琯之將兵。知不安其位而以危事自效也。許之將。而又使中人監之。不欲其專兵也。又使其進退不得自便也。敗兵之後。不卽去。而以琴客之事罷。俾正衙門彈劾。以穢其名也。罷琯而相鎬。不得已而從人望也。五月相。八月卽出之河南。不欲其久于內也。六月貶琯。而五月先罷鎬。汲汲乎惟恐鋤之不盡也。琯敗師而罷。鎬有功而亦罷。意不在乎功罪也。自漢以來。鈎黨之事多矣。未有人主自鈎黨者。未有人主鈎其父之臣以爲黨。而文致罪狀。榜在朝堂。以明欺天下後世者。六月之詔。豈不大異哉。肅宗之事上皇。視漢宣帝之于昌邑。其心內忌。不啻過之。幽居西內。辟穀成疾。與主父之探雀鷇何異。移仗之日。玄宗呼力士曰。微將軍。阿瞞幾爲兵死鬼矣。論至于此。當與商臣、隋廣同服上刑。許世子止豈足道哉。唐史有隱于肅宗。歸其獄于輔國。而後世讀史者無異辭。司馬公通鑑乃特書曰。令萬安、咸宜二公主視服膳。四方所獻珍異。先薦上皇。嗚呼。斯豈李輔國所謂匹夫之孝乎。何儒者之易愚也。余讀杜詩感雞鳴問寢之語。考信唐史房琯被譖之故。故牽連書之如此。

## 留花門

北門一作北方。一作花門。天驕子。飽肉氣勇決。高秋馬肥健。挾矢射漢月。自古以爲患。詩人厭薄伐。修德使其來。羈縻固不絕。胡爲傾國至。出入暗金闕。中原有驅除。隱忍用此物。公主歌黃鵠。君王指白日。連雲屯左輔。百里見積雪。長戟鳥休飛。哀笳曙一作曉。幽咽。田家最恐懼。麥倒桑枝折。沙苑臨清渭。泉香草豐潔。渡河不用船。千騎常撇烈。一云滅沒。正異作撇捩。胡塵踰太行。雜種抵京室。花門既須留。原野轉蕭瑟。

花門唐地理志。甘州領縣二。張掖刪丹。刪丹縣北渡張掖河。西北行。出合黎山峽口。傍河東墧。屈曲東北行千里。有寧寇軍。故同城守捉也。軍之東北有居延海。又北三百里。有花門山堡。又東北千里。至回紇衙帳。蓋花門在回紇東南。置堡于此。所以爲控扼也。岑參送封常淸西征序曰。天寶中。匈奴回紇寇邊。踰花門。公主乾元元年七月。上以幼女寧國公主妻回紇可汗。送至咸陽磁門驛。公主辭訣曰。國家事重。死且無恨。上流涕而還。黃鵠文苑辨證。鄭愔送金城公主適西蕃詩。貴主想黃鶴。馬懷素詩。空餘願黃鶴。鶴。漢書作鵠。陸德明云。鵠又作鶴。則鵠鶴通用。不可輕改。藝文類聚。有鵠無鶴。亦一證也。積雪沙苑白沙。有百餘里。故曰百里見積雪。所謂左輔白沙如白水也。樓大防云。回紇人衣冠皆白。故云。此無稽之言耳。沙苑肅宗還西京。葉護辭歸奏曰。回紇戰兵。留在沙苑。今且須歸靈夏取馬。更爲陛下收范陽餘孽。撇烈上林賦。轉騰撇洌。孟康曰。潎洌。相撇也。漢皐詩話。撇捩。病貌。大食刀歌。鬼物撇捩辭坑壕。字意皆同。舊作撇烈。非也。踰大行安祿山事迹。元年己亥正月一日。思明于魏州自立爲燕王。年號順天。引兵救相州。官軍敗績。雜種思明。營州雜種胡也。本名窣干。玄宗改爲思明。其年九月。又收大梁。陷我洛陽。故云抵京室。

病後遇一作過王倚飲贈歌

麟角一作鱗魚鳳觜世莫識。一作辨煎膠續弦奇自見。尙看王生抱此懷。在于甫也何由羨。且遇王生慰疇昔。素知賤子甘貧賤。酷見凍一作陳餒不足耻。多病沈年苦無健。王生怪我顏色惡。答云伏枕艱難徧。瘧癘三秋孰可忍。寒熱百日相交戰。頭白眼暗坐有胝。肉黃皮皺命如綫。惟生哀我未平復。爲我力致美肴膳。遣人向市賖香粳。喚婦出房親自饌。長安冬葅酸且綠。金城土酥靜如練。兼求富豪一作畜豪。一作畜家。且割鮮。密沽斗酒諧終宴。故人情義一作味晚誰似。令我手脚輕欲漩。一作旋老馬爲駒信一作總不虛。當時得意況深眷。但使殘年飽喫飯。只願無事常相見。

煎膠 十洲記。鳳麟洲。在西海之中央。洲上專多鳳麟。數萬合羣。亦多仙家。煮鳳喙及麟角。合煎作膠。名之爲集弦膠。或名連金泥。以能連弓弩斷弦也。劍折亦以膠連之。喻王生以美饌愈疾。如仙膠之續絕弦也。 土酥 西河舊事。祈連山。在張掖酒泉二郡界之上。牛羊充肥。乳酪醲好。夏瀉酪。不用器物。刈草著其上。不解散。作酥特好。一斛酪得酥斗餘。金城塞在酒泉郡。故曰金城土酥。 老馬 角弓。老馬反爲駒。不顧其後。注。已老矣。而孩童慢之。箋云。此喻幽王見老人。反侮慢之。遇之如幼稚。不自顧念。後至年老。人之遇己。亦將然也。公引此詩。以見王生情義之厚。不以老而慢我。會孟云。謂老馬反如駒之健。啖其撥棄。箋注敢爲曲說如此。

湖城東遇孟雲卿復歸劉顥宅宿宴飲散因爲醉歌 蔡本題上。有冬末以事之東都七字。

疾風吹塵暗河縣。行子隔手不相見。湖城城南一作東一開眼。駐馬偶識雲卿面。向非劉顥爲地主。嬾廻鞭轡成高一作城南宴。劉侯歎一作歡我攜客來。置酒張燈促華饌。且將款曲終今夕。一云經今冬休語一作話艱難尙酣戰。照室紅爐促曙光。英華作簇曙花縈窗素月垂文一作秋練。天開地裂長安陌。一作春寒盡春生一云紫陌春寒洛陽殿。豈知驅車復同軌。可惜刻漏隨更箭。人生會合不可常。庭樹雞鳴淚如綫。一云霰

湖城 元和郡國志。湖城縣。屬虢州。寰宇記。舊曰湖縣。宋改爲湖城。 孟雲卿 唐詩紀事。孟雲卿。河南人。與杜子美、元次山最善。元次山送孟校書往南海云。雲卿與次山同州里。以詞學相友。少次山六

七歲。如霞吳若本注。楚辭。淚下兮如霞。鮑明遠詩。佳期悵何許。泪下如流霰。

## 閿鄉姜七少府設鱠戲贈長歌

姜侯設鱠當嚴冬。昨日今日皆天風。河凍未漁一云取魚。一云黄河冰魚。一云黄河美魚。一云黄河味魚。不易得。鑿冰恐侵河伯宮。饔人受魚鮫人手。洗魚磨刀魚眼紅。無聲細下飛碎一作素雪。有骨已剁觜平聲春葱。偏勸腹腴愧年少。軟炊香飯一作粳緣老翁。落砧何曾白紙濕。放筯未覺金盤空。新歡便飽姜侯德。清觴異味情屢極。東歸貪一作貧路自覺難。欲別上馬身無力。可憐爲人好心事。於我見子眞顏色。不恨我衰子貴時。悵望且爲今相憶。

閿鄉元和郡國志。本漢湖縣地。開皇十六年。移湖城縣于今所。改名閿鄉縣。屬陝州。唐屬虢州。閿。古聞字。說文。從門。受聲。趙傁曰。公背冬涉春。行度潼關。東至洛陽。閿鄉。初出潼關道也。按潘岳西征賦。發閿鄉而警策。遡黄巷以濟潼。此卽公往來道也。未漁水經注。堅縣北有山臨城。謂之崟崖丘。其下有穴。謂之鮪穴。言潛通浦北。達于河。直穴有渚。謂之鮪渚。成公子安大河賦曰。鱣鯉王鮪。莫來遊。周禮。春薦鮪。然非時及他處則無。味魚潘淳詩話。韓玉汝云。河中府三面是黄河。唯有味魚。似鯽而肥短。味亦美。杜詩味魚謂此。碎雪七啓。蟬如疊縠。離若散雪。輕隨風飛。刃不轉切。七命。紅肌綺散。素膚雪落。潘安仁西征賦。饔人細切。鑾刀若飛。觜廣韻。喙也。又平聲。腹腴禮記。冬右腴。鄭氏曰。腴。腹下也。說文。腴。腹下肥也。

## 戲贈閿鄉秦少公陳浩然本作翁。草堂作少府。短歌

去年行宮當（一作守）太白。朝廻君是同舍客。同心不減骨肉親。每語見許文章伯。今日時淸兩京道。相逢苦覺人情好。昨夜邀歡樂更無。多才依舊能潦倒。

潦倒（北史崔瞻傳。魏天保以後。重吏事。謂容止蘊藉者爲潦倒。而瞻終不改焉。此正用北史語。能潦倒。猶言其醞藉如故也。）

## 李鄠縣丈人胡馬行

丈人駿馬名胡騮。前年避胡（一作賊）過金牛。廻鞭却走見天子。朝飲漢水暮靈州。自矜胡騮奇絕代。乘出千人萬人愛。一聞說盡急難材。轉益愁向駑駘輩。頭上銳耳批秋竹。脚下高蹄削寒玉。始知神龍別有種。不比俗（一作凡）馬空多肉。洛陽大道時再淸。累日喜得俱東行。鳳臆龍鬐（一作龍鱗。一作麟鬐。一作麟鬐。）未易識。側身注目長風生。

金牛（元和郡國志。梁州金牛縣。武德二年。分綿谷縣通谷鎭置。取秦五丁力士石牛出金爲名。）漢水（嶓冢山。在金牛縣東二十八里。漢水所出。）銳耳（齊民要術。耳欲小而銳如削筒。相去欲促。又耳欲得小而促。狀如斬竹筒。耳方者千里。）

## 義鶻（宋刻諸本皆曰義鶻行。惟吳若本無行字。）

陰崖有蒼（一作二）鷹。養子黑柏顚。白蛇登其巢。吞噬（一作之）恣（一作資）朝餐。雄飛遠求食。雌者鳴辛酸。

力強不可制。黃口無（一作寧）半存。其父從西歸。（一作來）翻身入長烟。斯須領健鶻。痛憤（一云憤濾。一云寃憤。）寄所宣。斗上捩孤影。噭哮（一作無聲）來九天。修鱗脫遠枝。巨顙拆老拳。高空得蹭蹬。短（一作茂）草辭蜿蜒。折尾能一掉。（一作擺）飽腸皆（一作今）已（一作以。一云已皆。）穿。生雖滅衆雛。死亦垂千年。物情有報復。快意貴目前。茲實鷙鳥最。急難心炯（一作皎）然。功成失所往。（一作在）用捨何其賢。近經潏水湄。此事樵夫（一作人）傳。飄蕭覺素髮。凜欲（一作烈。一作若。）衝儒冠。人生許與（一云計有）分。只在（一云亦存）顧盼間。聊爲義鶻行。用（一作永）激壯士肝。

老拳（晉載記。石勒引李陽臂笑曰。孤往日厭卿老拳。卿亦飽孤毒手。）壯士肝（漫叟詩話。肝主怒。故云永激壯士肝。）

## 畫鶻行（一作畫雕）

高堂見生（一作老）鶻。颯爽動秋骨。初驚無拘攣。（一作卷）何得立突兀。乃知畫師妙。功（一作巧）刮造化窟。寫作（一作此）神俊姿。充君眼中物。烏鵲滿樛枝。軒然恐其出。側腦看青霄。寧爲衆禽沒。長翮如刀劍。人寰可超越。乾坤空崢嶸。粉墨且蕭瑟。緬思（一作想）雲沙際。自有烟霧質。吾今意何傷。顧步獨紆鬱。

## 瘦馬行 英華作老馬

東郊瘦一作老。馬使我傷。骨骼一作骸硉兀如堵牆。絆之欲動轉欹側。此豈有意仍騰驤。細看六一作火。非。印帶官字。衆道三一作官軍遺路旁。皮乾剝落雜一作盡泥滓。毛暗蕭條連雪霜。去歲奔波逐餘寇。驊騮不慣不得將。士卒多騎內廄馬。惆悵恐是病乘黃。當時歷塊誤一蹶。委棄非汝能一作難周防。見人慘澹若哀訴。失主錯莫無晶光。天寒遠放雁爲伴。一作侶日暮不一作未收烏啄瘡。一云不衣烏作瘡誰家且養願終惠。更試明年春草長。

騰驤 西京賦。仍奮翅而騰驤。 六印 唐六典。諸牧監凡在牧之馬皆印。印右膊以小官字。右髀以年辰。尾側以監名。皆依左右廂。若形容端正。擬送尙乘。不用監名。二歲始春。則量其力。又以飛字印印其左髀髆。細馬次馬以龍形印。印其項左。送尙乘者。尾側依左右閑。印以三花。其餘雜馬送尙乘者。以風字印印左膊。以飛字印印左髀。官馬賜人者。以賜字印。配諸軍及充傳送驛者。以出字印。並印左右頰也。 乘黃 唐六典。乘黃署令一人。齊職儀云。乘黃。獸名也。龍翼馬身。黃帝乘之而仙。故以名廄。 終養 赭白馬賦。願終惠養蔭本枝兮。傅玄乘輿馬賦。往日劉備之初降也。太祖賜之驄馬。使自至廄選之。歷名馬以百數。莫可意者。次至下廄。有的顱馬。委棄莫覗。瘦瘁骨立。備撫而取之。

舊注云。此詩爲房琯而作也。至德二載。貶琯爲太子少師。琯既在散地。朝臣多以爲言。琯亦自言有文武之用。合當國家驅策。公嘗疏救之而不得。故作是詩。此似幕府求知之語。非指琯也。

## 新安吏 收京後作。雖收兩京。賊猶充斥。

客行新安道。喧呼聞點兵。借問新安吏。縣小更無丁。府帖一作符昨夜一作日下。次選中男行。中男絶短小。何以守王城。肥男有母送。瘦男獨伶俜。白水暮東流。青山猶一作聞哭聲。莫自使眼枯。收汝淚縱橫。眼枯卽一作卻見骨。天地終無情。我軍取一作至相州。日夕望其平。豈意賊難料。歸軍星散營。就糧近故壘。練卒依舊京。掘壕不到水。牧一作看馬役亦輕。況乃王師順。撫養甚分明。送行勿泣血。一作垂泣僕射如父兄。

新安 元和郡國志。本漢舊縣。屬弘農郡。貞觀元年。屬河南府。漢書。元鼎三年。徙函谷關于新安。以故關爲弘農縣。相州 舊書。武德元年。以魏郡置相州。天寶元年。改爲鄴郡。乾元元年。復爲相州。二年。改爲鄴城。乾元二年三月。九節度之師敗于安陽河北。通鑑。九節度圍鄴城。自冬涉春。慶緒食盡。一鼠直錢四千。淘墻麩及馬矢以食馬。克在朝夕。而諸軍旣無統帥。城久不下。上下解體。思明自魏州引兵趨鄴。每營選精騎五百。日于城下抄掠。官軍出。輒散歸其營。諸軍人馬牛車。日有所失。樵採甚艱。乏食思潰。三月壬申。戰于安陽河北。大風忽起。天地晝晦。官軍潰而南。賊潰而北。子儀以朔方軍斷河陽橋。保東京。築南北兩城守之。掘壕 安祿山事跡。十一月五日。慶緒以五萬衆列陣于愁思岡。賊衆大敗。遂至相州城下。四面穿濠圍之。慶緒以殘傷出戰。多至摧敗。卻入城守。僕射 汾陽初敗于滏水。詣闕請貶。降爲左僕射。已而加司徒。進中書令。此復稱僕射者。本相州之潰。舉其初貶之官。亦春秋之書法也。洗兵馬則目之曰郭相。諸詩皆乾元二年。自華之東郡。道途所經次。感事而作也。

## 潼關吏

士卒何草草。築城潼關道。大城鐵不如。小城萬丈餘。借問潼關吏。修關（一作築城）還備胡。要我下馬行。爲我指山隅。連雲列戰格。飛鳥不能踰。胡來但自守。豈復憂西都。丈（一作大）人視要處。窄（一作穿）狹容單車。艱難奮長戟。萬（吳本作千）古用一夫。哀哉桃林戰。百萬化爲魚。請囑防關將。愼勿（一作莫）學哥舒。

潼關（雍錄。潼關。在華州華陰縣東北。關西一里有潼水。因以爲名。哥舒翰軍敗。引騎絕河還營。至潼津收散卒。卽關西之潼水也。西征賦曰。遡黃巷以濟潼。至唐始于其地立關耳。）桃林（左傳。守桃林之塞。杜注。今潼關是也。三秦記曰。桃林塞。在長安東四百里。若有軍馬經過。好行則牧華山。休息林下。惡行則決河漫延。馬不得過矣。元和郡國志。桃林塞。自靈寶縣以西至潼關皆是也。）哥舒（初。哥舒翰請堅守潼關。郭子儀、李光弼亦謂潼關大軍。唯應固守。不可輕出。玄宗信國忠之言。遣中使趣之。項背相望。翰不得已。撫膺慟哭。引兵出關。然則潼關之失守。豈翰之罪哉。公詩曰。愼勿學哥舒。其意蓋歸責于趣戰者也。）

## 石壕吏

暮投石壕村。有吏夜捉人。老翁踰牆走。老婦出門看。（蘇潤公本作老婦出看門）吏呼一何怒。婦啼一何苦。聽婦前致詞。三男鄴城戍。一男附書至。（一作到）二男新戰死。存（一作在）者且（一作是）偷生。死者長已矣。室中更無人。惟（文粹作所）有乳下孫。有孫母未去。（陳浩然本作孫有母未去）出入（一作更）無完裙。（一云孫母未便出。見吏無完裙。）老嫗力雖衰。請從吏夜歸。急應河陽役。猶得備晨炊。夜久語聲絕。如聞泣幽咽。天明登前途。獨與

## 老翁別。

石壕 寰宇記。神雀臺。在陝州硤石縣東北四十五里石壕鎮東北。困學紀聞。石壕吏。蓋陝州陝縣石壕鎮。一統志云。在陝州城東七十里是也。卞圜曰。石壕。陝東戍。其地新安西。石壕。卽石崤也。按崤在弘農澠池西北。貞觀八年。移崤縣于安陽城。在硤城西四十里。謂石壕卽石崤。誤矣。夢弼曰。石壕在郊州宜祿縣。尤爲無稽。且非自華之東都所取道也。 鄴城 安慶緒保鄴城。自乾元元年十月被圍。至二月方解。 河陽 郭子儀兵旣潰。用都虞侯張用濟策。守河陽。七月。李光弼代子儀。元和郡國志。史思明之來寇也。李光弼已至東都。聞思明將至。乃移牒留守及河南尹並留司官坊市居人。令悉出避寇。空其城。乃率麾下士馬數萬。東守河陽三城。

## 新婚別

兔絲附蓬麻。引蔓故一作固不長。嫁女與征夫。不如棄路旁。結髮爲妻子。樊作子妻席不煖君牀。暮婚晨告別。無乃太怱忙。君行雖一作既不遠。守邊赴一作戍河陽。妾身未分明。何以拜姑嫜。父母養我時。日夜草堂本作月夜令我藏。生女有所歸。雞狗一作犬亦得一作相將。君今往死地。陳浩然本。君今死生地。草堂本。君生往死地。沉痛迫中腸。誓欲隨君去。一作往形勢反蒼黃。勿爲一作改新婚念。努力事戎行。婦人在軍中。兵氣恐不揚。自嗟貧家女。久致羅襦裳。羅襦不復施。對君洗紅粧。仰視百鳥飛。大小必雙翔。人事一作生多錯迕。與君永相望。

兔絲 古詩。與君爲新婚。兔絲附女蘿。 姑嫜 前漢。背尊章。嫖以忽。師古注。尊章謂舅姑也。釋名。兄妐亦曰兄嫜。舅妐亦曰舅嫜。 兵氣 李陵傳。我士氣少衰而鼓不起者何也。軍中豈有女子乎。

## 垂老别

四郊未寧靜。垂老一作死不得安。子孫陣亡盡。焉用身獨完。投杖出門去。同行爲辛酸。幸有牙齒存。一作好所悲骨髓一作肉乾。男兒既介胄。長揖别上官。老妻臥路啼。歲暮衣裳單。孰知是死别。且復傷其寒。此去必不歸。還聞勸加餐。土門壁甚堅。杏園度亦難。勢異鄴城下。縱死時猶晉作獨寬。人生有離合。豈擇衰老一作盛端。憶昔少壯日。遲迴竟長歎。萬國盡征戍。一云東征烽火被岡巒。積屍草木腥。流血川原丹。何鄉爲樂土。安敢尚盤桓。棄絶蓬室居。塌然摧肺肝。

土門　元和郡國志。恆州有井陘縣井陘口。今名土門口。獲鹿縣西南十里。即太行八陘之第五陘也。四面高。中央下。如井。故名之。述征記曰、其山首自河內。有八陘。井陘第五。困學紀聞。即井陘關也。令狐峘顔眞卿墓誌。河朔一十七郡。同日嚮順。連兵二十萬。橫集燕趙。旁貫井陘。啓土門。通太原。李光弼、郭子儀得橫行河朔。復常山趙二郡。　杏園　舊書。郭子儀自杏園渡河。圍衛州。通鑑。自杏園濟河。東至獲嘉。破安太清。太清走保衛州。進兵圍之。董秦爲濮州刺史。移鎭杏園。亦此地。九域志。衛州汲縣有杏園鎭。

## 無家别

寂寞天寶後。園廬但蒿藜。我里百一作萬餘家。世亂各東西。存者無消息。死者爲一作委塵泥。賤子因陣敗。歸來尋舊一作故蹊。久行見空巷。一作室日瘦氣慘悽。但對狐與狸。竪毛怒我啼。四鄰何所有。一二老寡妻。宿鳥戀本枝。安辭且窮棲。方春獨荷鋤。日暮還灌畦。縣吏知我至。召令習鼓鞞。雖從本州役。內顧無所攜。近行止一身。遠去終轉迷。家鄉既盪盡。遠近理亦齊。永痛長病母。五年委溝谿。生我不得力。終身兩酸嘶。人生無家別。何以爲蒸黎。

五年天寶十四載。祿山反范陽。至此恰五年。

## 夏日歎

夏日出東北。陵天經晉作經天陵中街。朱光徹厚地。鬱蒸何由開。上蒼久無雷。無乃號令乖。雨降不濡物。良田起黃埃。飛鳥苦熱死。池魚涸其泥。萬人尙流冗。舉目唯蒿萊。至今大河北。化一作盡作虎與豺。浩蕩想幽薊。王師安在哉。對食不能餐。我心殊未諧。眇然貞觀初。難與數子偕。

中街舊注。中街。黃道之所經也。前漢天文志。日有中道。月有九行。中道者。黃道。一曰光道。北至東井。去北極近。南至牽牛。去北極遠。東至角。西至婁。去極中。夏至至于東井。北近極。故晷短。日。陽也。陽用事。則日進而北。晝進而長。陽勝。故爲溫暑。陰用事。則日退而南。晝退而短。陰勝。故爲涼寒也。晉天文志。夏至極起而天運近北。而斗去人遠。日去人近。南天氣至。故蒸熱也。爾雅疏。鄭注。考靈耀云。夏日道上與四表平。下去東井十二度。夏至則星辰北游之極。日南游之極。夏至之日。日在井星。當嵩高之上。 號令後漢郎顗傳。孔子曰。雷之始發大壯始。君弱臣強從解起。易傳曰。當雷不雷。號令弱也。雷者號令。其德生養。 流冗光武紀。詔曰。流冗道路。朕甚愍之。注。冗。散也。

夏夜歎

永日不可暮。炎蒸毒我一作中腸。安得萬里風。飄颻吹我裳。昊天出華月。茂林延疎光。仲夏苦夜短。開軒納微涼。虛明見纖毫。羽蟲亦飛揚。物情無巨細。自適固其常。念彼荷戈士。窮年守邊疆。何由一洗濯。執熱互相望。竟夕擊刁斗。喧聲連萬方。青紫雖被體。不如早還鄉。北城悲笳發。鸛鶴號且翔。況復一作懷煩促倦。激烈思時康。

青紫鶴曰。時府庫無蓄積。專以官爵賞功。及淸渠之敗。又以官爵收散卒。應募入軍者。一切衣金紫。故曰青紫雖被體也。

早秋苦熱堆案相仍時任華州司功

七月六日苦炎蒸。一作熱對食暫餐還不能。每一作常愁夜中一作來自足蝎。況一作仍乃秋後轉一作復多蠅。束帶發狂欲大叫。簿書何急來相仍。南望青松架短一作絕壑。安得一作能赤脚踏層冰。

立秋後題

日月不相饒。節序昨夜隔。玄蟬無停號。秋燕已如客。平生獨往願。惆悵年半百。罷官亦由人。何事拘形役。

杜工部集卷之二終

# 杜工部集卷之三

虞山蒙叟錢謙益箋注

## 古詩七十八首（寓秦州及同谷縣行赴蜀中作）

### 貽阮隱居昉

陳留風俗衰。人物世不數。塞上得阮生。迥繼先父祖。貧知靜者性。自（晉作白）益毛髮古。車馬入隣家。蓬蒿翳環堵。清詩近道要。識子（一作字）用心苦。尋我草逕微。褰裳踏寒雨。更議居遠村。避喧甘猛虎。足明箕潁客。榮貴如糞土。

陳留（晉書。阮籍。字嗣宗。陳留尉氏人也。）

### 遣興三首

下馬古戰場。四顧但茫然。風悲浮雲去。黃葉墜（一作墮）我前。朽骨穴螻蟻。又爲蔓草纏。故老行歎息。今人尙開邊。漢虜互勝負。（樊作失約）封疆不常全。安得廉恥（一作頗）將。三軍同晏眠。

高秋登塞（一作寒）山。南望馬邑州。降虜東擊胡。壯健盡不留。穹廬莽牢落。上有行雲愁。老弱哭道路。願聞甲兵休。鄴中事反覆。一云何蕭條死人積如丘。諸將已茅土。載驅誰與謀。

馬邑 唐志。馬邑州。開元十七年置。在秦、成二州山谷間。寶應元年。徙于成州之鹽井。故城隸秦州都督府。中州集。祝簡廉夫詩說云。鮑欽止注此詩云。馬邑州在成州界。舊注馬邑在雁門。與子美作詩處全無關涉。

豐年孰一云既。一云亦。云遲。甘澤不在早。耕田秋雨足。禾黍已映道。春苗九月交。顏色同日老。勸汝衡門士。勿悲尙枯槁。時來展材力。先後無醜好。但訝鹿皮翁。忘機對芳一作荒草。

鹿皮翁 列仙傳曰。鹿皮公者。淄川人也。少爲府小吏木工。舉手能成器械。岑山上有神泉。人不能到。小吏白府君。請木工斤斧三十人。作轉輪懸閣。意思橫生。數十日。梯道成。上其顚。作祠屋。留止其旁。食芝草。飲神泉。七十餘年。淄水來山下。呼宗族得六十餘人。命上山半。水出。盡漂一郡。沒者萬計。小吏乃辭遺家室令下山。着鹿皮衣。升閣而去。後百餘年下。賣藥齊市也。

## 昔遊

昔謁華蓋君。深求洞宮腳。陳作綠袍崑玉腳玉陳作人棺已上天。白日亦寂一作冥寞。暮昇艮岑晉作峯頂。巾几猶未卻。弟子四五人。入來淚俱落。余時游名山。發軔在遠壑。良覿違夙願。含淒晉作悽向寥廓。林昏罷幽磬。竟夜伏石閣。王喬下天壇。微月映皓鶴。晨溪嚮虛駃。歸徑行已昨。豈辭青鞋胝。悵望一云惆悵金匕藥。東蒙赴舊隱。尙憶同志樂。休一作伏事董先生。于今獨蕭索。胡爲客關塞。道意久衰薄。妻子亦何人。丹砂負前諾。雖悲鬒髮變。一云鬢髮變未憂筋力弱。扶一作杖藜望清秋。有興入廬霍。

華蓋君清虚眞人王君内傳。詣赤臺童子、華蓋上公。授以五雲夜光雲琅水霜。洞天福地記。華蓋山。周廻四十里。名曰容城太玉之天。在溫州永嘉縣。仙人羊公修治之。玉棺後漢王喬傳。天下玉棺于堂前。吏人推排。終不搖動。喬曰。天帝獨召我耶。乃沐浴服飾寢其中。蓋便立覆。王喬琴賦。王喬披雲而下墜。寰宇記。王子喬壇。在緱氏縣東南六里。董先生憶昔行所謂衡陽董鍊師也。舊注以爲董京威。失之遠矣。故曰有興入廬霍。鸞變謝玄暉詩。誰能鸞不變。廬霍謝靈運詩。游當羅浮行。息必廬霍期。

## 幽人

孤雲亦羣遊。神物有一作識所歸。麟一作靈鳳在赤霄。何當一作嘗一來儀。往與惠荀一作詢輩。中年滄洲期。天高無消息。棄我忽若遺。內懼非道流。幽人見一作在瑕疵。洪濤隱語笑。樊作笑語鼓枻蓬萊池。崔嵬扶桑日。照曜珊瑚枝。風帆倚翠蓋。一作嶮暮把東皇衣。嚥嗽元和津。所思煙霞一作霧微。知名未足稱。局促商山芝。五湖復浩蕩。歲暮有餘悲。

惠荀舊注惠昭荀珏。固屬僞撰。而以爲惠遠、許詢。亦謬。玄度正可與支公並用。杜詩亦屢見之。且自昔多稱遠公。不言惠也。按公逸詩中有送惠二過東溪詩云。空谷滯斯人。又云黃綺未稱臣。與此詩中年滄洲期句正合。詢或其名。未可知也。幽人局促商山芝。指李泌也。泌定太子之後。懼輔國之譖。請隱衡山。故云在瑕疵。五湖復浩蕩。正用范蠡事比之耳。以韓諫議諸詩參考。則知之矣。昔游、幽人二詩。草堂本敍荆州、潭州詩內。今從舊敍于此。

## 佳人

絕代有佳人。幽居在空谷。（一作山）自云良家子。零落依草木。關中昔喪敗。（一作亂）兄弟遭殺戮。官高何足論。不得收骨肉。世情惡衰歇。萬事隨轉燭。夫婿輕薄兒。新人已（一作美）如玉。合昏尚知時。鴛鴦不獨宿。但見新人笑。那聞舊人哭。在山泉水清。出山泉水濁。侍婢賣珠迴。牽蘿補茅屋。摘花不插髮。（一作鬢。晉作鬟。）采柏動盈掬。（一作握）天寒翠袖薄。日暮倚修竹。

合昏（本草。合歡。至暮即合。故云合昏。崔豹古今注。青裳。合歡也。嵇康種之舍前。）

## 赤谷西崦人家

躋險不自喧。（荊作宣。一作安。）出郊已清目。溪迴日氣暖。逕轉山田熟。鳥雀依茅茨。藩籬帶松菊。如行武陵暮。欲問桃花（一作源）宿。

赤谷（地理志。秦州有崦嵫山。在赤谷之西。曹操與劉備戰于此谷。川水爲之丹。因號曰赤谷。一統志。赤谷。在秦州西南七十里。中有赤谷川。崦嵫山在秦州西五十里。在赤谷之西。故曰西崦。通志。秦州西十二里。）

## 西枝村尋置草堂地夜宿贊公土室二首

出郭眄細岑。披榛得微路。溪行一流水。曲折方屢渡。贊公湯休徒。好靜心迹素。昨枉霞上作。盛論岩中趣。怡然共攜手。恣意同遠步。捫蘿澀先登。陟巘眩反顧。要求陽岡煖。苦陟晉作步陰嶺沍。惆悵老大藤。沈吟屈蟠樹。卜居意未展。杖策迴且暮。層巔一作天餘落日。草蔓已多露。

天寒鳥已歸。月出人晉作天更一作已靜。土室延白光。松門耿疎影。躋攀倦日短。語樂寄夜永。明燃林中薪。暗汲石底一作泉井。大師京國舊。德業天機秉。從來支許遊。興趣江湖迥。數奇謫關塞。道廣存箕潁。何知戎馬間。復接塵事屏。幽尋豈一路。遠色有諸嶺。晨光稍曚曨。更越西南頂。

寄贊上人

一昨陪錫杖。卜隣南山幽。年侵腰腳衰。未便陰崖秋。重岡北面起。竟日陽光留。茅屋買一作置兼土。斯焉心所求。近聞西枝西。有谷杉桼一作漆稠。亭午頗和暖。石一作沙田又足收。當期塞一作寒雨乾。宿昔齒疾瘳。徘徊虎穴上。面勢龍泓頭。柴荆具茶茗。逕一作遥路通林丘。與子成二老。來往亦風流。

虎穴龍泓（陝西通志。虎穴在成縣城西。龍泓一在飛龍峽。一在天井山。方輿勝覽。飛龍峽在仇池山下。黃氏楊飛龍據仇池。故名。其東杜甫避亂居此。有詩云云。又停騎龍潭雲。回首虎崖石。）

## 太平寺泉眼

招提憑高岡。疏散連草莽。出泉枯柳根。汲引歲月古。石間（一作門）見海眼。天畔縈水府。廣深丈尺間。宴息敢輕侮。青白二小蛇。幽姿可時覩。如絲氣或上。爛熳爲雲雨。山頭到山下。鑿井不盡土。取供十方僧。香美勝牛乳。北風起寒文。弱藻舒（一作勝）翠縷。明涵客衣淨。細蕩林影趣。何當宅下流。餘潤通藥圃。三春濕黃精。一食生毛羽。

牛乳（維摩經。阿難白佛言。憶念昔時。世尊身有小疾。當用牛乳。）黃精（博物志。天老謂黃帝曰。太陽之草名黃精。餌之可以長生。世傳華陀漆葉青黏散云。青黏是黃精之正葉者。）

## 夢李白二首

死別已吞聲。生別常惻惻。江南瘴癘地。逐（一作遠）客無消息。故人入我夢。明我長相憶。恐非平生魂。路遠（一作迷）不可測。魂來楓葉（一作林）青。魂（一作夢）返關塞黑。君今在羅網。何以（一作似）有羽翼。落月滿屋梁。猶疑照（一作見）顏色。水深波浪闊。無使蛟龍得。

（天寶十五載。白臥廬山。永王璘迫致之。璘軍敗。白坐繫尋陽獄。得釋。乾元元年。終以汙璘事。長流夜郎。遂汎洞庭。上峽江。至巫山。以赦得釋。憩岳陽江夏。）楓林（招魂。湛湛江水兮上有楓。目極千里兮傷春心。魂兮歸來哀江南。阮籍詩。湛湛長江水。上有楓樹林。屋梁潘淳曰。宋玉神女賦。耀乎若白日初出照屋梁。李善注。引東方之日。薛君曰。詩人所說者。顏色美盛。若東方之日。杜亦云落月滿屋梁。猶疑照顏色。

浮雲終日行。遊子久不至。三夜頻夢君。情親見君意。告歸常局促。苦道來不易。江湖多風波。一云秋多風舟楫恐失墜。出門搔白首。若一作苦負平生志。冠蓋滿京華。斯人獨顦顇。孰云網恢恢。將老身一作才反累。千秋萬歲名。寂寞身後事。

## 有懷台州鄭十八司戶虔

天台隔三江。一云江海風浪無晨暮。鄭公縱得歸。老病不識路。昔如水一作江。晉作天。上鷗。今如樊作爲罝中兔。性命由他人。悲辛但狂顧。山鬼獨一腳。蝮蛇長如樹。呼號傍孤城。歲月誰與度。從來禦魑魅。多爲一作被才名悞。夫子嵇阮流。更被晉作遭時俗惡。海隅微小吏。眼暗髮垂素。黃帽映一云鳩杖近青袍。非供折腰具。平生一杯酒。見我故人遇。相望無所成。乾坤莽迴互。

山鬼魯語。木石之怪曰夔蝄蜽。韋注。木石謂山也。或云夔一足。越人謂之山魈。或作獠。富陽有之。人首猴身。能言。或云獨足。蝮蛇招魂。蝮虵蓁蓁。山海經。蝮虵。色如綬文。大者百餘斤。一名反鼻蛇。爾雅。蝮虺。博三寸。首大如擘。

## 遣興五首

蟄龍三冬臥。老鶴萬里心。昔時賢俊人。未遇猶視今。嵇康不得死。一云且不死孔明有知音。又如壠底草堂作隴坻松。用捨在所尋。大哉霜雪幹。歲久爲枯林。

嵇康鍾會言于文帝曰。嵇康。臥龍也。不可起。公無憂天下。顧以康爲慮耳。因譖康。帝信之。同爲臥龍。康不得其死。而孔明有知音。用捨之故耳。

昔者一作在昔龐德公。未曾入州府。襄陽耆舊間。處士節獨一作猶苦。豈無濟時策。一作術終竟畏羅罟。一作終歲畏罪罟林茂鳥有歸。水深魚知聚。舉家依一作隱鹿門。劉表焉得取。

龐德公水經注。沔水中有魚梁洲。龐德公所居。士元居漢之陰。在南白沙。司馬德操宅洲之陽。望衡對宇。歡情自接。泛舟褰裳。率爾休暢。水南有層臺。號曰景升臺。表盛遊于此。常所止憩。

我今日夜憂。諸弟各異方。不知死與生。何況道路長。避寇一分散。饑寒永相望。豈無柴門歸。一作掃欲出畏虎狼。仰看雲中雁。禽鳥亦有行。

蓬生非無根。漂蕩隨高風。天寒落萬里。不復歸本叢。客子念故宅。三年門巷空。悵望但烽火。戎車滿關東。生涯能幾何。常在羇旅中。

昔在洛陽時。親友相追攀。送客東郊道。遨遊宿南山。烟塵阻長河。樹羽成皐間。迴首載酒地。豈無一日還。丈夫貴壯健。慘戚非朱顔。

## 遣興五首

朔風飄胡雁。慘澹帶砂礫。長林何蕭蕭。秋草萋更碧。北里富薰天。高樓夜吹笛。焉知南鄰客。九月猶絺綌。

長陵銳頭兒。出獵待明發。騂一作觲弓金爪鏑。白馬蹴微雪。未知所馳逐。但見暮光滅。歸來懸兩狼。門戶有旌節。

**銳頭** 春秋後語。平原君曰。澠池之會。臣觀武安君之爲人。小頭而銳。瞳子黑白分明。瞻視不轉。難與爭鋒。廉頗足以當之。**旌節** 車服志。大將出。賜旌以顓賞。節以顓殺。旌以絳帛五丈。粉畫虎。有銅龍一。首纏緋幡。紫縑爲袋。油囊爲表。節垂畫木盤三。相去數寸。隅垂尺麻。餘與旌同。舊書。每扈從驪山。五家合隊。國忠以劍南幢節引于前。

漆有用而割。膏以明自煎。蘭摧白露下。桂折秋風前。府中羅舊尹。沙道尙依然。赫赫蕭京兆。今爲時所憐。

**沙道** 唐國史補。凡宰相禮絕班行。府縣載沙塡路。自私第至于城東街。號曰沙路。張籍沙堤行云。白麻詔下移相印。新堤未成舊堤盡。**蕭京兆** 李德裕明皇十七事。源乾曜奏事稱旨。上驟用之。謂高力士曰。知吾拔用乾曜之速乎。吾以其容貌言語。類蕭至忠也。力士曰。至忠不嘗負陛下乎。帝曰。至忠晚乃謬計耳。其初立朝。得不謂賢相乎。東坡曰。明皇雖誅蕭至忠。然甚懷之。侯君集云。蹉跌至此。至忠亦蹉跌者耶。故子美亦哀之。按蕭至忠未嘗官京兆尹。若以蕭望之論至忠。則望之爲左馮翊。未嘗爲京兆尹也。天寶八載。京兆尹蕭炅。坐贓左遷汝陰太守。史稱京兆尹蕭炅、御史中丞宋　灵皆林甫所親善。國忠皆誣奏遣逐。林甫不能救。則所謂蕭京兆者。

蓋蕭炅也。姚汝能安祿山事迹云。蕭炅爲河南尹。以贓下獄。吉溫課竟其罪。炅爲林甫佐之。由是特恩轉太府卿。溫後爲萬年縣丞。未幾。炅拜京兆尹。高力士權移將相。炅親附之。溫尤與之善。遂相結爲膠漆。其事亦詳舊書吉溫傳中。炅先代裴耀卿爲江淮轉運使。林甫引爲戶部侍郎。出爲岐州刺史。轉河西節度使。經略吐蕃。開元二十七年。吐蕃寇白單安人等軍。炅擊敗之。則所謂赫赫蕭京兆者。亦可想見矣。京兆尹多宰相私人。相與附麗。若炅與鮮于仲通輩皆是。故曰府中羅舊尹。沙道尚依然也。故爲人所羡。今爲人所憐。用漢成帝時童謠哀之。亦刺之也。東坡解此詩未當。或亦僞託耳。

猛虎憑其威。往往遭急縛。雷吼徒咆哮。枝撐已在腳。忽看皮寢處。無復睛閃爍。人有甚于斯。足以勸（一作戒）元惡。

猛虎此蓋指吉溫之流。溫常云。若遇知己。南山白額虎不足縛也。故公借以爲喻。

朝逢（一作逆）富家葬。前後皆（一作見）輝光。共指親戚大。緦麻百夫行。送者各有死。不須羡其強。君看束練（一作縛）去。亦得歸山岡。

束縛吳志。孫亮殺諸葛恪。以葦席裹其身。而篾束其腰。投之于石子岡。

遣興五首

天用莫如龍。有時繫扶桑。頓轡海徒涌。神人身更長。性命苟不存。英雄徒自強。吞聲勿復道。眞宰意茫茫。

扶桑頓轡劉向九歎。維六龍于扶桑。補注。春秋命曆序曰。皇伯登扶桑日之陽。駕六龍以上下。陶淵明讀山海經詩。靈人侍丹池。朝朝爲日浴。山海經。鍾山之神。名曰燭龍。其長千里。何承天云。日爲陽精。光曜炎熾。一夜入海。所經焦竭。百川歸注。足以相補。

地用莫如馬。無良復誰記。此日千里鳴。追風可君意。君看渥洼種。態與駑駘異。不雜一作在蹄齧間。逍遙有能事。

陶潛避俗翁。未必能達道。觀其著詩集。頗亦恨枯槁。達生豈是足。默識蓋不早。有子賢與愚。何其掛懷抱。

賀公雅吳語。在位常清狂。上疏乞骸骨。黃冠歸故鄉。爽氣不可致。斯人今則亡。山陰一茅宇。江一作淮海日凄涼。

清狂知章爲禮部侍郎。取舍非允。門蔭子弟。喧訴盈庭。于是以梯登墻。首出決事。時人咸嗤之。晚年尤加縱誕。因病恍惚。乃上疏請度爲道士。求還鄉里。仍舍本鄉宅爲觀。上許之。

吾憐孟浩然。裋褐卽長夜。賦詩何必多。往往凌鮑謝。清江空舊魚。一作舊魚美。一作舊美魚。春雨餘甘蔗。每望東南雲。令人幾悲吒。

前出塞九首前出塞。爲徵秦隴之兵赴交河而作。後出塞。爲徵東都之兵赴薊門而作也。前則主上好武。窮兵開邊。故以從軍苦樂之辭言之。後則祿山逆節既萌。幽燕騷動。而人主不悟。卒有陷沒之禍。

假征戍者之辭以譏切之也。

戚戚去故里。悠悠赴交河。公家有程期。亡命嬰禍羅。君已富土境。開邊一何多。棄絕父母恩。吞聲行負戈。

交河元和郡國志。交河縣。本漢車師前王庭地。貞觀十四年。于此置縣。交河出縣北天山。水分流于城下。因以爲名。天山在縣東北。

出門日已遠。不受徒旅欺。骨肉恩豈斷。男兒死無時。走馬脫轡頭。手中挑青絲。捷下萬仞岡。一作丈俯身試搴旗。

磨刀嗚咽一作呼水。水赤刃傷手。欲輕腸斷聲。心緒亂已久。丈夫誓許國。憤惋復何有。功名圖麒麟。戰骨當速朽。

嗚咽水說文。隴山。天水大坂也。辛氏三秦記引俗歌云。隴頭流水。鳴聲幽咽。遙望秦川。肝腸斷絕。

送徒既有長。遠戍亦有身。生死向前去。不勞吏怒嗔。路逢相識人。附書與六親。哀哉兩決絕。不復同一作問苦辛。

迢迢萬餘里。領我赴三軍。軍中異苦樂。主將寧盡聞。隔河見胡騎。倏忽數百羣。我始爲奴僕。幾時樹功勳。

挽弓當挽强。用箭當用長。射人先射馬。擒賊先擒王。殺人亦有限。列一作立國自有疆。苟能制侵陵。豈在多殺傷。

驅馬天雨雪。軍行入高山。逕危抱寒石。指落曾冰間。已去漢月遠。何時築城還。浮雲暮南征。可望不可攀。

單于寇我壘。百里風塵昏。雄劍四五動。彼軍爲我奔。擄其名王歸。繫頸授轅門。潛身備行列。一勝何足論。

單于開元二十二年。契丹及奚連年爲邊患。張守珪使人誘殺其王屈剌及其大臣可突干。傳首東都。梟于天津橋之南。天寶初。王忠嗣北伐奚突厥。突厥十姓拔悉密葉等。攻殺烏蘇米施可汗。傳首京師。

從軍十年餘。能無分寸功。衆人貴苟得。欲語羞雷同。中原有鬬爭。況在狄與戎。丈夫四方志。安可辭固一作困窮。

## 後出塞五首

男兒生世間。及壯當封侯。戰伐有功業。焉能守舊丘。召募赴薊門。軍動不可留。千金買馬鞭。一作鞍 百金裝刀頭。閭里送我行。親戚擁道周。斑白居上列。酒酣進庶羞。少年別有贈。含笑看吳鈎。

薊門 安祿山欲以邊功市寵。數侵掠奚契丹。開元四年。各殺公主以叛。祿山討破之。天寶九載。祿山誘熟蕃奚契丹。賓酖殺之。函其首以獻。十載。祿山討契丹。大敗而歸。十一載。大舉以報去秋之役。阿布思叛去。遂頓兵不進。十四載。祿山奏破奚契丹。是年十一月遂叛。

朝進東門營。一作營門 暮上河陽橋。落日照大旗。馬鳴風蕭蕭。平沙列萬幕。部伍各見招。中天懸明月。令嚴夜寂寥。悲笳數聲動。壯士慘不驕。借問大將誰。恐是霍嫖姚。

東門 太平寰宇記。上東門。洛陽東面門也。後又改爲東陽門。水經注。穀水又東屈而逕建春門石橋下。即上東門也。阮嗣宗詩云。步出上東門者也。胡三省曰。此言漢晉洛城諸門。非隋唐所徙洛城也。上東門之地。唐爲鎭。按通鑑。李光弼將詣河陽。諸將請曰。今自洛城而北乎。當石橋而進乎。光弼曰。當石橋而進。夜至河陽。石橋之地。蓋即所謂東門營也。 河陽橋 通典。河陽縣古孟津。後亦曰富平津。跨河有浮橋。即杜預所建。元和郡國志。河陽浮橋。駕黃河爲之。以船爲腳。竹簍亘之。晉陽秋云。杜元凱造河橋于富平津。即此是也。安祿山事跡。祿山兵發范陽。先令將軍何千年領壯士數千人。先俟于河陽橋。封常清、郭子儀保東京。皆斷河陽橋。 大將 天寶二年。祿山入朝。進驃騎大將軍。

古人重守邊。今人一作日 重高勳。豈知英雄主。出師亘英華作直 長雲。六合已一家。四夷且孤軍。遂使貔樊作螭 虎一作武 士。奮身勇所聞。拔劍擊大荒。日收胡馬羣。誓開玄冥北。持以奉吾君。

高勳通鑑。舊制。百姓有勳者免征役。時調兵既多。國忠奏先取高勳。胡馬羣安祿山事蹟。祿山包藏禍心。將生逆節。養同羅及降奚契丹曳落河八千餘爲己子。又畜單于護眞大馬習戰鬭者數萬匹。已八九年矣。通鑑。阿布思爲回紇所破。祿山誘其部落而降之。由是祿山精兵。天下莫及。

獻凱日繼踵。兩蕃靜無虞。漁陽豪俠地。擊鼓吹笙竽。雲帆轉遼海。粳稻來東吳。越羅與楚練。照耀輿臺軀。主將位益崇。氣驕淩上都。邊人不敢議。議者死路衢。

獻凱安祿山事蹟。祿山誘降阿布思部落。其男女一萬口。送于京師。玄宗御勤政樓受之。又遣其子慶緒獻奚契丹及同羅阿布思等生口三千人。金銀錦罽。駞馬奚車。布于闕下。玄宗大悅。張樂以會將士。兩蕃安祿山事蹟。奚契丹各殺公主。舉部落以叛。祿山方邀兩蕃。恣其侵掠。通鑑。上謂國忠曰。祿山朕推心待之。東西二胡。藉其鎭遏。遼海唐會要。開元二十七年。李適爲幽州節度。河北海運使。西溪叢語。聞習海者云。航海自二浙可至平州。聞登州竹山駞基諸島之外。天晴無雲。可望平州城壁。杜甫後出塞及昔遊篇云云。其事可見。陶九成輟耕錄。國朝海運糧儲。以爲古來未嘗有此。按杜詩云云。則唐時已有海運矣。朱張特舉行耳。主將安祿山事蹟。祿山潛于諸道商胡興販。每商至。則胡服坐重床。燒香列珍寶。令百胡侍左右。羣胡羅拜于下。邀福于天。盛陳牲牢。羣巫擊鼓歌舞。至暮而散。自歸范陽。逆狀漸露。使者至。稱疾不見。嚴介士于前後。戒備而後見之。無復人臣之禮。中使馮神威。齎璽書召祿山。祿山踞床不起。但云聖人安穩。或言祿山反者。玄宗縛送祿山。道路相目。無敢言者。奏還者告祿山反。乃囚于商州。將送之。遇祿山起兵。乃放之。

我本良家子。出師亦多門。將驕益愁思。身貴不足論。躍馬二十年。恐辜明主恩。坐見幽州騎。長驅河洛昏。中夜間道歸。故里但空村。惡名幸脫免。窮老無兒孫。

幽州騎安祿山事蹟。十一月九日。祿山起兵反。以同羅、奚契丹、室韋曳落河。兼范陽、平盧、河東、幽薊之衆。號父子軍。馬步相兼十萬。鼓行而西。

## 別贊上人

百川日東流。客去亦不息。我生苦一作若漂蕩。何時有終極。贊公釋門老。放逐來上國。還爲世塵嬰。頗帶顦顇色。楊枝晨在手。豆子雨一作兩已熟。是身如浮雲。安可限南北。異縣逢舊友。一作交初忻寫胸臆。天長關塞寒。一作遠歲暮饑凍一作寒逼。野風吹征衣。欲別向曛黑。曛一作昏馬嘶一作鳴思故櫪。歸鳥盡斂翼。古來聚散地。宿昔長荆棘。相看俱衰年。出處各努力。

楊枝 梵網經。頭陀冬夏坐禪。結夏安居。常用楊枝。涅槃經。各于晨時日初出時。離常住處。方用楊柳。或以楊柳爲齒木。乃鑿說也。 豆子 趙曰。言贊公當春爲寺主。來秦州已見豆熟也。宿贊公房云杖錫何來此。秋風已颯然。正一義。 浮雲 維摩經。是身如浮雲。須臾變滅。

## 萬丈潭 同谷縣作

青溪合趙鴻刻作含冥寞。神物有顯晦。龍依積水蟠。窟壓萬丈內。跼步淩垠堮。側身下烟靄。前臨洪濤寬。卻立蒼石大。山危一徑盡。崖一作岸絕兩壁對。削成根虛無。倒影垂澹瀩。趙作澹。一作賴。黑如陳作爲。黃作知。灣澴底。淸見光炯碎。孤雲方輿作峯倒來深。飛鳥不在外。高蘿成帷一作帳幄。寒木累一作壘旌旆。遠川曲通流。嵌竇潛洩瀨。造幽無人境。發興自我輩。告歸遺恨多。將老斯遊最。閉藏修鱗蟄。出入巨石趙作爪礙。何事趙作當暑一作炎天過。快意風雨一作雲會。

萬丈潭　唐咸通十四載。西康州刺史趙鴻刻萬丈潭詩。又題杜甫同谷茅茨曰。工部棲遲後。隣家大半無。青羌迷道路。白社寄盃盂。大雅何人繼。全生此地孤。孤雲飛鳥什。空勒舊山隅。鴻曰。萬丈潭在公宅西。洪濤蒼石。山徑岸壁。如目見之。方輿勝覽。萬丈潭。在同谷縣東南七里。通志。在成縣東南七里。俗傳有龍自潭飛出。　垠堮　西京賦。前後無有垠堮。淮南子。出于無垠鄂之門。許愼曰。垠鄂。端崖也。　澹瀩　廣韻。瀩。清也。濡也。夢弼曰。澹瀩。猶澹沎。集韻作灘。水帶沙往來貌。　灣澴　玉篇。澴。聚流也。

## 兩當縣吳十侍御江上宅

寒城朝烟澹。山谷落葉赤。陰風千里來。吹汝江上宅。鶤鷄號枉渚。日色傍阡陌。借問持斧翁。幾年長沙客。哀哀失木狖。矯矯避弓翮。亦知故鄉樂。未敢思宿昔。昔在鳳翔都。共通金閨一作門籍。天子猶蒙塵。東郊暗長戟。兵家忌間諜。此輩常接跡。臺中領舉劾。君必愼剖析。不忍殺無辜。所以分白黑。上官權許與。失意見遷斥。仲尼甘旅人。向子識損益。朝廷非不知。閉口休歎息。樊本仲尼一聯。在朝廷一聯下。余時忝諍臣。丹陛實咫尺。相看受狼狽。至死難塞責。行邁心多違。出門無與適。於公負明義。惆悵頭更白。

兩當　寰宇記。鳳州兩當縣。因界內兩當水爲名。水經注云。兩當水出陳倉縣之大散嶺。西南流入故道川。謂之故道水。河池縣有兩當水。西北自成州界入。東南流入故道水。縣取水爲名。或云縣西界有兩山相當爲名。

吳侍御方輿勝覽。吳郁。兩當人。爲侍御史。以言事被譴。居家不仕。與杜子美交游。唐韋續墨藪。吳郁字體綿密。不謝當時。鵾鷄九辯。鵾鷄啁哳而悲鳴。枉渚陸雲答張士然詩。通波激枉渚。善注引朝發枉渚。陳浩然曰。此詩枉渚。以斜曲爲義。非武陵湘潭之枉渚。

發秦州乾元二年。自秦州赴同谷縣。紀行十二首。

我衰更嬾拙。生事不自謀。無食問樂土。無衣思南州。漢源十月交。天氣涼如秋。草木未黃落。況聞山水一作東幽。栗亭名更佳。下有良田疇。充腸多薯蕷。崖蜜亦易求。密竹復冬筍。清池可方舟。雖傷一作云旅寓遠。庶遂平生遊。此邦俯要衝。實恐人事稠。應接非本性。登臨未銷憂。谿谷無異石。塞田始微收。豈復慰老夫。一作大惘一作烱然難久留。日色隱孤戍。烏啼滿城頭。中宵驅車去。飲馬寒塘流。磊落星月高。蒼茫雲霧浮。大哉乾坤內。吾道長悠悠。

同谷寰宇記。本漢下辨道。後魏定仇池。置廣業郡。領白石栗亭二縣。後元元年。改白石爲同谷縣。趙傁曰。日在房公起秦亭。十一月至西康。冬春之交。發同谷。登劍門。公在同谷茅茨。蓋不盈月。南州元和郡國志。成州東北至秦州一百八十里。地志。同谷。蜀北秦南。郭仲產秦州記曰。度汧隴。無蠶桑。八月乃麥。五月乃解凍。趙傁曰。天水地寒。田痔于同谷。而同谷絲麻。多于秦塞故也。漢源水經注。常璩華陽國志曰。漢水有二源。東源出武都氐道縣漾山。爲漾水。禹貢。導漾東流爲漢是也。西源出隴西嶓冢山。會白水。經葭萌入漢始源曰沔。後漢志。隴西郡氐道。養水出此。注。巴漢志。漢水二源。東源此縣之養山。栗亭寰宇記。同谷縣有栗亭鎮。興州左溪水。自成州栗亭縣來。北合嘉陵江。咸通中。刺史趙鴻刻石同谷曰。工部題栗亭十韻不復見。鴻詩曰。杜甫栗亭詩。詩人多在口。悠悠二甲子。題記今何有。薯蕷本草。薯蕷補虛勞。充五臟。久服輕身不饑。

注云。蜀道者尤良。崖蜜本草。石蜜。陶隱居云。卽崖蜜也。

## 赤谷

天寒霜雪繁。遊子有所之。豈但歲月暮。重來未有期。一云亦未期晨發赤谷亭。險艱一作難方自茲。亂石無改轍。我車已載脂。山深苦多風。落日童稚饑。悄然村墟迴。烟火何由追。貧病轉零落。一云飄零故鄉不可思。常恐死道路。永爲高人嗤。

## 鐵堂峽

山風吹遊子。縹緲乘險絕。硤形藏堂隍。壁色立積荆作精鐵。徑摩蒼穹蟠。石與厚地裂。修纖無垠一作限竹。嵌空一作孔太始雪。威遲哀壑底。徒旅慘不悅。一作徒懷松柏悅水寒長冰橫。我馬骨正折。生涯抵弧矢。盜賊殊未滅。飄蓬踰三年。迴首肝肺熱。

鐵塘峽方輿勝覽。鐵堂山。在天水縣東五里。硤有石笋。青翠。長者至丈餘。小者可以爲礪。蜀姜維世居此。通志。硤有鐵堂莊。四山環抱。對面有孤冢。相傳是維祖塋。堂隍漢書胡建傳。列坐堂皇上。師古曰。堂無四壁曰皇。舊注謂山臺如堂皇。硤藏于兩山之間也。竹秦州記。隴西上邽縣北有利山。川中平地有土堆。高五丈。生細竹。翠茂殊常。知隴西地多細竹也。

## 鹽井

鹵中草木白。青者官鹽烟。官作旣有程。煑鹽烟在川。汲井歲榾榾草堂本云。當作搰搰。出車日連連。自公斗三百。轉致斛六千。君子愼止足。小人苦喧闐。我何良歎嗟。物理固自然。一云亦固然

鹽井水經注。鹽官水南入漢水。水有鹽官。在嶓冢西五十許里。相承營煮不輟。味與海鹽同。故地理志云。西縣有鹽官是也。元和郡國志。鹽井。在成州長道縣東三十里。水與岸齊。鹽極甘美。食之破氣。鹽官故城。在縣東三十里。在嶓冢西四十里。相承營煮。味與海鹽同。鹵中說文。鹵。鹽池也。東方謂之斥。西方謂之鹵。宜帝紀。常困于蓮勺鹵中。如淳曰。蓮勺有鹽池。三百食貨志。天寶至德間。鹽每斗十錢。乾元元年。第五琦爲使。初變法。劉晏代之。法益密。貞元四年。江淮斗增二百。爲錢三百一十。後復增六十。河中兩池鹽。斗三百七十。豪賈射利。官收不能半。以此例之。蜀井鹽價。從可推矣。

## 寒硤

行邁日悄悄。山谷勢多端。雲門轉絕岸。積阻霾天寒。寒硤不可度。我實一作貧衣裳單。況當仲冬交。泝沿增波瀾。野人尋烟語。行子傍水餐。此生免荷殳。未敢辭路難。

鶴曰。秦至成之界。垂二百里。又七十里至成。今寒硤倘爲秦地。而已交十一月。則去秦在十月之末。無疑也。

## 法鏡寺

身危適他州。勉强終勞苦。神傷山行深。愁破崖寺古。嬋娟碧鮮淨。蕭摵寒籜聚。回回一作洄洄山一作石根水。冉冉松上雨。洩雲蒙淸晨。初日翳復吐。朱甍半光炯。戶牖粲可數。拄一作枉策忘前

期。出蘿已亭午。冥冥子規叫。微徑不復一作敢取。

嬋娟楚辭。便娟之修竹兮。寄生于江潭。吳都賦。檀欒嬋娟。玉潤碧鮮。枚乘兔園賦。修竹檀欒夾池水。

## 青陽峽

塞外苦厭山。南行道一云登路彌惡。岡巒相經亘。雲水氣參錯。林迴硤角來。天窄一作穿壁面削。磎西五里石。奮怒向我落。仰看日車側。俯恐坤軸弱。魑魅嘯有一作有狂風。霜霰浩漠漠。昨憶一作憶昨踰隴坂。高秋視吳岳。東笑蓮華卑。北知崆峒薄。超然侔壯觀。已謂殷一作隱寥郭。突兀猶趁人。及茲歎一作谷冥寞。

魑魅蕪城賦。木魅山鬼。野鼠城狐。風嗥雨嘯。昏見晨趨。隴坂後漢志。有大坂。名隴坻。三秦記。其坂九迴。不知高幾許。欲上者。七日乃越。吳岳周禮。雍州。其山鎮曰嶽山。孫炎曰。雍州鎮有吳岳山也。漢志。吳岳在汧縣西。古文以爲汧山。國語謂之西吳。秦都咸陽。以爲西岳。元和郡國志。吳山在縣西南五十里。今爲國之西鎮山。

## 龍門鎮

細泉兼輕冰。沮洳棧道濕。不辭辛苦行。迫一作追此短景急。石門雪雲一作雲雷隘。一作溢古鎮峯巒集。旌竿暮慘澹。風水白刃澀。胡馬屯成皐。防虞此何及。嗟爾遠戍人。山寒夜中泣。

龍門水經注。洛谷水又南逕仇池郡西瞿堆東。西南入漢水。漢水又東合洛溪水。水北發洛谷。南逕威武戍。又西南與龍門水合。水出西北龍門谷。東流與横水會。東北窮溪。即水源也。又南逕龍門戍東。又東南入洛。漢水又東南逕上祿縣故城西。寰宇記。龍門山。在梁州三泉故縣西七十里。棧道元和郡國志。褒斜道。一名石牛道。張良令燒絶棧道。即此道也。水經注。俗謂千梁無柱也。諸葛亮與兄瑾書曰。前趙子龍退軍。燒壞赤崖以北閣道。緣谷一百餘里。詳見飛仙閣注。石門水經注。褒水西北出衙嶺山。東南逕大石門。歷故棧道下谷。又東南歷小石門。門穿山通道。六丈有餘。蜀都賦曰。岨以石門。斯之謂也。門在漢中之西。褒中之北。成皋舊注。言安史之兵屯于成皋。而置戍于此。道里遼遠。不相及也。

石龕

熊羆咆我東。虎豹號我西。我後鬼長嘯。我前狨又啼。天寒昏無日。山遠道路迷。驅車石龕下。仲冬見虹蜺。伐竹一作木者誰子。悲謌上一作抱雲梯。爲官採美箭。五歲供梁齊。苦云直簳一作笴盡。無以充一作應提攜。奈何漁陽騎。颯颯驚蒸黎。

石龕方輿勝覽。石龕在成州近境。狨本草。狨似猴而大。毛長。黃赤色。生川南山谷中。人將其皮作鞍褥。梁齊謂劍南河北用兵。而箭簳取給于隴右也。

積草嶺

連峯積長陰。白日遞隱見。颼颼林響交。慘慘石狀變。山分一作外積草嶺。路異明水縣。旅泊吾道窮。一作東衰年歲時倦。卜居尚百里。休駕投諸彥。邑有佳主人。情如已會面。來書語絶妙。

遠客驚深眢。食蕨不願餘。茅茨眼中見。

積草嶺通志。嶺在舊天水同谷之間。明水元和郡國志。鳴水縣屬興州。東至州一百一十里。本漢沮縣地也。後魏置鳴水縣。以谷爲名。夢弼曰。謂此嶺之外。東西別行。東則同谷。西則明水也。

## 泥功山

朝行青泥上。暮在青泥中。泥濘一作穽非一時。版築勞人功。不畏道途一作路永。乃將一云反將。一云反此。汨沒同。白馬爲鐵驪。小兒成老翁。哀猿一作猱透卻墜。死鹿力所窮。寄語北來人。後來莫忽忽。

泥功山寰宇記。雷牛山、泥公山、五仙山三山。皆歷栗亭縣界。方輿勝覽。在同谷郡西二十里。梁書西夷傳。齊永明中。魏氏南梁州刺史仇池公楊靈珍據泥功山歸款。元和郡國志。貞元五年。於同谷縣西界泥公山上權置行成州。青泥元和郡國志。青泥嶺。在興州長舉縣西北五十三里。接溪山東。卽今通路也。懸崖萬仞。上多雲雨。行者屢逢泥淖。故號爲青泥嶺。鐵驪詩。駟鐵孔阜。爾雅。馬純黑曰驪。

## 鳳凰臺山峻。不至高頂。

亭亭鳳凰臺。北對西康州。西伯今寂寞。鳳聲亦悠悠。山峻路絕蹤。石林氣高浮。安得萬丈梯。爲君上上頭。恐有無母雛。饑寒日啾啾。一云啁啾我能剖心出。方輿勝覽作心血飲啄慰孤愁。心以當竹實。炯然無方輿作忘外求。血以當醴泉。豈徒比清流。所重王者瑞。敢辭微命休。坐看綵翮長。一作舉舉一作縱意八極周。自天銜瑞圖。一作圖讖飛下十二樓。圖以奉一作獻至尊。鳳以垂鴻猷。再光中興業。

一洗蒼生憂。深衷正（方輿作止）爲此。羣盜何淹留。

鳳凰臺 寰宇記。鳳凰山在同谷縣。水經注云。濁水南經槃頭郡東。而南合鳳溪水。水上承濁水于廣業郡。南逕鳳凰溪。中有二石雙高。其形若闕。漢世有鳳凰栖其上。故謂之鳳凰臺。北去郡二里。水出臺下。方輿勝覽。在同谷東南十里。中有二石如闕。山腰有瀑布。名迸璣泉。天寶間。哥舒翰有題刻。宛然半巖間。西康州 元和郡國志。同谷縣。本漢下辨道。屬武都郡。故氐白馬王國。魏宣帝置廣業郡。並白馬石縣。恭帝改白石爲同谷縣。開皇三年罷郡。以縣屬康州。大業屬鳳州。貞觀八年屬成州。寰宇記。武德元年。復置成州。貞觀元年 以廢康州之同谷縣來屬。

## 乾元中寓居同谷縣作歌七首

有客有客字子美。白頭亂（一作短）髮垂過（一作兩）耳。歲拾橡栗隨狙公。天寒日暮山谷裏。中原無書（一作主）歸不得。手腳凍皴皮肉死。嗚呼一歌兮歌已（一作獨）哀。悲風爲我從天（一作東）來。

舊書。關輔亂離。穀食踊貴。甫寓居成州同谷縣。自負薪采梠。男女餓殍者數人。橡栗 列子。柱厲叔居海上。夏日則食菱芰。冬日則食橡栗。後漢李恂。歲荒徙居新安關下。拾橡栗以自資。注。橡。櫟實也。摯虞傳。從惠帝幸長安。東軍來迎。百官奔散。遂流離鄠杜之間。轉入南山中。糧絕饑甚。拾橡實食之。狙公 莊子狙公賦芧注。芧。音序。橡子也。

長鑱長鑱白木柄。我生託子以爲命。黃精（一作獨）無苗山雪盛。短衣數挽不掩脛。此時與子空（一作同）歸來。男呻女吟四壁靜。嗚呼二歌兮歌始放。鄰（一作閭）里爲我色惆悵。

長鑱 說文。銳也。玉篇。鏨也。黃獨 山谷曰。陳藏器云。黃獨遇霜雪。枯無苗。蓋蹲鴟之類也。作黃獨爲是。王彥輔麈史藥錄云。黃精止饑。杜以窮冬采此。奚必遷就黃獨耶。又以山雪爲春雪。不知杜在同谷。未嘗涉春也。夢弼曰。公詩每用黃精。不必作黃獨。東坡詩。亦讀此句爲黃精也。

有弟有弟在遠方。一作各一方三人各瘦何人强。生別展轉不相見。胡塵暗天道路長。東飛駕鵝後鶖鶬。安得送我置汝旁。嗚呼三歌兮歌三發。汝歸何處收一作取兄骨。

有弟趙傁曰。公四弟。曰穎。曰觀。曰豐。曰占。各散在他郡。惟占從公入蜀。各瘦後漢趙孝。弟禮爲餓賊所得。孝自縛詣賊曰。禮久餓羸瘦。不如孝肥飽。駕鵝子虛賦。弋白鵠。連駕鵝。陶隱居云。野鵝大于雁。猶似家蒼鵝。謂之駕鵝。鶖鶬大招。鵾鴻羣晨。雜鶖鶬只。注。鶖鶬。鶬鶖也。

有妹有妹在鍾離。良人早歿諸孤癡。長淮浪高蛟龍怒。十年不見來何時。一作遲扁舟欲往箭滿眼。杳杳南國多旌旗。嗚呼四歌兮歌四奏。林猿一作竹林。浩然本作竹林猿。爲我啼清晝。

鍾離地理志。濠州治鍾離縣。春秋爲鍾離子國。竹林吳若本注。蜀中鳥名。西淸詩話。崇寧間。有貢士自同谷來。籠一鳥。大如雀。色正青。善鳴。曰此竹林鳥也。杜曰。此說未足爲信。猿多夜啼。今啼清晝。自有意義。程大昌曰。竹本非啼。因其號風若啼。故謂之啼。何必有喙者而後能啼耶。海錄。竹林靜啼青竹笋。竹林。鳥名也。

四山多風溪水急。寒雨一作風颯颯枯樹一云樹枝濕。黃蒿古城雲不開。白一作玄狐跳梁黃狐立。我生何爲在窮谷。中夜起坐萬感集。嗚呼五歌兮歌正長。魂招不來歸故鄉。

南有龍兮在山湫。古木巃嵸枝相樛。木葉黃落龍正蟄。蝮蛇東來水上遊。我行怪此安一作寒敢出。拔劍欲斬且復休。嗚呼六歌兮歌思遲。一云怨遲遲溪壑爲我廻春姿。

吳若本注云。此篇爲明皇作也。明皇以至德二載至自蜀。居興慶宮。謂之南內。明年改元乾元。時持盈公主往來宮中。李輔國常陰候其隙間之。故上元二年。帝遷西內。

男兒生不成名身已老。三一作十年饑走荒山道。長安卿相多少年。富貴應須致身早。山中儒生舊相識。但話宿昔傷懷抱。嗚呼七歌兮悄終曲。仰視皇天白日速。

## 發同谷縣

乾元二年十二月一日。自隴右赴劍南紀行。

賢有不黔突。聖有不暖席。況我饑愚人。一作夫焉能尚安宅。始來茲山中。休駕喜一作嘉地僻。奈何迫物累。一歲四行役。忡忡去絕境。杳杳更遠適。停驂龍潭雲。廻首白一作虎崖石。臨岐別數子。握手淚再滴。交情無舊深。一作雖無舊深知。一作雖舊情深知。窮老多慘慼。平生嬾拙意。偶值棲遁跡。去住與願違。仰慙林間翮。

四行役夏發華州。冬離秦州。十一月至成州。十二月發同谷。

## 木皮嶺

首路栗亭西。尚想鳳皇村。季冬攜童一作幼稚。辛苦赴蜀門。南登木皮嶺。艱險不易論。汗流被我體。祁寒爲之暄。遠岫（一作峘）爭輔佐。千巖自崩奔。始知五岳外。別（一作更）有（一作見）他山尊。仰干（一作看）塞大明。俯入裂厚坤。再聞虎豹鬭。屢踴風水昏。高有廢閣道。摧折如短（一作斷）轅。下有冬青林。石上走長根。西崖特秀發。煥若靈芝繁。潤聚金碧氣。清無沙土痕。憶觀崑崙圖。（一作墟）目擊玄圃存。對此欲何適。默傷垂老魂。

木皮嶺　方輿勝覽。木皮嶺。在同谷郡東二十里。河池縣西十里。杜甫發同谷。取路栗亭。南入郡界。歷當房村。度木皮嶺。由白水峽入蜀。卽此。黃巢之亂。王鐸置關于此。以遮秦隴。路極險阻。廢閣道　水經注。諸葛亮與兄瑾書曰。其閣梁一頭入山腹。其一頭立柱于水中。今水大而急。不得安柱。此其窮極。不可强也。又云。頃大水暴出。赤崖以南。橋閣悉壞。時趙子龍與鄧伯苗。一戍赤崖屯田。一戍赤崖口。但得緣崖與伯苗相聞而已。後諸葛亮死于五丈原。魏延先退而焚之。自後案修舊路者。悉無復水中立柱。逕涉者。浮梁振動。無不搖心眩目也。

## 白沙渡

畏途隨長江。渡口下絕岸。差池上舟楫。杳窕入雲漢。天寒荒野外。日暮中流半。我馬向北嘶。山猿飲相喚。水清石礧礧。沙白灘漫漫。迴（一作翛）然洗愁辛。多病一疎散。高壁抵嶔崟。（一作岑）洪濤越凌亂。臨風獨迴首。攬轡復三歎。

白沙渡　方輿勝覽。白沙渡。水會渡。俱屬劍州。按水經注。續漢書曰。虞詡爲武都太守。下辨東三十餘里有峽。峽中白水。生大石。障塞水流。詡使燒石。以水灌之。石皆碎裂。因鐫去焉。詩云水清石礧礧。當卽此地也。

水會渡 一云水回渡

山行有常程。中夜尚未安。微月沒已久。崖傾路何難。大江動一作當我前。洶若溟渤寬。篙師暗理楫。歌笑輕波瀾。霜濃木石滑。風急一作烈。一作冽。手足寒。入舟已千憂。陟巘仍萬盤。迴一作迥眺一作出積水一作石外。始知衆星乾。遠遊令人瘦。衰疾慙加餐。

水會渡 水經注。漢水又東南逕濁水城南。又逕甘泉戍南。又東逕平洛戍南。又東入漢。謂之會口。漢水東南逕修道城。南與修水合。水總二原。東北合漢。漢水又東南于槃頭郡南與濁水合。濁水又東逕武街城南。故下辨縣治也。槃頭城。在興州長舉縣南三里。下辨。即今同谷縣。 大江 寰宇記。嘉陵江去興州長舉縣南十里。水經注。漢水又南入嘉陵道。而爲嘉陵水。世俗名之爲階陵水。非也。 陟巘 水經注。漢水又東逕小城固南。東歷上濤而逕于龍下。伏石驚湍。流屯激怒。故有上下二濤之名。龍下。地名也。自白馬迄此。則平川夾勢。水豐壤沃。利方三蜀矣。自此遡洄從漢。爲山行之始。

飛仙閣

土一作出門山行窄。微徑緣秋豪。一云徑微上秋豪 棧雲闌干峻。梯石結構牢。萬壑欹疎林。一作竹 積陰帶奔濤。寒日外淡泊。長風中怒號。歘鞍在地底。始覺所歷高。往來雜坐臥。人馬同疲勞。浮生有定分。饑飽豈可逃。歎息謂妻子。我何隨汝一作爾曹。

飛仙嶺 方輿勝覽。飛仙嶺。在興州東三十里。相傳徐佐卿化鶴迄泊之地。故名飛仙。上有閣道百餘間。即入蜀路。又云。飛仙閣在梁山。梁山。即大劍山也。 棧閣 寰宇記。斜谷路在梁州西北。入斜谷路至鳳州界一百五十里。有橋閣二千九百八十九間。險板閣二千八百九十二間。通志。棧道在褒斜谷中。飛仙閣。即今武曲關北棧閣五十三間也。總名連雲棧。華陽國志。諸葛亮相蜀。鑿石架空。爲飛梁閣道。

## 五盤

五盤雖云險。山色佳有餘。仰凌棧道（一云閣）細。俯映江木疎。地僻無網罟。水清反多魚。好鳥不妄飛。野人半巢居。喜見淳朴俗。坦然心神舒。東郊尚格鬭。巨（一作臣）猾何時除。故鄉有弟妹。流落隨丘墟。成都萬事好。（一作在）豈若歸吾廬。

五盤（方輿勝覽。五盤嶺屬利州。岑參早上五盤詩。平旦驅駟馬。曠然出五盤。）

## 龍門閣

清江下龍門。絕壁無尺土。長風駕高（一作白）浪。浩浩自太古。危途中縈盤。（一作縈盤道）仰望垂綫縷。滑石欹誰鑿。浮梁裊相拄。目眩隕雜花。頭風吹過雨。（一云過飛雨）百年不敢料。一墜那得取。飽聞經（一作知）瞿塘。足見度大庾。終身歷艱險。恐懼從此數。

龍門閣（元和郡國志。龍門山。在利州綿谷縣東北八十二里。出好鍾乳。寰宇記。亦名葱嶺山。梁州記云。葱嶺有石穴。高數十丈。其狀如門。俗號爲龍門。方輿勝覽。在綿谷縣。馮鈐幹田云。其他閣道雖險。然在山腰。亦微有徑。可以增置閣道。惟此閣石壁斗立。虛鑿石竅。而架木其上。比他處極險。）

## 石櫃閣

季冬一作冬季日已長。山晚半天赤。蜀道多早花。江间饒奇石。石櫃曾波上。臨虛蕩高壁。淸暉回羣鷗。暝色帶遠客。羇棲負幽意。感歎向絕跡。信甘孱懦嬰。不獨凍餒迫。優游謝康樂。放浪陶彭澤。吾衰未自安。一作由謝爾性所一作有適。

石櫃閣　方輿紀勝。石欄橋。在綿谷縣北一里。自城北至大安軍界。棧橋欄閣。共一萬五千三百一十六間。其著名者。爲石櫃閣、龍門閣。

## 桔柏渡

青冥寒江渡。駕竹爲長橋。竿濕烟一云竹竿濕漠漠。江永一作水風蕭蕭。連笮動嫋娜。征衣颯飄颻。急流鴇鶂散。絕岸黿鼉驕。西轅自茲異。東逝不可要。高通荆門路。闊會滄海潮。孤光隱顧眄。遊子悵寂寥。無以洗心胸。前登但山椒。

桔柏　峽程記。瀘、合、遂、蜀四州。皆峽之郡。自巒江、桔柏池、導江等渡至此。二百八十江。會于峽前。寰宇記。唐書。廣明二年。僖宗幸蜀。張惡子神見于利州桔柏津。知屬利州也。陳浩然本注。桔柏。乃文州嘉陵二江合流處也。東下入渝。合通荆門矣。方輿勝覽。桔柏渡在昭化縣。今昭化驛有古柏。土人呼桔柏。故以名潭。玄宗幸蜀。至益昌縣。渡桔柏江。即桔柏渡也。

笮　連竹索而爲橋。謂之笮。元和郡國志。巂州衞山縣有笮橋。以竹筏爲索。架北江水。

## 劍門

惟天有設險。劍門（一作閣）天下壯。連山抱西南。石角皆北向。兩崖崇墉倚。刻畫城郭狀。一夫怒臨關。（一作門）百萬未可傍。（一作仰）珠玉（陳作玉帛）走中原。岷峨氣悽愴。三皇五帝前。雞犬各相（一作自）放。後王尚柔遠。職貢道已喪。至今英雄人。高視見霸王。并吞與割據。極力不相讓。吾將罪眞宰。意欲鏟疊嶂。恐此復偶然。臨風默（一作黯）惆悵。

劍門　寰宇記。小劍城。在利州益昌縣西南五十里。水經注云。益昌有小劍城。去大劍城三十里。連山絕險。飛閣通衢。故謂之劍閣也。劍州劍門縣。諸葛武侯相蜀。于此立劍門。以大劍山至此。有隘東之路。故曰劍門。元和郡國志。劍閣道。自利州益昌縣界而南。十里至大劍鎭。合今驛道。鎭在劍州東四十八里。其山峭壁千丈。下瞰絕澗。飛閣以通行旅。晉中興書曰。李特入漢州。至劍閣。顧盼險阻。歎曰。劉禪有如此地。而面縛于人。豈不奴才也。

## 鹿頭山

鹿頭何亭亭。是日慰饑渴。連山西南斷。俯見千里豁。遊子出京華。（一云咸京）劍門不可越。及茲險阻盡。始喜原野闊。殊方昔三分。霸氣曾間發。天下今一家。雲端失雙闕。悠然想揚馬。繼起名硉兀。有文（一作才）令人傷。何處埋爾骨。紆餘脂膏地。慘澹豪俠窟。仗鉞非老臣。宣風豈專達。冀公柱石姿。論道邦國活。斯人亦何幸。公鎭踰歲月。（僕射裴冀公冕。）

鹿頭山寰宇記。鹿頭山。自綿州羅江縣界。迤邐入漢州德陽縣界。雙闕蜀都賦。內則議殿爵堂。武義虎威。宣化之闥。崇禮之闈。華闕雙邈。重門洞開。金鋪交映。玉題相暉。冀公兩京平。裴冕以功封冀國公。乾元二年六月。加御史大夫。成都尹。劍南西川節度使。

## 成都府

翳翳桑榆日。照我征衣裳。我行山川異。忽在天一方。但逢新人民。未卜見故鄉。大江東流去。一作從東來 游子去日一作日月長。曾城塡華屋。季冬樹木蒼。喧然名都會。吹簫間一作奏笙簧。信美無與適。側身望川梁。鳥雀夜各歸。中原杳茫茫。初月出不高。衆星尙爭光。自古有羇旅。我何苦哀傷。

曾城蜀都賦。亞以少城。接乎其西。注。少城。小城也。在大城西。市在其中也。都會蜀都賦。金城石郭。兼市中區。既麗且崇。實號成都。漢武帝元鼎二年。立成都十八門。揚雄賦。都門二九。左思曰。闢二九之通門。

初月困學紀聞。初月出不高。衆星尙爭光。謂肅宗初立。盜賊未息也。胡文定通鑑舉要補遺序。日轂冥濛。衆星爭耀。語本于此。

杜工部集卷之三終

# 杜工部集卷之四

虞山蒙叟錢謙益箋注

## 古詩三十七首（初寓成都及至閬州作）

### 石筍行

君不見益州城西門。陌（一作街）上石筍雙高蹲。古來（一云老。又作遠）。相傳是海眼。苔蘚蝕（舊作食）盡波濤痕。雨多（一作來）往往得瑟瑟。此事恍惚難明論。恐是昔時卿相墓。（一作塚）立石爲表今仍存。惜哉俗態好蒙蔽。亦如小臣媚至尊。政化錯迕失大體。坐看傾危受厚恩。嗟爾石笋擅虛名。後來未識猶駿奔。安得壯士擲天外。使人不疑見本根。

石笋　後漢書方術傳。公孫述時。蜀武擔石折。任文公曰。噫。西州智士死。我乃當之。太子賢注云。武擔山。在今益州成都縣北百二十步。揚雄蜀王本紀云。武都丈夫化爲女子。顏色美麗。蓋山精也。蜀王納以爲妃。無幾物故。乃發卒之武都擔土。葬于成都郭中。號曰武擔。以石作鏡一枚。表其墓。華陽國志曰。王哀念之。遣五丁之武都擔土。爲妃作冢。蓋地數畝。高七丈。立石。俗今名爲石笋。今本華陽國志云。蜀有五丁力士。能移山。舉萬鈞。每王薨。輒立大石。長三丈。重千鈞。爲墓誌。今石笋是也。號曰笋里。未有謚列。但以五色爲主。故其廟稱青黑赤黃白帝也。梁益州記云。石笋二。在子城西門外。寰宇記。武擔山。俗曰石笋。在郭內州城西門之外大街中。杜光庭石笋記。成都子城西曰興義門。金容坊有通衢百五十步。有石二株。挺然聳峭。高丈餘。圍八九尺。陸游筆記。石笋。其狀與笱不類。乃纍纍數石成之。所謂海眼。亦非妄。瑟瑟至今有得之者。

海眼　華陽風俗記曰。蜀州之

西。有石笋焉。天地之堆。以鎮海眼。動則洪濤大濫。益州名畫記。孟蜀廣政中。令邸務丁晏入蜀。請畫工李文才寫興義門兩雙石笋。徵其故實。道士范德昭曰。斯乃蠶叢啓國鎮蜀之碑。中以鐵柱貫之。下以横石相連。埋木地際。上有文字。言歲時豐儉兵革水火之事。諸葛曾掘驗之。眞珠樓基海眼皆非也。

瑟瑟 酉陽雜俎。蜀石笋街。夏中大雨。往往得雜色小珠。俗謂地當海眼。莫知其故。蜀僧惠嶷曰。前史說。蜀少城飾以金壁珠翠。桓溫怒其太侈。焚之。今在此地。或拾得小珠。時有孔者。得非是乎。予開成中讀三國典略。梁大同中驟雨。殿前有雜色珠。梁武有喜色。虞寄因上珠雨頌。趙清獻蜀都事故。石笋街。眞珠樓基也。昔有胡人于此立大秦寺。其門樓十間。皆以眞珠翠碧貫之爲簾。後摧毀墜地。至今基趾在每大雨後。人多拾得珠翠異物。吳曾曰。石笋非爲樓設。而樓之建。適當石笋附近耳。酉陽所云。未必然也。博雅。瑟瑟。碧珠也。杜陽編有瑟瑟幕。其色輕明虛薄。無與爲比。

趙曰。此詩作于上元元年。是時李輔國離間兩宮。擅權蒙蔽。故賦石笋以指譏之。

## 石犀行

君不見秦時蜀太守。刻石立作三犀牛。草堂本注云。當作五犀牛。自古雖有厭勝法。天生江水向（一作須）東流。蜀人矜誇一千載。泛溢不近張儀樓。今年灌口（一作注）損戶口。此事或恐爲神羞。終藉隄（草堂作修築）防出衆力。高擁木石當清秋。先王作法皆正道。詭怪何得參人謀。嗟爾三犀不經濟。缺訛只與長川逝。但見元氣常（一作相）調和。自免洪濤恣凋瘵。安得壯士（一作作者）提天綱。再平水土犀奔（一作蒼）茫。

石犀 華陽國志。秦孝文王以李冰爲蜀守。冰作石犀五頭。以厭水精。穿石犀溪于江南。命曰犀牛里。水經注。市橋下謂之石犀淵。李冰昔作石犀五頭。以壓水精。後轉移犀牛二頭在府中。一頭在市橋。一頭沉之于淵也。寰宇記。李膺記云。市北有石犀。李冰所立。陸游筆記。石犀在廟之東階下。亦粗似一犀。正如陝之鐵牛耳。一足不備。以他石續之。氣象甚古。**張儀樓**華陽國志。張儀築成都城。屢頹不立。忽有大龜周行旋走。巫言依龜行處築之。遂得堅立。城西南樓。百有餘尺。名張儀樓。臨山瞰江。李膺記。張儀樓。卽宣明門樓也。重閣複道。跨陽城門。**灌口**元和郡國志。灌口山。在彭州導江縣西北二十六里。文翁穿湔江溉灌。故以灌口名山。灌口鎮。在縣西二十六里。灌口鎮城內。有望帝祠。西有李冰祠。華陽國志。李冰至湔及縣。見兩山對如闕。因號天彭闕。髣髴若見神。遂從水上立祠三所。祭用三牲圭璧沈瀆。漢興。數使使祭之。冰乃壅江作堋。穿郫江、檢江別支流。雙過郡下。以行舟船。岷山青腴。綿絡爲浸沃也。**戶口**鶴曰。舊書。上元二年七月霖雨。至八月方止。灌口損戶口。當是其時。**凋瘵**海賦。昔在帝嬀巨唐之世。天綱浡潏。爲凋爲瘵。洪濤瀾汗。萬里無際。

趙曰。此寓意于三犀。指廟堂無經濟之人也。

## 杜鵑行

君不見昔日蜀天子。化作杜鵑似老烏。寄巢生子不自啄。羣鳥至今與哺雛。雖同君臣有舊禮。骨肉滿眼身羇孤。業工竄伏深樹裏。四月五月偏號呼。其聲哀痛口流血。所訴何事常區區。爾豈摧殘始晉作如發憤。羞帶羽翮傷形愚。蒼天變化誰料得。萬事反覆何所無。萬事反覆何所無。豈憶當殿羣臣趨。

**杜鵑**華陽國志。魚鳧王後。有王曰杜宇。教民務農。一號杜主。七國稱王。杜宇稱帝。號曰望帝。更名蒲卑。自以爲功德高諸王。乃以褒斜爲前門。熊耳、靈關爲後戶。玉壘、峨眉爲城郭。江、潛、綿、絡爲池澤。以汶山爲畜牧。南中爲園苑。會有水災。其相開明。決玉壘山以除水患。帝遂委以政事。法堯舜禪受之義。遂禪位于開明。帝升西山隱焉。時適二月。子鵑鳥鳴。故蜀人悲子鵑鳥鳴也。巴亦化其教而力農務。迄今巴蜀民。農時先祀杜主君。蜀都賦。鳥生杜宇之魄。劉注。蜀記曰。昔有人姓杜名宇。王蜀。號曰望帝。宇死。俗說云。宇化爲子規。子規。鳥名也。蜀人聞子規鳴。皆曰望帝也。成都記。望帝死。其魂化爲鳥。名曰杜鵑。亦曰子規。䍐孤上元元年七月。上皇遷居西內。高力士流巫州。置如仙媛于歸州。玉眞公主出居玉眞觀。上皇不懌。因不茹葷。辟穀。浸以成疾。詩云骨肉滿眼身䍐孤。蓋謂此也。移仗之日。上皇驚。欲墜馬數四。高力士躍馬厲聲曰。五十年太平天子。李輔國。汝舊臣不宜無禮。又令輔國攏馬。護侍至西內。故曰雖同君臣有舊禮。蓋謂此也。鮑照行路難曰。愁思忽而至。跨馬出北門。舉頭四顧望。但見松柏荊棘鬱蹲蹲。中有一鳥名杜鵑。言是古時蜀帝魂。聲音哀苦鳴不息。毛羽憔悴似人髡。飛走樹間逐蟲蟻。豈憶往日天子尊。念此死生變化非常理。心中惻愴不能言。

## 贈蜀僧閭丘師兄太常博士均之孫

大師銅梁秀。籍籍名家孫。嗚呼先博士。炳靈精氣奔。惟一云往昔武皇后。臨軒御乾坤。多士盡儒冠。墨客藹雲屯。當時上紫殿。不獨卿相尊。世傳閭丘筆。峻極逾一作樊崑崙。鳳藏丹霄暮。一作穴龍去一作出白水渾。青熒雪嶺東。碑碣舊製存。斯文散都邑。高價越璵璠。晚看作者意。妙絕與誰論。吾祖詩冠古。同年蒙主恩。豫章夾日月。歲久空深根。小子思疏闊。豈能達詞門。窮愁一作秋一揮淚。相遇卽諸昆。我住錦官城。兄居祇樹園。地近慰旅愁。往來當丘樊。天涯歇滯雨。粳稻臥不翻。漂然薄遊倦。始晉作如與道侶一作旅敦。景晏步修廊。而無車馬喧。夜闌接軟語。一作夜言詞柔軟落月如金盆。漠漠世界黑。一作空。一作穴。驅驅爭奪繁。惟有摩尼珠。可照濁水源。

銅梁蜀都賦。外負銅梁于宕渠。(一作嚴渠。)元和郡國志。銅梁山。在合州石鏡南十里。炳靈蜀都賦。近則江漢炳靈。世載其英。碑碣舊注。東蜀牛頭山下。有閭丘均撰瑞聖寺磨崖碑。嚴政書。同年唐詩紀事。謂審言以詩。閭丘均以字。同侍武后也。舊書。陳子昂卒後。成都人閭丘均。亦以文章著稱。景隆中。爲安樂公主所薦。起家拜太常博士。公主被誅。均坐貶循州司倉卒。有集十卷。六朝以有韻者爲文。無韻者爲筆。所謂閭丘筆也。紀事以筆爲字。誤矣。豫章服虔曰。豫章。大木也。生七年乃可知。摩尼翻譯名義。摩尼。或云踰摩。應法師云。正云末尼。即珠之總名也。此云離垢。此寶光淨。不爲垢穢所染。九品云。如摩尼寶。若在水中。隨作一色。

## 泛溪

落景下高堂。進舟泛廻溪。誰謂築居小。未盡喬木西。遠郊信荒僻。秋色有餘凄。練練峯上雪。纖纖雲表霓。童戲左右岸。一云兒童戲左右罟弋畢提攜。翻倒荷芰亂。指揮逕路迷。得魚已割一作劇鱗。採藕不洗泥。人情逐鮮美。物賤事已一云迹睽。吾村靄暝姿。異舍雞亦棲。蕭條欲無適。出處庶可齊。衣上見新月。霜中登故畦。濁醪自初熟。東城多鼓鼙。

練練江淹麗色賦。色練練而欲奪。

## 題壁畫馬歌韋偃畫。陳浩然草堂本作題壁上韋偃畫馬歌。

韋侯別我有所適。知我憐君一作渠畫無敵。戲陳浩然本作試拈禿筆掃驊騮。欻見騏驎出東壁。一匹齕草一匹斷。坐看千里當霜蹄。時危安得眞致此。與人同生亦同死。

**韋偃** 吳若本注。按張彥遠名畫記。鷗。韋鑒子。善小馬牛羊山原。甫他詩皆云偃。未知孰是。甫與偃同時。不應有誤。疑畫記失傳。東觀餘論。韋鷗十馬後。有李丞相吉甫題字。眞佳蹟也。少陵有韋偃畫馬詩。偃當作鷗。蓋傳寫之誤。閣中集、名畫記皆作鷗。又云。張彥遠謂鷗善畫山原小馬牛羊。今晉王所藏本皆沛艾。不特善小駟而已。李將軍畫馬神勝形。韓丞畫馬形勝神。鷗從容二人間。第筆格差不及耳。朱景玄名畫評。韋偃。京兆人。寓居于蜀。善畫山水竹樹人物等。思高格逸。居閒常以越筆點簇鞍馬。千變萬態。或騰或倚。或齕或飲。或驚或止。或走或起。或翹或跂。其小者。或頭一點。或尾一抹。山以墨幹。水以手擦。曲盡其妙。宛然如眞。亦有圖騏驎之良。盡銜勒之飾。巧妙精奇。韓幹之匹也。**騏驎** 吳若本注。騏驎字。說文不載。惟玉篇云。馬黑脊。不言良馬。往見晁無咎云。既掃驊騮。乃見騏驎。乃是語病。不然必有誤。或作驊騮二字。尤非。甫好用騏驎字。疑別有出云。驄馬行。肯使騏驎地上行。贈李二丈云。蹭蹬騏驎老。

## 戲題畫山水圖歌

王宰畫。宰丹青絕倫。一本題字下。有王宰二字。

十日畫一水。五日畫一石。能事不受相促迫。王宰始肯留眞跡。壯哉崑崙方壺一作丈圖。挂君高堂之素壁。巴陵洞庭日本東。赤一作南岸水與銀河通。中有雲氣隨飛龍。舟人漁子入浦漵。山木盡亞一作帶洪濤風。尤工遠勢古莫比。咫尺應須論一作千。一作行。萬里。焉得幷州快剪刀。剪取吳松半江水。

**王宰** 朱景玄唐朝名畫錄。王宰家于西蜀。貞元中。韋令公以客禮待之。畫山水樹石。出于象外。景玄曾于故席夔舍人廳事見一圖障。臨江雙樹。一松一柏。古藤縈繞。上盤于空。下着于木。千枝萬葉。交植屈曲。分布不雜。或枯或榮。或蔓或亞。或直或倚。葉壘千重。枝分八面。達士所珍。凡目難辨。又于興善寺見畫四時屏風。若移造化風候雲物八節四時于一座之內。妙之至極也。故山水松石。並可躋于妙上品。名畫記。王宰。蜀中人。多畫蜀山。玲瓏嵌空。巉嵯巧峭。益州名畫記。王宰。大曆中家于蜀川。能畫山水。意出象外。赤岸七發。凌赤岸。篲扶桑。山謙之南徐州記曰。荊江。禹貢北江也。春秋分朔。輒有大濤至江。乘北激赤岸。尤更迅猛。咫尺歷代名畫記。梁蕭賁曾于扇上畫山水。咫尺內萬里可知。

## 題李尊師松樹障子歌

老夫清晨梳白頭。玄都道士來相訪。握髮一云手呼兒延入戶。手提新畫青松障。障子松林靜杳冥。憑軒忽若無丹青。陰崖卻承霜雪一云露。一云霧。幹。偃蓋反走虬龍形。老夫平生好奇古。對此興與精靈聚。已知仙客意相親。更覺良工心獨苦。松下丈人巾屨同。偶坐似一作自是商一作南山翁。悵望一作惆悵聊歌紫芝曲。時危慘澹來悲風。

玄都唐會要。長安京城朱雀街有玄都觀。長安志。隋開皇二年。自長安故城徙通道觀于此。改名玄都。

## 戲爲雙松圖歌韋偃

天下幾人畫古松。一作樹畢宏已老韋偃少。絕筆長風起纖末。滿堂動色嗟神妙。兩株慘裂苔蘚皮。屈鐵交錯迴高枝。白摧朽骨龍虎死。黑入太陰雷雨垂。松根胡僧憩寂寞。龐眉皓首無住著。偏袒右肩露雙脚。葉裏松子僧前落。韋侯韋侯數相見。我有一匹好東（一云素）絹。重之不減錦繡段。已令拂拭光凌亂。請公放筆爲直幹。

畢宏　張彦遠名畫記。畢宏。大曆二年爲給事中。畫松石于左省廳壁。好事者皆詩詠之。改京兆少尹。爲左庶子。樹石擅名于代。樹木改步變古。自宏始也。封演聞見記。畢宏。天寶中御史。善畫古松。後見張璪。于是閣筆。

韋偃　名畫記。韋鑒工龍馬。妙得精氣。鑒弟鑾。工山水松石。雖有其名。未免古拙。鑒子鶠。工山水。高僧奇士。老松異石。筆力勁健。風格高舉。又善小馬牛羊山原。俗人空知鶠善馬。不知松石更佳也。咫尺千尋。駢柯攢影。烟霞翳薄。風雨颼飀。輪囷盡偃蓋之形。宛轉極盤龍之狀。宣和畫譜。鶠雖家學。而烟霞風雲之變。輪囷離奇之狀。過其父遠甚。

東絹　吳曾漫錄。東絹。關東絹也。梁庾肩吾答武陵王賚絹啓曰。關東之妙。潛織陋其卷綃。坡詩注。鵝溪在梓州鹽亭縣。出絹甚良。杜詩。我有一匹好東絹。蓋謂此也。

## 投簡成華兩縣諸子

赤縣官曹擁材傑。軟裘快馬當冰雪。長安（一作夜）苦寒誰獨悲。杜陵野老骨欲折。南山豆苗早荒穢。青門瓜地新凍裂。鄉里兒童項領成。朝廷故舊禮數絶。自然棄擲與時異。況乃疎頑臨事拙。饑臥動卽向一旬。弊裘何啻聯百結。君不見空牆日色晚。此老無聲淚垂血。

赤縣　地理志。成都、華陽二縣。並次赤。鶴曰。南山、青門皆長安事。疑是咸陽、華原二縣。咸誤作成也。

項領　毛詩。四牡項領。注云。項。大也。四牡者人所駕。今但養大其領。不肯爲用。後漢呂强傳。羣邪項領。

## 徐卿二子歌

君不見徐卿二子生絶奇。感應吉夢相追隨。孔子釋氏親抱送。並是天上麒麟兒。大兒九齡色清澈。秋水爲神玉爲骨。小兒五歲氣食牛。滿堂賓客皆回頭。吾知徐公百不憂。積善袞袞生公侯。丈夫生兒有如此二雛者。名位豈肯卑微休。（一云。異時名位豈肯卑微休。）

麒麟（陳書。徐陵母臧氏。嘗夢五色雲化而爲鳳。集左肩上。已而誕陵焉。寶誌上人者。世稱其有道。陵年數歲。家人攜以候之。寶誌手摩其頂曰。天上石麒麟也。）

## 病柏

有柏生崇岡。童童狀車（一作青）蓋。偃蹇龍虎姿。主當風雲會。神明依正直。故老多再拜。豈知千年根。中路顔色壞。出非不得地。蟠據亦高大。歲寒忽無憑。（一作用）日夜柯葉改。（一云碎）丹鳳領九鶵。哀鳴翔其外。鴟鴞志意滿。養子穿穴（一作窟）內。客從何鄉來。佇立久吁怪。靜求元精（一云無根）理。浩蕩難倚賴。

丹鳳（古樂府。鳳凰鳴啾啾。一母將九鶵。何承天云。老嫗何等語。何不云鳳凰將九子。石林云。此詩亦爲明皇而作。）

## 病橘

羣（一作伊）橘少生意。雖多亦奚爲。惜哉結實小。（一作少）酸澀如棠梨。剖（一作割）之盡蠹蟲。（樊作蝕）采掇爽其宜。（一作所）紛然不適口。豈只存其皮。蕭蕭半死葉。未忍（一作怱怱）別故枝。玄冬霜雪積。況乃迴風吹。嘗聞蓬萊殿。羅列瀟湘姿。此物歲不稔。玉食失（一作少）光輝。寇盜尙憑陵。當君減膳時。汝病是天意。吾諗（一云愁。荆作敢。）罪有司。憶昔南（一作聞）海使。奔騰獻荔支。百馬死山谷。到今耆舊悲。

南海　後漢和帝紀。南海獻龍眼荔支。十里一置。五里一候。奔騰險阻。死者繼路。時臨武長汝南唐羌。縣接南海。乃上書陳狀。杜田曰。唐所貢。乃涪州荔支。由子午道而往。公借其事以諷也。按貴妃嗜荔支。涪與南海並進。詳在解悶注中。

## 枯椶

蜀門多椶（一作栟）櫚。高者十八九。其皮割剝甚。雖衆亦易朽。徒布（一作有）如雲葉。青黃歲寒後。交橫集斧斤。凋喪先蒲柳。傷時苦軍乏。一物官盡取。嗟爾江漢人。生成復何有。有同枯椶木。使我沈嘆久。死者卽已休。生者何（一作能）自守。啾啾黃雀啅。側見寒蓬走。念爾形影乾。（一作枯形影）摧殘沒藜莠。

## 枯柟

楩柟枯崢嶸。鄉黨皆莫記。不知幾百歲。慘慘無生意。上枝摩皇一作蒼天。下根蟠厚地。巨圍雷霆坼。萬孔蟲蟻萃。凍雨落流膠。衝風奪佳氣。白鵠遂不來。天雞爲愁思。猶含棟梁具。無復霄漢一作雲霄志。良工古昔少。識者出涕淚。種榆水中央。成長何容易。截承金露盤。裊裊不自畏。

凍雨大司命。使凍雨兮灑塵。爾雅注。今江東呼夏月暴雨爲凍雨。種榆師古曰。榆生水中。地卑而物賤。今截以承露盤。以柔脆之物而勝此重任。可不自畏乎。

石林云。此詩當爲房次律而作。

## 丈人山

自爲青城客。不唾青城地。爲愛丈人山。丹梯近幽意。丈人祠西佳氣濃。緣雲擬住最高峯。掃除白髮黃精在。君看他時冰雪容。

丈人山寰宇記。青城山在縣西北三十二里。道書福地記云。上有沒溺池。有甘露芝草。玉匱經曰。黃帝破山通道。徧歷五岳。封青城山爲五岳丈人。乃岳瀆之上司。眞仙之崇秩。一月之內。羣岳再朝。六時灑泉。以代晷漏。一名赤城。一名青城都。一名天國山。亦爲第五大洞。寶仙九室之天。對郡之西北。在岷山之南。羣峯掩映。互相連接。靈仙所宅。神異甚多。黃帝刻石拜謁。篆書猶存。又有石日月像。天師立青城治于其中。杜光庭青城山記。岷山連峯接岫。千里不絕。青城乃第一峯也。此山前號青城。後曰大面山。其實一耳。有七十二小洞。應七十二候。有八大洞。應八節。天倉諸峯。屹然三十有六。丈人祠輿地紀勝。丈人觀。在青城北二十里。上淸宮記云。昔甯封先生棲于北巖之上。黃帝師焉。乃築壇。拜甯君爲五岳丈人。不唾左傳。不顧而唾。智度論。若入寺時。當歌唄贊歎。不唾僧地。

## 百憂集行

憶年十五心尚孩。健如黃犢走復來。庭前八月梨棗熟。一日上樹能千迴。卽今倏忽已五十。一作卽今年纔五六十坐臥只多少行立。强將笑語供主人。悲見生涯百憂集。入門依舊四壁空。老妻覩我顏色同。癡兒未知父子禮。叫怒索飯啼門東。漫叟詩話。庖廚之門在東。故曰啼門東。非趁韻也。

## 戲作花卿歌

吳若本注題下。此謂段子璋反。東川李奐走成都。崔光遠討平之時事也。崔大夫謂光遠。子章作此璋字。李侯疑卽奐。嘗領東川。以子璋亂出奔。及平。復得之鎭。故云重有此節度也。

成都猛將有花卿。學語小兒知姓名。用如快鶻風火生。見賊唯多身始輕。綿州副使著柘黃。我卿掃除卽日平。子章一作璋髑髏血模糊。手提擲還崔大夫。李侯重有此節度。人道我卿絕世無。一作代既稱絕世無。天子何不喚取守京都。

上元二年四月。梓州刺史段子璋反。襲東川節度使李奐于綿州。自稱梁王。改元黃龍。以綿州爲黃龍府。置百官。五月。成都尹崔光遠率將花驚定攻拔綿州。斬子璋。高適傳。西川牙將花驚定恃勇。既誅子璋。大掠東蜀。天子怒光遠不能戢軍。乃罷之。以適代爲成都尹。吳若本注云。李奐領東川。以子璋亂奔成都。及平。復得之鎭。故曰重有此節度也。山谷云。花卿冢。在丹陵之東館鎭。至今有英氣。血食其鄉。謝皐羽有花卿冢行云。濕雲模糊埋秋空。

雨青沙白丹陵東。

## 入奏行 贈西山檢察使竇侍御

竇侍御。驥之子。鳳之雛。年未三十忠義俱。骨鯁絕代無。炯如一段清冰出萬壑。置在迎風寒露之玉壺。蔗漿歸廚金盌凍。洗滌煩熱足以寧君軀。政一作整用疎通合典則。戚聯豪貴躭文儒。兵革未息人未蘇。天子亦念西南隅。吐蕃憑陵氣頗麤。竇氏檢察應時須。樊作才能俱運糧繩橋壯士喜。斬木火井窮猿呼。八州刺史思一戰。三城守邊卻可圖。此行入奏計未小。密奉聖旨恩宜一作應。殊。繡衣春當一云飄飄霄漢立。綵服日向一云粲粲庭闈趨。樊本此下。有開濟人所仰。飛騰正時須。省郎京尹必俯拾。一云相付江花未落還成都。江花未落還城都。此句一云。還成都多暇。肯訪浣花老翁無。一云。公來肯訪浣花老。爲君酤酒滿眼酤。二句一云。攜酒肯訪浣花老。爲君着衫捋髭鬚。與奴白飯馬青芻。

入奏唐會要。有劍南西山運糧使。檢校戶部員外郎。即此官也。迎風寒露西都賦。既新作于迎風。增露寒與儲胥。繩橋元和郡國志。繩橋。在茂州汶川縣西北三里。架大江水。篾笮四條。以葛藤緯絡。布板其上。雖從風搖動。而牢固有餘。夷人驅牛馬去來無懼。今按其橋。以竹爲索。闊六尺。長十步。輿地紀勝。繩橋。在維州保寧縣東十五里。辮竹爲繩。其上施木板。長三十丈。通蕃漢路。舊書玄宗贊。西蕃君長。越繩橋而競款玉關。火井蜀都賦。火井沈熒於幽泉。善注。蜀郡有火井。在臨邛縣西南。元和郡國志。火井。在臨邛縣南一百里。邛州西。至羌夷一百三十里。八州適奏云。梓、遂、果、閬等八州。分爲東川節度。嘉陵北爲蠻獠所陷。今雖小定。瘡痍未平。所謂八州也。瘡**三城**又云。自邛關黎雅。界于南蠻也。茂州而西。經羌中至平戎數城。界于吐蕃。臨邊小郡。各舉軍戎。並取給于劍南。公有東西兩川說云。如此處分。八州之人。願賈勇復取三城不日矣。夢弼曰。西山三城。謂姚、維、松也。皆當吐蕃之要衝。

箋曰。劍南自玄宗還京後。于綿益二州。各置一節度。百姓勞弊。高適爲蜀州刺史。因出西山三城置戍論之。請罷東川節度。以一劍南西山不急之城。稍以減削。疏奏不納。公爲閬州王使君進論巴蜀安危表。亦請罷東川兵馬。悉付西川。與適議合。而是時適在成都。與公往來草堂。則罷西川捐三城之奏。適蓋與公諮議而後行也。此詩云。此行入奏計未小。蓋適以此疏託侍御入奏。故題曰入奏行也。兵革未息以下。隱括入奏之語。江花未落以下。望其奉聖旨以蘇蜀民。相與酤酒相賀。白飯青芻。下及奴馬。宴喜之至也。

## 柟樹爲風雨所拔歎柟一作高

倚江柟樹草堂前。故一作古老相傳二百年。誅茅卜居總爲此。五月髣髴聞寒蟬。東南飄風動地至。江翻石走流雲氣。幹一作榦排雷雨猶力爭。根斷泉源豈天意。滄波一云蒼茫老樹性所愛。浦上童童一青蓋。野客頻留懼雪霜。行人不過聽竽籟。高唐賦。纖條悲鳴。聲似竽籟。虎倒龍顛委榛一作樊荆棘。淚痕血點垂胸臆。我有新詩何處吟。草堂自此無顏色。

## 茅屋爲秋風所破歌

八月秋高風怒號。卷我屋上三重茅。茅飛度江灑一作滿江郊。高者掛罥長林梢。下者飄轉沉塘坳。南村羣童欺我老無力。忍能對面爲盜賊。公然抱茅入竹去。脣焦口燥呼不得。歸來倚杖自嘆息。俄頃風定雲墨色。秋天漠漠向昏黑。布衾多年冷似一作象鐵。驕兒惡臥踏裏裂。床床屋漏無乾處。雨腳如麻未斷絕。自經喪亂少睡眠。長夜沾濕何由徹。安得廣廈千萬間。大庇天下寒士俱歡顏。風雨不動安如山。嗚呼。何時眼前突兀見此屋。吾廬獨破受凍死一作意亦足。鶴曰。二詩皆上元二年作。

## 大雨

西蜀冬不雪。春農尚嗷嗷。上天回哀眷。朱一作清夏雲鬱陶。執熱乃沸鼎。纖絺成縕袍。風雷颯萬里。霈澤施蓬蒿。敢辭茅葦漏。已喜黍豆高。三日無行人。二一作大江聲怒號。流惡邑里清。矧茲遠江皋。荒庭步鸛鶴。隱几望波濤。沉痾聚藥餌。頓忘所進勞。則知潤物功。可以貸不毛。陰色靜壠畝。勸耕自官曹。四鄰耒耜出。一作出耒耜何必吾家操。

二江水經注。成都縣有二江。雙流郡下。故楊子雲蜀都賦曰。兩江珥其前者也。風俗通曰。秦昭王使李冰爲蜀守。開成都兩江。溉田萬頃。寰宇記。今謂內江外江。流惡左傳。有汾澮以流其惡。

## 溪漲

當時浣花橋。溪水纔尺餘。白石一作日明可把。水中有行車。秋夏忽泛溢。豈惟一作伊入吾廬。蛟龍亦狼狽。況是鼈與魚。茲晨已半落。歸路跬步踈。馬嘶未敢動。前有深塡淤。青青屋東麻。散亂床上書。不意一作知遠山雨。夜來復何如。我遊都市間。一云或作所晚憇必村墟。乃知久行客。終日思其居。

塡淤溝洫志。來春桃花水盛。必羨溢。有塡淤反壤之害。

## 戲贈友二首

元年建巳月。郎有焦校書。自誇足膂力。能騎生馬駒。一朝被馬踏。脣裂板齒無。壯心不肯已。欲得東擒胡。

元年建巳月。官有王司直。馬驚折左臂。骨折面如墨。駑駘漫一作慢深陳浩然本作染泥。何不避雨色。勸君休歎恨。未必不爲福。

建巳月是月代宗改元。復以建巳月爲四月。詩云元年建巳月。記其初也。

## 遭田父泥飲美嚴中丞

步屧隨春風。村村自花柳。田翁逼社日。邀我嘗春酒。酒酣誇新尹。畜眼未見有。迴頭指大男。渠是弓弩手。名在飛騎籍。長番歲時久。前日放營農。辛苦救衰朽。差科死則已。誓不舉家走。今年大作社。拾遺能住否。叫婦開大瓶。盆中爲吾取。感此氣揚揚。須知風化首。語多雖雜亂。說尹終在口。朝來偶然出。自卯將及酉。久客惜人情。如何拒鄰叟。高聲索果栗。欲起時被肘。指揮過無禮。未覺村野醜。月出遮我留。仍嗔問升斗。

## 喜雨

春旱天地昏。日色赤如血。農事都已（樊作未）休。兵戈況騷屑。巴人困軍須。慟哭厚土熱。滄江夜來雨。眞宰罪一雪。穀根小（一作少）蘇息。沴氣終不滅。何由見寧歲。解我憂思結。崢嶸羣（一作東）山雲。交會未斷絕。安得鞭雷公。滂沱洗吳越。（時聞浙右多盜賊）

吳越（寶應元年八月。台州賊袁晁陷台州。連陷浙東。廣德元年四月。李光弼奏生擒袁晁。浙東盡平。）

## 漁陽

漁陽突騎猶精銳。赫赫雍王都一作前節制。猛將飄然恐後時。本朝不入非高計。祿山北築雄武城。舊防敗走歸其營。繫書請問燕者舊。今日何須十萬兵。

突騎 吳漢亡命在漁陽。說太守彭寵曰。漁陽突騎。天下所聞也。光武克邯鄲。謂馬武曰。吾得漁陽、上谷突騎。欲令將軍將之。蔡邕幽州刺史議曰。幽州突騎。冀州强弩。天下精兵。國家瞻仗。四方有事。未嘗不取辦于二州也。 雍王 寶應元年九月。魯王适改封雍王。十月。詔天下兵馬元帥雍王統河東朔方及諸道行營回紇等兵十餘萬討史朝義。會軍于陜州。 雄武城 安祿山事蹟。祿山歸范陽。內築雄武城。外示禦寇。貯兵器。養同羅及降奚契丹曳落河八千餘爲己子。又畜單于護眞戰馬數萬匹。牛羊五萬餘頭。

趙傁曰。公在梓。聞雍王授鉞。作此詩以諷河北諸將。謂飄然而來。猶恐後時。乃擁兵不入本朝。豈高計乎。末又舉祿山往事以戒之。舊注以後事傅會。錯亂殊甚。

## 黃河二首

黃河北岸海西軍。椎鼓鳴鐘天下聞。鐵馬長鳴不知一作如數。胡人高鼻動成羣。

雍王至陜州。回紇可汗屯于河北。與僚屬從數十騎往見之。諸軍發陜州。僕固懷恩與回紇左殺爲前鋒。此所謂河北海西軍也。舊注指吐蕃入寇。謬甚。

黃河西一云北。一云南。俱非。岸是吾一作故蜀。欲須供給家無粟。願驅衆庶戴君王。混一車書棄金玉。

趙傁曰。此憫蜀人之困。而願君王之無侈。如云不寶金玉之義。

## 天邊行

天邊老人歸未得。日暮東臨大江哭。隴右河源不種田。胡騎羌兵入巴蜀。洪濤滔天風拔木。前飛禿鶖後鴻鵠（一作黄）。九度附書向洛陽。十年骨肉無消息。

鶴曰。至德二載。吐蕃侵取廓霸岷等州。及河源莫門軍。寶應元年。陷臨洮。取秦成渭等州。此云隴右河源不種田。則河隴尚未盡失。至廣德元年。始盡取隴右之地也。

## 大麥行

大麥乾枯小麥黃。婦女（一作人）行泣夫走藏。東至集壁西梁洋。問誰腰鎌胡與羌。豈無蜀兵三千人。（一云千人去）部（一作簿）領辛苦江山長。安得如鳥有羽翅。託身白雲還故鄉。

吳若本注云。後漢桓帝時童謡。小麥青青大麥枯。誰當穫者婦與姑。此詩源流出此。集壁梁洋（四州皆屬山南西道。寶應元年建卯月。羌渾奴刺寇梁州。建辰月。黨項奴刺寇洋州。此詩當是寶應元年作。）

## 苦戰行

苦戰身死馬將軍。自云伏波之子孫。干戈未定失壯士。使我歎恨傷精魂。去年江南（英華作南行）討狂賊。臨江把臂難再得。別時孤雲今不飛。時獨看雲淚橫臆。

馬將軍（馬將軍。舊注指馬璘。大謬。璘以大曆十二年卒也。遂州在涪江少南。故曰江南。蓋必死于段子璋之亂者。）

## 去秋行

去秋涪江木落時。臂槍一作蒼走馬誰家兒。到今不知白骨處。部曲有去皆無歸。遂州城中漢節在。遂州城外巴人稀。戰場冤魂每夜哭。空令野營猛士悲。

漢節 鮑欽止曰。上元二年。段子璋反。遂州刺史嗣虢王巨。修屬郡禮出迎。子璋殺之。故云遂州城中漢節在。蓋傷之也。

述古三首

赤驥頓長纓。非無萬里姿。悲鳴淚至地。爲問馭者誰。鳳凰從東一作天來。何意復高飛。竹花不結實。念子忍朝饑。古時君臣合。可以物理推。賢人識定分。進退一作用固一作因其宜。

市人日中集。於利競錐刀。置膏烈火上。哀哀自煎熬。農人望歲稔。相率除蓬蒿。所務穀一作農爲本。邪贏無乃勞。舜舉十六相。身尊道何高。秦時任商鞅。法令如牛毛。

漢光得天下。祚永固有開。豈惟高祖聖。功自蕭曹來。經綸中興業。何代無長才。吾慕寇鄧勳。濟時信良哉。耿賈亦宗臣。羽翼共徘徊。休運終四百。圖畫在雲臺。

四百 後漢書獻帝贊。終我四百。永作虞賓。

杜工部集卷之四終

# 杜工部集卷之五

虞山蒙叟錢謙益箋注

## 古詩五十六首（居東川。再至閬州。復還成都作。）

### 觀打魚歌

綿州江水之（一作水）東津。魴魚鱍鱍色勝銀。漁人漾舟沉大網。截江一擁數百鱗。衆魚常才盡卻棄。赤鯉騰出如有神。潛龍無聲老蛟怒。廻（晉作西）風颯颯吹沙塵。饔子左右揮霜刀。鱠飛金盤白雪高。徐州禿尾不足憶（一作惜）。漢陰槎頭遠遁逃。魴魚肥美知第一。既飽歡娛亦蕭瑟。君不見朝來割素鬐。咫尺波濤永相失。

**綿州** 寰宇記。漢爲涪縣。屬廣漢郡。卽涪水之所經。隋開皇五年。改潼州爲綿州。以綿水爲稱。水經注。綿水西出綿竹縣。又與湔水合。亦謂之郫江也。又言是洛水。洛水又南逕洛縣故城南。廣漢郡治也。 **赤鯉** 古今注。兗州人謂赤鯉爲赤驥。酉陽雜俎。國朝律。取得鯉魚卽宜放。仍不得喫。號赤鯶公。賣者決六十。杜寶大業拾遺錄。梁郡清泠水有大魚似鯉。頭一角。長尺餘。鱗正赤。從水出入。橫濱迸流西北十餘里。入通濟渠。皆謂赤龍。大鯉從淵而出。此亦唐祚將興之兆。 **禿尾** 詩義疏。鱮似魴而大頭。魚之不美者。故里語曰。買魚得鱮。不如啖茹。徐州謂之鱮。或謂之鰱。殆所謂徐州禿尾也。 **槎頭** 襄陽耆舊傳。峴山下漢水中。出鯿魚。肥美。常禁人採捕。以槎斷水。謂之槎頭鯿。宋張敬兒爲刺史。齊高帝求此魚。敬兒作艑艫船。置魚而獻曰。奉槎頭縮項鯿魚一千六百頭。夢弼曰。孫炎釋爾雅。積柴木水中養魚曰槮。襄陽俗謂槮爲槎頭。言積柴木槎枒然也。 **魴魚**

詩義疏。遼東梁水魴。特肥而厚。尤美于中國魴。故其鄉語曰。居就糧。梁水魴。洛陽伽藍記。京師語曰。洛鯉伊魴。貴于牛羊。素鬐西征賦。華魴躍鱗。素鱮揚鬐。

## 又觀打魚

蒼江漁子清晨集。設網提綱萬一作取魚急。能者操舟疾若風。撐突波濤挺叉入。小魚脫漏不可記。一作紀半死半生猶戢戢。大魚傷損皆垂頭。屈強泥沙一作沙頭有時立。東津觀魚已再來。主人罷鱠還傾盃。日暮蛟龍改窟穴。山根鱣鮪隨雲雷。干戈兵革鬬未止。一云干戈格鬬尚未已鳳凰麒麟安在哉。吾徒胡爲縱此樂。暴殄天物聖所哀。

挺叉西征賦。垂餌出入。挺叉來往。注。叉。取魚叉也。西京賦曰。叉簇之所攙捔。山根東京賦。王鮪岫居。山有穴曰岫。其穴在河南小平山。故有山根之句。古今注。鯉之大者曰鱣。鱣之大者曰鮪。

## 越王樓歌

綿州州府何磊落。顯慶年中越王作。孤城西北起高樓。碧瓦朱甍照城郭。樓下長江百丈清。山頭落日半輪明。君王舊跡今人賞。轉見千秋萬古情。

越王樓綿州圖經。在綿州城外。西北有臺。高百尺。上有樓。下瞰州城。唐顯慶中。太宗子越王貞爲綿州刺史日建。李倨詩。越王曾牧劍南州。因向城隅建此樓。橫玉遠開千嶠雪。暗雷下聽一江流。貞刺綿州。本傳不載。蓋史闕也。

## 海椶行

左綿公館清江濆。海椶一株高入雲。龍鱗犀甲相錯落。蒼稜白皮十抱文。自（一作但）是衆木亂紛紛。海椶焉知身出羣。移栽北辰不可得。時有西域胡僧識。

左綿（蜀都賦。于東則左綿巴中。百濮所充。舊注。綿州。涪水所經。涪居其右。綿居其左。故曰左綿。）海椶（唐子西將家遊治平院詩云。江邊勝事略尋遍。不見海椶高入雲。注云。即老杜所云東津者。蓋館與椶皆在涪江之東津也。陸放翁云。老杜在左綿所賦海椶。今已不存。宋子京益都方物海椶贊。椶皆梳皮。此獨自榦。攢葉于顚。䰍首披散。秋華而實。其值則四千。注云。大抵椶類。然不皮而榦。葉叢于杪。至秋乃實。似椋子。）

## 姜楚公畫角鷹歌

楚公畫鷹鷹戴角。殺氣森森（一作如）到幽朔。觀者貪愁（舊作徒驚）掣臂（一作壁）飛。畫師不是無心學。此鷹寫眞在左綿。卻嗟眞骨遂虛傳。梁間燕雀休驚怕。亦未摶空上九天。

楚公（名畫記。姜皎善畫鷹鳥。玄宗在藩。爲尙衣奉御。即位。累官至太常卿。封楚國公。陸務觀云。畫鷹在綿州錄參廳。）

## 相從歌贈嚴二別駕（一云嚴別駕相逢歌）

我行入東川。十步一迴首。成都亂罷氣蕭颯。（一作瑟。一作索。）浣花草堂亦何有。梓中（一作州）豪俊（一作貴）大者誰。本州從事知名久。把臂開樽飲我酒。酒酣擊劍蛟龍吼。烏帽拂塵青螺（一作騾）粟。紫衣將炙緋衣走。銅盤燒蠟光一作炎吐日。夜如何其初促膝。黃昏始扣主人門。誰謂俄頃晉作我傾膠在漆。萬事盡付形骸外。百年未見一作及歡娛畢。神傾意豁眞佳士。久客多憂今愈疾。高視乾坤又可一作何愁。一軀交態同一作眞悠悠。垂老遇君未恨晚。似君須向古人求。陳浩然本及草堂諸本題下並注云。時方經崔旰之亂。吳若本無之。鶴曰。崔旰之亂。在永泰元年。公已次雲安。此詩當是寶應元年避徐知道之亂往梓州作也。題下七字。乃注家妄添。而後人不察。以謂公自注也。今從吳若本削去。東川元和郡國志。梓州。今爲東川節度使理所。青螺粟趙曰。青螺粟。帽之紋也。

## 光祿坂行

山行落日下絕壁。西望千山萬山一作水赤。樹枝有鳥亂鳴一作棲時。暝色無人獨歸客。馬驚不憂深谷墜。草動只怕長弓射。安得更似開元中。道路即今多一云何擁隔。

光祿坂舊注。在梓州銅山縣。長弓吳若本注云。白日賊多。翻是長弓子弟。鶴曰。崔寧傳云。寶應初。蜀中亂。山賊擁絕道路。代宗憂之。此詩乃寶應元年作。

## 冬到金華山觀因得故拾遺陳公學堂遺跡

涪右衆山內。金華紫崔嵬。上有蔚藍天。垂光抱瓊臺。繫舟接絕壁。杖策窮縈回。四顧俯層巔。淡然川谷開。雪嶺日色一作光死。霜鴻有餘哀。焚香玉女跪。霧裏仙人來。陳公讀書堂。石柱仄青苔。悲風爲我起。激烈傷雄才。

山觀　輿地紀勝。陳拾遺書堂。在射洪縣北金華山。大曆中。東川節度使李叔明爲立旌德碑于金華山。讀書堂。今在玉京觀之後。有唐劉蛻詩。盧藏用祭文。　涪右　元和郡國志。涪江水。西者自郪縣界流入。在射洪縣東一百步。縣有梓潼水。與涪江合流。水經。涪水南至小廣魏。與梓潼合。　蔚藍　度人經。鬱藍玉明天。陸放翁云。蔚藍乃隱語天名。非可以義理解也。杜詩云猶未有害。韓子蒼乃云。水色天光共蔚藍。直謂天水之色。俱如藍耳。恐又因老杜而失之者也。　雪嶺　寰宇記。懸巖在射洪縣南十五里。遠望懸巖。皎如白雪。　玉女　曹植遠游詩。靈鼇戴方丈。神物儼嵯峨。仙人翔其隅。玉女戲其阿。

## 陳拾遺故宅

拾遺平昔居。大屋一作宅尙修椽。悠揚一作悠悠荒山日。慘淡一作崔崒故園一作國烟。位下曷足傷。所貴者聖賢。有才繼騷雅。哲匠不比肩。公生揚馬後。名與日月懸。同遊英俊人。多秉輔佐權。彥昭超一作趙玉價。郭振晉作震起通泉。到今素壁滑。洒翰銀鉤連。盛事會一時。此堂豈千年。終古立一作占忠義。感遇有遺編。

舊書。陳子昂家世豪富。子昂獨苦節讀書。爲感遇詩三十首。王適見而驚曰。此子必爲天下文宗矣。高宗崩。詣闕上書。自稱梓州射洪縣草莽愚臣子昂。則天召見。拜麟臺正字。再轉右拾遺。　彥昭　趙彥昭。少以文詞名。中宗時。累遷中書侍郎。同中書門下三品。與郭元振、張說友善。英華注曰。中宗時。彥昭以權幸得相。唐史彥昭傳。不載入蜀事。鶴曰。元振尉通泉。在梓州東南一百三十里。而彥昭與元振同業太學。故宜同游。

謁文公上方

野寺隱喬木。山僧高下居。石門日色異。絳氣橫扶疎。窈晉作窅窕入風磴。長蘿紛卷舒。庭前猛虎臥。遂得文公廬。俯視萬家邑。烟塵對階除。吾師雨花外。不下十年餘。長者自布金。禪龕只晏如。大一作火珠脫玷翳。白月一作日當空虛。甫也南北人。蕪蔓少耘鋤。久遭詩酒汚。何事忝簪裾。王侯與螻蟻。同盡隨丘墟。願聞第一義。廻向心地初。金篦刮眼膜。價重百車渠。無生有汲引。茲理儻吹噓。

奉贈射洪李四丈明甫

丈人屋上烏。人好烏亦好。人生意氣豁。不在相逢早。南京亂初定。所向邑一作色枯槁。游子無根株。茅齋付秋草。東征下月峽。挂席窮海島。萬里須十金。妻孥未相保。蒼茫風塵際。蹭蹬騏驎老。志士懷感傷。心胸已傾倒。

屋上烏毛詩傳。富人之屋。烏所集也。尚書大傳。武王登夏臺以臨殷民。周公曰。愛其人者。愛其屋上之烏。憎其人者。憎其儲胥。孔叢子亦云。愛屋及烏。

早發射洪縣南途中作

將老憂貧窶。筋力豈能及。征途乃（吳作後。一作復。）侵星。得使諸病入。鄙人寡道氣。在困無獨立。俶裝逐徒旅。達曙淩險澁。寒日出霧遲。淸江轉山急。僕夫行不進。駑馬若維縶。汀洲稍疎散。風景開快（一云悄）悒。空慰所尙懷。終非曩游集。衰顏偶一破。勝事難屢（一云皆空）挹。茫然阮籍途。更洒楊朱泣。

俶裝（思玄賦。簡元辰而俶裝。注。俶。始也。）

通泉驛南去通泉縣十五里山水作

溪行衣自濕。亭午氣始散。冬溫蚊蚋在。（一作集）人遠鳧鴨亂。登頓生曾陰。欹傾出高岸。驛樓衰柳側。縣郭輕烟畔。一川何綺麗。盡目（一作日）窮壯觀。山色遠寂寞。江光夕滋漫。傷（一作知）時愧孔父。去國同王粲。我生苦飄零。所歷有嗟歎。

通泉（寰宇志。通泉縣。故西宕渠郡湧泉縣。地名黃澁川。隋置通泉縣。通泉山在縣西北二十里。東臨涪江。壁絕二百餘丈。水從山頂湧出。下注涪江。）亭午（天台賦。羲和亭午。纂要。日在午曰亭午。）

過郭代公故宅

豪俊初未遇。其跡或脫略。代公尉通泉。放意何自若。及夫登衮冕。直氣森噴薄。（一本此下有精魄凜如在。）

所歷終蕭索。磊落見異人。豈伊常情度。定策神龍後。宮中翕清廓。俄頃辨尊親。指揮存顧託。羣公有一作見慚色。王室無削弱。迴出名臣上。丹青照臺閣。我行得遺跡。一作址池館皆疏鑿。壯公臨事斷。顧步涕橫落。草堂本。精凜魄如在一聯在此下。高詠寶劍篇。神交付冥漠。

郭代公 張說撰行狀云。公少倜儻。廓落有大志。十六入太學。與薛稷、趙彥昭同業。十八擢進士第。其年判入高等。請外官。投梓州通泉尉。落拓不拘小節。常鑄錢。掠良人財。以濟四方。海內同聲合氣。有至千萬者。則天聞其名。驛徵引見。語至夜。甚奇之。問蜀川之蹟。對而不隱。令錄舊文。乃上古劍歌。則天覽而佳之。令寫數十本。遍賜學士。先天二年。知政事。太平公主、竇懷貞潛結兇黨。謀廢皇帝。睿宗猶豫不決。諸相皆阿諛順旨。惟公廷爭不受詔。及舉兵誅懷貞等。宮城大亂。睿宗步肅章門觀變。諸相皆竄外省。公獨登奉天門樓。躬侍睿宗。聞東宮兵至。將欲投于樓下。公親扶聖躬。敦勸乃止。及上即位。宿中書十四日。獨知政事。下詔封代國公。箋曰。按代公定策在先天二年。而杜詩云定策神龍後。蓋太平安樂二公主及韋后用事。俱在神龍二年。故云神龍後也。吳若本注云。明皇與劉幽求平韋庶人之亂。正在神龍後。元振常有功其間。而史失之。微此詩。無以見。不知元振爲宗楚客等所嫉。出之安西。幾爲所陷。楚客等被誅。始得徵還。何從與平韋后之亂。此泥詩而不考古之過也。

## 觀薛稷少保書畫壁

少保有古風。得之陝郊篇。惜哉功名忤。但見書畫傳。我游梓州東。遺跡涪江邊。畫藏青蓮界。書入金牓懸。仰看垂露姿。不崩亦不騫。鬱鬱三大字。蛟龍岌相纏。又揮西方變。發地扶屋椽。慘淡壁飛動。到今色未塡。此行疊壯觀。郭薛俱才賢。不知百載後。誰復來通泉。

張彥遠名畫記。薛稷。字嗣通。河東汾陰人。多才藻。工書畫。外祖魏文貞公。富有書畫。多虞、褚手寫表疏。稷銳意橅學。窮年忘倦。官至銀青光祿大夫。太子少保。封晉國公。竇懷貞累之。年六十九。朱景玄名畫錄。薛稷。天后朝位至宰輔。學書師褚河南。時稱買褚得薛。不失其節。畫蹤如閻立本。曾旅游新安郡。遇李白。因相留。請書永安寺額。兼畫西方佛一壁。筆力瀟洒。風姿逸秀。曹、張之匹也。二跡之妙。李翰林題讚見在。張燕公豫州判魏君碑。公諱叔瑜。考太師鄭文貞公。公善于草隸。妙絕時人。以筆意傳次子華及甥河東薛稷。世稱前有虞、褚。後有薛、魏。金壺記。呂總曰。薛稷書。如風驚苑花。雪惹山柏。輿地紀勝。薛稷書慧普寺三字。方徑三尺。筆畫雄健。在通泉壽聖寺聚古堂。**陜郊**吳若本注。公詩曰驅車越陜郊。北顧臨大河。**垂露**金壺記。漢曹喜。字仲則。工篆隸。變懸針垂露之法。後世不易。**通泉**夢弼曰。趙彥昭傳云。與郭元振、薛稷善。郭傳云。與薛稷、趙彥昭同入太學。蓋郭與薛舊爲同舍。後又會于通泉也。

## 通泉縣署屋壁後薛少保畫鶴

薛公十一鶴。皆寫青田眞。畫色久欲盡。蒼然猶出塵。低昂各有意。磊落如長人。佳此志氣遠。豈惟粉墨新。萬里不以力。羣遊森會神。威遲白鳳態。非是倉鶊鄰。高堂未傾覆。常一作幸得慰嘉賓。曝露牆壁外。終嗟風雨頻。赤霄有眞骨。恥飲洿池津。冥冥任所往。脫略誰能馴。

名畫記。稷尤善花鳥人物雜畫。畫鶴知名。屏風六扇鶴樣。自稷始也。名畫錄。今祕書省有稷畫鶴。時號一絕。又蜀郡亦有鶴并佛像菩薩青牛等傳于世。並居神品。封氏見聞記。今尚書省考功員外郎廳有稷畫鶴。宋之問爲讚。工部尚書廳有稷畫樹石。東京尚書坊岐王宅亦有稷畫鶴。皆稱精絕。米芾有題所得蘇氏薛稷二鶴詩。**青田**晉永嘉郡記曰。有沐溪。去青田九里。此中有雙白鶴。年年生子。長大便去。只餘父母一雙在耳。精白可愛。多云神所養。**赤霄**七命。掛歸翮于赤霄之表。

陪王侍御同登東山最高頂宴姚通泉晚攜酒泛江

姚公美政誰與儔。不減昔時陳太丘。邑中上客有杜史。多暇日陪驄馬游。東山高頂羅珍羞。下顧城郭銷我憂。清江白日落欲盡。復攜美人登綵舟。笛聲憤怨（一作怒）哀中流。妙舞逶迤夜未休。燈前往往大魚出。聽曲低昂如有求。三更風起寒浪湧。取樂喧呼覺船重。滿空星河光破碎。四座賓客色不動。請公臨深（一作江）莫相違。迴船罷酒上馬歸。人生歡會豈有極。無使霜過（一作露）霑人衣。

春日戲題惱郝使君兄

使君意（一作俊）氣淩青霄。憶昨歡娛常見招。細馬時鳴金騕褭。佳人屢出董嬌饒。東流江水西飛燕。可惜春光不相見。願攜王趙兩紅顏。再騁肌膚如素練。通泉百里近梓州。請（一作諸）公一來開我愁。舞處重看花滿面。尊前還有錦纏頭。

董嬌饒　玉臺新詠。宋子侯有董嬌饒詩。毛晃韻新增嬈字。誤引此詩作妖嬈。宜正之。　纏頭　太眞外傳。上戲曰。阿瞞樂籍。今日幸得供養夫人。請一纏頭。唐書。魚朝恩出錦三匹。羅五十匹。綾一百匹。爲子儀纏頭之費。御覽云。舊俗賞歌舞人錦綵。置之頭上。謂之纏頭。宴享加恩。借以爲詞。

短歌行（贈王郎司直）

王郎酒酣拔劍斫地歌莫哀。我能拔爾抑塞磊落之奇才。豫樟翻風白日動。鯨魚跋浪滄溟開。且脫佩劍休徘徊。西得諸侯棹錦水。欲向何門趿（吳作颯）珠履。仲宣樓頭春色（一作已）深。青眼高歌望吾子。眼中之人吾老矣。

王司直（贈友詩。官有王司直。卽其人也。）仲宣樓（方輿勝覽。在荊州府城東南隅。後梁時高季興建。）吾子（儀禮。望吾子之敎也。注。吾子。相親之辭。）

短歌行（送祁錄事歸合州。因寄蘇使君。草堂本作邛州錄事。）

前者途中一相見。人事經年記君面。後生相動（一作勸）何寂寥。君有長才不貧賤。君今起柂春江流。余亦沙邊具小舟。幸爲達書賢府主。江花未盡會江樓。

江樓（方輿紀勝。在合州州治之前。釣魚山、學士山、巫山橫其前。下臨漢水。）

陪章留後惠義寺餞嘉州崔都督赴州

中軍待上客。令肅事有恆。前驅入寶地。祖帳飄金繩。南陌（一作伯）既留歡。茲山亦深登。清聞樹杪磬。遠謁雲端僧。迴策匪新岸。（一作樊崖）所攀仍舊藤。耳激洞門飈。目存寒谷冰。出塵閟軌躅。

畢景遺炎蒸。永願坐長夏。將衰棲大乘。羇旅惜宴會。艱難懷友朋。勞生共幾何。離恨兼相仍。

金繩 法華經。國名離垢。琉璃爲地。有八交道。黃金爲繩。

## 將適吳楚留別章使君留後兼幕府諸公得柳字

我（一作甫）來入蜀門。歲月亦已久。豈唯長兒童。自覺成老醜。常恐性坦率。失身爲杯酒。近辭痛飲徒。折節萬夫（一作人）後。昔如（樊作若）縱壑魚。今如喪家狗。既無遊方戀。行止復何有。相逢半新故。取別隨薄厚。不意青草湖。扁舟落吾手。眷眷章梓州。開筵俯高柳。樓前出騎馬。帳下羅賓友。健兒簸紅旗。此樂或（一作幾）難朽。日車隱崑崙。鳥雀噪戶牖。波濤未足畏（一作慰）。三峽徒雷吼。所憂盜賊多。重見衣冠走。中原消息斷。黃屋今安否。終作適荊蠻。安排用莊叟。隨雲拜東皇。挂席上南斗。有使卽寄書。無使長迴首。

青草湖 荊州記。巴陵南有青草湖。周迴百里。日月出沒其中。湖南有青草山。故因以爲名。一名洞庭湖。南遷錄。洞庭湖西岸有沙洲。堆阜隆起。卽青草廟下。一湖之內。中有此洲。南名青草。北名洞庭。所謂重湖也。

東皇 隋志曰。荊州尤重祠祀。屈原製九歌。蓋由此也。五臣曰。太乙。星名。天之尊神。祠在楚東。以配東帝。故曰東皇。

山寺（得開字。章留後同遊。）

野寺根（一作限）石壁。諸龕遍崔嵬。前佛不復辨。百身一莓苔。雖（一作唯）有古殿存。世尊亦塵埃。如聞龍象泣。足令信者哀。使君騎紫馬。捧擁從西來。樹羽靜千里。臨江久徘徊。山僧衣藍縷。告訴棟梁摧。公爲顧（一作領）賓徒。（荆作從。一作兵從。）咄嗟檀施開。吾知多羅樹。卻倚蓮華臺。諸天必歡喜。鬼物無嫌猜。以茲撫士卒。孰曰非周才。窮子失淨處。高人憂禍胎。歲晏風破肉。荒林寒可迴。思量入（一作人）道苦。自哂同嬰孩。

多羅　西陽雜俎。貝多出摩伽陀國。長六七丈。經冬不凋。此樹有三種。一者多羅婆力叉貝多。二者多黎婆力叉貝多。三者都闍婆力叉貝多。多羅多黎。漢翻爲葉。貝多婆力叉者。漢言葉樹也。西域經書。用此三種皮葉。若能保護。亦得五六百年。翻譯名義。舊名貝多。此翻岸。形如此方椶櫚。極高。長八九十尺。有人云。一多羅樹。高七仞。西域記云。南印建那補羅國北不遠。有多羅樹林三十餘里。其葉長廣。其色光潤。諸國書寫。莫不采用。

窮子　見法華經。

椶拂子

椶拂且薄陋。豈知身効能。不堪代白羽。有足除蒼（一作青）蠅。熒熒金錯刀。擢擢朱絲繩。非獨顏色好。亦用（晉作由）顧盻稱。吾老抱疾病。家貧臥炎蒸。咂膚倦撲滅。賴爾甘服膺。物微世競棄。

義在誰肯徵。三歲清秋至。未敢闕緘縢。

金錯 文選四愁詩。美人贈我金錯刀。善注。續漢書曰。佩刀。諸侯王黃金錯環。謝承後漢書。詔賜應奉金錯把刀。前漢志。新室更造契刀錯刀。錯刀以黃金錯其文。一刀直五千。此云熒熒金錯刀。謂佩刀也。對雪詩云。金錯囊徒罄。謂錢刀也。虎牙行云。金錯旌竿滿雲直。謂以黃金錯鏤旗竿也。蓋古人以金錯器。皆謂之金錯。 清秋 張九齡白羽扇賦。縱秋氣之移奪。終感恩于篋中。此詩落句。亦九齡之意。而云不堪代白羽。其託喻深厚可諷。

## 桃竹杖引 贈章留後

江心一作上蟠石生桃竹。蒼波噴浸尺度足。斬根削皮如紫玉。江妃水仙惜不得。梓潼使君一作者開一束。滿堂賓客皆歎息。憐我老病贈兩莖。出入爪甲鏗有聲。老夫復欲東南征。乘濤鼓枻一作棹白帝城。路幽必爲鬼神奪。拔一作杖劍或與蛟龍爭。重爲告曰。杖兮杖兮。爾之生也甚正直。愼勿見水踴躍學變化爲龍。使我不得爾之扶持。滅跡于君山湖上之青峯。噫。風塵澒洞兮豺虎咬人。忽失雙杖兮吾將曷從。

桃竹 蜀都賦。靈壽桃枝。注曰。桃枝。竹屬也。出墊江縣。可以爲杖。元和郡國志。合州銅梁山出桃枝竹。東坡跋桃枝杖引後。桃竹。葉如椶。身如竹。密節而實中。犀理瘦骨。蓋天成拄杖也。嶺外人多種此。而不知其爲桃竹。流傳四方視其端有眼者。蓋自東坡出也。又書柳子厚詩云。盛時一失貴反賤。桃笙葵扇安可常。偶閱方言。簟。宋魏之間謂之笙。乃悟桃笙以桃竹爲簟也。梁簡文答南平王餉舞簟書云。五離九折。出桃枝之翠笋。乃謂桃枝竹簟也。郭璞有桃枝贊。桃竹出巴渝間。子美有桃竹歌。 江妃水仙 江賦。馮夷倚浪以傲睨。江妃含嚬而緜眇。王逸楚詞注。馮夷。水仙人。

## 寄題江外草堂梓州作。寄成都故居。

我生性放誕。雅欲逃自然。嗜酒愛風一作修竹。卜居必一作此林泉。遭亂到蜀江。臥痾遣晉作遺所便。誅茅初一畝。廣地方一作必連延。經營上元始。斷手寶應年。敢謀土木麗。自覺面勢堅。一作賢臺亭一作亭臺。隨高下。敞豁當清川。雖樊作惟有會心侶。數能同釣船。干戈未偃息。安得酣歌眠。蛟龍無定窟。黃鵠摩蒼天。古來達士志。一作賢達士寧受外物牽。顧惟魯鈍姿。豈識悔吝先。偶攜老妻去。慘澹凌風烟。事跡無固必。幽貞媿雙全。尚念四小松。蔓草易一作已拘纏。霜骨不甚長。永爲鄰里憐。

草堂 舊書。甫於成都浣花里。種竹植樹。結廬枕江。縱酒嘯詠。舊注。公從同谷入蜀。卜居成都。成都亂。遂走梓州。今于梓州懷思草堂作是詩寄題。公以乾元元年冬末至成都。明年上元元年。卜築草堂。又二年。寶應元年。草堂成。此詩當是廣德元年作。

## 韋諷錄事宅觀曹將軍畫馬圖

國初已來畫鞍馬。神妙獨數江都王。將軍得名三樊作四十載。人間又見眞乘黃。曾貌先帝照夜白。龍池十日飛霹靂。內府殷紅馬腦盌。一作盤婕好傳詔才人索。盌賜將軍拜舞歸。輕紈細綺相追飛。一作隨貴戚權門得筆跡。始覺屛障生光輝。昔日太宗拳毛騧。近時郭家師子花。今之新一作畫圖有二馬。復令識者久歎嗟。此皆騎戰一敵萬。縞素漠漠開風沙。其餘七匹亦殊絕。迥若寒空動烟雪。霜蹄蹴踏長楸間。馬官廝養森成列。可憐九馬爭神駿。顧視清高氣深穩。借問苦心愛者誰。後有韋諷前支遁。憶昔巡幸新豐宮。翠華拂天來向東。騰驤磊落三萬匹。皆與此圖筋骨同。自從獻寶朝河宗。無復射蛟江水中。君不見金粟堆前松柏裏。龍媒去盡鳥呼風。

**曹霸** 名畫記。曹霸。魏曹髦之後。髦畫稱于魏代。霸在開元中已得名。天寶末。每詔畫御馬及功臣。官至左武衛將軍。**江都王** 名畫記。江都王緒。霍王元軌之子。太宗皇帝猶子也。多才藝。善書畫。鞍馬擅名。垂拱中。官至金州刺史。唐朝名畫錄。江都王善畫雀蟬驢子。應制明皇潞府十九瑞應圖。實造神極妙。**眞乘黃** 穆天子傳。伯夭皆致河典。乃乘渠黃之乘。爲天子先。以極西土。董逌畫跋。曹霸畫馬。與當時人絕跡。其徑度似不可得而尋也。若其以形似求者。亦馬也。不過類眞焉耳。乘黃。其狀如狐。背上有角。霸之馬未常如此。特論其神駿。語大而夸。不知其形狀異也。**照夜白** 明皇雜錄。上所乘馬。有玉花驄、照夜白。開元記。照夜白。封太山回。令陳閎圖之。畫鑑。曹霸人馬圖。紅衣美髯奚官牽玉面騂。綠衣閹官牽照夜白。**龍池** 唐六典注曰。興慶宮。今上潛龍舊宅也。宅東有舊井。忽涌爲小池。常有雲氣。或黃龍出其中。景雲中。其沼浸廣。遂瀕洞爲龍池焉。**拳毛騧** 長安志。太宗所乘六駿石像在陵後。五曰拳毛騧。平劉黑闥時乘。有石眞容自拔箭處。贊曰。日精按轡。天駟橫行。弧矢再戢。氛埃廓清。有中九箭處。金石錄。太宗六馬。其一曰拳毛騧。黃馬黑喙。平劉黑闥時所乘。**師子花** 杜陽雜編。代宗自陝還。命御馬九花虯幷紫玉鞭轡以賜郭子儀。九花虯。即范陽節度使李德山所貢也。額高九寸。毛拳如鱗。以身被九花文。號九花虯。亦有師子驄。皆其類。天中記載杜詩注。師子花。即九花虯也。**新豐宮**漢志。新豐有驪山。唐志。昭應本新豐。有宮在驪山下。**獻寶**穆天子傳曰。天子西征。至陽紆之山。河伯馮夷之所都居。是惟河宗氏。天子沉璧于河。河伯乃與天子披圖視典。用觀天子之寶器。玉海引水經注云。玉果璿珠燭銀金膏等物。皆河圖所載。河伯以禮穆王。視圖乃導以西邁矣。舊注。周穆王自此歸而上昇。蓋以比玄宗之升遐也。**射蛟**前漢紀。元封五年。武帝自潯陽浮江。親射蛟江中。獲之。**金粟堆**舊書。明皇親拜五陵。至睿宗橋陵。見金粟山岡有龍盤虎踞之勢。復近先塋。謂侍臣曰。吾千秋後。宜葬此地。長安志。明皇泰陵。在蒲城東北三十里金粟山。廣德元年三月。葬泰陵。

## 送韋諷上閬州錄事參軍

國步猶艱難。兵革未衰息。萬方哀(一作尙)嗷嗷。十載(一作年)供軍食。庶官務割剝。不暇憂反側。誅求何多門。賢者貴爲德。(晉作賢俊愧爲力)韋生富春秋。洞澈有清識。操持紀綱地。喜見朱絲直。當令(晉作因循)豪奪吏。自此無顏色。必若救瘡痍。先應去蝥賊。揮淚臨大江。高天意悽惻。行行樹佳政。慰我深相憶。

## 丹青引(贈曹將軍霸)

將軍魏武之子孫。於今爲庶爲清門。英雄割據雖(一作皆)已矣。文彩風流猶(荆作今)尙存。學書初學衛夫人。但恨無(晉作未)過王右軍。丹青不知老將至。富貴於我如浮雲。開元之中(一作年)常引見。承恩數上南薰殿。淩煙功臣少顏色。將軍下筆開生面。良相頭上進賢冠。猛將腰間大羽箭。褒公鄂公毛髮動。英姿颯爽（一作颯颯）來（樊作猶）酣戰。先帝天（一作御）馬玉花驄。畫工如山貌不同。是日牽來赤墀下。迥（一作夐）立閶闔生長風。詔謂將軍拂絹素。意匠慘淡經營中。斯須九重眞龍出。一洗萬古凡馬空。玉花卻在御榻上。榻上庭前屹相向。至尊含笑催賜金。圉人太僕皆惆悵。弟子韓幹早入室。亦能畫馬窮殊相。（一作狀）幹惟畫肉不畫骨。忍使驊騮氣凋喪。將軍畫（一作盡）善（一作妙）蓋有神。必（一作偶）逢佳士亦寫眞。即今飄泊干戈際。屢貌尋常行路人。途窮反遭俗眼白。世上未有如公貧。（英華作他富至今我徒貧）但看古來盛名下。終日坎壈纏其身。

**衛夫人** 法書要錄。羊欣傳古來能書人名。蔡邕授于神人。而傳之崔瑗及女文姬。文姬傳之鍾繇。鍾繇傳之衛夫人。衛夫人傳之王羲之。張懷瓘書斷。衛夫人名鑠。字茂猗。廷尉展之女弟。恆之從女。汝陰太守李矩之妻也。隸書尤善。規矩鍾公。右軍常師之。永和五年卒。子克爲中書郎。亦工書。書史會要。王曠。導從弟。與衛世爲中表。故得蔡邕書法于衛夫人。以授子羲之。**南薰殿** 興慶宮之北有龍池。前有瀛洲門。內有南薰殿。

**凌烟** 貞觀十七年。詔閻立本畫凌烟閣功臣二十四圖。上自爲贊。開府儀同三司、鄂國公敬德第七。故輔國大將軍、揚州都督、褒國忠壯公志玄第十。韋述兩京記。太極宮中有凌烟閣。在凝陰殿內。功臣閣在凌烟閣南。南部新書。畫功臣皆北面設三隔。內一層畫功高宰輔。外一層寫功高侯王。又外一層次第功臣。**韓幹** 長安志載酉陽雜俎云。韓幹。藍田人。少時常爲賣酒家送酒。王右丞兄弟未遇。每貰酒漫遊。幹嘗徵債于王家。戲畫地爲人馬。右丞奇其意趣。乃歲與錢二萬。令歉畫十餘年。名畫記。韓幹。大梁人。王右丞見其畫。遂推獎之。官至太府寺丞。善寫貌人物。尤工鞍馬。初師曹霸。後獨自擅。杜甫贈霸畫馬歌云云。徒以幹馬肥大。遂有畫肉之誚。古人畫馬。有八駿圖。皆螭頸龍體。矢激電馳。非馬之狀也。晉宋間。顧陸之輩。已稱改步。周齊間。董展之流。亦云變態。雖權奇滅沒。乃屈産蜀駒。尙翹舉之姿。乏安徐之體。至於毛色。率多騧騮騅駁。無他奇異。玄宗好大馬。御廐至四十萬。遂有沛艾大馬。西域大宛。歲有來獻。骨力追風。毛彩照地。不可名狀。號木槽馬。聖人舒身安神。如據牀榻。是知異于古馬也。時主好藝。韓君間生。遂命悉圖其駿。則有玉花驄、照夜白等。時岐薛申寧王廐中。皆有善馬。幹並圖之。遂爲古今獨步。唐朝名畫錄。韓幹。京兆人也。天寶中。召入供奉。上令師陳閎畫馬。帝怪其不同。因詰之。奏云。臣自有師。陛下內廐之馬。皆臣之師也。上甚異之。

## 閬州東樓筵奉送十一舅往青城縣得昏字

曾城有高樓。（舊作會）制古丹雘存。迢迢百餘尺。豁達開四門。雖有（一作會）車馬客。而無人世喧。遊目俯大江。列筵慰別魂。是時秋冬交。節往顏色昏。天寒鳥獸休。（一作伏）霜露在草根。今我送舅氏。萬感集清樽。豈伊山川間。迴首盜賊繁。高賢意不暇。王命久崩奔。臨風欲慟哭。聲出已復吞。

## 嚴氏溪放歌行

天下甲（晉作兵）馬未盡銷。豈免溝壑常漂漂。劍南歲月不可度。邊頭公卿仍獨驕。（樊作何其驕）費心姑息是一役。肥肉大酒徒相要。嗚呼古人已糞土。獨覺志士甘漁樵。況我飄轉無定所。終日慽慽忍羈旅。秋宿（樊作夜）霜（一作清）溪素月高。喜得與子長夜語。東遊西還力實倦。從此將身更何許。知子松根長茯苓。遲暮有意來同煮。

**嚴氏溪** 顏魯公離堆記。閬州之東百餘里。有縣曰新政。新政之南數千步。有山曰離堆。斗入嘉陵江。上崢嶸而下洄洑。不與衆山相聯屬。東面有石堂焉。故京兆鮮于君之所開鑿也。堂有室。堂北盤石之上。有九曲流杯池。堂南有茅齋。其壁間有詩焉。皆君舅著作郎嚴從、君甥殿中侍御史嚴侁之等美君考槃之所作也。按嚴氏溪疑即此地。史稱閬州嚴氏子疏言。鮮于叔明少孤。養子于外族。冒嚴姓。華陽國志。閬中大姓有三狐五馬。蒲趙任黃嚴也。邊頭公卿。未知所指。舊注紛紛。指郭英乂、嚴武。皆說夢耳。

南池

崢嶸巴閬間。所向盡山谷。安知有蒼池。萬頃浸坤軸。呀然閬城南。枕一作控帶巴江腹。芰荷入異縣。粳稻共比屋。皇天不無意。美利戒止足。高田失西成。此物頗豐熟。清源多衆魚。遠岸富喬木。獨歎楓香林。春時好顏色。南有漢王晉主一作祠。終朝走巫祝。歌舞散靈衣。荒哉舊風俗。高堂一作皇亦明王。魂魄猶正直。不應空陂上。縹緲親酒食。淫祀自古昔。非唯一川瀆。干戈浩茫茫。地僻傷極目。平生江海一云溟渤興。遭亂身局促。駐馬問漁舟。躊躇慰羈束。

**南池** 寰宇記。郡國志云。彭道將魚池。在閬州西南。四夷述云。川東南池。東西二里。南北約五里。州城西南十里有郭池。周約五十畝。二池與漢志注相符。方輿勝覽。南池在高祖廟旁。東西四里。南北八里。漢志。彭道將池。在今南池也。魚池。在今郭池也。然則此池本彭之所開。

**發閬中**

前有毒蛇後猛虎。溪行盡日無村塢。江風蕭蕭雲拂地。山木慘慘天欲雨。女病妻憂歸意速。一作急秋花錦石誰復樊作能數。別家三月一得書。一作書來避地何時免愁苦。

雲溪友議。李太白爲蜀道難。乃爲房、杜危之也。杜初作閬中行。豺狼當路。無地遊從。太白初出蜀。即以行路難示賀知章。而野史記嚴武與房、杜相忤。皆在太白已卒之後。知友議非篤論也。**閬中**水經注。漢水又東南過巴郡。閬中縣。巴西郡治也。劉璋之分三巴。此其一焉。寰宇志。閬中縣。本漢舊縣。閬水迂曲。經其三面。縣居其中。蓋取爲縣名。閬地志。閬江迂曲。三面環之。曰閬中。

## 寄韓諫議

今我不樂思岳陽。身欲奮飛病在床。美人娟娟隔秋水。濯足洞庭望八荒。鴻飛冥冥日月白。青楓葉赤天雨一作飛霜。玉京羣帝集北斗。或騎騏驎翳鳳皇。芙蓉旌旗一作旄煙霧落。影動倒景搖瀟湘。星宮之君醉瓊漿。羽人稀少不在旁。似聞昨者赤松子。恐是漢代韓張良。昔隨劉氏定長安。帷幄未改神慘傷。國家成敗吾豈敢。色難腥腐餐風一作楓香。周南留滯古所一作莫惜。南極老人應壽昌。美人胡爲隔秋水。焉得置之貢玉堂。

**玉京**鄴侯外傳。泌游衡山嵩山。遇神仙桐柏眞人、羨門子、安期先生降之。羽車幢節流雲。神光照灼山谷。將曙乃去。授以長生羽化服餌之道。且戒之曰。太上有命。以國祚中危。朝廷多難。宜以文武之道。佐佑人主。功及生靈。然後可登眞脫屣耳。自是多絕粒咽氣。修谷神黃老之要。玉京羣帝以下。蓋闇記其事。**赤松子**舊書。泌好談神仙詭道。或云常與赤松子、王喬、安期、羨門游處。**帷幄**外傳。肅宗延于臥內。寢則對榻。

出則聯鑣。至保定郡。泌先于本院寐。肅宗來入院。不令人驚之。登牀捧泌首置于膝。久方覺。泌乞游衡岳。實以肅宗猜忌蜀郡功臣。不獨以李國輔之故也。張子房願棄人間事。從赤松子遊。以避呂氏之禍。泌之心迹略相以。故以赤松張良爲比。又曰帷幄未改神慘傷也。**老人**隋志。老人一星。在弧南。一曰南極。常以秋分之旦見于丙。春分之夕沒于丁。見則治平。主壽昌。黃帝占。老人星。一名壽星。色黃明大。則主壽昌。天下多賢士。箋曰。程嘉燧曰。此詩蓋爲李泌而作。余考之是也。按史及家傳。泌從肅宗于靈武。既立大功。而倖臣李輔國害其能。因表乞遊衡岳。優詔許之。山居累年。代宗即位。累有頒賜。號天柱峯中岳先生。無幾。徵入翰林。公此詩。蓋當鄴侯隱衡山之時。勸勉韓諫議。欲其貢置之玉堂也。安劉帷幄。在玄肅之代。舍泌其誰。韓諫議。舊本名注。余考韓休之子汯。上元中爲諫議大夫。有學尚。風韻高雅。當即其人。注字蓋傳寫之悞。胡三省曰。據鄴侯家傳。代宗纔立。即召泌也。須經幸陜。泌豈得全無一言。召泌亦在幸陜之後。李繁誤記耳。此詩作于鄴侯未應召之日。當亦是幸陜前後也。

## 憶昔二首

憶昔先皇巡朔方。千乘萬騎入咸陽。陰山驕子汗血馬。長驅東胡胡走藏。鄴城反覆不足怪。關中小兒壞紀綱。張后不樂上爲忙。至今今上猶撥亂。勞身焦思補四方。我昔近侍叨奉引。出兵一作兵出整肅不可當。一作忘爲留猛士守未央。致使岐雍防西羌。犬戎直來坐御牀。百官跣足隨天王。願見北地傅介子。老儒不用尚書郎。

**東胡**回紇助兵討賊。收復兩京。安慶緒奔河北。保鄴郡。故曰胡走藏。**鄴城**史思明既降復叛。救慶緒于鄴城。故曰反覆。**關中小兒**舊書。李輔國。閑廄馬家小兒。少爲閹。貌陋。粗知書計。爲僕事高力士。郭湜高力士傳。輔國趨馳末品。小了纖人。熒惑兩宮。摧傷萬姓。因而恣行威福。不懼典刑。**張后**舊書。后寵遇專房。與李輔國持權禁中。干預政事。請謁過當。帝頗不悅。無如之何。唐國史補。肅宗五月五日抱小公主。對山人李唐于便殿。顧唐曰。念之勿怪。唐曰。太上皇亦應思見陛下。肅宗涕泣。是時張氏已盛。不由己矣。猛士東坡曰。爲留猛士守未央。謂奪郭子儀兵柄留宿衞也。代宗卽位。子儀自河南入朝。程元振數譖之。子儀請解副元帥節度使。留京師。廣德元年十月。吐蕃入寇。上出幸陝州。子儀收復京師。十二月。駕還長安。

箋曰。憶昔之首章。刺代宗也。肅宗朝之禍亂。成於張后輔國。代宗在東朝。已身履其難。少屬亂離。長于軍旅。卽位以來。勞心焦思。禍猶未艾。亦可以少悟矣。乃復信任程元振。解子儀兵柄。以召匈奴之禍。此不亦童昏之尤乎。公不敢斥言。而以憶昔爲詞。其旨意婉而切矣。

憶昔開元全盛日。小邑猶藏萬家室。稻米流脂粟米白。公私倉廩俱豐一作富。荊作盈。實。九州道路無豺虎。晉作狼遠行不勞吉日出。齊紈魯縞車班班。男耕女桑不相失。宮中聖人奏雲門。天下朋友皆膠漆。百餘年間未災變。叔孫禮樂蕭何律。豈聞一絹直萬錢。有田種穀今流血。洛陽宮殿燒焚盡。宗廟新除狐兔穴。傷心不忍問耆舊。復恐初從亂離說。小臣魯鈍無所能。朝廷記識蒙祿秩。周宣中興望我皇。洒血晉作淚江漢身荊作長衰疾。

明皇紀。開元二十五年。天下斷死刑五十八。幾致刑措。烏巢寺之獄。上特推功元輔。封李林甫爲晉國公。牛仙客爲豳國公。柳芳唐曆。開元二十八年。天下雄富。京師米價。斛不盈二百。絹亦如之。東由汴宋。西歷岐鳳。夾路列店。陳酒饌待客。行人萬里。不持寸刃。

冬狩行時梓州刺史章彝。兼侍御史。留後東川。

君不見東川節度兵馬雄。校獵亦似觀成功。夜發猛士三千人。清晨合圍步驟同。禽獸已斃十七八。殺聲落日廻蒼穹。幕前生致九青兕。馲駝㠑峞垂玄熊。東西南北百里間。髣髴蹴踏寒山空。有鳥名鸜鵒。力不能高飛逐走蓬。肉味不足登鼎俎。何爲見羈虞羅中。春蒐冬狩侯（一作候）得同。使君五馬一馬驄。況今攝行大將權。號令頗有前賢風。飄然時危一老翁。十年厭見旌旗紅。喜君士卒甚整肅。爲我廻轡擒西戎。草中狐兔盡何益。天子不在咸陽宮。朝廷雖無幽王禍。得不哀痛塵再蒙。嗚呼。得不哀痛塵再蒙。

舊書嚴武傳。上皇誥。以劍兩川合爲一道。是時已廢東川節度使。故章以刺史領留後事。詩云東川節度。則循其舊稱也。時代宗幸陝。詔徵天下兵。無一人應召者。故公感激言之。

## 自平

自平宮中（一作中宮。一作中官。）呂太一。收珠南海千餘日。近供生犀翡翠稀。復恐征戎（一作戍）干戈密。蠻溪豪族小（一作山）動搖。世封刺史非時（一作常）朝。蓬萊殿前（一作裏）諸主將。才如伏波不得驕。

呂太一 舊書。廣德元年。宦官市舶使呂太一逐廣南節度使張休。縱下大掠廣州。韋倫傳。代宗卽位。中官呂太一于嶺南矯詔。募兵爲亂。通鑑。張休棄城走端州。太一縱兵焚掠。官軍討平之。黃鶴曰。考舊史。當作中官呂太一。師古注云。拾遺有呂寧爲太一宮使。唐未有此官號。太一。卽人名也。亦初不云呂寧。按鶴注良是。所謂拾遺者。卽師古輩妄撰。如僞蘇注之類。 刺史 舊注。太宗時。溪洞蠻夷來歸順者。皆授以刺史。不以時朝。比于內諸侯。姑務羈縻而已。公兩川說。八州素歸心于其世襲刺史。

箋曰。此詩言唐盛時處置蠻夷之法。蠻溪豪族小動搖。言其小小蠢動。朝廷置之不問也。世封刺史非時朝。不責以時朝之禮也。如此則蠻夷率俾。雖有伏波之將。不得生事于外夷也。蓬萊殿前諸主將。指中官掌禁軍者而言。

## 釋悶

四海十年不解兵。犬戎（一作羊）也復臨咸京。失道非關出襄野。揚鞭忽是過胡（晉作湖）城。豺狼塞路人斷絕。烽火照夜屍縱橫。天子亦應厭奔走。羣公固合思昇平。但恐誅求不改轍。聞道嬖孽能（一作今）全生。江邊老翁錯料事。眼暗不見風塵清。

揚鞭（世說。王大將軍領軍姑孰。晉明帝著戎服。騎巴賨馬。齎一金馬鞭。陰察軍形勢。按晉書。敦屯兵于湖陰。故曰湖城。吳若本注曰。晉王敦舉兵內向。元帝微行至于湖。陰察敦營壘事。自唐以來。皆破句讀。故溫庭筠樂府有湖陰曲。金陵地名有湖陰。張文潛云。微行至于湖句斷。）　嬖孽（謂代宗不能誅程元振也。）

## 贈別賀蘭銛

黃雀飽野粟。羣飛動荆榛。今君抱何恨。寂寞向時人。老驥倦驤首。蒼（一作饑）鷹愁易馴。高賢世未識。固合嬰饑貧。國步初返正。乾坤尙風塵。悲歌鬢髮白。遠赴湘吳春。我戀岷下芋。君思千里蓴。生離與死別。自古鼻酸辛。

國步（謂代宗幸陝初還也。）芋（水經注。江都縣濱文井江。江上有常氏堤。跨四十里。有朱亭。亭南有青城山。山上有嘉穀。山下有蹲鴟。即芋也。所謂下有蹲鴟。至老不饑。卓氏之所以樂遠徙也。）

## 別唐十五誠因寄禮部賈侍郎

九載一相逢。百年能幾何。復爲萬里別。送子山之阿。白鶴久同林。潛魚本同河。未知棲集期。衰老强高歌。歌罷兩悽惻。六龍忽蹉跎。相視髮皓白。況難駐羲和。胡星墜燕地。漢將仍橫戈。蕭條四海內。人少豺虎多。少人慎莫投。多虎信所過。飢有易子食。獸猶畏虞羅。子負經濟才。天門鬱嵯峨。飄颻適東周。來往若（一作亦）崩波。南宮吾故人。白馬金盤陀。雄筆映千古。見賢心靡（一作匪）他。念子善師事。歲寒守舊柯。爲吾謝賈公。病肺臥江沱。

賈侍郎（按賈至傳。廣德二年。轉禮部侍郎。）胡星墜燕地（廣德二年。史朝義縊死。傳首京師。）

## 閬山歌

閬州城東靈（一作雪）山白。閬州城北玉臺（一作壺）碧。松浮欲盡不盡雲。江動將崩未崩石。那知根無鬼神會。已覺氣與嵩華敵。中原格鬭且未歸。應結茅齋看（一作著）青壁。（一作應著茅齋向青壁。）

靈山（寰宇記。仙穴山。在閬中縣東北十里。輿地圖云。靈山峯多雜樹。昔蜀王鼈靈帝登此。因名靈山。山東南隅有玉女擣練石。山頂有池常清。有洞穴懸絕。微有一小徑通。）玉臺（輿地紀勝。玉臺觀在城北七里。）

唐滕王嘗遊之。有滕王亭基。

## 閬水歌

嘉陵江色一作山何所似。石黛碧玉相因依。正憐日破浪花一云閬山出。更復春從沙際歸。巴童蕩槳欹側過。水雞銜魚來去飛。閬中勝事可腸斷。閬州城南天下稀。

嘉陵 水經注。漢水又南逕閬中縣東。閬水出閬陽縣而東。逕其縣南。又東注漢水。寰宇記。嘉陵水又名西漢水。又名閬中水。周地圖云。水源出秦州嘉陵。因名嘉陵。經閬中。即閬中水。亦曰閬江。又曰渝水。

閬中 閬中山。其山四合于郡。故曰閬中。名山志云。閬中山多仙聖游集焉。方輿勝覽。亦名錦屏山。在城南三里。馮忠恕記云。閬之爲郡。當梁、洋、梓、益之衝。有五城十二樓之勝概。

## 三絶句

前一作去年渝州殺刺史。今年開州殺刺史。羣盜相隨劇虎狼。食人更肯留妻子。

渝州殺刺史。鮑欽止謂段子璋。子璋反梓州。襲綿陷劍。于渝無與也。師古云。吳璘殺渝州刺史劉卞。杜鴻漸討平之。翟封殺開州刺史蕭崇之。楊子琳討平之。黃鶴云。事在大曆元年與三年。考杜鴻漸傳。無討平吳璘事。大曆三年。楊子琳攻成都。爲崔寧妾任氏所敗。何從討平開州。天寶亂後。蜀中山賊塞路。渝、開之亂。史不及書。而杜詩載之。師古妄人。因杜詩而曲爲之說。并吳璘等姓名。皆師古僞撰以欺人也。注杜者之可恨如此。

二十一家同入蜀。唯殘一人出駱谷。自說二女齧臂時。迴頭卻向秦雲哭。

駱谷 寰宇記。駱谷道。漢魏舊道也。南通蜀漢。曹爽伐蜀。入駱谷三百餘里。不得前。牛馬驢騾。以轉運死略盡。姜維出駱谷。軍于長城。即此谷道也。此道廢塞。武德七年復開。東北自鄠縣界。西南經盩厔縣。又西南入駱谷。出駱谷。入洋州興勢縣界。

殿前兵馬雖驍雄。縱暴略與羌渾同。聞道殺人漢水上。婦女多在官軍中。

## 草堂

昔我去草堂。蠻夷塞成都。今我歸草堂。成一作此都適無虞。請陳初亂時。反復乃須臾。一作斯須大將赴朝廷。羣小起異圖。中宵斬白馬。盟歃氣已麤。西取邛南兵。北斷劍閣隅。布衣數十人。亦擁專城居。其勢不兩大。始聞蕃漢殊。西卒卻倒戈。賊臣互相誅。焉知肘腋禍。自及梟鏡徒。義士皆痛憤。紀綱亂相踰。一國實三公。萬人欲爲魚。唱和作威福。孰肯一作能辨無辜。眼前列杻械。背後吹笙竽。談笑行殺戮。濺一作流血滿長衢。到今用鉞地。風雨聞號呼。鬼一作人妾與鬼馬。色悲充爾娛。國家法令在。此又足驚吁。賤子且奔走。三年望東吳。弧矢暗江海。難爲遊五湖。不忍竟舍此。復來薙榛蕪。入門四松在。步屧一作堞萬竹疎。舊犬喜我歸。低徊入衣舊作我裾。鄰舍喜我歸。沽酒攜胡蘆。一云提榼壺大官喜一作知我來。遣騎問所須。城郭喜一作知我來。賓客隘一作溢村墟。天下尙未寧。健兒勝腐儒。飄颻一作飄飄。風塵際。何地置一作致老夫。於時見一作是疣贅。骨髓幸未枯。飲啄媿殘生。食薇不敢餘。寶應元年四月。嚴武入朝。七月。劍南西川節度使徐知道反。八月伏誅。公攜家避亂往梓州。廣德二年。武鎮劍南。公復還成都草堂。此詩云大將赴朝廷。羣小起異圖。謂武入朝而知道反也。北斷劍閣隅。謂知道以兵守要害。武不得出也。賊臣互相誅。謂知道爲其下李忠厚所殺也。王洙、梁權道輩。以爲永泰元年避崔旰之亂。而吳若本于布衣專城之下注云。卽楊子琳、柏貞節之徒。是時嚴武已沒。公下峽適楚。何嘗復歸草堂哉。注家唯黃鶴能辨之。鬼妾趙云。鬼妾鬼馬。如匈奴以亡者之妻爲鬼妻也。

## 四松

四松初移時。大抵三尺强。別來忽三載。一作歲離立如人長。會看根不拔。莫計枝凋傷。幽色幸一作會秀發。疎柯亦一作已昂藏。所插小藩籬。本亦有隄防。終然振直庚切撥損。得恡一作愧千葉黃。敢爲故林主。黎庶猶未康。避賊今始歸。春草滿空堂。覽物歎衰謝。及茲慰淒涼。清風爲我起。洒面若微霜。足以送老姿。一作足爲送老資聊待一作將偃蓋張。我生無根帶。一作蔕配爾一作汝亦茫茫。有情且賦詩。事迹可兩一作兩可忘。勿矜千載後。慘澹蟠穹蒼。

## 水檻

蒼江多風飇。雲雨晝夜飛。茅軒駕巨浪。焉得不低垂。遊子久在外。門戶無人持。高岸尚如一作爲谷。何傷浮柱欹。扶顛有勸誡。恐貽識者嗤。既殊大廈傾。可以一木支。臨川視萬里。何必欄檻爲。人生感故物。慷慨有餘悲。

浮柱 西京賦。跱游極于浮柱。注。三輔名梁爲極。作游梁置浮柱上。

## 破舡

平生江海心。宿昔具扁舟。豈惟青溪上。日傍柴門遊。蒼皇避亂兵。緬邈懷舊丘。鄰人亦已非。野竹獨脩脩。舡舷不重扣。埋沒已經秋。仰看西飛翼。下愧東逝流。故者或可掘。新者亦易求。所悲數奔竄。白屋難久留。

## 營屋

我有陰江竹。能令朱夏寒。陰通積水內。高入浮雲端。甚一作如疑鬼物憑。不顧剪伐殘。東偏若面勢。戶牖永可安。愛惜已六載。茲晨去千竿。蕭蕭見白日。洶洶開奔湍。度堂匪華麗。養拙異考槃。草茅雖薙葺。衰疾方少寬。洗然順所適。此足代加餐。寂無斤斧響。庶遂憇息歡。

若面勢 鮮于注。若。順也。

除草吳若本注。去蘞草也。蘞音潛。山韭。

草有害于人。曾何生阻修。其毒甚蜂蠆。其多彌道周。清晨步前林。江色未散憂。芒刺在我眼。焉能待高秋。霜露一作雪一霑凝。一作衣蕙葉亦難留。荷鋤先童稚。日入仍討求。轉致水中央。豈無雙釣舟。頑根易滋蔓。敢使依舊丘。自茲一作移藩籬曠。更覺松竹幽。芟夷不可闕。疾惡信如讎。

釣舟晏曰。周禮薙氏掌殺草。若欲其化。則以水火變之。以釣舟載而致之水。此水化也。

揚旗二年夏六月。成都尹嚴公置酒公堂。觀騎士試新旗幟。

江一作風雨颯長夏。府中有餘清。我公會賓客。肅肅有異聲。初筵閱軍裝。羅列照廣庭。庭空六一作四馬入。駊騀揚旗一作旆旌。迴迴偃飛蓋。熠熠迸流星。來纏一作衝風飆急。去擘山岳傾。材歸俯身盡。妙取略地平。虹霓就掌握。舒卷隨人輕。三州陷犬戎。但見西嶺青。公來練猛士。欲奪天邊城。此堂不易升。庸蜀日已寧。吾徒且加餐。休適蠻與荆。

三州柳芳唐曆。廣德元年。糧運絶。劍南節度高適不能軍。吐蕃陷松、維、保三州。

## 太子張舍人遺織成褥段

客從西北來。遺我翠（一作細）織成。開緘風濤湧。中有掉尾鯨。逶迤羅水族。瑣細不足名。客云充君褥。承君終宴榮。空堂魑魅（一作魍魎）走。高枕形神清。領客珍重意。顧我非公卿。留之懼不祥。施之混柴荆。服飾定尊卑。大哉萬古程。今我一賤老。裋（一作短）褐更無營。煌煌珠宮物。寢處禍所嬰。（一作縈）歎息當路子。干戈尚縱横。掌握有權柄。衣馬自（一云已）肥輕。李鼎死岐陽。實以驕貴盈。來瑱賜自盡。氣豪直（晉作眞）阻兵。皆聞黃金多。（皆聞一作昔聞）坐見悔吝生。奈何田舍翁。受此厚貺情。錦鯨卷還客。始覺心和平。振我麤席塵。媿客茹（一作飯）藜羹。

織成廣雅。天竺出細織成。宋書禮志。諸織成衣帽錦帳。純金銀器雲母。從廣一寸以上者。皆爲禁物。李鼎上元元年。以羽林大將軍李鼎爲鳳翔尹。興、鳳、隴等州節度使。二年二月。党項平羌寇寶雞。入散關。陷鳳州、鳳翔。李鼎邀擊之。六月。以鼎爲鄯州刺史。隴右節度。來瑱來瑱爲襄陽節度使。代宗潛令裴茙圖之。瑱擒茙于申江。入朝謝罪。廣德元年正月。貶播州尉。翌日。賜死于鄠縣。箋曰。史稱嚴武累年在蜀。肆志逞欲。恣行猛政。窮極奢靡。賞賜無度。公在武幕下。此詩特借以諷諭。朋友責善之道也。不然。辭一織成之遺。而侈談殺身自盡之禍。不疾而呻。豈詩人之意乎。草堂詩箋。次于廣德二年。在嚴鄭公幕中之作。當從之。

## 莫相疑行

男兒生無所成頭皓白。（樊作男兒一生無成頭皓白。）牙齒欲落眞可惜。憶獻三賦蓬萊宮。自怪一日聲輝（一作煇。）赫（荆作烜。）集賢學士如堵牆。觀我落筆中書堂。往時文彩動人主。此（文粹作今）日饑寒趨路旁。晚將末契託年少。（文粹。晚將末節契年少。）當面輸（一作論）心背面笑。寄謝悠悠世上兒。不（一作莫）爭好惡莫相疑。

末契（陸機歎逝賦。託末契于後生。余將老而爲客。）

別蔡十四著作

賈生慟哭後。寥落無其人。安知蔡夫子。高義邁等倫。獻書謁皇帝。志已淸風塵。流涕灑丹極。萬乘爲酸辛。天地則創痍。朝廷當（一作多）正臣。異才復間出。周道日惟新。使蜀見知己。別顔始一伸。主人薨城府。扶櫬歸咸秦。巴道此相逢。會我病江濱。憶念鳳翔都。聚散俄十春。我衰不足道。但願子意（一作音）陳。稍令社稷安。自契魚水親。我雖消渴甚。敢忘帝力勤。尙思未朽骨。復覩耕桑民。積水駕三峽。浮龍倚長津。（一云輪囷）揚舲洪濤間。仗子濟物身。鞍馬下秦塞。王城通北辰。玄甲聚不散。兵久食恐貧。窮谷無粟帛。使者來相因。若憑（一云逢）南轅吏。（陳作使）書札到天垠。

主人趙云。指郭英乂。鶴云。指嚴武爲是。蓋英乂單騎奔簡州。爲晉州刺史韓澄所殺。不當云蕘城府也。

杜工部集卷之五終

# 杜工部集卷之六

虞山蒙叟錢謙益箋注

## 古詩五十三首 居雲安及至夔州作

### 杜鵑

西川有杜鵑。東川無杜鵑。涪萬無杜鵑。雲安有杜鵑。我昔遊錦城。結廬錦水邊。有竹一頃餘。喬木上參天。杜鵑暮春至。哀哀叫其間。我見常再拜。重是古帝魂。生子百鳥巢。百鳥不敢嗔。一作喧仍爲餧其子。禮若奉至尊。鴻雁及羔羊。有禮太古前。行飛與跪乳。識序如一作又知恩。聖賢古一作吾法則。付與一作之後世傳。君看禽鳥情。猶解事杜鵑。今忽暮春間。值我病經年。身病不能拜。淚下如迸泉。

題下舊注云。時明皇在蜀蒙塵。陳浩然本無此七字。當從陳本。此詩大曆元年公在雲安作。明皇晏駕久矣。

夏竦曰。詩前四句乃序耳。以叶韻。誤以爲詩。本題下甫自注耳。王直方曰。此與古謠語無異。豈復以韻爲限耶。黃希曰。白頭吟詞云。郭東亦有樵。郭西亦有樵。此詩前四句或本此。吳曾漫錄曰。樂府江南古詞。魚戲蓮葉間。魚戲蓮葉東。魚戲蓮葉西。魚戲蓮葉南。魚戲蓮葉北。子美正用此格。

寄巢（博物志。杜鵑生子。寄之他巢。百鳥爲飼之。）鴻雁（羊祜雁賦。鳴則相和。行則接武。前不絕貫。後不越序。）羔羊（春秋繁露。羔飲其母必跪。類知禮者也。）

箋曰。東坡外集。載辨王誼伯論杜鵑云。子美蓋譏當時之刺史。有不禽鳥若也。嚴武在蜀。雖横斂刻薄。而實資中原。是西川有杜鵑。其不虔王命。擅軍旅絕貢賦以自固。如杜克遜在梓州。是東川無杜鵑耳。涪萬雲安刺史。微不可考。其尊君者爲有。懷貳者爲無。不在夫杜鵑眞有無也。按杜克遜事。新舊兩書俱無可考。嚴武在東川之後。節制東川者。李奐、張獻誠也。其以梓州反者。段子璋也。梓州刺史見杜集者。有李梓州、楊梓州、章梓州。未聞有杜也。既曰譏當時之刺史。不應以嚴武並列也。逆節之臣。前有段子璋。後有崔旰、楊子琳。不當舍之而刺涪萬之刺史。微不可考者也。所謂杜克遜者。既不見史傳。則亦子虛無是之流。出後人僞撰耳。其文義舛錯鄙倍。必非東坡之言。世所傳志林諸書。多出妄庸人假托。如僞蘇注之類。而無識者誤編之集中也。黃鶴本載舊本題注云。上皇幸蜀還。肅宗用李輔國謀。遷之西內。上皇悒悒而崩。此詩感是而作。詳味此詩。仍當以舊注爲是。

## 客居

客居所居堂。前江後山根。下塹萬尋岸。蒼濤鬱飛翻。葱青衆木梢。邪豎雜石痕。子規晝夜啼。壯士斂精魂。峽開四千里。水合數百源。人虎相半居。相傷終兩存。蜀麻久不來。吳鹽擁荆門。西南失大將。商旅自星奔。今又降元戎。已聞動行軒。舟子候利涉。亦憑節制尊。我在路中央。生理不得論。臥愁病腳廢。徐步視小園。短畦帶碧草。悵望思王孫。鳳隨其皇去。籬雀暮喧繁。覽物想故國。十年別荒村。日暮歸幾翼。北林空自昏。安得覆八溟。爲君洗乾坤。稷契易爲力。犬戎何足吞。儒生老無成。臣子憂四番。（草堂本作四藩。魯直刊作憂思翻。）篋中有舊筆。情至時復援。峽開（荊州記。巫峽首尾一百六十里。舊云自三峽取蜀。數千里恆是一山。此蓋好大之言也。惟三峽七百里中。兩岸連山。略無闕處。梁簡文蜀道難詩。峽山七百里。巴水三回曲。公所謂峽開四千里。蓋統論江山之大勢。非專指言峽山也。）大將（永泰元年閏十月。郭英乂爲崔旰所殺。蜀中大亂。大曆元年二月。以杜鴻漸爲山南西道劍南東西川副元帥。）

## 客堂

憶昨離少城。而今異楚蜀。舍舟復深山。窅窕一林麓。棲泊雲安縣。消中內相毒。舊疾甘載（一作戰。一作再。）來。衰年得無足。（一作得弱足。一作弱無足。）死爲殊方鬼。頭白免短促。老馬終望雲。南雁意在北。別家長兒女。欲起慚筋力。客堂叙節改。具物對羈束。石暄蕨芽紫。渚秀蘆笋綠。巴鶯（一作稼）紛未稀。微麥早向熟。悠悠日動江。漠漠春辭木。臺郎選才俊。自顧亦已極。前輩聲名人。埋沒何所得。居然綰章紱。受性本幽獨。平生憩息地。必種數竿竹。事業只濁醪。營葺但草屋。上公有記者。累奏資薄祿。主憂豈濟時。身遠彌曠職。循（鮑作修）文廟算正。獻可天衢直。尙想趨朝廷。毫髮裨社稷。形骸今若是。進退委行色。

## 石硯詩（平侍御者）

平公今詩伯。秀發吾所羨。奉使三峽中。長嘯得石硯。巨璞禹鑿餘。異狀君獨見。其滑乃波濤。其光或雷電。聯坳各盡墨。多水遞隱現。揮灑容數人。十手可對面。比公頭上冠。貞質未爲賤。當公賦佳句。況得終清宴。公含起草姿。不遠明光殿。致于丹青地。知汝隨顧眄。

### 水閣朝霽奉簡嚴雲安一作雲安嚴明府

東城抱春岑。江閣鄰石面。崔嵬晨雲白。朝旭一作日射芳甸。雨檻臥花叢。風牀展書卷。一作展輕幔鈎簾宿鷺起。丸藥流鶯囀。呼婢取酒壺。續兒誦文選。晚交嚴明府。矧此數相見。

### 贈鄭十八賁

溫溫士君子。令我懷抱盡。靈芝冠衆芳。安得闕親近。遭亂意不歸。竄身跡非隱。細人尙姑息。吾子色愈謹。高懷見物理。識者安肯哂。卑飛欲何待。捷徑應未忍。示我百篇文。詩家一標準。羈離交屈宋。牢落値顏閔。水陸迷畏一作長途。藥餌駐修軫。古人日以遠。青史字不泯。步趾詠唐虞。追隨飯葵堇。數盃資好事。異味煩縣尹。心雖在朝謁。力與願矛盾。抱病排金門。衰容豈爲敏。

## 三韻三篇

高馬勿唾一作捶面。長魚無損鱗。辱馬馬毛焦。困魚魚有神。君看磊落士。不肯易其身。

蕩蕩萬斛船。影若揚白虹。揚一作搖起檣必椎牛。挂席集衆功。自非風動天。莫置大水中。

烈一作列士惡多門。小人自同調。名利苟可取。殺身傍權要。何當官曹清。爾輩堪一笑。

鶴曰。此詩刺廣德永泰間朝士之趨附元載、魚朝恩者。

## 青絲

青絲白馬誰家子。麤豪且逐風塵起。不聞漢主放妃嬪。近靜潼關掃蜂蟻。殿前兵馬破汝時。

十月即爲虀粉期。未如一作知面縛歸金闕。萬一皇恩下玉墀。

青絲鶴曰。此詩言僕固懷恩之亂是也。廣德二年二月。懷恩謀取太原。其子瑒進圍榆次。十月。懷恩與回紇、吐蕃進逼奉天。永泰元年九月。又誘回紇、吐蕃、吐谷渾、党項、奴剌俱入寇。是時懷恩乘吐蕃入犯之後。阻兵犯順。故曰麤豪且逐風塵起也。上初遣裴遵慶諭懷恩。諷令入朝。又下詔稱其勳勞。許以但當詣闕。更勿有疑。而懷恩皆不從。故曰不如面縛歸金闕。萬一皇恩下玉墀也。妃嬪董逌跋崇徽公主手痕碑云。碑在汾州靈石。懷恩以猜嫌入回紇。沒其家入後宮。大曆四年。以其女爲崇徽公主。嫁回紇可汗。故云不聞漢主放妃嬪。言懷恩獨不爲妻孥計。意亦隱刺代宗也。舊注引肅宗放宮人事。非是。唐史云。養其女於宮中。亦非實錄。潼關高暉引吐蕃入長安。郭子儀復長安。帥三百驍騎東走潼關。守將李日越擒而殺之。故曰近靜潼關掃蜂蟻。以高暉比懷恩也。殿前鶴曰。殿前兵馬。即神策軍也。兵志。廣德元年。代宗避吐蕃幸陝。朝恩舉在陝兵與神策軍迎扈。悉號神策軍。京師平。朝恩遂以軍歸禁中。自將之。永泰元年。吐蕃復入寇。朝恩遂以神策軍屯禁中。自是寖盛。分爲左右廂。居北軍之右矣。代宗任用中人。致功臣疑叛。又專倚中人領禁軍以平禍亂。此詩雖爲懷恩而作。亦以刺代宗也。

## 近聞

近聞犬戎遠遁逃。牧馬不敢侵臨洮。渭水透迤白日淨。隴山蕭瑟秋雲高。崆峒五原亦無事。北庭數有關中使。似聞贊普更求親。舅甥和好應難棄。

**近聞** 永泰元年。子儀與回紇定約。請擊吐蕃爲効。上停親征。京師解嚴。是年僕固名臣及党項帥皆來降。次年二月。命楊濟修好于吐蕃。吐蕃遣首領論泣欽陵來朝。此詩蓋記其事也。 **五原** 後漢郡國志。五原郡。秦置爲九原。武帝更名。徐廣曰。陰山在河南。陽山在河北。史記曰。蒙恬築長城臨洮。延袤萬里餘。度河據陽山。寰宇記。唐改爲鹽州。領五原縣。以其地勢有五原。舊有五原關。因爲郡邑之稱。五原。龍遊原、乞地千原、青嶺原、岢嵐貞原、橫灃原。 **贊普** 吐蕃傳。其國人號其王爲贊普。相爲大論小論。

## 蠶穀行

天下郡國向萬城。無有一城無甲兵。焉得鑄甲作農器。一寸荒田牛得耕。牛盡耕。一有田字 蠶亦成。不勞烈士淚滂沱。男穀女絲行復歌。

無有一城無甲兵。言天下皆用兵也。鶴必欲舉某年某事以實之。可謂固矣。

## 折檻行

嗚呼房魏不復見。秦王學士時難羨。青衿胄子困泥塗。白馬將軍若雷電。千載少似朱雲人。至今折檻空嶙峋。婁公不語宋公語。尙憶先皇容直臣。

折檻　容齋續筆。至今宮殿正中一間。橫檻獨不施欄楯。謂之折檻。蓋自漢以來相傳如此。房魏　吳若本注云。房喬故秦府學士。魏公佐建成。非十八人之列。婁宋　婁師德器量寬厚。雖參知政事。深懷畏避。竟能以功名終。杜祭房相文云。霔公間出。魏、趙、婁、宋。亦併二公稱之。

箋曰。永泰元年。命左僕射裴冕、右僕射郭英乂等文武之臣十三人于集賢殿待制。獨孤及上疏。以爲雖容其直而不錄其言。故曰秦王學士時難羨。歎集賢待制之臣不及秦王學士之時也。次年。國子監釋奠。魚朝恩率六軍諸將往聽講。子弟皆服朱紫爲諸生。遂以朝恩判國子監事。故曰青衿胄子困泥塗。白馬將軍若雷電也。當時大臣鉗口飽食。效師德之畏避。而不能繼宋璟之忠讜。故以折檻爲諷。言集賢諸臣自無宋、魏輩爾。未可謂朝廷不能容直臣如先皇也。

## 引水

月峽瞿塘雲作頂。亂石崢嶸俗無井。雲安沽水奴僕悲。魚復移居心力省。白帝城西萬竹蟠。接筒引水喉不乾。人生留滯生理難。斗水何直百憂寬。

月峽　寰宇記。三峽謂巫峽、巴峽、明月峽。惟明月峽在利州綿谷縣界。又云明月峽在渝州巴縣東八十里。華陽國志。巴郡江州縣有明月峽。即此。李膺益州記。廣陽州東七里。水南有遮要三搥石谷。東二里至明月峽。峽首南岸。壁高四十丈。其壁有圓孔。形若滿月。因以爲名。**瞿塘**水經注。江水又東逕廣溪峽。斯乃三峽之首也。峽中有瞿塘、黃龕二灘。夏水迴復。泝沿所忌。**雲安**寰宇記。本漢朐䏰縣地。屬巴郡。唐屬夔州。上水去州二百里。水經注。常璩曰。朐䏰縣在巴東郡西二百九十里。縣治故城。跨其山阪。南臨大江之南岸。有方山。山形方峭。枕側江濆。**沽水**酉陽雜俎。雲安井自大江泝別派。凡三十里。近井十五里。澄淸如鏡。舟楫無虞。近江十五里。皆灘石險惡。難于沿泝。天師翟乾祐。于漢城山上結壇考召。追命羣龍。諭以灘波之險。使皆平之。一夕之間。風雷震擊。十四里盡爲平潭。惟一灘仍舊。龍亦不至。乾祐復嚴勅神吏追之。又三日。一女子至曰。某所以不來者。欲助天師廣濟物之功耳。雲安之貧民。自江口負財貨至近井潭以給衣食者衆矣。今若輕舟利涉。平江無虞。卽貧民無傭負之所。絕衣食之路。余寧險灘波以贍傭負。不能利舟楫以安富商也。乾祐善其言。使諸龍皆復其故。風雷頃刻。而長灘如舊。**魚復**水經注。江水又東逕魚復縣故城南。故魚國也。地理志。江關都尉治。公孫述名之爲白帝。

## 古柏行

孔明廟前（一作階）有老柏。柯如青銅根如石。霜（一作蒼）皮溜雨（一作水）四十圍。黛色參天二千尺。君臣已與時際會。樹木猶爲人愛惜。雲來氣接巫峽長。月出寒通雪山白。憶昨路遶錦亭（一作城）東。先主武侯同閟宮。崔嵬枝榦郊原古。窈窕丹青戶牖空。落落盤踞雖得地。冥冥孤高多烈風。扶持自是神明力。正直原因造化功。大廈如傾要梁棟。萬牛迴首丘山重。不露文章世已驚。未辭剪伐誰能送。苦心豈免容螻蟻。香（一作密）葉終（一作曾）經（一作驚）宿鸞鳳。志士幽人莫怨嗟。（一作傷）古來材大難爲用。（一作皆難用）

**老柏**范蜀公東齋紀事。武侯廟柏。其色若牙然。白而光澤。尙復生枝葉。今纔十丈許。工部詩石龕于廟堂中。舊注。范蜀公謂廟柏纔七丈。杜云二千尺爲過。沈存中云。蒼皮四十圍。乃是七尺徑。而長二百丈。無乃太細長乎。黄朝英云。以古制論之。四十圍當有百二十尺。圍有百二十尺。即徑四十尺。安得云七尺也。若以一圍爲一小尺。即徑一丈三尺三寸。亦不得云七尺。存中之言誤矣。遯齋閒覽云。詩意其翠色蒼然。仰視高遠。有至二千尺而幾于參天也。沈內翰云云。論詩者正不應爾。段文昌諸葛廟古柏文。武侯祠前。柏壽千齡。盤根擁文。勢如蛇形。合抱在于旁枝。百尋及于半身。**閟宮**寰宇記。先主祠。在成都府西八里。惠陵東七十步。武侯祠。在先主廟西。成都記。諸葛公廟。在先主廟故宅城西。後主塐像先主廟。西院即武侯廟。前有雙文柏。古峭可愛。陸游集云。予在成都。屢至昭烈惠陵。此柏在陵旁廟中忠武室之南。所謂先主武侯同閟宮者。與此略無小異。按成都武侯祠堂附于先主廟。夔州則先主廟、武侯廟各別。此詩專詠夔州廟柏。所謂武侯祠堂不可忘。中有松柏參天長是也。

## 縛雞行

小奴縛雞向市賣。雞被縛急相喧爭。家中厭雞食蟲蟻。不知雞賣還遭烹。蟲雞于人何厚薄。吾叱奴人解其縛。雞蟲得失無了時。注目寒江倚山閣。

## 負薪行

夔州處女髮半華。四十五十無夫家。更遭喪亂嫁不售。一生抱恨堪一作長咨嗟。土風坐男使女立。應坡作男當門戶一作應門當戶女出入。十猶一作有八九負薪歸。賣薪得錢應一作當供給。至老雙鬟一作鐶只垂頸。野花山葉銀釵並。筋力登危集市門。死生射利兼鹽井。面粧首飾雜啼痕。地褊衣寒困石根。若道巫山女麤醜。何得此（一作北）有昭君村。

鹽井　荆州圖副云。八陣圖下。東西三里有一磧。磧上有鹽泉井五口。以木爲桶。昔常鹽。即時沙壅。冬出夏沒。　昭君村　應劭曰。王嬙。王氏女。名嬙。字昭君。文穎曰。本南郡秭歸人也。寰宇記。歸州興山縣。有王昭君宅。王嬙即此邑人也。故曰昭君之縣。村連巫峽。是此地。香溪在邑界。即昭君所遊。方輿勝覽。州東北四十里。有昭君村。

## 最能行

峽中丈夫絕輕死。少在公門多在水。富豪有錢駕大舸。貧窮取給行艓子。小兒學問止論語。大兒結束隨商旅。欹帆側柁入波濤。撇漩捎濆無險阻。朝發白帝暮江陵。頃來目擊信有徵。瞿塘漫天虎鬚（一作眼）怒。歸州長年行（一作與）最能。此鄉之人氣（一作器）量窄。悞競南風疎北客。若道土（一作士）無英俊才。何得山有屈原宅。

大舸　方言。南楚荆湘。凡舩之大者謂之舸。　艓子　杜田補注。艓。小舟名。音葉。言輕如小葉也。切韻玉篇並不載艓字。吳曾漫錄曰。王智深宋記曰。司空劉休範舉兵。潛作艦艓。則艓字不爲無所本也。　撇漩捎濆　江賦。旋環滎瀠。溭漷濆瀑。善注。皆波浪回旋。濆湧而起之貌也。舊注。撇。拂也。與擎同。捎。搖也。于漩則撇。于濆則捎。　白帝江陵　水經注。自三峽七百里中。兩岸連山。略無闕處。重巖疊嶂。隱天蔽日。自非亭午夜分。不見日月。至于夏水襄陵。沿泝阻絕。王命急宣。有時朝發白帝。暮到江陵。雖乘御奔風不加疾也。李白有白帝下江陵詩。　虎鬚　水經注。江水又逕虎鬚灘。灘水廣大。夏斷行旅。又東逕羊腸虎臂灘。　此鄉　水經注。袁崧曰。歸鄉山秀水清。故出儁異。地險流絕。故其性亦隘。　屈原宅　水經注。秭歸縣。故歸鄉。地理志云。歸子國也。樂緯曰。昔歸典叶聲律。宋忠曰。歸即夔。歸鄉蓋夔鄉矣。袁崧曰。屈原有賢姊。聞原放逐。亦來歸。喻令自寬全。鄉人冀其見從。因名曰姊歸。縣東北四十里。有屈原舊田宅。雖畦堰縻漫。猶保屈田之稱也。縣北一百六十里。有屈原故宅。累石爲屋基。名其地曰樂平里。宅之東北六十里。有女嬃廟。擣衣石猶存。故宜都記曰。秭歸。蓋楚子熊繹之始國。而屈原之鄉里也。屈原宅于今具存。指謂此也。荊州圖記。秭歸縣有屈原故宅。方七頃。累石爲屋。今地名樂平里。

## 寄裴施州

廊廟之具裴施州。宿昔一逢無此一作比流。金鐘大鏞在東序。冰壺玉衡英華作珩懸清秋。自從相遇感晉作減多病。三歲爲客寬邊愁。堯有四岳明至理。漢二千石眞分憂。幾度寄書白鹽北。苦寒贈我青羔一作絲裘。霜雪迴光避錦袖。龍蛇刊作蛟龍動篋蟠銀鉤。紫衣使者辭一作辟復命。再拜故人謝佳政。將老已失子孫憂。後來況接才華盛。英華此句下。有遙憶書樓碧池映七字。

裴施州　裴冕。寶應元年以右僕射充山陵使。坐附李輔國。貶施州刺史。數月移澧州。大曆中。復徵爲左僕射。元載撰冕碑云。以直遇坎。牧蠻夷者二。大曆四年冬。詔復入相。薨于長安。按冕自施召還。當在大曆二年之間。二年二月。史已載左僕射裴冕置宴于子儀之第。碑但記其入相之年也。史稱自施移澧。碑不詳其後先。以公詩考之。冕蓋久于施州。當是自澧移施也。史于移官先後。如高適彭、蜀。嚴武巴、綿之類。每多錯誤。皆當據公詩考正之。

## 鄭典設自施州歸

吾憐滎陽秀。冒暑初有適。名賢愼所出。一作出處不肯妄行役。旅茲殊俗遠。一作還竟以屢空迫。南謁裴施州。氣合無險僻。攀援懸根木。登頓入天(草堂陳浩然並作矢)石。青山自一川。城郭洗憂慼。聽子話此邦。令我心悅懌。其俗則(一作甚)純朴。不知有主客。溫溫諸侯門。禮亦如古昔。勅廚倍常羞。杯盤頗狼藉。時雖屬喪亂。事貴賞(一作當)匹敵。中宵愜良會。裴鄭非遠戚。羣書一萬卷。博涉供務隙。他日辱銀鉤。森疎見矛戟。倒屣喜旋歸。畫地求(一作來)所歷。乃聞風土質。又重田疇闢。刺史似寇恂。列郡宜競惜。(一作借。音迹。)北風吹瘴癘。羸老思散策。渚拂蒹葭塞。(一云寒)嶠穿蘿蔦冪。此身仗兒僕。高興潛有激。孟冬方首路。强飯取崖壁。歎爾疲駑駘。汗溝血不赤。終然備外飾。駕馭何所益。我有平肩輿。前途猶準的。翩翩入鳥道。庶脫蹉跌厄。

施州 元和郡國志。春秋巴國之界。漢爲巫縣之境。巫縣。今夔州巫山縣也。後周置施州。隋改爲清江縣。後漢南蠻傳注。今施州清江縣水。一名鹽水。源出清江縣西都亭山。水經注。夷水。即佷山清江也。水色清照。十丈分沙石。蜀人見其澄清。因名清江也。 勅廚 舊書。冕性侈靡。好尚車服。及營珍饌。每會賓友。滋味品數。坐客有昧于名者。

## 柴門

孤(一作泛。)舟登瀼西。迴首望兩崖。東城乾旱天。其氣如焚柴。長影沒窈窕。餘光散唅呀。大江蟠嵌根。歸海成一家。下衡割坤軸。竦壁攢鏌鋣。蕭颯灑秋色。氛(一作氣)昏霾日車。峽(一作峽)門自此始。最窄容浮查。禹功翊造化。疏鑿就欹斜。巨渠決太古。衆水爲長虵。風煙渺吳蜀。舟楫通鹽麻。我今遠遊子。飄轉混泥沙。萬物附本性。約(一云處)身(一作性)不願(一作欲)奢。茅棟蓋一床。清池有餘花。濁醪與脫粟。在眼無咨嗟。山荒人民少。地僻日夕佳。貧病(一作賤)固其常。富貴任生涯。老于干戈際。宅幸蓬華遮。石亂上雲氣。杉清(晉作青)延月(一作日)華。賞妍又分外。理愜夫何誇。足了垂白年。敢居高士差。書此豁平昔。迴首猶暮霞。

瀼西 水經注。白帝山城。東傍瀼溪。即以爲隍。寰宇記。夔州大昌縣西。有千頃池。水分三道。一道南流。爲奉節縣西瀼水。方輿勝覽。白帝城。周移治永安宮南。即瀼西也。 峽門 峽程記。瀘、合、遂、蜀。皆峽之郡。自釁江秸柏池道等江至此。凡二百八十江。會于坂前。次荆門。都四百五十灘。謂之三峽者。即明月峽、巫山峽、廣澤峽。其有瞿塘、灔澦、燕子、屏風之類。皆不與三峽之數。

## 貽華陽柳少府

繫馬喬木間。問人野寺門。柳侯披衣笑。(晉作嘯)見我顏色溫。並坐石下堂。(一云堂下石。一云石堂下。)俛視大江奔。火雲洗月露。絕壁上朝暾。自非曉相訪。觸熱生病根。南方六七月。出入異中原。老少多暍死。汗踰水漿翻。俊才得之子。筋力不辭煩。指揮當世事。語及戎馬存。涕淚(一云流涕)濺我裳。悲氣排帝閽。鬱陶抱長策。義仗知者論。吾衰臥江漢。但媿識璵璠。文章一小技。於道未爲尊。起予幸斑白。因是託子孫。俱客古信州。結廬依毀垣。相去四五里。徑微山葉繁。時危挹佳士。況免軍旅喧。醉從趙女舞。歌鼓秦人盆。子壯顧我傷。我驩兼淚痕。餘生如過鳥。故里今空村。

古信州寰宇記。夔州。春秋時爲夔子國。漢爲魚復。公孫述爲白帝。蜀爲永安。梁大同三年立信州。武德二年改夔州。

## 雷

大旱山岳燋。密雲復無雨。一云覆如雨南方瘴癘地。罹此農事苦。封內必舞雩。峽中喧擊鼓。眞龍竟寂寞。土梗空俯僂。吁嗟公私病。稅歛缺不補。故老仰面啼。瘡痍向誰數。暴尫或前聞。鞭巫非稽古。請先偃甲兵。處分聽人主。萬邦但各業。一物休盡取。水旱其數然。一云數至然堯湯免親覿。上天鑠金石。羣盜亂豺虎。二者存一端。愆陽不猶愈。昨宵殷其雷。風過齊萬弩。復吹霾翳散。虛覺神靈聚。氣喝腸胃融。汗滋衣裳汚。一云腐吾衰尤拙計。一云計拙失望築場圃。

## 火

楚山經月火。大旱則斯舉。舊俗燒蛟一作虵龍。驚惶致雷雨。爆嵌魑魅泣。崩凍嵐陰昈。羅落沸百泓。根源皆萬（一作太）古。青林一灰燼。雲氣無處所。入夜殊赫然。新秋照牛女。風吹巨焰作。河棹（一作淡）騰（一作勝）煙柱。勢欲焚崑崙。光彌焮洲渚。腥至焦長蛇。聲吼（一云吼爭）纏猛虎。神物已高飛。不（一作只）見石與土。爾寧要謗讟。憑此近熒侮。薄關長吏憂。甚昧至精主。遠遷誰撲滅。將恐及環堵。流汗臥江亭。更深氣如縷。

昈　廣韻。文彩狀。又明也。舊注謂沍寒之處。亦爲火所崩迫。故嵐陰亦著明也。按西京賦。漸臺立于中央。赫昈昈以弘敞。善注。埤蒼曰。昈。赤文也。音戶。火之焚山。凍崩而嵐陰皆赤。其義自明。　雲氣　高唐賦。風止雨霽。雲無處所。　河棹　漢皋詩話。河棹應作河漢。諸本皆誤。

七月三日亭午已後較熱退晚加小涼穩睡有詩因論壯年樂事戲呈元二十一曹長

今茲商用事。餘熱亦已末。衰年旅炎方。生意從此活。亭午減汗流。北鄰耐人聒。晚風爽烏匼。筋力蘇摧折。閉目踰十旬。大江不止渴。退藏恨雨師。健步聞（一作供）旱魃。園蔬抱金玉。無以供採掇。密雲雖聚散。徂暑終（一作經）衰歇。前聖愼焚巫。武王親救暍。陰陽相主客。時序遞迴斡。灑落唯清秋。昏霾一空闊。蕭蕭紫塞雁。南向欲行列。欻思紅顏日。霜露凍堦闥。胡馬挾彫弓。鳴弦不虛發。長鈚逐（一作及）狡兔。突羽當滿月。惆悵白頭吟。蕭條游俠窟。臨軒望山閣。

縹緲安可越。高人煉丹砂。未念將朽骨。少壯跡頗疎。歡樂曾倏忽。杖藜風塵際。老醜難翦拂。吾子得神仙。本是池中物。賤夫美一睡。煩促嬰詞筆。

烏匼吳若本注。匼。魏武擬古皮弁。裁縑帛以爲帢。以色別貴賤。晉咸和中。制尙書八座丞郎門下三省皆白帢。二宮直官烏紗帢。作帢。字書無匼字。音恰。旱魃神異經。南方有人。長二三尺。走行如風。名曰魃。注曰。俗曰旱魃。救暍帝王世紀。武王自孟津還。及于周。見暍人。王自左擁右扇之。淮南子。武王蔭暍人于柳下。而天下懷。

## 牽牛織女

牽牛出河西。織女處其東。萬古久相望。七夕誰見同。神光一作仙意一作竟難候。此事終蒙朧。颯然精靈合。何必秋遂通。亭亭新粧立。龍駕具曾空。一作穹世人亦爲爾。祈請走兒童。稱家隨豐儉。白屋達公宮。膳夫翊堂殿。鳴玉淒房櫳。曝衣遍天下。曳月揚微風。蛛絲小人態。曲綴一作掇瓜果中。初筵裛重露。日出甘所終。一作從嗟汝未嫁女。秉心鬱忡忡。防身動如律。竭力機杼中。雖無姑舅事。敢昧織作功。明明君臣契。咫尺或未容。義無棄禮法。恩始夫婦恭。小大有佳期。戒之在至公。方圓苟齟齬。丈夫多英雄。一云勿替丈夫雄

神光周處風土記。七月七日。其夜洒掃于庭。露施几筵。設酒脯時果。散香粉于河鼓織女。言此二星神當會。守夜者咸懷私願。或云見天漢中有奕奕正白氣。光耀五色。以此爲徵應。鳴玉吳若本注。晉嵇康傳。

鳴玉殿省。曝衣宋卜子楊園苑疏。太液池西。有武帝曝衣閣。至七月七日。宮女出后衣。登樓曝之。蛛絲荆楚歲時記。七夕。人家婦女結綵樓。穿七孔鍼。陳瓜果于庭中以乞巧。有喜子網于瓜上者。則以爲符應。

## 毒熱寄簡崔評事十六弟

大暑一作火運金氣。荆揚不知秋。林下有塌翼。水中無行舟。千室但掃地。閉關人事休。老夫一作大轉不樂。旅次兼百憂。蝮蛇暮偃蹇。空牀難暗投。炎宵惡明燭。況乃懷舊丘。開襟仰內弟。執熱露白頭。束帶負芒刺。接居成阻修。何當清霜飛。會子臨江樓。載聞大易義。諷興一作詠詩家流。蘊藉異時輩。檢身非苟求。皇皇使臣體。信是德業優。楚材擇杞梓。漢苑歸驊騮。短章達我心。理爲一云待識者籌。

## 殿中楊監見示張旭草書圖

斯人已云亡。草聖祕難得。及茲煩見示。滿目一淒惻。悲風生微綃。萬里起古色。鏘鏘鳴玉動。落落羣松直。連山蟠其間。溟漲與筆力。有練實先書。臨池眞盡墨。俊拔爲之主。暮年思轉極。未知張王後。誰並百代則。嗚呼東吳精。逸氣感清識。楊公拂篋笥。舒卷忘寢食。念昔揮毫端。不獨觀酒德。

臨池金壺記。張芝臨池學書。池水盡黑。凡家之衣帛。必書而後練之。東吳精李頎贈張顚詩。皓首窮草隸。時稱太湖精。

## 楊監又出畫鷹十二扇

近時馮紹正。能畫鷙鳥樣。明公出此圖。無乃傳其狀。殊姿各獨立。清絕心有向。一作尙疾禁千里馬。氣敵萬人將。憶昔驪山宮。冬移含元仗。天寒大羽獵。此物神俱王。當時無凡材。百中皆用壯。粉墨形似間。識者一惆悵。干戈少暇日。眞骨老崖嶂。爲君除狡兔。會是翻一作飛韝上。

馮紹正歷代名畫記。馮紹正。開元中任少府監。八年爲戶部侍郎。尤善畫鷹鶻雞雉。盡其形態。觜眼腳爪毛彩俱妙。曾于禁中畫五龍堂。亦稱其善。有降雲蓄雨之感。朱景玄名畫錄。馮紹正善雞鶴龍水。時稱其妙。圖狀謝赫畫品。畫有六法。六傳移模寫是也。張彥遠云。顧愷之有摹搨妙法。古時好搨畫。十得七八。亦有御府搨本。謂之官搨。十二扇。蓋搨馮監畫本也。驪山津陽門詩注。申王有高麗赤鷹。岐王有北山黃鶻。逸氣奇姿。特異他等。上愛之。每校獵。必置于駕前。目爲決勝兒。酉陽雜俎。目爲抉雲兒。

## 送殿中楊監赴蜀見相公

去水絕還波。洩雲無定姿。人生在世間。聚散亦暫時。離別重相逢。偶然豈定期。送子清秋暮。風物長年悲。豪俊貴勳業。邦家頻出師。相公鎭梁益。軍事無孑遺。解榻再見今。用才復擇誰。況子已高位。爲郡得固辭。難拒供給費。愼哀漁奪私。干戈未甚息。紀綱正所持。汎舟巨石横。登陸草露滋。山門日易久。一云夕當念居者思。

相公大曆元年二月。杜鴻漸鎭蜀。明年六月入朝。鶴曰。此詩當是元年秋作。按舊書杜亞傳。杜鴻漸以宰相出領山劍副元帥。以亞及楊炎並爲判官。崔寧傳。鴻漸至蜀日。與判官楊炎、杜亞縱觀高會。羯鼓錄。鴻漸出蜀。至嘉陵江。與從事楊崖州、杜亞輩登驛樓望月。行觴讌語。此詩所謂楊監者。豈卽崖州耶。炎以元載敗。貶道州司馬。詩云況子已高位。爲郡得固辭。則知炎爲判官。正以道州司馬辟也。炎傳不記其爲鴻漸從事。卻于別傳見之。則史之闕遺多矣。

## 贈李十五丈別

峽人鳥獸居。其室附層巔。下臨不測江。中有萬里船。多病紛倚薄。少留改歲年。絕域誰慰懷。開顏喜名賢。孤陋忝末親。等級敢比肩。人生意頗一作氣合。相與襟袂連。一日兩遣僕。三日一共筵。揚論展寸心。壯筆過飛泉。玄成美價存。子山舊業傳。不聞八尺軀。常受衆目憐。且爲辛苦行。蓋被生事牽。北迴白帝棹。南入黔陽天。汧公制方隅。迥出諸侯先。封內如太古。時危獨蕭然。清高金莖露。一作金掌露。一作金莖掌。正直朱絲絃。昔在堯四岳。今之黃穎川。于邁恨不同。所思無由宣。山深水增波。解榻秋露懸。客遊雖云久。主要陳作亦思月再圓。晨集風渚亭。醉操雲嶠篇。丈夫貴知己。歡罷念歸旋。

子山周書。庾信父肩吾。爲梁太子中庶子。掌管記室。東海徐摛爲左衛率。摛子陵及信。並爲抄撰學士。父子在東宮。既有盛才。文並綺艷。故世號爲徐庾體焉。黔陽黔州。唐地理志。屬江南道。本黔安縣。天寶元年更名。汧公李勉。肅宗初年爲梁州都督。寶應元年建辰月。党項、奴剌寇梁州。勉棄郡走。後歷河南尹。徙江西觀察使。大曆二年來朝。拜京兆尹。李十五自陝中往訪。正勉在江西時也。南入黔陽天。自黔取道之豫章也。舊注云。訪勉于梁州。甚誤。新書。大曆十年。拜工部尚書。封汧國公。此詩已稱汧公。知新書誤也。唐語林。李汧公罷嶺南節度。至石門停舟。悉搜家人犀象。投水中。張彥遠名畫記。曾祖魏國公與司徒汧公並佐霍國公關內三軍幕府。汧公博古多藝。窮精蓄奇。許詢、逸少。經年共賞山泉。謝傅、戴逵。終日唯論書畫。舊書。勉坦率淡素。好古尚奇。清廉簡易。爲宗臣之表。解榻徐穉傳。陳蕃爲太守。不接賓客。唯穉來特設一榻。去則懸之。勉按察江西。故用陳蕃事。雲嶠篇鄭南玭詩。雲嶠憶登臨。

西閣曝日

凜列倦玄冬。負暄嗜飛閣。羲和流德澤。顑頊愧倚薄。毛髮具自和。一作私肌膚潛沃若。太陽信深仁。衰氣欻有託。欹傾煩注眼。容易收病脚。流離或作瀏漓木杪一作梢猿。翩躚山巔鶴。用刊作朋知苦聚散。哀樂日已作。一作亦已昨卽事會賦詩。人生忽如昨。一作錯古來遭喪亂。賢聖盡蕭索。胡爲將暮年。憂世心力弱。

課伐木幷序

課隸人伯夷、幸一作辛秀信行等。入谷斬陰木。人日四根止。維條伊枚。正直挺然。晨征暮返。委積庭內。我有藩籬。是缺是補。載伐篠簜。伊仗一作杖支持。則旅次于小安。山有虎。知禁。若恃爪牙之利。必昏黑摚晉作撐。一作搪。突。夔人屋壁。列一作例樹白菊一作蔔鏝爲墻。實以竹。示式遏。爲與虎近。混淪乎無良。賓客憂一作齒害馬之徒。苟活爲幸。可嘿息已。作詩示宗武一作文誦。

長夏無所爲。客居課奴一作童僕。清晨飯其腹。一作腸持斧入白谷。青冥曾巔後。十里斬陰木。人肩四根已。亭午下山麓。尚聞丁丁聲。功課日各足。蒼皮成委積。吳本作積委素節相照燭。藉汝跨小籬。當仗一云杖。一云材。苦一云若虛竹。空荒咆熊羆。乳獸待人肉。不示知禁情。豈惟干戈哭。城中賢府主。處貴如白屋。蕭蕭理體淨。蜂蠆不敢毒。虎穴連里閭。隄防舊風俗。泊舟滄江岸。久客慎所觸。舍西崖嶠壯。雷雨蔚含蓄。墻宇資屢修。衰年怯幽獨。爾曹輕執熱。爲我忍煩促。秋光近青岑。季月當泛菊。報之以微寒。共給酒一斛。

夔人朱仲晦曰。夔人。正謂夔州人耳。而山谷乃有黑月虎夔藩之語。此頌又用夔觸。按躨跜。見魯靈光殿賦。自爲虬龍動貌。元無觸義。不知山谷何所據也。賢府主鶴曰。當是柏都督。

## 園人送瓜

江間雖炎瘴。瓜熟亦不早。柏公鎮夔國。滯務茲（一作資）一掃。食新先戰士。共少及溪（一作窮）老。傾筐蒲鴿青。滿眼顏色好。竹竿接嵌竇。引注來鳥道。沈浮亂水玉。愛惜如芝草。落刃嚼冰霜。開懷慰枯槁。許以秋蒂除。仍看小童（一作兒）抱。東陵（一作溪）跡蕪絕。楚漢休征討。園人非故侯。種此何草草。

## 信行遠修水筒

汝性不茹葷。清靜僕夫內。秉心識本（一作根）源。於事少滯礙。雲端水筒坼。林表山石碎。觸熱藉子修。通流與廚會。往來四十里。荒險崖谷大。日曛驚未餐。（一作食）貌赤媿相對。浮瓜供老病。裂餅嘗所愛。於斯答恭謹。足以殊殿最。詎要方士符。何假將軍蓋。（高麗本作佩）行諸直如筆。用意崎嶇外。

方士符 神仙傳。葛玄取一符投江中。順流而下。又取一符投江中。逆流而上。又取一符投江中。停立不動。須臾下符上。上符下。三符合一處。玄乃取之。將軍蓋 古今注。曲蓋。太公所作。武王伐紂。大風折蓋。太公因折蓋之形。而爲曲蓋焉。戰國嘗以賜將軍。高麗刻草堂詩作佩。注引李貳師拔劍刀刺山而泉飛，佩字較蓋字爲穩。宜從之。

## 槐葉冷淘

青青高槐葉。采掇付中廚。新麪來近市。汁滓宛相俱。入鼎資過熟。加餐愁欲無。碧鮮俱照筯。香飯兼苞蘆。經齒冷于雪。勸人投此一作比珠。願隨金騕褭。走置錦屠蘇。又作廜廯路遠思恐泥。興深終不渝。獻芹則小小。薦藻明區區。萬里露寒殿。開冰清玉壺。君王納涼晚。此味亦時須。

屠蘇吳若本注云。庵也。博雅。廜廯。庵也。服虔通俗文。屋平曰廜廯。劉孝威結客少年場行。插腰銅匕首。障日錦屠蘇。或以爲屠蘇酒。非是。露寒上林賦。過鳷鵲。望露寒。注云。在雲陽甘泉宮外。

## 行官張望補稻畦水歸

東屯大江北。一云枕大江百頃平若案。六月青稻多。千畦碧泉亂。插秧適云已。引溜加溉灌。更僕往方塘。決渠當斷岸。公私各地著。浸潤無天旱。主守問家臣。分明一作朋見溪伴。一作畔芊芊一作芋芋。一作竿竿。炯翠羽。剡剡生一作向銀漢。鷗鳥鏡裏來。關山雪邊看。秋菰成黑米。精鑿一作穀傳一作傅白粲。玉粒足晨炊。紅鮮任霞散。終然添旅食。作苦期壯觀。遺穗及衆多。我倉戒滋蔓。

玉粒拾遺記。山名環丘。上有方湖千里。多大鵠。高一丈。銜飛于湖際。採不周之粟于環丘之上。生穟高五丈。其粒皎然如玉。紅鮮鮮于注。江淛人謂江米曰紅鮮。又曰紅鮮謂魚色之鮮如霞也。淮南吳越人有此。

## 催宗文樹雞柵

吾衰怯行邁。旅次展崩迫。愈風傳烏雞。秋卵方漫喫。自春生成者。隨母向百翮。驅趁制不禁。喧呼山腰宅。課奴殺青竹。終日憎一作增。晉作幘。赤幘。踏藉盤案翻。塞蹊使之隔。墻東有隙晉作閑散地。可以樹高柵。避熱時來晉作未歸。問兒所爲跡。織籠曹其內。令入不得擲。稀間可一作苦突過。觜爪還汚席。我寬螻蟻遭。彼免狐貉厄。應宜各長幼。自此均勍敵。籠柵念有修。近身見一作知損益。明明領處分。一一當剖析。不昧風雨晨。亂離減憂慼。其流則凡鳥。其氣心匪石。倚賴窮歲晏。撥煩去一作及冰釋。未似尸鄉翁。拘留蓋阡陌。

赤幘射雉賦。摛朱冠之赩赫。向注云。雉幘赤色。故曰朱冠。搜神記。安陽城南有亭。一書生明術數。入亭宿。夜半有著赤幘者來。問亭主曰。向赤幘者誰。答曰。西舍老雄雞父也。 風雨詩序。風雨。思君子也。亂世則思君子不改其度焉。三章。風雨如晦。鷄鳴不已。 尸鄉列仙傳。祝鷄翁者。雒人也。居尸鄉北山下。養鷄百餘年。雞至千頭。皆立名字。欲引呼名。即依呼而至。後升吳山。莫知所在。

## 園官送菜并序

園官送菜把。本數日闕。矧苦苣馬齒。掩乎嘉蔬。傷小人妬害君子。菜不足道也。比而作詩。

清晨蒙（一作送）菜把。常荷地主恩。守者愆實數。略有其名存。苦苣刺如針。馬齒葉亦繁。青青嘉蔬色。埋沒在（晉作自）中園。園吏未足怪。世事固堪論。嗚呼戰伐久。荆棘暗長原。乃知苦苣輩。傾奪蕙草根。小人塞道路。爲態何喧喧。又如馬齒盛。氣擁葵荏昏。點染不易虞。絲麻雜羅紈。一經器（一作氣）物內。永挂麤刺痕。志士採紫芝。放歌避戎軒。畦丁負籠至。感動百慮端。

苦苣（本草。苦苣。即野苣也。今人家嘗食爲白苣。江外嶺南吳人無白苣。常植野苣。以供廚饌。）馬齒（圖經曰。馬齒莧。雖名莧類。而苗葉與人莧輩都不相似。陳藏器云。陶以馬齒與莧同類。按此二物。厥類既殊。合從別品。）葵荏（廣成頌。桂荏鳧葵。爾雅曰。蘇。桂荏。方言曰蘇。亦荏也。爾雅曰。茆。鳧葵。葉團似蓴。生水中。今俗名水葵。）

## 上後園山脚

朱夏熱所嬰。清旭（一作旦）步北林。小園背高岡。挽葛上崎崟。曠望延駐目。飄颻散疎襟。潛鱗恨水（一作川）壯。去翼依雲深。勿謂地無疆。劣於山有陰。石櫃遍天下。水陸兼浮沉。自我登隴首。十年經碧岑。劍門來巫峽。薄倚浩至今。故園暗戎馬。骨肉失追尋。時危無消息。老去多歸心。志士惜白日。久客藉黃金。敢爲蘇門嘯。庶作梁父吟。

山陰（陳浩然注。山北曰陰。時喪亂。九州分裂。孰若山陰可以避亂也。）石槺（杜田補遺唐韻曰。槺音原。木名。皮可食。或云。善本止是石原。）十年（鶴曰。公以乾元二年入隴右。至大曆二年爲十年。）

## 驅豎子摘蒼耳

江上秋已分。林（一作村）中瘴猶劇。畦丁告勞苦。無以供日夕。蓬莠獨（一作猶）不焦。野蔬暗泉石。卷耳況療風。童兒且時摘。（一云童僕先時摘）侵星驅之去。爛熳任遠適。放筐亭（一作當）午際。洗剝相蒙冪。登牀半生熟。下筯還小益。加點瓜薤間。依稀橘（一作木）奴跡。亂世誅求急。黎民糠籺窄。飽食復何心。荒哉膏粱客。富家廚肉臭。戰地骸骨白。寄語惡少年。黃金且休擲。

蒙冪（夢弼曰。謂洗其土。剝其毛。以筐盛而巾覆之也。）

## 秋行官張望督促東渚耗（一作刈）稻向畢清晨遣女奴阿稽豎子阿段往問

東渚雨今足。佇聞粳稻香。上天無偏頗。蒲稗各自長。人情見非類。田家戒其荒。功夫競搰搰。除草置岸旁。穀者命之（一云令士）本。客居安可忘。青春具所務。勤墾免亂常。吳牛力容易。並驅（去聲）動莫當。（一云紛遊場）豐苗亦已槪。雲水照方塘。有生固蔓延。靜一資隄防。督領不無人。提攜（一作挈）頗在綱。荆揚風土暖。肅肅候微霜。尙恐主守疎。用心未甚臧。清朝遣婢僕。寄語踰崇岡。西成聚必散。不獨陵我倉。豈要仁里譽。感此亂世忙。北風吹蒹葭。蟋蟀近中堂。荏苒百工休。鬱紆遲暮傷。

### 阻雨不得歸瀼西甘林

三伏適已過。驕陽化爲霖。欲歸瀼西宅。阻此江浦深。壞舟百板坼。峻岸復萬尋。篙工初一棄。恐泥勞寸心。佇（一作倚）立東城隅。悵望高飛禽。草堂亂玄圃。不隔崑崙岑。昏渾衣裳外。曠絕同層陰。園甘長成時。三寸如黃金。諸侯舊上計。厥貢傾千林。邦人不足重。所迫豪吏侵。客居暫封殖。日夜偶瑤琴。虛徐五株態。側塞煩胸襟。焉得（一作能）輟兩（一作雨）足。杖藜出嶇嶔。條流數翠實。偃息歸碧潯。拂拭烏皮几。喜聞樵牧音。令兒快搔背。脫我頭上簪。

### 雨

峽雲行清曉。煙霧相徘徊。風吹蒼江樹。（晦菴作去）雨灑石壁來。淒淒生餘寒。殷殷兼出（一作山）雷。白谷變氣候。朱炎安在哉。高鳥濕不下。居人門未開。楚宮久已滅。幽珮爲誰哀。侍臣書王夢。賦有冠古才。冥冥翠龍駕。多自巫山臺。

翠龍高唐賦。蜺爲旌。翠爲蓋。

雨二首

青山澹無姿。白露誰能數。片片水上雲。蕭蕭沙中雨。殊俗狀巢居。曾臺俯風渚。佳客適萬里。沉思情延佇。挂帆遠色外。驚浪滿吴楚。久陰蛟螭出。寇盜一云冠蓋復幾許。

空山中宵陰。微冷先枕席。迴風起清曙。一作曉萬象萋已碧。落落出岫雲。渾渾倚天石。日假何道行。雨含長江白。連檣荆州船。有士荷矛戟。南防草鎮慘。霑濕赴遠役。羣盜下辟山。總戎備敵强。水深雲光廓。鳴櫓各有適。漁艇息一作自悠悠。夷歌負樵客。留滯一老翁。書時記朝夕。

晚登瀼上堂

故躋瀼岸高。頗免崖石擁。開襟野堂豁。繫馬林花動。雉堞粉如雲。山田麥無壠。春氣晚更生。江流靜猶湧。四序嬰我懷。羣盜久相踵。黎民困逆節。天子渴垂拱。所思注東北。深峽轉修聳。衰老自成病。郎官未爲冗。淒其望呂葛。不復夢周孔。濟世數嚮時。斯人各枯冢。楚星南天黑。蜀月西霧重。安得隨鳥翎。迫此懼將恐。斯人蓋指房琯、張鎬、嚴武之流。公所相期濟世者也。

又上後園山脚

昔我遊山東。憶戲東嶽陽。窮秋立日觀。矯首望八一云北荒。朱崖著毫髮。碧海吹衣裳。蓐收困用事。玄冥蔚强梁。逝水自朝宗。鎮名各其方。平原獨憔悴。農力廢耕桑。非關一作北闕風露凋。曾是戍役傷。於時國用富。足以守邊疆。朝廷任猛將。遠奪戎虜場。到今事反覆。故老淚萬行。龜蒙不復見。況乃懷舊一作故鄉。肺萎屬久戰。骨出熱中腸。憂來杖匣劍。更上林北岡。瘴毒猿鳥落。峽乾南日黃。秋風亦已起。江漢始如湯。登高欲有往。蕩析川無梁。哀彼遠征人。去家死路旁。不及祖父塋。纍纍塚相當。

蓐收玄冥蓐收。金神。西方也。玄冥。水神。北方也。窮秋之時。蓐收將退。而玄冥方來。喻長安漸凋敝。而祿山方强梁于范陽也。

雨

山雨不作埿。江雲薄爲霧。晴飛半嶺鶴。風亂平沙樹。明滅洲景微。隱見巖姿露。拘悶出門遊。曠絕經目趣。消中日伏枕。臥久塵及屨。豈無平肩輿。莫辨望鄉路。兵戈浩未息。虵虺反相顧。悠悠邊月破。鬱鬱流年度。鍼灸阻朋曹。糠籺對童孺。一命須屈色。新知漸成故。窮荒益自卑。飄泊欲誰訴。尪羸愁應接。俄頃恐違一作危迕。浮俗何萬端。幽人有獨一作高步。龐公竟獨往。尚子終罕遇。宿留洞庭秋。天寒瀟湘素。杖策可入舟。送此齒髮暮。

宿留漢書。宿留海上。師古曰。有所須待也。

## 甘林

捨舟越西岡。入林解我衣。青芻適馬性。好鳥知人歸。晨光映遠岫。夕露見日晞。遲暮少寢食。清曠喜荊扉。經過倦俗態。在野無所一云或違。試問甘藜藿。未肯羨輕肥。喧靜不同科。出處各天機。勿矜朱門是。陋此白屋非。明朝步鄰里。長老可以依。時危賦斂數。脫粟爲爾揮。相攜行荳田。秋花靄菲菲。子實不得喫。貨市送王畿。盡添軍旅用。迫此公家威。主人長跪問。戎馬何時稀。我衰易悲傷。屈指數賊圍。勸其死王命。慎莫遠奮飛。

## 雨

行雲遞崇高。飛雨靄而至。潺潺石間溜。汩汩松上駛。亢陽乘秋熱。百穀皆（一作亦）已棄。皇天德澤降。焦卷有生意。前雨傷卒暴。今雨喜容易。不可無雷霆。間作鼓增氣。佳聲達中宵。所望時一致。清霜九月天。髣髴見滯穗。郊扉及我私。（一云裁耘）我圃日蒼翠。恨無抱甕力。庶減臨江費。（吳若本注。峽內無井。取江水喫。）

## 種萵苣（并序）

既雨已秋。堂下理小畦。隔種一兩席許萵苣。向二旬矣。而苣不甲坼。伊人（一作獨野）莧青青。傷時君子。或晚得微祿。轗軻不進。因作此詩。

陰陽一錯（一作屯）亂。驕蹇不復理。枯旱于其中。炎方慘如燬。植物半蹉跎。嘉生將已矣。雲雷欻奔命。師伯集所使。指麾赤白日。澒洞青光（一作雲色）起。雨聲先已（晉作以）風。散足盡西靡。山泉落滄江。霹靂猶在耳。終朝紆颯沓。信宿罷瀟灑。堂下可以畦。呼童對經始。苣兮蔬之常。隨事蓺其子。破塊數席間。荷鋤功易止。兩旬不甲坼。空惜埋泥滓。野莧迷汝來。宗生實於此。此輩豈無秋。亦蒙寒露委。翻然出地速。滋蔓戶庭毀。因知邪干正。掩抑至沒齒。賢良雖得祿。守道不封己。擁塞敗芝蘭。衆多盛荊杞。中園陷蕭艾。老圃永爲恥。登于白玉盤。藉以如霞綺。莧也無所施。胡顏入筐篚。

人莧圖經。莧實。即人莧也。莧有六種。入藥者人白二莧。宗生吳都賦。宗生高岡。旋茂幽阜。

## 暇日小園散病將種秋菜督勒耕牛兼書觸目

不愛入州府。畏人嫌我眞。及乎歸茅宇。一云及歸在茅屋旁舍未曾嗔。老病忌一作恐拘束。應接喪精神。江村意自一作日放。林木心所欣。秋耕屬地濕。山雨近甚勻。冬菁飯之半。牛力晚一作曉來新。深耕種數畝。未甚後四鄰。嘉蔬既不一。名數頗具陳。荊巫非苦寒。採擷接青春。飛來兩白鶴。暮啄泥中芹。雄者左翮垂。損傷已露一作及筋。一步再流血。尙經一作驚矰繳勤。三步六號叫。志屈悲哀頻。鸞凰不相待。側頸訴高旻。杖藜俯沙渚。爲汝鼻酸辛。

白鵠古樂府艷歌何嘗行。一曰飛鵠行。飛來雙白鵠。乃從西北來。十十五五。羅列成行。妻卒被病。行不能相隨。五里一反顧。六里一徘徊。吾欲銜汝去。口噤不能開。吾欲負汝去。毛羽何摧頹。樂哉新相知。憂來生別離。躊躕顧羣侶。淚下不自知。夢弼曰。此詩全用古樂府艷歌行四解之意。

杜工部集卷之六終

# 杜工部集卷之七

虞山蒙叟錢謙益箋注

## 古詩四十九首（居夔州作）

### 八哀詩（幷序）

傷時盜賊未息。興起王公、李公。歎舊懷賢。終于張相國。八公前後存歿。遂不詮次焉。

#### 贈司空王公思禮（高麗人）

司空出東夷。童稚刷勁翮。追隨燕薊兒。穎銳（一云脫）物不隔。服事哥舒翰。意無（晉作氣無）流沙磧。未甚拔行間。犬戎大充斥。短小精悍姿。屹然強寇敵。貫穿百萬衆。出入由咫尺。馬鞍懸將首。甲外控鳴鏑。洗劍青海水。刻銘天山石。九曲非外蕃。其王轉深壁。飛兔不近駕。鷙鳥資遠擊。曉達兵家流。飽聞春秋癖。胸襟日沉靜。肅肅（晉作蕭蕭）自有適。潼關初潰散。萬乘猶辟易。偏裨無所施。元帥見手格。太子入朔方。至尊狩梁益。胡馬纏伊洛。中原氣甚逆。肅宗登寶位。塞望勢敦迫。（一作逼）公時徒步至。請罪將厚責。際會清河公。間道傳玉册。（清河公。房琯也。時自蜀奉太上皇册命至。諫上以爲可收後効。遂釋之。天王拜跪畢。讜議果冰釋。翠華卷飛雪。一云飛雪中。熊虎亘阡陌。屯兵鳳凰山。帳殿涇渭闢。金城賊咽喉。詔鎮雄所搤。禁暴清一作靖。一作靜。無雙。爽氣春淅瀝。巷有從公歌。野多青青麥。及夫哭廟後。復領太原役。恐懼祿位高。悵望王土窄。不得見清時。嗚呼就窀穸。永一作空繫五湖舟。悲甚田橫客。千秋汾晉間。事與雲水白。昔觀文苑傳。豈述廉藺績。一作蹟嗟嗟晉作諾諾鄧大夫。士卒終倒戟。鄧景山爲太原尹。爲軍衆所殺。

**行間** 思禮。營州城旁高麗人也。父虔威。爲朔方將。少習軍旅。隨節度使王忠嗣至河西。與哥舒翰對爲押衙。及翰爲隴右節度使。思禮與中郎周佖爲翰押衙。**甲外** 鮮于注。甲外。軍陣之外也。有遊騎掠軍離什伍者。**九曲** 拔石堡城。除右金吾衛將軍。十二載。翰征九曲。思禮後期。欲引斬之。續使命釋之。思禮徐言曰。斬則斬。卻喚何物。**偏裨** 哥舒翰爲元帥。奏充元帥府馬軍都將。每事獨與思禮決之。**手格** 安祿山事蹟。翰至關津驛。火拔歸仁帥諸將叩馬請降祿山。翰欲下馬。遂以毛繩于馬腹連縛其脚。控轡出驛。翰怒。握鞭自築其喉。又被奪鞭。攏馬就乾祐。送于洛陽。**塞望** 夢弼曰。言肅宗即位于靈武。勉從勸進之請。以塞人望也。**請罪** 潼關失守。西赴行在。思禮與呂崇賁、李承光、並引于纛下。責以不能堅守。並從軍令。或救之可收後効。遂斬承光。而釋思禮、崇賁。新書云。宰相房琯諫以爲可收後効。遂獨斬承光。安祿山事蹟。十六日。玄宗幸蜀。十七日至金城宿。是夜王思禮自潼關至。始知哥舒翰被擒。以思禮爲河西隴右節度使。即令赴鎮。舊新二書記思禮纛下被釋。與公詩合。而通鑑載思禮自潼關至。在次馬嵬驛之前。又云即授節度使。恐當有誤。**屯兵** 與房琯爲副使。便橋之戰不利。除爲關內節度使。尋遣守武功。賊將安守忠等來戰。思禮以其衆退守扶風。賊游兵至太和關。去鳳翔五十里。鳳翔戒嚴。上命郭子儀以朔方之衆擊之而退。**金城** 寰宇記。景龍四年。送金城公主至始平縣。因改爲金城。至德二載。復爲興平。思禮爲關內節度使鎮此。黃鶴以爲河西之金城。謬矣。**太原** 從廣平王收西京。領兵先入清宮。還兵部尚書、霍國公。李光弼鎮河陽。以思禮爲太原尹。北京留守。河東節度使。貯軍糧百萬。器械精銳。尋加守司空。自武德以來。三公不居宰輔。惟思禮而已。鄧大夫思禮薨。管崇嗣代爲太原尹。北京留守。數月。召文吏見稱。至太原。以鎭撫紀綱爲己任。景山代崇嗣。思禮立法嚴整。士卒不敢犯。景山以檢覆軍吏隱沒者。軍衆憤怒。遂殺景山。

故司徒李公光弼廣德二年七月卒

司徒天寶末。北收晉陽甲。胡一作獷騎攻吾城。愁寂意不愜。人安若泰山。薊北斷右脅。朔方氣乃一作多蘇。黎首見帝業。二宮泣西郊。九廟起頹壓。未散河陽卒。思明僞臣妾。復自碣石來。火焚乾坤獵。高視笑祿山。公又大獻捷。一云獻大捷異王册崇勳。小敵信所怯。擁兵鎭河汴。千里初妥帖。青蠅紛一作徒營營。風雨秋一葉。內省未入朝。死淚終映睫。大屋去高棟。長城埽遺堞。平生白羽扇。零落蛟龍匣。雅望與晉作歎英姿。惻愴槐里接。三軍晦光彩。烈士痛稠疊。直筆在史臣。將來洗箱篋。吾思哭孤冢。南紀阻歸檝。扶顛永蕭條。未濟失利涉。疲茶竟何人。洒涕巴東峽。

晉陽祿山之亂。命郭子儀爲朔方節度。收兵河西。玄宗眘求良將。委以河北河東之事。以問子儀。子儀薦光弼堪當閫寄。以光弼爲雲中太守。充河東節度副使。潼關失守。授戶部尙書。兼太原尹。北京留守。史思明等四僞帥率衆十萬餘攻太原。拒守五十餘日。伺其怠出擊。大破之。斬首七萬餘級。河陽思明殺慶緒。卽僞位。破洛陽。光弼率軍赴河陽。大破賊衆。斬萬餘級。生擒八千餘人。收懷州。思明來救。逆擊于沁水之上。又敗之。遂拔懷州。生擒安太清、周摯、楊希文等。送于闕下。進爵臨淮郡王。顏魯公神道碑。乾元二年冬十月甲申。賊將周摯悉河北之衆。萃于河陽城北。思明以河南之衆。頓于河陽南城之南。南北夾攻。表裏受敵。公設奇分鋭。襲其虛而大破摯軍。擒其大將徐璜玉。摯僅以身免。思明心悸氣索。烟火不舉者三日。官軍大振。**河汴**譚賓錄。光弼之未至河南也。田神功平劉展後。逗留于揚府。尚衡、殷仲卿相攻于兗鄆。來瑱旅拒而還襄陽。朝廷患之。及光弼自河中入朝。復拜太尉。出鎮臨淮。至徐州。史朝義退走。田神功遽歸河南。尚衡、殷仲卿、來瑱皆懼其威名。相繼赴闕。吐蕃犯都。上手詔追光弼率衆赴長安。光弼與程元振不協。遷延不至。初。光弼御軍嚴肅。天下服其威名。及懼朝恩之害。不敢入朝。田神功等諸軍。皆不受其制。因此不得志。愧恥成疾。薨于徐州。神道碑。遂趣徐州。因召田神功與同寢宿。以宋州之難告。祖道郊外。俾先飲以寵之。分麾下隸于其將喬岫。仍令兵馬使郝庭玉與岫犄角而擊之。賊遂一戰而走。上在陝州。以公兼東都留守。制書未下。久待命于徐州。將赴中都。屬痢疾增劇。公知不起。使使齎表奉辭。廣德二年七月。薨于官舍。將吏問以後事。公曰。吾久在軍中。不得就養。今爲不孝子矣。夫復何言。**槐里**長安志。槐里故城。即大丘城。在興平縣東南一十里。即漢書所謂槐里環隄者也。神道碑。窆公于富平縣先塋之東。銘曰。渭水川上。檀山路旁。檀山在縣西北四十里。漢武帝墓在槐里之茂陵。衛青、霍去病墓去茂陵不三里。光弼葬在馮翊。猶衛、霍之接近槐里。故曰惻愴槐里接。**光彩**國史補。郭汾陽自河陽入。李太尉代領其兵。舊營壘也。舊士卒也。舊旗幟也。光弼一號令之。精彩皆變。

## 贈左僕射鄭國公嚴公武 永泰元年卒

鄭公瑚璉器。華岳金天晶。昔在童子日。已聞老成名。嶷然大賢後。復見秀骨清。開口取將相。小心事友生。閱書百紙一云氏盡。落筆四座驚。歷職匪父任。嫉邪常力爭。漢儀尚整肅。胡騎忽縱橫。飛傳自河隴。逢人問公卿。不知萬乘一作乘輿出。雪涕風悲鳴。受詞劍閣道。謁帝蕭關城。寂寞雲臺仗。飄颻沙塞旌。江山少使者。笳鼓凝皇情。壯士血相視一作見。忠臣氣不一作未平。

密論貞觀體。揮發岐陽征。感激動四極。聯翩收二京。西郊牛酒再。一作至原廟丹青明。匡汲俄寵辱。衛霍竟哀榮。四登會府地。三掌華陽兵。京兆空柳色。一作市尚書無履聲。群烏自朝夕。白馬休橫行。諸葛蜀人愛。文翁儒化成。公來雪山重。公去雪山輕。記室得何遜。韜鈐延子荆。四郊失壁壘。虛館開逢迎。堂上指圖一作書畫。軍中吹玉笙。豈無成都酒。憂國只細傾。時觀錦水釣。問俗終相并。意待犬戎滅。人藏紅粟盈。以茲報主願。庶或一作獲裨世程。炯炯一心在。沉沉二豎嬰。顏回竟短折。賈誼徒忠貞。飛旐出江漢。孤舟轉荆衡。虛無舊本作虛爲。時本作虛橫。橫字。蓋公自況也。馬融笛。悵望龍驤塋。空餘老賓客。身上愧簪纓。

大賢後舊書。中書侍郎挺之子。神氣雋爽。敏于聞見。幼有成人之風。讀書不究精義。涉獵而已。弱冠以門蔭策名。雲溪友議。嚴挺之登歷臺省。亦有時名。娶裴卿之女。纔三夕。夢一人佩服金紫。美鬚髯。曰諸葛亮也。來爲夫人兒。既妊而產嬰孩。其狀端偉。頗異常流。舊注。大賢後謂挺之之子。唐詩紀事謂嚴子陵。非也。小心唐詩紀事。甫與武。世契也。嘗醉登武牀。呼斥其父名。而武不忤。河隴武在隴右。節度使哥舒翰奏充判官。遷侍御史。此云飛傳自河隴。蓋祿山之亂。武自河隴訪知乘輿所在。趨赴劍閣。然後玄宗遣赴行在也。謁帝舊書。至德初。武仗節赴行在。房琯以武名臣之子。素重之。至是首薦才略可稱。累遷給事中。按公此詩。則武亦如張鎬、房琯。以玄宗命赴行在者也。房琯首薦之。而旋坐琯黨。詔書與劉秩並列。亦以蜀郡舊臣之故也。當據以補唐史之闕。蕭關應劭曰。回中在安定高平。有險阻。蕭關在其北。如淳曰。匈奴傳。入朝那蕭關。蕭關在安定朝那縣也。寰宇記。平涼府高平縣。本漢高平。屬安定郡。蕭關故城。在縣東南三十里。肅宗自彭原至平涼郡。數日。始回軍趨靈武。武蓋于平涼謁肅宗也。四登爲京兆少尹。拜成都尹。遷京兆尹。復拜成都尹。

故云四登會府地。**三掌華陽** 按舊書嚴武傳。武初以御史中丞出爲綿州刺史。遷東川節度使。再拜成都尹。兼御史大夫。充劍南節度使。三遷黃門侍郎。拜成都尹。充劍南節度等使。詩所謂三掌華陽兵。主恩前後三持節者是也。惟史于武傳。不記其遷拜出鎭之歲月。而兩川之分合。新舊書志表與諸書互異。莫能歸一。余詳考之。兩川之分也。舊書地理志云。至德二載十月。玄宗駕迴西京。改蜀郡爲成都府。長史爲尹。又分劍南西川東川。各置節度使。新書方鎭表亦同。而唐會要則云。上元元年二月。分爲兩川。會要誤也。先是稱劍南節度。至是更號西川節度。兼成都尹。乾元二年。以裴冕爲之。令兩川分于上元。則裴冕何得先兼成都尹乎。武傳載上皇誥。合劍兩川爲一道。余謂合兩川非上皇誥。而分兩川爲上皇誥。蓋西內之後。上皇之誥不行久矣。此史誤也。圖經云。至德二載。明皇幸蜀。始分劍南爲東西兩川。西川治益州。東川治梓州。此其證也。武以乾元元年六月貶巴州刺史。未久而節度東川。上元二年。段子璋反。東川節度使李奐敗奔成都。武自東川入朝。當在奐前。然則武之初鎭。蓋在乾元元二之間也。兩川之合也。舊書志以爲廣德元年。新書表以爲廣德二年。唐會要則以爲廣德二年正月八日。蓋皆在武三鎭之時。舊書武傳云。上皇誥。以劍兩川合爲一道。拜武成都尹。兼御史大夫。充劍南節度使。則合兩川在武再鎭之日。余謂舊書武傳是。而志表諸書皆非也。按高適傳。劍南自玄宗還京後。于綿、益二州各置一節度。適因出西山三城置戍論之。疏奏不納。後綿州副使段子璋反。崔光遠不能戢軍。以適代光遠爲成都尹。劍南西川節度使。以適傳考之。適論罷西川節度。在子璋未反之前。及子璋反。李奐敗。而光遠不能兼制東川。故朝廷用適前論。合兩川爲一。而罷東川也。光遠之罷也。武實代之。武召入。以適代。適失西山三州。又以武代。適實代武。而武又代適。謂適代光遠者。誤也。趙抃玉壘記曰。上元二年。東劍段子璋反。李奐走成都。崔光遠命花驚定平之。縱兵剽掠士女。至斷腕取金。監軍按其罪。冬十月恚死。其月廷命嚴武。此武代光遠之證。寶應元年。杜有嚴中丞見過詩曰。川合東西瞻使節。系曰。自東川除西川。敕令兩川都節制。此武再鎭時合兩川之證也。李奐雖重有節度。亦不能久于東川。何自奐後直至張獻誠。無一人除東川者乎。故曰舊書武傳是。而他皆非也。若大曆初復分兩川。舊書云。在崔寧鎭蜀之後。而方鎭表以爲元年。會要及盧求成都序記以爲二年正月。按元年杜鴻漸表張獻誠以山南西道兼領東川。至二年而始定。此又當以舊書會要爲是也。舊書既失之不詳。多所牴牾。而通鑑則尤踳駮。武之初鎭。通鑑既失載。而再鎭則載于寶應元年六月。是年四月。召武入朝。爲二聖山陵橋道使。卻云六月出鎭。七月徐知道反。以守劍閣。武九月尚未出巴。故杜有何路出巴山之句。而云知道守要害拒武。武不得進。何背謬之甚也。胡三省泥于通鑑。乃云武只再鎭劍南。唐書蓋因杜詩。致有此誤。則紕繆更不可言矣。謹書之以俟博聞者。柳色張敞傳。爲京兆尹時。罷朝會過。走馬章臺街。游俠傳。城西柳市。漢宮闕疏云。細柳倉有柳市。三輔黃圖云。長安大俠黃子夏。居柳市。馬融笛馬融長笛賦序。獨臥郿縣平陽隝中。有雒客舍逆旅。吹笛。爲氣出精列相和。融去京師踰年。暫聞甚悲而樂之。殷芸小說。馬融性好音樂。善鼓琴吹笛。笛聲一發。感得蜻蛚出吟。有如相和。出融別傳。龍驤塋王濬傳。葬柏谷山。大營塋域。葬垣周四十五里。面別開一門。松柏茂盛。

## 贈太子太師汝陽郡王璡天寶九載卒

汝陽讓帝子。眉宇眞天人。虬鬚似太宗。色映塞外一作寒夜春。往者開元中。主恩視遇頻。出入獨非時。禮異見羣臣。愛其謹潔極。倍此骨肉親。從容聽一作退朝後。或在風雪晨。忽思格猛獸。苑囿騰淸塵。羽旗動若一。萬馬肅駪駪。詔王來射雁。拜命已挺身。箭出飛鞚內。上又一作入回翠麟。翻然紫塞翮。下拂明月輪。胡人雖獲多。天笑不爲新。王每中一物。手自與金銀。袖中諫獵書。扣馬久上陳。竟無銜橛虞。聖聰一作慈矧多仁。官免供給費。水有在藻鱗。匪唯帝老大。皆是王忠勤。晚年務置醴。門引申白賓。道大容無能。永懷侍芳茵。好學尙貞烈。義形必霑巾。揮翰綺繡揚。篇什若有神。川廣不可泝。墓久狐兔鄰。宛彼漢中郡。王弟漢中王瑀文雅見天倫。何以開一作慰我悲。泛舟俱遠津。溫溫昔風味。少壯已書紳。舊遊易磨滅。衰謝增一作多酸辛。

虬鬚南部新書。太宗文皇帝虬鬚上。可挂一弓。酉陽雜俎。太宗虬鬚。常戲張挂弓矢。主恩南卓羯鼓錄。汝陽王璡。寧王長子也。姿容姸美。秀出藩邸。玄宗特鍾愛焉。自傳受之。又以其聰悟敏慧。妙達音旨。每隨遊幸。頃刻不舍。上嘗語。花奴資質明瑩。肌髮光細。非人間人。必神仙謫墮也。寧王謙謝。隨而短斥之。上笑曰。大哥不在過慮。阿瞞自是相師。花奴端秀邁人。當更得公卿間令譽耳。新書。璡眉宇秀整。性謹潔。善射。帝愛之。

猛獸張彥遠名畫記。高平公鎭太原。進玄宗馬射眞圖表曰。玄宗天縱神武。藝冠前王。凡所遊畋。必有繪事。豈止雲夢殪兕。楚人美旌蓋之雄。潯陽射蛟。漢史稱舳艫之盛。玉海。陳閎畫玄宗馬射圖。

## 贈祕書監江夏李公邕

長嘯宇宙間。高才日陵一作淪替。古人不可見。前輩復誰繼。憶昔李公存。詞林有根柢。聲華當健筆。灑落富清製。風流散金石。追琢山岳銳。情窮造化理。學貫天人際。干謁走其門。碑版照四裔。各滿深望還。森然起凡例。蕭蕭白楊路。洞徹晉作泂轍寶珠惠。龍宮塔廟湧。下作踴浩劫浮雲一作空衛。宗儒俎豆事。故吏去思計。眄睞已皆虛。跋涉曾不泥。向來映當時。豈獨一作特勸後世。豐屋珊瑚鉤。騏驎織成罽。紫騮隨劍几。義取無虛歲。分宅脫驂間。感激懷未濟。衆歸賙給美。擺落多藏晉作贓穢。獨步四十年。風聽九皐唳。嗚呼江夏姿。竟掩宣尼袂。往者武后朝。引用多寵嬖。否臧太常議。面折二晉作三張勢。衰俗凜生風。排蕩秋旻霽。忠貞負冤晉作怨恨。宮闕深旒綴。放逐早聯翩。低垂困炎厲。日斜鵩鳥入。魂斷蒼梧帝。榮一作策枯走不暇。星駕無安稅。幾分漢廷竹。夙擁文侯篲。終悲洛陽獄。事近小臣斁。（一作斃）禍階初負謗。易力何深嚌。伊昔臨淄亭。酒酣托末契。重敘東都別。朝陰改軒砌。論文到崔蘇。指（晉作推）盡流水逝。近伏盈川雄。（楊炯）未甘特進麗。（李嶠）是非張相國。（燕公說）相扼一危脆。爭名古豈然。鍵捷（英華作關鍵。注云鍵捷二字。廣韻通用。）欻不閉。例（一作倒）及吾家詩。曠懷掃氛翳。慷慨嗣眞作。（和李大夫）咨嗟玉山桂。鍾律儼高懸。鯤鯨噴迢遞。坡陁青州血。蕪沒汶陽瘞。哀贈竟蕭條。恩波延揭厲。子孫存如綫。舊客舟凝滯。君臣尚論兵。將帥接燕薊。朗詠六公篇。（張桓等五王洎狄相六公）憂來豁蒙蔽。

碑版 舊書。邕早擅才名。尤長碑頌。雖貶職在外。中朝衣冠及天下寺觀。多齎持金帛。往求其文。前後所製。凡數百首。受納饋遺。多至鉅萬。時議以爲自古鬻文獲財。未有如邕者。賙給 陳州之獄。許州人孔璋上書救邕曰。斯人所能者。拯孤恤窮。救乏賑惠。積而便散。家無私聚。獨步 唐詩紀事。邕知名長安中。死天寶初。四十年間。可謂獨步矣。累獻詞賦。甚稱玄宗旨。後因上計。中使臨索其新文。以文章徹天聽。故有九皐鶴唳之句。朝野僉載。李邕文章書翰正直辭辨義烈皆過人。時謂六絕。太常議 太常博士李處直議韋巨源謚曰昭。邕再駁之。二張 召拜左拾遺。御史中丞宋璟奏侍臣張昌宗兄弟有不順之言。請付法推斷。則天初不應。邕在陛下進曰。璟言事關社稷。望陛下可其奏。則天色稍解。始允璟所請。孔璋書曰。往者張易之用權。人畏其口。而邕折其角。韋氏恃勢。言出禍應。而邕挫其鋒。顔魯公宋文貞碑。張易之昌宗兄弟。席寵脅權。天下側目。公危冠入奏。奮不顧身。天后失色。倉皇欲起。拾遺李邕奏曰。陛下坐則天下安。起則天下危。遂俱攝詣臺。庭立切責。二豎股栗氣索。不敢仰視。自朝至于日昃。敕使馳救之。放逐 邕始以與張柬之善。貶富州。玄宗初。又貶崖州。召還。爲姚崇所嫉。貶括州。徵爲陳州。玄宗東封回。邕于汴州謁見。累獻詞賦。頗自矜衒。張說甚惡之。發陳州贓事抵死。孔璋上書。請代邕死。貶欽州。累轉括、淄、滑三州刺史。天寶初。爲汲郡北海二太守。洛

**陽獄** 邕與柳勣馬一匹。及勣下獄。吉溫令勣引邕議及休咎。詞狀連引。勅刑部員外郎祁順之、監察御史羅希奭馳往就郡決殺之。年七十餘。後漢蔡邕傳。下邕質于洛陽獄。邕集曰。以辛卯詔書。收邕送洛陽詔獄。**崔蘇** 新書。李嶠與崔融、蘇味道齊名。朝野僉載。李嶠、崔融、蘇味道、杜審言爲文章四友。世號崔、李、蘇、杜。崔蘇者。融、味道也。唐詩紀事注云。崔信明、蘇源明。誤矣。**是非** 張說曰。楊盈川文思。如懸河注水。酌之不竭。既優于盧。亦不減王。恥居王後信然。愧在盧前謙也。又曰李嶠、崔融、薛稷、宋之問之文。如良金美玉。無施不可。特進謂李嶠也。**關鍵** 老子道經。善閉無關鍵而不可開。河上公注。善以道閉情欲守精神者。不如門戶有關鍵可得開。**嗣眞作** 杜審言有和李大夫嗣眞奉使存撫河東詩。**哀贈** 唐詩紀事。代宗時。國恩例贈祕書監。**六公篇** 趙明誠金石錄。唐六公詩。李邕撰。胡履霜書。余初讀八哀詩。恨不見其詩。晚得石本。其文詞高古。眞一代佳作也。六公者。五王各爲一章。狄丞相爲一章。董逌書跋云。李北海六公詠。今泰和集中。雖有詩而無其姓名。又其說一章不盡。或遺佘荆州六公詠石刻。文既不刓。故得盡存。可以序載于此。五王皆狄公所進。故邕歎其成大功者六人。詩尤奇偉。豪氣激發。如見斷鰲立極時。至今讀之。令人想望風采。宜老杜有云。余見邕他文。亦不若是壯厲警拔。殆感憤而作。故氣激于內。而橫放于外者也。序言邕爲荆州。今新舊書皆不書。

箋曰。論文以下。論其文也。楊、李、崔、蘇。邕同時文筆之士。邕之論文也。嘆崔、蘇之已逝。伏盈川而抑特進。與燕公之論相合。燕公首推盈川。次及崔、李。世皆嘆其是非之當。何至于邕則相扼不少貸。蓋崔、李已皆沒。而邕獨與說爭名。說雖忌刻。亦邕之露才揚己。有以取之。盧藏用所以致戒于干將莫邪也。關鍵欻不閉。用老子道經之言也。例及以下。論其詩也。邕之詩。可以接踵我祖。六公之篇。所以追配嗣眞之作。所謂鍾律儼高懸。鯤鯨噴迢遞也。膳部之歿也。李嶠以下請加命。武平一爲表上之。邕既子孫如綫。而已則舊客凝滯。此所以感今追昔。而不能自已于哀也。

## 故秘書少監武功蘇公源明

武功少也孤。徒步客（一作寓）徐兗。讀書東岳中。十載考墳典。時下萊蕪郭。忍饑浮雲巘。負米晚爲身。每食臉必泫。夜字照爇薪。垢衣生一作帶碧蘚。庶以勤苦志。報茲劬勞顯。一作顧學蔚醇儒姿。文包舊史善。灑落一作淚辭幽人。歸來潛京輦。射君東堂策。魯作射策君東堂宗匠集精選。制可題一作制題墨未乾。乙科一作休聲已大闡。文章日自負。吏祿晉作椽吏亦累踐。晨趨閶闔內。足踏宿昔趼。一麾出守還。黄屋朔風卷。不暇陪八駿。虜庭悲所遺。平生滿罇酒。斷此朋知展。憂憤病二秋。有恨石一作不可轉。肅宗復社稷。得無逆順辨。范曄顧其兒。李斯憶黃犬。祕書茂松意。文苑英華云。祕書茂松色。屢扈祠壇墠。前後百卷文。枕藉皆禁臠。篆刻揚雄流。溟漲本末淺。王仲正本。屢扈作再從。篆刻作制作。溟漲本末淺。青熒芙蓉劍。犀兕豈獨剸。反爲後輩褻。予實苦懷緬。煌煌齋房芝。事絕萬手搴。垂之俟來者。正始徵一作貞避嫌名。勸勉。不要一作惡懸黃金。胡爲投乳一作亂贙。結交三十載。吾與誰遊衍。滎陽復冥寞。罪罟已橫罥。音泫嗚呼子逝日。始泰則晉作即終蹇。長安米萬錢。凋喪盡餘喘。戰伐何當解。歸帆阻清沔。尙纏漳水疾。永負蒿里餞。

新書。源明。京兆武功人。少孤。寓居徐兗。工文詞有名。天寶間。及進士第。更試集賢院。累遷太子諭德。出爲東平太守。召爲國子司業。祿山陷京師。以病不受僞署。肅宗復西京。擢考功郎中。知制誥。後以祕書少監卒。

東堂　山謙之丹陽記。太極殿。周制路寢也。秦漢曰前殿。今稱太極曰前殿。東西堂亦魏制。於周小寢也。晉起居注。成帝咸康二年。依中興故事。朔望聽政中堂。按摯虞舉賢良。武帝詔諸賢良方正直言。會東堂策問。故曰射策君東堂也。唐有尚書省東堂。制可蔡邕獨斷。羣臣有所奏請。尚書令奏之。有制曰。天子答之曰可。若下某官云云。亦曰詔書。乙科唐令。諸進士試時務策五條。帖所讀一大經。十帖得四以上。經策全得。爲甲第。策得四。帖過四以上。爲乙第。足趼舊注。夙昔趼。言其由貧賤中也。足胝曰趼。莊子云。百舍重趼。范曄文苑辯證。八哀詩。范雲顧其兒。嘗從集作范曄。宋書。曄謀反誅。將死。顧念其兒也。齋房芝漢武帝大興祠祀。齋房生芝而作歌。肅宗時。宰相王璵。以祈禬進。禁中禱祀窮日夜。源明數陳政治得失。上疏極諫。乳貙爾雅。貙有力。注曰。出大秦國。有養者。似狗。多力獷惡。長安米鶴曰。舊書廣德二年。自秋及冬。斗米千錢。今曰萬錢。蓋以一斛言之。蘇、鄭皆當卒于是年。故又曰凶問一年俱也。漳水劉楨詩。余嬰沈痼疾。竄身清漳濱。

## 故著作郎貶台州司戶滎陽鄭公虔

鶢鶋至魯門。不識鐘鼓饗。孔翠望赤霄。愁思一作入雕籠養。滎陽冠衆儒。早聞名公賞。地崇士大夫。況乃氣精爽。往者公在疾。蘇許公頲。位尊望重。素未相識。早愛才名。躬自哀問。後結忘年之契。遠邇嘉之。天然生知姿。學立游夏上。神農極闕漏。黃石愧師長。藥纂西極一作域名。兵流指諸掌。公著薈蕞等諸書之外。又撰胡本草七卷。貫穿無遺恨。薈蕞何技癢。圭臬星經奧。蟲篆丹青廣。子雲窺未遍。方朔諧太枉。神翰顧不一。體變鍾兼兩。文傳天下口。大字猶在牓。昔獻書畫圖。新詩亦俱往。滄洲動玉陛。宣一作寡鶴誤一響。三絕自御題。四方尤所仰。嗜酒益疏放。彈琴視天壤。形骸實土木。親近唯几杖。未曾寄魯作記官曹。突兀倚書幌。晚就芸香閣。胡塵昏坱莽。反覆歸聖朝。點染無滌盪。老蒙台州掾。泛泛英華作遐泛淛江槳。履穿四明雪。飢拾楢溪橡。空聞紫芝歌。不見杏壇丈。天長眺東南。秋色餘魍魎。別離慘至今。斑白徒懷曩。春深秦一作泰山秀。葉墜清渭朗。劇談王侯門。野稅林下鞅。操紙終夕酣。時物集遐想。詞場竟疎闊。平昔濫吹晉作咨奬。百年見存沒。牢落吾安放。一作做蕭條阮咸在。出處同世網。他日訪江樓。含悽述飄蕩。著作與今祕書監鄭君審篇翰齊價。謫江陵。故有阮咸江樓之句。

兵流新書。虔學長于地理。山川險易。方隅物產。兵戎衆寡。無不詳。常爲天寶軍防錄。言典事該。諸儒服其善著書。薈蕞封演聞見記。天寶中。協律郎鄭虔。採集異聞。著書八十餘卷。人有竊窺其草藁。告虔私修國史。虔聞而遽焚之。由是貶謫十餘年。方從調選。授廣文館博士。虔所著書。既無別本。後更纂錄。率多遺忘。猶成四十餘卷。書未有名。及爲廣文博士。詢于國子司業蘇源明。源明請名會萃。取爾雅序會萃舊說也。西河太守盧象贈虔詩曰。書名會萃才偏逸。酒號屠蘇味更醇。卽此之謂也。高元之曰。虔自謂著書雖多。皆碎小之事也。後人傳寫。誤爲會粹。唐新書曰。名其書爲會粹。則誤矣。技癢射雉賦。徒心煩而技癢。徐爰注曰。有技藝欲逞。曰技癢也。草堂本或作枝癢。誤。圭臬景福殿賦。制無細而不協于規景。作無微而或違于水臬。鄭玄曰。槷。古文臬。假借字也。鍾兼兩羊欣古來能書人名。鍾繇。魏太尉。書有三體。一曰銘石書。二曰章程書。三曰行押書。金壺記。繇工三色書。草隸八分最優。虔善草隸。故云兼兩也。金壺記又云。呂揔曰。鄭虔書如風偪雲收。霞催月上。三絕唐詩紀事。虔自寫其詩幷畫以獻。帝大署其尾曰。鄭虔三絕。四明天台山賦。登陸則有四明天台。謝靈運山居賦注曰。天台四明相接連。四明方石四面。自然開窗。楢溪謝靈運山居賦曰。凌石橋之莓苔。越楢溪之縈紆。天台山賦。濟楢溪而直進。顧愷之啓蒙記注曰。之天台山。去天不遠。路經楢溪。水深險清冷。前有平橋。路徑不盈尺。長數十丈。下臨絕澗。唯忘其身。然後能濟。寰宇記。楢溪。在臨海縣東三十五里。阮咸舊書。鄭審。繇之子。亦善詩翰。乾元中任袁州刺史。張彥遠名畫記云。鄭審事具彥遠所撰彩箋詩集中。

故右僕射相國英華有曲江二字張公九齡開元二十八年七月卒

相國生南紀。金璞無留礦。仙鶴下人間。獨立霜毛整。矯然江海一作漢思。復與雲路永。寂寞想土一作玉階。未遑等箕潁。上君白玉堂。倚君金華省。碣石一作竭力歲崢嶸。天地一作池日蛙黽。退食吟大庭。何心記一作託榛梗。骨驚畏曩哲。鬒一作鬢變負人境。雖蒙換蟬冠。右地恧多幸。敢忘一作志二疏歸。痛迫蘇躭井。紫綬一作金紫映暮年。荆州謝所領。庾公興不淺。黃霸鎮每靜。賓客引調同。諷詠在務屏。詩罷地有餘。一云詩地能有餘篇終語清省。一陽發陰管。淑氣含公鼎。乃知君子心。用才文章境。散帙起翠螭。倚薄巫廬並。綺麗玄暉擁。牋誄任昉騁。自我一作成一家則。一作削未缺隻字警。千秋滄海南。名繫朱鳥影。歸老守故林。戀闕悄一作嘗延頸。波濤良史筆。蕪絕大庾嶺。向時禮數隔。制作難上請。再讀徐孺碑。猶思理烟艇。

仙鶴九齡家傳。九齡母夢九鶴自天而下。飛集于庭。遂生九齡。白玉堂金華省翼奉傳。文帝時。未央宮又無高門、武臺、麒麟、鳳凰、白虎、玉堂、金華之殿。西都賦金華玉堂注。黃圖曰。未央宮有金華殿大玉堂殿。揚雄傳。上玉堂。晉灼注云。黃圖有大玉堂小玉堂殿。今本無。漢書。鄭寬中、張禹朝夕入說尙書論語于金華殿中。沈約八詠。講金華兮議宣室。晝武帳兮夕文昌。碣石祿山在范陽。偏裨入奏。九齡見之曰。亂幽州者。此胡雛也。榛梗本事詩。張曲江與李林甫同列。林甫疾之若仇。曲江度其巧譎。慮終不免。爲海燕詩以致意曰。無心與物競。鷹隼莫相猜。亦終退斥。蟬冠唐六典注云。侍中二人。正六品。

冠武弁大冠。加金璫。附蟬爲文。取居高飲清。**右地**九齡爲中書令。恐爲林甫所危。因帝賜白羽扇。乃獻賦自況。帝雖優答。卒以尚書右丞相罷政事。明皇雜錄。九齡洎裴耀卿罷免之日。自中書至月華門。將就班列。二人鞠躬卑遜。林甫處其中。抑揚自得。觀者竊謂一雕挾兩兔。俄而詔張裴爲左右僕射。罷知政事。林甫怒曰。猶爲左右丞相耶。二人趣就本班。林甫目送之。公卿已下視之。不覺股栗。**蘇躭井**水經注。桂陽列仙傳云。蘇躭。郴縣人。少孤。養母至孝。辭母云。受性應仙。當違供養。又曰。年將大疫。死者略半。穿一井飲水。可得無恙。九齡初以母老。固請換江南一州。數承音耗。後丁母喪歸鄉里。故云痛迫蘇躭井也。今郴州橘井。在蘇仙故宅。**荊州**九齡薦長安尉周子諒爲監察御史。坐引非其人。左遷荊州大都督府長史。俄請歸拜墓。因遇疾卒。**賓客**孟浩然還襄陽。張九齡鎮荊州。署爲從事。與之唱和。**詩篇**中書舍人姚子顏狀其行曰。公以風雅之道。興寄爲主。一句一詠。莫非興寄。時皆諷誦焉。**徐穉碑**九齡徐徵君碣曰。有唐開元十五年。予忝牧茲邦。風流是仰。在懸榻之後。想見其人。有表墓之儀。豈孤此地。

## 寫懷二首

勞生共乾坤。何處異風俗。冉冉自趨競。行行見羈束。無貴賤不悲。無富貧亦足。萬古一骸骨。鄰家遞歌哭。鄙夫到巫峽。三歲如轉燭。全命甘留滯。忘情任榮辱。朝班及暮齒。日給還脫粟。編蓬石城東。採藥山北一作林谷。用心霜雪間。不必條蔓綠。非關故安排。曾是順幽獨。達士如弦直。小人似鉤曲。曲直我不知。負暄候樵牧。

夜深坐南軒。明月照我膝。驚風翻河漢。梁棟已出日。一作日已出羣生各一宿。飛動自儔匹。吾亦驅其兒。營營爲私實。晉作室天寒行旅稀。歲暮日月疾。榮名忽一云惑中人。世亂如蟣虱。古者三皇前。滿腹志願畢。胡爲有結繩。陷此膠與漆。禍首燧人氏。厲階董狐筆。君看燈燭張。轉使飛蛾密。放神八極外。俛仰俱蕭瑟。終契如往還。一云終然契眞如得匪合仙術。一作歸匪金仙術

## 可歎

天上浮雲如一作似白衣。斯須改變如蒼狗。古往今來共一時。人生萬事無不有。近者抉眼去其夫。陳作眯河東女兒身姓柳。丈夫正色動引經。酆城客子王季友。羣書萬卷常暗誦。孝經一通看在手。貧窮老瘦家賣屐。一作屧好事就之爲攜酒。豫章太守高帝孫。引爲賓客敬頗久。聞一作問道三年未曾語。小心恐懼閉其口。太守得之更不疑。人生反覆看亦醜。明月無瑕豈容易。紫氣鬱鬱猶衝斗。時危可仗眞豪俊。二人得置君側否。太守頃者領山南。邦人思之比父母。王生早曾拜顏色。高山之外皆培塿。用爲羲和天爲成。用平水土地爲厚。王也論道阻江湖。李也丞疑曠前後。死爲星辰終不滅。致君堯舜焉肯朽。吾輩碌碌飽飯行。風后力牧長迴首。

王季友困學紀聞。季友。肅、代間詩人也。殷璠謂其詩放蕩愛奇務險。然而白首短褐。錢起有贈季友赴洪州幕下詩云。列郡皆用武。南征所從誰。諸侯重才略。見子如瓊枝。卽豫章賓客之事也。潘淳詩話。元結篋中集載季友歎詩。殊高古。唐江西新幢子記題名云。使兼御史中丞李勉。兼監察御史王季友。蓋勉罷京兆尹。以御史中丞歸兩臺。出爲江西觀察使。故結銜如此。于邵送王司議季友赴洪州序云。洪州之爲連率舊矣。朝廷重于鎮定。

咨爾宗枝。勉移獨坐之權。實專方面之寄。是以王司議得爲副車。況嘉彼數賢。爲之督理。豫章太守勉於肅宗初爲梁州都督。山南西道觀察使。後由京兆尹徙江西觀察使。大曆二年來朝。拜京兆尹。故云頃者領山南。潘淳曰。高帝孫者。李勉也。鄭惠王元懿生安德郡公琳。琳生擇言。擇言生勉。鶴云。勉爲京兆尹。故曰領南山。誤也。鶴曰。隆興有石幢。載勉在張鎬之後。魏少遊之前。鎬以廣德二年九月卒。勉即以是月繼之。則詩當作于二年也。風后力牧聖賢羣輔錄。風后受金法。力墨受準斥。宋均曰。力墨或作力牧。右黃帝七輔。見論語摘輔象。

## 觀公孫大娘弟子舞劍器行并序

大曆二年十月十九日。夔府別駕元持一作特宅。見臨潁李十二娘舞劍器。壯其蔚跂。問其所師。一本此下有答字曰。余公孫大娘弟子也。開元三載。一作五載。時公年六歲。公七齡思即壯。六歲觀劍。似無不可。詩云五十年間似反掌。自開元五年至是年。凡五十一年。草堂注云。疑作十二載。誤也。余尚童穉。記於郾城。觀公孫氏舞劍器渾脫。瀏灕頓挫。獨出冠時。自高頭宜春梨園二伎一作教坊內人。洎外供奉。曉是舞者。聖文神武皇帝初。公孫一人而已。玉貌錦一作繡衣。況余白首。今茲弟子。亦匪盛顏。既辨其由來。知波瀾莫二。撫事慷慨。聊爲劍器行。往者吳人張旭。善草書書帖。數常於鄴一作葉縣。見公孫大娘舞西河劍器。自此草書長進。豪蕩感激。即公孫可知矣。

昔有佳人公孫氏。一舞劍器動四方。觀者如山色沮喪。天地爲之久低昂。㸌音酷如羿射九日落。㸌如羣帝驂龍翔。來（一作末）如雷霆收震怒。罷如江海凝清光。絳脣珠袖兩寂寞。況（陳作脫。一作晚。）有弟子傳芬芳。臨潁美人在白帝。妙舞此曲神揚揚。與余問答既有以。感時撫事增惋傷。先帝（一作皇）侍女八千人。公孫劍器初第一。五十年間似反掌。風塵傾動（一作澒洞）昏王室。梨園子弟散如烟。女樂餘姿映寒日。金粟堆南木已拱。瞿唐石城草（一作暮）蕭瑟。玳筵急管曲復終。樂極哀來月東出。老夫不知其所往。足繭荒山轉愁疾。（一作寂）

明皇雜錄。天寶中。上命宮女數百人爲梨園弟子。皆居宜春北苑。上素曉音律。時有馬仙期、李龜年、賀懷智。皆洞曉音度。安祿山從范陽入覲。亦獻白玉簫管數百事。皆陳于梨園。自是音響。遂不類人間。諸公主洎虢國以下。競爲貴妃弟子。每授曲之終。皆廣有進奉。時有公孫大娘者。善舞劍。能爲鄰里曲及裴將軍滿堂勢、西河劍器、渾脫遺。妍妙皆冠絕于時也。又曰。開元中。有公孫大娘。善舞劍器。僧懷素見之。草書遂長。蓋壯其頓挫勢也。歷代名畫記。開元中。裴旻善舞劍。吳道玄觀旻舞畢。揮毫益進。時又有公孫大娘。亦善舞西河劍器、渾脫。張旭見之。因爲之草書。杜甫歌行述其事。是知書畫之藝。皆須意氣而成。亦非懦夫所能作也。

## 往在

往在西京日。（一作時）胡來滿彤（一作丹）宮。中宵焚九廟。雲漢爲之紅。解瓦飛十里。繐帷紛（一作粉）曾空。疚心惜木主。一一灰悲風。合昏排鐵騎。清旭散錦⿰馬蒙。（一作幪）賊臣表逆節。（晉作帥）相賀以成功。是時妃嬪戮。連爲糞土叢。當宁陷玉座。白間剝畫蟲。不知二聖處。私泣百歲翁。車駕既云還。

楹桷歘穹崇。故老復涕泗。祠官樹椅桐。宏壯不如初。已見帝力雄。前春禮郊廟。祀事親聖躬。微軀忝近臣。景從陪羣公。登階捧玉册。峨冕耿一作聆金鍾。侍祠恧先露。一作霑掖垣邇濯龍。天子惟孝孫。五雲起九重。鏡奩換粉黛。翠羽猶葱朧。前者厭羯胡。後來遭犬戎。俎豆腐一作爵膻肉。罘罳行角弓。安得自西極。申命空山東。盡驅詣闕下。士庶塞關中。主將曉逆順。元元歸始終。一朝自罪己。一云罪己已萬里車書通。鋒鏑供鋤犂。征戍聽所從。冗官各復業。土著還力農。君臣節儉足。朝野歡呼一作娛同。中興似一作比國初。繼體如太宗。端拱納諫諍。和風日冲融。赤墀櫻桃枝。隱映銀絲籠。千春薦陵寢。永永垂無窮。京都不再火。涇渭開愁容。歸號故松柏。老去苦飄蓬。

木主 天寶末。兩都傾陷。神主亡失。肅宗既復舊物。建主作廟于上都。其東都神主。大曆中始于人間得之。會昌五年。中書門下奏。東都太廟九室神主共二十六座。祿山取太廟爲軍營。神主棄于街巷。所司潛聚。見在太微宮新造小屋之內。 錦驝 廣韻。驢子曰驝。祿山陷兩京。以橐駞運御府珍寶于范陽。故曰散錦驝。舊注改作錦幪。非是。 白間 景福殿賦。皎皎白間。離離列錢。善注。白間。青瑣之間。以白塗之。今猶謂之白間。 濯龍 後漢后紀。帝幸濯龍中。後漢馬皇后紀。置織室蠶于濯龍中。續漢志曰。濯龍。園名也。近北宮。又前過濯龍門上。 鏡奩 陰后紀。帝從席前伏御床。視太后鏡奩中物。感動悲涕。令易脂澤裝具。 西極 西極指吐蕃。山東指史朝義諸降將也。

## 昔遊

昔者與高李。適。白。晚一作同登單父臺。寒蕪際碣石。萬里風雲來。桑柘葉如雨。飛藿去一作共徘徊。清霜大澤凍。禽獸有餘哀。是時倉廩實。洞達寰區一作瀛開。猛士思滅虜。將帥望三台。君王無所惜。駕馭英雄材。幽燕盛用武。供給亦勞哉。吳門轉粟帛。泛海陵蓬萊。肉食三一作四十萬。獵射起黃埃。隔河憶長眺。青歲已摧頹。不及少年日。無復故人盃。賦詩獨流涕。亂世想賢才。有一作君能市駿骨。莫恨少龍媒。商山議得失。蜀主脫嫌猜。呂尙封國邑。一云內國傅說已鹽梅。景晏楚山深。水鶴去低回。龐公任本性。攜子臥蒼苔。

單父臺元和郡國志。單父縣。古魯邑。貞觀十七年。隸宋州。寰宇記。琴臺在縣北一里。高三丈。碣石水經。碣石山。在今遼西臨渝縣南水中也。注曰。秦始皇、漢武帝皆嘗登之。海水西侵。歲月逾甚而苞其山。故言水中矣。山海經注。或曰在右北平驪城縣海邊山。三台夢弼曰。時寵任蕃將。僥倖邊功。祿山領范陽節度。求平章事也。商山謂李泌爲肅宗彌縫匡救。上皇即日還京也。唐人多以蜀王指明皇者。李賀過華清宮云。蜀王無近信。泉上有芹芽是也。呂尙似指房公罷相後冊封清河郡公也。言國邑雖封。而相業則已矣。楚山以下。自傷其不遇也。其文意似斷續不可了。所謂定哀多微詞耳。

## 壯遊

往昔一作者十四五。出遊一作入翰墨場。斯文崔魏徒。崔鄭州尙。魏豫州啓心。以我似一作比班楊。七齡思卽壯。開口詠鳳凰。九齡書大字。有作成一囊。性豪業嗜酒。嫉惡懷剛腸。脫略一作落小時輩。結交皆老蒼。飲酣視八極。俗物都茫茫。東下姑蘇臺。已具浮海航。到今有遺恨。不得窮扶桑。王謝風流遠。闔廬丘墓荒。劍池石壁仄。長洲荷芰香。嵯峨閶門北。清廟映迴一作池塘。每趨吳太伯。撫事淚浪浪。枕戈憶勾踐。渡浙想秦皇。蒸魚聞匕首。除道哂要章。越女天下白。鑑湖五月涼。剡溪蘊秀異。欲罷不能忘。歸帆拂天姥。中歲貢舊鄉。氣劘屈賈壘。目一作日短曹劉牆。忤下考功第。獨辭京尹堂。放蕩齊趙間。裘馬頗清狂。春歌叢臺上。冬獵青丘旁。呼鷹皁一作紫櫪晉作櫟、林。逐獸雲雪岡。射飛曾縱鞚。引一云跋臂落鶖鶬。蘇侯據鞍喜。監門胄曹蘇預忽如攜葛強。快意八九年。西歸到咸陽。許與必詞伯。賞一作貴遊實賢王。曳裾置醴地。奏賦入明光。天子廢食召。羣公會軒裳。脫身無所愛。一作受痛飲信行藏。黑貂不一作寧免弊。斑鬢兀稱觴。杜曲晚一作換耆舊。四郊多白楊。坐深鄉黨敬。日一作自覺死生忙。朱門任一作務傾奪。赤族迭罹殃。國馬竭粟豆。官雞輸稻粱。舉隅見煩費。引古惜興亡。河朔風塵起。岷山行幸長。兩宮各警蹕。萬里遙相望。崆峒殺氣黑。少海旌旗黃。禹功亦命子。涿鹿親戎行。翠華擁英一作吳岳。螭虎啖豺狼。爪牙一不中。胡兵更陸梁。大一作天軍載草草。凋瘵滿膏肓。備員竊補袞。憂憤心飛揚。上感九廟焚。一作毀。下憫萬民一作蒼生瘡。斯時伏青蒲。廷爭守御床。君辱敢愛死。赫怒幸無傷。聖哲體仁恕。宇縣復小康。哭廟灰燼中。鼻酸朝未央。小臣議論絕。老病客殊方。鬱鬱苦不展。羽翮困低昂。秋風動哀壑。碧蕙捐一作損微芳。之推避賞從。漁父濯滄浪。榮華敵勳業。歲暮有嚴霜。吾觀鴟夷子。才格出尋常。羣凶逆未定。側佇英俊翔。

**崔魏** 唐科名記。崔尙擢久視二年進士。唐會要。神龍三年。才膺管樂科。魏啓心及第。**清廟** 吳郡志。太伯廟。東漢永興二年。太守麋豹建于閶門外。修可注。指爲孫皓父和之廟。按和傳明載有司言宜廟京邑。營立寢堂。號曰淸廟矣。夢弼徒據淸廟爲證。而黃鶴又辨之曰。孫和明陵在烏程縣。此乃指和故宅之廟。注家之愚如此。**除道** 朱買臣傳。會稽聞太守至。發民除道。入吳界。見其故妻。妻夫治道。要章。會稽太守章也。吳郡圖經續記。死亭灣。在閶門外七里。故傳朱太守妻慚。自經于此。蒸魚除道。皆詠吳郡故事也。**剡溪** 沃州禪院記。東南山水。越爲首。剡爲面。沃州天姥爲眉目。**下第** 選舉志。每歲仲冬。州縣館監舉其成者。送之尙書省。而舉選不由館學者。謂之鄉貢。皆懷牒自列于州縣。既至省。由戶部集閱。而關于考功員外郎試之。唐摭言。俊秀等科。比皆考功主之。開元二十四年。廷議以省郎位不足以臨多士。乃詔禮部侍郎專之。公以鄉貢下考功第。當在二十四年以前。本傳云。天寶初。舉進士不第。恐非也。**叢臺** 高后傳。趙王宮叢臺災。師古曰。連聚非一。故名叢臺。蓋本六國時趙王故臺也。在邯鄲城中。元和郡國志。在磁州邯鄲縣城內東北隅。郡國志曰。邯鄲有叢臺。故劉劭趙都賦曰。結雲閣于南宇。立叢臺于少陽者也。**青丘** 子虛賦。秋田乎青丘。彷徨乎海外。服虔曰。青丘國。在海東三百里。謝靈運山居賦注。青丘。齊之海外。**斑鬢** 秋興賦。斑鬢颷以承弁。**粟豆** 吳若本注。漢有太常三輔粟豆。**官雞** 東城父老傳。玄宗卽位。治雞坊于兩宮間。選六軍小兒五百人。使馴擾教飼。**兩宮** 兩宮各警蹕。刺靈武之事也。禹功亦命子。謂肅宗自立而後玄宗始加册命。不得比于禹之命子也。之推避賞從。喻己之賞薄而不自言。恥與靈武諸臣爭功也。

## 遣懷

昔我遊宋中。惟梁孝王都。名今陳留亞。劇則貝魏俱。邑中九萬家。高棟照通衢。舟車半天下。主客多歡娛。白刃讎不義。黃金傾有無。殺人紅塵裏。報答在斯須。憶與高李輩。適。白。論交入酒壚。兩公壯藻思。得我色敷腴。氣酣登吹一作文臺。懷古視平蕪。芒碭雲一去。雁鶩空相呼。先帝正好武。寰海未凋枯。猛將收西域。長戟破林胡。百萬攻一城。獻捷不云輸。組練棄如泥。尺土負一作勝百夫。拓境功未已。元和辭大爐。亂離朋友盡。合沓歲月徂。吾衰將焉託。存沒再嗚呼。蕭條益堪愧。獨在天一隅。一云蕭條病益甚。塊獨天一隅。乘黃已去矣。凡馬徒區區。不復見顏鮑。繫舟臥荊巫。臨殞吐更食。常恐違撫孤。

宋中元和郡國志。漢文帝以皇子武爲梁王。都大梁。以其地卑濕。東徙睢陽。今宋州也。吹臺元和郡國志。吹臺。在開封縣南東六里。水經注。陳留風俗傳。縣有蒼頡、師曠城。上有列仙之吹臺。梁王增築以爲吹臺。城隍夷滅。略存故址。其臺方一百許步。卽阮嗣宗詠懷詩所謂駕言發魏都。南向望吹臺。簫管有遺音。梁王安在哉。晉世喪亂。乞活憑居。削隳故臺。遂成二層。土基猶方四五十步。高一丈餘。世謂之乞活臺。又謂之婆臺城。九域志。後有繁姓居側。亦名繁臺。唐子西云。世以謝希逸常爲雪賦。又謂之雪臺。新書。甫從高適、李白過汴州。酒酣登吹臺。慷慨懷古。人莫測也。芒碭碭山縣。漢碭縣。隋屬宋州。西域開元末。高仙芝討小勃律。

下坦駒嶺。斫婆夷河藤橋。擄勃律王及公主。趣赤佛路班師。**林胡**高適信安王幕府詩序。開元二十年。國家有事林胡。詔信安王總戎大舉。舊書。開元十九年。信安王禕出范陽之北。大破奚契丹兩蕃之衆。唐會要。開元二十六年。張守珪大破契丹林胡。遣使獻捷。胡三省曰。契丹卽戰國時林胡地。故云然。**存沒**鶴曰。李以寶應元年卒。高以永泰元年卒。故曰存歿再嗚呼。

## 同元使君舂陵行 幷序

覽道州元使君結舂陵行。兼賊退後示官吏作二首。志之曰。當天子分憂之地。效漢官舊作朝良吏之目。今盜賊未息。知民疾苦。得結輩十數公。落落然參錯天下爲邦伯。萬物吐晉作姓壯氣。天下少一作小安可得矣一作已。不意復見比興體制。微婉頓挫之詞。感而有詩。增諸卷軸。簡知我者。不必寄元。晉作云

遭亂髮盡一作遽白。轉衰病相嬰一作縈。沉綿盜賊際。狼狽江漢行。歎時藥力薄。爲客羸瘵成。吾人詩家秀一作流。博采世上名。粲粲元道州。前聖畏後生。觀乎舂陵作。欻見俊哲情。復覽賊退篇。結也實國楨。賈誼昔流慟。匡衡常引經。道州憂一作哀黎庶。詞氣浩縱橫。兩章對秋月一作水。一字偕一作皆華星。致君唐虞際。純樸憶一作意大庭。何時降璽書。用爾爲丹青。獄訟永衰息。豈唯偃甲兵。悽惻念誅求。薄斂近休明。乃知正人意。不苟飛長纓。涼飆振南岳。之子寵若驚。

色阻晉作沮金印大。興含滄浪一作溟清。我多長卿病。日夕思朝廷。肺枯渴太甚。漂泊公孫城。呼兒具紙筆。隱几臨軒楹。作詩呻吟內。墨淡字欹傾。感彼危苦詞。庶幾知者聽。

## 春陵行有序　元結

癸卯歲。漫叟授道州刺史。道州舊四萬餘戶。經賊已來。不滿四千。大半不勝賦稅。到官未五十日。承諸使徵求符牒二百餘封。皆曰失其限者。罪至貶削。於戲。若悉應其命。則州縣破亂。刺史欲焉逃罪。若不應命。又卽獲罪戾。必不免也。吾將守官。靜以安人。待罪而已。此州是春陵故地。故作春陵行以達下情。

軍國多所須。切責在有司。有司臨郡縣。刑法竟一作意欲施。供給豈不憂。徵斂又可悲。州小經亂亡。遺人實困疲。大鄉無十家。大族命單羸。朝飡是草根。暮食乃樹皮。出言氣欲絕。意速行步遲。追呼尚不忍。況乃鞭朴之。郵亭傳急符。來往迹相追。更無寬大恩。但有迫促期。欲令鬻兒女。言發恐亂隨。悉使索其家。而又無生資。聽彼道路言。怨傷誰復知。去冬山賊來。殺奪幾無遺。所願見王官。撫養以惠慈。奈何重驅逐。不使存活爲。安人天子命。符節吾所持。州縣忽亂亡。得罪復是誰。逋緩違詔令。蒙責固所宜。前賢重守分。惡以禍福一作敗移。亦云貴守官。不愛一作憂能適時。顧唯孱弱者。正直當不虧。何人採國風。吾欲獻此辭。

賊退示官吏有序　　元結

癸卯歲。西原賊入道州。殺掠一云焚燒殺掠幾盡而去。明年。賊又攻永破邵。不犯此州邊鄙而退。豈力能制敵。蓋蒙其傷憐而已。諸使何爲忍苦徵斂。故作詩一篇。以示官吏。

昔歲逢太平。山林二十年。泉源在庭戶。洞壑當門前。井稅有常期。日晏猶得眠。忽然遭世變。數歲親戎旃。今來典斯郡。山夷又紛然。城小賊不屠。人貧傷可憐。是以陷鄰境。此州獨見全。使臣將王命。豈不如賊焉。今彼徵斂者。迫之如火煎。誰能絕人命。以作時世賢。思欲委符節。引竿自刺船。將家就魚菱一作麥。窮一作歸老江湖邊。

顏魯公表墓碑。家于武昌之樊口。歲餘。上以君居貧。起家爲道州刺史。州爲西原賊所陷。人十無一。戶纔滿千。君下車。行古人之政。二年間。歸者萬餘家。賊亦懷畏。不敢來犯。既受代。百姓詣闕。請立生祠。容齋隨筆。次山集中載其爲道州刺史上謝表兩通。其一云。今日刺史。若無武略以制暴亂。若無文才以救疲弊。若不清廉以身率下。若不變通以救時須。則亂將作矣。臣料今日州縣。堪徵稅者無幾。已破敗者實多。百姓戀墓者蓋少。思流亡者乃衆。則刺史宜精選謹擇以委任之。固不可拘限官次。得之貨賄。出之權門者也。其二云。今四方兵革未寧。賦斂未息。百姓流亡轉甚。官吏侵刻日多。實不合使凶庸貪猥之徒。凡弱下愚之類。以貨賄權勢而爲州縣長官。觀次山表語。但因謝上而能極論民窮吏惡。勸天子以精擇長吏。自謝表以來。未之見也。余是以備錄之。以風後之君子。

## 李潮八分小篆歌

蒼頡鳥跡既茫昧。字體變化如浮雲。陳倉石鼓又（一作文）已訛。大小二篆生八分。秦有李斯漢蔡邕。中間作者寂不聞。嶧山之碑野火焚。棗木傳刻肥失眞。苦縣光和尙骨立。書（一作晝）貴瘦硬方通神。惜哉李蔡不復（一作可）得。吾甥李潮下筆親。尙書韓擇木。騎曹蔡有鄰。開元已來數八分。潮也奄有二子成三人。況潮小篆逼秦相。快劍長戟森相向。八分一字直百（一作千）金。蛟龍盤拏肉屈强。吳郡張顛誇草書。草書非古空雄壯。豈如吾甥不流宕。丞相中郎丈人行。巴東（一作江）逢李潮。逾月求我歌。我今衰老才力薄。潮乎潮乎奈汝何。

李潮　金石錄。唐惠義寺彌勒像碑。李潮八分書。潮書初不見重于當時。獨杜詩盛稱之。今石刻在者。唯此碑與彭元曜墓誌。其筆法亦不絕工。非韓、蔡比也。吾衍學古篇云。陽冰名潮。杜甫之甥。後以字行。遂別字少溫。海賦云。陽冰不冶。陰火潛然。則知名潮有理。按陽冰。趙郡人。太白之從叔。寶應元年。已爲當塗宰。吾子行以海賦二語。想像其名字宜爾。初無引據。矯亂後學。斯亦妄人也已矣。

石鼓　王厚之石鼓文考正。石鼓文。周王之獵碣也。其鼓有十。因其石之自然麤有鼓形。字刻于其旁。石質堅頑。類今人爲碓磑者。其初散在陳倉野中。韓吏部爲博士時。請于祭酒。欲以數橐駝輿致太學。不從。鄭餘慶始遷之鳳翔孔子廟。又曰。韓愈以爲宣王鼓。韋應物以爲文王鼓。宣王刻。自歐陽集古錄始設三疑。鄭樵摘丞殹二字。見于秦斤秦權。而指以爲秦鼓。僞劉詞臣馬定國。以宇文泰常蒐岐陽。而指以爲後周物。予不得不辯。董逌曰。傳曰。成有岐陽之蒐。杜預謂還歸自奄。乃大蒐于岐陽。叔向曰。昔成王盟諸侯于岐陽。楚爲荆蠻。置茅蕝。宣王蒐岐陽。世遂無聞哉。方成康與穆賦頌鍾鼎之銘。皆番吾之跡。則此爲番吾可知。呂氏記曰。蒼頡造大篆。後世有科斗書。則謂篆爲籀。漢制八書。有大篆。又有籀書。張懷瓘以柱下史始變古文或異。謂之爲篆。而籀文蓋以其名自著。宣王世史所作也。是大篆又與籀異。不得定爲史籀所書。程大昌雍錄亦云是成王鼓也。

**二篆八分** 許氏說文解字序。宣王太史籀。著大篆十五篇。與古文或異。秦兼天下。李斯作蒼頡篇。趙高作爰歷篇。胡母敬作博學篇。皆取史籀大篆。或頗省改。所謂小篆者也。是時官獄職務繁。初有隸書以趣約易。而古文由此絕矣。師古曰。篆書謂小篆。始皇使程邈所作也。隸書亦程邈所獻。主于徒隸。從簡易也。水經注。古文出于黃帝之世。蒼頡本鳥跡爲字。取其孳乳相生。故文字有六義焉。自秦用篆書。焚燒先典。古文絕矣。魯恭王得孔子宅書。不知有古文。謂之科斗書。蓋因科斗之名。遂效其形耳。言大篆出于周宣之時。史籀創著。平王東遷。文字乖錯。秦之李斯及胡母敬。又改籀書謂之小篆。故有大篆小篆焉。然許氏字說。專釋于篆。而不本古文。言古隸之書起于秦代。而篆字文繁。無會劇務。故用隸人之省。謂之隸書。或云即程邈於雲陽增損者。是言隸者篆捷也。張懷瓘書斷。八分者。秦羽人上谷王次仲所作也。水經注曰。上郡王次仲。變蒼頡舊文爲今隸書。秦王三召不至。令檻車送之。次仲化爲大鳥。落翮于居庸山中。明次仲是秦人。既變蒼頡書。即非效程邈隸也。按蔡邕勸學篇。上谷王次仲。初變古形是也。始皇之世。出其數書。小篆古形。猶存其半。八分已減小篆之半。隸又減八分之半。然可云子似父。不可云父似子。故知隸不能生八分矣。八分則小篆之捷。隸亦八分之捷。本謂之楷書。楷隸初制。大範幾同。故後人惑之。學者務之。蓋其歲深。漸若八字分散。故又名之曰八分。唯蔡伯喈乃造其極焉。按郭氏佩觿言。蔡邕以隸作八分體。又曰小篆散而八分生。八分破而隸書出。則其言自相矛盾。不足據也。

**嶧山** 封演聞見記。嶧山始皇刻石。其文李斯小篆。後魏太武登山。使人排倒之。然而歷代摹拓。以爲楷則。邑人疲于奔命。聚薪其下。因野火焚之。由是殘缺。不堪摹寫。然猶上官求請。行李登涉。人吏轉益勞弊。有縣宰取舊文勒于石碑之上。凡成數片。置之縣廨。須則拓取。今人間有嶧山碑。皆新刻之碑也。集古錄。嶧山碑。秦二世詔李斯篆。今俗謂之嶧山碑。史記不載。其字特大。不類泰山存者。其本出于徐鉉。又有別本出于夏竦家。自唐封演。已言嶧山碑非眞。而杜甫直謂棗木傳刻耳。金石錄。秦嶧山刻石。鄭文寶得其摹本于徐鉉。刻石置之長安。據唐封演所云。則人間所有。皆新刻之本。而杜以爲棗木傳刻。豈又有別本歟。

**苦縣光和** 洪适隸釋。老子銘在亳州苦縣。苦屬陳國。故其文陳相邊韶所作。碑云。延熹八年八月。帝夢老子。尊而祀之。帝紀。此年春冬。兩遣中常侍至苦祀老子。水經注載蒙城王子喬碑。亦云延熹八年八月。帝遣使致祀。蓋威帝方修神仙之事。故一時郡國。競作碑表。此石立于延熹無疑。杜云苦縣光和。誤也。金石錄。老子銘。舊傳蔡邕文幷書。杜詩云云。世云此碑是也。然而邊韶延熹八年作。非光和中。未知甫所云是此碑否。近時周越書苑。遂以爲韶文而邕書。初無所據。潘淳曰。北岳碑。後漢光和二年立。苦縣老子廟。亦漢碑。字刻極勁。杜詩謂二碑也。洪适云。今之言漢字者。則謂之隸。言唐字者。則謂之分。不知在秦漢時。分隸已兼有之。孫根及華山亭碑。爲漢人八分無疑也。按二碑皆立于光和。安知杜所謂光和者。非指此耶。**韓擇木**韓愈科斗書後記。愈叔父雲卿。當大曆世。文辭獨行中朝。于時李監陽冰獨能篆書。而配叔父擇木善八分。竇臮述書賦。韓常侍則八分中興。伯喈如在光和之美。古今遠代。昭刻石而成名。類神都之冠蓋。宣和書譜。韓擇木。昌黎人。官至工部尙書。散騎常侍。工隸。兼作八分字。隸學之妙。唯蔡邕一人而已。擇木能追其遺法。風流閑媚。世謂邕中興焉。**蔡有鄰**述書賦。衛包蔡鄰。功夫亦到。出于人意。乃近天造。注。有鄰。濟陽人。善八分本拙弱。至天寶之間。遂至精妙。相衛中多其跡。書史會要。邕十八代孫。官至右衛率府兵曹參軍。工八分書。書法瘦勁。驅使筆墨。盡得如意。**丞相中郎**國史補。李陽冰善小篆。自言斯翁之後至小生。曹喜、蔡邕不足言。書斷。斯小篆入神。大篆入妙。伯喈八分飛白入神。大篆小篆隸書入妙。

## 覽柏中允兼子姪數人除官制詞因述父子兄弟四美載歌絲綸

紛然喪亂際。見此忠孝門。蜀中寇亦甚。柏氏功彌存。深誠補王室。戮力自元昆。三止錦江沸。獨清玉壘昏。高名入竹帛。新渥照乾坤。子弟先卒伍。芝蘭疊璵璠。同心注師律。洒血在戎軒。絲綸實具載。紱冕已殊恩。奉公舉骨肉。誅叛經寒溫。一作暄金甲雪猶凍。朱旗塵不翻。每聞戰場說。欻激懦氣奔。聖主國多盜。賢臣官則尊。方當節鉞用。必絕祲沴根。吾病日迴首。雲臺誰再論。作歌挹盛事。推轂期孤鶱。

柏中允。蔡興宗正異云。當作中丞。注家云。卽柏茂琳貞節。起兵討崔旰者。集所謂夔府柏都督也。按新舊書帝紀及杜鴻漸、崔寧傳。載茂琳貞節事。彼此互異。今合而考之。爲郭英乂之前軍。與崔旰戰。敗于成都西門者。柏茂琳也。以邛州牙將。起兵討崔旰者。柏貞節也。英乂之敗。郭英幹以都知兵馬使爲左軍。郭嘉琳以都虞候爲後軍。而茂琳爲前軍。是時旰亦西山都知兵馬使耳。茂琳之官。與三人相頡頏可知。茂琳敗。英乂死。而貞節復自邛劍起兵。與旰爲難。柏氏實爲職志。是故鴻漸至駱谷。卽請授茂琳爲邛南防禦使。旰爲西山防禦使。以兩解之。既入成都。又請授旰爲西川節度行軍司馬。茂琳爲邛南節度使。而貞節等爲本州刺史。各令解兵。方鎭表云。大曆元年。置邛南防禦使。治邛州。尋升爲節度使。未幾廢。置劍南西山防禦使。治茂州。未幾廢。二使之置廢。專爲旰與茂琳也。舊書帝紀。邛州牙將。誤書茂琳。又帝紀不書授貞節刺史。而鴻漸傳不書授茂琳節度。故先後蹐駁也。邛南節度旋廢。史不書茂琳他除。豈卽拜夔州都督乎。謝上表云。就其小效。復分深憂。察臣劍南區區。恐失臣節如彼。失臣節者。旰也。曰劍南區區。則係劍南而荆南可知也。絲綸詩曰。紛紛喪亂際。見此忠孝門。深誠補王室。戮力自元昆。同心注師律。洒血在戎軒。奉公舉骨肉。誅叛經寒溫。則豈非茂琳、貞節出于一門。同心討旰之證乎。杜又有柏二別駕將中丞命詩云。遷轉五州防禦使。廣德二年。置夔涪忠都防禦使。治夔州。夔州都督當兼領防禦使。中丞蓋其兼官也。茂琳以節度使遷夔州。而貞節自牙將起兵。遂授刺史。此詩云。方當節鉞用。必茂琳。非貞節也。史既不詳。而通鑑尤爲闕誤。故詳辨之于此。

## 聽楊氏歌

佳人絕代歌。獨立發皓齒。滿堂慘不樂。響下清虛裏。（一作浮雲裏）江城帶素月。況乃清夜起。老夫悲暮年。壯士淚如水。玉盃久寂寞。金管迷宮徵。勿云聽者疲。愚智心盡死。古來傑出士。（一作事）豈特一知己。吾聞昔秦青。傾側天下耳。

秦青（列子。薛譚學謳于秦青。張湛注。二人並秦國之善歌者。）

## 荊南兵馬使太常卿趙公大食刀歌

太常樓船聲嗷嘈。問兵刮寇趨（陳作超）下牢。（楚地）牧出令奔飛百艘。猛蛟突獸紛騰逃。白帝寒城駐錦袍。玄冬示我胡國刀。壯士短衣頭虎毛。憑軒拔鞘天爲高。翻風轉日木（一作水）怒號。冰翼雪淡傷哀猱。鐫錯碧甖鸊鵜膏。鋩鍔（一作銛鋒）已瑩虛（一作靈）秋濤。鬼物撇捩辭（陳作亂）坑壕。蒼水使者捫赤絛。龍伯國人罷釣鼇。芮公迴首顏色勞。分閫救世用賢豪。趙公玉立高歌起。攬環結佩相終始。萬歲持之護天子。得君亂絲與君理。蜀江如線如針水。（一作針如水）荊岑彈丸心未已。賊臣惡子休干紀。魑魅魍魎徒爲耳。妖腰亂領敢欣喜。用之不高亦不庳。不似長劍須天倚。吁嗟光祿英雄弭。大食寶刀聊可比。丹青宛轉麒麟裏。光芒六合無泥滓。

下牢　十道志。三峽口地曰峽州。上牢下牢。楚蜀分畛。鶴曰。夷陵縣有下牢鎮。與江陵相近。　鸊鵜　爾雅註。鸊鵜似鳧而小。膏中瑩刀。　蒼水　搜神記。秦時有人夜渡河。見一人丈餘。手橫刀而立。叱之。乃曰。吾蒼水使者也。　龍伯　列子。龍伯之國有大人。舉足不盈數步。而暨五州之所。一釣而連六鼇。　芮公　與若本注。以唐書考之。恐是衛伯玉。　荊岑　登樓賦。蔽荊山之高岑。　不庳　射雉賦。如鞬如軒。不高不庳。注曰。埤。短也。埤與庳。古字通用。　長劍　宋玉大言賦。方地爲輿。圓天爲蓋。長劍耿耿倚天外。　大食　舊書。大食本在波斯之西。兵刀勁利。其俗勇于戰鬭。

## 王兵馬使二角鷹

悲臺蕭颯一作瑟石龍嵸。哀壑杈枒浩呼刊作汚洶。中有萬里之長江。廻風滔陳作陷日孤光動。角鷹翻倒壯士臂。將軍玉帳軒翠一云昂。一云勇。氣。二鷹猛腦徐侯穟。荆作條徐墜。趙云。徐侯穟。殊無理義。介甫善本作條徐墜。于理或然。日如愁胡視天地。杉雞竹兔不自惜。溪一作孩虎野羊俱辟易。鞲上鋒稜十二翮。將軍勇銳與之敵。將軍樹勳起安西。崑崙虞泉入馬蹄。白羽曾肉三狻猊。敢決豈不與之齊。荆南芮公得將軍。亦如角鷹下翔一作入朔雲。惡鳥飛飛啄金屋。安得爾輩開其羣。驅出六合梟鸞分。

角鷹 酉陽雜俎。雕角鷹等。四月一日停放。五月上旬置籠。埤雅。鷹鷂。二年之色也。頂有角。毛微起。今通謂之角鷹。翠氣 甘泉賦。颺翠氣之宛延。善曰。言宮觀之高。故翠氣宛延。在其側而颺之。愁胡 孫楚鷹賦。深目蛾眉。狀似愁胡。魏彥深鷹賦。立如植木。望似愁胡。十二翮 傅玄鷹賦。左看若側。右視如傾。勁翮二六。機連體輕。狻猊 爾雅。狻麑如虦猫。食虎豹。注。獅子也。

## 狄明府 博濟。一作寄狄明府。

梁公曾孫我姨弟。不見十年官濟濟。大賢之後竟陵遲。浩蕩古今同一體。比看叔伯四十人。有才無命百寮底。今者兄弟一百人。幾人卓絕秉周禮。在汝更用文章爲。長兄白眉復天啓。汝門請從曾翁一云公說。太后當朝多巧詆。一作計狄公執政在末年。濁河終陳浩然本作中不汚清濟。國嗣初將付諸武。公獨廷諍守丹陛。禁中決册陳作册決請一作詔房陵。前一作滿朝長老皆流涕。太宗社稷一朝正。漢官威儀重昭洗。時危始識不世才。誰謂荼苦甘如薺。汝曹又宜列土一作鼎食。身使門戶多旌棨。胡爲漂泊岷漢間。干謁王侯頗歷抵。一作詆況乃山高水有波。秋風蕭蕭露泥泥。虎之飢。下巉嵒。蛟之横。出清泚。早歸來。黄土泥衣浩然本作黄汚人衣眼易眯。

決册 舊書。中宗自房陵還宫。則天匿之帳中。召仁傑。以廬陵爲言。仁傑慷慨敷奏。言發涕流。遽出中宗。謂仁傑曰。還卿儲君。仁傑降階泣賀。既已。奏曰。太子還宫。人無知者。物議安審是非。則天以爲然。乃復置中宗于龍門。具禮迎歸。人情感悦。仁傑前後匡復奏對凡數萬言。北海太守李邕撰爲梁公別傳。備載其辭。

## 秋風二首

秋風淅淅吹巫山。上牢下牢修水關。吳檣楚柂牽百丈。暖向神一作成都寒未還。要路何日罷長戟。戰自青羌連百一作白蠻。中巴不曾消息好。暝傳戍鼓長雲間。

上牢下牢 唐志。峽州西北二十八里。有下牢鎮。有黄牛山。元和郡縣志。下牢鎮。在夷陵縣二十八里。隋于此置峽州。貞觀九年。移于步闡壘。其舊城因置鎮。方輿勝覽。下牢溪。在秭歸縣西六十里。舊注。上牢巫峽。下牢夷陵。百丈 演繁露。杜詩多用百丈。問之蜀人云。水峻。岸石又多廉稜。若用索牽。遇石輒斷。故劈竹爲大瓣。以麻索連貫。以爲牽具。是名百丈。南史朱超石傳。宋武北伐。超石董舟師入河陽。軍人緣河南岸牽百丈。有漂度北岸者。陸游入蜀記。上峽惟用艣及百丈。不復張帆。百丈以巨竹四破爲之。大如人臂。予所乘千六百斛舟。凡用艣六枝。百丈兩車。神都 唐志。光宅元年。號東都曰神都。青羌 水經注。青衣羌國也。竹書記年。梁惠成王九年。瑕陽人自秦導岷山青衣水來歸。華陽國志。天漢四年。罷沈黎。置兩部都尉。一治旄牛。主外羌。一治青衣。主漢民。郡國志。漢嘉故青衣。陽嘉二年改。白蠻 唐會要。東謝蠻在黔州之西數百里。比至白鹽。通鑑。武德七年。以白狗羌等地。置維、恭二州。中巴方輿紀勝。華陽國志云。劉璋爲益州牧。以墊江以上爲巴郡。江州至臨江爲永寧郡。朐䏰至魚復爲固陵。巴遂分矣。巴州居其中。爲中巴。

秋風淅淅吹我衣。東流之外西日微。天清小城擣練急。石古細路行人稀。不知明月爲誰好。早晚孤帆他一作也夜歸。會將白髮倚庭樹。故園池臺今是非。

久雨期王將軍不至

天一云山雨蕭蕭滯一云帶茅屋。空山無以慰幽獨。銳頭將軍來何遲。令我心中苦不足。數看黃霧亂玄雲。時聽嚴風折喬木。泉源冷冷雜猿狖。泥濘一云滓漠漠飢鴻鵠。歲暮窮陰耿未已。人生會面難再得。憶爾腰下鐵絲箭。射殺林中雪色鹿。前者坐皮因問毛。知子歷險人馬勞。異獸如飛星宿落。應弦不礙蒼山高。安得突騎只五千。崒然眉骨皆爾曹。走平亂世相催促。一豁明主正鬱陶。憶一云恨昔范增碎玉斗。未使吳兵着白袍。昏昏閶闔閉氛祲。十月荊南雷怒號。

吳兵呂蒙傳。蒙至尋陽。盡伏其精兵䑠䑹中。使白衣搖櫓。作商賈人服。此所謂吳兵着白袍也。舊注引夫差、侯景事。俱謬。

別李秘書始興寺所居

不見祕書心若失。及見祕書失心疾。安爲動主理信然。我獨覺子神充實。一作精神實 重聞西方止觀經。老身古寺風泠泠。妻兒待我一作來。陳作米。且歸去。他日杖藜來細聽。

## 虎牙行

秋一作北風欻吸晉作欻欻吹南國。天地慘慘無顏色。洞庭揚波江漢迴。虎牙銅柱皆傾側。巫峽陰岑朔漠氣。峯巒窈窕谿谷黑。杜鵑不來猿狖寒。一作啼山鬼幽憂雪霜逼。楚老長嗟憶炎瘴。三尺角弓兩斛力。壁立石城橫塞起。金錯旌竿滿雲直。漁陽突騎獵青丘。犬戎鏁甲聞丹極。八荒十年防盜賊。征戍誅求寡妻哭。遠客中宵淚霑臆。

虎牙　水經。江水又東歷荊門虎牙之間。注。荊門山在南。上合下開。其狀似門。虎牙山在北。石壁色紅。間有白文。類牙形。此二山。楚之西塞也。漢書注。在今峽州夷陵縣東南。江賦。虎牙嵥豎以屹崒。荊門闕竦而盤礴。

銅柱　水經注。江水又東逕漢平二百餘里。左自涪陵東出百餘里。而届于積石東。爲銅柱灘。

## 錦樹行

今日苦短昨日休。歲云暮矣增離憂。霜凋碧樹待荆作行。一云作。錦樹。萬壑東逝無停留。荒戍之城石色古。東郭老人住青丘。飛書白帝營斗粟。琴瑟几杖柴門幽。青荆作春草萋萋盡枯死。天馬跂陳作與驥。跂一作跛。足隨氂牛。自古聖賢多薄命。姦雄惡少皆封侯。一作封公侯故國三年一消息。終南渭水寒悠悠。五陵豪貴反顛倒。鄉里小兒狐白裘。生男墮地要膂力。一生（一作生女）富貴傾邦國。莫愁父母少黃金。天下風塵兒亦得。

犛牛（山海經。荆山其中多犛牛。注。旄。牛屬也。黑色。出西南徼外也。音狸。一音來。按郭云。旄。牛屬也。其非即旄牛可知。舊注引上林賦。誤。）生男（傅玄豫章行云。苦相身爲女。卑陋難具陳。男兒當門戶。墮地自生神。）

## 赤霄行

孔雀未知牛有角。渴飲寒泉逢觝觸、赤霄玄圃須往來。翠尾金花不辭辱。江中淘河嚇飛鳶。銜泥却落羞華屋。皇孫猶曾蓮勺困。衛（一作鮑）莊見貶傷其足。老翁愼莫怪少年。葛亮貴和書有篇、丈夫垂名動萬年。記憶細故非高賢。

孔雀（嶺南異物志。交趾郡人網捕孔雀。採其金翠毛。裝爲扇拂。或全株生截其尾爲方物。云生取。則金翠之色不減耳。）淘河（本草。鵜鶘一名淘河。胸前有兩塊肉。云昔人竊肉入河所化。故名逃河。）蓮勺（宣帝紀。常困于蓮勺鹵中。）衛莊（見左傳成十七年。）貴和（陳壽定諸葛氏集目錄。凡二十四篇。貴和第十一。）

## 前苦寒行二首

漢時長安雪一丈。牛馬毛寒縮如蝟。楚江巫峽冰入懷。虎豹哀號又堪記、秦城老翁荆揚客。

慣習炎蒸歲絺綌。玄冥祝融氣或交。手持白羽未敢釋。

長安雪西京雜記。元封二年。大寒。雪深一丈。野中鳥獸皆死。牛馬踡跼如蝟。三輔人民凍死者。十有二三。

去年白帝雪在山。今年白帝雪在地。凍埋蛟龍南浦縮。寒刮陳作割肌膚北風利。楚人四時皆麻衣。楚天萬里英華作頃無晶輝。三足之烏足英華作骨恐斷。羲和送將何所歸。一作迭送將安歸。一作送之將安歸。

## 後苦寒行二首

南紀巫廬瘴不絕。太古以來無尺雪。蠻夷長老怨苦寒。崑崙天關凍應英華作欲折。玄猿口噤不能嘯。白鵠翅垂眼流一作出血。安得春泥補地裂。

南紀舊注。巫廬二山。南國之綱紀也。唐天文志。李淳風撰法象志。以天下山河分爲兩戒。北戒自積石終南。負地絡之陰。東及太華。踰河並雷首、底柱、王屋、太行。北抵常山之右。乃東循塞垣。至濊貊朝鮮。是爲北紀。所以限戎狄也。南戒自岷山、嶓冢。負地絡之陽。東極太華。連商山、熊耳、外方、桐柏。自上洛南踰江漢。攜武當、荆山。至于衡陽。乃東循嶺徼。達東甌。至閩中。是爲南紀。所以限蠻夷也。故星傳謂北戒爲胡門。南戒爲越門。

晚一作曉來江門一作邊失大水。猛風中夜吹英華作飛白屋。天兵斬斷英華作新斬青海戎。殺氣南行動地軸。

不爾苦寒何太一作其酷。巴東之峽生淩澌。彼蒼回軒舊作軻。刊作斡。人得知。

## 晚晴

高唐暮冬雪壯哉。舊瘴無復似塵埃。崖沈谷没白皚皚。江石缺裂青楓摧。南天三旬苦霧開。赤日照耀從西來。六龍寒急光徘徊。照我衰顔忽落地。口雖吟詠心中哀。未怪及時少年子。揚眉結義黄金臺。洎（陳作汨）乎吾生何飄零。支離委絶同死灰。

## 復陰

方冬合沓玄陰塞。昨日晚晴今日黑。萬里飛蓬映天過。孤城樹羽揚風直。江濤簸（一作欺）岸黄沙走。雲雪埋山蒼兕吼。君不見夔子之國杜陵翁。牙齒半落左耳聾。

## 夜歸

夜半歸來衝虎過。山黑家中已眠臥。傍見北斗向江低。仰看明星當空大。庭前把燭嗔（一作喚）兩炬。峽口驚猿聞一箇。白頭老罷舞復歌。杖藜不睡誰能那。

老罷（顧況集。閩俗呼子爲囝。父爲郎罷。此云老罷。亦戲用閩俗語也。）

## 寄柏學士林居

自胡之反持干戈。天下學士亦奔波。歎彼幽棲載典籍。蕭然暴露依（一作向）山阿。青山萬里（一作重）

靜散地。白雨一洗空垂蘿。亂代飄零余(一作餘)到此。古人成敗子如何。荊揚春冬異風土。巫峽日夜多雲(一作風)雨。赤葉楓林百舌鳴。黃泥(一作花)野岸天雞舞。盜賊縱橫甚密邇。形神寂寞甘辛苦。幾時高議排金門。各使蒼生有環堵。

天雞 爾雅。鶾。天鷄。謝靈運詩。天鷄弄和風。爾雅釋鳥。亦有螒。天鷄。楊文公談苑。杜詩兩用天鷄。皆指鶾也。

## 寄從孫崇簡

嵯峨白帝城東西。南有龍湫北虎溪。吾孫騎曹不騎(一作記)馬。業學尸鄉多養雞。龐公隱時盡室去。武陵春樹他人迷。與汝林居未相失。近身藥裹酒長攜。牧豎樵童亦無賴。莫令斬斷青雲梯。

青雲梯 謝靈運詩。惜無同懷客。共登青雲梯。張湛列子注曰。雲梯可以陵虛。

## 奉酬薛十二丈判官見贈

忽忽峽中睡。悲風(一作秋)方一醒。西來有好鳥。爲我下青冥。羽毛淨(一作盡)白雪。慘澹飛雲汀。既蒙主人顧。舉翮唳孤亭。持以比佳士。及此慰揚舲。清文動哀玉。見道發新硎。欲學鴟夷子。

待勅燕山銘。誰重斷虵劍。一云國重斬邪劍致君君未聽。志在麒麟閣。無心雲母屏。卓氏近新寡。豪家朱門一作戶局。相如才調逸。銀漢會雙星。客來洗粉黛。日暮拾流螢。不是無膏火。勸郎勤六經。老夫自汲澗。野水日泠泠。我歎黑頭白。君看銀印青。臥病識山鬼。爲農知地形。誰矜坐錦帳。苦厭食魚腥。東西兩岸坼。晉作岸兩坼橫一作積水注滄溟。碧色忽一作苦惆悵。風雷搜百靈。空中右一作有白虎。赤節引娉婷。自云帝里一作季女。噀雨鳳凰翎。襄王薄行跡。莫學冷如丁一作冰。千秋一拭淚。夢覺有微馨。人生相感動。金石兩青熒。丈人但安坐。休辨渭與涇。龍蛇尙格鬭。洒血暗郊坰。吾聞聰明主。治一作活國用輕刑。銷兵鑄農器。今古歲方寧。文一作天王日儉德。俊乂始盈庭。榮華貴少壯。豈食楚江萍。

斷虵吳若本注云。斬邪用朱雲事。斷虵恐非人臣所用。按李賀寄權璩楊敬之詩云。自言漢劍當飛去。唐人使事。無容拘泥若此。

醉爲馬墜諸公攜酒相看

甫也諸侯老賓客。罷酒酣歌拓金戟。騎馬忽憶少年時。散蹄迸落瞿塘石。白帝城門水雲外。低身直下八千尺。粉堞電轉紫遊韁。東得平岡出天壁。江村野堂爭入眼。垂鞭一作肩嚲鞚凌紫陌。向來皓首驚萬人。自倚紅顏能騎射。安知決臆追風足。朱汗駼驒猶噴玉。不虞一蹶終損傷。人生快意多所辱。職當憂戚伏衾枕。況乃遲暮加煩促。明（一作朋）知來問腆我顏。杖藜強起依僮僕。語盡還成開口笑。提攜別掃清谿曲。酒肉如山又一時。初筵哀絲動豪竹。共指西日不相貸。喧呼且覆盃中淥。何必走馬來爲問。（一作不爲身）君不見嵇康養生遭（一作被）殺戮。

## 別李義

神堯十八子。十七王其門。道國洎（一作及）舒國。督（一作實）。唯親弟昆。中外貴賤殊。余亦忝諸孫。丈人嗣三葉。（一作玉業）之子白玉溫。道國繼德業。請從丈人論。丈人領宗卿。肅穆古制敦。先朝納諫諍。直氣橫乾坤。子建文筆壯。河間經術存。爾克富詩禮。骨清慮不喧。洗然遇知己。談論淮湖奔。憶昔初見時。小襦（一作孺）繡芳蓀。長成忽會面。慰我久疾魂。三峽春冬交。江山雲霧昏。正宜且聚集。恨此當離樽。莫怪執盃遲。我衰涕唾煩。重問子何之。西上岷江源。願子少干謁。蜀都足戎軒。誤失將帥意。不如親故恩。少年早歸來。梅花已飛翻。努力慎風水。豈惟數盤飧。猛虎臥在岸。蛟螭出無痕。王子自愛惜。老夫困石根。生別古所嗟。發聲爲爾吞。

十八子鮑曰。高祖二十二子。衛懷王玄霸。楚哀王智雲。皆先薨。太子建成。巢王元吉。以事誅。詔除籍。故止言十八。太宗有天下。故言十七王也。道國舒國道王元慶。高祖第十六子。舒王元明。第十八子。趙云。詳味詩意。則李義道國之裔孫。而公則舒國後裔之外孫也。舊注云。公自言杜李同出陶唐氏。是何夢語。祭外祖祖母文曰。紀國則夫人之門。而舒國則府君之外父。外父者。即外王父也。公爲舒國外孫之外孫。故云余亦忝諸孫。趙注未詳。宗卿道王元慶。麟德元年薨。諡曰孝。子臨淮王誘嗣。次子詢。詢子微。神龍初。封爲嗣道王。景雲元年宗正卿。卒。子鍊。開元二十五年。襲封嗣道王。廣德中。官至宗正卿。公詩所謂丈人嗣三葉者。微也。困學紀聞云。義蓋微之子是也。宗室世系表。微下不載義。偶失之耳。爾克諸宋刻皆作溫克。

送高司直尋封閬州

丹雀銜書來。暮棲何鄉樹。驊騮事天子。辛苦在道路。司直非冗官。荒山甚無趣。借問泛舟人。胡爲入雲霧。與子姻婭間。既親亦有故。萬里長江邊。邂逅一相遇。長卿消渴再。公幹沈綿屢。清談慰老夫。開卷得佳句。時見文章士。欣然淡一作談情素。伏枕聞別離。疇能忍漂寓。良會苦短促。溪行水奔注。熊羆咆空林。游子慎馳騖。西謁巴中侯。艱險如跬步。主人不世才。先帝常特顧。拔爲天軍佐。崇大王法度。淮海生清風。南翁尚思慕。公宮造廣廈。木石乃無數。初聞伐松柏。猶臥天一柱。我瘦一作病書不成。成字讀一作字亦誤。爲我問故人。勞心練征戍。

赤雀竹書。季秋之甲子。赤爵銜書及豐。置于昌戶。昌拜稽首受其文。巴中華陽國志。巴子後理閬中。秦爲巴郡地。十道錄。果、閬、合三州。同是漢巴郡之地。天軍天軍。卽禁軍也。天文志。有羽林天軍。

## 君不見簡蘇徯

君不見道邊廢棄池。君不見前者摧折桐。百年死樹中琴瑟。一斛舊水藏蛟龍。丈夫蓋棺事始定。君今幸未成老翁。何恨憔悴在山中。深山窮谷不可處。霹靂魍魎兼一作井狂風。

死樹庾信擬連珠。龍門死樹。尙抱咸池之曲。

## 贈蘇四徯

異縣昔同遊。各云厭轉蓬。別離已五年。尙在行李中。戎馬日衰息。乘輿安九重。有才何棲棲。將老委所窮。爲郎未爲賤。其奈疾病攻。子何面黧黑。不得豁心胸。巴蜀倦剽掠。一作劫下愚成土風。幽薊已削平。荒徼尙彎弓。斯人脫身來。豈非吾道東。乾坤雖寬大。所適裝囊空。肉食哂菜色。少壯欺老翁。況乃主客間。古來偪側同。君今下荆揚。獨帆如飛鴻。二州豪俠場。人馬皆自雄。一請甘饑寒。再請甘養蒙。

## 寄薛三郎中據

人生無賢愚。飄颻若埃塵。自非得神仙。誰免危其身。與子俱白頭。役役常苦辛。雖爲尚書郎。不及村野人。憶昔村野人。其樂難具陳。藹藹桑麻交。公侯爲等倫。天未厭戎馬。我輩本常貧。子尚客荆州。我亦滯江濱。峽中一臥病。瘧癘終冬春。春復加肺氣。此病蓋有因。早歲與蘇鄭。痛飲情相親。二公化爲土。嗜酒不失眞。余今委修短。豈得恨命屯。聞子心甚壯。所過信席珍。上馬不用扶。每（一作忽）扶必怒嗔。賦詩賓客間。揮洒動八垠。乃知蓋代手。才力老益神。青草洞庭湖。東浮滄海漘。君山可避暑。況足采白蘋。子豈無扁舟。往復江漢津。我未下瞿塘。空念禹功勤。聽説松門峽。吐藥攬衣巾。高秋却束帶。鼓枻視青旻。鳳池日澄碧。濟濟多士新。余病不能起。健者勿逡巡。上有明哲君。下有行化臣。

大覺高僧蘭若（和尚去冬往湖南）

巫山不見廬山遠。松林（一作間）蘭若秋風晚。一老猶鳴日暮鐘。諸僧尚乞齋時飯。香爐峯色隱晴湖。種杏仙家近白榆。飛錫去年啼邑子。獻花何日許門徒。

香爐　遠法師廬山記曰。山東南有香爐山。孤峯秀起。游氣籠其上。卽氛氳若烟氣。

# 杜工部集卷之八

虞山蒙叟錢謙益箋注

## 古詩四十五首居松陵公安及至湖南作

### 宿青溪驛奉懷張員外十五兄之緒

漾舟千山內。日入泊枉渚。我生本飄飄。今復在何許。石根青楓林。猿鳥聚儔侶。月明游子靜。畏虎不得語。中夜懷友朋。乾坤此深阻。浩蕩前後間。佳期付荆楚。

青溪 寰宇記。青溪。在峽州遠安縣南六十里。源出青溪山下。鬼谷先生傳云。楚有青溪。下深千仞。其水靈異。青溪驛當以此爲名。公出峽下荆州。宿此。故曰佳期付荆楚。太白詩。夜發青溪向三峽。亦卽此地也。輿地紀勝。青溪驛在嘉州犍爲縣。恐地名偶同耳。

### 敬寄族弟唐十八使君

與君陶唐後。盛族多其人。聖賢冠史籍。枝派羅源津。在今氣磊落。巧僞莫敢親。介立實吾弟。濟時肯殺身。物白諱受玷。行高無汚眞。得罪永泰末。放之五溪濱。鸞鳳有鎩翮。先儒曾抱麟。雷霆霹長松。骨大卻生筋。一失不足傷。念子孰自珍。泊舟楚宮岸。戀闕浩酸辛。除名配清江。厥土巫峽鄰。登陸將首途。筆札枉所申。歸朝跼病肺。敘舊思重陳。春風洪濤壯。谷轉頗彌旬。我能泛中流。搪突鼉獺瞋。長年已省柁。慰此貞良臣。

族弟 舊注。甫自撰萬年縣君京兆杜氏墓誌云。其先系統于伊祁。分姓于唐杜。范宣子曰。祖自虞以上爲陶唐氏。在夏爲御龍氏。在商爲豕韋氏。在周爲唐杜氏。師古曰。唐。太原晉陽縣也。杜。京兆杜縣也。 清江 清江。施州郡。九域志。施與夔爲鄰。在夔之南三百餘里。

## 憶昔行

憶昔北尋小有洞。洪河怒濤過輕舸。辛勤不見華蓋君。艮岑青輝慘么麽。千崖無人萬壑靜。三步回頭五步坐。秋山眼冷魂未歸。仙賞心違淚交墮。弟子誰依白茅一作石。室。盧老獨啓青銅鎖。巾拂香餘搗藥塵。階一作前除灰死燒丹火。玄圃滄洲莽空闊。金節羽衣飄婀娜。落日初霞閃餘映。倏忽東西無不可。松風磵水聲合時。青兕黃熊啼向我。徒然咨嗟撫遺迹。至今夢想仍猶佐。一作左。音如佐。祕訣隱文須內教。晚歲何功使一作收願果。更討一作覓衡陽董鍊師。南浮一作游早鼓瀟湘柁。

小有 茅君內傳。大天之內。有玄中之洞三十六所。第一王屋山之洞。周圍萬里。名曰小有淸虛之天。眞誥。王屋山。仙之別天。所謂陽臺也。始得道者皆詣臺。是清虛之宮也。南岳夫人言。明日當詣王屋清虛宮。寰宇記。

玉屋山。在玉屋縣北十五里。落日苕溪漁隱詩話。玉屋山中。日西落而人影或在西。日東落而人影或在東。不可致詰。故曰。落日初霞閃餘映。倏忽東西無不可。董鍊師六典。道士修行。其德高思精。謂之鍊師。輿地紀勝。董奉先。天寶中修九華丹法于衡陽棲朱陵後洞。杜甫憶昔行云。更憶衡陽董鍊師。

## 魏將軍歌

將軍昔着從事衫。鐵馬馳突重兩銜。被堅執銳略西極。崑崙月窟東嶄巖。君門羽林萬猛士。惡若哮虎子所監。五年起家列霜戟。一日過海收風帆。平生流輩徒蠢蠢。長安少年氣欲盡。魏侯骨聳精爽緊。華嶽峯尖見秋隼。星纏寶校金盤陀。夜騎天駟超天河。欃槍熒惑不敢動。翠蕤雲旓相蕩摩。吾爲子起歌都護。酒闌插劍肝膽露。鉤陳蒼蒼風玄武。一云玄武暮萬歲千秋奉明主。臨江節士安足數。

東嶄巖荊溪吳子良曰。崑崙月窟在西南。云東者。謂將軍略地至西方之極。而崑崙月窟反在東也。星纏寶校呂東萊注曰。星纏寶校金盤陀。蓋馬裝也。顔延年赭白馬賦云。具服金組。兼飾丹雘。寶鋑星纏。鏤章霞布。注云。以金組丹雘飾其裝具。如星霞之布。又張平子東京賦。龍輈華轙。金鍐鏤錫。方釳左纛。鉤膺玉瓖。注。蔡邕曰。金鍐者。馬冠也。高廣各五寸。上如玉華形。在馬鬉前。鏤。雕飾也。當顱刻金以爲之。詩。鉤膺鏤錫。所謂寶校。此其具也。第尊卑之制殊耳。又古樂府。白馬金具裝。橫行遼水旁。天駟天官書。漢中四星曰天駟。旁一星曰王良。旁八星絕漢曰天潢。翠蕤雲旓呂東萊注。旓。所交反。旌旗旒也。翠蕤雲旓。皆旗也。相蕩摩。舒閑也。選。啓翠華之葳蕤。張平子西京賦曰。棲鳴鳶。曳雲旓。司馬相如子虛賦。下摩蘭蕙。上拂羽蓋。錯翡翠之葳蕤。注。徐廣曰。錯音措。或作錯紛翠蕤。歌都護樂府。丁督護歌。一曰阿都護。唐志曰。丁督護。晉宋間曲也。今歌是宋武帝所製。云督護北征去。前鋒無不平。李白集作丁都護歌云。一唱都護歌。心摧淚如雨。鈎陳 甘泉賦注曰。勾陳。紫宮外營鈎陳星也。水經注。河南有鈎陳壘。世傳武王伐紂。八百諸侯所會處。紫微有勾陳之宿。主鬪訟兵陳。故遁甲攻取之法。以所攻神與鈎陳幷氣。下制所臨之辰。則決禽敵。是以壘資其名矣。隋志。勾陳六星。在紫微宮中。故天子殿前。亦有鈎陳。所以法天也。玄武 漢志。北宮玄武虛危。其南有衆星。曰羽林天軍。軍西爲壘。晉志。壁壘陣十二星。在羽林北。羽林之垣壘也。臨江節士 宋陸厥有臨江王節士歌。

北風

北風破南極。朱鳳日威一作低垂。洞庭秋欲雪。鴻雁將安歸。十年殺氣盛。六合人烟稀。吾慕漢初老。時清猶茹芝。

客從

客從南溟來。遺我泉客珠。珠中有隱字。欲辨不成書。緘之篋笥久。以俟公家須。開視化爲血。哀今徵斂無。

泉客 吳都賦。泉室潛織而卷綃。淵客慷慨而泣珠。劉淵林注。鮫人從水中出。曾寄寓人家。積日賣綃。臨去。從主人家索器。泣而出珠滿盤。以與主人。

白馬

白馬東北來。空鞍貫雙箭。可憐馬上郎。意氣今誰見。近時主將戮。中夜商一作傷於戰。喪亂死多門。嗚呼淚如霰。

商於（水經注。丹水逕流南鄉兩縣之間。歷於中之北。所謂商於者也。故張儀說楚絕齊。許以商於之地六百里。謂以此也。鶴曰。大曆三年二月。商州兵馬使劉洽殺防禦使殷仲卿。尋討平之。夢弼曰。謂臧玠殺崔瓘也。）

白鳧行

君不見黃鵠高于五尺童。化爲白鳧似（一作象）老翁。故畦遺穗已蕩盡。天寒歲（一作日）暮波濤中。鱗介腥羶素不食。終日忍飢西復東。魯門鶢鶋亦蹭蹬。聞道如（樊作于）今猶避風。

朱鳳行

君不見瀟湘之山衡山高。山巔（卞圜本作巖）朱鳳聲（一作鳴）嗷嗷。側身長顧求其羣。（一作曹）翅垂口噤心甚勞。（一作勞勞）下愍百鳥在羅網。黃雀最小猶難逃。願分竹實及螻蟻。盡使鴟梟相怒號。（鶴云。爲衡州刺史陽濟討臧玠而作。其說迂繆。）

惜別行送向卿進奉端午御衣之上都

肅宗昔在靈武城。指揮猛將收咸京。向公（一云向公亦衞伯玉。蓋芮字傳寫之悞。）泣血洒行殿。佐佑卿相乾坤平。逆胡冥寞隨烟燼。卿家兄弟功名震。麒麟圖（一作閣）畫鴻雁行。紫極出入黃金印。尙書勳業超千古。雄鎭荊州繼吾祖。裁縫雲霧成御衣。拜跪題封向（吳本作賀）端午。向卿將命寸心赤。青山落日江潮白。卿到朝廷說老翁。漂零已是滄浪客。

尙書（廣德元年。衞伯玉拜江陵尹。兼御史大夫。荊南節度使。尋加檢校工部尙書。封陽城郡王。此云鎭荊州。知爲伯玉也。繼吾祖者。杜預以鎭南大將軍都督荊州諸軍事也。向卿者。尙書將命之人也。舊注。尙書指向卿之父珣。又云向秀繼杜預鎭荊州。唐人無所謂向珣者。向秀在晉朝。史稱其在朝不任職。容迹而已。安得有繼杜預鎭荊之事。舊注無稽僞撰。皆此類也。）

## 醉歌行贈公安顏少府請顧八題壁（英華作贈公安縣顏十少府）

神仙中人不易得。顏氏之子才孤標。天馬長鳴待駕馭。秋鷹整翮當雲霄。君不見東吳顧文學。君不見西漢杜陵老。詩家筆勢君不嫌。詞翰升堂爲君掃。是日霜風凍七澤。烏蠻落照銜赤壁。酒酣耳熱忘頭白。感君意氣無所惜。一爲歌行歌主客。（一本云醉歌行。歌主客。英華同。）

顧文學（即顧八分文學也。舊注以爲顧況。甚誤。）

## 夜聞觱篥

夜聞觱篥滄江上。衰年側耳情所嚮。鄰舟一聽多感傷。塞曲三更欻悲壯。積雪飛霜此夜寒。孤燈急管復風（一作奔）湍。君知天地（一作下）干戈滿。不見江湖（一作湘）行路難。

鷰篥杜氏通典。鷰篥本名悲栗。出于胡中。其聲悲。東夷有以卷桃皮爲之者。亦出南蠻。樂府雜錄。觱栗者。大龜茲國樂。亦名悲栗。有類于笳也。

### 發劉郎浦

挂帆早發劉郎浦。疾風颯颯昏亭午。舟中無日不沙塵。岸上空村盡豺虎。十日北風風未廻。客行歲晚晚一作兀相催。白頭厭伴漁人宿。黃帽青鞋歸去來。

劉郎浦吳若本注。蜀先主納吳女處也。呂溫詩云。吳蜀成婚此水潯。明珠步障幄黃金。誰將一女輕天下。欲換劉郎鼎峙心。十道志。劉郎浦在荆州。江陵圖經。在石首縣。

### 別董頲

窮冬急風水。逆浪開帆難。士子甘旨闕。不知道里寒。有求彼樂土。南適小長安。到一作刊別我舟檝去。覺君衣裳單。素聞趙公節。兼盡賓主歡。已結門廬一作閭望。無令霜雪殘。老夫纜亦解。脫粟朝未餐。飄蕩兵甲際。幾時懷抱寬。漢陽頗寧靜。峴首試考槃。當念著白帽一作褐。采薇青雲端。

鶴曰。詩云急風逆浪。蓋董自岳陽泝漢水而之鄧也。又云。老夫纜亦解。公是時亦有適潭之期矣。小長安光武紀。戰于小長安。注。續漢書。淯陽縣有小長安聚。故城在今鄧州南陽縣南。張叔卿流桂州詩。胡塵不到處。即是小長安。

送重表姪王砅評事使南海砅。力制切。說文引詩深則砅。

我之曾祖吳作老姑。爾之高祖母。爾祖未顯時。歸爲尙書婦。王珪也隋朝大業末。房杜俱交友。長者來在門。荒年自餬口。家貧無供給。客位但箕帚。俄頃羞頗珍。一作頗羞珍寂寥人散後。入怪鬢髮空。吁嗟爲之久。自陳翦髻鬟。鬻市充盃一作沽酒。上云天下亂。宜與英俊厚。向竊窺數公。經綸亦俱有。次問最少年。虬髯十八九。子等成大名。皆因此人手。下云風雲合。龍虎一吟吼。願展丈夫雄。得辭兒女醜。秦王時在坐。眞氣驚戶牖。及乎貞觀初。尙書踐台斗。夫人常肩輿。上殿稱萬壽。六宮師柔順。法則化妃后。至尊均嫂叔。盛事垂不朽。鳳雛無凡毛。五色非爾曹。往者胡作逆。乾坤沸嗷嗷。吾客左馮翊。爾家同遁逃。爭奪至徒步。塊獨委蓬蒿。逗留熱爾腸。十里卻呼號。自下所騎馬。右持腰間刀。左牽紫遊韁。飛走使我高。苟活到今日。寸心銘佩牢。亂離又聚散。宿昔恨滔滔。水花笑白首。春草隨青袍。廷評近要津。節制收英髦。北驅漢陽傳。南泛上瀧舠。家聲肯墜地。利器當秋毫。番禺親賢領。籌運神功操。大夫出盧宋。樊作宗寶貝休脂膏。洞主降接武。海胡舶千艘。我欲就丹砂。跋涉覺身勞。安能陷糞土。

有志乘鯨鼇。或驂鸞騰天。聊樊作不作鶴鳴皐。

王珪 新書。珪始隱居時。與房玄齡、杜如晦善。母李嘗曰。爾必貴。但未知所與遊者何如人。而試與偕來。會玄齡等過其家。李窺大驚。勅具酒食。歡盡日。喜曰。二客公輔才。汝貴不疑。復齋漫錄。房、杜舊不與太宗相識。太宗起兵。玄齡杖策謁軍門。乃薦如晦。珪則建成誅後始見召。以史傳參考。詩爲誤也。西淸詩話。以新唐書所載。質之子美是詩。則珪之婦杜。非其母李也。且一婦人識眞主于側微。其事甚偉。史闕而不錄。是詩載之爲悉。世號詩史。信不誣也。容齋隨筆。珪與太宗非素交。唐書載李氏事。亦采之小說。恐未必然。而杜公稱其祖姑事。不應不實。且太宗朝宰相。別無姓王者。眞不可曉也。趙傁曰。珪與房、杜同遊文中子之門。則交友可知矣。肩輿 唐會要。命婦朝謁。並不得乘檐子。其尊屬年高。特勅賜檐子者。不在此例。紫遊韁 晉中興書。太和中。鄴下童謠。青青御路楊。白馬紫遊韁。上瀧 水經注。武溪水又南入重山。山名藍豪。廣圓五百里。悉曲江縣界。崖峻岨。巖嶺干天。交柯雲蔚。霾天晦景。謂之瀧中。懸湍迴注。崩浪震山。名之瀧水。瀧水又南出峽。謂之瀧口。瀧水又南逕曲江縣東。盧宋 大曆四年。李勉除廣州刺史。兼嶺南節度觀察使。番禺賊帥馮崇道、桂州叛將朱濟時阻洞爲亂。遣將招討。悉斬之。五嶺平。前後西域舶汎海至者。歲纔四五。勉性廉潔。舶來都不檢閱。故末年至者四十餘。代歸至石門。停舟。悉搜家人所貯南貨犀象諸物。投之江中。耆老以爲可繼前朝宋璟、盧奐、李朝隱之徒。人吏詣闕請立碑。代宗許之。詩所謂親賢大夫者。謂李勉也。夢弼以爲並指王珌。失之遠矣。驂鸞 別賦。駕鶴上漢。驂鸞騰天。

## 詠懷二首

人生貴是男。丈夫重天機。未達善一身。得志行所爲。嗟余竟轗軻。將老逢艱危。胡雛逼神器。逆節同所歸。河雒化爲血。公侯一作卿草間啼。西京復陷沒。翠蓋蒙塵飛。萬姓悲赤子。兩宮棄紫微。倏忽向二紀。奸雄多是非。本朝再樹立。未及貞觀時。日給在軍儲。上官督有司。

高賢迫形勢。豈暇相扶持。疲苶苟懷策。棲屑無所施。先王實罪己。愁痛正爲茲。歲月不我與。蹉跎病于斯。夜看酆城氣。回首蛟龍池。齒髮已自料。意深陳苦（吳本作昔）詞。邦危壞法則。聖遠益愁慕。飄颻桂水遊。悵望蒼梧暮。潛魚不銜鉤。走鹿無反顧。皦皦幽曠心。拳拳異平素。衣食相拘閡。朋知限流寓。風濤上春沙。千（刊作十）里侵（刊作浸）江樹。逆行少（陳作值）吉日。時節空復度。井竈任塵埃。舟航煩數具。牽纏加老病。瑣細隘俗務。萬古一死生。胡爲足名數。多憂汙桃源。拙計泥銅柱。未辭炎瘴毒。擺落跋涉懼。虎狼窺中原。焉得所歷住。葛洪及許靖。避世常此路。賢愚誠等差。自愛各馳騖。羸瘠且如何。魄奪針灸屢。擁滯僮僕慵。稽留篙師怒。終當挂帆席。天意難告訴。南爲祝融客。勉强親杖屨。結託老人星。羅浮展衰步。

**桂水** 水經注。郴舊縣也。桂陽郡治也。地理志曰。桂水所出。因以名也。桂水出桂陽縣北界山。應劭曰。桂水出桂陽東北入湘。湘水自桂陽而來。故云飄颻桂水遊。公實未嘗到郴也。**蒼梧** 郭景純云。長沙零陵。古者總名其地爲蒼梧。**葛洪** 葛洪傳。洪見天下已亂。欲避地南土。乃參廣州刺史嵇含軍事。及含遇害。遂停南土多年。後以年老。聞交趾出丹。求爲勾漏令。止羅浮山煉丹。在山積年。優游閑養。**許靖** 蜀志。孫策東渡江。皆走交州。以避其難。靖身坐岸邊。先載附從。親疎悉發。乃從後去。既至交州。太守士燮厚加敬待。靖與曹公書曰。若荊楚平和。王澤南至。令得假途由荊州出。得歸死國家。沒軀九泉。將復何恨。**羅浮** 羅浮山記。羅。羅山也。浮。浮山也。二山合體。謂之羅浮。在增城、博羅二縣之境。裴淵廣州記。羅山隱天。唯石樓一路。時有閒遊者少得至。山際大樹合抱。視之如薺菜在地。山之陽。有一小嶺。云蓬萊邊浮來著此。因名號羅浮。

## 送顧八分文學適洪吉州

中郎石經後。八分蓋憔悴。顧侯運鑪錘。筆力破餘地。昔在開元中。韓擇木蔡有鄰同贔屭。玄宗妙其書。是以數子至。御札早流傳。揄揚非造次。三人並入直。恩澤各不二。顧於韓蔡內。辨眼工小字。分日示英華作侍諸王。鈎深法更祕。文學與我遊。蕭疎外聲利。追隨二十載。浩蕩長安醉。高歌卿相宅。文翰飛省寺。視我揚馬間。白首不相棄。驊騮入窮巷。必脫黃金轡。一論朋友難。遲暮敢失墜。古來事反覆。相見橫涕泗。嚮者玉珂人。誰是青雲器。才盡傷形體。一作骸病渴汙官位。故舊獨依然。時危話顛躓。我甘多病老。子負憂世志。胡爲困衣食。顏色少稱遂。遠作辛苦行。順從衆多意。舟檝無根蔕。蛟鼉好爲祟。況兼水賊繁。特戒風飆駛。崩騰戎馬際。一作險往往殺長吏。子干東諸侯。勸一作勤勉防縱恣。邦以民爲本。魚饑費香餌。請哀瘡痍深。告訴皇華使。使臣精所擇。進德知歷試。惻隱誅求情。固應賢愚異。列一作烈士惡苟得。俊傑思自致。贈子猛虎行。出郊載酸鼻。

東觀餘論。跋顧誡奢書呂肅公碑後云。杜詩顧八分文學。謂誡奢也。觀其遺迹。乃知子美弗虛稱之。碑首倒韰。亦自奇古。不獨八分可尚云。西溪叢語。唐呂公表。呂諲也。元結撰前太子文學翰林待詔顧誡奢書。石經蔡邕傳。邕以經籍去聖久遠。文字多繆。俗儒穿鑿。疑誤後學。熹平四年。奏求正定六經文字。靈帝許之。邕乃自書册於碑。使工鐫刻。立太學門外。于是後儒晚學。咸取正焉。及碑始立。其觀視及摹寫者。車乘日千餘輛。塡塞街陌。書册。水經注作書丹。洪氏隸釋。水經注云。光和六年。立石于太學。其上悉刻蔡邕名。魏正始中。又刻古篆隸三字石經。蓋諸儒受詔在熹平。而碑成則光和年也。隋志有一字石經七種。三字石經三種。其論云。漢鐫七經。皆蔡邕書。又云。魏立一字石經。其說自相矛盾。新舊唐志有今字石經七種。而注論語云蔡邕作。又有三字石經古篆兩種。蓋唐書以隸爲今字也。觀遺經字畫之妙。非中郎輩不能爲。以黃初後碑刻比之。相去不啻霄壤。豈魏人筆力可到。當以水經爲據。三體者。乃後人所刻。儒林傳爲篆隸二體者。非也。**贔屭**西京賦。巨靈贔屭。注。贔屭。作力之貌也。**御札**書苑。唐明皇好圖畫。工八分章草。豐茂英特。初。張說爲麗正殿學士獻詩。明皇自于彩箋上八分書讚。所謂御札流傳者此也。張燕公等因獻賦詩。上各賜賛褒美。自于五色箋八分書之。賫付院散付學士。金壺記。明皇親書西嶽碑文。刺史徐知仁上言曰。親迁彩筆。寫在香箋。隨手生姿。入神變態。勢如飛動。妙絕古今。諒得自然。豈因外物。次柳氏舊聞。玄宗善八分書。將命相。先以御體書其姓名。置案上。

## 上水遣懷

我衰太平時。身病戎馬後。蹭蹬多拙爲。安得不皓首。驅馳四海內。童稚日餬口。但遇新少年。少逢舊親友。低顏下色地。故人知善誘。後生血氣豪。舉動見老醜。窮迫挫曩懷。常如中風走。一紀出西蜀。于今向南斗。孤舟亂春華。一作草。暮齒依蒲柳。冥冥九疑葬。聖者骨亦一作已朽。蹉跎陶唐人。鞭撻日月久。中間屈賈輩。讒毁竟自取。鬱沒樊作悒二悲魂。蕭條猶在否。崷崒清湘石。逆行雜林藪。篙工密逞巧。氣若酣盃酒。歌謳互激遠。樊作越回斡明受樊作相授。善一作蓋知應觸類。各藉穎脫手。古來經濟才。何事獨罕有。蒼蒼衆色晚。熊挂玄蚺吼。黃羆在樹顛。正爲羣虎守。羸骸將何適。履險顏益厚。庶與達者論。吞聲混瑕垢。

上水趙子櫟曰。自岳之潭之衡爲上水。自衡回潭爲下水。舊注。公以乾元二年入蜀。大曆三年出蜀之楚。至今五年。恰十二年矣。中風走朱叔元與彭寵書。伯通猶中風狂走。自捐盛時。九疑山海經。南方蒼梧之丘。蒼梧之淵。其中有九疑之山。舜之所葬。在長沙零陵界中。郭璞曰。其山九峯皆相似。故曰九疑。古者總名其地爲蒼梧也。文穎曰。九疑半在蒼梧。半在零陵。陶唐人舊注。指羲和也。熊羆詩義。熊能攀援上高樹。見人則顛倒投地而下也。柳子厚熊說。鹿畏貙。貙畏虎。虎畏羆。

## 遣遇

磬折辭主人。開帆駕洪濤。春水滿南国。朱崖雲日高。舟子廢寢食。飄風爭所操。我行匪利涉。謝爾從者勞。石間采蕨女。鬻菜一作市輸官曹。丈夫死百役。暮返空村號。聞見事略同。刻剝及錐刀。貴人豈不仁。視汝如莠蒿。索錢多門戶。喪亂紛嗷嗷。奈何黠吏徒。漁奪成逋逃。自喜遂生理。花時甘刊作貰縕袍。

## 解憂

減米散同舟。路難思共濟。向來雲濤盤。衆力亦不細。呀坑一作帆。一作吭。瞥眼過。飛櫓本無蒂。得失瞬息間。致遠宜恐泥。百慮視安危。分明曩賢計。茲理庶可廣。拳拳期勿替。

呀坑夢弼曰。呀坑。乃灘口也。趙曰。呀坑者。淤坑如口之呀開者也。

宿鑿石浦

早宿賓從勞。仲春江山麗。飄風過無時。舟檝敢不一作不敢繫。回塘澹暮色。日沒衆星嘒。缺月殊未生。清燈死分翳。窮途多俊異。亂世少恩惠。鄙夫亦放蕩。草草頻卒樊作年歲。斯文憂患餘。聖哲垂彖繫。

早行

趙譜云。發潭州。泝湘。宿鑿石浦。過津口。至空靈岸。宿花石戍。過衡山。

歌哭俱在曉。行邁有期程。孤舟似昨日。聞見同一聲。飛鳥數一作散求食。潛魚亦一作向獨驚。前王作網罟。設法害生成。碧藻非不茂。高帆終日征。干戈未一作異揖讓。崩迫開樊作闕其情。

過津口

南岳自茲近。湘流東逝深。和風引桂楫。春日漲雲岑。回首過津口。而多楓樹林。白魚困密綢。黃鳥喧嘉音。物微限通塞。惻隱仁者心。甕餘不盡酒。膝有無聲琴。聖賢兩寂寞。眇眇獨開襟。

津口水經注。江陵故城有江津戍。北對大岸。謂之江津口。家語曰。江水至江津。非方舟避風。不可涉也。故郭景純云。濟江津以起漲。

次空靈岸

沄沄逆素浪。落落展清眺。幸有舟楫遲。得盡所歷妙。空靈霞石峻。楓栝一作枯隱奔峭。青春猶無一作有私。白日亦一作已偏照。可使營吾居。一作屋終焉託長嘯。毒瘴未足憂。兵戈滿邊徼。嚮者留

夢弼曰。空靈當作空舲。刀筆誤耳。水經注。湘水縣北有空舲峽。驚浪雷奔。濬同三峽。十道四番志。湘水空舲灘。水經注又云。江水自建平至東界峽。盛弘之謂空舲峽。峽甚高峻。即宜都、建平二郡界也。

遺恨。恥爲達人誚。迴帆覬賞延。佳處領其要。

宿花石戍

午辭空靈岑。夕得花石戍。岸疏開闢水。一作山木雜今古樹。地蒸南風盛。春熱西日暮。四序本平分。氣候何迴互。茫茫天造間。理亂豈恆數。繫舟盤藤輪。策杖古樵路。罷人不在村。野圃泉自注。柴扉雖蕪沒。農器尚牢固。山東殘逆氣。吳楚守王度。誰能扣君門。下令減征賦。

水經注。湘水又北逕三石山。東山枕側湘川。此即三石水口也。水北有三石戍。戍城爲二水之會也。地理志。潭州長沙。有淥口、花石二戍。

早發

有求常百慮。斯文亦吾病。以玆朋故多。窮老驅馳併。早行篙師怠。席挂風不正。昔人戒垂堂。今則奚奔命。濤翻黑蛟躍。日出黃霧映。煩促瘴豈侵。頹倚睡未（一作還）醒。僕夫問盥櫛。暮顏（一作未）靦青鏡。隨意簪葛巾。仰慚林花盛。側聞夜來寇。幸喜囊中淨。艱危作遠客。干請傷直性。薇蕨餓首陽。粟馬資歷聘。賤子欲適從。疑悞此二柄。

次晚洲

參錯雲石稠。坡陀風濤壯。晚洲適知名。秀色固異狀。棹經垂猿把。身在度鳥上。擺浪散帙妨。危沙折花當。羇離暫愉悅。羸老反惆悵。中原未解兵。吾得終疏放。

花當俞舜卿云。危沙既險。無他標識。插花以當之。非玉巵無當之當字也。廣韻。當。底也。今體詩云。常苦沙崩損藥闌。危沙易崩。故折花以爲之當。此亦偶寫近江之景色也。

望嶽

南嶽配朱鳥。秩禮自百王。歘吸領地靈。鴻（一作澒）洞半炎方。邦家用祀典。在德非馨香。巡守何寂寥。有虞今則亡。洎一作泊吾隘世網。行邁越瀟湘。渴日絕壁出。漾舟清光旁。祝融五一作三峯尊。峯峯次低昂。紫蓋獨不朝。爭長業相望。恭聞魏夫人。羣仙夾翱翔。有時五峯氣。散風如飛霜。牽迫限一作恨修途。未暇杖崇岡。歸來覬命駕。沐浴休玉堂。三歎問府主。曷以贊我皇。牲璧忍一作感衰俗。神其思降祥。

**南岳** 後漢志。湘南侯國。衡山在東南。郭璞曰。俗謂之岣嶁山。風俗通。衡山一名霍山。水經注。湘水又北逕衡山縣東。山在西南。有三峯焉。一名紫蓋。一名容峯。最爲竦傑。獨容峯焉。自遠望之。蒼蒼隱天。故羅含云。望若陣雲。自非清霽素朝。不見其峯。山經謂之岣嶁山。爲南岳也。山下有舜廟。南有祝融塚。容峯之東。有仙人石室。學者經過。往往聞諷誦之音矣。衡山東南二面。臨映湘川。自長沙至此。江湘七百里。中有九背。故漁者歌曰。帆隨湘轉。望衡九面。羅含湘中記云。衡山九疑。皆有舜廟。逢衡山如陣雲。沿湘九里。九向九背。乃不復見。又云。度應權衡。位直離宮。故曰衡山。又名霍山。徐靈期南岳記云。衡山者。朱陵之靈臺。太靈之寶洞。上承翼軫。鈐總萬物。故名衡山。下踞離宮。統攝大師。故號南岳。赤帝館其巔。祝融宅其陽。逮于軒轅。以潛霍二山副焉。元和郡國志。衡岳廟在衡山縣西三十里。南岳記曰。南宮四面皆絕。人獸莫至。周迴天險。無得履者。漢武帝移于江北霍山。隋文帝復移於今所。**朱鳥** 天官書。南宮朱鳥。索隱曰。南宮赤帝。其精爲朱鳥也。唐天文志。星紀鶉尾。以負南海。其神主乎衡山。熒惑位焉。**紫蓋** 荆州記。衡山有三峯。其一名紫蓋。每見有雙白鶴徊翔其上。一峯名石囷。一曰芙蓉。長沙記。衡山軒翔聳拔。九千餘丈。尊卑差次。七十二峯。最大者五。芙蓉、紫蓋、石廩、天柱、祝融。而祝融爲最高。樹萱錄。岳之諸峯。皆朝于祝融。獨紫蓋一峯。勢轉東去。**魏夫人** 顔眞卿魏夫人仙壇碑銘。夫人白日升辰。北詣上清宮玉闕之下。授夫人玉札金文。位爲紫虛玄君。領上眞司命南岳夫人。比秩仙公。陶弘景眞誥所呼南眞。即夫人也。

## 湘江宴餞裴二端公赴道州

白日照舟師。朱旗散廣川。羣公餞南伯。肅肅秩初筵。鄙人奉末眷。佩服自早年。義均骨肉地。懷抱罄所宣。盛名富事業。無取愧高賢。不以喪亂嬰。保愛金石堅。計拙百寮下。氣蘇君子前。會合苦不久。哀樂本相纏。交遊颯向盡。宿昔浩茫然。促觴激百慮。掩抑淚潺湲。熱雲集曛黑。一作初集黑 缺月未生天。白團爲我破。華燭蟠長烟。鴰鶡一作鶡鵊。一作鴰鶬。催明星。解袂從此旋。上請減兵甲。下請安井田。永念病渴老。附書遠山巔。

鴰鶡師古注。子虛賦曰。鶬鴰也。今關西呼爲鴰鹿。山東謂之鶬。鄙俗名爲錯落。錯落者。亦言鶬聲之急耳。又謂鴰捋。鴰鹿鴰捋。皆象其鳴聲也。

清明

著處繁花務陳作華矜 是一作足 日。長沙千人萬人出。渡頭翠柳艷明眉。爭道朱蹄驕齧厀。此都好遊湘西寺。諸將亦一作遠。一作方。自軍中至。馬援征行在眼前。葛強山簡愛將也 親近同心事。金鐙廣韻。鐙與燈同。下山紅粉一作日 晚。牙檣柂青樓遠。古時喪亂皆可知。人世悲歡暫相遣。弟姪雖存不得書。干戈未息苦離一作難 居。逢迎少壯非吾道。況乃今朝更祓除。

齧厀魏志。朱建平善相馬。魏文帝將出。取馬外入。建平曰。此馬今日死矣。及將乘。馬惡衣香。驚齧帝厀。帝怒。遣殺之。王子淵聖主得賢臣頌。及至駕齧厀。驂乘旦。應劭曰。馬瘠有餘氣。常齧厀而行也。孟康曰。良馬低頭口至郪。故曰醫郪。

### 風雨看舟前落花戲爲新句

江上人家桃樹枝。春寒細雨出疎籬。影遭碧水潛勾引。風妬紅花卻倒吹。吹花困癲（一作嬾）傍舟楫。水光風力俱相怯。赤憎輕薄遮入（一作人）懷。珍重分明不來接。（一作折）濕久飛遲半日（一作欲）高。縈沙惹草細於毛。蜜蜂蝴蝶生情性。（一作住）偸眼蜻蜓避百勞。

### 岳麓山道林二寺行

玉泉之南麓山殊。道林林壑爭盤紆。寺門高開洞庭野。殿腳插入赤沙湖。五月寒風冷佛（一作拂）骨。六時天樂朝香爐。地靈步步雪山草。僧寶人人滄海珠。塔劫宮牆壯麗敵。香（一作石）廚松道清涼（樊作崇）俱。蓮花（樊陳俱作池）交響共命鳥。金牓雙迴三足烏。方丈涉海費時節。玄圃尋河知有無。暮年且喜經行近。春日兼蒙暄暖扶。飄然斑白身（一作將）奚適。傍此烟霞茅可誅。桃源人家易制度。橘洲田土仍膏腴。潭府邑中甚淳古。太守庭內不喧呼。昔遭衰世皆晦迹。今幸樂國養微軀。依止老宿亦未晚。富貴功名焉足圖。久爲野（一作謝）客尋幽慣。細學何（當作周）顒免興孤。一重一掩山也吾肺腑。山一作仙鳥山花吾友于。宋公之問也放逐曾題壁。物色分留與一作待老夫。

岳麓水經注。湘水又北逕麓山東。其山東臨湘川。西傍原隰。息心之士。多所萃焉。盛弘之荆州記曰。長沙西岸有麓山。其下有精舍。左右林嶺環回。泉澗傍有礬石。每至嚴冬。其水不停。霜雪宗淵。徐靈期南岳記曰。南岳周廻八百里。回雁爲首。岳麓爲足。元和郡國志。岳麓山。在長沙縣西南。隔湘江水六里。蓋衡山之足。方輿勝覽。又名靈麓峯。乃岳山七十二峯之數。自湘西古渡登岸。夾徑喬松。泉澗盤繞。諸峯疊秀。下瞰湘江。岳麓寺在山上。百餘級乃至。今名惠光寺。下有李邕麓山寺碑。道林方輿勝覽。在岳麓山下。距善化縣八里。寺有四絕堂。保大中馬氏建。謂沈傳師、裴休筆札。宋之問、杜甫篇章。治平間。蔣穎叔作記。乃爲詮次。以沈書、歐書、杜詩、韓詩爲四絕。赤沙湖水經注。澧水經南安縣。又東與赤沙湖水會。湖水北通江而南注澧。謂之決口。方輿勝覽。赤沙湖與洞庭通。共命鳥海錄。釋氏書有共命鳥。二首而一身。金烏輿地紀勝。金烏井。在衡陽縣北二十里。橘洲水經注。湘水又北逕南津城。西對橘洲。或作吉字。爲南津洲尾。水西有橘洲。子戍故郭尙存。寰宇記。橘洲。在長沙西南四里。江中時有大水。洲渚皆沒。此洲獨存。湘中記。諺曰昭潭無底橘洲浮。何顒石林詩話。何顒見後漢黨錮傳。與是詩之義不類。當作周顒。按南史。周顒音辭辯麗。長于佛理。著三宗論。言空假義。西涼州智林道人遺顒書。深相贊美。于鍾山西立精舍。休沐則歸之。淸貧寡欲。終日長蔬。雖有妻子。獨處山舍。公又曰。何顒好不忘。亦同此誤也。案文選李善注。引梁簡文帝草堂傳曰。汝南周顒。昔經在蜀。以蜀草堂寺林壑可懷。乃于鍾嶺雷次宗學館立寺。因名草堂。亦號山茨。公以顒自喻。言他日雖去蜀。而周顒之興未忘也。

## 奉送魏六丈佑少府之交廣

賢豪贊經綸。功成空名垂一作名空。子孫不振耀。一云子孫沒不振歷代皆有之。鄭公四葉孫。長大常苦飢。衆中見毛骨。猶是麒麟兒。磊落貞觀事。致君樸直詞。家聲蓋六合。行色何其微。遇我蒼梧陰。一作野忽驚會面稀。議論有餘地。公侯來未遲。虛思黃金貴。一作遺自笑青雲期。長卿久病渴。武帝元同時。季子黑貂敝。得無妻嫂欺。尙爲諸侯客。獨屈州縣卑。南游炎海甸。浩蕩從此辭。窮途仗神道。世亂輕土宜。解帆歲云暮。可與春風歸。出入朱門家。華屋刻蛟螭。玉食亞王者。樂張游子悲。侍婢艷傾城。綃綺輕一作烟霧霏。掌中琥珀鐘。行酒雙逶迤。新歡繼明燭。梁棟星辰飛。兩情顧盼合。珠碧贈于斯。上貴見肝膽。下貴不相一作見疑。心事披寫間。氣酣達一作遠所爲。錯揮鐵如意。莫避珊瑚枝。始兼一作無逸邁興。終慎賓主儀。戎馬闇天宇。嗚呼生別離。

別張十三建封

嘗讀唐實錄。國家草昧初。劉裴建首義。龍見尙躊躕。秦王撥亂姿。一劍總兵符。汾晉爲豐沛。暴隋竟滌除。宗臣則廟食。後祀何疎蕪。彭城英雄種。宜膺將相圖。爾惟外曾孫。倜儻汗血駒。眼中萬少年。用意盡崎嶇。相逢長沙亭。乍問緒業餘。乃吾故人子。童丱聯居諸。揮手洒衰淚。仰看八尺軀。內外名家流。風神蕩江湖。范雲堪晚晉作結友。嵇紹自不孤。擇材征南幕。湖一作潮落回鯨魚。載感賈生慟。復聞樂毅書。主憂急盜賊。師老荒京都。舊丘豈稅駕。大廈傾宜扶。君臣各有分。管葛本時須。雖當霰雪嚴。未覺栝柏枯。高義在雲臺。嘶鳴望天衢。羽人掃碧海。功業竟何如。

劉裴劉文靜。隋末爲晉陽令。遇裴寂爲晉陽宮監。因而結友。引寂交于太宗。得通謀議。事見本傳。故人子張建封。兗州人。父玠。少豪俠。安祿山反。令僞將李庭偉率番兵脅下城邑。玠率鄉豪集兵殺之。太守韓擇木方遣使奏聞。玠流蕩江南。不言其功。公父爲兗州司馬。當以趨庭之日。與玠遊也。范雲雲本傳。雲好節尙奇。專趨人之急。少時與領軍長史王畡善。畡亡于官舍。貧無居宅。雲乃扶喪還家。躬營唅殯。嵇紹康臨誅。謂其子紹曰。巨源在。汝不孤矣。征南大曆初。道州刺史裴虬薦建封于觀察使韋之晉。辟爲參謀。奏授左清道兵曹。乃不樂吏役而去。

## 暮秋枉裴道州手札率爾遣興寄近呈蘇渙侍御

久客多枉友朋書。素書一月凡一束。虛名但蒙寒溫問。泛愛不救溝壑辱。齒落未是無心人。舌存恥作窮途哭。道州手札適復至。紙長要自三過讀。盈把那須滄海珠。入懷本倚崑山玉。撥棄潭州百斛酒。蕪沒瀟岸千株菊。使我晝立煩兒孫。令我夜坐費燈燭。憶子初尉永嘉去。紅顏白面花映肉。軍符侯印取豈遲。紫燕綠耳行甚速。聖朝尙飛戰鬬塵。濟世宜引英俊人。黎元愁痛會蘇息。戎狄跋扈徒逡巡。授鉞築壇聞意旨。頹綱漏網期彌綸。郭欽上書見大計。

劉毅答詔驚羣臣。他日更僕語不淺。明公論兵氣益振。傾壺簫管黑一作理。荊作動。白髮。舞劍霜雪吹青春。宴筵曾語蘇季子。後來傑出雲孫比。茅齋定王城郭門。藥物楚老漁商市。市北肩輿每聯袂。郭南抱甕亦隱几。無數將軍西第成。早作丞相東山起。鳥雀苦肥秋粟菽。蛟龍欲蟄寒沙水。天下鼓角何時休。陣前部曲終日死。附書與裴因示蘇。此生已媿須人扶。致君堯舜付公等。早據要路思捐軀。

百斛酒 荊州記。長沙郡酃縣有酃湖。周迴三里。取湖水爲酒。酒極甘美。水經注。縣有酃湖。湖中有洲。洲上民居。彼人資以給。釀酒甚醇美。謂之酃酒。歲常貢之。湖邊尙有酃縣故治。又郴縣有綠水。出縣東俟公山。西北流而南屈。注于耒。謂之程鄉溪。郡置酒官。醞于山下。名曰程酒。獻同酃也。元和郡國志。晉武帝平吳。薦酃酒于太廟是也。初尉 虬以天寶未亂時尉永嘉。浯溪觀唐賢題名。有河東裴虬。字深原。大曆四年爲著作郎。兼侍御史。道州刺史。蔣之奇武昌怡亭序云。怡亭銘。乃永泰元年李陽冰篆。李莒八分書。而裴虬作銘。劉長卿有過裴虬郊園詩曰。軍符侯印取豈遲。紫燕綠耳行甚速。謂七年之間。由尉而至于刺史也。郭欽 干寶晉紀。御史大夫郭欽上書曰。戎狄彊獷。歷古爲患。今西北郡皆與戎居。若百年之後。有風塵之警。戎騎自平陽上黨。不三日而至盟津。宜及平吳之威。出北地西河安定。復上郡。實馮翊。晉武帝弗聽。劉毅 見晉書劉毅傳。答武帝比桓靈語。定王城 水經注。蘇林曰。青陽。長沙縣也。漢高祖五年。以封吳芮爲長沙王。是城卽芮築也。景帝三年。封唐姬子發爲王。都此。寰宇記。定王廟在長沙縣東一里。廟連岡高一丈。俗謂之定王岡。西第 馬融傳。又作大將軍西第頌。

## 奉贈李八丈判官 曛

我丈時英特。宗枝神堯後。珊瑚市則無。騄驥人得有。早年見標格。秀氣衝星斗。事業富清機。官曹正獨守。頃來樹嘉政。皆已傳衆口。艱難體貴安。冗長吾敢取。區區猶歷試。烱烱更持久。討論實解頤。操割紛應手。篋書積諷諫。宮闕限奔走。入幕未展材。（一作懷）秉鈞孰爲偶。所親問淹泊。泛愛惜衰朽。垂白亂（一作辭）南翁。委身希北叟。眞成窮轍鮒。或似喪家狗。秋枯洞庭石。風颯長沙柳。高興激荆衡。知音爲廻首。

南翁（虞般佑高士傳。南公者。楚人。埋名藏用。世莫能識。居國南鄙。因以爲號。著書言陰陽事。）北叟（幽通賦。北叟頗識其倚伏。高允塞上公亭詩序曰。延和三年。余赴京師。發石門。北行失道。夜寓宿代之快馬亭。其俗云。古塞上公所遺之邑也。公有良馬。因以命之。代人云。塞上公姓李。代之李氏。並其後也。）

## 歲晏行

歲云暮矣多北風。瀟湘洞庭白雪（一作雲）中。漁父天寒網罟凍。莫徭射雁鳴桑弓。去年米貴闕軍食。今年米賤大傷農。高馬達官厭酒肉。此輩杼軸茅茨空。楚人重魚不重鳥。（一作肉）汝休枉殺南飛鴻。況聞處處鬻男女。割慈忍愛還租庸。往日用錢捉私鑄。今許（一云來）鉛錫和青銅。刻泥爲之最易得。好惡不合長相蒙。萬國城頭吹畫角。此曲哀怨何時終。

**莫徭** 隋地理志。長沙郡雜有夷蜑。名曰莫徭。自言其先祖有功。常免征役。故以爲名。常衮草江南西道觀察魏少游制曰。都團練觀察。處置莫徭。使莫徭江湖獵手不他徭。劉長卿連州臘日觀莫徭獵詩云。莫徭自生長。名字無符籍。市易雜鮫人。婚姻通木客。廣異記。閬州莫徭。以樵採爲事。**私鑄** 舊書。張九齡初知政事。奏請不禁鑄錢。令百官詳議。以爲不便。天寶數載之後。富商姦人。漸收好錢。潛將往江淮之南。每錢貨得私鑄惡者五文。假託官錢。將入京私用。鵝眼鉄錫。古文綖環之類。每貫重不過三四斤。按高宗嘗謂侍臣。私鑄過多。如聞荆、潭、宣、衡。犯法尤甚。遂有將船筏宿于江中。所部官人不能覺察。公時居荆、衡間。故作此詩。

## 人日寄杜二拾遺　高適

人日題詩寄草堂。遙憐故人思故鄉。柳條弄色不忍見。梅花滿枝空（樊作堪）斷腸。身在南蕃（一作遠）無所預。心懷百憂復千慮。今年人日空相憶。明年人（一作此）日知何處。一臥東山三（一作二）十春。豈知書劍與（一作老）風塵。龍鍾還（一作遠）忝二千石。媿爾東西南北人。

## 追酬故高蜀州人日見寄并序

開文書帙中。檢所遺忘。因得故高常侍適。往居在成都時。高任蜀州刺史。人日相憶見寄詩。淚洒行間。讀終篇末。自枉詩已十餘年。莫記存歿。又六七年矣。老病懷舊。生意可知。今海內忘形故人。獨漢中王（樊作郡王）瑀。與昭州敬使君超先在。愛而不見。情見乎辭。大曆五年正月二十一日。却追酬高公此作。因寄王及敬弟。

自蒙一作枉蜀州人日作。不意淸詩久零落。今晨散帙眼忽開。一作明迸淚幽吟事如昨。嗚呼壯士多慷慨。合沓高名動寥廓。歎我悽悽求友篇。感時鬱鬱匡君略。錦里春光空爛熳。瑤墀侍臣已冥寞。瀟湘水國傍黿鼉。鄠杜秋天失鵰鶚。東西南北更誰吳作堪論。白首扁舟病獨存。遙一作猶拱北辰纏寇盜。欲傾東海洗乾坤。邊塞西蕃最充斥。衣冠南渡多崩奔。鼓瑟至今悲帝子。曳裾何處覓王門。文章曹植波瀾闊。服食劉安德業尊。長笛誰能一作鄰家亂愁思。昭州詞翰與招魂。

鼓瑟遠遊。二女御九韶歌。使湘靈鼓瑟兮。補注。上言二女。則此湘靈乃湘水之神。非湘夫人也。長笛向子期思舊賦。鄰人有吹笛者。發聲寥亮。追思曩者遊宴之好。感音而歎。

## 蘇大侍御訪江浦賦八韻紀異并序

蘇大侍御渙。靜者也。旅于江側。凡一作乃是不交州府之客。人事都絕久矣。肩輿江浦。忽訪老夫。舟檝而已。茶酒內。余請誦近詩。肯吟數首。才力素壯。詞句動人。接對明日。憶其涌思雷出。書篋几杖之外。殷殷留金石聲。賦八韻記異。亦見老夫傾倒于蘇至矣。

龐公不浪出。蘇氏今有之。再聞誦新作。突過黃初詩。乾坤幾一云泊反覆。揚馬宜同時。今晨淸鏡中。勝食齋房芝。余髮喜卻變。白間生（一作添）黑絲。昨（一作永）夜舟火滅。（一作接）湘娥簾外悲。百靈未敢（刊作永夜）散。風破（一作波）寒江遲。

蘇渙（南部新書。蘇渙本不平者。善放白弩。巴中號爲弩跖。賓人患之。比壯年後。自知非。變節從學。鄉賦擢第。累遷至侍御史。佐湖南幕。崔瓘中丞遇害。遂踰嶺。扇動哥舒晃。跋扈交廣。作變伏誅。有變律詩十九首。上廣帥李公。唐人謂渙詩長于諷刺。得陳拾遺一鱗半甲。余觀其詞氣頡頏如此。固可見其胸中矣。子美逆旅相遇。美其能詩。又以龐公比之。此過情之譽也。權德輿南兗郡王伊慎神道碑。大曆中。嶺南裨將哥舒晃作亂。晃謀主蘇渙。屯據要害。詔公討之。明年十月。斬晃、渙泔溪。揭其首以狥。）

## 題衡山縣文宣王廟新學堂呈陸宰

旄頭彗紫微。無復俎豆事。金甲相排蕩。青衿一憔悴。嗚呼已十年。儒服弊于地。征夫不遑息。學者淪素志。我行洞庭野。欻得文翁肆。侁侁冑子行。若舞風雩至。周室宜中興。孔門未應棄。是以資雅才。渙然立新意。衡山雖小邑。首唱恢大義。因見縣尹心。根源舊宫閟。講堂非曩搆。大屋加塗墍。下可容百人。牆隅亦深邃。何必三千徒。始壓戎馬氣。林木在庭戶。密幹疊蒼翠。有井朱夏時。轆轤凍階戺。耳聞讀書聲。殺伐災髣髴。故國延歸望。衰顔減愁思。南紀改（陳作收）波瀾。西河共風味。采詩倦跋涉。載筆尚可記。（一云常記異）高歌激宇宙。凡百慎失墜。

彗紫微公羊注曰。天下血書魯端門曰。周姬亡。彗東出。東家雜記。二經既成。孔子齋戒。面北斗而拜。告備于天。紫微于是降光于講堂。文翁肆華陽國志。文翁立講堂。作石室。一曰玉堂。在城南。初。堂遇火。太守更修立。又增二石室。

## 入衡州

兵革自久遠。興衰看帝王。漢儀甚照耀。胡馬何猖狂。老將一失律。清邊生戰場。君臣忍瑕垢。河岳空金湯。重鎭如割據。輕權絕紀綱。軍州體不一。寬猛性所將。嗟彼苦節士。素于圓鑿方。寡妻從爲郡。兀者安堵牆。凋弊惜邦本。哀矜存事常。旌麾非其任。府庫實過防。恕刊作怒己獨在此。多憂增內傷。偏裨限酒肉。卒伍單衣裳。元惡迷是似。聚謀一作課洩康莊。竟流帳下血。大降湖南殃。烈火發中夜。高烟焦上蒼。至今分粟帛。殺氣吹沅湘。福善理顛倒。明徵天莽茫。銷魂避飛鏑。累足穿豺狼。隱忍枳棘刺。遷延胝趼瘡。遠歸兒侍側。猶乳女在旁。久客幸脫免。暮年慚激昂。蕭條向水陸。汨沒隨魚商。報主身已老。入朝病見妨。悠悠委薄俗。鬱鬱回剛腸。參錯走洲渚。舂容轉林篁。片帆左郴岸。通郭前衡陽。華表雲鳥埤。名園花草香。旗亭壯邑屋。烽櫓蟠城隍。中有古刺史。盛才冠巖廊。扶顛待柱石。獨坐飛風霜。昨者間瓊樹。高談隨羽觴。無論再繾綣。已是安蒼黄。劇孟七國畏。馬卿四賦良。門闌蘇生在。蘇生。侍御渙。勇銳白起强。問罪富形勢。凱歌懸否臧。氛埃期必掃。蛟螭焉能當。橘一作繘井舊地宅。仙山引舟航。此行厭暑雨。厥土聞清涼。諸舅剖符近。開緘書札光。頻繁命屢及。磊落字百行。江摠外家養。謝安乘興長。下流匪珠玉。擇木羞鸞凰。我師嵇叔夜。世賢張子房。彼掾張勸紫荆寄樂土。鵬路觀翺翔。

大曆五年二月。潭州刺史崔瓘爲其兵馬使臧玠所殺。玠據潭州爲亂。湖南將王國良因之而反。公避地入衡州。失律謂哥舒翰失守潼關也。苦節瓘以士行聞。莅職清謹。選潭州刺史。政在簡肅。恭守禮法。將吏自經時艱。久不奉法。多不便之。大曆五年四月。會月給糧儲。兵馬使臧玠與判官達奚覯忿爭。覯曰。今幸無事。玠曰。有事何逃。厲色而去。是夜玠遂搆亂。犯州城。以殺覯爲名。瓘遑遽走。逢玠兵至。遂遇害。問罪澧州刺史楊子琳、道州刺史裴虯、衡州刺史楊濟各出兵討玠。地宅後漢志注。郴縣南十數里。有馬嶺山。山有仙人蘇耽壇。水經注。黄溪東有馬嶺山。漢陽有郡民蘇耽。栖遊此山。後見耽乘白馬。還此山中。百姓爲立壇祠。元和郡國志。馬嶺山在縣東北五里。蘇耽舊宅在郴州東半里。俯臨城。餘迹猶存。諸舅書魯訔曰。橘井在郴州。諸舅謂崔偉。前有送二十三舅錄事之攝郴州詩。公將往依焉。江摠江摠傳。摠七歲而孤。依于外氏。幼聰敏。有至性。舅吳平光侯蕭勱名重當時。特所鍾愛。

## 舟中苦熱遣懷奉呈楊中丞通簡臺省諸公

媿为湖外客。看此戎馬亂。中夜混黎甿。脫身亦奔竄。遇臧玠之亂入衡州平生方寸心。反掌一作當帳下難。嗚呼殺賢良。不叱白刃散。吾非丈夫特。沒齒埋冰炭。恥以風病辭。胡然泊湘岸。入舟雖苦熱。垢膩可溉灌。痛彼道邊人。形骸改昏旦。中丞連帥職。封內權得按。身當問罪先。縣實諸侯半。士卒既輯睦。啓行促精悍。似聞上游兵。稍逼長沙館。鄰好彼克脩。天機自明斷。南圖卷雲水。北拱戴霄漢。美名光史臣。長策何壯觀。驅馳數公子。咸願同伐叛。聲節哀有餘。夫何激衰懦。偏裨表三上。鹵莽同一貫。始謀誰其間。廻首增憤惋。宗英李端公。守職甚昭煥。變通迫脅地。謀畫焉得算。王室不肯微。凶徒略無憚。此流須卒斬。神器資强幹。扣寂豁煩襟。皇天照嗟嘆。

始謀 通鑑。臧玠之亂。澧州刺史楊子琳起兵討之。取賂而還。初崔旰殺郭英乂。子琳起兵討旰。杜鴻漸各授官以和解之。及子琳攻旰敗還。縱兵涪夔、衛伯玉請于朝。以爲峽州團練使。及臧玠殺崔瓘。子琳聲言問罪。取賂而還。公詩所謂偏裨表三上。鹵莽同一貫。始謀誰其間。廻首增憤惋者。合前後三叛言之也。始謀蓋追論鴻漸、伯玉。故曰廻首增憤惋。唐藩鎮有事。俱用偏裨上表。假衆論以脅制朝廷也。 李端公 夢弼曰。謂李勉也。按是時。勉在廣州。方招討番禺賊帥。及桂州叛將。未聞起兵討臧玠也。

聶耒陽以僕阻水書致酒肉療飢荒江詩得代懷興盡本韻至縣呈聶令陸路去方田驛四十里舟行一日時屬江漲泊于方田

耒陽馳尺素。見訪荒江眇。義士烈女家。風流吾賢紹。昨見狄相孫。許公人倫表。前期刊作朝翰林後。屈跡縣邑小。知我碍湍濤。半旬獲浩溔。溔。玉篇。以沼切。上林賦。浩溔潢漾。麾下殺元戎。湖邊有飛旐。孤舟增鬱鬱。僻路殊悄悄。側驚猿猱捷。仰羡鸛鶴矯。禮過宰肥羊。愁當置清醥。人非西喻蜀。興在北坑趙。方行郴岸靜。未話長沙擾。崔師乞已至。澧卒用矜少。問罪消息眞。開顏憩亭沼。聞崔侍御漢乞師于洪府。師已至袁州北。楊中丞琳問罪將士。自澧上達長沙矣。

耒陽元和志。因耒水在縣東爲名。西北至衡州一百六十八里。清醥曹植酒賦。其味有宜城醪醴。蒼梧清醥。釋名。宜城醪。蒼梧清。酒名也。蜀都賦。觴以清醥。

本傳。甫泝沿湘流。游衡山。寓居耒陽。嘗游岳廟。爲暴水所阻。旬日不得食。耒陽聶令知之。自棹舟迎甫而還。明皇雜錄。杜甫客耒陽。遊岳祠。大水遽至。涉旬不得食。縣令具舟迎之。令嘗饋牛炙白酒。後漂寓湘潭間。羇旅憔悴于衡州耒陽縣。頗爲令長所厭。甫投詩于宰。宰遂致牛炙白酒以遺甫。甫飲過多。一夕而卒。集中猶有贈聶耒陽詩也。王彥輔麈史。世言子美卒于衡之耒陽。寰宇記亦載其坆在縣北二里。唐新書稱耒陽令遺白酒黃牛。一夕而死。予觀子美僑寄巴峽三歲。大曆三年二月。始下峽。流寓荊南。徙泊公安。久之。方次岳陽。卽四年冬末也。既過洞庭。入長沙。乃五年之春。四月遇臧玠之亂。倉皇往衡陽。至耒陽。舟中伏枕。又畏瘴。復沿湘而下。故有回櫂之作。又登舟將適漢陽云。秋帆催客歸。蓋回櫂在夏末。此篇已入秋矣。又繼之以暮秋將歸秦留別湖南幕府親友詩。則子美北還之迹。見此三篇。安得卒于耒陽耶。以元微之墓誌及呂汲公詩譜考之。其卒當在潭岳之交。秋冬之際。但詩譜云。是年夏卒。則非也。鶴曰。謝聶令詩云。興盡本韻。又且宿留驛近山亭。若果以飫死。豈能爲是長篇。又復游憩山亭。以詩證之。其誣明矣。

箋曰。舊書本傳。甫遊衡山。寓居耒陽。啗牛肉白酒。一夕而卒于耒陽。元稹墓誌。扁舟下荆楚間。竟以寓卒。旅殯岳陽。公卒于耒陽。殯于岳陽。史誌皆可考據。自呂汲公詩譜不明旅殯之義。以謂是年夏還襄漢。卒于岳陽。于是王得臣、魯訔、黄鶴之徒。紛紛聚訟。謂子美未嘗卒于耒陽。又牽引回棹等詩。以爲是夏還襄漢之證。按史。崔旰殺郭英乂。楊子琳攻西川。蜀中大亂。甫以其家避亂荆楚。扁舟下峽。此大曆三年也。是年至江陵。移居公安。歲暮之岳陽。明年之潭州。此于詩可考也。大曆五年夏。避臧玠之亂。入衡州。史云泝沿湘流。游衡山。寓居耒陽以卒。明皇雜錄。亦與史合。安得反據詩譜而疑之。其所引登舟歸秦諸詩。皆四年秋冬潭州詩也。斷不在耒陽之後。回棹詩有衡岳蒸池之句。蓋五年夏入衡。苦其炎暍。思回棹爲襄漢之游而不果也。此詩在耒陽之前明矣。安可據爲北還之證乎。以詩考之。大曆四年。公終歲居潭。而諸譜皆言是年春入潭。旋之衡。夏畏熱。復還潭。則又誤認回棹詩爲是年作也。作年譜者。臆見猜度。遂奮筆而書之。其不可爲典要如此。吾斷以史誌爲證。曰子美三年下峽。由江陵、公安之岳。四年之潭。五年之衡。卒于耒陽。殯于岳陽。其他支離傅會。盡削不載可也。當逆旅憔悴之日。涉旬不食。一飽無時。牛肉白酒。何足以爲垢病。而雜然起爲公諱。若夫劉斧之摭遺小說。韓退之、李元賓之僞詩僞傳。三尺童子皆知笑之。而諸人互相駁正。以爲能事。又何足道哉。

近代有爲杜工部耒陽祠堂記者。大略曰。子美出瞿塘。下江陵。登岳陽樓。覽衡岳。抵耒陽。適江水暴漲。有詩干聶令。令饋以牛肉白酒。因飫死。爲驚湍所漂。僅得所遺靴。因壘土築虛塚瘞之。舺縉有詩云。蔡倫池上霧如紙。杜老祠前秋日黃。爲問靴洲江上水。流船三日到衡陽。按此。則杜陵之歿。不特以牛肉白酒。幷罹汨羅之酷矣。然則元誌所謂旅殯岳陽者何喪。而四十年後嗣業所葬者又何柩耶。大抵賢者所在。人各引以爲重。不妨耒陽自葬子美之遺靴。亦不足置辨也。又耒陽縣誌。墓祠在縣治北郭外二里耒江左畔。洞陽觀之西。

杜工部集卷之八終

# 杜工部集卷之九

虞山蒙叟錢謙益箋注

近體詩八十二首天寶未亂及陷賊中作

冬日洛城北謁玄元皇帝廟廟有吳道子畫五聖圖

配極玄都閟。憑虛一作高。又作空。禁禦一作籞長。守祧嚴具禮。掌節鎮非常。碧瓦初寒外。金莖一氣旁。山河扶繡戶。日月近雕梁。仙李盤根大。猗蘭奕葉光。世家遺一作隨舊史。道德付一作冠今王。畫手看前輩。吳生遠擅場。森羅移地軸。妙絕動宮牆。五聖聯晉作連龍袞。千官列一作引雁行。冕旒俱秀發。旌旆盡飛揚。翠柏深留景。紅梨迥得霜。風箏吹玉柱。露井凍英華作動銀牀。身退卑周室。經傳拱漢皇。谷神如不死。養拙更何鄉。一作方

玄元皇帝廟　封演見聞記。國朝以李氏出自老君。故崇道教。高祖武德三年。晉州人吉善行于羊角山。見白衣老父呼謂曰。爲吾語唐天子。吾是老君。卽汝祖也。今年無賊。天下太平。高祖卽遣使致祭。立廟于其地。高宗乾封元年。還自岱岳。過眞源。詣老君廟。追尊爲玄元皇帝。唐書。開元二十九年。制兩京諸州各置玄元皇帝廟。天寶元年。陳王府參軍田同秀上言。玄元皇帝降于丹鳳門之通衢。告錫靈符在尹喜故宅。上遣使就函谷關尹喜臺西發得之。乃置玄元廟于天寧坊。東都于積善坊臨淄舊邸。親享于新廟。九月。改爲太上玄元皇帝宮。二年。改爲太淸宮。東都爲太微宮。此詩作于稱廟之時。當是開元末年。禁禦　羽獵賦。禁禦所營。應劭曰。禦。

止也。謂禁止往來。**守祧**周禮。守祧掌守先王先公之廟祧。注曰。廟謂太祖之廟。及三昭三穆。遷主所藏曰祧。先公之遷主。藏於后稷之廟。先王之遷主。藏於文武之廟。今于玄元之廟。嚴守祧之禮。不亦過乎。唐書。老君廟置令丞各一員。**仙李**神仙傳。老子生而能言。指李樹曰。以此爲我姓。唐太宗探得李詩。盤根直盈渚。交幹橫倚天。**猗蘭**漢武內傳。景帝使王夫人移居崇芳閣。改爲猗蘭殿。旬餘。景帝夢神女捧日以授王夫人。夫人吞之。十四月而生武帝。以猗蘭對仙李。亦以漢武比玄宗也。**世家**史記。伯夷爲列傳之首。開元二十三年。老子、莊子、奉勅升爲列傳首。處伯夷上。唐封玄元父周上御大夫爲先天太皇。母益壽氏爲先天太后。

**道德付今王**封演見聞記。開元二十一年。明皇親注老子道德經。令學者習之。舊書。開元二十年。詔兩京及諸州置崇玄學。其生徒令習道德經及莊子、列子、文子等。每年準明經例舉送。選舉志。道德經注成。詔天下家藏其書。貢舉人減尚書、論語而考試老子。**吳生遠擅場**名畫記。吳道子。陽翟人。明皇召入禁中。改名道玄。因授內教博士。張懷瓘每云。吳生之畫。下筆有神。是張僧繇後身也。東京賦。秦政利觜長距。終得擅場。注。終擅一場也。唐國史補。唐人燕集必賦詩。推一人擅場。**五聖**天寶八載閏六月。上親謁太清宮。册聖祖玄元皇帝尊號爲聖祖大道玄元皇帝。高祖、太宗、高宗、中宗、睿宗皆加大聖皇帝字。朱景玄畫斷。吳生畫東都玄元廟五聖千官。宮殿冠冕。勢傾雲雷。心奪造化。居神品之上也。康駢劇談錄。東都北邙山有玄元觀。南有老君廟。臺殿高敞。下瞰伊洛。神仙泥塑之像。皆開元中楊惠之所製。奇巧精嚴。見者增敬。壁有吳道子畫五聖眞容。及老子化胡經事。丹青妙絕。古今無比。蔡寬夫云。吳生畫。國初猶存。眞宗朝陵經過。愛其筆蹟。命行在畫工徧閱之。後詔有司修葺。墁壁見毀。**千官**雍錄。天寶五載。於太清像設東刻石爲李林甫、陳希烈之形。後又製楊國忠而瘞林甫。知吳生所畫千官。皆生面也。**冕旒**雍錄。太清宮成。採白石爲玄元聖容。衮冕之服。當扆南面。玄元廟當亦如此。**銀牀**淮南王篇。後園鑿井銀作床。金瓶素綆汲寒漿。梁簡文雙桐生空井詩。銀床繫轆轤。庾肩吾九日詩。銀床落井桐。吳曾曰。山海經。崑崙墟有九井。以玉爲檻。銀床者以銀作闌。猶山海經所謂以玉爲檻耳。**經傳**老氏聖紀圖。河上公授漢文帝道德二經旨奧。帝乃齋戒受之。唐會要。開元七年。左庶子劉子玄上議。今之所注老子是河上公。其序云。河上公者。是漢文帝時人。結茅庵于河曲。因以爲號。以所注老子授文帝。因冲空上天。不經之鄙言。流俗之虛語。漢書藝文志注老子者有三家。河上所釋無聞焉。請黜河上公。升王弼所注。司馬微亦云。漢史實無其人。然所注以養神爲宗。以無爲爲體。請河、王二注俱行。

箋曰。配極四句。言玄元廟用宗廟之禮。爲不經也。碧瓦四句。譏其宮殿踰制也。世家遺舊史。謂史記不列于世家。開元中勅升爲列傳之首。然不能升之于世家。蓋微詞也。道德付今王。謂玄宗親注道德經及置崇玄學。然未必知道德之意。亦微詞也。畫手以下。記吳生畫圖。冕旒旌旆。炫耀耳目。爲近于兒戲也。老子五千言。其要在清靜無爲。理國立身。是故身退則周衰。經傳則漢盛。即令不死。亦當藏名養拙。安肯憑人降形。爲妖爲神。以博世主之崇奉也。身退以下四句。一篇諷諭之意。總見于此。

## 贈韋左丞丈濟

左轄頻虛位。今年得舊儒。相門韋氏在。經術漢臣一作官須。時議歸前烈。吳作列天倫恨莫俱。鴒原荒宿草。鳳沼接亨衢。有客雖安命。衰容豈壯夫。家人憂几杖。甲子混泥途。不謂矜餘力。還來謁大巫。歲寒仍顧遇。日暮且踟蹰。老驥思千里。飢鷹待一呼。君能微感激。亦足慰榛蕪。一云折骨效區區

韋濟舊書。濟早以詞翰聞。天寶七載。爲河南尹。遷尚書左丞。三代爲省轄。衣冠榮之。左轄唐六典。左右丞掌管轄省事。糾察憲章。傅咸答辛曠序曰。尚書左丞。禪八座以下。居萬機之會。斯乃皇朝之司直。天臺之管轄。舊書。劉垍疏曰。尚書萬幾。實爲政本。是以二丞方於管轄。八座比于文昌。白居易爲庾承宣尚書右丞制。乃命承宣操右轄。前烈舊書。濟製先德詩四章。辭致高雅。天倫嗣立三子孚、恆、濟。皆知名。孚累遷至左司員外郎。恆開元初爲碭山令。宇文融密薦恆有經濟之才。擢拜殿中侍御史。爲隴右道河西黜陟使。出爲陳留太守。未行而卒。時人甚傷惜之。鳳沼謝莊讓中書令表曰。璧門天邃。鳳沼神深。荀勗從中書監爲尚書令。人賀之。乃發恚曰。奪我鳳凰池。何賀之有。韋思謙高宗時爲尚書左丞。武后時同蘭臺鳳閣三品。子承慶嗣立。長壽中。嗣立代承慶爲鳳閣舍人。長安三年。承慶代嗣立爲天官侍郎。頃之又代嗣立知政事。及承慶卒。嗣立

又代爲黃門侍郎。前後四職相代。又父子三人皆至宰相。有唐以來。莫與爲比。

## 投贈哥舒開府翰二十韻

今代麒麟閣。何人第一功。君王自神武。駕馭必英雄。開府當朝傑。論兵邁古風。先鋒百勝在。一作戰略地一作妙略兩隅空。青海無英華作飛傳箭。天山早挂弓。廉頗仍走敵。魏絳已和戎。每惜河湟棄。新兼節制通。智謀垂睿英華作眷想。出入冠諸公。日月低秦樹。乾坤繞漢宮。胡人愁逐北。宛馬又從東。受命邊沙一作軍麾遠。歸來御席同。軒墀曾寵鶴。畋獵舊非熊。茅土加名數。山河誓始終。策行遺英華作宜戰伐。契合動昭融。勳業青冥上。交親氣概中。未爲朱履客。已見一作是白頭翁。壯節初題柱。生涯獨轉蓬。幾年春草歇。今日暮途窮。軍事留孫楚。行間識呂蒙。一云鄉曲輕周處。將軍拔呂蒙。防身一長劍。將欲倚崆峒。一云腰間有長劍。聊欲倚崆峒。

哥舒翰 舊書。哥舒翰。突騎施首領哥舒部落之裔也。蕃人多以部落稱姓。因以爲氏。 麒麟閣 雍錄。未央宮有麒麟閣。宣帝圖功臣于此。則以藏書之地。清貴可尙。而章顯功臣于此也。 當朝傑 翰家富于財。倜儻任俠。好然諾。縱蒱酒。好讀左氏春秋傳及漢書。疎財重氣。士多歸之。 先鋒 翰初事節度使王倕。倕攻新城。使翰經略。三軍無不震慴。後節度使王忠嗣補爲衙將。爲大斗軍副使。討吐蕃于新城。遷左衞郎將。吐蕃寇邊。翰拒之于苦拔海。其衆三行。從山差池而下。翰持半段槍當其鋒擊之。三行皆敗。無不摧靡。由是知名。 兩隅 翰初仗劍之河西。事節度使王倕及王忠嗣。天寶六載。充隴西節度副使。前後與吐蕃戰于新城、苦拔海、積石軍。所謂兩隅者。指河西隴右而言也。舊注。北征突厥。西伐吐蕃。謬甚。**青海**天寶六載。翰代王忠嗣爲隴右節度使。明年。築神威軍于青海上。吐蕃至。攻破之。又築城于青海中龍駒島。有白龍見。遂名爲應龍城。吐蕃屏迹。不敢近青海。**天山**寰宇志。天山。在交河縣北一百二十里。一名祁連山。又名白山。又名天山軍。唐開元中置。在伊州城內。唐地理志。並隸河西道。吐蕃傳。吐蕃陷石堡城。天寶初。令皇甫惟明、王忠嗣爲隴西節度。皆不能克。八載。哥舒翰攻而拔之。改石堡城爲神武軍。本傳。以朔方河東羣牧十萬衆。委翰總統。攻石堡城。翰使麾下將高秀巖、張守瑜進攻。不旬日而拔之。**廉頗**翰年已老。素有風疾。故以廉頗爲比。**魏絳**新書。十二載。賜翰音樂田園。**河湟**吐蕃傳。湟水出蒙谷。抵龍泉。與河合。河之上流。繇洪濟梁西南行二千里。世舉謂西戎地曰河湟。郡國志。湟水名湟河。亦謂之樂都水。出青海東亂山中。東南流至蘭州。西南入黃河。睿宗時。楊矩爲鄯州都督。奏請黃河九曲之地。以爲金城公主湯沐之所。吐蕃既得九曲。頓兵畜牧。又與唐境接近。自是復叛。**節制**十二載。進封涼國公。加河西節度使。通鑑。十二載。翰擊吐蕃。拔洪濟大漠門等城。悉收九曲部落。是時中國盛强。自安遠門西盡唐境。萬二千里。翰每遣使入奏。常乘白橐駝。日馳五百里。十三載。翰奏于所開九曲之地。置洮陽、澆河二郡及神策軍。新書。置神策軍于臨洮西。澆河郡于積石西。及宛秀軍以實河曲。**逐北**南部新書。哥舒翰爲安西節度使。控地數千里。甚著威令。西鄙人歌曰。北斗七星高。哥舒夜帶刀。吐蕃總殺盡。更築兩重壕。**邊沙**翰素與祿山、思順不協。上每和解之爲兄弟。祿山在范陽。翰與思順分控隴朔。故曰受命邊沙遠。**御席**安祿山事蹟。哥舒翰與祿山並來朝。玄宗使高力士及貴人迎于京城東駙馬崔惠童山池宴會。使射生官供鮮鹿。取血煮其腸。謂之熱洛河以賜之。以翰好之故也。舊書。十一載冬。祿山、思順、翰並來朝。**寵鶴非熊**即指同御席之人也。蓋謂祿山、思順。不過軒墀之寵鶴。如翰者。乃畋獵之非熊也。以寵鶴喻祿山、思順。亦以衛懿公託諷玄宗也。劉會孟漫評之曰。此語深愧士大夫。不知何謂。

**茅土**天寶十二載。隴右節度使涼國公哥舒翰。進封平西郡王。食實封五百戶。**軍事**翰奏嚴挺之之子武爲節度判官。河東呂諲爲度支判官。前封丘尉高適爲掌書記。又蕭昕亦爲翰掌書記。**行間**翰爲其部將論功。隴右十將皆加封。若王思禮爲翰押衙。魯炅爲別將。郭英乂亦策名河隴間。又是年奏安邑曲環爲別將。皆拔之行間也。**長劍**宋玉大言賦。長劍耿耿倚天外。

## 上韋左相二十韻 見素

鳳曆軒轅紀。龍飛四十春。八荒開壽域。一氣轉洪鈞。霖雨思賢佐。丹青憶老一作直。樊作舊。臣。應圖求駿馬。驚代得麒麟。沙汰江河濁。調和鼎鼐新。韋賢初相漢。范叔已歸秦。盛業今如此。傳經固絶倫。豫樟深出地。滄海闊無津。北斗司喉舌。東方領搢紳。持衡留藻鑑。聽履上星辰。獨步才超古。餘波德照鄰。一云餘陰照北鄰聰明過管輅。尺牘倒陳遵。豈是池中物。由來席上珍。廟堂知至理。風俗盡還淳。才傑俱登用。愚蒙但隱淪。長卿多病久。子夏索居頻。回首驅流俗。生涯似衆人。巫咸不可問。鄒魯莫容身。感激時將晚。蒼茫興有神。爲公歌此曲。涕淚在衣巾。

**韋左丞** 鶴曰。見素天寶十三載拜武部尚書。同中書門下事。十五載。從玄宗幸蜀。至巴西。詔兼左相豳國公。此詩是十三載初入相時投贈。題云左相。或編寫時追稱之也。**四十春** 天寶十三載。玄宗在位四十二年。**霖雨** 天寶十三載秋。霖雨六十餘日。天子以宰輔或未稱職。見此咎徵。命楊國忠精求端士。訪于竇華、宋昱等。言見素方雅。柔而易制。上亦以經事相王府有舊恩。可之。故有霖雨之句。**老臣** 吳若本注云。相公之先人。遺風餘烈。至今稱之。故云丹青憶老臣。按見素父湊。開元中累官太原尹。謚曰文。或云應作舊臣。玄宗以相王府之舊用見素也。**沙汰** 陳希烈爲太子太師罷政事。故云沙汰江河濁。**范叔** 見素雖爲國忠引薦。公深望其秉正以去國忠。故有范叔之諭。蓋國忠以外戚擅國。猶穰侯之擅秦也。今范叔已歸秦矣。穰侯其可少避乎。蓋詭詞以勸之也。見素雖不能用公言。公之謀國用意如此。千載而下。可以感歎。**傳經** 漢書。韋賢兼通禮尚書。以詩教授。號稱鄒魯大儒。七十餘爲相。少子玄成。復以明經歷位至丞相。故鄒魯諺曰。遺子黃金滿籯。不如一經。**北斗** 李固傳。陛下之有尚書。猶天之有北斗也。斗爲天喉舌。尚書亦爲陛下喉舌。

東方顧命。孔氏傳。司馬第四。畢公領之。康王之誥。畢公率東方諸侯。入應門右。見素兼兵部尚書。故以畢公儗之。持衡見素爲吏部侍郎。平判皆誦于口。典選累年。銓序平允。人士稱之。聽履吳若本注云。公時兼兵部尚書。故曰聽履上星辰。聰明新書。肅宗改元。十月有星犯昴。見素言于肅宗曰。昴者。胡也。祿山將死。帝曰。日月可知乎。見素曰。福應在德。禍應在刑。昴金忌火。行當火位。昴之昏中。乃其時也。明年正月丙寅。祿山其殪乎。帝曰。賊何等死。答曰。五行。子者視妻所生。昴犯以丙申。金木之妃也。木火之母也。丙火爲金。子申亦金也。二金本同末異。還以相尅。賊殆爲子與首亂者更相屠戮乎。已而皆驗。見素孫覯。亦精陰陽象緯。蓋其家學也。咸巫離騷經。巫咸將夕降兮。懷椒糈而要之。

奉贈太常張卿二十韻 均

方丈三韓外。崑崙萬國西。建標天地闊。詣絕古今迷。氣得神仙迥。恩承雨露低。相門清議衆。儒術大名齊。軒冕羅天一作高闕。琳琅識介珪。伶官詩必誦。夔樂典猶稽。健筆凌鸚鵡。銛鋒瑩鸊鵜。友于皆挺拔。公望各端倪。通籍踰青瑣。亨衢照紫泥。靈虬傳夕箭。歸馬散霜蹄。能事聞重譯。嘉謨及遠黎。弼諧方一展。班序更何躋。適越空顛躓。遊梁竟慘悽。謬知終畫虎。微分是醯鷄。萍泛一作跡無休日。桃陰想舊蹊。吹噓人所羨。騰躍事仍睽。碧海眞難涉。青雲不可梯。顧深慙一作忘鍛鍊。才小辱提攜。檻束哀猿叫。一作巧枝驚夜鵲棲。幾時陪羽獵。應指釣璜溪。

**太常張卿** 舊書均傳云。均、垍皆能文。說在中書。兄弟已掌綸翰之任。九載。遷刑部尙書。自以才名當爲宰輔。楊國忠用事。罷陳希烈知政事。引韋見素代之。仍以均爲大理卿。均大失望。垍傳云。天寶十三載。盡逐張垍兄弟。出均爲建安太守。垍爲盧溪郡司馬。歲中召還。再遷爲太常卿。據此則均于歲中召還之後。自大理卿遷太常卿。故云再遷也。新書云。均還授大理卿。垍授太常卿。通鑑亦仍其誤。又書太常卿垍爲翰林供奉。在盧溪未貶之前。則失之遠矣。黃鶴欲改此詩爲贈垍。則又仍新書通鑑之誤也。**方丈** 郊祀志。自齊威、宣、燕昭。使人入海求蓬萊、方丈、瀛洲。此三神山者。其傳在渤海中。十洲記曰。方丈洲在東海中央。東西南北岸相去正等。方丈方五千里。朝鮮志。智異山在南原府東六十里。女眞白頭山之脈。連延至此。又名頭流。一名方丈。杜詩方丈三韓外注。及通鑑輯覽。皆云方丈在帶方郡。卽南原之南者是也。**三韓** 後漢東夷傳。韓有三種。一曰馬韓。二曰辰韓。三曰弁韓。各在山海間。地方合四千餘里。東西以海爲限。皆古之辰國也。馬韓最大。辰韓耆老自言秦之亡人。避苦役適韓國。馬韓割東界地與之。其名國爲邦。弓爲弧。賊爲寇。行酒爲行觴。相呼爲徒。有似秦語。故或名之爲秦韓。**崑崙** 王肅云。崑崙在臨羌西。水經。崑崙墟在西北。去嵩高五萬里地之中也。注引外國圖云。從大晉國正西七萬里。得崑崙之墟。**伶官** 張說詩。誦詩聞國政。**夔樂** 舜典。命夔典樂。教胄子。此言均爲胄子之事。**公望** 均自以才名當爲宰輔。爲李林甫、楊國忠所抑。天寶中。玄宗常幸垍內宅。謂垍曰。陳希烈累辭機務。朕擇其代者。無踰吾愛壻矣。通鑑。均、垍兄弟及姚崇、蕭嵩、韋安石之子。皆以才望至大官。上嘗曰。吾命相。當徧舉故相子弟耳。既而皆不用。晉書虞駿傳。王導謂駿曰。孔愉有公才而無公望。丁潭有公望而無公才。兼之者其在卿乎。**靑瑣** 應劭曰。黃門侍郎每日暮向靑瑣門拜。謂之夕郎。均、垍供奉翰林院。故曰踰靑瑣。**紫泥** 西京雜記。漢以武都紫泥爲璽室。加綠綈其上。隴右記。武都紫水有泥。其色紫而粘。用封璽書。故詔誥有紫泥之美。此言掌綸翰之事也。**靈虬** 陸倕新刻漏銘。靈虬承注。陰蟲吐噏。銅史司刻。金徒抱箭。**遠黎** 新書。均爲兵部侍郎。以累遷饒蘇二州刺史。**羽獵** 言均侍從。得陪羽獵。當薦己以應非熊之占也。

箋曰。方丈、崑崙。指秦皇、漢武也。秦皇之求方丈。漢武之窮崑崙。皆爲天地古今闊絕不可致之事。豈如玄宗使張均求妙寶眞符于寶仙洞。往而遂獲乎。故卽繼之曰。氣得神仙迴。恩承雨露低也。以秦皇、漢武諭玄宗之求仙。亦諷均之以求仙得幸也。相門以下。言均之門第如此。聞望如此。自可坐致公輔。不當以求仙倖進也。末復自言其顛躓而望均汲引。蓋謂逢人主以求仙。不若薦賢爲國。爲大臣之事也。應指鈞璜溪。以太公望自況。其自待亦不薄矣。

## 敬贈鄭諫議十韻

諫官非不達。詩義早知名。破的由來事。先鋒孰敢爭。思飄雲物外。律（一作動）中鬼神驚。毫髮無遺恨。波瀾獨老成。野人寧得所。天意薄浮生。多病休儒服。冥搜信客旌。築居仙縹緲。旅食歲崢嶸。使者求顏闔。諸公厭禰衡。將期一諾（一作語）重。欻使寸心傾。君見途窮哭。宜憂阮步兵。

波瀾　文賦。或因枝以振葉。或沿波而討源。

## 奉贈鮮于京兆二十韻

王國稱多士。賢良復幾人。異才應間出。（一作世）爽氣必殊倫。始見張京兆。宜居漢近臣。驊騮開道路。雕鶚離風塵。侯伯知何等。（刊作算）文章實致身。奮飛超等級。容易失沉淪。脫略磻溪釣。操持郢匠斤。雲霄今已逼。台袞更誰親。鳳穴雛皆好。龍門客又新。義聲紛感激。敗績自逡巡。途遠（一作永）欲何向。天高難重陳。學詩猶孺子。（一云子夏）鄉賦念（一作忝）嘉賓。不得同晁錯。吁嗟後郄詵。計疎疑翰墨。時過憶松筠。獻納紆皇眷。中間謁紫宸。且隨諸彥集。方覬薄才伸。破膽遭前政。陰謀獨秉鈞。微生霑忌刻。萬事益酸辛。交合丹青地。恩傾雨露辰。有儒愁餓死。早晚報平津。

鮮于京兆舊書。李叔明本姓鮮于氏。兄仲通。天寶末爲京兆尹。劍南節度使。按魯公仲通墓碑及離堆記。天寶九載。充劍南節度副大使。十一載。拜京兆尹。仲通拜京兆。自劍南入。舊書誤也。又按通鑑。仲通以楊國忠薦。爲劍南節度使。天寶十載。喪師瀘南。國忠掩其敗狀。仍敍其戰功。天寶十二載。諷選人爲國忠刻頌。立于省門。然記云忤楊國忠。貶邵陽郡司馬。碑云公初善執事者。後爲所忌。則亦不沒其實也。異才顏魯公神道碑。公好俠。以鷹犬射獵自娛。輕財尚義。果于然諾。年二十餘。尚未知書。縣南有離堆山。斗入嘉陵江。形勝峻絕。慷慨發憤。屏棄人事。鑿石構室以居焉。讀書好觀大略。頗工文而不好爲之。開元二十年。年近四十。舉鄉貢進士高第。調補益州新都尉。視事二十日。謝病去。公負不羈之才。懷當世之志。方及知命。始擢一第。從官十年。超登四岳。按公投贈詩與魯公神道碑。敍次略同。魯公碑記節度劍南。拔吐蕃摩彌城。而不載南詔之役。公詩美其文章義激。而不及其武略。古人不輕訣人若此。磻溪水經注。渭水之右。磻溪水注之。呂氏春秋所謂太公釣茲泉也。今人謂之丸谷。石壁深高。幽隍邃密。林障秀阻。人跡罕交。東南隅有石室。蓋太公所居也。水流次平石釣處。即太公垂釣之所也。其投竿跽餌。兩郄遺跡猶存。是有磻溪之稱也。鳳穴東京賦。舞丹穴之鳳凰。舊書。仲通兄弟並涉學。輕財好施。碑載公弟晉。字叔明。超遷京兆尹。不十載而兄弟相代。有子六人。皆有令聞。晁錯漢書。文帝詔有司舉賢良文學士。錯在選中。時對策者百餘人。唯錯爲高第。由是遷中大夫。郄詵晉書。詵遷雍州刺史。武帝于東堂會送。問詵曰。卿自以爲何如。對曰。臣舉賢良對策爲天下第一。猶桂林之一枝。崑山之片玉。諸彥公獻三大禮賦。上命待詔于集賢殿。前政天寶六載。詔通一藝以上皆詣京師。李林甫恐草野之士對策斥言其姦惡。建言委尚書覆試。遂無一人及第。十一載十一月。林甫薨。楊國忠爲右相。此詩云前政。當在國忠秉國之後也。平津公孫弘傳。弘自見爲舉首。起徒步。數年至宰相封侯。于是起客館。開東閤以延賢人。

## 贈特進汝陽王二十韻按詩二十二韻。題恐有誤。

特進羣公表。天人夙德升。霜蹄千里駿。風翮九霄鵬。服禮求毫髮。惟(一作推)忠忘寢興。聖情常有眷。朝退若無憑。仙醴(一作醞)來(一作求)浮蟻。奇毛或賜鷹。清關塵不雜。中使日相乘。晚節嬉遊簡。平居孝義稱。自多親棣萼。誰敢問山陵。學業醇儒富。辭(一作才)華哲匠能。筆飛鸞聳立。章罷鳳騫騰。精理通談笑。忘形向友朋。寸長(一作腸)堪繾綣。一諾豈驕矜。已忝歸曹植。何知對李膺。招要恩屢至。崇重力難勝。披霧初歡夕。高秋爽氣澄。樽罍臨極浦。鳧雁宿張燈。花月窮游宴。炎天避鬱蒸。硯寒金井水。簷動玉壺冰。瓢飲唯三逕。巖棲在百層。(陳作巖居異一膝)且(魯作謬)持蠡測海。況挹酒如澠。鴻寶寧全祕。丹梯庶可淩。淮王門有(一作下)客。終不媿孫登。

特進(漢雜事曰。諸侯功德優盛。朝廷所敬異。賜位特進。在三公下。)汝陽王(舊書。讓皇帝長子璡。封汝陽郡王。歷太僕卿。與賀知章、褚庭誨爲詩酒之交。天寶初。終父喪。加特進。九載卒。贈太子太師。鶴曰。讓皇帝以開元二十九年十一月薨。天寶三載。璡終喪。加特進。公還長安。從汝陽遊。在天寶五六載間。)天人(魏略。邯鄲淳見曹植才辯。歸對其所知歎植之材。謂之天人。)浮蟻(曹植七啓。浮蟻鼎沸。庾信謝賜酒詩。浮蟻對春開。)山陵(寧王憲薨。追謚曰讓皇帝。長子璡。上表懇辭。手制不許。號其墓爲惠陵。長安志。讓皇帝惠陵。在奉先縣西北十里。)筆飛(索靖書狀。草書之爲狀也。宛若銀鉤。飄如驚鸞。舒翼未發。若舉未安。許敬宗謂太宗書。鳳翥鸞迴。寔古今書聖。)鴻寶(劉向傳。淮南有枕中鴻寶苑祕書。)丹梯(謝玄暉敬亭山詩。要欲追奇趣。即此陵丹梯。又鼓吹登山曲。遊駕淩丹梯。注。丹梯謂山也。)

## 鄭駙馬宅宴洞中

主家陰洞細烟霧。留客夏簟清（一作青）琅玕。春酒盃濃琥珀薄。冰漿椀碧瑪瑙寒。悞疑茅堂（一作屋）過江麓。（一云江底）已入風磴霾雲端。自是秦樓壓鄭谷。時聞雜佩聲珊珊。

鄭駙馬 唐書。明皇臨晉公主下嫁鄭潛曜。潛曜有孝行。廣文博士鄭虔之姪也。公嘗作公主母皇甫淑妃神道碑云。甫忝鄭莊之賓客。遊竇主之園林。洞中 長安志。蓮花洞在神禾原。即鄭駙馬之居。所謂主家陰洞者也。張禮遊城南記。直樊川之上。倚神禾原。有洞曰蓮花。舊爲村人鄭氏之業。遠祖潛曜。尚明皇之女。青琅玕 本草。青琅玕一名青珠。陶隱居云。蜀都賦所稱青珠黃環也。唐本注云。琅玕乃有數種色。以青者入藥爲勝。鄭谷 雍錄。谷口在雲陽縣西四十里。

## 李監宅

尚覺王孫貴。豪家意頗濃。屏開金孔雀。褥隱繡芙蓉。且食雙魚美。誰看異味重。門闌多喜色。女壻近乘龍。

李監 靈怪錄。李令問開元中爲祕書監。頗事飲饌。其炙驢罌鵝之屬。取味慘毒。病毒。朱衣鬼自內挾令問出。擲火車中。載之而去。詩云誰看異味重。或其人也。金孔雀 舊書。高祖皇后竇氏父毅。于門屏畫二孔雀。有求婚。輒與兩箭射之。潛約中目者許之。高祖後至。兩發各中一目。遂歸于帝。乘龍 初學記。魏志。黃尙爲司徒。與李元禮俱娶太尉桓焉女。時人謂桓叔元兩女俱乘龍。言得壻如龍。又御覽載楚國先賢傳。孫雋。字文英。與李元禮俱娶太尉桓焉女。吳曾漫錄云。蓋用神仙傳弄玉乘鳳。蕭史乘龍語也。

## 重題鄭氏東亭（在新安界）

華亭入翠微。秋日亂清暉。崩石欹山樹。清漣曳水衣。紫鱗衝岸躍。蒼隼護巢歸。向晚尋征路。殘雲傍馬飛。

水衣張協詩。堂上水衣生。注。水衣。苔也。

題張氏隱居二首

春山無伴獨相求。伐木丁丁山更幽。澗道餘寒歷冰雪。石門斜日到林丘。不貪夜識金銀氣。遠害朝看麋鹿遊。乘興杳然迷出處。對君疑是泛虛舟。

張氏鶴曰。雜述云。魯之張叔卿、孔巢父二才士者。面目黧黑。常不得飽飯喫。張氏隱居。豈非其人與。舊史李白傳云。少與魯中諸生張叔明、孔巢父六人。隱于徂徠山。叔明、叔卿。殆是一人也。或曰張氏以爲張山人彪亦可。正不必求其人以實之。金銀氣天官書。大水處。敗軍場。破國之墟。下有積錢。金寶之上。皆有氣。不可不察。寓簡曰。齊梁間。山陰隱者孔祐。至行通神。嘗于四明山谷中。見積錢數百斛。視之如瓦石。樵人競取之。入手卽成沙礫。不貪夜識金銀氣。祐之謂耶。

之子時相見。邀人晚興留。霽一作濟潭鱣發發。春草鹿呦呦。杜酒偏勞勸。張梨不外求。前村山路險。歸醉每無愁。

天寶初南曹小司寇舅於我太夫人堂下累土爲山一匱盈尺以代彼朽木承諸焚香瓷

甌甌甚安矣旁植慈竹蓋茲數峯嶔岑嬋娟宛有塵外數一本無數字致乃不知興之所至而作是詩

一匱功盈尺。三峯意出羣。望中疑在野。幽處欲生雲。慈竹春陰覆。香爐曉勢分。惟南將獻壽。佳氣日氤氳。

太夫人范陽太君盧氏。審言之繼室。天寶三載五月。卒陳留郡之私第。公作墓誌。慈竹述異記。南方生子母竹。今慈竹是也。漢章帝三年。子母竹笋生白虎殿前。謂之孝竹。羣臣作孝竹頌。

## 龍門

龍門橫野斷。驛樹出城來。氣色皇居近。金銀佛寺開。往還時屢改。川水一作陸日悠哉。相閱征途上。生涯盡幾迴。

皇居元和郡國志。煬帝登邙山。望伊闕曰。此非龍門耶。自古何不建都于此。仁壽四年。詔楊素營東京。今洛陽宮是也。北據邙山。南直伊闕之口。洛水貫都。有河漢之象。韋應物詩。都門遥相望。佳氣生朝夕。佛寺韋詩。精舍繞層阿。千龕鄰峭壁。元人龍門記。舊有八寺。無一存者。

## 奉寄河南韋尹丈人甫敝廬在偃師。承韋公頻有訪問。故有下句。

有客傳河尹。逢人問孔融。青囊仍隱逸。章甫尚西東。鼎食分一作爲門戶。詞場繼國風。尊榮瞻地絕。疎放憶途窮。濁酒尋陶令。丹砂訪葛洪。江湖漂短一作裋褐。霜雪滿飛蓬。牢落乾坤大。周流一作旋道術空。謬慙知薊子。眞怯笑揚雄。盤錯神明懼。謳歌德義豐。尸鄉餘土室。難說祝雞翁。一云誰話喌雞翁

韋尹韋濟天寶七載爲河南尹。遷左丞。尸鄉水經注。陽渠水又東流。經漢廣野君酈食其廟南。廟在北山上。成公綏所謂偃師西山。即陸士衡會王輔嗣處也。此山即祝雞翁之故居也。祝雞風俗通。呼雞朱朱。俗說雞本朱公化爲之。而今呼雞皆朱朱也。說文解字。喌喌二口爲讙。州其聲也。讀若祝。祝者。誘致禽畜和順之意。喌與朱音相似耳。

## 贈李白

秋來相顧尙飄蓬。未就丹砂媿葛洪。痛飮狂歌空度日。飛揚跋扈爲誰雄。

飛揚跋扈吳若本注。賀六渾論侯景專制河南十四年。有飛揚跋扈之意。按太白性倜儻。好縱橫術。魏顥稱其眸子炯然。哆如餓虎。少任俠。手刃數人。故公以飛揚跋扈目之。猶云平生飛動意也。舊注俱大謬。

## 與任城許主簿遊南池

秋水通溝洫。城隅進小船。晚涼草堂本作來看洗馬。森木亂鳴蟬。菱熟經時一作旬雨。蒲荒八月天。晨朝降白露。遙憶舊青氈。

任城唐志。漢縣。隋屬兗州。青氈語林。王子敬呼曰。偸兒。石渠青氈。是我家舊物。

## 登兖州城樓

東郡趨庭日。南樓縱目初。浮雲連海嶽。一作岱平野入青徐。孤嶂秦碑在。荒城魯殿餘。從來多古意。臨眺獨躊躕。

東郡前漢志。東郡秦置。屬兖州。趨庭甫父閑。嘗爲兖州司馬。鶴曰。天寶九載。改兖州爲魯郡。乾元元年。復爲兖州。秦碑水經注。嶧山北有絕巖。秦始皇觀禮于魯。登于嶧山之上。命李斯以大篆勒銘山嶺。名曰書門。鄒山記。鄒山蓋古之嶧山。始皇刻碑處。文字分明。始皇乘羊車以上。其路猶存。荒城寰宇記。古魯城。春秋之時。魯國都也。其城凡十有二門。魯殿水經注。孔廟東南五百步。有雙石闕。即靈光之南。闕北百餘步。即靈光殿基。中間方七百餘步。寰宇記。靈光殿高二丈。在魯城內曲阜縣西南二里。

## 劉九法曹鄭瑕丘石門宴集

秋水清無底。蕭然淨客心。掾曹乘逸興。鞍馬去相尋。一云到荒林能吏逢聯璧。華筵直一金。晚來橫吹好。泓下亦龍吟。一云。尊酒宜如此。人生復至今。白頭逢晚歲。相顧一悲吟。

法曹唐志。府州各有法曹司法參軍事。瑕丘水經注。瑕丘。魯邑。春秋之負瑕矣。唐志。瑕丘郭下。宋置兖州于魯瑕邑故地。隋因置瑕丘縣。石門水經。濟水又北過臨邑縣東。注曰。地理志曰。縣有濟水祠也。水有石門。以石爲之。故濟水之門也。春秋齊、鄭會于石門。鄭車僨濟。即此也。京相璠曰。石門齊地。今濟北盧縣故城西南六十里。有故石門。去水三百步。蓋水瀆流移故側岸也。一金平準書。一金。黃金一斤。淮南子曰。秦以一鎰爲一金。而重一斤。漢以一斤爲一金。橫吹古今樂錄。橫吹。羌樂也。樂纂曰。橫笛。小篪也。漢靈帝時好羌笛。羌笛篪出于橫吹。即此也。泓下說文。泓。下深貌。龍吟馬融長笛賦。近世雙笛從羌起。羌人伐竹未及已。龍吟水中不見已。截竹吹之聲相似。樂書。笛者。滌也。丘仲所作。剪雲夢之霜筠。法龍吟之異類。六孔爲笛。羌人吹之。九孔下調。漢部用也。晉書。鼓角橫吹曲。蚩尤氏率魑魅與黃帝戰于涿鹿。帝乃命吹角爲龍吟以禦之。

暫如臨邑至㟍山湖亭奉懷李員外率爾成興

野亭逼湖水。歇馬高林間。鼉吼風奔浪。魚跳日映山。暫遊阻詞伯。却望懷青關。靄靄生雲霧。惟應促駕還。

臨邑唐志。臨邑縣。屬齊州河南道。㟍山湖亭即員外新亭。詳見首卷。齊乘。在濟南城北。㟍山湖上。

對雨書懷走邀許十一簿公

東岳雲峯起。溶溶滿太虛。震雷翻幕鷰。驟雨落河一作溪魚。座對賢人酒。門聽長者車。相邀愧泥濘。騎馬到堦除。

賢人酒魏略。太祖時禁酒。而人竊飲之。故難言酒。以濁酒爲賢人。清酒爲聖人。

巳上人茅齋

巳公茅屋下。可以賦新詩。枕簟入林僻。茶瓜留客遲。江蓮搖白羽。天棘夢一作蔓青絲。空忝許詢輩。難酬支遁詞。

巳公僞歐注云齊巳。謬甚。江蓮宋樂府。種蓮長江邊。天棘本草圖經曰。天門冬。春生。藤蔓高至丈餘。其葉如絲杉而細散。爾雅。髦顚蕀。注曰。白華。有刺。蔓生。蕀音棘。抱朴子及神仙服食方云。天門冬。一名顚棘。夢弼云。顚、天。聲相近也。許彥周云。江南徐鉉家本云。天棘蔓青絲。蔓生如青絲。尤見是天門冬也。通志。柳一名天棘。

## 房兵曹胡馬詩

胡馬大宛宛。漢長音。於元反。名。鋒稜瘦骨成。竹批雙耳峻。風入四蹄輕。所向無空闊。眞堪託死生。驍騰有如此。萬里可橫行。

竹批魯國黃伯仁爲龍馬頌曰。耳如削筒。目象明星。相馬經。耳欲得相近而前竪。小而厚。相馬之法。先除三羸五駑。大頭緩耳。一駑也。唐太宗敘十驥曰。耳根纖銳。杉竹難方。尾本高尻。掘搏非擬。風入拾遺記。曹洪所乘馬曰白鵠。此馬走。唯覺耳中風聲。脚似不踐地。時人謂乘風行也。諺云。憑空虛躍。曹家白鵠。驍騰顏延年赭白馬賦。料武藝。品驍騰。

## 畫鷹

素練風一作如霜起。蒼鷹畫作殊。攫身思狡兔。側目似愁胡。絛鏇光堪擿。軒楹勢可呼。何當擊凡鳥。毛血灑平蕪。

攫禮部韻略。挺也。杜詩注。攫。猶竦也。音荀勇切。絛鏇絛。廣韻。編絲繩也。鏇。玉篇。徐釧切。轉軸裁器也。又徐專切。圓轆轤也。傅玄鷹賦。飾玉彩之華絆。結旋璣之金環。魏彥深鷹賦。綴輕絲于雙臉。結長皮于兩足。

## 與李十二白同尋范十隱居

李侯有佳句。往往似陰鏗。余亦東蒙客。憐君如弟兄。醉眠秋共被。攜手日（一作月）同行。更想幽期處。還尋北郭生。入門高興發。侍立小童清。落景聞寒杵。屯雲對古城。向來吟橘頌。誰欲討蓴羹。不願論簪笏。悠悠滄海情。

東蒙　寰宇記。東蒙山。在費縣西北七十五里。在蒙山之東。故曰東蒙。北郭　太白集。尋魯城北范居士失道落蒼耳中詩云。猶憶范野人。閒園養幽姿。故此詩云。來尋北郭生也。

## 臨邑舍弟書至苦雨黄河泛溢隄防之患簿領所憂因寄此詩用寛其意

二儀積風雨。百谷漏波濤。聞道洪河坼。遥（一作巡）連滄海高。職思（一作司）憂悄悄。郡國訴嗷嗷。舍弟卑棲邑。防川領簿曹。尺書前日至。版築不時操。難假黿鼉力。空瞻烏鵲毛。燕南吹畎畝。濟上沒蓬蒿。螺蚌滿近郭。蛟螭乘九皐。徐關深水府。碣石小秋毫。白屋留孤樹。青天（一作雲）矢（一作失）萬艘。吾衰同泛梗。利涉想蟠桃。倚（一作卻）賴天涯釣。猶能掣巨鼇。

黄河泛溢　寰宇志。舊黄河在臨邑縣南二十里。上從禹城經縣。黿鼉　恨賦。方架黿鼉以爲梁。注引紀年曰。周穆王三十七年。大起九師。東至九江。叱黿鼉以爲梁。徐關　公送舍弟穎赴齊州詩。徐關東海西。**水府**述異記。漢沔會流處。岸上有石銘云。下至水府三十里。皆傳李斯刻石于此。**碣石**水經注。張君云。碣石在海中。蓋淪于海水也。昔燕齊遼曠。分置營州。今城居海濱。海水北侵。城垂淪者半。王璜之言。信而有徵。碣石入海。非無證矣。地理志曰。大碣石山。在右北平驪城縣西南。王莽改爲碣石。**白屋**顔師古注漢書。白屋。茅屋也。**矢萬艘**范栫云。矢。言舟如矢之疾也。**蟠桃**十洲記。東海有山。名度索山。有大桃樹。屈蟠三千里。名曰蟠桃。**巨鼇**張湛注列子。列仙傳云。巨鼇戴蓬萊而抃滄海之中。玄中記云。即巨龜也。

## 過宋員外之問舊莊

員外季弟執金吾。見知于代。故有下句。

宋公舊池館。零落守一云首陽阿。枉道祗從入。吟詩許更過。淹留問耆老。寂寞向山河。更識將軍樹。悲風日暮多。

宋員外之問景德中再轉考功員外郎。弟之悌。有勇力。之遜善書。之悌開元中自右羽林將軍出爲益州長史。劍南節度兼採訪使。**首陽**寰宇記。首陽山。在偃師縣西北二十五里。阮籍詩。步出上東門。北望首陽岑。

## 夜宴左氏莊

風林晉作林風纖月落。衣露淨琴張。暗水流花徑。春星帶草堂。檢書燒燭短。看一作說劍一云煎茗引盃長。詩罷聞吳詠。扁舟意不忘。

**吳詠**壯遊詩。東下姑蘇臺。已具浮海航。此詩作于遊吳之後。故聞吳詠而起扁舟之興也。

送蔡希曾一作魯都尉還隴右因寄高三十五書記時哥舒入奏。勒蔡子先歸。

蔡子勇成癖。彎弓西射胡。健一作男兒寧鬭死。壯士恥爲儒。官是先鋒得。材緣挑徒了切戰須。身輕一鳥過。槍急萬人呼。雲幕隨開府。春城赴一作入上都。馬頭金狎帢。一作匼匝駞背錦糢糊。咫尺雲荆作雪山路。一云自至青雲外歸飛青一作西海隅。上公猶荆作獨寵錫。突將且前驅。漢使黃河遠。涼州白麥枯。因君問消息。好在阮元瑜。

狎帢匼匝。韻會。周繞貌。禮部韻略。匼。帽也。亦作帕。士服。狀如弁。缺四角。魏志注云。太祖擬士皮弁。裁縑角以爲帢。以色別其貴賤。本施軍飾。非爲國容。雪山寰宇記。姑臧南山。一名雪山。山無冬夏積雪。屬武威郡。又番和縣南山。一名天山。一名雪山。山闊千餘里。其高稱是。白麥陳藏器本草。河渭以西。白麥麵涼。以其春種。闕二時之氣故也。夢弼曰。涼州正在河渭之西。其出白麥。蓋土地所宜。阮元瑜謝靈運鄴中詩序。阮瑀管書記之任。故有優渥之言。

春日憶李白

白也詩無敵。一作數飄然思不羣。清新庾開府。俊逸鮑參軍。渭北春天樹。江東日暮雲。何時一尊酒。重與細論文。一作話斯文

庾信周書。信留長安。遷驃騎大將軍。開府儀同三司。鮑照宋書。臨淮王子頊爲荆州。照爲參軍。西溪叢語。鮑照白紵詞一篇。白用之。又如柳色黃金嫩。梨花白雪香。乃陰鏗詩也。

## 贈陳二補闕

世儒多汨沒。夫子獨聲名。獻納開東觀。君王問長卿。皁雕寒始（音試）急。天馬老能行。自到青冥裏。休看白髮生。

東觀（和帝永元十三年。帝幸東觀。覽書林。閱篇籍。博選藝術之士。以充其官。注。陸機洛陽記曰。在南宮。高閣十二間。介于承風觀。）皁雕（舊書。王志愔除左臺御史。百僚畏憚。時人呼爲皁雕。言其顧瞻人吏。如皁雕之視燕雀也。）

## 寄高三十五書記 適

歎惜高生老。新詩日又多。美名人不及。佳句法如何。主將收才子。崆峒足凱歌。聞君已朱紱。且得慰蹉跎。

新詩（舊書。天寶中。海內事干進者。注意文詞。適年過五十。始留意篇什。數年之間。體格漸變。以氣質自高。每吟一篇已。爲好事者稱誦。）凱歌（樂府詩集。天寶中。哥舒翰以破吐蕃收黃河九曲。置洮陽郡。適由是作九曲詞。）

## 送裴二虬作尉永嘉

孤嶼亭何處。天涯水氣中。故人官就此。絕境興（一作與）誰同。隱吏逢梅福。遊山憶謝公。扁舟吾已就。一作具把釣待秋風。一云。扁舟吾已買。只是待秋風。孤嶼謝靈運登江中孤嶼詩。亂流趨正絶。孤嶼媚中川。寰宇記。孤嶼。在溫州南四里永嘉江中。渚長三百丈。闊七十步。嶼有二峯。李白詩。康樂上官去。永嘉遊石門。江亭有孤嶼。千載迹猶存。梅福梅福補南昌尉。比裴之作尉也。謝公靈運出爲永嘉太守。郡有名山水。肆意遊遨。今積穀山南有謝公巖。其東有謝公池。又有東山。舊注引謝安非是。

城西陂泛舟

青蛾皓齒在樓船。橫笛短簫悲遠天。春風自信牙檣動。遲日徐看錦纜牽。魚吹細浪搖歌一作欹扇。鷰蹴飛花落舞筵。不有小舟能盪槳。樊作艀百壺那送酒如泉。

西陂鶴曰。城西陂即渼陂。與源少府宴渼陂詩云。爲愛西陂好。

贈田九判官梁丘

崆峒使節上青霄。河隴降王款聖朝。宛馬總肥春或作秦苜蓿。將軍只數漢一作霍嫖姚。陳留阮瑀誰爭長。京兆田郎早見招。麾下賴君才並入。獨能無意向漁樵。

田梁丘顏眞卿撰顏允南神道碑。潼關陷。朝官多出駱谷至興道。中丞田梁丘爲哥舒翰行軍司馬。既敗。猶自振矜。因誦表云云。君獨抗聲叱之曰。君何得尙爲賊說徵祥乎。一坐皆壯之。舊書。哥舒翰討祿山。以田梁丘爲御史中丞。充行軍司馬。降王十三載。吐谷渾蘇毗王款塞。詔翰至磨環川應接之。

贈獻納使起居田舍人 澄

獻納司存雨露邊。一作偏 地分清切任才賢。舍人退食收封事。宮女開函近一作捧 御筵。曉漏追飛刊作趨。吳亦作趨。 青瑣闥。晴窗點檢白雲篇。揚雄更有河東賦。唯待吹噓送上天。

起居舍人 唐志。起居郎二人。從七品。其後復置起居舍人。分侍左右。秉筆隨丞相上殿。垂拱元年。置知匭使。天寶九載。玄宗以匭聲近鬼。改爲獻納使。至德二載復舊。田以中書舍人知匭也。 河東賦 公既獻三賦。投延恩匭。又欲奏封西嶽賦。故云更有河東賦也。

送韋書記赴安西

夫子欻通貴。雲泥相望懸。白頭無籍在。朱紱有哀憐。書記赴三捷。一作接 公車留二年。欲浮江海去。此別意蒼一作茫 然。

無籍 籍在。謂無人慰籍如韋也。引通籍及尹賞傳無市籍。俱非是。 公車 公車留二年。公獻賦隸有司參列選序之時也。東方朔傳。朔待詔公車。

陪鄭廣文遊何將軍山林十首

不識南塘路。今知第五橋。名園依綠水。野竹上青霄。谷口舊相得。濠梁同見招。平生爲幽興。未惜馬蹄遙。

何將軍山林長安志。塔坡者。以其浮屠故名。在韋曲西。何將軍之山林也。今其地出美稻。土人謂之塔坡米。通志。少陵原乃樊川之北原。自司馬村起。至何將軍山林而盡。其高三百尺。在杜城之東。韋曲之西。上有浮圖亦廢。俗呼爲塔坡。張禮遊城南記。謁龍堂。循清明渠而西。至皇子陂。徘徊久之。覽韓鄭郊居。至韋曲。叩堯夫門。上逍遙公讀書臺。尋所謂何將軍山林而不可見。因思唐人之居城南者。往往舊蹟湮沒。無所考求。豈勝遺恨哉。南塘第五橋遊城南記。今第五橋在韋曲之西。與沈家橋相近。南塘。按許渾詩云。背嶺枕南塘。其亦韋曲之左右乎。又云。內家橋之西有沈家橋。第五橋亦以姓名。通志。韋曲之西有華嚴寺。寺西北有雁鶩陂。陂西北有第五橋。杜云今知第五橋也。隋開皇三年。築京城。引香積渠水。自赤闌橋經第五橋西北入城。

百頃風潭上。千重草堂本作章夏木清。卑枝低結子。接葉暗巢鶯。鮮鯽銀絲鱠。香芹碧澗羹。翻疑拖樓底。晚飯越中行。

萬里戎王子。何年別月支。異花開絕域。滋蔓匝清池。漢使徒空到。神農竟不知。露翻兼雨打。開拆日荆作漸離披。

趙汸曰。絕域之花。久種中國。人不復以爲異。詳其託諭之意。殆爲玄宗寵任蕃將。祿山驕恣而作也。

旁舍連高竹。疎籬帶晚花。碾渦深沒馬。蔓藤曲藏一作垂蛇。詞賦工無一作何益。山林跡未賒。盡捻書籍賣。來問爾東家。

碾渦通俗文。石碣轢轂曰碾。捻夢弼曰。捻正作拈。

剩水滄江破。殘山碣石開。綠垂風折笋。紅綻雨肥梅。銀甲彈箏用。金魚（一作盤。非。）換酒來。興移無洒掃。隨意坐莓苔。

銀甲　李義山詩。十二學彈箏。銀甲不曾卸。　金魚　晉書阮孚傳。孚遷黃門侍郎散騎常侍。常以金貂換酒。復爲所司彈劾。帝宥之。

風磴吹陰（一作梅）雪。雲門吼瀑泉。酒醒思臥簟。衣冷欲（一作得）裝綿。野老來看客。河魚不取錢。只疑淳朴處。自有一山川。

棘（刊作棟）樹寒雲色。茵蔯春藕香。脆添生菜美。陰益（一作蓋）食單涼。野鶴清晨出。（一作至）山精白日藏。石林蟠水府。百里獨蒼蒼。

棘樹　吳若本注。刊作棟。爾雅云。梀。赤梀。白者棟。山厄切。注云。赤梀好叢生山中。白梀圓葉而岐爲大木。　茵蔯　陳藏器本草。茵蔯蒿類。經冬不死。更因舊苗而生。故名因陳。　食單　鄭望膳夫錄。韋僕射巨源有燒尾宴食單。

憶過楊柳渚。走馬定昆池。醉把青荷葉。狂遺白接䍦。刺（七亦切）船思郢客。解水乞吳兒。坐對秦山晚。江湖興頗隨。

定昆池　雍錄。定昆池在長安西南十五里。遊城南記。第五橋在韋曲之西。定昆池在韋曲之北。楊柳渚今不可考。　白接䍦　爾雅注。白鷺翅上有長翰毛。江東取爲接䍦。

牀上書連屋。階前樹拂雲。將軍不好武。稚子總能文。醒酒微風入。聽詩靜夜分。絺衣挂蘿薜。涼月白紛紛。

幽意忽不愜。歸期無奈何。出門流水注。（一作住）廻首白雲多。（一作雜花多）自笑燈前舞。誰憐醉後歌。祇應與朋好。風雨亦來過。

## 重過何氏五首

問訊東橋竹。將軍有報書。倒衣還命駕。高枕乃吾廬。花妥（刊作墮）鶯捎蝶。溪喧獺趁魚。重來休沐地。眞作野人居。

妥（吳若本注。刊作墮。音妥。妥又音墮。關中人謂落爲妥。三山老人曰。花妥。卽花墮也。曲禮正義云。妥。下也。毛萇詩傳。妥。安坐也。）

山雨樽仍在。沙沉榻未移。犬迎曾宿客。（吳曾漫錄。顧陶本作犬憎閑宿客。）鴉護落巢兒。雲薄翠微寺。天淸（雍錄作寒）黃子陂。向來幽興極。步屧（一作履。一作屐。）過東籬。

翠微寺（長安志。翠微寺在終南山。會要。武德八年。造太和宮于終南山。貞觀二十一年。改建爲翠微宮。包山爲苑。自裁木至設幄。九日畢工。元和元年。廢爲寺。杜詩雲薄翠微寺。則固已謂之寺矣。楊大年云。宮在驪山絕頂。太宗上仙于此。後改爲寺。寺亦廢。考長安志。驪山無翠微宮。大年誤也。）黃子陂（水經注。沈水上承黃子陂于樊川。其地卽杜之樊鄉也。長安志。永安陂。在萬年縣南二十五里。周七里。十道志曰。秦葬皇子。）

起冢陂北原上。故名皇子陂。隋改永安陂。唐復舊。遊城南記。龍堂在牛頭寺之西。皇子陂又在龍堂之西。雍錄。杜詩天寒皇子陂。或書皇爲黃。誤也。

落日平臺上。春風啜茗時。石闌斜點一云照筆。桐葉坐題詩。翡翠鳴衣桁。蜻蜓立釣絲。自今幽興熟。一云自逢今日興來往亦無期。

頗怪朝參懶。應耽野趣長。雨抛金鎖甲。苔臥綠沉槍。手自移蒲柳。家纔足稻粱。看君用幽意。白日到羲皇。

朝參右軍帖。吾怪足下朝參少晚。不審有何事情。致使如然也。金鎖甲周益公詩話。苻堅使熊邈造金銀細鎧。金爲綫以縲之。蔡琰詩云。金甲耀日光。至今謂甲之精細者爲鎖子甲。言相銜之密也。綠沉槍西溪叢語。北史。隋文帝賜張奫綠沉槍甲。獸文具裝。武庫賦曰。綠沉之槍。續齊諧記云。王敬伯夜見一女取酒。提一綠沉漆榼。王羲之筆經云。有人以綠沉漆竹管及鏤管見遺。藏之多年。實可愛玩。恐綠沉以調綠漆之。其色深沉。薛倉注云精鐵。非也。吳曾漫錄。鎗用綠沈飾之。如弩稱黃間。以黃爲飾。劉劭趙都賦曰。其用器則六弓四弩。綠沉黃間。古樂府。綠沉明月弦。此弓亦號綠沉也。宋元嘉起居注。廣州刺史韋郎作綠沉屏風。六典。鼓吹工人之服。亦有綠沉。此以綠沉飾器服也。南史。任彥昇卒。武帝方食西苑綠沉瓜。皮日休新竹詩。一架三百本。綠沉森冥冥。皆語其色也。趙德麟誤以爲竹名。而或以爲鐵。尤謬也。蒲柳古今注。蒲柳生水邊。葉似青楊。一曰蒲楊。

到此應常宿。相留可判年。蹉跎暮容色。一作鬢悵望好林泉。何路一作日霑微祿。歸山買薄田。斯遊一作終身恐不遂。把酒意茫然。

## 冬日有懷李白

寂寞書齋裏。終朝獨爾思。更尋嘉樹傳。不忘角弓詩。短刊作裋褐風霜入。還丹日月遲。未因乘興去。空有鹿門期。

裋褐 方言曰。自關而西。謂襜褕短者謂之裋。

## 杜位宅守歲

守歲阿戎刊作咸家。椒盤已頌花。盍簪喧櫪馬。列炬散林鴉。四十明朝過。飛騰暮景斜。誰能更拘束。爛醉是生涯。

杜位 公之從弟。宰相世系表。位考功郎中。湖州刺史。困學紀聞。位。林甫諸壻也。四十明朝過。年譜謂天寶十載。時林甫在相位。盍簪列炬。其炙手之徒歟。又寄位詩。近聞寬法離新州。其流貶蓋以林甫故。林甫傳云。諸壻杜位等皆貶官。 阿戎 近時胡儼曰。舊注以阿戎爲王戎。位乃公從弟。不當用父子事。善本作阿咸。東坡與子由詩。頭上銀幡笑阿咸。又欲喚阿咸來守歲。林烏櫪馬鬭喧嘩。正用此詩也。余觀南史。齊王思遠。小字阿戎。王晏之從弟也。清介有識鑒。隆昌之事。嘗規切晏。及晏貴盛。與思遠兄思徵曰。隆昌之際。阿戎勸我自裁。若從阿戎言。豈得有今日。思遠遽應曰。果如阿戎言。尚未晚也。晏大怒。後果及禍。子美詩用阿戎。蓋出于此。注者遂定爲阿咸。不知阿咸事。亦與兄弟不相當。東坡與子由。偶誤用耳。何必據以爲證耶。 椒盤 晉書。劉臻妻陳氏。元旦獻椒花頌曰。標美靈葩。爰採爰獻。庾信詩。椒花逐頌來。

## 與鄠縣源大少府宴渼陂得寒字

應爲西陂好。金錢罄一餐。飯抄雲子白。瓜嚼水精寒。無計迴船下。空愁避酒難。主人情爛熳。持答翠琅玕。

雲子漢武內傳。王母曰。太上之藥。乃有風實雲子。玉津金漿。葛洪丹經。雲子。碎雲母也。許彥周云。今蜀中有碎礫。狀如米粒圓石。云雲子石也。岑參得人字云。載酒入天色。水涼難醉人。蓋公與參頻遊渼陂也。

## 崔駙馬山亭宴集

蕭史幽棲地。林間踏鳳毛。洑流何處入。亂石閉門高。客醉揮金椀。詩成得繡袍。清秋多宴會。一云賞樂終日困香醪。

山亭即京城東駙馬崔惠童山池也。繡袍唐會要。天授二年。內出繡袍。賜新除都督刺史。其袍皆刺繡作山形。繞山勒回文。又延載元年。內出繡袍。賜文武官三品已上。其袍文。宰相飾以鳳池。尙書飾以對雁。舒襟皆各爲回文。

## 九日楊奉先會白水崔明府

今日潘懷縣。同時陸浚儀。坐開桑落酒。來把菊花枝。天宇淸霜淨。公堂宿霧披。晚酣留客舞。鳧舄共差池。

潘陸晉書。潘岳栖遲十年。出爲河陽令。轉懷令。陸雲以公府掾爲太子舍人。出補浚儀令。桑落酒水經注。河東郡民有姓劉名墮者。宿擅工釀。採挹河流。醞成芳酎。懸食同枯枝之年。排于桑落之辰。故酒得其名矣。然香醪之色。淸白若滫漿焉。齊民要術。釀桑落酒。亦以九月。索郎。桑落反語也。庾信詩。蒲城桑葉落。灞岸菊花秋。

## 贈翰林張四學士

翰林逼華蓋。鯨力破滄溟。天上張公子。宮中漢客星。賦詩拾翠殿。佐酒望雲亭。紫誥仍兼緗。黃麻似六經。內分（魯作頒）金帶赤。恩與荔枝青。無復隨高鳳。空餘泣聚螢。此生任春草。垂老獨漂萍。儻憶山陽會。悲歌在一聽。

**翰林** 舊書。玄宗卽位。張說、陸堅、張九齡、徐安貞、張垍等。召入翰林。謂之翰林待詔。唐會要。玄宗以四隩大同。萬樞委積。詔勑文誥。悉由中書。由是始選朝官有詞藝學識者。入居翰林。供奉別旨。雖有密近之殊。亦未定名制。制詔書勑。猶或分在集賢。張九齡、徐安貞等。迭居其職。開元二十六年。始以翰林供奉改稱學士。由是別建學士院。俾專內命。于是太常少卿張垍、起居舍人劉光謙等首居之。集賢所掌。于是罷息。李肇翰林志。翰林院。在銀臺門中麟德殿西廂重廊之後。學士院在翰林之南。別戶東向。引鈴門外。雖宣事不敢入。始以翰林供奉改稱學士。韋執誼翰林舊事。翰林院。在銀臺門內麟德殿西。學士院在翰林院南。後又置東院于金鑾殿西。隨上所在而遷。取其近便。續翰林志。唐制。駕在大內。則明福門內置學士院。駕在興慶宮。則金明門內置院。**華蓋** 晉天文志。大帝上九星曰華蓋。所以蔽覆大帝之座。天子之華蓋象之。薛綜曰。華蓋星覆北斗。劉歆遂初賦。奉華蓋于帝側。按金鑾殿在學士院之左。蓋近寢殿。故曰逼華蓋也。**天上** 漢成帝時。童謠曰。燕燕尾涎涎。張公子。時相見。徐陵詩。由來張姓本連天。張星近在天河上。**宮中** 垍尙寧親公主。玄宗特加恩寵。許于禁中置內宅。侍爲文章。雍錄。李肇曰。學士院有兩廳。北廳從東來第一間。常爲承旨閣。餘皆學士居之。南廳本駙馬張垍爲學士時以居公主。此其晝堂也。後皆以居學士。**拾翠殿** 東內大明宮。麟德殿次北。翰林門內。翰林院、學士院。翰林門北。曰九仙門、大福殿、拾翠殿。**望雲亭** 延嘉殿西北有景福臺。臺西有望雲亭。**黃麻** 唐會要。開元三年十月。始用黃麻紙寫詔。至上元三年。詔制勑並用黃麻紙。又云。故事。中書以黃白二麻爲綸命重輕之辨。近者所出。猶得用黃麻。其白麻皆在此院。翰林志。故事。中書舍人專掌詔誥。開元始置學士。大事直出中禁。不由兩省。凡制用白麻紙。詔用白藤紙。書用黃麻紙。唐六典。凡王言之別有七。一曰册書。二曰制書。三曰勞慰制書。四曰發日敕。五曰敕旨。六曰論事敕書。七曰敕牒。册書用簡。制書、勞慰制書、發日敕用黃麻紙。敕旨、論事敕、及敕牒用黃藤紙。其敕書頒下諸州用絹。程大昌曰。自制書已下至發日敕。則用黃麻紙書之。所謂黃麻似六經也。**内分**（國史補。張均兄弟俱在翰林。垍以尙主獨賜珍玩。以誇于均。均曰。此乃婦翁與女壻。固非天子賜學士也。）**高鳳**（取卷阿高岡鳳鳴之義。劉會孟謂用高鳳姓名。假對聚螢。此兒童之見耳。）

送張二十參軍赴蜀州因呈楊五侍御

好去張公子。通家別恨添。兩行秦樹直。萬點（一作朵）蜀山尖。御史新驄馬。參軍舊紫髯。皇華吾善處。於汝定無嫌。

陪諸貴公子丈八溝攜妓納涼晚際遇雨二首

落日放船好。輕風生浪遲。竹深留客處。荷淨納涼時。公子調冰水。佳人雪藕絲。片雲頭上黑。應是雨催詩。

丈八溝（遊城南記。下杜城之西。有丈八溝。卽子美納涼遇雨之地。通志。下杜城西。有第五橋、丈八溝。）雪（家語。黍以雪桃。注。雪。拭也。）

雨來霑席上。風急（一作惡）打船頭。越女紅裙濕。燕姬翠黛愁。纜侵隄柳繫。幔宛（一作卷）浪花浮。歸路翻蕭颯。陂塘五月秋。

白水明府舅宅喜雨 得過字

吾舅政如此。古人誰復過。碧山晴又濕。白水雨偏多。精禱既不昧。歡娛將謂何。湯年旱頗甚。今日醉絃歌。

陪李金吾花下飲

勝地初相引。余一作徐行得自娛。見輕吹鳥毳。隨意數花鬚。細草稱偏一作偏稱坐。香醪嬾再沽。醉歸應犯夜。可怕李金吾。

金吾 左右金吾將軍。掌宮中及京城晝夜警巡之法。蘇味道詩。金吾不惜夜。

贈高式顏

昔別是一作人何處。相逢皆老夫。故人還寂寞。削跡共艱虞。自失論文友。空知賣酒壚。平生飛動意。見爾不能無。

高式顏 高適有宋中送族姪式顏詩云。惜君才未遇。愛君才若此。世上五百年。吾家一千里。遺懷詩云。昔與高李輩。論文入酒壚。故云空知賣酒壚也。

贈比部蕭郎中十兄 甫從姑子也

有美生人傑。由來積德門。漢朝丞相系。梁日帝王孫。蘊藉爲郎久。魁梧秉哲尊。詞華傾後輩。風雅藹孤騫。宅相榮姻戚。兒童惠討論。見知眞自幼。謀拙醜（一作媿）諸昆。漂蕩雲天闊。沉埋日月奔。致君時已晚。懷古意空存。中散山陽鍛。愚公野谷村。寧紆長者轍。歸老任乾坤。

宅相（魏舒傳。舒少孤。爲外家甯氏所養。甯氏起宅。相宅者云。當出貴甥。舒曰。當爲外氏成此宅相。）愚公（水經注。時水又屈而逕社山。北有愚公谷。齊桓公時。公隱于溪。隣有認其駒者。公以與之。山即社山之通皐。以其人狀愚。故謂之愚公。寰宇記。愚公谷。在臨淄縣西二十五里。本社山。名愚公山、愚公谷。郡國志云。社山之西。愚公谷之東。有愚公冢存。）

## 九日曲江

綴席茱萸好。浮舟菡萏衰。季秋時欲半。（刊作百年秋已半）九日意兼悲。江水清源曲。荊門此路疑。晚來高興盡。搖蕩菊花期。

## 承沈八丈東美除膳部員外阻雨未遂馳賀奉寄此詩

今日西京掾。多除南省郎。（府掾四人同日拜郎）通家惟沈氏。謁帝似馮唐。詩律羣公問。儒門舊史長。清秋便寓直。列宿頓輝光。未暇申宴（一作安）慰。含情空激揚。司存何所比。膳部默悽傷。（甫大父昔任此官）貧賤人事略。經過霖潦妨。禮同諸父長。恩豈布衣忘。天路牽騏驥。雲臺引棟梁。徒懷貢公喜。

颯颯鬢毛蒼。

沈東美廣記四百四十八卷云。唐沈東美。爲員外郎太子詹事佺期之子。西京掾六典。煬帝罷州置郡。有東西曹掾及主簿。皇朝省主簿置錄事參軍。開元初。改司錄參軍事三人。南省唐志。膳部郎中員外各一人。國史補。舊說。吏部爲省眼。禮部爲南省舍人。唐詩紀事。先天中。王主敬爲侍御史。自以才望華妙。當入省望前行。忽除膳部員外。微有悵惋。吏部郎中張敬忠戲詠曰。有意嫌兵部。專心望考功。誰知脚蹭蹬。幾落省牆東。蓋膳部在省最東北隅也。寓直秋興賦序。以太尉掾兼虎賁中郎將。寓直于散騎之省。膳部杜審言。則天朝拜膳部員外郎。貢公廣絕交論。王陽登則貢公喜。

## 奉留贈集賢院崔于二學士國輔休烈

昭代將垂白。途窮乃叫閽。氣衝星象表。詞感帝王尊。天老書題目。春官驗討論。倚風遺鶂路。隨水到龍門。竟與蛟螭雜。空聞一作寧聞。一作寧無。鸞雀喧。青冥猶契闊。一云連澒洞陵厲不一云小飛翻。儒術誠難起。家聲庶已存。故山多藥物。勝概憶桃源。欲整還鄉旆。長懷禁掖垣。謬稱三賦在。難述二公恩。甫獻三大禮賦出身。二公常謬稱述。

崔于崔國輔。吳郡人。累遷集賢直學士。于休烈。開元初第進士。累遷右補闕起居郎。直集賢院學士。叫閽六典。立匭之制。一房四面。各以方色。東曰延恩。懷材抱器。希于聞達者投之。公後進雕賦、封西嶽賦。亦投延恩匭。故曰叫閽也。天老韓詩外傳。黃帝即位。天下和平。未見鳳皇。乃召天老而問之。張衡應間注。引帝王世紀。帝以風后配上台。天老配中台。五聖配下台。謂之三公。張說詩。扈蹕參天老。禁掖垣劉公幹詩。誰謂相去遠。隔此西掖垣。拘限淸切禁。中情無由宣。學士院在禁中。故以禁掖爲言。葛常之曰。是時陳希烈、韋見素爲宰相。而公詩獨頌崔、于。又有上見素詩云。持衡留藻鑒。則公文爲見素所賞。非希烈也。三賦舊書。天寶末。獻三大禮賦。玄宗奇之。召試文章。授京兆府兵曹參軍。舊書玄宗紀。天寶十載。行三大禮。新書本傳作十三載。呂汲公年譜因之。皆誤也。公雖待詔集賢。召學官試文章。然再降恩澤。止送隸有司。參列選序。故有青冥契闊之歎。

## 故武衛將軍挽歌三首

嚴警當寒夜。前軍落大星。壯夫思感陳作敢決。哀詔惜精靈。王者今無戰。書生已勒銘。封侯意疏闊。編簡爲誰青。

武衛唐志。左右武衛將軍。職掌如左右衛。統領宮廷警衛之法。大星宋天文志。蜀建興十二年。諸葛亮率大衆伐魏。屯于渭南。有長星。赤而芒角。自東北西南流。投亮營。三投再還。往大還小。占曰。兩軍相當。有大流星來走軍上。及墮軍中。皆破敗徵也。九月。亮卒于軍營而退。

舞劍過人絕。鳴弓射獸能。銛鋒行愜順。猛噬失蹻騰。赤羽一作雨千夫膳。黃河十月冰。橫行沙漠外。神速至今稱。

箋曰。赤羽千夫膳二句。狀沙漠外之風景也。窮邊絕漠。轉運既斷。裹糧亦竭。軍中咸仗一矢以給膳食。故曰赤羽千夫膳。非躡上二句。誇將軍之能射也。黃河十月冰者。左昭二十五年傳。公徒釋甲。執冰而踞。注曰。冰。櫝丸蓋。或云。櫝丸是箭筩。其蓋可以取飲。此言黃河十月。軍士乏水。而以箭筩之蓋取飲。極狀其苦寒也。若解爲冰凍之冰。於義何取。若帖釋上銛鋒一句。則文義不屬。結云橫行沙漠外。神速至今稱。於此地能橫行。方顯其神速也。

哀挽青門去。新阡絳水遙。路人紛雨泣。天意颯風飄。部曲精仍銳。匈奴氣不驕。無由覩雄略。大樹日蕭蕭。

青門（三輔黃圖。長安城東。出南頭第一門曰霸城門。民見門色青。因曰青門。）絳水（寰宇記。絳山在絳州曲沃縣南十三里。絳水出絳山東谷。東距白馬山。）

官定後戲贈（時免河西尉。爲右衛率府兵曹。）

不作河西尉。淒涼爲折腰。老夫怕趨走。率府且逍遙。耽酒須微祿。狂歌託聖朝。故山歸興盡。廻首向風飈。

天寶十四載。授河西尉。不拜。改右衛率府胄曹參軍。是年祿山反。故曰昔罷河西尉。初興薊北師也。

九日藍田崔氏莊（自此已後詩十三首沒賊時作）

老去悲秋强自寬。興來今（一作終）日盡君歡。羞將短髮還吹帽。笑倩旁人爲正冠。藍水遠從千澗落。玉山高竝兩峯寒。明年此會知誰健。（一云在）醉（一云再）把茱萸子細看。

藍田（長安志。藍田。秦舊縣也。）藍水（長安志。霸谷。古滋水也。亦名藍田谷水。即秦嶺水之下流也。漢書。霸水出藍田谷入渭。又藍谷水自秦嶺西流。經藍關、藍橋。過王順山。水下出藍谷。西北流入霸水。）玉山（太平寰宇記。藍田山在縣西三十里。一名玉山。一名覆車山。郭緣生述征記曰。山形如覆車之象也。霸水之源出此。三秦記曰。有川方三十里。其水北流。出玉。）

崔氏東山草堂

愛汝玉山草堂靜。高秋爽氣相（一作多）鮮新。有時自發鐘磬響。落日更見漁樵人。盤剝白鴉谷口栗。飯煮青泥坊底芹。何爲西莊王給事。柴門空閉鏁（一作好）松筠。

白鴉谷 通志。白鴉谷。在藍田東南二十里。谷中有翠微寺。其地宜栗。 青泥坊 水經注。泥水歷嶢柳城南。魏置青泥軍于城內。俗亦謂之青泥城。長安志。青泥驛在縣郭下。 西莊 雍錄。輞川在藍田縣西南二十里。王維別墅在焉。本宋之問別圃也。長安志。輞谷水出南山輞谷。北流入霸水。吳若本注云。王維時被張通儒禁在京城東山北寺。有所歎息。故云。安祿山事蹟。王維在賊中。拘于菩提佛寺。

對雪

戰哭多新鬼。愁吟獨老翁。亂雲低薄暮。急雪舞迴風。瓢棄（一作飄弃）樽無綠。爐存火似紅。數州消息斷。愁坐正書空。

月夜

今夜鄜州月。閨中只獨看。遥憐小兒女。未解憶長安。香霧雲鬟濕。清輝玉臂寒。何時（一云當）倚虛幌。雙照淚痕乾。

遣興

驥子好男兒。前年學語時。問知人客姓。誦得老夫詩。世亂憐渠小。家貧仰母慈。鹿門攜不遂。雁足繫難期。一云。鹿門攜有處。鳥道去無期。天地軍麾滿。山河戰角悲。儻一作東歸免相失。見日一作爾敢辭遲。

元日寄韋氏妹

近聞韋氏妹。迎在漢鍾離。郎伯殊方鎮。京華舊國移。春城迴北斗。郢樹發南枝。不見朝正使。啼痕滿面垂。

北斗 三輔黃圖。初置長安城。本狹小。至惠帝。更築之。高三丈五尺。上闊九尺。下闊一丈五尺。雉高三板。周迴六十五里。城南爲南斗形。北爲北斗形。至今人呼漢舊京爲斗城。 郢樹 柳詩。長在荆門郢樹煙。

朝正 唐會要。天寶六載。勅中書門下奏。自今已後。諸道應賀正使。並取元日。隨京官例。序立便見。

春望

國破山河在。城春草木深。感時花濺淚。恨別鳥驚心。烽火連三月。家書抵萬金。白頭搔更短。渾欲不勝簪。

憶幼子 字驥子。時隔絕在鄜州。

驥子春猶隔。鶯歌煖正繁。別離驚節換。聰慧晉作惠與誰論。澗水空山道。柴門老樹村。憶渠愁只荆作即睡。炙背俯晴軒。

一百五日夜對月

無家對寒食。有淚如金波。斫却顧陶本作折盡月中桂。清光應更多。仳離放紅蘂。想像嚬青蛾。晉作娥

牛女漫愁思。秋期猶渡河。

一百五日荆楚歲時記。去冬至一百五日。即有疾風甚雨。謂之寒食。月中桂酉陽雜俎。舊言月中有桂。有蟾蜍。故異書言月桂高五百丈。下有一人。常斫之。樹創隨合。人姓吳。名剛。西河人。學仙有過。謫令伐樹。青蛾吳曾曰。謂蛾眉也。作娥非是。

杜工部集卷之九終

# 杜工部集卷之十

虞山蒙叟錢謙益箋注

近體詩一百二十四首（避賊至鳳翔。及收復京師。在諫省。出華州。轉至秦州作。）

喜達行在所三首（自京竄至鳳翔。）

西憶岐陽信。無人遂卻迴。眼穿當（一作看）落日。心死著寒灰。霧（一作茂）樹行相引。蓮峯（一作連山）望忽（一作或）開。所親驚老瘦。辛苦賊中來。

行在（寰宇記。至德二載。肅宗自順化郡幸扶風。十月復兩京。十二月置鳳翔府。號爲西京。與成都、京兆、河南、太原爲五京。）岐陽（爲鳳翔府。漢右扶風。魏爲扶風郡。後魏改爲岐州。隋于州城內置岐陽宮。岐陽縣在岐州東一百里。居岐山之陽。因以爲名。）蓮峯（趙曰。當以連山爲正。）

愁（一作秋）思胡笳夕。淒涼漢苑春。生還今日事。間道暫時人。司隸章初覩。南陽氣已新。喜心翻倒極。嗚咽淚（一作涕）霑巾。

司隸（謝玄暉詩。還覩司隸章。復見東都禮。）

死去憑誰報。歸來始自憐。猶瞻太白雪。喜遇武功天。影靜千官（一作門）裏。心蘇七校前。今朝漢社稷。新數中（張仲反）興年。太白雪（辛氏三秦記曰。太白山在武功縣南。去長安三百里。不知高幾許。俗云。武功太白。去天三百。）七校（漢書。京師有南北軍之屯。至武帝平百越。內增七校。）

## 得家書

去憑遊客寄。（一云休汝騎）來爲附家書。今日知消息。他鄉且舊居。熊兒幸無恙。驥子最憐渠。臨老羇孤極。傷時會合疎。二毛趨帳殿。一命侍鑾輿。北闕妖氛滿。西郊白露初。涼風新過雁。秋雨欲生魚。農事空山裏。眷言終荷鋤。（一云終篇言荷鋤）

## 奉贈嚴八閣老

扈聖（英華作扈從。一作今日。）登黃閣。明公獨妙年。蛟龍得雲雨。鵰鶚在秋天。客禮容疎放。官曹可（一作許）接聯。新詩句句好。應任老夫傳。

閣老（李肇國史補。宰相相呼爲堂老。兩省相呼爲閣老。通鑑。王涯謂給事中鄭肅、韓佽曰。二閣老不用封勅。此唐人稱給事中爲閣老也。）黃閣（宋志曰。三公黃閣。前史無其義。按禮記曰。士韠與天子同。公侯大夫則異。鄭玄注云。士賤。與君同。不嫌也。夫朱門洞啓。當陽之正色也。三公之與天子。禮秩相亞。故黃其閣以示嫌。不敢斥天子。疑是漢來制也。緗素襍記。漢舊儀曰。丞相聽事門曰黃閣。又王瑩傳云。既爲公。須開黃閣。張敬兒謂其妻嫂。我拜後府開黃閣是也。故杜詩云。扈聖登黃閣。困學紀聞。給事中屬門下省。開元曰黃門省。故曰黃閣。左拾遺亦東省之屬。故曰官曹可接聯。近世用此詩爲宰輔事。誤矣。）妙年（武弱冠以門蔭策名。至德初。仗節赴行在。房琯首薦才略可稱。累遷給事中。既收長安。爲京兆少尹兼御史中丞。時年三十二。

## 奉送郭中丞兼太僕卿充隴右節度使三十韻英乂

詔發西山一作山西將。秋屯一作營隴右兵。淒涼餘部曲。燀一作烜赫舊家聲。鵰鶚乘時去。驊騮顧主鳴。艱難須一作思上策。容易即前程。斜日當軒蓋。高一作歸風卷旆旌。松悲天水冷。沙亂雪山清。和虜猶懷惠。防邊不一作詎敢驚。古來於異域。鎮靜示一作得專征。燕薊奔封豕。周秦觸駭鯨。中原何慘黷。餘一作遺孽尚縱橫。箭入昭陽殿。笳吟細柳營。內人紅袖泣。王一作短子白衣行。宸極祆星動。一作大園陵一作林殺氣平。空餘金椀出。無復繐帷輕。毀廟天飛雨。焚宮火徹明。罘罳朝共落。棆桷夜同傾。三月師逾整。羣胡一作兕勢就烹。瘡痍一作恭承親接戰。勇決一作餘力冠垂成。妙譽期元宰。殊恩且列卿。幾時迴節鉞。戮力掃欃槍。圭竇一云蓬戶三千士。雲梯七十城。恥非齊說客。祗荆作甘似魯諸生。通籍微班忝。周行獨坐榮。隨肩趨漏刻。短髮寄一作媿簪纓。徑欲依劉表。還疑一作能無厭禰衡。漸衰那一作寧此別。忍淚獨含情。廢邑狐狸語。空村虎豹爭。人頻墜塗炭。公豈忘精誠。元帥調新律。一作鼎前軍壓舊京。安邊仍扈從。莫作一云無使後功名。

郭英乂鶴曰。舊書。至德初。遷隴右節度使。兼御史中丞。不言兼太僕卿。新書。祿山亂。拜秦州都督。隴右採訪使。至德二載。加隴右節度使。不言兼御史中丞。此詩可以補二史之缺。按舊書肅宗紀。肅宗即位。以隴右節度使郭英乂爲天水郡太守。十二月。以秦州都督郭英乂爲鳳翔太守。通鑑又載大震關使郭英乂擒斬賊將高嵩。皆與本傳不合。山西漢書趙充國傳贊。秦漢以來。山東出相。山西出將。天水、隴西、安定、北地皆爲山西。英乂瓜州長樂人。故云山西將也。隴右六典。隴右道。古雍梁二州之境。東接秦川。西逾流沙。南連蜀及吐蕃。北界沙漠。家聲舊書。英乂。知運之季子也。知運爲鄯州都督。隴右諸軍節度大使。自居西陲。甚爲蠻夷所憚。開元九年。卒于軍。至德初。肅宗興師朔野。英乂以將門子特見任用。英乂繼其父節度隴右。故有部曲家聲之句。天水水經注。上邽。故邽戎國也。舊天水郡治。五城相接。漢武帝元鼎三年。改爲天水郡。元和郡國志。天寶元年。改秦州爲天水郡。雪山元和郡國志。雪山。在瓜州晉昌縣南百六十里。積雪夏不消。東南九十里。南連吐谷渾界。後漢明帝紀注。天山。即祁連山。一名雪山。今名折羅漢山。在伊川北。和虜吐蕃使來請討賊。既而侵廓岷等州。又請和。慘黷英華辯證。庾信哀江南賦。茫茫慘黷。杜詩中原何慘黷。按陸機漢功臣贊。茫茫宇宙。上墋下黷。墋。楚錦切。塵也。並當作墋。內人侯鯖錄云。唐梨園弟子。以置院近於禁苑之梨園也。女妓入宜春院。謂之內人。亦曰前頭人。謂在上前也。骨肉居教坊。謂之內人家。有請俸。其得幸者。謂之十家。故鄭嵎津陽門詩云。十家三國爭光輝。祆星西溪叢語。祆。音醯堅切。胡神也。四夷朝貢圖云。畢國有火祆祠。唐有祆寺。罘罳黃朝英緗素雜記。唐蘇鶚演義。罘罳。織絲爲之。輕疏浮虛。象羅網交文之狀。蓋宮殿簷戶之間。杜詩罘罳朝共落。鶚說是也。勇決通鑑。二月。兵馬使郭英乂軍東原。安守忠寇武功。英乂戰不利。矢貫其頤。走。王思禮退軍扶風。

## 送楊六判官使西蕃

送遠秋風落。西征海氣寒。帝京氛祲滿。人世別離難、絕域遙懷怒。和親願結歡、勅書憐贊普。兵甲望長安。宣命一作令前程急、惟良待士寬、子雲清自守。今日起爲官。垂淚方投筆。傷時卽據鞍。儒衣山鳥怪。漢節野童看。邊酒排金盞。一作盌夷歌捧玉盤。草輕一作肥蕃馬健。雪重拂廬乾。愼爾參籌畫。從茲正羽翰。歸來權可取。九萬一朝摶。

和親至德元載。吐蕃遣使請和親。願助國討賊。二載三月。吐蕃遣使和親。遣給事中南巨川報命。拂廬吐蕃傳。其國都城號爲邏些城。屋皆平頭。高者至數十尺。貴人處于大氈帳。名爲拂廬。唐會要。其君長或居拔布州。或居邏娑州。有小城而不居。坐大氈帳。張大拂廬。其下可容數百人。

## 月

天上秋期近。人間月影淸。入河蟾不沒。擣藥兔長生。只益丹心苦。能添白髮明。干戈知滿地。一作道休照國西營。

## 留別賈嚴二閣老兩院補闕得雲字賈至、嚴武。一作兩院遺補諸公。

田園須暫往。戎馬惜離羣。去遠留詩別。愁多任酒醺。一秋常苦雨。今日始無雲。山路時一作晴吹角。一作笛那堪處處聞。

新書。甫家寓鄜。彌年艱窶。詔許自往視。

## 晚行口號

三川不可到。歸路晚山稠。落雁浮寒水。饑烏集戍樓。市朝今日異。喪亂幾時休。遠媿梁江摠。還家尚黑頭。

梁江摠 江摠。年十八解褐。年少有名。侯景之亂。避難崎嶇累年。至會稽郡。憩于龍華寺。曰梁江摠。以摠在梁遇亂。尚少年也。劉會孟云。摠自梁入陳。自陳入隋。歸尚黑頭。不知摠入隋。年七十餘矣。劉之不學可笑如此。摠後有自梁南還尋草宅詩云。紅顏辭鞏雒。白首入轘轅。

## 獨酌成詩

燈花何太喜。酒綠一作色正相親。醉裏從爲客。詩成覺有神。兵戈猶在眼。儒術豈謀身。共一作苦被微官縛。低頭媿野人。

## 行次昭陵

舊俗疲庸主。羣雄問獨夫。讖歸龍鳳質。威定虎狼都。天屬尊堯典。神功協禹謨。風雲隨絕一作逸足。日月繼一作亨高衢。文物多師古。朝廷半老儒。直詞寧戮辱。賢路不崎嶇。往者災猶降。蒼生喘未蘇。指麾安率土。盪滌撫洪鑪。壯士悲陵邑。幽人拜鼎湖。玉衣晨自舉。鐵英華作石馬汗常趨。松柏瞻虛一作靈殿。塵沙立暝樊作暗途。寂寥開國日。流恨滿山隅。

**昭陵** 唐會要。太宗謂侍臣曰。古者因山爲墳。我看九嵕山孤聳迴絕。因而傍鑿可置山陵處。長安志。昭陵因九嵕山爲陵。在醴泉北五十里。宋紹聖中。武功游師雄云。昭陵今已毀廢。陪葬諸臣碑刻。十亡八九。因刊圖說于太宗廟。**獨夫** 舊書贊。高祖審獨夫之運去。知新主之勃興。**龍鳳質** 太宗方四歲。有書生見之曰。龍鳳之姿。天日之表。年將二十。必能濟世安民。高祖欲殺之。忽失所在。因採其言以爲名。**堯典** 高祖諡曰神堯。其遜位如堯禪舜。故曰尊堯典。**往者** 班固東都賦。往者王莽作逆。漢祚中缺。天人致誅。六合相滅。秦、項之災。猶不克半。上帝懷而降監。乃致命乎聖皇。紹百王之荒屯。因造化之盪滌。固之賦。序建武克命之事。幾二百言。此詩櫽括以二十言。**玉衣** 王莽傳。杜陵便殿。乘輿虎文衣。廢藏在室匣中者。出自樹立于外堂上。良久乃委地。莽惡之。程大昌演繁露引三輔故事。非是。**鐵馬** 唐會要。上欲闡揚先帝徽烈。乃令匠人琢石。寫諸蕃君長十四人。列于陵司馬北門內。又刻石爲常所乘破敵馬六匹于闕下也。安祿山事蹟。潼關之戰。我軍既敗。賊將崔乾祐領白旂引左右馳突。我軍視之。狀若神鬼。又見黃旂軍數百隊。官軍潛謂是賊。不敢逼之。須臾又見與乾祐鬭。黃旂軍不勝。退而又戰者不一。俄不知所在。後昭陵奏是日靈宮前石人馬汗流。李義山復京詩。天教李令心如日。可要昭陵石馬來。韋莊詩。興慶玉龍寒自躍。昭陵石馬夜空嘶。蓋詠此事也。鐵馬。當從英華作石馬。**虛殿** 唐會要。開元十七年。玄宗謁昭陵。彷彿見太宗立于神遊殿前。及寢宮。聞室中謦欬之音。

箋曰。往者災猶降。蓋言天寶之亂。乃隋末之災再降于今日也。指麾盪滌。頌收復之功也。舊本載在天寶初。安得先舉昭陵石馬之事。草堂詩箋次于北征之後。當從之。

## 重經昭陵

草昧英雄起。謳歌歷數歸。風塵三尺劍。社稷一戎衣。翼亮貞文德。丕承戢武威。聖圖天廣大。宗祀日光輝。陵寢盤空曲。熊羆守翠微。再窺松柏路。還見草堂作有五雲飛。

**陵寢** 唐會要。陵在醴泉縣。因九嵕層峯。鑿山南面深七十五丈爲玄宮。傍巖架梁爲棧道。懸絕百仞。繞回二百三十步。始達玄宮門。頂上亦起遊殿。**五雲** 瑞應圖。景雲。一曰慶雲。非氣非烟。氤氳五色。謂之慶雲。春秋運斗樞。天子孝則景雲出。西京雜記。董仲舒曰。太平之時。雲則五色而爲慶。三色而爲矞。

## 喜聞官軍已臨賊寇二十韻

胡虜（一作騎）潛京縣。官軍擁賊壕。鼎魚猶假息。穴蟻欲何逃。帳殿羅玄冕。轅門照白袍。秦山當警蹕。漢苑入旌旄。路失（一作濕）羊腸險。雲横雉尾高。五原空壁壘。八水散風濤。今日看天意。遊魂貸爾曹。乞降那更得。尚詐莫徒勞。元帥歸龍種。司空握（一作擁）豹韜。前軍（一作旌）蘇武節。左將呂虔刀。兵氣回飛鳥。威聲沒巨鼇。戈鋋開雪色。弓矢尚（晉作向）秋毫。天步艱方盡。時和運更遭。誰云遺（一作貴）毒螫（一作蠆）。已是沃腥臊。睿想（一作思）丹墀近。神行羽衛牢。花門騰絶漠。拓羯渡臨洮。此輩感恩至。羸俘何足操。鋒先衣染血。騎突劍吹毛。喜覺都城動。悲憐（吳作連）子女號。家家賣釵釧。只待獻春醪。

胡虜至德二載閏八月。賊寇鳳翔。崔光遠行軍司馬王伯倫等帥衆捍賊。乘勝攻中渭橋。追擊至苑門。賊大軍屯武功。燒營而去。自是不敢復南侵。官軍九月丁亥。元帥廣平王將朔方等軍及回紇西域之衆十五萬發鳳翔。壬寅至長安西。陳于香積寺北。灃水之東。癸卯。大軍入西京。甲辰。捷書至鳳翔。帳殿庾信馬射賦。帷宮宿設。帳殿開筵。六典。尚舍奉御。凡大駕行幸。預設三部帳幕。帳皆烏氈爲表。朱綾爲覆。下有紫帷方座。金銅行床。覆以簾。其外置排城。以爲蔽捍。五原畢原、白鹿原、少陵原、高陽原、細柳原爲五原。五原空壁壘。明指長安之五原。謂賊之壁壘已空也。而鶴注强解爲鹽州之五原。路失羊腸險。借言道路之梗塞耳。而趙注指爲太原。無端曲說。並所不取。八水關中八水。謂灞、滻、涇、渭、灃、鎬、澇、潏。司空四月。子儀進位司空。充關內河東副元帥。前軍李嗣業爲前軍。郭子儀爲中軍。王思禮爲後軍。左將賊伏精騎。欲襲官軍。朔方左廂兵馬使僕固懷恩引回紇就擊之。剪滅殆盡。拓羯唐西域傳。安西者。即康居小君長罽王故地。募勇健者爲拓羯。拓羯。猶之乎言戰士也。至德二載正月。安西北庭及拔汗那、大食諸國兵至涼鄯。

## 收京三首

仙仗離丹極。妖星照玉除。須爲下殿走。不可好樓居。一云。得非羣盜起。難作九重居。暫屈汾陽駕。聊飛燕將書。依然七廟略。更與萬方初。

妖星安祿山事蹟。祿山生夜。赤光旁照。羣獸四鳴。望氣者見妖星芒熾。落其穹廬。下殿梁武帝大通中諺曰。熒惑入南斗。天子下殿走。樓居連昌宮詞。上皇正在望仙樓。太眞同凭欄干立。又興慶宮西曰華萼相輝之樓。東曰勤政務本之樓。帝時時登之。燕將書安祿山事蹟。哥舒翰至雒陽。祿山令以書招李光弼等。諸將報至。皆讓翰不死節。祿山知事不遂。閉翰于苑中而害之。聊飛燕將書。蓋指此事。

箋曰。此詩大意。似惜玄宗西幸。而有靈武之事。遂失大柄。故婉辭以歎惜之。云不可好樓居。下又云暫屈汾陽駕。明不可遂窅然喪其天下也。似不應拘樓居句字疏之。

生意甘衰白。天涯正寂寥。忽聞哀痛詔。又下聖明朝。羽翼懷一作慙商老。文思憶帝堯。叨逢罪己日。霑灑一作洒涕望青霄。

衰白趙汸曰。嵇康養生論。積損成衰。從衰得白。從白得老。哀痛詔天寶十五載八月。上皇御蜀都府衙。宣詔罪己。赦天下。是時尚未知太子即位。明年九月。收西京。上皇遣裴冕入京。啓告郊廟社稷。十月。上還京。十一月壬申朔。御丹鳳樓下制。十二月。上皇至自蜀。**帝堯**靈武使至。上用靈武册。稱太上皇。詔稱誥。臨軒册命肅宗。箋曰。收京之時。上皇在蜀。詔定行日。肅宗汲汲御丹鳳樓下制。李泌有言。後代何以辨陛下靈武即位之意乎。故曰忽聞哀痛詔。又下聖明朝。蓋譏之也。靈武諸臣爭誇擁立之功。至有蜀郡、靈武功臣之目。故以商老羽翼刺之。洗兵馬云。攀龍附鳳勢莫當。天下盡化爲侯王云云。與此正相發明也。玄宗內禪。故目之曰帝堯。史稱靈武使至。上用靈武册。稱太上皇。亦可謂殆哉岌岌乎矣。公心傷之。故以憶帝堯爲言。又肅宗已即大位。而用商老羽翼之事。則仍是東朝故事。亦元結書太子即位之義也。逢罪已之日。而霑洒青霄。其不頌而規可知矣。

汗馬收宮闕。春城鏟賊壕。賞應歌杕杜。歸及薦櫻桃。雜虜橫戈數。魯作槊功臣甲第高。萬方頻一作同送喜。無乃聖躬勞。

**櫻桃**月令。仲夏之月。天子乃羞以含桃。先薦寢廟。唐李綽歲時記。四月一日。內園進櫻桃。先薦寢廟。肅宗紀。乾元元年四月。九廟成。迎神主入新廟。甲寅。上親享九廟。**甲第**長安志。天寶中。京師堂寢。已極宏麗。而第宅未甚逾制。安史二逆之後。大臣宿將。競崇棟宇。無界限。人謂之木妖。楊盈川碑曰。匈奴未滅。甲第何高。此言亦有諷也。

## 臘日

臘日常年一作年年煖尚遙。今年臘日凍全消。侵陵雪色還萱草。漏洩春光有柳條。縱酒欲謀良一作長夜醉。還家初散一作放紫一云北宸朝。口脂面藥隨恩澤。翠管銀罌下九霄。

**口脂**景龍文館記。三年臘日。帝于苑中召近臣賜臘。晚自北門入于內殿賜食。加口脂蠟脂。盛以碧鏤牙筩。太平御覽。盧公家範。臘日上澡豆及頭膏面脂口脂。

## 紫宸殿退朝口號

戶外昭容紫袖垂。雙瞻御座引朝儀。香飄合殿春風轉。花覆千官淑景移。晝漏希一作聲聞高閣報。天顏有喜近臣知。宮中每出歸東省。會送夔龍集一作到鳳池。

**紫宸**　雍錄。含元之北爲宣政。宣政之北爲紫宸。五代史李琪傳。唐故事。天子日御前殿見羣臣曰常參。朔望薦食諸陵寢。御便殿見羣臣曰入閤。宣政。前殿也。謂之衙。衙有仗。紫宸。便殿也。謂之閤。其不御前殿而御紫宸也。乃自正衙喚仗。由閤門而入。百官候朝于衙者。因隨以入見。故謂之入閤。春明退朝錄。唐日御宣政殿。殿列細仗兵部旗旛等于廷。朝官退。皆賜食。自開元後。朔望宗廟上牙槃食。明皇意欲避正殿。遂御紫宸殿。喚仗入閤門。遂有入閤之名。**昭容**　酉陽雜俎。今閤門有宮人垂帛引百寮。或云自則天。或言因後魏。據開元禮疏曰。晉康獻褚后臨朝不坐。則宮人傳百寮拜。周、隋相沿。國家因之不改。程大昌演繁露。唐會要。天祐二年。勅今後每遇延英坐朝日。只令小黃門祗候引從。宮人不得擅出內。杜詩戶外昭容紫袖垂。鄭谷入閤詩亦言導引出宮闈。蓋至天祐始罷。**東省**　雍錄。政事堂在東省。屬門下。至中宗時。裴炎以中書令執政事筆。故徙政事于中書省。則堂在右省也。杜甫爲左拾遺。其詩所謂鳳池者。中書也。左省官方自宮中退朝而出。則歸東省者。以本省言也。已又送夔龍于鳳池。殆左省堂集政事堂白六押事耶。杜爲拾遺時。政事堂已在中書。故出東省而集于西省者。就政事堂見宰相也。爲其官于東省。而越至西省。故文昌錄于此闕疑。

## 曲江二首

一片花飛減卻春。風飄萬點正愁人。且看欲盡花經眼。莫厭傷多酒入脣。江上小堂川作棠巢翡翠。花一作苑邊高塚臥麒麟。細推物理須行樂。何用晉作事浮名一作榮絆此身。

麒麟 西京雜記。五柞宮前有青梧觀。觀前有三梧桐樹。足下有石麒麟二枚。刊其脇爲文字。是始皇驪山墓上物也。

朝回日日典春衣。每日江頭盡醉歸。酒債尋常行處有。人生七十古來稀。穿花蛺蝶深深見。一作舞 點水蜻蜓款款一云緩緩飛。傳語風光共流轉。暫時相賞莫相違。

酒債 孔融詩。還家酒債多。門客粲成行。

曲江對酒

苑外江頭坐不歸。水精春一作宮殿轉霏微。桃花細逐楊花落。一云欲共梨花語 黃鳥時一作仍兼白鳥飛。縱飲久判人共棄。懶朝眞與世相違。吏一作含情更覺滄洲遠。老大悲傷未拂衣。

水精宮 述異記。闔廬搆水精宮。尤極珍巧。皆出自水府。魏略。大秦國以水精爲殿柱。

曲江對雨 晉作值雨

城上春雲覆苑牆。江亭晚色靜年一作天芳。林花著雨燕脂一作支落。水荇牽風翠帶長。龍武新軍深一作縱駐輦。芙蓉別殿謾焚香。何時詔一作重此金錢會。暫一作爛醉佳人錦瑟旁。

燕脂 崔豹古今注。燕支葉似薊。花似蒲。中國人謂紅藍。 水荇 陸璣爾雅疏。接余。白莖。葉紫赤。正員。徑寸餘。浮在水上。根在底。與水深淺等。大如釵股。嚴粲曰。池州人稱荇爲莕公鬚。蓋細荇亂生。有若鬚然。杜審言詩。緗霧青條弱。牽風紫蔓長。公句法所本也。**龍武軍**玄宗以萬騎平韋氏。改爲左右龍武軍。皆用唐元功臣子弟。制若宿衛兵。雍錄。左右龍武軍。卽太宗時飛騎也。衣五色袍。乘六閑駁馬。虎皮韉。唐祖諱虎。故曰龍武。言其才質服飾。有似龍虎也。**芙蓉殿**玄宗自蜀迴鑾。居南內興慶宮。宮南樓下臨通衢。時幸此樓。置酒眺望。召伶官作樂。李輔國常陰候其隙而間之。故曰芙蓉別殿謾焚香。悲南內之寂寞也。**金錢會**舊書。開元元年九月。宴王公百寮于承天門。令左右于樓下撒金錢。許中書五品以上官及諸司三品以上官爭拾之。仍賜物有差。劇談錄。開元中。上巳錫宴臣寮。會于曲江山亭。恩賜敎坊聲樂。池中備綵舟數隻。唯宰相三使北省官與翰林學士登焉。每歲傾動皇州。以爲盛觀。

箋曰。此亦懷上皇南內之詩也。玄宗用萬騎軍以平韋氏。改爲龍武軍。親近宿衛。自深居南內。無復昔日駐蹕遊幸矣。興慶宮南樓置酒眺望。欲由夾城以達曲江芙蓉苑。不可得矣。金錢之會。無復開元之盛。對酒感歎。意亦在上皇也。程大昌曰。龍武軍中官主之。最爲親暱。初時擬幸芙蓉。後遂留駐龍武。此詩蓋有譏也。余以爲不然。

## 早朝大明宮呈兩省寮友　賈至

銀燭朝天紫陌長。禁城春色曉蒼蒼。千條弱柳垂青瑣。百囀流鶯滿建章。劍珮聲隨玉墀步。衣冠身染御鑪香。共沐恩波鳳池裏。朝朝染翰侍君王。

## 奉和賈至舍人早朝大明宮 舍人先世嘗掌絲綸

五夜漏聲催曉箭。九重一作天春色醉仙桃。旌旗日煖龍蛇動。宮殿風微鷰雀高。朝罷香煙攜滿袖。詩成珠玉在揮毫。欲知世掌絲綸美。池上于一作如今有一作得鳳毛。

舍人舊書。賈曾。景雲中特拜中書舍人。開元中。復拜中書舍人。子至。天寶末爲中書舍人。肅宗卽位。上皇遣至爲傳位册文。上皇覽之歎曰。先帝遜位于朕。册文則卿之先父所爲。朕以大寶付儲君。卿又當演誥。累朝盛典。出卿父子之手。可謂難矣。至伏于御前。嗚咽感涕。大明宮長安志。東内大明宮。在禁苑之東南。貞觀八年。置爲永安宮。九年改大明宮。龍朔二年號蓬萊宮。咸亨元年改含元宮。尋復大明宮。正殿曰含元殿。天后改大明殿。雍錄。唐都城有三大內。太極宮在西。故名西內。大明宮在東。故名東內。別有興慶宮。號南內也。三內更迭受朝。而大明最數。五夜衞宏漢舊儀。五夜者。甲夜、乙夜、丙夜、丁夜、戊夜。又渾天儀曰。以左手把箭。右手指刻。以別天時早晚。緗素雜記。梁本紀。帝然燭側光。常在戊夜。杜詩五夜漏聲。正謂戊夜耳。仙桃醉仙桃者。言春色之酣。著桃如醉也。

同前　　王維

絳幘雞人報一作送曉籌。尙衣方進翠雲裘。九天閶闔開宮殿。萬國衣冠拜冕旒。日色纔臨仙掌動。香烟欲傍袞龍浮。朝罷須裁五色詔。佩聲歸到鳳池頭。

同前　　岑參

雞鳴紫陌曙光寒。鶯囀皇州春色草堂作夜闌。金鏁曉鐘開萬戶。玉堦仙仗擁千官。花迎劍佩星初落。柳拂旌旗露未乾。獨有鳳凰池上客。陽春一曲和皆難。

宣政殿退朝晚出左掖

天門日射黃金牓。春殿晴曛一作熏赤羽旗。宮草微微一云霏霏承委珮。鑪烟細細駐遊絲。雲近蓬萊常好一作五色。雪殘鳷鵲亦多時。侍臣緩步歸青瑣。退食從容出每遲。

宣政殿長安志。龍朔二年。造蓬萊宮、含元殿。又造宣政、紫宸、蓬萊三殿。宣政殿在宣政門內。殿東有東上閤門。殿西有西上閤門。殿前東廊曰日華門。東有門下省。左掖呂后紀注。非正門而在兩旁。若人之臂掖。

## 題省中院壁

掖垣竹埤梧十尋。洞門對霤一作雪常陰陰。落花遊絲白日靜。鳴鳩乳鷰青春深。腐儒衰晚謬通籍。退食遲迴違寸心。衮職曾無一字補。許身媿比雙南金。

洞門董賢傳。重殿洞門。師古曰。謂門門相當也。對霤吳都賦。玉堂對霤。石室相距。

## 春宿左省

花隱掖垣暮。啾啾棲鳥過。星臨萬戶動。月傍九霄多。不寢聽金鑰。英華作不寐聽金鏁因風想玉珂。明朝有封事。數問夜如何。

問夜唐會要。景雲二年。勑南衙北門及諸門進狀。及封狀意見。及降墨勑。並于狀上晝題時刻。夜題更籌。程嘉燧曰。味明朝句。似用傅玄欲入奏。卽朝衣待旦。時人謂臺閣生風事。

## 送翰林張司馬一云學士南海勒碑相國製文

冠冕通南極。文章落上台。詔從三殿一云天上去。碑到百蠻開。野館濃花發。春帆細雨來。不知滄海上。一作使天遣幾時迴。

司馬鶴曰。翰林無司馬。玄宗置翰林院。延文章之士。下至僧道書畫琴棋數術之士。皆處于此。謂之待詔。今云勒碑。或鐫刻之流也。三殿雍錄。李肇記曰。翰林院在少陽院南。其東當三院。韋執誼曰。在銀臺門內麟德殿西。重廊之後。三殿者。麟德殿也。一殿而有三面。故曰三殿。亦曰三院。結璘鬱儀樓。即三殿之東西廊也。南部新書。大明宮中有麟德殿。在仙居殿之西北。此殿三面。亦以三殿爲名。

## 晚出左掖

晝刻傳呼淺。春旗簇仗齊。退朝花底散。歸院柳邊迷。樓雪融城濕。宮雲去殿低。避人焚諫草。騎馬欲雞棲。

退朝雍錄。宣政殿下有東西兩省。別有中書門下外省。又在承天門外。兩省官亦分左右。各爲廨舍。曰散曰歸。分班而出。東西各歸其廨也。花底晦菴云。唐殿庭間種花柳。故杜詩云云。本朝惟樹槐楸。鬱然有嚴毅氣象。諫草晉羊祜傳。其嘉謀讜議。皆焚其草。故世莫聞。雞棲吳若本注云。朱仲卿車如雞棲馬如狗。按此詩爲晚出左掖。不如用日之夕矣爲當也。

## 曲江陪鄭八丈南史飲

雀啄江頭黃柳花。鵁鶄鸂鶒滿晴沙。自知白髮非春事。且盡芳尊戀物華。近侍即今難浪跡。此身那得更無家。丈人文刊作才力猶强健。豈傍青門學種瓜。

鵁鶄通鑑。玄宗初年。遣宦者詣江南。取鵁鶄鸂鶒等置苑中。

## 送賈閣老出汝州

西掖梧桐樹。空留一院陰。艱難歸故里。去住損春心。宮殿青門隔。雲山紫邏深。人生五馬貴。莫受二毛侵。

閣老舊書。故事。舍人年深者。謂之閣老。紫邏寰宇記。廢臨汝縣。在汝州西南六十里。本漢梁縣地。唐先天二年。割置縣于今縣西二十里紫邏川置。五馬潘子眞詩話。禮。天子六馬。左右驂。三公九卿駟馬。右騑。漢制。九卿則中二千石亦右驂。太守駟馬而已。其有加秩中二千石。乃右驂。故以五馬爲太守美稱。遯齋閒覽及學林云。漢時朝臣出使爲太守。增一馬。宋人五色線集。北齊柳元伯五子。同時領郡。時五馬參差于庭。故時人呼太守爲五馬。箋曰。賈至本傳不載出守之故。杜有別賈嚴二閣老及寄岳州兩閣老詩。知其爲房琯黨也。琯與武尙未貶。而先出至者。以普安郡制置天下之詔。至實當制。故先去之也。岳州之謫。亦本于此。公詩有艱難去住之句。情見乎詞矣。

## 鄭駙馬池臺喜遇鄭廣文同飲

不謂生戎馬。何知共酒盃。然臍郿塢敗。握宋景文作秃節漢臣回。白髮千莖雪。丹心一寸晉作片灰。別離經死一作此地。披寫忽登臺。重對秦簫發。俱過阮宅一作巷來。留連一作醉留春夜舞。一作席淚落强一作更徘徊。一云。醉留春苑夜。舞淚落徘徊。禿節張衡應間。蘇武以禿節效貞。

送鄭十八虔貶台州司戶傷其臨老陷賊之故闕爲面別情見于詩

鄭公樗散鬢成一作如絲。酒後常稱老畫師。萬里傷心嚴譴日。百年垂死中興時。蒼惶一作伶俜已就長途往。邂逅無端出餞遲。便與先生應永訣。九重泉路一作下盡交期。新書。虔遷著作郎。祿山反。遣張通儒劫百官置東都。僞授水部郎中。因稱風緩。求攝市令。潛以密章達靈武。賊平。與王維並囚宣陽里。然皆善畫。崔圓使繪齋壁。虔卽祈解于圓。卒免死。貶台州司戶參軍。

題鄭十八著作虔

台州地闊一作僻海冥冥。雲水長和島嶼青。亂後一作繾綣故人雙別淚。春深一作飄颻逐客一浮萍。酒酣懶舞誰相拽。詩罷能吟不復聽。第五橋東流恨水。皇陂岸北結愁亭。賈生對鵩傷王傅。蘇武看羊陷賊庭。可念此翁懷一作常直道。也霑新國用輕刑。禰衡實恐遭江夏。方朔虛傳是歲星。窮巷悄然一作一朝車馬絕。案頭乾死讀書螢。

輕刑是時陷賊官以六等定罪。虔在次三等之數。貶台州司戶。故曰用輕刑也。虔稱風緩。以密章達靈武。而議罰過重。故有惜之之語。歲星吳曾漫錄曰。漢武故事幷西京雜記云。西王母使者曰。朔是水帝精。爲歲星。下游人中。以觀天下。非陛下臣也。故夏侯孝若畫贊云。神變造化。靈爲星辰。舊注曰方朔爲太白星。非也。列仙傳云。東方朔。平原厭次人。智者疑其歲星精也。西京雜記、漢武故事俱無吳氏云云。

### 端午日賜衣

宮衣亦有名。端午被恩榮。細葛含風軟。香羅疊雪輕。自天題處濕。當暑著來淸。意內稱（一云恰稱身）長短。終身荷聖情。

### 贈畢四 曜

才大今詩伯。家貧苦宦卑。饑寒奴僕賤。顏狀老翁爲。同調嗟誰惜。論文笑自知。流傳江鮑體。相顧免無兒。

江鮑　詩品。文通詩體總雜。善于摹擬。筋力于王微。成就于謝朓。鮑參軍詩。其源出于二張。善製形狀寫物之詞。貴尚巧似。不避危仄。無兒　中宗曰。苏瓌有子。李嶠無兒。公與曜皆有子傳其詩。庶免無兒之慨。

### 酬孟雲卿

樂極傷頭白。更長（一作深）愛燭紅。相逢難（流俗本作雖）袞袞。告別莫怱怱。但恐天河落。寧辭酒盞空。明朝牽世務。揮淚各西東。

### 奉贈王中允 維

中允聲名久。如今契闊深。共傳收庾信。不比得陳琳。一病緣明主。三年獨此心。窮愁應有作。試誦白頭吟。

維爲給事中。扈從不及。爲賊所得。服藥取痢。僞稱瘖病。祿山素憐之。遣人迎置雒陽。拘于普施寺。迫以僞署。賊平。陷賊官六等定罪。維以凝碧詩聞于行在。肅宗特宥之。責授太子中允。**契闊**毛傳。契闊。勤苦也。**庾信**周書。侯景作亂。臺城陷。信奔于江陵。元帝承制。除御史中丞。後留長安。作哀江南賦曰。大盜移國。金陵瓦解。余乃竄身荒谷。公私塗炭。華陽奔命。有去無歸。中興道消。窮于甲戌。三日哭于都亭。三年囚于別館。**陳琳**魏志。琳避難冀州。袁紹使典文章。袁氏敗。琳歸太祖。

箋曰。共傳收庾信。以侯景比祿山。以子山比中允也。玄宗謂肅宗曰。張均兄弟皆與逆賊作權要官。就中張均更與賊毀三哥阿奴家事。當時從逆之臣。謗訕朝廷。如陳琳之爲袁紹檄狀曹公者多矣。維獨痛憤賦詩。聞于行在。故曰不比得陳琳也。維一病三年。不當復責授中允。落句譏肅宗之失刑也。

## 奉陪鄭駙馬韋曲二首

韋曲花無賴。家家惱殺人。綠樽雖一作須盡日。白髮好禁一作傷春。石角鉤衣破。藤枝一作蘿刺眼新。何時占叢竹。頭戴小烏巾。

**韋曲**雍錄。呂圖。韋曲在明德門外。韋后家在此。蓋皇子陂之西。所謂城南韋杜者也。遊南城記。覽韓鄭郊居。至韋曲。注云。韋曲在韓鄭莊之北。逍遙公讀書臺猶在。通志。韋曲在樊川。唐韋安石之別業。

野寺垂楊裏。春畦亂水間。美花多映竹。好鳥不歸山。城郭終何事。風塵豈駐顏。誰能共公子。薄暮欲俱還。

寄左省杜拾遺　岑參

聯步趨丹陛。分曹限紫微。曉隨天仗入。暮惹御香歸。白髮悲花落。青雲羨鳥飛。聖朝無闕事。自覺諫書稀。

奉答岑參補闕見贈

窈窕清禁闥。罷朝歸不同。君隨丞相後。我往一作住。非。日華東。冉冉柳枝碧。娟娟花蕊紅。故人得佳句。獨一作猶贈白頭翁。

罷朝　雍錄。唐六典。宣政殿前有兩廡。兩廊各有門。其東曰日華。日華之東。則門下省也。居殿廡之左。故曰左省。西廊有門曰月華。月華之西。卽中書省也。凡兩省官繫銜以左右者。皆分屬焉。罷朝歸不同。言分東西班各歸本省也。君隨丞相後。宰相罷朝。由月華門出而入中書。凡西省官。亦隨丞相出西也。若左省官。仍自東出。故云我往日華東也。

送許八拾遺歸江寧覲省甫昔時常客遊此縣於許生處乞瓦棺寺維摩圖様志諸篇末

詔許辭中禁。慈顏赴一作拜北堂。一云。天語辭中禁。家榮赴北堂。聖朝新孝理。祖席倍輝光。一作行子倍恩光內一作贈帛擎偏重。宮衣著更香。淮陰清一云新夜驛。京口渡江航。春隔雞人晝。秋期鷰子涼。賜書誇父老。壽酒樂城隍。一云。竹引趨庭曙。山添扇枕涼。十年過父老。幾日賽城隍。看畫曾饑渴。追蹤恨一作限淼茫。虎頭金粟影。神妙獨難忘。

許拾遺 岑參集有送許子擢第歸江寧拜親詩。在天寶元年告賜靈符上加尊號之日。此云許八拾遺。蓋擢第後十餘年官拾遺。又得覲省也。 維摩畫 張彥遠名畫記。顧愷之。字長康。小字虎頭。曾于瓦棺寺北小殿畫維摩詰。畫訖。光彩耀目數日。京師寺記云。興寧中。瓦棺寺初置。僧衆設會。請朝賢鳴刹注錢。其時士大夫莫有過十萬者。既至長康。直打刹注錢百萬。長康素貧。衆以爲大言。後寺衆請勾疏。長康曰。宜備一壁。遂閉戶絕往來。一月餘日。所畫維摩詰一軀。工畢。將欲點眸子。乃謂寺僧曰。第一日觀者。請施十萬。第二日可五萬。第三日可任例責施。及開戶。光照一寺。施者塡咽。俄而得百萬錢。吳曾漫錄。世說顧愷之爲虎頭將軍。非小字也。按晉無此官。世說亦無此語。

## 因許八奉寄江寧旻上人

不見旻公三十年。封書寄與淚潺湲。舊來好事今能否。老去新詩誰與一作爲傳。棊局動隨尋一作幽澗竹。袈裟憶上泛湖船。聞君話我爲官在。頭白昏昏只醉眠。

## 至德二載甫自京金光門出問樊作間道歸鳳翔乾元初從左拾遺移華州掾與親故別因出此門有悲往事

此道昔歸順。西郊胡正一作騎繁。至今殘破膽。應一作猶有未招魂。近得一作侍歸京邑。移官豈一作遠至尊。無才日衰老。駐馬望千門。

金光門長安志。唐京師外郭城西面三門。北曰明遠門。中曰金光門。西出趨昆明池。南曰延平門。問道舊書。肅宗徵兵靈武。甫自京師宵遁。赴河西。謁肅宗于彭原郡。拜右拾遺。新書。祿山亂。天子入蜀。甫避走三川。肅宗立。自鄜州羸服欲奔行在。爲賊所得。至德二年。亡走鳳翔。上謁。拜左拾遺。招魂招魂曰。魂兮歸來。入修門些。經年之後。再出國都之門。痛定思痛。猶有未招之魂。比招魂之言。尤可傷矣。蓋深歎肅宗之少恩也。移官公上疏救房琯。詔三司推問。以張鎬力救。勅放就列。至次年。復與房琯、嚴武俱貶。坐琯黨也。此公事君交友。平生出處之大節。舊書載之甚明。元稹志亦云。左拾遺歲餘。以直言出華州司功。而新書則云。從還京師。出爲華州司功參軍。作年譜者。至以爲不知爲何事而出。則爲新書所誤耳。

寄高三十五詹事適

安穩高詹事。兵戈久索居。時來如一作知宦達。歲晚莫情疎。天上多鴻雁。池一作河中足鯉魚。相看過半百。不寄一行書。

至德二載。適節度淮南。兵罷。李輔國惡于上前。左授太子少詹事。故曰時來如宦達。婉詞以慰之也。適有酬崔員外詩云。小人胡不仁。譖我成死灰。賴得日月明。照耀無不該。留司洛陽宮。詹府唯蒿萊。

路逢襄陽楊少府入城戲呈楊員外綰甫赴華州日。許寄員外茯苓一本。戲題四韻。附呈許員外爲求茯苓。

寄語楊員外。山寒少茯苓。歸來稍暄一云候和暖。當爲斸青冥。翻動一作倒神仙一作龍蛇窟。封題鳥獸形。兼將老藤杖。扶汝醉初醒。

楊綰鶴曰。舊書。綰自賊中赴行在。除起居舍人。知制誥。歷司勳員外郎。新史不書。茯苓龜策傳。下有茯靈。上有兔絲。茯靈在兔絲之下。狀如飛鳥之形。斸說文。斫也。爾雅。斪斸謂之定。郭璞注。鋤屬。

## 題鄭縣亭子

鄭縣亭子澗之濱。戶牖憑高發興新。雲斷岳蓮臨大路。(一作道)天晴(一作清)宮(一作官)柳暗長春。巢邊野雀(一作鵲)羣欺燕。花底山蜂遠趁人。更欲題詩滿青竹。晚來幽獨恐傷神。

鄭縣 唐志。華州上輔。隋京兆郡之鄭縣。陸游筆記。先君入蜀。至華州之鄭縣。過西溪。唐昭宗避兵常幸之。其地在官道旁七八十步。澄深可愛。亭曰西溪亭。蓋所謂鄭縣亭子。亭傍古松間。支徑入小寺。外弗見也。 大路 漢皐詩話。大路。陝華間地名也。晉書。檀道濟從劉裕伐姚弘。至潼關。姚鸞屯大路。以絕道濟糧道。而蜀本正作大道。誤矣。 長春 寰宇記。長春宮在强梁原上。周宇文護所築。唐高祖起義。大軍濟河。舍此宮休甲養士。西定京邑。雍錄。在同州朝邑縣界。

## 望岳

西岳崚嶒(一云危稜)竦處尊。諸峯羅立(一作列)如(一作似)兒孫。安得仙人九節杖。拄到玉女洗頭盆。車箱入谷無歸(一作回)路。箭栝(晉作闊。一作闕。)通天有一門。稍待西(吳作秋)風涼冷後。高尋白帝問眞源。

九節杖 劉根外傳。漢武帝登少室。見一女子。以九節杖仰指日。神仙傳。王遙有竹篋。長數寸。有一弟子姓錢。隨遙數十年。未曾見開之。一夜。天雨晦冥。遙使錢以九節杖負此篋。將錢出。冒雨而行。遙及弟子。衣皆不濕。 玉女 詩含神霧。華山上有明星玉女。手執玉漿。集仙錄。玉女祠前有五石臼。號曰玉女洗頭盆。 車箱 寰宇記。車箱谷。一名車水渦。在華陰縣西南二十五里。深不可測。祈雨者以石投之。其中有一鳥飛出。應時獲雨。西溪叢語引柏谷。柏谷在弘農縣。亦無車箱之名。 入谷 水經注。自下廟歷列柏。南行十一里。東迴三里。至中祠。又西南出五里。至南祠。從北南入谷七里。又屆一祠。出一里。至天井。 箭栝 韓子。秦昭王令工施鉤梯而上華山。以松柏之心爲博箭。長八尺。棊長八寸。而勒之曰。昭王嘗與天神博于此。姚寬云。鳳翔岐山。俗呼爲箭筈嶺。亦與華山無與。通天水經注。華山中路名天井。纔容人行。迂迴頓曲而上。可高六丈餘。山上有微涓細水。流入井中。亦不沾人。出井望空視明。如在室窺窗也。白帝洞天記。華山名太極總仙之天。即少昊爲白帝治西岳。

至日遣興奉寄北省舊閣老兩院故人一作補遺二首

去歲茲辰捧御牀。五更三點入鵷行。欲知趨走傷心地。正想氛氳滿眼香。無路從容陪語笑。有時顛倒著衣裳。何人錯憶一作認窮愁日。愁日愁隨刊作日愁隨一線長。

一線見小至詩注。

憶昨逍遙供奉班。去年今日侍龍顏。麒麟不動鑪烟上。孔雀徐開扇影還。玉几一作座由來天北極。朱衣只在殿中間。孤城此日堪腸斷。愁對寒雲雪一作白滿山。

扇影儀衞志。宰臣兩省官對班于香案前。百官班于殿庭。扇合。皇帝升御座。內謁者承旨喚仗。六典。尙輦局掌輿輦繖扇。大朝會。則孔雀扇一百五十有六。分居左右。舊翟尾扇。開元初。改爲繡孔雀。朱衣唐儀衞志。朝日。殿上設黼扆躡席。熏爐香案。御史大夫領屬官至殿西廡。從官朱衣傳呼。促百官就班。

得弟消息二首

近有平陰信。遙憐舍弟存。側身千里道。寄食一家村。烽舉新酣戰。啼垂舊血痕。不知臨老日。招得幾人一作時魂。

平陰 隋屬濟州。天寶十三載州廢。縣屬鄆州。

汝懦歸無計。吾衰往未期。浪傳烏鵲喜。深負鶺鴒詩。生理何顔面。憂端且歲時。兩京三十口。雖在命如絲。

憶弟二首 時歸在南陸渾莊

喪亂聞吾弟。饑寒傍濟州。人稀吾一作書不到。兵在見何由。憶昨狂催走。無時病去憂。即今千種恨。惟共水東流。

且喜河南定。不問鄴城圍。百戰今誰在。三年望汝歸。故園花自發。春日鳥還飛。斷絕人煙久。東西消息稀。

得舍弟消息

亂後誰歸得。他鄉勝故鄉。直一作若爲心厄苦。久念一作得與刊作汝存亡。汝書猶在壁。汝妾一作室已辭房。舊犬知愁恨。垂頭傍我床。

## 秦州雜詩二十首

滿目悲生事。因人作遠遊。遲廻度隴怯。浩蕩及（一作入）關愁。水落魚龍夜。山空（一作通）鳥鼠秋。西征問烽火。心折此淹留。

秦州　寰宇記。秦州本秦隴西郡。漢武帝分隴西置天水郡。王莽末。隗囂據其地。後漢更天水爲漢陽郡。地道記云。漢陽有大坂。名曰隴坻。亦曰隴山是也。魏初中分隴右爲秦州。唐武德二年。仍置秦州。天寶元年。改天水郡。乾元元年。復爲秦州。　度隴　說文。隴山。天水大阪也。三秦記。隴謂西關也。其坂九廻。不知高幾許。欲上者。七日乃得越。山頂有泉。淸水四注。東望秦川。如四五里。人上隴者。想還故鄉。悲思而歌。有絕死者。　及關　晉地道云。汧縣屬秦國。故城在汧陽縣南。漢置隴關。西當戎翟。今名大震關。趙至與嵇茂齊書云。李叟入秦。及關而歎。　魚龍　水經注。汧水出縣西山。世謂之小隴山。其水東北流。歷澗注以成淵。潭漲不測。出五色魚。俗以爲靈而莫敢採捕。因謂是水爲魚龍水。自下亦通。謂之魚龍川。西溪叢語。陸農師引水經。魚龍以秋日爲夜。按龍秋分而降。則蟄寢於淵。龍以秋日爲夜。豈爲是乎。魚龍。水名。鳥鼠。山名。鳥鼠秋而魚龍夜。兩句而合三事也。　鳥鼠　水經。渭水出隴西首陽縣渭谷亭南鳥鼠山。禹貢所謂渭出鳥鼠者也。後漢志。首陽有鳥鼠同穴山。元和郡國志。鳥鼠山。今名青雀山。在渭源縣西七十六里。渭水所出。凡有三源並下。

秦州山（一作城）北寺。勝跡（一云傳是）隗囂宮。苔蘚山門古（一作故）。丹青野殿空。月明垂葉露。雲逐渡溪風。清渭無情極。愁時獨向東。

山寺　元和郡國志。秦州伏羌縣。本秦冀縣也。隗囂稱西伯都此。方輿勝覽。雕窠谷在秦州麥積山之北。舊有隗囂避暑宮。寰宇記。雕窠峽在渭州南三十里。對面瀑布。瀉出于兩崖之間。　清渭　寰宇記。渭水源出鳥鼠山。入關。爲八水之一。

州圖領同谷。驛道出流沙。降虜兼千帳。居人有萬家。馬驕珠一作朱汗落。胡舞白蹄一作題斜。年少臨洮子。一作至西來亦自誇。

同谷十道志。漢下辯道。正始中立廣業郡。領白石栗亭。後改曰同谷。唐志。天寶元年。改秦州爲天水郡。依舊都督府。督天水、隴西、同谷三郡。流沙六典。隴右道東接秦州。西踰流沙。注曰。流沙在沙州以北。連延數千里。萬家水經注。裴方明伐楊難當。追出塞峽。峽側有石穴。潛通下辯。建安水出峽。流注漢水。又西逕南岈北。有二城相對。丘墳低昂。亙山被阜。萬有餘家。諸葛亮表云。祁山縣去沮五百里。有民萬戶。白題南史。西北遠邊有白題及滑國。遣使由岷山道入貢。裴子野曰。漢潁陰侯斬胡白題將一人。服虔注云。白題。胡名也。又漢定遠侯擊胡入滑。此其後乎。

鼓角緣邊郡。川原欲夜時。秋聽殷地發。風散入雲悲。抱葉寒蟬靜。歸來一作山獨鳥遲。萬方一作年聲一概。吾道竟何之。

南使宜天馬。由來萬匹强。浮雲連陣沒。秋草徧一作滿山長。聞說眞龍種。仍殘一云空餘老驌驦。哀鳴思戰鬭。迥立向蒼蒼。

天馬水經注。故廣武城之西南二十許里水西。有馬蹄谷。胡馬感北風之思。遂頓羈絕絆。驤首而馳。晨發京城。夕至敦煌北塞外。長鳴而去。因名其處曰候馬亭。今晉昌郡南及廣武馬蹄谷。盤石上馬跡若踐泥中。有自然之形。故其俗號曰天馬徑。寰宇記。秦州清水縣有馬池水。源出嶓冢山。開山圖云。隴西神馬山有淵池。龍馬所生。水經注。馬池水出上邽西南六十里。謂之龍淵水。言神馬出水事。同徐吾來淵之異。故有馬池之號。昔刺史張彝得馬頭骨長三尺。即此也。又龍馬泉出大潭縣西北平地水下濕洼。作龍馬之狀。長老相傳。每春夜放牝馬飲此泉水。自然懷孕。生駒初無毛。不能起。以氈裹之。經數月。內生毛。不至三歲。與大宛馬略同。驌驦釋畜于馬無肅爽之名。爽或作霜。賈逵云。色如霜紈。馬融說。肅爽。雁也。其羽如練。高首而修頸。馬似之。

箋曰。按通鑑。是年春三月。九節度之師潰于鄴城。戰馬萬匹。惟存三千。此詩浮雲連陣沒。正其事也。秦州乃出西域之道。故感天馬事而賦之。

城上胡笳奏。山邊漢節歸。防河赴滄海。奉詔發金徵。（一作徽）士苦形骸黑。旌（旌一作林）疎鳥獸稀。那聞（一作堪）往來戍。恨解鄴城圍。

防河　見兵車行注。謂防河西也。

金微　後漢紀。竇憲遣左校尉耿夔出居延塞。圍北單于於金微山。唐志。羈縻州有金微都督府。隸安北都護府。

莽莽萬重山。孤城山（一作石）谷間。無風雲出塞。不夜月臨關。屬國歸何晚。樓蘭斬未還。烟塵獨（一作一）長望。衰颯正摧（一云催）顏。

不夜　郊祀志。祠之罘山于腄。成山于不夜。皆屬東萊。齊地記。不夜城在陽遷東南。蓋古有日。夜出此。城以不夜名。異之也。邵氏聞見錄。無風。谷名。不夜。城名。王子韶經略西夏。親至其地。趙子櫟云。今秦州有之。後人因杜詩而爲名也。

聞道尋源使。從天此路迴。牽牛去幾許。宛馬至今來。一望幽燕隔。何時郡國開。東征健兒盡。羌笛暮吹哀。

今日明人眼。臨池好驛亭。叢篁低地碧。高柳半天青。稠疊多幽事。喧呼閱使星。老夫如有此。不異在郊坰。

雲氣接崑崙。涔涔塞雨繁。羌童看渭水。使（一作估）客向（一作倚）河源。烟火軍中幕。牛羊嶺上村。所居秋草淨。正閉小蓬門。

崑崙　寰宇志。崑崙。在肅州酒泉縣西南八十里。杜佑曰。長慶中。劉元鼎爲盟會使。言河之上流。由洪濟西行二千里。水益狹。冬春可涉。夏秋乃勝舟。其南三百里三山。中高四下曰歷山。直大羊同國。古所謂昆侖者也。夷曰悶摩黎山。東距長安五千里。河源其間。流澄緩下。稍合衆流。色赤。行益遠。他水並注則濁。河源東北。直莫賀延磧尾。隱測其地。蓋在劍南之西。

蕭蕭古塞冷。漠漠秋雲低。黃鵠翅垂雨。蒼鷹饑啄泥。薊門誰自北。漢將獨征西。不意書生耳。（一作眼）臨衰厭（一作見）鼓鞞。

山頭南（一云東）郭寺。水號北流泉。老樹空庭得。清渠一邑傳。秋花危石底。晚景臥鐘邊。（一作前）俛仰悲身世。溪風爲颯（一作肅）然。

北流　寰宇記。天水縣界。有水一派。北流入長道縣界。清渠　秦州記。天水郡前有湖水。冬夏無增減。天水取此名。

傳道東柯谷。深藏數十家。對門藤蓋瓦。映竹水穿沙。瘦地翻宜粟。陽坡可種瓜。船人近相報。但恐失桃花。

東柯通志。東柯。在秦州東南五十里。有橋。杜甫有祠于此。宋栗亭令王知彰記云。工部棄官。寓東柯谷姪佐之居。

萬古仇池穴。潛通小有天。神魚人不見。福地語眞傳。近接西南境。長懷十九泉。何時一作當一茅屋。送老白雲邊。

仇池辛氏三秦記。仇池山上有池百頃。郭仲產秦州記。仇池山。本名仇維山。上有池。似覆壺。有瀑布。望之如舒布。後漢志。河池一名仇池。方百頃。左右悉白馬氐。水經注。絕壁峭峙。孤險雲高。望之。形若覆唾壺。其高二十餘里。羊腸蟠道。三十六迴。開山圖謂之仇夷。所謂積石嵯峨。嶔岑隱阿者也。上有平田百頃。煮土成鹽。因以百頃爲號。山上豐水泉。所謂清泉湧沸。潤氣上流者也。東坡志林。趙德麟曰。仇池。小有洞天之附庸也。王仲至謂余曰。嘗奉使過仇池。有九十九泉。萬山環之。可以避世如桃源。

未暇泛滄海。悠悠兵馬間。塞門風落木。一云塞風寒落木客舍雨連山。阮籍行多興。龐公隱不還。東柯遂疏懶。一云放休鑷鬢毛班。

東柯好崖谷。不與衆峯羣。落日邀雙鳥。晴天養一作卷片雲。野人矜一作吟險絕。水竹會平分。採藥吾將老。兒童未遣聞。

邊秋陰易久。一作夕不復辨晨光。簷雨亂淋幔。山雲低度墻。鸕鷀窺淺井。蚯蚓上深一作高堂。車馬何蕭索。門前百草長。

鸕鷀本草衍義。陶隱居云。此鳥不卵生。口吐其雛。今人謂之水老鴉。巢于大水。羣集宿處有常。

地僻秋將盡。山高客未歸。塞雲多斷續。邊日少光輝。警急烽常報。傳聞一作聲檄屢飛。西戎外甥國。何得迕一作近天威。

外甥開元十八年。吐番贊普請和。上表曰。外甥是先皇帝舅宿親。又蒙降金城公主。遂同爲一家。深識尊卑。豈敢失禮。千歲萬歲。外甥終不敢先違盟誓。

鳳林戈未息。魚海路常難。候火雲烽一作峯峻。懸軍幕一作暮井乾。風連西極動。月過北庭寒。故老思飛將。何時一作人議築壇。

鳳林水經注。鳳林。山名也。五巒俱峙。秦州記曰。枹罕原北。名鳳林川。川中則黄河東流也。寰宇記。鳳林縣屬河州。本漢白石縣。地屬金城郡。鳳林關在黄河側。大曆二年。吐番首領論泣陵入奏云。贊普請以鳳林關爲界。

魚海天寶元年。河西節度使王倕奏破吐番魚海及遊奕等軍。幕井易。井收勿幕。北庭班彪傳。南匈奴掩破北庭。唐北庭大都護府。屬隴右道。

唐堯眞自聖。野老復何知。曬藥能無婦。應門幸一作亦有兒。藏書聞禹穴。讀記憶一作悟仇池。爲報鴛行舊。鷦鷯在一枝。

月夜憶舍弟

戍鼓斷人行。秋邊一作邊秋一雁聲。露從今夜白。月是故鄉明。有弟皆分散。一作羈旅無家問死生。寄書長不避。樊作達況乃未休兵。

宿贊公房京中大雲寺主謫此安置

杖錫何來此。一作久秋風已颯然。雨荒深院菊。霜倒半池蓮。放逐寧違一作斷性。虚空不離禪。相逢成夜宿。隴月向人圓。

東樓

萬里流沙道。西征一云行。一云征西。過北一作此門。但添新戰骨。不返舊征魂。一云。但添征戰骨。不返死生魂。樓角凌風迥。城陰帶水一作雨昏。傳聲看驛使。送節向河源。

雨晴一云秋霽

天水一云外。一云際。秋雲薄。從西萬里風。今朝好晴景。久雨不妨農。塞一云岸柳行疎翠。山梨結小紅。胡笳樓上發。一雁入高空。

天水容齋三筆。天永秋雲薄。從西萬里風。謂秋天遼永。風從萬里而來。而集乃作天水。此秦州郡名。入此篇則其思致淺矣。

寓目

一縣蒲萄熟。秋山苜蓿多。關雲常帶雨。塞水不成河。羌女輕一作搖烽燧。胡兒制一作掣駱駝。自傷遲暮眼。喪亂飽經過。

## 山寺

野寺殘僧少。山園細路高。麝香眠石竹。鸚鵡啄金桃。亂石一作水通人過。懸崖置屋牢。上方重閣晚。百里見秋一作纖毫。

麝香本草圖經。麝香出秦州。文州諸蠻中尤多。鸚鵡禰衡賦。命虞人于隴坻。懸崖玉堂閒話。麥積山北跨清渭。南漸兩當。五百里岡巒。麥積處其半。古記云。自平地積薪。至于巖巔。從上鐫鑿其龕室佛像。功畢。旋旋拆薪而下。然後梯空架險而上。其間千房萬室。懸空躡虛。登之者不敢四顧。方輿勝覽。麥積山在秦州東南百里。狀如積麥。爲秦地林泉之冠。姚秦時建瑞應寺。在山之後。姚興鑿山而修。千崖萬象。轉崖爲閣。乃秦州勝境。又有隋時塔。杜甫有詩。天水圖經。隴城邑南。唐杜工部故居姪佐草堂。在東柯谷南。積麥山瑞應寺上。山形如積麥。佛龕剜石。閣道縈旋。上下千餘丈。

## 即事

聞道花門破。和親事卻非。人憐漢公主。生得渡河歸。秋思拋雲髻一作鬟。腰支勝一作賸寶衣。羣凶猶索戰。迴首意多違。

渡河乾元二年。回紇從郭子儀戰于相州城下。不利。奔于西京。四月。可汗死。其牙官都督等欲以寧國公主殉葬。公主亦依回紇法。剺面大哭。竟以無子得歸。八月。詔百官于明鳳門外迎之。

遣懷

愁眼看霜露。寒城菊自花。天風隨斷柳。客淚墮清（一作晴）笳。水淨樓（一作城）陰直。山昏塞日斜。夜來歸鳥盡。啼殺後棲鴉。

天河

常時任顯晦。秋至輒（一作最）分明。縱被微雲掩。終能（一云當。一云輸。）永夜清。含星動雙闕。伴月落邊城。牛女年年渡。何曾風浪生。

初月

光細（一云常時）弦豈（刊作初。陳作欲。）上。影斜輪未安。微升古塞（一作堞）外。已隱暮雲端。河漢不改色。關山空自寒。庭前有白露。暗滿菊花團。（一云欄。英華亦作欄。）

菊花團（吳曾漫錄。謝惠連詩。團團滿葉露。謝玄暉詩。猶沾餘露團。庾抱胥臺露詩。惟有團階露。承睫苦沾衣。杜詩所本此也。）

歸燕

不獨避霜雪。其如儔侶稀。四時無失序。八月自知歸。春色豈相訪。（一作誤）衆雛還識機。故巢儻未毁。會傍主人飛。

擣衣

亦知戍不返。秋至拭清砧。已近苦寒月。作一暮況經長別心。作一驚寧辭擣熨倦。作一衣一寄塞垣深。

用盡閨中力。君聽空外音。

促織

促織甚微細。哀音何動人。作一聲草根吟不穩。作一冷床下夜相親。久客得無淚。放妻難及晨。作一故

悲絲與急管。云一絃感激異天眞。

促織釋蟲。蟋蟀。蛬。注。今促織也。陸機疏云。蟋蟀一名蛬。一名青蛪。楚人謂之王孫。幽州人謂之趨織。里語曰。趨織鳴。嬾婦驚。

螢火

幸因腐草出。敢近太陽飛。未足臨書卷。時能點客衣。隨風隔幔小。帶雨傍林微。十月清霜重。飄零何處歸。

蒹葭

摧折不自守。一云與秋風吹若何。暫時花戴一作載雪。幾處一作墮水葉沉波。體弱春甲一云風。一云苗。早。叢長夜露多。江湖後搖落。亦一云只恐歲蹉跎。

苦竹

青冥亦自守。軟弱强扶持。味苦夏蟲避。叢卑春鳥疑。軒墀曾不重。剪伐欲一云亦無辭。幸近幽人屋。霜根結在茲。

除架

束薪已零落。瓠葉轉一作卷蕭一云相疎。幸結白花了。寧辭青蔓除。秋蟲聲不去。暮雀意何如。寒事今牢落。人生亦有初。

廢畦

秋蔬擁霜露。豈敢惜凋殘。暮景數枝葉。天風吹汝寒。綠沾泥滓盡。香與歲時闌。生意春如昨。悲君白玉盤。

玉盤沈約應詔咏梨詩云。摧折非所恡。但令入玉盤。

## 夕烽

夕烽來不近。一作止 每日報平安。一云。烽明夕照灼。了了報平安。 塞上傳光一云聲小。雲邊落一云數點殘。照秦通警急。過隴自艱難。一云。燄銷仍再滅。烟迥不勝寒。 聞道蓬萊殿。千門立馬看。一云。恐照蓬萊殿。城中幾道看。

平安 唐六典。凡烽候所置。大率相去三十里。其放烽有一炬二炬三炬四炬者。隨賊多少而爲差焉。開元二十五年。勅以邊隅無事。內地置烽。量停近畿烽二百六十所。唐鎭戍每日初夜放烟一炬。謂之平安火。安祿山事蹟。六月十四日辛卯。潼關失守。是夕平安火不至。玄宗懼焉。十五日壬辰。聞于朝廷。

## 秋笛

清商欲盡奏。奏苦血霑衣。他日傷心極。征人白骨歸。相逢恐恨過。故作發聲微。不見秋雲動。悲風稍稍飛。

清商 宋玉笛賦。吹清商。進流徵。王徽之謂桓伊。試爲一奏。 發聲 思舊賦。發聲嘹喨。

## 送遠

帶甲滿天地。胡爲君遠行。親朋盡一哭。鞍馬去孤城。草木歲月晚。關河霜雪清。別離已昨日。因見古人情。

## 觀兵

北庭送壯士。貔虎數尤多。精銳舊無敵。邊隅今若何。妖氣擁白馬。元帥待彤戈。莫守鄴城下。斬鯨遼海波。

北庭（謂鎮西北庭節度使李嗣業之兵。卽安西兵也。）鄴城（乾元元年十月。郭子儀九節度圍相州。明年三月。史思明來援。戰于城下。官軍潰而圍解。先是李光弼曰。思明得魏州而按兵不動。此欲使我懈惰。而以精銳掩吾不備也。請與朔方軍同逼魏城。求與之戰。彼懲嘉山之敗。必不敢輕出。得曠日引久。則鄴城必拔矣。魚朝恩以爲不可而止。安祿山事蹟云。汾陽以諸將欲襲思明。謀議不同。乃與李廣琛同謀灌城。又云。汾陽與李光弼所謀不協。遂列大陣于鄴城南十里。然則臨淮之謀。不獨朝恩不可。卽汾陽亦未必相協也。臨淮云同逼魏城。公詩云斬鯨遼海。皆謂不當困守鄴城。老師乏饋。以待援師之至也。早用此計。安有滏水之潰乎。）

## 不歸

河間尙征（一作戰）伐。汝骨在空城。從弟人皆有。終身恨不平。數金憐俊邁。總角愛聰明。面上三年土。春（一作秋）風草（一作吹）又生。

## 天末懷李白

涼風起天末。君子意如何。鴻雁幾時到。江湖秋水多。文章憎命達。魑魅喜人過。應共寃魂語。投詩贈汨羅。

天末陸士衡詩。借問歎何爲。佳人眇天末。魑魅魑魅喜人過。喜其來而擇人以食也。招魂。得人肉以祀。以其骨爲醢。呑人以益其心。正此意也。

## 獨立

空外一鷙鳥。河間雙白鷗。飄颻搏擊便。容易往來遊。草露亦多濕。蛛絲仍未收。天機近人事。獨立萬端憂。

## 日暮

日落風亦起。城頭烏晉作烏尾訛。黃雲高未動。白水已揚波。羗婦語還哭。胡兒行且歌。將軍別換馬。一云換駿馬夜出擁彤戈。

烏尾後漢五行志。桓帝時。童謠曰。城上烏。尾畢逋。夢弼曰。作烏爲是。

## 空囊

翠柏苦猶食。晨一云明霞高一云朝可餐。世人共鹵莽。吾道屬艱難。不爨井晨凍。無衣床夜寒。囊空恐羞澁。留得一錢看。

晨霞遠遊。漱正陽而含朝霞。陵陽子明經言。春食朝霞。朝霞者。日始欲出。赤黃氣也。一錢趙壹詩。文籍雖滿腹。不如一囊錢。僞蘇注。阮孚事。類書多誤載。宜削。

### 病馬

乘爾亦已久。天寒關塞深。塵中老盡力。歲晚病傷心。毛骨豈殊衆。馴良猶至今。物微意不淺。感動一沉吟。

盡力 韓詩外傳。田子方見老馬于道。喟然嘆曰。少盡其力。老棄其身。仁者不爲也。束帛贖之。

### 蕃劍

致（一云至）此自僻遠。又非珠玉裝。如何有奇怪。每夜吐光芒。虎氣必騰趠。（一作上）龍身寧久藏。風塵苦未息。持汝奉明王。

虎氣 殷芸小說載世說云。王子喬墓在京茂陵。國亂時。有人盜發之。惟有一劍。懸在空中。欲取之。劍便作龍鳴虎吼。俄而飛上天。 龍身 水經注。雷氏爲建安從事。逕踐瀨溪。所留之劍。忽于其懷躍出落水。初猶是劍。後變爲龍。故吳均劍騎詩云。劍是兩蛟龍。張華之言。不孤爲驗矣。

### 銅瓶

亂後碧井廢。時清瑤殿深。銅瓶未失水。百丈有哀音。側想美人意。應非（一作悲）寒甃沉。蛟龍半缺落。猶得折黃金。

瞽者唐仲曰。張籍楚妃怨。梧桐落葉黃金井。橫架轆轤牽素綆。美人初起天未明。手拂銀瓶秋水冷。讀籍詩。杜義自明。

## 觀安西兵過赴關中待命二首

四（一云西）鎮富精銳。摧鋒皆絕倫。還聞獻（一作就）士卒。足以靜風塵。老馬夜知道。蒼鷹饑（一作秋）著人。臨危經久戰。用急（一作意）始（一作使）如神。

安西 舊書。長壽二年。收復四鎮。依前于龜茲國置安西都護府。至德後。河西隴右戍兵皆徵集。收復兩京。四鎮都督府。龜茲、毗沙、疎勒、焉耆。皆安西都護所統。鶴曰。乾元元年。李嗣業以鎮西北庭兵同討安慶緒。二年正月。嗣業卒。安西節度使。至德元載改名鎮西。而此猶循其舊名也。

奇兵不在衆。萬馬救中原。談笑無河北。心肝奉至尊。孤雲隨殺氣。飛鳥避轅門。竟日留歡樂（一作觀樂）。城池未覺喧。

## 送人從軍

弱水應無地。陽關已近天。今君渡沙磧。累月斷人烟。好武寧論命。封侯不計年。馬寒防失道。雪沒錦鞍韉。

弱水 寰宇記。弱水。東自删丹縣界流入。在甘州北二十三里。陽關 元和郡國志。陽關。在沙州壽昌縣西六里。以居玉門關之南。故曰陽關。本漢置也。謂之南道。西趨鄯善莎車。玉門故關在縣西北百一十八里。謂之北道。西趨車師前庭及疎勒。此西域之門戶也。西域傳。東則接漢。阸以玉門、陽關。孟康曰。二關皆在敦煌西界。近天（岑參詩。走馬西來欲到天。西方地最高。故曰近天。）沙磧（北邊備對。趙信降匈奴。武帝必欲越漢征之。言沙積廣漢。望之漢漢然也。漢以後。史家變稱爲磧。磧者。沙積也。其義一也。）

野望

清秋望不極。迢遞起曾陰。遠水兼天淨。孤城隱霧深。葉稀風更落。山迥日初沉。獨鶴歸何晚。昏鴉已滿林。

示姪佐（佐草堂在東柯谷）

多病秋風落。君來慰眼前。自聞茅屋趣。只想竹林眠。滿谷山雲起。侵籬澗水懸。嗣（一云阮）宗諸子姪。早覺仲容賢。

（世系表。佐出襄陽杜氏。殿中侍御史暐之子。）

佐還山後寄三首

山晚浮（一云黃）雲合。歸時恐路迷。澗寒人欲到。村黑鳥應棲。野客茅茨小。田家樹木低。舊諳疎懶叔。須汝故相攜。

白露黃粱熟。分張素有期。已應舂得細。頗覺寄來遲。味豈同金（一作甘）菊。香宜配綠葵。老人他日愛。正想滑流匙。

綠葵（閒居賦。綠葵含露。白薤負霜。顏氏家訓。有葵郎者。諱純。遂專呼蓴爲露葵。承聖中。有士人聘齊。主客郎李恕問曰。江南有露葵否。答曰。露葵是蓴。水鄉所出。今食者綠葵耳。）

幾道泉澆圃。交橫落幔（或作幔）坡。葳蕤秋葉少。（一作小。一作菜色。）隱映野雲多。隔沼連香芰。通林帶女蘿。甚聞霜薤白。重惠（一云薦）意如何。

從人覓小胡孫許寄

人說南州路。山猿樹樹懸。舉家聞若駭。（一云共愛）爲寄小如拳。預哂愁胡面。初（一作何）調見馬鞭。許求聰慧者。童稚捧應顛。

秋日阮（一作陳）隱居致薤三十束

隱者柴門（一云荆）內。畦蔬繞舍秋。盈筐承露薤。不待致書求。束比青芻色。圓齊玉筯頭。衰年關鬲冷。味煖併（一作腹）無憂。

秦州見勅（一云除）目薛三璩（當刊作據）授司議郎畢四曜除監察與二子有故遠喜遷官兼述索居

凡三十韻

大雅何寥闊。一作廓斯人尙典刑。交期余潦倒。材力爾精靈。二子聲同日。諸生困一經。文章開窔一作㝔。烏弔切。奧。一云隩遷擢潤朝廷。舊好何由展。新詩更憶聽。別來頭併白。相見眼終青。伊昔貧皆甚。同憂心一作歲不寧。棲遑分半菽。浩蕩逐流萍。俗態猶猜忌。一作忍妖氛忽一作遂杳冥。獨慚投漢閣。俱一作但議哭秦庭。還蜀祇無補。囚梁亦固扃。華夷相混合。宇宙一羶腥。帝力收三統。天威總四溟。舊都俄望幸。清廟肅惟馨。雜種雖一作難高壘。一作壁長驅甚建瓴。焚香淑景殿。漲水望雲亭。法駕初還日。羣公若會星。宮臣仍點染。柱史正零丁。官忝趨棲鳳。朝廻歎一作欲聚螢。喚人看腰褭。不嫁惜娉婷。掘劍知埋獄。提刀見發硎。侏儒應共飽。漁父已偏醒。旅泊窮清渭。長吟望濁涇。羽書還似急。烽火未全停。師老資殘寇。戎生及近坰。忠臣辭憤激。烈士涕飄零。上一云小將盈邊鄙。元勳溢鼎銘。仰思調玉燭。誰定握一作淬青萍。隴俗輕鸚鵡。原情類鶺鴒。秋風動關塞。高臥想儀形。

窔奧　窔。說文作㝔。深也。荀子。奧窔之間。釋宮。西南隅謂之奧。東南隅謂之窔。釋文音要。　半菽　廣絕交論。莫肯費其半菽。　淑景殿　長安志。西內安仁殿後有綵絲院。院後有淑景殿。　棲鳳六典。含元殿夾殿兩閣。左曰翔鸞閣。右曰棲鳳閣。與殿飛廊相接。

## 寄彭州高三十五使君適虢州岑二十七長史參三十韻（時患瘧病）

故（一作古）人何寂寞。今我獨淒涼。老去才難（一作雖）盡。秋來興甚長。物情尤可見。辭客未能忘。海內知名士。雲端各異方。高岑殊緩步。沈鮑得同（樊作周）行。意愜關飛動。篇終接混茫。舉天悲富駱。近代惜盧王。似爾官仍貴。前賢命可傷。諸侯非棄擲。半刺已翺翔。詩好幾時見。書成無信（一作使）將。男兒行處是。客子鬬（一作問）身強。羈旅推賢聖。沉綿抵咎殃。三年猶瘧疾。一鬼不（一作未）銷亡。隔日搜脂髓。增寒抱雪霜。徒然潛隙地。有靦屢鮮粧。何太龍鍾極。于今出處妨。無錢居帝里。盡室在邊疆。劉表雖遺恨。龐公至死藏。心微傍魚鳥。肉瘦怯豺狼。隴草蕭蕭白。洮雲片片黃。彭門（一作天彭）劍閣外。虢略鼎湖旁。荆玉簪頭冷。巴牋染翰光。烏麻蒸續曬。丹橘露應嘗。豈異神仙宅。俱兼山水鄉。竹齋燒藥竈。花嶼讀書床。更得清新否。遙知對屬忙。舊官寧改漢。淳俗本歸（一云不離）唐。濟世宜公等。安貧亦士常。蚩尤終戮辱。胡羯漫猖狂。會待祆氛靜。（一云滅）論文暫裹糧。

**高岑**舊書。高適左授太子少詹事。未幾蜀中亂。出爲蜀州刺史。遷彭州。鶴曰。適以至德二載永王璘敗後。爲李輔國所短。左授詹事。公有寄高詹事詩。此詩作于乾元二年之秋。題云彭州。其後始云高蜀州。則是适先刺彭而後移蜀也。史云。乾元二年五月。貶李峴爲蜀州刺史。柳芳歷亦云。適乾元初刺彭。上元初牧蜀。房琯作蜀州先主廟碑。載州將高適建。其末云。公頃自彭遷蜀。皆與杜詩合。史誤其先後耳。按適謝上彭州刺史表云。始拜宮允。今列藩條。以今月七日到所部上訖。則適自詹事卽出刺彭。鶴注是也。高集有春酒歌云。前年持節將楚兵。去年留司在東京。今年復拜二千石。盛夏五月西南行。彭門劍門蜀山裏。則適之刺彭。在乾元元年。歲月皆可考。岑參集佐郡思舊遊詩序云。已亥春三月。參自補闕轉起居舍人。夏四月。署虢州長史。則岑之黜官。正乾元二年之夏。公詩作于是秋也。**富駱**富嘉謨與吳少微。屬詞以經典爲本。稱爲富吳體。**半刺**庾亮答郭豫書。別駕舊與刺史別乘。同宣王化于萬里。其任居刺史之半。安可任非其人。職源云。別駕長史司馬。通謂之上佐。周必大云。郡丞。秦官。惟掌兵馬。自漢迄唐。其名不常。曰別駕。曰司馬。曰治中。曰長史。雖均號上佐。其實從事之長耳。岑爲長史。而曰半刺已翶翔。賈爲司馬。而曰治中實棄捐。蓋並可以互稱也。**三年**夢弼曰。過王倚詩。瘧癘三秋孰可忍。正與此合。三秋。一在鄜。一在華。一在秦也。**一鬼**漢舊儀。顓頊氏有三子。生而亡去爲疫鬼。一居江水。是爲瘧鬼。賓退錄曰。高力士流巫州。李輔國投謫制。力士方逃瘧功臣閣下。則避瘧之說。自唐已然。**龍鍾**蘇氏演義。龍鍾謂不昌熾。不翹舉。如鬑鬖拉搭之類。按荀子議兵篇。隴種東籠而退。注。隴種。遺失貌。如隴之種物然。或曰卽鐘也。新序作隴種而退。龍鐘似卽隴種。語轉而然耳。薛蒼舒注廣韻。龍鐘。竹名。世言龍鐘。謂年老如竹之枝葉搖曳。不自矜持。此說杜撰不經。後記事珠等書。據爲故實。可笑也。李濟翁資暇集。解龍鐘字尤支離。今盡芟去。**彭門**水經注。李冰爲蜀守。見氐道縣有天彭山。兩山相對。其形如闕。謂之天彭門。亦曰天彭闕。寰宇記。彭州取古天彭山爲名。揚雄蜀記云。李冰以秦時爲蜀守。謂汝山爲天彭闕。號曰天彭門。云亡者悉過其中。鬼神精靈數見。**虢略**左傳。東盡虢略。杜注。從河內而東盡虢界也。寰宇記。陝州湖城縣。古胡城也。郊祀志。黃帝以首山之銅。鑄鼎于荊山之下。後名其地爲鼎湖。卽此邑。陝州亦虢國之地。春秋謂北虢。**荊玉**水經注。荊山在馮翊。首山在蒲坂。與湖縣相連。寰宇記。荊山在鼎湖縣南。出美玉。卽黃帝鑄鼎之所。**巴牋**蜀牋紙譜。蜀牋紙盡用蔡倫法。有玉板、貢餘、經屑、表光。**烏麻**本草。胡麻生中原山谷。南都賦。其原野則有桑漆麻紵。**丹橘**蜀都賦。戶有橘柚之園。幽怪錄。巴卬人家有橘園。霜後餘二大橘。如三斗盎。巴人異之。**舊官**武帝元光三年。初置郡刺史十三人。掌奉詔條察諸州。故云寧改漢。

淳俗（毛詩。此晉地也。而謂之唐。號本晉地。故云不離唐也。）

## 寄岳州賈司馬六丈巴州嚴八使君兩閣老五十韻

衡岳啼猿裏。巴州鳥道邊。故人俱不利。（一作別）謫宦兩悠（一作茫）然。開闢乾坤正。（一作大）榮枯雨露偏。
長沙才子遠。釣瀨客星懸。憶昨趨行殿。殷憂捧御筵。討胡愁李廣。奉使待張騫。無復雲臺
仗。虛修水戰船。蒼茫城七十。流落劍三千。畫角吹（一作欲）秦晉。（一作塞）旄頭俯澗瀍。小儒輕董卓。
有識笑苻堅。浪作禽塡海。那將血射天。萬方思助順。一鼓氣無前。陰散陳倉北。晴熏太白
巔。亂麻屍積衛。破竹勢臨燕。法駕還雙闕。王師下八川。此時霑奉引。佳氣拂周旋。貔虎開
金甲。（刊作匣）麒麟受玉鞭。侍臣諳入仗。廄馬解登仙。花動朱樓雪。城凝碧樹烟。衣冠心慘愴。
故老淚潺湲。哭廟悲風急。朝正霽景鮮。月分梁漢米。春得（刊作給）水衡錢。內蘂繁于纈。宮莎
（刊作花）軟勝綿。恩榮同拜手。出入（一作處）最隨肩。晚著華堂醉。寒重繡被眠。轡齊兼秉燭。書枉滿
懷牋。每覺昇元輔。深期列大賢。秉鈞方咫尺。鍛翮再聯翩。禁掖朋從改。（一作換）微班性命全。
青蒲甘受（一作就）戮。白髮竟誰憐。弟子貧原憲。諸生老伏（當作服）虔。師資謙未達。鄉黨敬何（一作推）先。

舊好腸堪斷。新愁(一作秋)眼欲穿。翠乾危棧竹。紅膩小湖(一作池)蓮。賈筆論孤憤。嚴詩賦幾篇。定知深意苦。(一作好)莫使衆人傳。貝錦無停織。朱絲有斷絃。浦鷗防碎首。霜鶻不空拳。地僻昏炎瘴。山稠隘石泉。且將棊度日。應用酒爲年。典郡終微眇。治中實棄捐。安排求傲吏。比興展歸田。去去才難得。蒼蒼理又玄。古人稱逝矣。吾道卜終焉。隴外翻投跡。漁陽復控弦。笑爲妻子累。甘與歲時遷。親故行稀少。兵戈動接聯。他鄉饒夢寐。失侶自迍邅。多病加(一作成)淹泊。長吟阻靜便。如公盡雄俊。志在必騰騫。(一云公如盡憂患。何事有陶甄。樊云如公盡雄俊。何事負陶甄。)

賈至 鶴曰。賈至由中書舍人出守汝州。新舊史皆不書。舊書載乾元二年。九節度師潰。汝州刺史賈至奔于襄鄧。則新書所謂坐小法。貶岳州司馬者。正坐此也。李廣 當是指哥舒翰。謂以其老將敗績也。張騫 肅宗即位。即遣使回紇。修好徵兵。小儒 袁紹傳。卓按劍叱紹曰。豎子敢然。紹勃然曰。天下健者。豈惟董公。橫刀長揖逕出。懸節于上東門。而奔冀州。鄭太傅。袁本初公卿子弟。生長京師。陳倉 賊據長安。陳倉令薛景仙收扶風郡守之。八川 上林賦。八川分流。登仙 上皇敎舞馬百匹。銜盃上壽。祿山克長安。皆運載詣洛陽。收京後。當復舊也。賈筆 陸放翁云。南朝詞人謂文爲筆。杜詩。賈筆嚴詩。杜牧之亦云。杜詩韓筆。往時諸晁謂詩爲詩筆。非也。嚴詩 藝文志賦家。莊夫子賦二十四篇。嚴助賦三十五篇。嚴助傳。助留侍中。有奇異輒使爲文。及作賦頌數十篇。治中 梁書。陸閑爲揚州治中。辭職。高祖聽與府司馬換解居之。珩璜新論。庾信柳選墓銘。勅用君爲本州理中。尋遷別駕。理中。卽漢治中也。

箋曰。至出守汝州。在乾元元年。舊書不載。皆無可考。此詩云。秉鈞方咫尺。鎩翮再聯翩。當是與公及嚴武後先貶官也。按十五載八月。玄宗幸普安郡。制置天下之詔。房琯建議。而至當制。琯將貶而至先出守。其坐琯黨無疑矣。至父子演綸。受知于玄宗。肅宗深忌蜀郡舊臣。至安能一日容于朝廷。其再貶岳州。雖坐小法。亦以此故也。每覺昇元輔。深期列大賢。蓋琯既用事。則必汲引至、武。故其貶也。亦聯翩而去。貝錦以下。憂讒畏譏。雖移官州郡。相戒不敢忘也。當據此詩。以補唐史之闕。

寄張十二山人彪三十韻

獨臥嵩陽一作雲客。三違潁水春。艱難隨老母。慘澹向時人。謝氏尋山屐。陶公漉酒巾。群兇彌宇宙。此物在風塵。歷下辭姜被。關西得孟鄰。早通交契密。晚接道流新。靜者心多妙。一云好先生藝絕倫。草書何太古。一云應甚苦詩興不無神。曹植休前輩。張芝更後身。數篇吟可老。一字買堪貧。將恐曾防寇。深潛一作情託所親。寧聞倚門夕。盡力潔飧晨。疎懶爲名誤。驅馳喪我眞。索居猶一作尤寂寞。相遇益悲一作酸。吳作愁辛。流轉一云轉徙依邊徼。逢迎念席珍。時來故舊少。亂後別離頻。世祖修高廟。文公賞從臣。商山猶入楚。渭水不離一作知秦。刊作湍水不流秦存想青龍祕。騎行白鹿馴。耕巖非谷口。結草卽一作欲河濱。肘後符應驗。囊中藥未陳。旅一作放懷殊不愜。良覿渺無因。自古皆悲恨。浮生有屈伸。此邦今一作全尙武。何處且依仁。鼓角凌天籟。關山信樊作倚月輪。官場一作壕羅鎭一作錦磧。賊火近洮岷。蕭瑟論兵一作功地。蒼茫鬭將辰。大軍多處所。餘孽尙紛綸。高興知籠鳥。斯文起一作豈獲麟。窮秋正搖落。廻首望松一作湘筠。

張彪唐詩紀事。彪蓋潁洛間靜者。天寶末。將母避亂。嘗有北遊酬孟雲卿詩云。善道居貧賤。潔服蒙塵埃。慈母憂疢疾。家室念栖栖。嵩陽元和郡國志。登封縣。本漢嵩高縣。少室山在縣西十里。潁水出焉。姜被海內先賢傳。姜肱事繼母。年少。肱兄弟同被而寢。不入室。以慰母心。潔飧束晳補亡詩。馨爾夕膳。潔爾晨飧。修廟賞從至德二載十二月。蜀郡、靈武元從功臣。皆加封爵。次年四月。九廟成。備法駕。自長安迎九廟神主入新廟。此二句借漢晉爲喻。以括焚毀收復之事也。肅宗賞功。獨厚于靈武從臣。故曰文公賞從臣。引介子推之事以譏之。此春秋之微詞也。商山商山、渭水。皆不離秦楚疆域。喻兩都喪亂。而山人仍隱于嵩陽也。存想彪有神仙詩曰。長老思養壽。後生笑寂寞。五谷無長年。四氣乃靈藥。結草神仙傳。河上公。漢文帝時。公結草爲庵于河之濱。依仁論語。依於仁。注曰。依。倚也。仁者功施於人。故可倚。此正用論語義也。唐人於訓故之學。不苟如此。鎮磧趙曰。言四鎮皆置官場。收賦斂以供軍也。洮岷皆屬隴右道。

## 寄李十二白二十韻

昔年有狂客。號爾謫仙人。筆落驚一作聞風雨。詩成泣鬼神。聲名從此大。汩沒一朝伸。文彩承殊渥。流傳必絕倫。龍舟移棹晚。獸錦奪袍新。白日來深殿。青雲滿後塵。乞歸優詔許。遇我宿心親。未負一作遂幽棲志。兼全寵辱身。劇一作戲談憐野逸。嗜酒見天眞。醉舞梁園夜。行歌泗水春。才高心不展。道屈善無鄰。處士禰衡俊。諸生原憲貧。稻粱求未足。薏苡謗何頻。五嶺炎蒸地。三危放逐臣。幾年遭鵩鳥。獨泣一作立向麒麟。一云不濁泣麒麟蘇武先還漢。黃公豈事秦。楚筵辭醴日。梁獄上書辰。已用當時法。誰將此義一作議陳。老吟秋月下。病起暮江濱。莫怪恩波隔。乘槎與一作得問津。

孟棨本事詩。杜贈白二十韻。備敘其事。讀其文。盡得其故跡。杜逢祿山之難。流離隴蜀。畢陳于詩。推見至隱。殆無遺事。故當時號爲詩史。**狂客**李對酒憶賀監詩序。太子賓客賀監。于長安紫極宮一見。呼余爲謫仙人。因解金龜換酒爲樂。本事詩。白自蜀至京師。舍于逆旅。賀監知章聞其名。首訪之。請所爲文。白出蜀道難以示之。讀未竟。稱歎者數四。號爲謫仙。解金貂換酒。與傾盡醉。期不間日。自是聲譽光赫。范傳正新墓碑。賀知章號公爲謫仙人。吟公烏棲曲云。此詩可以哭鬼神矣。本事詩云。或言是烏夜啼二篇。未知孰是。**謫仙**裴敬墓碑。或曰太白之精下降。故字太白。故賀監號爲謫仙。不其然乎。李陽冰草堂集序。驚姜之夕。長庚入夢。故生而名白。以太白字之。世稱太白之精。得之矣。**殊渥**草堂集序。天寶中。皇祖下詔。徵就金馬。降輦步迎。如見綺皓。以七寶床賜食。御手調羹以飯之。置于金鑾殿。出入翰林中。問以國政。潛草詔誥。人無知者。**放逐**曾鞏李翰林集序。永王璘節度東南。白時臥廬山。璘迫致之。璘軍敗丹陽。白犇至宿松。繫潯陽獄。是時白年五十有七矣。終以璘事。長流夜郎。遂泛洞庭。上峽江。至巫山。以赦得釋。白有經亂離後天恩流夜郎憶舊遊書懷詩云。二聖出遊豫。兩京遂丘墟。帝子許專征。秉旄控強楚。節制非桓文。軍師擁熊虎。人心失去就。賊勢騰風雨。僕臥香爐頂。飡霞漱瑤泉。門開九江轉。枕下五湖連。半夜水軍來。潯陽滿旌旃。空名適自誤。迫脅上樓船。徒賜五百金。棄之若浮烟。辭官不受賞。翻謫夜郎天。夜郎萬里道。西上令人老。掃蕩六合清。仍爲負霜草。日月無偏照。何由訴蒼昊。白此詩。紀放逐之故。與公詩相發明。故備載于此。

箋曰。魯訔、黃鶴輩敘杜詩年譜。並云開元二十五年後。客遊齊趙。從李白、高適過汴州。登吹臺。而引壯遊昔遊遣懷三詩爲證。余考之。非也。以杜詩考之。贈李十二詩云。乞歸優詔許。遇我宿心親。醉舞梁園夜。行歌泗水春。則李之遇杜。在天寶三載乞歸之後。然後同爲梁園、泗水之遊也。東都贈李詩云。李侯金閨彥。脫身事幽討。亦有梁宋遊。方期拾瑤草。李陽冰草堂集序云。天子知其不可留。乃賜金歸之。遂就從祖陳留採訪大使彥允。請北海高天師授道籙于齊州紫極宮。曾鞏序云。白。蜀郡人。初隱岷山。出居湖漢之間。南遊江淮。至楚。留雲夢者三年。去之齊魯。居徂徠山竹溪。入吳。至長安。明皇召見。以爲翰林供奉。頃之。不合去。北抵趙魏燕晉。西涉邠岐。歷商於。

至洛陽。游梁最久。復之齊魯。南遊淮泗。再入吳。轉涉金陵。上秋浦。抵潯陽。記白遊梁宋齊魯。在罷翰林之後。並與杜詩合。魯城北同尋范十隱居詩。不願論簪笏。悠悠滄海情。亦李去官後作也。遣懷云。憶與高李輩。論交入酒壚。昔遊云。昔者與高李。晚登單父臺。壯游則云。放蕩齊趙間。裘馬頗清狂。春歌叢臺上。冬獵青丘旁。蘇侯據鞍喜。忽如攜葛強。在齊趙則云蘇侯。在梁宋則云高、李。其朋友固區以別矣。蘇侯注云。監門胄曹蘇預。即源明也。開元中。源明客居徐兗。天寶初舉進士。詩獨舉蘇侯。知杜之游齊趙。在開元時。而高、李不與也。以李集考之。書情則曰。一朝去京國。十載游梁園。梁園吟則曰。我浮黃雲去京闕。挂席欲進波連山。天長水闊厭遠涉。訪古始及平臺間。此去官後遊梁宋之證。與杜詩合也。單父東樓秋夜送族弟沉之秦則云。長安宮闕九天上。此地曾經爲近臣。屈平憔悴滯江潭。亭伯流離放遼海。魯郡東石門送杜二甫則曰。醉別復幾日。登臨徧池臺。何言石門路。重有金罇開。此知李遊單父後。于魯郡石門與杜別也。單父至兗州二百七十里。蓋公輩游梁宋後。復至魯郡。始言別也。以高集考之。東征賦曰。歲在甲申。秋窮季月。高子遊梁既久。方適楚以超忽。望君門之悠哉。微先容以效拙。姑不隱而不仕。宜其漂淪而播越。甲申爲天寶三載。蓋適解封丘尉之後。仍遊梁宋。亦即李去翰林之年也。登子賤琴堂賦詩序曰。甲申歲。適登子賤琴堂。即杜詩所謂晚登單父臺也。以其時考之。天寶三載。杜在東都。四載在齊州。斯其與高、李遊之日乎。李杜二公先後遊跡如此。年譜紕繆。不可以不正。段柯古酉陽雜俎載堯祠別杜補闕之詩。以謂別甫。則宋人已知其誤矣。

杜工部集卷之十終

〔唐〕杜甫 著
〔清〕錢謙益 箋注

# 錢注杜詩

下

上海古籍出版社

# 杜工部集卷之十一

虞山蒙叟錢謙益箋注

近體詩一百四首（此下在成都作）

蜀相

丞相祠堂何處尋。錦官城外柏森森。映堦碧草自春色。隔葉黃鸝空（一作多）好音。三顧頻煩（吳作繁）天下計。兩朝開濟老臣心。出師未捷（一作用）身先死。長使英雄淚滿襟。

祠堂　寰宇記。諸葛武侯祠。在先主廟西。府城西有故宅。方輿勝覽。在府城西北二里。武侯初亡。百姓遇節朔。各私祭于道中。李雄稱王。始爲廟于少城內。桓溫平蜀。平少城。獨存孔明廟。蜀志。後主景耀六年春。詔爲亮立廟于沔陽。

錦官城　華陽國志。成都西城。故錦官城也。錦江。織錦濯其中則鮮明。他江則不好。故命曰錦里也。水經注。成都夷里橋南岸道西有城。故錦官也。言錦工濯錦。則濯之江流。而錦至鮮明。濯以他江。則錦色弱矣。遂命之爲錦里也。元和郡國志。錦城。在成都縣南十里。故錦官城也。益州記。錦城在益州南笮橋東流江南岸。昔蜀時故錦官也。今號錦城。墉猶在。

卜居

浣花流（一作之）水水西頭。主人爲卜林塘幽。已知出郭少塵事。更有澄江銷客愁。無數蜻蜓齊上下。一雙鸂鶒對沉浮。東行萬里堪乘興。須向山陰上小舟。

一室

一室他鄉遠。一作老。空林暮景懸。正愁聞塞笛。獨立見江船。巴蜀來多病。荆蠻去幾年。一云千。應

同王粲宅。留井峴山前。

王粲宅襄沔記。王粲宅。在襄陽縣西二十里峴山坡下。襄陽耆舊傳。王粲與繁欽並鄰同井。粲以西京擾亂。乃之荆州依劉表。其墓及井見在。

梅雨

南京西一作犀。浦道。四月熟黃梅。湛湛一作黯黯。長江去。冥冥細雨來。茅茨疏易濕。雲霧密難開。竟

日蛟龍喜。盤渦與岸廻。

南京至德二載。以蜀郡爲南京。寰宇記。犀浦縣。周垂拱二年。割成都之西鄙置。杜甫宅地屬犀浦縣。黃梅湘二漸。四五月梅欲黃落。則水潤土溽。其霏如霧。名梅雨。自江以南。三月雨謂之迎梅。五月雨謂之送梅。唐子西云。江南五月雨爲黃梅雨。杜詩云云。蜀中梅雨在四月。柳詩。梅實迎時雨。蒼茫値晚春。則嶺外梅雨。又在春末也。陸放翁云。今成都未嘗有梅雨。惟秋半積陰。氣令蒸溽。與吳中四月時相類。豈古今地氣有不同耶。盤渦江賦。盤渦谷轉。凌濤山頹。

爲農

錦里煙塵外。江村八九家。圓荷浮小葉。細麥落一作墮。輕花。卜宅從茲老。爲農去國賒。遠慚勾

漏令。不得問丹砂。

有客（草堂本作賓至）

幽棲地僻經過少。老病人扶再拜難。豈有文章驚海內。漫勞車馬駐江干。竟日淹留佳客坐。百年麤糲腐儒餐。不嫌野外無供給。乘興還來看藥欄。

藥欄　藥欄。花藥之欄也。李濟翁資暇集。謂藥即欄也。引漢書池籞爲說。不知籞音御。與藥音異。

狂夫

萬里橋西一草堂。（一云新）百花潭水即滄浪。風含翠篠娟娟靜。雨裛紅蕖冉冉香。厚祿故人書斷絕。恒飢稚子色凄涼。欲塡溝壑唯疏放。自笑狂夫老更狂。

萬里橋　華陽國志。郡治少城西南有七橋。直西門郫江南渡流曰萬里橋。元和郡國志。萬里橋。架大江水。在縣南八里。蜀使費禕聘吳。諸葛亮祖之。禕歎曰。萬里之路。始於此橋。因以爲名。寰宇記。成都星橋之一。

草堂　北山移文李善注。引梁簡文帝草堂傳曰。汝南周顒。昔經在蜀。以蜀草堂寺林壑可懷。乃於鍾山雷次宗學館立寺。因名草堂。亦號山茨。所謂草堂之靈也。李德裕益州五長史眞記曰。益州草堂寺。列晝前長史一十四人。注引成都記云。在府西七里。去浣花亭三里。草堂寺自梁有之。故德裕記又云。精舍甚古。貌像將傾。甫卜居浣花里。近草堂寺。因名。草堂志云。寺枕浣花溪。按杜工部舊居草堂。俗呼爲草堂寺。此大誤也。本傳云。於成都浣花里。種竹植樹。結廬枕江。卜居詩。浣花流水水西頭。狂夫詩。萬里橋西一草堂。百花潭水即滄浪。堂成云。背郭堂成蔭白茆。西郊詩。時出碧鷄坊。西郊向草堂。懷錦水居止詩。萬里橋南宅。百花潭北莊。然則草堂背成都郭。

在西郊碧鷄坊外。萬里橋南。百花潭北。浣花水西。歷歷可考。陸放翁云。少陵有二草堂。一在萬里橋西。一在浣花。萬里橋蹤跡不可見。放翁在蜀久。無容有誤。然少陵在成都。實無二草堂也。百花潭（寰宇記。杜甫宅。在成都西郭外。地屬犀浦。接浣花溪。地名百花潭。舊注引冀國夫人事。即崔寧之妾任氏也。宋人任正一游浣花記云。百花潭見於杜詩。非由冀國而得名也。陸游筆記。四月十九日。成都謂之浣花遨頭。宴於杜子美草堂滄浪亭。傾城皆出。自開歲宴遊。至是日而止。蜀人云。雖戴白之老。未嘗見浣花日雨也。大曆中。崔寧鎮蜀。以任氏本浣花人。重修草堂寺。故蜀人因百花潭之名。附會其說耳。薛濤亦家于潭旁。以潭水造紙。爲十色箋。李義山詩。浣花箋紙桃花色。又可謂潭因薛濤得名也。）疎放（向秀思舊賦。嵇志遠而疎。呂心曠而放。瞽者唐仲曰。杜詩每云疎放。蓋本于此。）

賓至（草堂本作有客）

患氣經時久。臨江卜宅新。喧卑方避俗。疎快頗宜人。有客過茅宇。呼兒正葛巾。自鋤稀菜甲。小摘爲情親。

王十五司馬弟出郭相訪兼遺營茅屋貲

客裏何遷次。江邊正寂寥。肯來尋一老。愁破是今朝。憂我營茅棟。攜錢過野橋。他鄉唯表弟。還往莫辭遥。

堂成

背郭堂成蔭白茅。緣江路熟俯青郊。榿林礙日吟風葉。籠竹和煙滴露梢。暫止（一作下）飛烏將數子。頻來語燕定新巢。旁人錯比揚雄宅。懶惰一作慢無心作解嘲。

榿林 舊注。諸韻無榿字。蜀人相傳。以爲音丘宜切。周公謹齊東野語。榿或讀作豈。又鄭氏注曰。五來反。若然。當作豈字。余嘗見陳體仁端明云。見前輩讀若欹韻。頗以爲疑。後見劍南詩有著書增木品。搜句覓榿栽。又荆公云。濯錦江邊木有榿。小園封植佇華滋。蓋信欹音爲然。榿惟蜀有之。不才木也。或謂卽榕也。 籠竹 宋子京益部方物記。慈竹別有一種。節間容八九尺者。曰籠竹。 揚雄宅 成都記。成都縣百步有嚴君平司馬相如、揚雄宅。今草玄亭餘迹尚存。寰宇記。子雲宅在少城西南角。一名草玄堂。張孟陽詩。鬱鬱少城內。峩峩百族居。借問揚子宅。想見長卿廬。

## 田舍

田舍清江曲。一作上柴門古道旁。草深迷市井。地僻懶衣裳。櫸唐顧陶作楊柳枝枝弱。枇杷樹樹顧陶作對對香。鸕鷀西日照。曬翅滿魚梁。

櫸柳 本草衍義。櫸木皮。今人呼爲櫸柳。然葉謂柳非柳。謂槐非槐。吳曾漫錄。今本作櫸柳。非也。枇杷一物。櫸柳則二物矣。對對亦勝樹樹也。

## 進艇

南京久客耕南畝。北望傷神坐一作臥北窻。晝引老妻乘小艇。晴看稚子浴清江。俱飛蛺蝶元相逐。並蒂芙蓉本自雙。茗飲蔗漿攜所有。瓷甖無謝玉爲缸。

蔗漿 招魂。有柘漿些。注。柘。諸蔗也。 瓷甖 鄒陽酒賦。醪釀既成。綠瓷既啓。

## 西郊

時出碧鷄坊。西郊向草堂。市橋官柳細。江路晉作岸野梅香。傍架齊書帙。看題減晉作檢藥囊。無人覺一云競。一云與。來往。疎懶意何長。

碧鷄坊梁益州記。成都之坊。百有二十。第四曰碧鷄坊。市橋寰宇記。市橋。在益州西四里。常璩云。石牛門曰市橋。石犀所潛淵中。李膺益州記云。沖星橋。舊市橋也。在今成都縣西南四里。漢舊州市在橋南。因以名。華陽國志云。延岑渡市橋挑戰。卽此是也。後漢書注。市橋。卽七星之一橋也。

## 所思

苦憶荆州醉司馬。崔吏部漪謫官一云居樽俎一云酒定常開。九江日落醒何處。一柱觀頭眠幾回。可憐懷抱向人盡。欲問平安無使來。故憑錦水將雙淚。好過瞿塘灩澦堆。

九江禹貢。過九江。至于東陵。傳曰。江分爲九道。在荆州。東陵。地名。水經。江水又南過江陵縣南。注云。縣江有洲。號曰枝迴洲。江水自此兩分。而爲南北江也。一柱觀渚宮故事。宋臨川王義慶在鎭。于羅公洲立觀甚大。而惟一柱。劉孝綽詩。經從一柱觀。出入三休臺。張說詩云。舊說江陵觀。初疑神化來。

## 江村

清江一曲抱村流。長夏江村事事幽。自去自來一作歸堂上燕。相親相近水中鷗。老妻畫紙爲一作成碁局。稚子敲針作釣鈎。多病所須唯藥物。一云但有故人供祿米。供檠作分。微軀此外更何一作無求。

畫紙東晉李秀四維賦云。四維戲者。衛尉摯侯所造也。畫紙爲局。截木爲碁。敲針東方朔七諫。以直針而釣兮。又何魚之能得。

江漲

江漲柴門外。兒童報急流。下床高數尺。倚杖沒中洲。細動迎風燕。輕搖逐浪鷗。漁人縈小楫。容易拔一作捩船頭。

野老

野老籬前一作邊江岸迴。柴門不正逐江開。漁人網集澄潭下。賈客船隨返照來。長路關心悲劍閣。片雲何意一作事。又云行雲幾處。傍琴臺。王師未報收東郡。城闕秋生畫角哀。兩京同南都。得云城闕也。

東郡東郡。今滑州也。上元二年。令狐彰以滑州歸朝。是時猶爲思明所據。故云未收。

雲山

京洛雲山外。音書靜不來。神交作賦客。力盡望鄉臺。衰疾江邊臥。親朋日暮迴。白鷗元水宿。何事有餘哀。

望鄉臺成都記。隋蜀王秀所築。寰宇記。益州記云。昇遷亭夾路有二臺。一名望鄉臺。在縣北九里。

## 遣興

干戈猶未定。弟妹各何之。拭淚霑襟一作巾血。梳頭滿面絲。地卑荒野大。天遠暮江遲。衰疾那能久。應無見汝時。一云期

## 北鄰

明府豈辭滿。藏身方告勞。青錢買野竹。白幘岸江皐。愛酒晉山簡。能詩何水曹。時來訪老疾。步屧到蓬蒿。

明府後漢張湛傳明府注。郡守所居曰府。明府者。尊高之稱。前書韓延壽爲東郡太守。門卒謂之明府。亦其義也。賓退錄。明府。漢人以稱太守。唐人以稱縣令。

## 南鄰

錦里先生烏角巾。園收芋粟一云栗不全貧。慣看賓客一云門戶兒童喜。得食階除鳥雀馴。秋水纔深一云池雖四五尺。野航魯直作艇恰受兩三人。白沙翠竹江村一作山暮。一作路相對一作送柴門一作籬南月色新。

航山谷云。航。方舟也。當以艇爲正。晉平聲。方言云。小舟也。近時楊愼曰。古樂府。沿江引百丈。一濡多一艇。上水郎擔篙。何時至江陵。杜詩正用此晉也。按方言云。舟自關而西謂之船。自關而東或謂之舟。或謂之航。又云。

小艒䑽謂之艇。釋名云。二百斛以上謂之艇。魯直之改。用修之證。皆臆說也。

## 出郭

霜露晚淒淒。高天逐望低。遠煙鹽井上。斜景雪峯西。故國猶兵馬。他鄉亦（一云正）鼓鼙。江城今夜客。還與舊烏啼。

## 過南鄰朱山人水亭

相近竹參差。相過人不知。幽花欹滿樹。小水細通池。歸客村非遠。殘樽席更移。看君多道氣。從此數追隨。

## 恨別

洛城一別四（一云三）千里。胡騎長驅五六（一云六七）年。草木變衰行劍外。兵戈阻絕老江邊。思家步月清宵立。憶弟看雲白日眠。聞道河陽近乘勝。司徒急爲破幽燕。

河陽 乾元元年十月。光弼悉軍赴河陽。大破賊衆。上元元年。進圍懷州。思明求救。光弼再逐北。即日懷州平。此河陽乘勝之事也。當時用兵之失。在于專事河陽。與賊相持。而不爲直擣幽燕之舉。公詩蓋屢言之。嘗制郭子儀自朔方直取范陽。還定河北。制下旬日。爲魚朝恩所沮。次年。光弼遂有邙山之敗。散愁詩。司徒下燕趙。亦此意也。

寄賀蘭銛

朝野歡娛後。乾坤震蕩中。相隨萬里日。總作白頭翁。歲晚仍分袂。江邊更轉蓬。勿云俱異域。飲啄幾回同。

寄楊五桂州譚因州參軍段子之任

五嶺皆炎熱。宜人獨桂林。元和郡國志。梁天監六年。立桂州于蒼梧鬱林之境。因桂江以爲名。桂林山海經。桂林八樹。在番禺東。寰宇記。灕水一名桂江。江源多桂。不生雜木。故秦時立爲桂林郡。梅花萬里外。雪片一冬深。聞此寬相憶。爲邦復好音。江邊送孫楚。遠附白頭吟。

逢唐興劉主簿弟

分手開元末。連年絕尺書。江山且相見。戎馬未安居。劍外官人冷。關中驛騎疎。輕舟下吳會。主簿意何如。

唐興寰宇記。遂州蓬溪縣。本漢廣漢縣地。唐永淳元年。置唐興縣。天寶元年。改爲蓬溪。公此詩及唐興縣客館記。俱循舊名。

和裴廸登新津寺寄王侍郎王時牧蜀

何限一作恨倚山木。吟詩秋葉黄。蟬聲集古寺。鳥影度寒塘。風物悲遊子。登臨憶侍郎。老夫貪佛一云賞。一云費。日。隨意宿僧房。

新津寰宇記。李膺益州記云。皂里江津之所。曰新津市。周地圖記云。閔帝元年。于此立新津縣。屬蜀州。王侍郎王侍郎。舊注以爲王縉。考縉傳未嘗牧蜀。注家因裴迪而附會也。今削去。

敬簡王明府

葉縣郎官宰。周南太史公。神仙才有數。流落意無窮。驥病思偏秣。鷹愁一作秋怕苦籠。看君用高義。恥與萬人同。

重簡王明府鶴曰。此明府。當是唐興縣宰王潛也。

甲子西南異。冬來只薄寒。江雲何夜盡。一作靜蜀雨幾時乾。行李須相問。窮愁豈有一云自寬。君聽鴻雁響。恐致稻粱難。

建都十二韻

蒼生未蘇息。胡馬半乾坤。議在雲臺上。誰扶黄屋尊。建都分魏闕。下詔闢荆門。恐失東人望。其如西極存。時危當雪恥。計大豈輕論。雖倚三階正。終愁萬國飜。牽裾恨不死。漏網辱殊恩。永負漢庭哭。遙憐湘水魂。窮冬客江劍。一云劍外 隨事有田園。風斷青蒲節。霜埋翠竹根。衣冠空穰穰。關輔久一云遠 昏昏。願枉一云唯駐。一云願駐。長安日。光輝照北原。

舊書。上元元年九月。以荆州爲南都。州曰江陵府。官吏制置同京兆。其蜀郡先爲南京。宜復爲蜀郡。 荆門 後漢志。夷陵有荆門。岑彭破田戎處。荆州記曰。荆門江南。虎牙江北。水經注。荆門在南。上合下開。闇達山南有門像。荆門虎牙。楚之西塞也。 北原 西都賦。南望杜霸。北眺五陵。良注。高、惠、景、武、昭五陵。皆在北。程大昌曰。在渭之北也。庾信詩。北原風雨散。岑參詩。五陵北原上。萬古青濛濛。長安志。畢原在咸陽縣北。左傳杜注曰。畢在長安西北。關中記曰。高陵北有畢原陌。謂北原之陌也。元和郡縣圖志曰。畢原。即縣所理。原南北數十里。東西二三百里。無山川陂湖。井深五十丈。亦謂之畢陌。漢朝諸陵。並在其上下。

箋曰。此詩因建南都而追思分鎭之事也。初房琯建分鎭討賊之議。詔下。遠近相慶。祿山撫膺曰。吾不得天下矣。肅宗以此惡琯貶之。久之。東南多事。從呂諲之請。置南都于荆州。以扼吳蜀之衝。公聞建都之詔。終以琯議爲是。而惜肅宗之不知大計。故作此詩。牽裾以下。乃追敍移官之事。蓋公之移官以救琯。而琯之得罪以分鎭。故牽連及之也。是歲七月。上皇移幸西內。九月置南都。革南京爲蜀郡。肅宗于荆州蜀都。汲汲然一置一革。其意皆爲上皇也。公心痛之而不敢訟言。故曰雖倚三階正。終愁萬國飜。願枉長安日。光輝照北原。定哀之微辭如此。

## 歲暮

歲暮遠爲客。邊隅還用兵。煙塵犯雪嶺。鼓角動江城。天地日流血。朝廷誰請纓。濟時敢愛死。寂寞壯心驚。

雪嶺 元和郡國志。雪山。在松州嘉城縣東八十里。春夏常有積雪。故名。又云。傍佽山與青城山連接。當吐蕃之界。溪谷深邃。夏積冰雪。此山所以隔中外也。元和郡國志。乾元元年。維州沒于西戎。九域志。維州南至雪嶺二百六十里。

和裴迪登蜀州東亭送客逢早梅相憶見寄

東閣官梅動詩興。還如何遜在揚州。此時對雪遙相憶。送客逢春（一作花）可（樊作更）自由。幸不折來傷歲暮。若爲看去亂鄉（一作春）愁。江邊一樹垂垂發。朝夕催人自白頭。

何遜 何遜詠早梅詩。兔園標物序。驚時最是梅。銜霜當路發。映雪擬寒開。枝橫却月觀。花遶淩風臺。朝洒長門泣。夕駐臨邛杯。應知早飄落。故逐上春來。按遜本傳。天監中。起家奉朝請。遷中衞。建安王水曹行參軍兼記室。王愛文學之士。日與遊宴。建安王者。南平元襄王偉初封也。天監六年。遷使持節都督揚南徐二州諸軍事。右軍將軍。揚州刺史。七年。以疾表解州。則遜爲建安王記室。正在揚州。故云何遜在揚州也。近時楊慎云。卻月觀。凌風臺。皆揚州臺觀名。考寰宇記。風亭月觀。吹臺琴室。並在宮城東角池側。未審是遜詩所詠耳。

寄贈王十將軍承俊

將軍膽氣雄。臂懸兩角弓。纏結青驄馬。出入錦城中。時危未授鉞。勢屈難爲功。賓客滿堂上。何人高義同。

暮登四（一云西）安寺鐘樓寄裴十迪

暮倚高樓對雪峯。僧來不語自鳴鐘。孤城返照紅將斂。近市浮煙翠且重。多病獨愁常闃寂。故人相見未從容。知君苦思緣詩瘦。大一云太向交游萬事慵。

散愁二首

久客宜旋旆。興王未息戈。蜀星陰見少。江雨夜聞多。百萬傳深入。寰區望匪它。司徒光弼下燕趙。收取舊山河。

此詩亦作于上元元年光弼勝河陽之後。所謂司徒下燕趙。喜而望之之詞也。

聞道并州鎮。尚書王思禮訓士齊。幾時通薊北。當日報關西。戀闕丹心破。霑衣皓首啼。老魂招不得。歸路恐長迷。

乾元二年。以王思禮爲太原尹。北京留守。河東節度使。時軍糧百萬。器械精鋭。上元二年卒。

奉酬李都督表丈早春作

力疾坐清曉。來時一云詩。律髓云采詩。悲早春。轉添愁伴客。更覺老隨人。荆作身紅入桃花嫩。青歸柳葉新。望鄉應未已。四海尚風塵。

## 客至（喜崔明府相過）

舍南舍北皆春水。但見（一作有）羣鷗日日來。花徑不曾緣客掃。蓬門今始爲君開。盤飧市遠無兼味。樽酒家貧只舊醅。肯與鄰翁相對飲。隔籬呼取盡餘盃。

舍南（近時楊愼曰。韋述開元譜曰。倡優之人。取媚酒食。居于社南者。呼爲社南氏。居于北者。呼爲社北氏。杜詩正用此。後人改社作舍。按舍南舍北。公之所居也。若云社南社北。則倡優之所居。安得取以自況乎。楊氏引據穿鑿。其文義舛誤若此。）

## 遣意二首

囀枝黃鳥近。泛渚白鷗輕。一逕野花落。孤村春水生。衰年催釀黍。細雨更（一作夜）移橙。漸喜交游絕。幽居不用名。

簷影微微落。津流脈脈斜。野船（一作松）明細火。宿雁聚圓（一作寒）沙。雲掩初弦月。香傳小樹花。鄰人有美酒。稚子夜（一作也）能賒。

## 漫成二首

野日荒荒（一作野月茫茫）白。春（一云江）流泯泯清。渚蒲隨地有。村逕逐門成。只作披衣慣。常從漉酒生。

眼邊無俗物。多病也身輕。

泯泯希曰。張有復古編。湣。古活字。泯泯。當是活活。如北流活活之義。

江皐已仲春。花下復清晨。仰面貪看鳥。回頭錯應人。讀書難字過。對酒滿壺頻。近識峨眉老。東山隱者知予懶是眞。

峨眉水經注。益州記曰。峨眉山在南安縣界。去成都南千里。然秋日清澄。望見兩山相峙。如峨眉焉。

## 春夜喜雨

好雨知時節。當春乃一云及發生。隨風潛入夜。潤物細無聲。野徑雲俱黑。江船火獨明。曉看紅濕處。花重錦官城。

花重梁簡文帝賦得入階雨詩。漬花枝覺重。

## 春水

三月桃花浪。一云水江流復舊痕。朝來沒沙尾。一云岸碧色動柴門。接縷垂芳餌。連筒灌小園。已添無數鳥。爭浴故相喧。英華云。不知無數鳥。何意更相喧。

桃花浪韓詩。溱與洧方渙渙兮。注云。謂三月桃花水下時也。溝洫志。來春桃花水盛。師古曰。月令。仲春之月。始雨水。桃始華。蓋桃方華時。既有雨水。川谷冰泮。衆流猥集。波瀾盛長。故謂之桃花水。

春水生二絶

二月六夜春水生。門前小灘一云籬渾欲平。鸕鷀鸂鶒莫漫喜。吾與汝曹俱眼明。

一夜水高二尺强。數日不可更禁當。南市津頭有船賣。無錢卽買繫籬旁。

江亭

坦腹江亭暖。長吟野望時。水流心不競。雲在意俱遲。寂寂春將晚。欣欣物自私。故林歸未得。排悶强裁詩。草堂本一云江東猶苦戰。回首一顰眉。

村夜

蕭蕭風色暮。樊作風色蕭蕭暮江頭人不行。村春雨外急。鄰火夜深明。胡羯何多難。漁樵寄此生。中原有兄弟。萬里正含情。

早起

春來常早起。幽事頗相關。帖石防隤岸。開林出遠山。一丘藏曲折。緩步有躋攀。童僕來城市。瓶中得酒還。

可惜

花飛有底急。老去願春遲。可惜歡娱地。都非少壯時。寬心應是酒。遣興莫過詩。此意陶潛解。吾生後汝期。

落日

落日在簾鉤。溪邊春事幽。芳菲緣岸圃。樵爨倚灘舟。啅雀爭枝墜。飛蟲滿院遊。濁醪誰造汝。一酌一云一酌罷。散千憂。一云罷人憂

獨酌

步屧一作履。一作倚杖。深林晚。開樽獨酌遲。仰蜂粘落絮。一作蘂行戶郎切蟻上枯梨。薄劣慚真隱。幽偏得自怡。本無軒冕意。不是傲當時。

徐步

整履一作展。晉作屧。步青蕪。荒庭日欲晡。芹泥隨燕觜。花蘂一作蘂粉上蜂鬚。把酒從衣濕。吟詩信杖扶。

敢論才見忌。實有醉如愚。

寒食

寒食江村路。風花一作樹高下飛。汀煙輕冉冉。竹日淨暉暉。田父一云舍要皆去。鄰家閙晉作問不違。地偏相識一作失盡。雞犬亦忘歸。一作機

高柟

柟樹色冥冥。江邊一蓋青。近根開藥圃。接葉製茅亭。落景陰猶合。微風韻可聽。尋常絕醉困。臥此片時醒。

鶴曰。柟樹爲風雨所拔歎。浦上童童一蓋青。故知卽此樹也。

惡樹

獨遶虛齋徑。常持小斧柯。幽陰成頗雜。惡木剪還多。枸杞因一作固吾有。雞棲奈汝何。方知不材者。一云木生長漫婆娑。

石鏡

蜀王將此鏡。送死置空山。冥寞憐香骨。提攜近玉顏。衆妃無復歎。千騎亦虛還。獨有傷心石。埋輪月宇間。

石鏡　華陽國志。成都有一丈夫化爲女子。美而艷。蓋山精也。蜀王納爲妃。不習水土。欲去。王必留之。乃爲東平之歌以樂之。無幾物故。蜀王哀念之。乃遣五丁之武都。擔土爲妃作冢。蓋地數畝。高七丈。上有石鏡。今成都北角武擔是也。寰宇記。冢上有一石。圓五寸。徑五尺。瑩徹號曰石鏡。王見悲悼。遂作臾邪之歌。龍歸之曲。(或作就歸)今都內及毗橋側。有一折石長丈許。云是五丁擔土擔也。

琴臺

茂陵多病後。尚愛卓文君。酒肆人間世。琴臺日暮雲。野花留寶靨。蔓草見羅裙。歸鳳求皇意。寥寥不復聞。

琴臺　寰宇記。相如宅在州西四里。蜀記云。相如宅在市橋西。卽文君當壚滌器處。又益部耆舊傳云。宅在少城中笮橋下有百餘步是也。又有琴臺在焉。成都記云。在浣花溪之海安寺南。今爲金花市。城內非其舊。元魏伐蜀。下營于此。掘塹得大甕二十餘口。蓋所以響琴也。

聞斛斯六官未歸

故人南郡去。去索作碑錢。本賣文爲活。翻令室倒懸。荊扉深蔓草。土銼冷疎煙。老罷休無賴。歸來省醉眠。

銼吳若本注。蜀人呼釜爲銼。困學紀聞。滴水李氏云。老杜多用方言。如岸澌土銼。皆黔蜀人語。

遊修覺寺

野寺江天豁。山扉花竹幽。詩應有神助。吾得及春遊。徑石相一云深縈帶。川雲自一云晚去留。禪枝宿衆鳥。漂轉暮歸愁。

禪枝庾信安昌寺碑。禪枝四靜。慧窟三明。

後遊

寺憶新一云曾遊處。橋憐再渡時。江山如有待。花柳更無私。野潤煙光薄。沙暄日色遲。客愁全爲減。捨此復何之。

題新津北橋樓得郊字

望極春城上。開筵近鳥巢。白花簷外朵。青柳檻前梢。池水觀爲政。廚煙覺遠庖。西川供客一作遠眼。一云醉客唯有一云偏愛此江郊。

江漲

江發蠻夷漲。山添雨雪流。大聲吹地轉。高浪蹴天浮。魚鼈爲人得。蛟龍不自謀。輕帆好去便。吾道付滄洲。

雨雪流（鶴曰。蜀山多積雪。盛夏始解。濟之以雨。江流愈漲也。）

晚晴

村晚驚風度。庭幽過雨霑。夕陽薰細草。江色映疎簾。書亂誰能帙。盃乾可自添。時聞有餘論。未怪老夫潛。

薰草（別賦。陌上草薰。）

朝雨

涼氣晚（一云曉）蕭蕭。江雲亂眼飄。風鴛藏近渚。雨燕集深條。黃綺終辭（一作投）漢。巢由不見堯。草堂樽酒在。幸得過清朝。（一作宵）

江上值（一作置）水如海勢聊短述

爲人性僻耽佳句。語不驚人死不休。老去詩篇渾漫興。春來花鳥莫深愁。新添水檻供垂釣。

故著浮槎替入舟。焉得思如陶謝手。令渠述作與同遊。

送裴五赴東川

故人亦流落。高義動乾坤。何日通燕塞。相看老蜀門。東行應暫別。北望苦銷魂。凜凜悲秋意。非君誰與論。

赴青城縣出成都寄陶王二少尹

老恥妻孥笑。一云老被樊籠役貧嗟出入勞。客情投異縣。詩態憶吾曹。一作君東郭滄江合。一云滄浪西山白雪高。文章差底病。迴首興滔滔。

青城元和郡國志。青城縣因山爲名。垂拱二年。改爲蜀州。開元十八年。仍爲青城。大江經縣北。去縣二里。寰宇志。傍便山在縣西。與青城山連接。谿谷深邃。夏積冰雪。底匡謬正俗。俗謂何物爲底。此本言何等物。其後遂省何。但直云等物耳。底音丁兒反。等字本音都在反。轉音丁兒反。今吳越之人呼齊等皆丁兒反。應璩詩云。用等稱才學。往往見歎譽。此言譏其用何等才學。見歎譽而爲官乎。以是知去何而言等。其言已舊。今人不詳根本。乃作底字。非也。舊注云。差底病。猶云差得何病也。

因崔五侍御寄高彭州一絕

百年已過半。秋至轉饑寒。爲問彭州牧。何時救急難。

野望因過常少仙

野橋齊度馬。秋望轉悠哉。竹覆青城合。江從灌口來。入村樵徑引。嘗果栗皺（一作園）開。落盡高天日。幽人未遣廻。

少仙 隨筆載縣尉爲少公。予後得晏幾道叔原一帖。與通叟少公者。正用此也。杜詩過常少仙。蜀士注云。應是言縣尉也。縣尉謂之少府。而梅福爲尉。有神仙之稱。少仙二字。猶今俗呼仙尉也。灌口 元和郡國志。灌口山。在彭州導江縣西北二十六里。蜀州東北至彭州一百二十里。漢文翁穿湔江灌溉。故以灌口名。栗皺 西溪叢語。或作雛字。殊不可解。集韻。皺。側尤切。革文蹙也。漢上題襟。周繇詩云。開栗戈之紫皺。貫休云。新蟬避栗皺。又云。栗不和皺落。卽栗蓬也。夢弼曰。皺當作皴。皮裂也。

寄杜位 位京中宅。近西曲江。詩尾有述。

近聞寛法離（一云別）新州。想見懷歸尙百憂。逐客雖皆萬里去。悲君已是十年流。干戈況復塵（一云行）隨眼。鬢髮還應雪（一云白）滿頭。玉壘題書心緒亂。何時更得曲江遊。

新州 唐志。蜀嶺南道至京師五千五十二里。玉壘 寰宇記。玉壘山。湔水所出。郭璞江賦。玉壘作東別之標是也。李膺益州記云。在沈黎郡。去蜀城南八百里。在導江縣西北二十九里。

奉簡高三十五使君

當代論才子。如公復幾人。驊騮開道路。鷹隼出風塵。行色秋將晚。交情老更親。天涯喜相見。披豁對一作道吾眞。吳若本作君。恐誤。舊書。有唐以來。詩人之達者。唯適而已。

### 送韓十四江東覲省

兵戈不見老萊衣。歎息人間萬事非。我已無家尋弟妹。君今何處訪庭闈。黃牛峽水經。江水又東逕黃牛山。注曰。下有灘。名曰黃牛灘。南岸重嶺疊起。最外高崖間。有石如人負刀牽牛。人黑牛黃。成就分明。行者謠曰。朝發黃牛。暮宿黃牛。言水路紆深。迴望如一矣。宜都記曰。自黃牛灘東入西陵界。至峽口一百許里。靜灘聲轉。一作急白馬江寰宇記。王僧達爲荆州刺史。大水江溢堤壞。刑白馬祭江神。酹酒于江。水退堤出。寒樹影稀。此別應須各努力。故鄉猶恐未同一作堪歸。

### 贈杜二拾遺　高適

傳道招提客。詩書自討論。佛香時入院。僧飯屢過門。聽法還應難。尋經剩欲飜。草玄今已畢。此外吳作後更何言。

### 酬高使君相贈

古寺僧牢落。空房客一作得寓居。故人供祿米。鄰舍與園蔬。雙樹容聽法。三車肯載書。草玄吾豈敢。賦或似一云比相如。

古寺公所居草堂寺。時寓寺中。故高詩云。傳道招提客也。三車舊注。牛車。羊車。鹿車。唐慈恩窺基傳云。基師。姓尉遲氏。鄂國公其諸父也。奘師因緣相扣。欲度爲弟子。基曰。聽我三事。方誓出家。奘許之。行至太原。以三車自隨。前乘經論箱袠。中乘自御。後乘妓女食饌。道中。文殊菩薩化爲老人。訶之而止。箋曰。此詩正用慈恩事也。言如容我雙樹聽法。亦應許我如慈恩三車自隨。但我只辦用以載書耳。落句謂文字習氣未盡。故下有草玄作賦之言。如舊注指法華三車。不知臨門三車。乃法華三乘要義。泛濫引用。同外典之五車。戲論侮法。莫大于是。況文意麤鄙。公寧有是句法耶。

## 草堂卽事

荒村建子月。獨樹老夫家。霧一云雪裏江船渡。風前逕竹斜。寒魚依密藻。宿鷺起圓沙。蜀酒禁愁得。無錢何處賒。

建子上元二年建子月壬午朔。上受朝賀如正旦儀。以其月爲歲首也。

## 魏十四侍御就敝廬相別

有客騎驄馬。江邊問草堂。遠尋留藥價。惜別到一云倒文場。入幕旌旗動。歸軒錦繡香。時應念衰疾。書疏一作迹及滄浪。

## 徐九少尹見過

晚景孤村僻。行軍數騎來。交新徒有喜。禮厚媿無才。賞靜憐雲竹。忘歸步月臺。何當看花蘂。欲發照江梅。

范二員外邈吳十侍御郁特枉駕闕展待聊寄此

暫往比鄰去。（晉作至）空聞二妙歸。幽棲誠簡略。衰白已光輝。野外貧家遠。村中好客稀。論文或不媿。肯重欵柴扉。

王十七侍御掄許攜酒至草堂奉寄此詩便請邀高三十五使君同到

老夫臥穩朝慵起。白屋寒多暖始開。江鸛（一作鶴）巧當幽徑浴。鄰鷄還過短牆來。繡衣屢許攜家醞。皁蓋能忘折野梅。戲假霜威促山簡。須成一醉（一作醉裏）習池迴。

王竟攜酒高亦同過共用寒字

臥病荒郊遠。通行小徑難。故人能領客。攜酒重相看。自媿無鮭（一作蝦）菜。空煩卸馬鞍。移時勸山簡。頭白恐風寒。（高每云。汝年幾不必小于我。故此句戲之。草堂本云。汝年幾小。且不必小于我。此句戲之也。）

陪李七司馬皁江上觀造竹橋即日成往來之人免冬寒入水聊題短作簡李公二首

伐竹爲橋結構同。褰裳不涉往來通。天寒白鶴歸華表。日落青龍見水中。顧我老非題柱客。知君才是濟川功。合歡考異作觀卻笑千年事。驅石何時到海東。

卑江元和郡國志。郫江一名卑江。經蜀州唐興縣東三里。寰宇記。郫江出鋑金。一名卑里水。自永康軍百丈水南流。入蜀州江源縣界。自隰江界流入豬母水。方輿勝覽。天柱山在新津縣南二里。卑水自江源縣流入山下。又云。卑江水環郡城中。青龍時。默啜欲南過。至橋。馬不進。見青龍臥橋上。乃去矣。題柱華陽國志。蜀城北十里。有昇仙橋、送客觀。司馬相如初入長安。題其橋曰。大丈夫不乘赤車駟馬。不過汝下也。驅石始皇作石橋。欲過海觀日出處。時有神人驅石下海。石去不速。神輒鞭之。石皆流血。

把燭成橋一作橋成夜。迴舟坐客一作客坐時。天高雲去盡。江迴月來遲。衰謝多扶病。招邀屢有期　異方乘此興。樂罷不無悲。

李司馬橋了承高使君自成都迴

草堂本題云。觀作橋成月夜舟中有述還呈李司馬。

向來江上手紛紛。三日成功事出羣。已傳童子騎青竹。一作馬總擬橋東待使君。

鶴曰。九域志。蜀州東至成都一百里。則高爲蜀州明矣。若云彭州。則成都在彭州之南也。

少年行二首

莫笑田家老瓦盆。自從盛酒長一作養兒孫。傾銀注瓦瓦英華作玉。辯證云。當依古本。驚人眼。共醉終同臥竹根。

竹根庾信謝趙王賜酒詩。始聞傳上命。定是賜中尊。野爐燃樹葉。山杯捧竹根。天中記。杜詩共醉終同臥竹根。酒譜云。蓋以竹根爲飲器也。段氏蜀記。巴州以竹根爲酒注子。爲時珍貴。

巢燕養西溪叢語作引雛英華作兒渾去盡。江花結子已一作也無多。黃衫年少來宜叢語作宜來數。不見堂前東逝波。

黃衫西溪叢語。蔣防作霍小玉傳。書大曆中李益事。有一豪士。衣輕黃衫。挾朱筋彈至霍。霍遂死。乃三月牡丹時也。甫作詩。時大曆間。正在蜀。想有好事者傳去作此詩耳。劇談錄。裴相國遊曲江。見五六人坐于水次。中有黃衣。飲酒半酣。笑語輕脫。

野人送朱櫻

西蜀櫻桃也自紅。野人相贈滿筠籠。數迴細寫愁仍破。萬顆勻圓訝許同。憶昨賜霑門下省。退朝擎出大明宮。金盤玉筯無消息。此日嘗新任轉蓬。

寫寫。洗野切。禮記。器之溉者不寫。其餘皆寫。注謂傳之器中

即事

百寶裝腰帶。眞珠絡臂韝。笑時花近眼。舞罷錦纏頭。

臂韝淳于髡傳。帣韝鞠䐾。通鑑注。韝。臂捍也。東方朔傳。董君綠幘傅韝。韋昭曰。韝。形如射韝。以縛左右手。漢官儀。大宮賜官奴婢各三千人。置酒皆緹韝蔽膝。

## 贈花卿

錦城絲管日紛紛。半入江風半入雲。此曲祇應天上有。（樂府作去）人間能得幾回聞。

唐曲水調歌。後六疊入破第二。即此詩。見郭茂倩樂府詩集。

## 少年行

馬上（一云騎馬）誰家薄媚（一云白面）郎。臨堦（英華作軒）下馬坐（一作踏）人牀。不通姓字麤豪（一作疎）甚。指點銀瓶索酒嘗。（一云酒未嘗）

英華辯證云。杜集作臨堦下馬。此云臨軒。當以英華爲正。

## 觀李固請司馬弟山水圖三首

簡易高人意。（一云體）匡牀竹火爐。寒天留遠客。碧海挂新圖。雖對連山好。貪看絕島孤。羣仙不愁思。冉冉下蓬壺。

方丈渾連水。天台總映雲。人間長見畫。老去（一作身老）恨空聞。范蠡舟偏小。王喬鶴不羣。此生隨萬物。何路出塵氛。

高浪垂翻屋。崩崖欲壓牀。野橋（一作樓）分子細。沙岸繞微茫。紅浸珊瑚短。青懸薜荔長。浮查並坐得。（一云相並坐）仙老暫相將。

浮查（拾遺記。堯時有巨查。浮于四海。查上有光若星月。常繞四海。十二年一周。名貫月查。又名掛星查。羽仙棲息其上。）

題桃樹

小徑升堂舊不斜。五株桃樹亦從遮。高秋總餧（一作餽）貧人實。來歲還舒滿眼花。簾戶每宜通乳燕。兒童莫信打慈鴉。寡妻羣盜非今日。天下車書正（一作已）一家。

蕭八明府隄（一作實）處覓桃栽

奉乞桃栽一百根。春前爲送浣花村。河陽縣裏雖無數。濯錦江邊（一作頭）未滿園。

從韋二明府續處覓綿竹

華軒藹藹他年到。綿竹亭亭出縣高。江上舍前無此物。幸分蒼翠拂波濤。

憑何十一少府邕覓榿木栽

草堂塹西無樹林。（一作木）非子誰復見幽心。飽聞榿木三年大。與致溪邊十畝陰。

榿木宋子京益部方物記。厥植易安。數年輒成林。民家蒔之。不三年。材可倍常。故薪之。頻種亟取。里人以爲利。

憑韋少府班覓松樹子

落落出羣非櫸柳。青青不朽豈楊梅。欲存老蓋千年意。爲覓霜根數寸栽。一云來

又于韋處乞大邑瓷盌

大邑燒瓷輕且堅。扣如哀一作寒玉錦城傳。君家白盌勝霜雪。急送茅齋也可憐。

大邑元和郡國志。邛州大邑縣。本漢江源縣地。咸通二年。割晉原縣之西界置。

詣徐卿覓果栽

草堂少花今欲栽。不問綠李與黃梅。石笋街中卻歸去。果園坊裏爲求來。

贈別何邕

生死論交地。何由見一人。悲君隨燕雀。薄宦走風塵。綿谷元通漢。沱江不向秦。五陵花滿眼。傳語故鄉春。

綿谷綿谷縣屬利州。蜀志。先主使陳戒絕馬鳴閣。魏武聞之曰。此閣過漢中之陰平。乃咽喉之要路。蜀檮杌曰。利州四會五達之地。沱江寰宇記。禹貢。岷山導江。東別爲沱。漢書地理志。禹貢。沱江在郫縣東入

大江。郭璞云。沱水自蜀郡都水縣湔山。與江別而更流。據漢書溝洫志。郫江卽李冰所鑿。非禹貢之沱江矣。

贈別鄭鍊赴襄陽

戎馬交馳際。柴門老病身。把君詩過日。俗本作目念此別驚神。一云念別意驚神地闊峨眉晚。一云曉。晉作遠。天高峴首春。爲於耆舊內。試覓姓龐人。

重贈鄭鍊絶句

鄭子將行罷使臣。囊無一物獻尊親。江山路遠羈離日。裘馬誰爲感激人。

杜工部集卷之十一終

# 杜工部集卷之十二

虞山蒙叟錢謙益箋注

近體詩一百二十八首在成都及綿漢梓州作

奉和嚴中丞西城晚眺十韻

汲黯匡君切。廉頗出將頻。直詞才不世。雄略動一作用如神。政簡移風速。詩清立意新。層城臨暇一作媚景。絶域望餘春。旗尾蛟龍會。樓頭燕雀馴。地平江動蜀。天闊樹浮秦。帝念深分閫。軍須遠算緡。花羅封蛺蝶。瑞錦送麒麟。辭第輸高義。觀圖憶古人。征南多興緒。事業闇相親。

算緡食貨志。商賈滋衆。貧者畜積無有。皆仰縣官。異時算軺車。賈人之緡錢皆有差。請算如故。師古曰。緡。謂錢貫也。

嚴中丞枉駕見過嚴自東川除西川。勑令兩川都節制。

元戎小隊出郊坰。問柳尋花到野亭。川合東西瞻使節。地分南北任流一作孤萍。扁舟不獨如張翰。白一作皁帽還應一作應兼似管寧。寂寞一云今日江天雲霧裏。何人道有少微星。

川合東西。 上元二年十月。武代崔光遠鎮蜀。是時合劍兩川爲一道。廢東川節度。此詩系云。自東川除西川。以武初鎮東川故也。詳見八哀詩注。 張翰 張翰傳。會稽賀循。赴命入洛。經吳閶門。于船中彈琴。翰初不相識。乃就循言譚。曰。吾亦有事北京。便同載卽去。 皁帽 魏志。管寧常著皁帽布襦袴布裙。隨時單複。 少微 隋志。少微四星在太微西。士大夫之位也。一名處士星。明黃則處士舉矣。

廣州段功曹到得楊五長史譚書功曹卻歸聊寄此詩

衛青開幕府。楊僕將樓船。漢節梅花外。春城海水邊。銅梁書遠及。珠浦使將旋。貧病他鄉老。煩君萬里傳。

楊僕 南粤傳。楊僕爲樓船將軍。出豫章。下橫浦。元和郡國志。桂江一名灕水。經臨桂縣東。去縣十步。楊僕平南粤。出零陵。下灕水。卽謂此也。 珠浦 後漢循吏傳。孟嘗爲合浦太守。郡不產穀實。而海出珠。

得廣州張判官叔卿書使還以詩代意

鄉關胡騎遠。一云滿 宇宙蜀城偏。忽得炎州信。遙從月峽傳。雲深驃騎幕。夜隔孝廉船。卻寄雙愁眼。相思一作望 淚點懸。

張叔卿 魯人。見公雜述及舊書李白傳。 孝廉船 世說。張憑謁丹陽尹劉惔。惔留宿。明日乃還船。須臾。惔傳教覓張孝廉船。召與同載。

送段功曹歸廣州

南海春天外。功曹幾月程。一云行 峽雲籠樹小。湖日落一云蕩 船明。交趾丹砂重。韶州白葛輕。幸君因旅（一作估）客。時寄錦官城。

## 絕句漫興九首

眼見（一云前）客愁愁不醒。無賴春色到江亭。卽遣花開（一作飛）深（一作從）造次。便覺（一作致）鶯語太丁寧。

手種桃李非無主。野老牆低還似（一作是）家。恰似春風相（入聲）欺得。夜來吹折數枝花。

陸放翁云。白樂天用相字。多作思必切。如爲問長安月。如何不相離也。此詩相欺。亦當從入聲讀。

熟（一作耐）知（晉作孰如）茅齋絕低小。江上燕子故來頻。銜泥點污琴書內。更接飛蟲打著人。

二月已破三月來。漸老逢春能幾廻。莫思（草堂作辭）身外無窮事。且盡生前有限杯。

腸斷春江（一云江春）欲盡（一作白）頭。杖藜徐步立芳洲。顚狂柳絮隨風去。輕薄桃花逐水流。

懶慢無堪不出村。呼兒日在掩柴門。蒼苔濁酒林中靜。碧水春風野外昏。

糝徑楊花鋪白氈。點溪荷葉疊（一作累）青錢。（一云鈿）筍（一作竹）根稚（一作雉）子無人見。沙上鳧雛傍母眠。

稚子　吳若本注。稚子。筍也。一作雉子。漢鐃歌有雉子班。西溪叢語。杜牧之朱坡詩。小蓮娃欲語。幽筍稚相攜。言筍如稚子。與竹根稚子同意。

舍西柔桑葉可拈。江畔細麥復纖纖。人生幾何春已夏。不放香醪如蜜甜。

蜜甜（梁朱异田飲引。豈味薄于東魯。鄙牽甜于南湘。）

隔戶（一云戶外）楊柳弱嫋嫋。恰似十五女兒腰。誰謂朝來不作意。狂風挽斷最長條。

## 江畔獨步尋花七絕句

江上被花惱不徹。無處告訴只顛狂。走覓南鄰愛酒伴。經旬出飲獨空牀。（斛斯融吾酒徒）

稠花亂蘂畏（一云裹）江濱。行步欹危實（一云獨）怕春。詩酒尚堪驅使在。未須料理白頭人。

料理（晉書王徽之傳。卿在府日久。比當相料理。）

江深竹靜兩三家。多事紅花映白花。報答春光知有處。應須美酒送生涯。

東望少城花滿烟。百花高樓更可憐。誰能載酒開金盞。（一作鎖）喚取佳人舞繡筵。

少城（元和郡國志。少城一曰小城。在成都縣西南一里二百步。寰宇志。少城在縣南一百步。李膺記。與大城俱築。唯西南北三壁。東即大城之西墉。故蜀都賦云。亞以少城。接乎其西。）

黃師塔前江水東。春光懶困倚微風。桃花一簇開無主。可愛深紅愛（一云映。晉作與。）淺紅。

黃師塔（陸放翁曰。予以事至犀浦。過松林。甚茂。問馭卒何處。答曰師塔也。蓋謂僧所葬之塔。于是乃悟杜詩黃師塔前之句。）

黃四娘家花滿蹊。千朵萬朵壓枝低。留連戲蝶時時舞。自在嬌鶯恰恰啼。

不是愛花卽肯一作欲死。一作不是看花卽索死只恐花盡老相催。繁枝容易紛紛落。嫩葉一作蕊商量細細開。

## 三絶句

楸樹馨香倚釣磯。斬新花蘂未應飛。不如醉裏風吹一云春風盡。可一作何忍醒時雨打稀。

門外鸕鷀去一作久不來。沙頭忽見眼相猜。自今已後知人意。一日須來一百回。

無數春笋滿林生。柴門密掩斷人行。會須上番去聲看成竹。客至從嗔不出迎。

## 戲爲六絶句

庾信文章老更成。凌雲健筆意縱横。今人嗤點流傳賦。不覺前賢畏後生。

庾信 周書傳贊曰。子山之文。發源于宋末。盛行于梁季。其體以淫放爲本。其詞以輕險爲宗。故能誇目侈于紅紫。蕩心逾于鄭衛。揚子雲有言。詩人之賦麗以則。詞人之賦麗以淫。若以庾氏方之。斯又詞賦之罪人也。

嗤點 干寶晉紀。蓋世共嗤點以爲灰塵。而相詬病矣。

楊王一作王楊盧駱當時體。輕薄爲文哂未休。爾曹身與名俱滅。不廢江河萬古流。

縱使盧王操翰墨。劣于漢魏近風騷。龍文虎脊皆君馭。歷塊過都見爾曹。

風騷 宋書。自漢至魏。文體三變。莫不同祖風騷。杜牧李賀歌詩序。騷之苗裔。理雖不逮。辭或過之。

才力應難跨數公。凡今誰是出羣雄。或看翡翠蘭苕上。未掣鯨魚碧海中。

翡翠郭璞遊仙詩。翡翠戲蘭苕。容色更相鮮。

不薄今人愛古人。清詞麗句必爲鄰。竊攀屈宋宜方駕。恐與齊梁作後塵。

未及前賢更勿疑。遞相祖述復先誰。別裁僞體親風雅。轉益多師是汝師。

祖述謝靈運傳論。王褒、劉向、楊班、崔蔡之徒。遞相師祖。

箋曰。作詩以論文。而題曰戲爲六絕句。蓋寓言以自況也。韓退之之詩曰。李杜文章在。光焰萬丈長。不知羣兒愚。那用故謗傷。蚍蜉撼大樹。可笑不自量。然則當公之世。羣兒之謗傷者或不少矣。故借庾信四子以發其意。嗤點流傳。輕薄爲文。皆指並時之人也。一則曰爾曹。再則曰爾曹。正退之所謂羣兒也。盧王之文。劣于漢魏。而能江河萬古者。以其近于風騷也。況其上薄風騷。而又不劣于漢魏者乎。凡今誰是出羣雄。公所以自命也。蘭苕翡翠。指當時研揣聲病。尋摘章句之徒。鯨魚碧海。則所謂渾涵汪洋。千彙萬狀。兼古人而有之者也。亦退之之所謂横空盤硬。妥帖排奡。垠崖崩豁。乾坤雷硠者也。論至于此。非李、杜誰足以當之。而他人有不憮然自失者乎。不薄今人以下。惜時人之是古非今。不知別裁而正告之也。齊梁以下。對屈宋言之。皆今人也。不薄今而愛古。期于清詞麗句。必與古人爲鄰則可耳。今人侈言屈宋。而轉作齊梁之後塵。不亦傷乎。又曰。今人之未及前賢。無怪其然也。以其遞相祖述。沿流失源。而不知誰爲之先也。騷雅有眞騷雅。漢魏有眞漢魏。等而下之。至于齊梁唐初。靡不有眞面目焉。舍是則皆僞體也。別者。區別之謂。裁者。裁而去之也。果能別裁僞體。則近于風雅矣。自風雅而下。至于庾信四子。孰非我師。雖欲爲嗤點輕薄之流。其可得乎。故曰轉益多師是汝師。呼之曰汝。所謂爾曹也。哀其身與名俱滅。諄諄然呼而寤之也。題之曰戲。亦見其通懷商榷。不欲自以爲是。後人知此意者鮮矣。

## 江頭五詠

丁香

丁香體柔弱。亂結枝猶墊。細葉帶浮毛。疎花披素艷。深栽小齋後。庶近幽人占。晚墮蘭麝中。休懷粉身念。

丁香本草衍義。日華子云。丁香治口氣。此正是御史所含之香也。樹高丈餘。葉似櫟葉。花圓細。黄色。凌冬不凋。

麗春

百草競春華。麗春應最勝。少須晉作頭好顔色。草堂作顔色好多漫枝條剩。紛紛桃李枝。處處總能移。如何貴此重。晉作稀如可貴重却怕有人知。

梔子

梔子比衆木。人間誠未多。於身色有用。與道氣傷一作相和。紅取風霜實。青看雨露柯。無情移得汝。貴在映江波。

梔子本草圖經。梔子。西蜀州郡皆有之。木高七八尺。花皆六出。甚芬香。俗說即西域薝蔔也。夏秋結實如訶子狀。生青熟黄。中仁深紅。本經主治五内邪氣。胃中熱氣。酉陽雜俎。諸花少六出者。唯梔子花六出。陶貞白言。梔子剪花六出。刻花七道。其花香甚。即西域薝蔔花也。

## 鸂鶒

故使籠寬織。須知動損毛。看雲莫悵望。失水任呼號。六翮曾經剪。孤飛卒(一作只)未高。且無鷹隼慮。留滯莫辭勞。

## 花鴨

花鴨無泥滓。堦前(一作中庭)每緩行。羽毛知獨立。黑白太分明。不覺羣心妬。休牽衆眼驚。稻粱霑(一作知)汝在。作意莫先鳴。

## 畏人

早花隨處發。春鳥異方啼。萬里淸江上。三年(一云峯)落日低。畏人成小築。褊性合幽棲。門逕(一云逕沒)從榛草。無心走(一作待)馬蹄。

## 遠遊

賤子何人記。迷芳(一作荆方)著處家。竹風連野色。江沫擁春沙。種藥扶衰病。吟詩解歎嗟。似聞胡騎走。失喜問京華。

## 野望

西山白雪三奇一作城。一作年。戍。南浦清江萬里橋。海内風塵諸弟隔。天涯涕淚一身遥。唯將遲暮供多病。未有涓埃答聖朝。跨馬出郊時極目。不堪人事日一作自蕭條。

三奇困學紀聞。唐地理志。彭州導江縣有三奇戍。韋臯傳。遣大將陳坩等出三奇。西南備邊錄所謂三奇營也。當從舊本作三奇爲是。按西山三城。界于吐蕃。爲蜀邊要害。屢見杜詩。正不必作三奇。此穿鑿之過耳。

## 官池春雁二首

自古稻粱多不足。至今鸂鶒亂爲羣。且休悵望看春水。更恐歸飛隔暮雲。

青春欲盡急還鄉。紫塞寧論尚有霜。翅在雲天終不遠。力微繒繳絶須防。

## 水檻遣心二首

去郭軒楹敞。無村草堂作材眺望賒。澄江平少岸。幽樹晚多花。細雨魚兒出。微風燕子斜。城中十萬戶。此地兩三家。

蜀天常夜雨。江檻已朝晴。葉潤林塘密。衣乾枕席清。不堪祇老病。何得尚晋作向浮名。淺把涓涓酒。深憑送此生。

屏跡三首

用拙存（一作誠）吾道。幽居近物情。桑麻深雨露。燕雀半生成。村鼓時時急。漁舟箇箇輕。杖藜從白首。心跡喜雙清。

晚起家何事。無營地轉幽。竹光團（一作圍）野色。舍（一云山）影漾江流。失學從兒懶。長貧任婦愁。百年渾得醉。一月不梳頭。

衰顏（一作年）甘屏迹。幽事供高臥。鳥下竹根行。龜開萍葉過。年荒酒價乏。日併園蔬課。猶酌甘泉歌。（一云獨酌甜且歌。一云獨酌酌甘泉。）歌長擊樽破。

寄題杜二錦江野亭　　嚴　武

漫向江頭把釣竿。懶眠沙草愛風湍。莫倚善題鸚鵡賦。何須不著鵕鸃冠。腹中書籍幽時曬。肘後醫方靜處看。興發會能馳駿（一云五）馬。終須（晉作當）重（一作直）到使君灘。

使君灘（水經注。江水東逕羊腸虎臂灘。楊亮爲益州。至此舟覆。懲其波瀾。蜀人至今猶名之爲使君灘。）

奉酬嚴公寄題野亭之作

拾遺曾奏數行書。懶性從來水竹居。奉引濫騎沙苑馬。幽棲眞釣錦江魚。謝安不倦登臨費。一作賞阮籍焉知禮法疎。枉沐一云何日旌麾出城府。草茅無一作荒徑欲教鋤。孔毅夫續世說。嚴武爲成都尹。甫與武世舊。待遇甚隆。於浣花里種竹植木。結廬枕江。縱酒吟詠。與田畯野老相蕩狎。武過之。有時不冠。故武此詩云。何須不著鵕鸃冠。而公解其嘲曰。阮籍焉知禮法疎也。

中丞嚴公雨中垂寄見憶一絕奉答二絕

雨映行宮一作官。一作雲。非是。辱贈詩。元戎肯赴野人期。一云元戎欲動野人知江邊老病雖無力。强擬晴天理釣絲。

行宮國史補。蜀郡有萬里橋。玄宗至而喜曰。吾自知行地萬里則歸。公草堂在萬里橋。當與行宮相近。張說奉和早渡蒲關詩。樓映行宮日。

何日雨晴雲出溪。白沙青石先一云洗無泥。只須伐竹開荒徑。倚一作拄杖穿花聽馬嘶。一云鳥啼

謝嚴中丞送青城山道士乳酒一瓶

山瓶乳酒下青雲。氣味濃香幸見分。鳴鞭走送憐漁父。洗盞開嘗對馬軍。軍州謂騶使騎爲馬軍

嚴公仲夏枉駕草堂兼攜酒饌得寒字　草堂本一作鄭公枉駕攜饌訪水亭

竹裏行廚洗玉盤。花邊立馬簇金鞍。非關使者徵求急。自識將軍禮數寬。百年地闢今本作僻柴門迥。五月江深草閣寒。看弄漁舟移白日。老農何有罄交歡。

國史補。嚴武少以强俊知名。蜀中坐衙。杜甫袒跣登其几案。武愛其才。終不加害。此所謂將軍禮數寬也。鈎簾欲殺之語。最爲誣罔。不知宋子京新書何以載之本傳。

嚴公廳宴同詠蜀道畫圖得空字

日臨公館靜。畫滿（一作列）地圖雄。劍閣星橋（水經注。李冰沿水造橋。上應七宿。故世祖謂吳漢曰。安軍宜在七星連橋間。）北。松州（元和郡國志。雪山。在松州嘉城縣東八十里。）雪嶺東。華夷山不斷。吳蜀水相通。興與煙霞會。清樽幸不空。

奉送嚴公入朝十韻

鼎湖瞻望遠。象闕憲章新。四海猶多難。中原憶舊臣。與時安反側。自昔有經綸。感激張天步。從容靜塞塵。南圖迴羽翮。北極捧星辰。漏鼓還思晝。宮鶯罷囀春。空留玉帳術。愁殺錦城人。閣道通丹地。江潭隱白蘋。此生那老蜀。不死會歸秦。公若登台輔。臨危莫愛身。

鼎湖（二聖山陵。召武爲橋道使。故云鼎湖。）玉帳（唐藝文志。李靖有玉帳經一卷。）丹地（漢制。省中皆胡粉塗壁。畫古賢列女。以丹漆地。謂之丹墀。張正見艷歌。執戟移丹地。）

酬別杜二　　嚴武

獨逢堯典日。再覩漢官儀。未効風霜勁。空慙雨露私。夜鐘清萬戶。曙漏拂千旗。並向殊（一作斜）

庭謁。俱承別館追。斗城憐舊路。渦水惜歸期。峯樹還相伴。江雲更對垂。試廻滄海棹。莫妬一作更敬亭詩。祇是書應寄。無忘酒共持。但令心事在。未肯鬢毛衰。最悵巴山裏。淸猿惱夢思。

渦水　元和郡國志。渦水。在譙縣西四十八里。魏文帝以舟師自譙循渦入淮。非二公送別之地。詩云。斗城憐舊路。按元和郡國志。綿州城理漢涪縣。去成都三百五十里。依山作州。東據天池。西臨涪水。形如北斗。臥龍伏焉。則斗城指綿州之城。非謂長安也。所臨之水。應在綿州。無容遠指渦水。渦水斷是涪水。蓋傳寫之誤耳。

送嚴侍郎到綿州同登杜使君江樓得心字

野興每難盡。江樓延賞心。歸朝送使節。落景惜登臨。稍稍烟集渚。微微風動襟。重船依淺瀨。輕鳥度層陰。檻峻背幽谷。窗虛交茂林。燈光散遠近。月彩靜高深。城擁朝來客。天橫醉後參。竊途衰謝意。苦調短長吟。此會共能幾。諸孫賢至今。不勞朱戶閉。自待白河沈。

江樓　方輿勝覽。枕綿州城之東隅。上有唐江亭記。觀杜詩。則古之江樓在南山下。

奉濟驛重送嚴公四韻

遠送從此別。青山空復情。幾時盃重把。昨夜月同行。列郡謳歌惜。三朝出入榮。江村獨歸處。寂寞養殘生。

巴西驛亭觀江漲呈竇使君草堂本作竇十五使君

宿雨南江漲。波濤亂遠峯。孤亭淩噴薄。萬井逼春容。霄漢愁高鳥。泥沙困老龍。天邊同客舍。攜我豁心胸。

九日登梓州城

巴西寰宇記。巴西縣屬綿州。本漢涪縣。杜安簡地志。巴郡。巴渝集壁。巴東夔忠。巴西綿州。南江郎綿江也。

伊昔黃花酒。如今白髮翁。追歡筋力異。望遠歲時同。弟妹悲歌裏。朝廷一作乾坤醉眼中。兵戈與關塞。此日意無窮。

兵戈關塞。指徐知道以兵守劍閣也。鶴注牽引朝義、党項。愚矣。

巴嶺答杜二見憶　　嚴武

臥向巴山落月時。兩鄉千里夢相思。可但步兵偏愛酒。也知光祿最能詩。江頭赤葉楓愁客。籬外黃花菊對誰。跂馬望君非一度。冷猿秋雁不勝悲。

## 九日奉寄嚴大夫

九日應愁思。經時冒險艱。不眠持漢節。何路出巴山。小驛香醪嫩。重巖細菊草堂作雨斑。遙知簇鞍馬。廻首白雲間。

寶應元年四月。代宗卽位。召武入朝。是年徐知道反。武阻兵。九月尙未出巴。通鑑載六月以武爲西川節度使。徐知道守要害拒武。武不得進。誤也。當以此詩正之。

## 黃草

黃草峽西船不歸。赤甲山下行人一云人行稀。秦中驛使無消息。蜀道兵一云干戈有是非。萬里秋風吹錦水。誰家別淚濕羅衣。莫愁劍閣終堪據。聞道松州已被圍。

黃草胡三省曰。水經注。涪州之西有黃葛峽。山高險絕。無人居。意卽此峽也。杜詩黃草峽西注云。在涪州之西。松州輿地紀勝。通鑑于代宗廣德元年。書吐蕃陷松、維、保三州。茂州圖經云。廣德二年。吐蕃取隴右。西川節度高適出兵西山。牽制無功。遂亡松、維。鶴曰。秦中驛使。謂李之芳奉使見留也。蜀道兵戈。謂徐知道據劍閣也。當時公在梓閬。非夔州詩也。按鶴說良是。但又引來瑱、裴茂之戰以解首二句。爲曲說耳。

## 懷舊

地下蘇司業。情親獨有君。那因喪一作衰亂後。便有一云更作死生分。老罷知明鏡。悲來望白雲。自從失詞伯。不復更論文。公前名預。緣避御諱。改爲源明。

所思得台州鄭司戶虔消息

鄭老身仍竄。台州信所一云始傳。爲農山澗曲。臥病海雲邊。世已疎儒素。人猶乞酒錢。徒勞望牛斗。無計斸龍泉。

不見近無李白消息

不見李生久。佯狂眞可哀。世人皆欲殺。吾意獨憐才。敏捷詩千首。飄零酒一盃。匡山讀書處。頭白好一云始歸來。

匡山 唐詩紀事載東蜀楊天惠彰明逸事云。元符二年。補令於此。聞李白本邑人。微時募小吏。棄去。隱居大匡山。今猶有讀書臺。吳曾能改齋漫錄。歐陽忞輿地廣記。皆本天惠之說。按太白居廬山。見于詩文。不一而足。曾鞏詩序云。永王璘節度東南。白時臥廬山。璘迫致之。公憐其因此得罪。故云匡山讀書處。頭白好歸來。彰明遺事所載。乃委巷傳聞之語。近時楊愼輩力引爲蜀中故事。殊不足信。容齋三筆亦云。太白鄉郡。當以范傳正碑爲正。范碑云。國朝已來。漏於屬籍。神龍初。潛還廣漢。因僑爲郡人。杜田杜詩補遺引范碑云。白之先客。居蜀之彰明。太白生焉云云。此好事者僞爲之。以附會杜詩也。

題玄武禪師屋壁

何年顧虎頭。滿壁一云座畫瀛曾作滄州。赤日石林氣。青天江海一云水流。錫飛常近鶴。杯度不驚鷗。

似得廬山路。眞隨惠遠遊。

玄武（寰宇記。玄武山。九州要記云。一名宜君山。華陽國志云。一名三嵎山。在玄武縣東二里。其山六屈三起。方輿勝覽。大雄山在中江。有眞武廟。杜詩玄武禪師屋在此。）

## 客夜

客睡何曾著。秋天不肯明。卷簾殘月影。高枕遠江聲。計拙無衣食。途窮仗友生。老妻書數紙。應悉未歸情。

（吳曾漫錄。張說有深渡驛詩云。洞房懸月影。高枕聽江流。此詩用其意。）

## 客亭

秋窗猶曙色。落木（一作木落）更天（一作高）風。日出寒山外。江流宿霧中。聖朝無棄物。老病已成（一云衰）翁。多少殘生事。飄零似轉蓬。

## 秋盡

秋盡東行且未迴。茅齋寄在少城隈。籬邊老卻陶潛菊。江上徒逢袁紹盃。雪嶺獨看西日落。（一云暮）劍門猶阻北人來。不辭萬里長爲客。懷抱何時得好開。（一云開好）

袁紹盃鄭玄傳。袁紹總兵冀州。遣使要玄。大會賓客。玄最後至。乃延升上坐。身長八尺。飲酒一斛。秀眉明目。容儀溫偉。公以玄自況。爲儒而遭世難也。舊注引河朔飲。非是。劍門徐知道兵據劍閣。故曰猶阻北人來。邵寶曰。此時雪嶺無人可到。但可望日落而已。

## 陪王侍御宴通泉東山野亭

江水東流去。清樽日復斜。異方同宴賞。何處是京華。亭景臨山水。村煙對浦沙。狂歌過于勝。一云形。得醉卽爲家。

## 野望

金華山北一云南涪水西。仲冬風日始淒淒。山連越嶲蟠三蜀。水散巴渝下五溪。獨鶴不知何事舞。飢烏似欲向人啼。射洪春酒寒仍綠。目極傷神誰爲攜。

金華山方輿勝覽。在射洪縣。涪水寰宇記。涪江。在鄭縣西二百里。自涪城縣東南流入縣界。合中江。東流入射洪縣界。屈曲二十里。北通遂州。水經云。涪江水又東南合射江。今射洪縣南有此水。越嶲寰宇記。嶲州越嶲郡。本益州西南外夷地。漢武帝以邛都之地爲越嶲郡。郡有越水、嶲水。皆出深羌界。南歷本郡焉。故名越嶲郡。巴渝寰宇記。巴州北水。一名巴嶺水。一名渝州水。一名宕渠水。渝州今隸巴縣。三巴記云。閬、白二水東南流。曲折三回如巴字。故謂三巴。五溪寰宇記。黔州涪陵水。一名內江水。在州西五十步。西北注涪州。入蜀江。五溪。水經注云。武陵有五溪。謂雄溪、樠溪、力溪、無溪、西溪。辰溪其一焉。夾溪悉是蠻左右所居。故謂此蠻爲五溪蠻也。射洪元和郡國志。梓潼水與涪江合流。急如箭。奔射涪江口。蜀人謂水口爲洪。因名射洪。

聞官軍收河南河北一云收兩河

劍外忽傳收薊北。初聞涕淚滿衣裳。卻看妻子愁何在。漫卷詩書喜欲狂。白日一云首放歌須縱酒。青春作伴好還鄉。卽從巴峽穿巫峽。便下襄陽向洛陽。余田園在東京

寶應元年十一月。官軍破賊于洛陽。進收東都。河南平。朝義走河北。李懷仙斬其首以獻。河北平。此詩公在劍外聞捷書而作也。

涪江泛舟送韋班歸京得山字

追餞同舟日。傷春一云心一水間。飄零爲客久。衰老羨君還。花遠一云雜重重樹。雲輕處處山。天涯故人少。更益一作憶鬢毛斑。

春日梓州登樓二首

行路難如此。登樓望欲迷。身無卻少壯。跡有但舊作但有羈棲。江水流城郭。春風入鼓鞞。雙雙新燕子。依舊已銜泥。

天畔登樓眼。隨春一云風入故園。戰場今始定。移晉作移柳更能存。厭蜀交遊冷。思吳勝事繁。應須理舟楫。長嘯下荆門。

荆門寰宇記。荆門本漢舊地。荆襄之要津。

郪城西原送李判官兄武判官弟赴成都府

憑高送所親。久坐惜芳辰。遠水非無浪。他山自有春。野花隨處發。官柳一作妖著行新。天際傷愁別。離筵何太頻。

郪城寰宇記。梓州今理郪縣。

泛江送魏十八倉曹還京因寄岑中允參范郎中季明

遲日深春一云江水。輕舟送別筵。帝鄉愁緒外。春色淚痕邊。見酒須相憶。將詩莫浪傳。若逢岑與范。爲報各衰年。

莫浪傳朝野僉載。咸亨中謠曰。莫浪傳。阿婆顚。

送路六侍御入朝

童稚情親四一云三十年。中間消息兩茫然。更爲後會知何地。忽漫相逢是別筵。不分草堂本作憤桃花紅勝錦。生憎柳絮白於一作如綿。劍南春色還無賴。觸忤愁人到酒邊。

桃花寰宇記。桃花溪在鄭縣三十里。南流入射洪縣。輿地紀勝。桃花水在射洪縣東。北合涪江。

泛江送客

二月頻送客。東津江欲平。煙花山際重。舟楫浪前輕。淚逐勸盃下。一作落愁連吹笛生。離筵不隔日。那得易爲情。

東津打魚歌。綿州江水之東津。輿地紀勝。在鄭縣東四里。渡涪江水。

上牛頭寺

青山意不盡。袞袞上牛頭。無復能拘礙。眞成浪出遊。花濃春寺靜。竹細野池幽。何處鶯啼切。移時獨未休。

牛頭山寰宇記。牛頭山在鄭縣西南二里。高一里。形似牛頭。四面孤絕。俯臨州郭。下有長樂寺。樓閣煙花。爲一方勝概。圖經云。山上無禽鳥棲集。而杜詩有鶯啼之句。則圖經誤也。

望牛頭寺

牛頭見鶴林。梯逕繞幽深。一云秀麗何深春色浮一作流山外。天河宿蔡作沒殿陰。傳燈無白日。布地有黃金。休作狂歌老。廻看不住心。

上兜率寺

兜率知名寺。眞如會法堂。江山有巴蜀。棟宇自齊梁。庾信哀雖久。何顒好不忘。白牛車遠近。且欲上慈航。

兜率寺（兜率寺。前郪郡城。拱揖如蓋。侯圭東山觀音寺記云。梓州浮圖。大小有十二。慧義居其北。兜率當其南。牛頭據其西。觀音距其東。輿地紀勝。兜率閣在南山。）何顒（何顒當作周顒。傳寫之誤。詳見前注。）慈航（淸涼禪師序般若經。般若者。苦海之慈航。）

望兜率寺

樹密當山徑。江深隔寺門。霏霏雲氣重。（一云動）閃閃浪花翻。不復知天大。空餘見佛尊。時應淸盥（一云興）罷。隨喜給孤園。

甘園

春日淸江岸。千甘二頃園。靑雲羞（一作著）葉密。白雪避花繁。結子隨邊使。開筒近至尊。後於桃李熟。終得獻金門。

金門（太眞外傳。開元末。江陵進乳柑橘。上以十枚種於蓬萊宮。天寶十載秋結實。宣賜宰臣。）

數陪李梓州泛江有女樂在諸舫戲爲豔曲二首贈李草堂作章諸。方輿勝覽作渚。

上客迴空騎。佳人滿近船。江清歌扇底。野曠舞衣前。玉袖凌風並。金壺隱浪偏。競將明媚色。偸眼豔陽天。一云年

白日移歌袖。淸霄近笛牀。翠眉縈度曲。雲鬢儼分行。立馬千山暮。迴舟一水香。使君自有婦。莫學野鴛鴦。

度曲一音大各反。一音徒故反。俱見漢書注。師古曰。應、荀二說皆是。鴛鴦古樂府歌曰。湖中百種鳥。半雌半是雄。鴛鴦逐野鶴。恐畏不成雙。

登牛頭山亭子

路出雙林外。亭窺萬井中。江城孤照日。山一作春谷遠含風。兵革身將老。關河信不通。猶殘數行淚。忍對百花叢。

陪李梓州王閬州蘇遂州李果州四使君登惠義寺

春日無人境。虛空不住天。鶯花隨世界。樓閣寄一作倚山巓。遲暮身何得。登臨意惘一云寂然。誰能解金印。瀟洒共安禪。一云三車將五馬。若個合安禪。

送何侍御歸朝（李梓州泛舟筵上作）

舟楫諸侯餞。車輿使者歸。山花相映發。水鳥自孤飛。春日垂霜鬢。天隅把繡衣。故人從此去。（一云遠）寥落寸心違。

江亭送眉州辛別駕昇之（得蕪字）

柳影含雲幕。（一云重）江波近酒壺。異方驚會面。終宴惜征途。沙晚低風蝶。天晴喜浴鳧。別離傷老大。意緒日荒蕪。

涪城縣香積寺官閣

寺下春江深不流。山腰官閣迥添愁。含風翠壁孤雲細。背日丹楓萬木稠。小院廻廊春（一作清）寂寂。浴鳧飛鷺晚悠悠。諸天合在藤蘿外。昏黑應須到上頭。

香積寺（寰宇記。香積山。在涪城縣東南三里。北枕涪江。）

戲題寄上漢中王三首（時王在梓州。初至斷酒不飲。篇有戲述。）

西漢親王子。成都老客星。百年雙白鬢。一別五秋（一作飛）螢。忍斷盃中物。祇（王作眠）看座右銘。不能隨皁蓋。自醉逐浮萍。

漢中王舊書。瑀。讓皇帝第六子。早有才望。偉儀表。初封隴西郡公。從明皇幸蜀。至漢中。因封漢中王。仍加銀青光祿大夫。漢中郡太守。新書。肅宗詔收羣臣馬。瑀持不可。貶蓬州長史。郭湜高力士傳。李輔國繆承恩寵。竊弄威權。不死則流。動逾千計。黔中道此一邑尤多。一郡王。瑀是也。一開府。力士是也。鶴曰。不能隨皁蓋。又云剖符來蜀道。當是蓬州刺史。史云長史。誤也。

策杖時能出。王門異昔遊。已知嗟不起。未許醉相留。蜀酒濃無敵。江魚美可求。終思一酩酊。淨掃雁池頭。

蜀酒水經注。魚復尉戍此。江之左岸。有巴鄉村。村人善釀。故俗稱巴鄉清郡出美酒。雁池西京雜記。梁孝王築菟園。園有雁池。池間有鶴洲鳬渚。

羣盜無歸路。衰顏會遠方。尚憐詩警策。猶記一作憶酒顛狂。魯衛彌尊重。徐陳略喪亡。空餘枚叟一作故在。應念早升堂。

魯衛開元十四年十一月己丑。幸寧王憲宅。與諸王宴。探韻賦詩曰。魯衛情先重。親賢尚轉多。瑀爲寧王之子。故曰魯衛彌尊重。用明皇詩語也。徐陳魏文帝與吳質書。昔年疾疫。親故多罹其災。徐、陳、應、劉。一時俱逝。

陪章留後侍御宴南樓得風字

絕域長夏晚。茲樓清宴同。朝廷燒棧北。鼓角滿一作漏天東。屢食將軍第。一云邸仍騎一云驕御史驄。

本無丹竈術。一作訣那免白頭翁。寇盜狂歌外。形骸痛飲中。野雲低渡水。簷雨細隨風。出號江城黑。題詩蠟炬一作燭紅。此身醒復醉。不擬哭途窮。

棧北廣德二年。吐蕃入大震關。漏天梁益州記。大小漏天在雅州。朱晦菴云。當作漏天。愚謂仍作滿字爲是。丹竈別賦。守丹竈而不顧。

臺上得涼字

改席臺能迴。留門月復光。雲行一作霄遺暑濕。山谷進風涼。老去一盃足。誰憐屢舞長。何須把官燭。似惱鬢毛蒼。

送王十五判官扶侍還黔中得開字

大家東征逐子迴。風生洲渚錦帆開。青青竹笋迎船出。日日一云白白江魚入饌來。離別不堪無限意。艱危深仗濟時才。黔陽信使應稀少。莫怪頻頻一作頻煩勸酒盃。

大家東征賦。惟永初之有七兮。余隨子乎東征。大家集曰。子穀爲陳留長。大家隨至官。作東征賦。竹笋孟宗事。見楚國先賢傳。江魚東觀漢記。姜詩與婦。傭作養母。母嗜魚鱠。每旦輒出雙鯉。常以供母膳。曰每旦。則以日日爲是。俄而涌泉出于舍側。味如江水。井旦出雙鯉魚。吳曾漫錄作日日。韓子蒼作白白。後漢列女傳。姜詩

倦夜

竹涼侵臥內。野月滿一作偏庭隅。重露成涓滴。稀星乍有無。暗飛螢自照。水宿鳥相呼。萬事干戈裏。空悲清夜徂。

吳曾漫錄。顧陶類編題云倦秋夜。三聯云。飛螢自照水。宿鳥競相呼。

## 悲秋

涼風動萬里。羣盜尚縱橫。家遠傳書日。秋來爲客情。愁窺高鳥過。老逐衆人行。始欲投三峽。何由見兩京。

## 對雨

莽莽天涯雨。江邊獨立時。不愁巴道路。恐濕漢旌旗。雪嶺防秋急。繩橋戰勝遲。西戎甥舅禮。未敢背恩私。

雪嶺鶴曰。高適出西山三城置戍。卽雪嶺也。

## 警急時高公適領西川節度

才名舊楚將。妙略擁兵機。玉壘雖傳檄。松州會解圍。和親知拙計。公主漫無歸。青海今誰得。西戎實飽飛。

至德二載。永王璘反。適因陳江東利害。永王必敗。上奇其對。以適爲揚州左都督府長史、淮南節度使。故云舊楚將。舊書。代宗即位。吐蕃陷隴右。漸逼京畿。適練兵于蜀。臨吐蕃南境以牽制之。師出無功。而松、維等州尋爲蕃兵所陷。以黄門侍郎嚴武代還。此詩松州未陷時作也。

王命

漢一云漢北豺狼滿。巴西道路難。血埋諸將甲。骨斷使臣一云君鞍。牢落新燒棧。蒼茫舊築壇。深懷喻蜀意。慟哭望王官。一云京縣

使臣廣德元年。李之芳等使吐蕃被留。二年方得歸。築壇舊注以爲指郭子儀。余謂指嚴武也。武入朝而吐蕃陷河西、隴右。又圍松州。蜀人思得武以代適也。

征夫

十室幾人在。千山空自多。路衢唯見哭。城市不聞歌。漂梗無安地。銜枚有荷戈。官軍未通蜀。吾道竟如何。

有感五首

將帥蒙恩澤。兵戈有歲年。至今勞聖主。何以報皇天。白骨新交戰。雲臺舊拓邊。乘槎斷消

息。無處覓張騫。

拓邊唐自武德以來。開拓邊境。地連西域。皆置都督府州縣。開元中。置朔方等處節度使以統之。祿山反後。數年間。西北數十州相繼淪沒。盡取河西、隴右之地。自鳳翔以西。邠州以北。皆爲左衽矣。張騫李之芳被留。次年始放還。故云。

幽薊餘蛇樊作封豕。乾坤尙虎狼。諸侯春不貢。使者日相望。愼勿吞青海。無勞問越裳。大君先息戰。歸馬華山陽。

箋曰。是時史朝義下諸降將。奄有幽魏之地。驕恣不貢。代宗懦弱。不能致討。此詩云。愼勿吞青海。無勞問越裳。安有節鎭之近不修職貢。而顧能從事遠略者乎。蓋歎之也。息戰歸馬。謂其不復能用兵。而婉詞以譏之也。李翺云。唐子孫不能以天下取河北。正此意也。舊注謂戒人主生事外夷。可謂愚矣。

洛下舟車入。天中貢賦均。日聞紅粟腐。寒待翠華春。莫取金湯固。長令宇宙新。不過行儉德。盜賊本王臣。

箋曰。自吐蕃入寇。車駕東幸。天下皆咎程元振。又以子儀新立功。不欲天子還京。勸帝且都洛陽。以避蕃寇。代宗然之。子儀因兵部侍郎張重光宣慰迴。附章論奏。代宗省表垂涕。亟還京師。其略曰。東周之地。久陷賊中。宮室焚燒。十不存一。矧其土地狹阨。纔數百里間。東有成臯。南有二室。險不足恃。適爲戰場。明明天子。躬儉節用。苟能黜素飡之吏。去冗食之官。抑豎刁、易牙之權。任蘧瑗、史鰌之直。則黎元自理。盜賊自平。中興之功。旬月可冀。公詩云。莫取金湯固。長令宇宙新。不過行儉德。盜賊本王臣。正櫽栝汾陽論奏大意。

丹桂風霜急。青梧日夜凋。由來强幹地。未有不臣朝。受鉞親賢往。卑宮制詔遙。終依古封建。豈獨聽簫韶。

丹桂漢成帝時謠。桂樹華不實。黃雀巢其顚。注。桂赤色。漢家象。青梧上官儀册殷王文。慶表栽梧。德成覩梓。受鉞乾元二年。史思明僭號于河北。李光弼請以親賢統師。以趙王係爲兵馬元帥。詔曰。靖難平兇。必資于金革。總戎授律。實仗于親賢。次年四月。以親王遙統兵柄。寶應元年。代宗即位。十月。以雍王适爲天下兵馬元帥。

箋曰。初房琯建分鎭討賊之議。詔曰。令元子北略朔方。命諸王分守重鎭。詔下。遠近相慶。咸思效忠于興復。祿山撫膺曰。吾不得天下矣。肅宗即位。惡琯。貶之。用其諸子統師。然皆不出京師。遙制而已。宗藩削弱。藩鎭不臣。公追歎朝廷不用琯議。失强幹弱枝之義。而有事則倉卒以親賢授鉞也。丹桂言王室。青梧言宗藩也。卑宮制詔。即天寶十五載七月丁卯制置天下之詔也。謂其分封諸王。如禹之與子。故以卑宮言之。壯遊詩。禹功亦命子。此其證也。落句言不依古封建。而欲坐聽簫韶。不可得也。公之冒死救琯。豈獨以交友之故哉。

盜胡一作滅人還亂。兵殘將自疑。登壇名絶假。報主一云執玉爾何遲。領郡輒無色。之官皆有詞。願聞哀痛詔。端拱問瘡痍。

箋曰。李肇國史補。開元以前。有事于外。則命使臣。否則止。自置八節度、十採訪。始有坐而爲使。其後名號益廣。大抵生于置兵。盛于專利。普于銜命。於是爲使則重。爲官則輕。故天寶末。佩印有至四十者。大曆中。請俸有至千貫者。宦官內外。悉屬之使。舊爲權臣所管。州縣所理。今屬中人者有之。此詩云。登壇名絶假。謂諸將兼官太多。所謂坐而爲使也。領郡輒無色。州郡皆權臣所管。不能自達。故曰無色也。之官皆有詞。所謂爲使則重。爲官則輕也。送陵州路使君詩云。王室比多難。高官皆武臣。與此正相發明。東坡謂唐郡縣多不得人。由重內輕外者。此天寶以前事。以言乎廣德之時。則迂矣。

## 送元二適江左

亂後今相見。秋深復遠行。風塵爲客日。江海送君情。晉室丹陽尹。公孫白帝城。經過自愛惜。取次莫論兵。元嘗應孫吳科舉

元結　劉會孟本題下公自注。元結也。考顏魯公墓碑及次山集。代宗時。以著作郎退居樊上。起家爲道州刺史。未嘗至蜀。亦未嘗至江左。次山舂陵行及廣德二年道州上謝表。時月皆可據。所謂元二者。必非結也。宋刻善本無此六字。明是後人妄益耳。　丹陽尹　梁元帝丹陽尹傳序曰。自二京版蕩。五馬南渡。因乃上燭天文。下應地理。既變淮海爲神州。亦即丹陽爲京尹。雖得人之盛。頗愧前賢。而眄遇之深。多用宰輔。晉中興書。大興元年。改丹陽内史爲丹陽尹。晉書。王敦以溫嶠爲丹陽尹。欲使覘伺朝廷。嶠至。具言敦逆謀。劉謙之晉紀曰。蘇峻召祖約爲逆。約遣許柳以衆會。峻克京師。拜丹陽尹。後以罪誅。　白帝城　郡國志。公孫述至魚復。有白龍出井中。因號魚復爲白帝城。寰宇記。公孫述據蜀。自以承漢土運。故號曰白帝城。

## 章梓州水亭 時漢中王兼道士席謙在會。同用荷字韻。

城晚通雲霧。亭深到芰荷。吏人橋外少。秋水席邊多。近屬淮王至。高門薊子過。荊州愛山簡。吾醉亦長歌。

薊子　後漢方術傳。薊子訓既到京師。公卿以下候之者。坐上恆數百人。

## 翫月呈漢中王

夜深露氣清。江月滿江城。浮（一作游）客轉危坐。歸舟應獨行。關山同一照。（海錄作點）烏鵲自多驚。欲得淮王術。風吹暈已生。

淮王（淮南子。畫隨灰而月暈闕。許慎注曰。有軍士相圍守則月暈。以蘆灰環。闕其一面。則月暈亦闕于上。周王褒關山月詩。天寒光轉白。風多暈欲生。庾肩吾望月詩。圓隨漢東蚌。暈逐淮南灰。）

### 戲作寄上漢中王二首（王新誕明珠）

雲裏不聞雙雁過。掌中貪見一珠新。秋風嫋嫋吹江漢。只在他鄉何處人。

謝安舟楫風還起。梁苑池臺雪欲飛。杳杳東山攜漢妓。泠泠修竹待王歸。

池臺（水經注。睢陽城故宮東。即梁王之吹臺也。基陛階礎尚在。釣臺池東。又有一臺。世謂之清泠臺。北城憑隅。又結一池臺。晉灼曰。或說平臺在城中東北角。亦或言兔園在平臺側。）修竹（水經注。睢水又東南流。歷于竹圃。水次綠竹蔭渚。菁菁實望。世人言梁王竹園也。）

### 投簡梓州幕府兼簡韋十郎官

幕下郎官安穩無。從來不奉一行書。固知貧病人須棄。能使韋郎跡也疎。

### 登高

風急天高猿嘯哀。渚清沙白鳥飛迴。無邊落木蕭蕭下。不盡長江袞袞來。萬里悲秋常作客。

百年多病獨登臺。艱難苦恨繁霜鬢。潦倒新停濁酒盃。

九日

去年登高郪縣北。今日重在涪江濱。苦遭白髮不相放。羞見黄花無數新。世亂鬱鬱久爲客。路難悠悠常傍人。酒闌卻憶十年事。腸斷驪山清路塵。

遣憤

聞道花門將。論功未盡歸。自從收帝里。誰復總戎一云兵機。一云軍麾蜂蠆終懷毒。雷霆可振威。莫令鞭血地。再濕漢臣衣。

箋曰。回紇既助順收河北。以賊平。恣行暴掠。代宗册命可汗。復論功封左右殺都督以下。尋爲僕固懷恩所誘。與吐蕃合兵入寇。此詩蓋深憂之也。初。雍王見回紇可汗于黄河北。責雍王不于帳前舞蹈。車鼻遂引藥子昂、李進、韋少華、魏琚各榜箠一百。少華、琚一宿而死。漢臣鞭血。正記此事也。

章梓州一云使君橘亭餞成都竇少尹得涼字

秋日野亭千橘香。玉盃錦席高雲涼。主人送客何所作。音佐行酒賦詩殊未央。衰老應爲難離去聲別。一云難爲應離別賢聲此去有輝光。預傳籍籍新京尹。一作兆青史無勞數一作缺趙張。

送陵州路使君赴任

王室比（荆作此）多難。高官皆武臣。幽燕通使者。岳牧用詞人。國待賢良急。君當拔擢新。佩刀成氣象。行蓋出風塵。戰伐乾坤破。瘡痍府庫貧。衆寮宜潔白。萬役但平均。（一云萬物役平均）霄漢瞻佳士。泥途任此身。（樊作家事）秋天正搖落。廻首大江濱。

陵州（寰宇記。屬劍南東道。漢犍爲郡之武陽縣。東境屬益州部。周閔帝置陵州。因陵井爲名。）武臣（房琯傳。邠州久屯軍旅。多以武將兼領刺史。法度隳廢。州縣廨宇。並爲軍營。官吏侵奪百姓室屋以居。人甚弊之。）

薄暮

江水長流地。（一云最深）山雲薄暮時。寒花隱亂草。宿鳥擇（一云探）深枝。舊國見何日。高秋心苦悲。人生不再好。鬢髮白（一作自）成絲。

西山三首

夷界荒山頂。蕃州積雪邊。築城依（一作連）白帝。轉粟上青天。蜀將分旗鼓。羌兵助（一作動）井泉。（一作鎧鋋）

西南背和好。殺氣日相纏。

西山寰宇記。王羲之與謝安書曰。岷山夏含霜雪。校之所聞。崑崙之仲也。華陽國志。岷山一曰汶焦山。岷嶺之最高者。遇大雪開泮。望見成都。元和郡國志。岷山卽汶山也。南去青城石山百里。天色晴明。望見成都。山嶺停雪。常深百丈。夏月融泮。江川爲之洪溢。卽隴之南首也。圖經云。岷山巉絶崛立。實捍阻羌夷。全蜀倚爲巨屏。熙寧置永康軍詔云。正控西山六州軍臨口。又圖經云。雪山在維州保寧縣西南。連乳州白苟嶺。九域志云。山有九峯。上有積雪。冬夏不消。蕃州之路。高適疏云。今所界吐蕃城堡。不過平戎以西數城。邈在窮山之巔。垂于險絶之末。運粮于東馬雪如玉。東望成都若井底。一面孤峯。坐甲于無人之鄉。李宗諤圖經。維州南界江城。岷山連嶺而西。不知其極。北望高山。積三面臨江。是西蜀控吐蕃之要衝。

辛苦三城戍。長防萬里秋。烟塵侵火井。雨雪閉松州。風動將軍幕。一云蓋天寒使者裘。漫平聲山賊營壘。一云成壁壘迴首得無憂。

廣德元年。吐蕃陷松、維、保三城及雲山新築二城。高適不能救。於是劍南西山諸州。亦入于吐蕃。

子弟猶深入。關城未解圍。蠶崖鐵馬瘦。灌口米船稀。辯士安邊策。元戎決勝威。今朝烏鵲喜。欲報凱歌歸。

蠶崖寰宇記。蠶崖關。在導江縣西北四十七里。方輿勝覽。在縣西五十里。以鎭西山之走集。灌口寰宇記。灌口鎭。在導江縣西六十里。方輿勝覽。淳熙五年。胡元質奏曰。唐之季年。吐蕃入寇。必入黎文。南詔入寇。必入沈黎。吐蕃南詔合入寇。必出灌口。沈黎兩州。去成都倘千里。關隘險阻。足以限隔。惟灌口一路。去成都止百里。又皆平陸。朝發夕至。威茂兩州。卽灌口之蔽障。

薄遊

淅淅一云漸漸風生砌。團團日隱牆。遙一云滿空秋雁滅。一云過半嶺暮雲長。一云張病葉多先墜。寒花只暫香。巴城添淚一作月眼。今夜復清光。

贈韋贊善别

扶病送君發。自憐猶不歸。祇應盡客淚。復作掩荆扉。江漢故人少。音書從此稀。往還二十載。歲晚寸心違。

送李卿曄

王子思歸日。長安已亂兵。霑衣問行在。走馬向承明。暮景巴蜀僻。春風江漢清。晉山雖自棄。魏闕尚含情。

廣德元年十月。吐蕃入寇。車駕幸陜。李曄顔眞卿集。顔允南神道碑。潼關陷。輿駕幸蜀。朝官多出駱谷。至興道。房琯、李曄、高適等數十人盡在。世系表。曄終刑部侍郎。晉山水經。袁崧郡國志曰。界休縣有介山。有綿上介子推廟。公自以不與靈武之賞。每以子推自喻也。

絶句

江邊踏青罷。迴首見旌旗。風起春城暮。高樓鼓角悲。

踏青。李綽歲時記。上巳錫宴曲江。都人于江頭禊飲。踐踏青草。曰踏青。劉禹錫竹枝詞。昭君坊中多女伴。永安宮外踏青來。

城上荆作空城

草滿巴西綠。空城山谷作城空白日長。風吹花片片。春動一作蕩水一云春送雨茫茫。八駿隨天子。羣臣從武皇。遙聞出巡守。早晚徧遐荒。

舍弟占歸草堂檢校聊示此詩

久客應吾道。相隨獨爾來。孰知江路近。頻爲草堂迴。鵝鴨宜長數。柴荆莫浪開。東林竹影薄。臘月更須栽。

杜工部集卷之十二終

# 杜工部集卷之十三

虞山蒙叟錢謙益箋注

近體詩九十六首居閬州及再至成都作

傷春五首

天下兵雖滿。春光一作青春日自濃。西京疲百戰。北闕任羣兇。關塞三千里。煙花一萬重。蒙塵清露急。御宿且一作有誰供。殷復前王道。周遷舊國容。蓬萊足雲氣。應合總從龍。

廣德元年。吐蕃陷京師。車駕至華州。官吏奔散。無復供擬。扈從將士。不免饑餒。乃幸魚朝恩營。

鶯入新年語。花開滿故枝。天青風捲幔。草碧水通池。牢落官軍速。蕭條萬事危。鬢毛元自白。淚點向來垂。不是無兄弟。其如有別離。巴山春色靜。北望轉逶迤。

日月還相鬬。星辰屢合一作亦屢圍。不成誅執法。焉得變危機。大角纏兵氣。鉤陳出帝畿。煙塵昏御道。耆舊把天衣。一云固無牽白馬。幾至著青衣。行在諸軍闕。來朝大將稀。賢多隱屠釣。王肯載同歸。

執法史記天官書。南宮衡太微三光之廷。匡衛十二星藩臣。西將東相。南四星執法。月五星順入軌道。司其出所守。天子所誅也。晉志。左執法。廷尉之象。右執法。御史大夫之象。廣雅曰。熒惑謂之罰星。或謂之執法。舊書程元振傳。吐蕃、党項。入犯京畿。下詔徵兵。諸道卒無至者。蕃軍至便橋。代宗蒼黄出幸陝州。及至行在。太常博士柳伉。上疏切諫誅元振以謝天下。代宗罷元振官。放歸田里。　大角天官書。房南衆星曰騎官。左角李。右角將。大角者。天王帝廷。　鉤陳星經。鉤陳大星爲六宮。亦主六軍。晉志。鉤陳。後宮也。

再有朝廷亂。難知消息眞。近傳王在洛。復道使歸一作通秦。奪馬悲公主。登車泣貴嬪。蕭關迷北上。滄海欲東巡。敢料安危體。猶多老大臣。豈一作得無嵇紹血。霑灑屬車塵。

奪馬舊書。肅宗女和政公主。下嫁柳潭。安祿山陷京師。寧國公主嫠居。主棄三子。奪潭馬以載寧國。身與潭步日百里。顔魯公和政公主神道碑。廣德元年冬。上旣東幸。主志期扈蹕。回兵充斥。咫尺不通。因至荊南。尉薦諸將。　蕭關武紀。元封四年。行幸雍。祠五時。通回中道。遂北出蕭關。如淳曰。蕭關在安定朝那縣。

聞說初東幸。孤兒卻走多。難分太倉粟。競棄魯陽戈。胡虜登前殿。王公出御河。得無一作忍爲中夜舞。誰一作宜憶大風歌。春色生烽燧。幽人泣薜蘿。君臣重修德。猶足見時和。

送梓州李使君之任故陳拾遺。射洪人也。篇末有云。

籍甚黄丞相。能名自潁川。近看除刺史。還喜得吾賢。五馬何時到。雙魚會早傳。老思笻竹杖。一云笻杖拄。冬要錦衾眠。不作臨歧恨。唯聽舉最先。火雲揮汗日。山驛醒心泉。遇害陳公殞。于今蜀道憐。君行射洪縣。爲我一潸然。

陳公舊書。子昂父在鄉。爲縣令段簡所辱。子昂聞之。遽還鄉里。簡乃因事收繫獄中。憂憤而卒。雲溪友議。或謂章仇大夫兼瓊爲陳拾遺雪獄。高適侍御與王江寧昌齡申寃。當時用爲義士也。

## 王閬州筵奉酬十一舅惜别之作

萬壑樹聲滿。千崖秋氣高。浮舟一作雲出郡郭。别酒寄江濤。良會不復久。此生何太勞。窮愁但一云唯有骨。羣盜尙如毛。吾舅惜分手。使君寒贈袍。沙頭暮黃鵠。失侶自一作亦哀號。

## 放船

送客蒼溪縣。山寒雨不開。直愁騎馬滑。故作泛舟廻。青惜峯巒過。黃知橘柚來。江流大一作天自在。坐穩興悠哉。

寰宇志。閬州蒼溪縣。因縣界蒼溪谷爲名。嘉陵江在縣東一里。東南流。

## 奉待嚴大夫

殊方又喜故人來。重鎭還須濟世才。常怪偏裨終日待。不知旌節隔年廻。欲辭巴徼啼鶯合。遠下荆門去鷁催。身老時危思會面。一生襟一作懷抱向誰開。

廣德二年正月。武以黃門侍郎拜成都尹。充劍南節度使。此云大夫。再鎭時兼官也。以後稱鄭公。

奉寄高常侍一云寄高三十五大夫

汶上相逢年頗多。飛騰無那故人何。總戎楚蜀應全未。方駕一云慣曹劉不啻過。今日朝廷須汲黯。中原將帥憶廉頗。天涯春色催遲暮。別淚遙添錦水波。

代宗以嚴武代適。召還爲刑部侍郎。轉散騎常侍。適善言王覇大略。務功名。尙節義。逢時多難。以安危爲己任。故以汲黯許之。

奉寄章十侍御時初罷梓州刺史。東川留後。將赴朝廷。

淮海維揚一俊人。金章紫綬照青春。指麾能事廻天地。訓練強兵動鬼神。湘西不得歸關羽。

舊書。梓州刺史章彝。初爲武判官。及是小不副意。赴成都杖殺之。國史補。武與章彝素善。再入蜀。談笑殺之。雲溪友議。刺史章彝因小瑕。武遂棒殺。後爲彝外家報怨。嚴氏遂微焉。按此詩。武再鎭蜀。彝已入覲矣。豈及其未行而殺之耶。新書幷載欲殺甫之事。尤爲失實。　湘西此暗指來瑱之事也。瑱鎭襄陽。猶羽之專有荆土。以程元振搆陷而死。故曰不得歸關羽。婉詞以傷之也。瑱徙淮西。諷將吏留己。若河內自請借寇。則當聽之。故曰猶宜借寇恂也。

河內猶宜借寇恂。朝覲從容問幽仄。勿云江漢有一作老垂綸。

將赴荆南寄別李劍州

使君高義驅今古。寥落三年坐劍州。但見文翁能化俗。一作蜀焉知李廣未封侯。路經灩澦雙蓬鬢。天入滄浪一釣舟。戎馬相逢更何日。春風廻首仲宣樓。

仲宣樓盛弘之荆州記。當陽縣城樓。王仲宣登之而作賦。

奉寄別馬巴州時甫除京兆功曹。在東川。

勳業終一作眞歸馬伏波。功曹非一云無復漢蕭何。甫曾任華州司功扁舟繫纜沙邊久。南國浮雲水上多。獨把魚竿終遠去。難隨鳥樊作鳥翼一相過。知君未愛春湖色。興在驪駒白玉珂。

功曹 西溪叢語。劉貢父據曹參未嘗爲功曹。以此詩爲誤。按史記蕭何爲沛主吏掾。注曰。主吏。功曹也。杜未嘗誤。吳志。孫策謂虞翻曰。孤有征討事。未得還府。卿復以功曹爲吾蕭何守會稽耳。舊書。久之。召補京兆府功曹。嚴武鎭成都。奏爲節度參謀。

泛江

方舟不用楫。極目總無波。長日容盃酒。深江淨綺羅。亂離還奏樂。飄泊且聽歌。故國流清渭。如今花正多。

陪王使君晦日泛江就黃家亭子二首

山豁何時斷。江平不肯流。稍知花改岸。始驗鳥隨舟。結束多紅粉。歡娛恨白頭。非君愛人客。晦日更添一作禁愁。

有逕金沙軟。無人碧草芳。野畦連蛺蝶。江檻俯鴛鴦。日晚烟花亂。風生錦繡香。不須吹急管。衰老易悲傷。

南征

春岸桃花水。雲帆楓樹林。偷生長避地。適遠更霑襟。老病南征日。君恩北望心。百年歌自苦。未見有知音。

久客

羇旅知交態。淹留見俗情。衰顏聊自哂。小吏最相輕。去國哀王粲。傷時哭賈生。狐狸何足道。豺虎正一作亂縱橫。

春遠

肅肅花絮晚。菲菲紅素輕。日長唯鳥雀。春遠獨柴荆。數有關中亂。何曾劍外淸。故鄉一作園歸不得。地入亞夫營。

亞夫營 後漢志。長安有細柳聚。周亞夫所屯處。長安志。細柳倉。在咸陽縣西南三十里。如淳曰。細柳倉在渭北。近石徼。張揖曰。在昆明池南。今有柳市是也。師古曰。匈奴傳云。置三將軍。軍長安西細柳。渭北棘門、霸上。則此細柳不在渭北。揖說是也。三輔故事曰。今石徼是也。石徼西有細柳倉。樊噲傳。柳中。即細柳地也。在長安西。

## 暮寒

霧隱平郊樹。風含廣岸波。沈沈春色靜。慘慘暮寒多。戍鼓猶長擊。林鶯遂不歌。忽思高宴會。朱袖拂雲和。

## 雙燕

旅食驚雙燕。一作雙飛燕 銜泥入此堂。應同避燥濕。且復過一作遇 炎涼。養子風塵際。來時道路長。今秋天地在。吾亦離殊方。

## 百舌

百舌來何處。重重祇報春。知音兼衆語。整翮豈多身。花密藏難見。一云難相見 枝高聽轉新。過時如發口。君側有讒人。

過時 汲冢周書時訓解。芒種之日。螳螂生。又五日。鵙始鳴。又五日。反舌無聲。螳螂不生。是謂陰息。鵙不始鳴。令奸壅偪。反舌有聲。佞人在側。

地隅

江漢山重阻。風雲地一隅。年年非故物。處處是窮途。喪亂秦公子。悲涼一云秋楚大夫。平生心已折。行路日荒蕪。

秦公子謝靈運擬鄴中詩。王粲。家本秦川貴公子。遭亂流寓。自傷情多。

游子

巴蜀愁誰語。吳門興杳然。九江春草外。三峽暮帆前。厭就成都卜。休爲吏部眠。蓬萊如可到。衰白問羣仙。

蓬萊哀江南賦。風飆道阻。蓬萊無可到之期。舟楫路窮。星漢非乘槎可上。

歸夢

道路時通塞。江山日寂寥。偸生唯一老。伐叛已三朝。雨急青楓暮。雲深黑水遙。夢歸歸未得。一作夢魂歸亦得不用楚辭招。

黑水禹貢。華陽黑水惟梁州。傳曰。東據華山之南。西距黑水。又曰。黑水自北而南。經三危。過梁州。入南海。疏曰。滇池縣有黑水祠。水經注。黑水出張掖鷄山。南流至燉煌。過三危山。南流入于南海。寰宇記。嶲州越嶲縣有黑水。杜詩云深黑水遙是也。

江亭王閬州筵餞蕭遂州

離亭非舊國。春色是他鄉。老畏歌聲斷。一云短愁隨吳作從舞曲長。二天開一云悲寵餞。五馬爛生一作輝光。川路風烟接。俱宜一云看下鳳皇。

絶句二首

遲日江山麗。春風花草香。泥融飛燕子。沙暖睡鴛鴦。

江碧鳥逾白。山青花欲燃。今春看又過。何日是歸年。

滕王亭子在玉臺觀內。王調露年中。任閬州刺史。

君王臺榭枕巴山。萬丈丹梯尚可攀。春日鶯啼修竹裏。仙家犬吠白雲間。清江錦一作碧石傷心麗。嫩蘂濃花滿目斑。人到于今歌出牧。來遊此地不知還。

滕王元嬰。高祖第二十二子。都督洪州。數犯憲章。徙授隆州刺史。方輿勝覽。滕王以隆州衙宇卑陋。遂修飭宏大之。擬于宮苑。謂之隆苑。後以明皇諱。改曰閬苑。滕王亭即元嬰所建。在玉臺觀。成都楊愼以爲蒯滕王湛然。誤也。修竹枚乘菟園賦。修竹檀欒夾池水。孫綽蘭亭詩。啼鶯吟修竹。犬吠論衡。傳言淮南王得道。畜產皆仙。犬吠天上。鷄鳴雲中。

## 玉臺觀 滕王造

中天積翠玉臺（一云虛）遙。上帝高居絳節朝。遂有馮夷來擊鼓。始知嬴女善吹簫。江光隱見黿鼉窟。石勢參差（一云差池）烏鵲橋。更肯（一云有）紅顏生羽翼。（吳作翰）便應黃髮老漁樵。

玉臺觀（方輿勝覽。在閬州北七里。唐滕王嘗遊。有亭及墓。）中天（新序。魏襄王將起中天臺。）玉臺（漢郊祀歌。遊閶闔。觀玉臺。應劭曰。閶闔。天門。玉臺。上帝之所居。）馮夷（洛神賦。馮夷鳴鼓。女媧清歌。）吹簫（列仙傳拾遺。蕭史善吹簫。日教弄玉作鳳鳴。居數年。吹簫似鳳聲。鳳皇來止其屋。公爲作鳳臺。）黿鼉（海賦。或屑沒于黿鼉之穴。）

## 滕王亭子

寂寞春山路。君王不復行。古牆猶竹色。虛閣自松聲。鳥雀荒村暮。雲霞過客情。尚思歌吹入。千騎擁霓旌。

千騎（梁孝王傳。賜天子旌旗。千乘萬騎。）

## 玉臺觀 滕王造

浩劫因王造。（一云起）平臺訪古遊。綵雲蕭史駐。文字魯恭留。宮闕通羣帝。乾坤到十洲。人傳有笙鶴。時過此（一云北）山頭。

## 渡江

春江不可一作用渡。二月已風濤。舟楫欹斜疾。一作甚魚龍偃臥高。渚花兼陳作張素錦。汀草亂青袍。戲問垂綸客。悠悠見一作是汝曹。

## 喜雨

南國旱一云早無雨。今朝江出雲。入空纔漠漠。灑迥已紛紛。巢燕高飛盡。林花潤色分。晚來聲不絕。應得夜深聞。

## 送韋郎司直歸成都

竄身來蜀地。同病得韋郎。天下干一作兵戈滿。江邊歲月長。別筵花欲暮。春日鬢俱蒼。一云春鬢色俱蒼爲問南溪竹。一云筍抽梢合過牆。余草堂在成都西郭

## 將赴成都草堂途中有作先寄嚴鄭公五首

得歸茅屋赴成都。直一云眞爲文翁再剖符。但使閭閻還揖讓。敢論松竹久荒蕪。魚知丙穴由來美。酒憶郫筒不用酤。五馬舊曾諳小徑。幾回書札待潛夫。

丙穴 蜀都賦。嘉魚出於丙穴。劉淵林注。丙穴在漢中沔陽縣。有魚穴二所。常以三月取之。丙。地名也。水經注。褒水又東南得丙水口。水上承丙穴。穴出嘉魚。常以三月出。十月入地。穴口廣五六尺。去平地七八尺。泉懸注。魚自穴下透入水。穴口向丙。故曰丙穴。下注褒水。周地圖記。興州有丙山。山有穴。即丙穴。其口向丙。因以爲名。寰宇記。大丙山、小丙山。在興州順政縣東南七十里。其山峻崖。南北相對闊七步。其崖峻峭。高百丈。山衣石髮。被於崖際。北有穴。方圓二丈餘。其穴有水潛流。土人相傳爲丙穴。沮水經穴門而過。或謂之大丙水。每春三月上旬。復有魚長七八寸或二三寸。連綿從穴出躍。相傳名爲嘉魚。 郫筒 成都記。成都府西五十里。因水標名曰郫縣。以竹筒盛美酒。號曰郫筒。華陽風俗錄。郫縣有郫筒池。池旁有大竹。郡人刳其節。傾春釀於筒。苞以藕絲。蔽以蕉葉。信宿馨達於林外。然後斷之以獻。俗號郫筒酒。李商隱詩。錦石爲棊子。郫筒當酒壺是也。

處處清江帶白蘋。故園猶得見殘春。雪山斥候無兵馬。錦里逢迎有主人。休怪兒童延俗客。不教鵝鴨惱比鄰。習池未覺風流盡。況復荆州賞更新。

白蘋 蘋。大萍。花白者季春始生。

●

竹寒沙碧浣花溪。菱一作橘刺藤梢咫尺迷。過客徑須愁出入。居人不自解東西。書籤藥裹封蛛網。野店山橋送馬蹄。豈一作肯藉荒庭春草一作新月色。先判一飲醉如泥。

常苦沙崩損藥欄。也從江檻落風湍。新松恨不高一作長千尺。惡竹應須斬萬竿。生理祇憑黃閣老。衰顏一作容欲付一作赴紫金丹。三年奔走空皮骨。信有人間行路難。

錦官一作館城西生事微。一作錦官生事城西微烏皮几在還思歸。昔去爲憂亂兵入。今來已恐鄰人非。側身天地更懷古。迴首風塵甘息機。共說總戎雲鳥陣。不妨遊子芰荷衣。

別房太尉墓 閬州

他鄉復行役。駐馬別孤墳。近淚無乾土。低空一云空山有斷雲。對碁陪謝傅。把劍覓徐君。唯見林花落。鶯啼送客聞。

房太尉 琯以乾元元年貶邠州刺史。上元元年爲漢州刺史。寶應二年拜刑部尚書。在路遇疾。廣德元年八月。卒於閬州僧舍。新書載琯卒在寶應二年。與舊書異。按杜祭房公文廣德元年九月。而酉陽雜俎記琯舍閬州紫極宮。見治龜茲版。憶邢和璞言終身事。皆與舊書合。知新書誤也。國史補。宰相自張曲江之後。稱房太尉、李梁公爲重德。又云。開元以後。不以姓而可稱者。燕公、曲江、太尉、魯公。不以名而可稱者。宋開府、陸宣公、王右丞、房太尉。困學紀聞。司空圖房太尉詩曰。物望傾心久。匈渠破膽頻。注謂祿山初見分鎮詔書。撫膺歎曰。吾不得天下矣。琯建議遣諸王爲都統節度。而賀蘭進明讒於肅宗。晉以瑯琊立江左。宋以康王建中興。以表聖之言觀之。琯可謂善謀矣。 對碁 琯爲宰相。聽董庭蘭彈琴。李德裕遊房太尉西池詩注。房公以好琴聞於海內。公此詩以謝傅圍棋爲比。蓋爲房公解嘲也。劉禹錫和德裕房公舊竹亭聞琴云。尚有竹間露。永無棊下塵。 把劍 祭文云。撫墳日落。脫劍秋高。

自閬州領妻子卻赴蜀山行三首

汩汩一作揖揖。又作浥浥。音蟄。避羣盜。悠悠經十年。不成向南國。復作遊西川。物役水虛照。魂傷山寂然。我生無倚着。盡室畏途邊。

長林偃風色。廻復（一云首）意猶迷。衫裛翠微潤。馬銜青草嘶。棧（一云逕）懸斜避石。橋斷卻尋溪。何日干（一作兵）戈盡。飄飄愧老妻。

行色遞隱見。人煙時有無。僕夫穿竹語。稚子入雲呼。轉石驚魑魅。抨弓落狖鼯。眞供一笑樂。似欲慰窮途。

一笑（射雉賦。昔賈氏之如皋。始解顏于一箭。）

山館（草堂本作移居公安山館）

南國晝多霧。北風天正寒。路危行木杪。身遠（樊作迴）宿雲端。山鬼吹燈滅。廚人語夜闌。雞鳴問前館。世亂敢求安。

行次鹽亭縣聊題四韻奉簡嚴遂州蓬州兩使君諮議諸昆季

馬首見鹽亭。高山擁縣青。雲溪花淡淡。（一云漠漠）春郭水泠泠。全蜀多名士。嚴家聚德星。長歌意無極。好爲老夫聽。

寰宇記。鹽亭縣因井爲名。負戴山在縣西一里。高二里。自劍門南來。過劍州。入當縣。龍盤虎踞。起伏四百餘里。至此卻蹲。山有飛龍泉。噴下南流。入梓潼江。水色清泠。其味甘美。時以爲瓊漿水。　嚴君（舊書。嚴震。梓州鹽亭人。屢出家財以助軍。授州長史王府諸議參軍。嚴武移西川。署爲押衙。礪。震之宗人也。寰宇記。嚴震及弟礪二墓。在負戴山下。去縣西一里。

倚杖 鹽亭縣作

看花雖郭內。一云外 倚杖卽溪邊。山縣早休市。江橋春聚船。狎一云野 鷗輕白浪。一云日 歸雁喜青一作清 天。物色兼生意。淒涼憶去年。

陪王漢州留杜綿州泛房公西湖

房公 舊書房琯傳。上元二年八月。改漢州刺史。寶應二年四月。拜特進刑部尚書。在路遇疾。廣德元年。卒于閬州。所謂闕庭分未到也。 西湖 方輿勝覽。房公湖又名西湖。按壁記。房相上元初牧此邦。其時始鑿湖。有詩存焉。李德裕漢州月夕遊房太尉西湖詩云。誰憐濟川楫。長與夜舟歸。陸務觀詩。房公一跌叢衆毀。八年漢州爲刺史。遶湖鑿池一百頃。島嶼屈曲三四里。

舊相恩追後。春池賞不稀。闕庭分未到。舟楫有光輝。豉化蓴絲熟。刀鳴鱠縷飛。使君雙皁蓋。灘淺正相依。

舟前小鵝兒 漢州城西北角官池作

鵝兒黃似酒。對酒愛新鵝。引頸嗔船逼。一作過 無行亂眼多。翅開遭宿雨。力小困滄波。客散層城暮。狐狸奈若何。

## 得房公池鵝

官池舊注。官池卽房公西湖。鵝兒酒方輿勝覽。鵝黃乃漢中酒名。蜀中無能及者。陸務觀亦云。兩川名醞避鵝黃。

房相西池鵝一羣。眠沙泛浦白於一作如雲。鳳皇池上應迴首。爲報籠隨王右軍。

## 答楊梓州

師古本房公池誤作楊公。又造楊梓州先人鑿池之說。舊注已匡其繆矣。

悶到房公池水頭。坐逢楊子鎮東州。卻向青溪不相見。迴船應載阿戎遊。

## 登樓

花近高樓傷客心。萬方多難此登臨。錦江春色來一云水流天地。玉壘浮雲變古今。北極朝廷終不改。西山寇盜莫相侵。可憐後主還祠廟。日暮聊爲梁甫吟。

玉壘蜀都賦。包玉壘而爲宇。劉注。玉壘。山名也。湔水出焉。在成都西北。岷山界在後。故曰宇也。寰宇記。在茂州汶川縣北三里。又有玉輪坂。其下汶水所經。梁甫吟水經注。沔水又東逕樂山北。昔諸葛亮好爲梁甫吟。每取登遊。故俗以樂山爲名。西溪叢語。藝文類聚載諸葛亮梁甫吟。不知何義。張衡四愁詩。欲往從之梁甫艱。言人君有德則封泰山。泰山以喻人君。梁甫以喻小人也。諸葛好爲梁甫吟。恐取此意。鶴曰。此廣德二年避亂歸成都之作。吐蕃陷京師。立廣武郡王承宏爲帝。郭子儀復京師。乘輿反正。故曰北極朝廷終不改。言吐蕃雖立君。終不能改命也。

箋曰。西山寇盜。指吐蕃言之。非謂劍南西山也。可憐後主還祠廟。其以代宗任用程元振、魚朝恩。致蒙塵之禍。而託諷於後主之用黃皓乎。其興寄微婉如此。

春歸

苔逕臨江竹。茅簷覆地花。別來頻甲子。倏忽一作歸到又春華。倚杖看孤石。傾壺就淺沙。遠鷗浮水靜。輕燕受風斜。世路雖多梗。吾生亦有涯。此身一云且應醒復醉。乘興即爲家。

歸雁

東來萬里客。亂定一云走幾年歸。腸斷江城雁。高高正一作向北飛。

贈王二十四侍御契四十韻

往往雖相見。飄飄媿此身。不關輕紱冕。俱是避風塵。一別星橋夜。三移斗柄春。敗亡非赤壁。奔走爲黃巾。子一作爾去何瀟灑。余藏異隱淪。書成無過雁。衣故有懸鶉。恐懼行裝數。伶俜臥疾一云病頻。曉鶯工迸淚。秋月解傷神。會面嗟黧黑。含悽話苦辛。接輿還入楚。王粲不歸秦。錦里殘丹竈。花溪得釣綸。消一作宵中祇自惜。晚起索誰親。伏柱聞周史。乘槎有漢臣。鴛鴻不易狎。龍虎未宜馴。客則一云即挂冠至。交非傾蓋新。由來意氣合。直取性情眞。浪跡同生死。無心恥賤貧。偶然存蔗芋。幸各對松筠。麤飯依他日。窮愁怪此辰。女長裁褐穩。男大卷書勻。瀨口江如練。蠶崖雪似銀。名園當翠巘。野棹沒青蘋。屢喜王侯宅。時邀（一作逢）江海人。追隨不覺晚。款曲動彌旬。但使芝蘭秀。何煩（一作須）棟宇鄰。山陽無俗物。鄭驛正留賓。出入並鞍馬。光輝參（一云忝）席珍。重遊先主廟。更歷少城闉。石鏡通幽魄。琴臺隱絳唇。送終惟糞土。結愛獨荊榛。置酒高林下。觀碁積水濱。區區甘累趼。稍稍息勞筋。網聚粘圓鯽。絲繁煮細蓴。長（一云慨）歌敲柳瘿。小睡凭藤輪。農月須知課。田家敢忘勤。浮生難去食。良會惜清晨。列國兵戈暗。今王德教淳。要聞除猰貐。休作畫麒麟。洗眼看輕薄。虛懷任屈伸。莫令膠漆地。萬古重雷陳。

蔗芋（蜀都賦。瓜疇芋區。甘蔗辛薑。）瀨口（水經注。江水又歷都安縣。縣有桃關、漢武帝祠。李冰作大堰於此。堰於江作瀨。瀨有左右口。謂之湔。瀨江入郫江檢江以行舟。俗謂之都安大堰。亦曰湔堰。又謂金隄。左思賦西踰金隄者也。寰宇記。導江縣有都安堰。一名湔堰。李冰擁江作堋。蜀人謂堰爲堋。）柳瘿（曹植詩。我有柳瘿瓢。）

## 寄董卿嘉榮十韻

聞道君牙帳。防秋近赤霄。下臨千雪嶺。（一作千仞雪）卻背五繩橋。海內久戎服。京師今晏朝。犬羊曾爛熳。宮闕尙蕭條。猛將宜嘗膽。龍泉必在腰。黃圖遭汚辱。月窟可焚燒。會取干戈利。無令斥候驕。居然雙捕虜。自是一嫖姚。落日思輕騎。高天一作秋憶射雕。雲臺畫形像。皆爲掃氛妖。

君牙 吳若本注云。此邢君牙也。本傳云。田神功爲兗鄆節度使。使君牙將屯兵好時防秋。神功鎭兗鄆。在代宗初。故曰京師今晏朝。是時君牙尙微。在神功麾下。乃名斥之。按此詩言君牙帳者。謂君之牙帳也。雪嶺、繩橋。皆防西之地。邢君牙領防秋兵入鎭好時。又扈從代宗幸陝。與此詩絕不相涉。若但以君牙二字。曲說附會耳。 牙帳 唐志。佛堂一百八十里至勃令驛。鴻臚館至贊普牙帳。南部新書。近代通謂府庭爲公衙。即古之公朝也。字本作牙。詩曰。祈父予王之爪牙。祈父司馬。掌武備。象獸以爪牙爲衛。故軍前大旗謂之牙旗。出師則有建牙禡牙之事。軍中聽號令。必至牙旗之下。與府朝無異。近俗尙武。是以通呼公府門爲牙門。字訛變轉而爲衙。珩璜新論。突厥畏李靖。徙牙于磧中。牙者。旗也。東京賦。竿上以象牙飾之。後人遂以牙爲衙。 赤霄 鶴曰。赤霄言三城之高。高適謂邈在窮山之巔是也。

## 寄司馬山人十二韻

關內昔分袂。天邊今轉蓬。驅馳不可說。談笑偶然同。道術曾留意。先生早擊蒙。家家迎薊子。處處識壺公。長嘯峨嵋北。潛行玉壘東。有時騎猛虎。虛室使仙童。髮少何勞白。顏衰肯更紅。望雲悲轗軻。畢景羨冲融。喪亂形仍役。淒涼信不通。懸旌要路口。倚劍短亭中。永作殊方客。殘生一老翁。相哀骨可換。亦遣馭淸風。

壺公水經注。昔費長房爲市吏。見王壺公懸壺郡市。長房從之。因而自退。同入此壺。隱淪仙路。骨謝懷靈。無會而返。雖能役使鬼神。而終同物化。

寄李十四員外布十二韻新除司議郎兼萬州別駕。雖尙伏枕。已聞理裝。

名參漢望苑。職述景題輿。巫峽將之郡。荆門好附書。遠行無自苦。內熱比何如。正是炎天闊。那堪野館疎。黃牛平駕浪。畫鷁上凌虛。試待盤渦歇。方期解纜初。悶能過小徑。自一作日爲摘嘉蔬。渚柳元幽僻。村花不掃除。宿陰繁素柰。過雨亂紅蕖。寂寂夏先晚。泠泠風有餘。江清心可瑩。竹冷髮堪一云宜梳。直作移巾几。秋帆發弊廬。

題輿謝承書。周景爲豫州。辟陳蕃爲別駕。不就。景題別駕輿曰。陳仲舉坐也。不復更辟。蕃惶懼起視職。

歸來

客裏有所過。一作適歸來知路難。開門野鼠走。散帙壁魚乾。洗杓開新醞。低頭拭小盤。一云著小冠憑誰給麴蘗。細酌老江干。

壁魚爾雅。蟫。白魚。注。衣書中蟲。一名蛃魚。本草謂之衣魚。

王錄事許修草堂貲不到聊小詰

爲嗔王錄事。不寄草堂貲。昨屬愁春雨。能忘欲漏時。

寄邛州崔錄事

邛州崔錄事。聞在果園坊。坊名在成都 久待無消息。終朝有底忙。應愁江樹遠。怯見野亭荒。浩蕩風塵一作煙外。誰知酒熟香。

過故斛斯校書莊二首 老儒艱難時。病於庸蜀。歎其沒後。方授一官。英華注云。公名融。

此老已云歿。鄰人嗟亦休。一云歎未休 竟無宣室召。徒有茂陵求。妻子寄他食。園林非昔遊。空堂繐帷在。淅淅野風秋。

燕入非傍舍。鷗歸祇故池。斷橋無復板。臥柳自生枝。遂有山陽作。多慙鮑叔知。素交零落盡。白首淚雙垂。

公詩有走覓南鄰愛酒伴。注云。斛斯融。吾酒徒。

立秋雨院中有作

山雲行絕塞。大火復西流。飛雨動華屋。蕭蕭梁棟秋。窮途愧知己。暮齒借前籌。已費清晨謁。那成長者謀。解衣開北戶。高枕對南樓。樹溼風涼進。江喧水氣浮。禮寬心有適。節爽病微瘳。主將歸調鼎。吾還訪舊丘。

軍城早秋　嚴武

昨夜秋風入漢關。朔雲邊雪一作月滿西山。更催飛將追驕虜。莫遣一作放沙場匹馬還。

奉和

秋風嫋嫋動高旌。玉帳分弓射虜營。已收滴博雲間戍。更奪胡三省作欲取蓬婆雪外城。

嚴武傳。廣德二年。破吐蕃七萬餘衆。拔當狗城。十月取鹽川城。崔旰傳。武遣旰統兵西山。拓地數百里。　滴博　困學紀聞。的博嶺在維州。韋皋傳。出西山靈關。破峨和通鶴。定廉城。踰的博嶺。遂圍維州。搏雞棲。攻下羊溪等三城。取劍山屯焚之。李義山獻杜僕射詩。南詔應聞命。西山莫敢驚。寄辭收的博。端坐掃欃槍。　蓬婆　元和郡國志。柘州城西面險阻。易于固守。有安戎江、蓬婆水。在州南三十里。大雪山一名蓬婆山。在柘縣西北一百里。吐蕃傳。開元二十六年。王昱率劍南兵攻安戎。頓兵於蒲婆嶺下。運劍南道資糧以守之。胡三省曰。新書作蓬婆嶺。其地在雪山外。

院中晚晴懷西郭茅舍

幕府秋風日夜清。澹雲疏雨過高城。葉心朱實看一作堪時落。階面青苔先自生。復有樓臺銜暮景。不勞鐘鼓報新晴。浣花溪裏花饒笑。肯信吾兼一作今吏隱名。

張璁曰。此公有不樂於幕府者也。明年正月。遂行歸草堂。

## 到村

碧澗雖多雨。秋沙先（去聲。陳作亦。）少泥。蛟龍引子過。荷芰逐花低。老去參戎幕。歸來散馬蹄。稻粱須就列。榛草卽相迷。蓄積思江漢。疎頑（吳作頑疎）惑（一作感）町畦。稍（吳作暫）酬知己分。還入故林棲。

引子（西京雜記。瓠子河決。有蛟龍從九子。自決中逆上入河。噴沫流波數十里。）

## 宿府

淸秋幕府井梧（一作桐）寒。獨宿江城蠟炬（一作燭）殘。永夜角聲悲自語。中天月色好誰看。風塵荏苒音書絕。關塞蕭條行路難。已忍伶俜十年事。强移棲息一枝安。

## 遣悶奉呈嚴（吳本有鄭字）公二十韻

白水魚竿客。淸秋鶴髮翁。胡爲來（一作居）幕下。祇合在舟中。黃卷眞如律。青袍也（一音夜）自公。老妻憂坐痺。幼女問頭風。平地專欹倒。分曹失異同。禮甘衰力就。義忝上官通。疇昔論詩早。光輝仗鉞雄。寬容存性拙。剪拂念途窮。露裛思藤架。煙霏想桂叢。信然龜觸網。直作鳥窺籬。西嶺紆村北。南江遶舍東。竹皮寒舊翠。椒實雨新紅。浪簸船應坼。杯乾甕卽空。藩籬生野徑。斤斧任樵童。束縛酬知己。蹉跎効小忠。周防期稍稍。太簡遂怱怱。曉入朱扉啓。昏歸畫角終。不成尋別業。未敢息微躬。烏鵲愁銀漢。駑駘怕錦幪。會希全物色。時放倚梧桐。

南江（南江。卽二江也。舊書云。結廬枕江。元和郡國志。大江一名汶江。一名流江。經成都縣南七里。李冰穿二江成都中。皆可行舟于浣花里。）曉入（周益公詩話。韓退之上張僕射書云。使院故事。晨入夜歸。非有疾病事故。輒不許出。抑而行之。必發狂疾。乃知唐藩鎭之屬。皆晨入昏歸。亦自少暇。如牛僧孺待杜牧。固不以常禮也。）

送舍弟頻（草堂本作潁）赴齊州三首

岷嶺南蠻北。徐關東海西。此行何日到。送汝萬行啼。絕域惟高枕。清風獨杖藜。危時暫相見。衰白意都迷。

風塵暗不開。汝去幾時來。兄弟分離苦。形容老病催。江通一柱觀。日落望鄉臺。客意長東北。齊州安在哉。

諸姑今海畔。兩弟亦山東。去傍干戈覓。來看道路通。短衣防戰地。匹馬逐秋風。莫作俱流落。長瞻碣石鴻。

諸姑鶴曰。公作范陽太君盧氏墓誌。審言之女。薛氏所出者。適魏上瑜、裴榮期、盧正均。皆前卒。盧氏所出者。適京兆王佑、會稽賀撝。會稽瀕于海也。碣石淮南覽冥訓。過歸雁于碣石。廣絕交論。軼歸鴻于碣石。

嚴鄭公堦下新松得霑字

弱質豈自負。移根方爾瞻。細聲聞一作侵玉帳。踈翠近珠簾。未見紫烟集。虛蒙清露霑。何當一百丈。欹蓋擁高簷。

嚴鄭公宅同詠竹得香字

綠竹半含籜。新梢纔出墻。色侵書帙晚。陰過酒樽涼。雨洗娟娟淨。風吹細細香。但令無剪伐。會見拂雲長。

奉觀嚴鄭公廳事岷山沱江畫圖十韻得忘字

沱水流一作臨中座。岷山到一作對此一作北堂。白波吹一作侵粉壁。青嶂插雕梁。直訝杉松冷。兼疑菱荇香。雪雲虛點綴。沙草得微茫。嶺雁隨毫末。川蜺飲練光。霏紅洲蘂亂。拂黛石蘿長。暗谷一作谷暗非關雨。丹楓一作楓丹不爲霜。秋成一作城玄圃外。景物洞庭旁。繪事功殊絕。幽襟興激昂。從來謝太傅。丘壑道難忘。

晚秋陪嚴鄭公摩訶池泛舟得溪字

湍駛風醒酒。船迴一作行霧起隄。高城秋自落。雜樹晚相迷。坐觸鴛鴦起。巢傾翡翠低。莫須驚白鷺。爲伴宿青溪。

摩訶池（寰宇記。汗池。一名摩訶池。昔蕭摩訶所置。在錦城西。元和郡國志。摩訶池在州中城西。）

初冬

垂老戎衣窄。歸休寒色一云氣深。漁舟上急水。獵火著高林。日有習池醉。愁來梁甫吟。干戈未偃息。出處遂何心。

至後

冬至至後日初長。遠在劍南思洛陽。青袍白馬有何意。金谷銅駝非故鄉。梅花欲開不自覺。棣萼一別永相望。愁極本憑詩遣興。詩成吟詠轉淒涼。

金谷（水經注。金谷水。出河南太白原。東南流歷金谷。謂之金谷水。東南流。經石崇故居。）銅駝（陸機洛陽記。漢鑄銅駝二枚。在宮南四會道頭。夾路相對。）

正月三日歸溪上有作簡院內諸公

野外堂依竹。籬邊水向城。蟻浮仍臘味。鷗泛已春聲。藥許鄰人斸。書從稚子擎。白頭趨幕府。深覺負平生。

敝廬遣興奉寄嚴公

野水平橋路。春沙映竹村。風輕粉蝶喜。花暖蜜蜂喧。把酒且一作宜深酌。題詩好細論。府中瞻暇日。江上憶詞源。跡忝一作寄朝廷舊。情依節制尊。還思長者轍。恐避席爲門。

春日江村五首

農務村村急。春流岸岸深。乾坤萬里眼。時序百年心。茅屋還堪賦。桃源自可尋。艱難賤一作淺。陳作昧。生理。飄泊到如今。

乾坤二句鮑明遠詩。爭先萬里途。各事百年身。

迢遞來三蜀。蹉跎有一作又六年。客身逢故舊。發興自林泉。過懶從衣結。頻遊任履穿。藩籬無限景。陳川本並作頗無限恣意買一作向江天。

種竹交加翠。栽桃爛熳紅。經心石鏡月。到面雪山風。赤管隨王命。銀章付老翁。豈知牙齒落。名玷薦賢中。

赤管 漢官儀。尚書令僕丞郎。月給赤管大筆一雙。篆題曰北宮著作。又二千石以上。銀印龜鈕。刻曰某官之章。

扶病垂朱紱。歸休步紫苔。郊扉存一作在晚計。幕府媿羣材。燕外晴絲卷。鷗邊水葉開。鄰家送魚鼈。問我數能來。

羣盜哀王粲。中年召賈生。登樓初有作。前席竟爲榮。宅入先賢傳。才高處士名。異時懷二子。春日復含情。

先賢傳 郡國志。長沙南寺賈誼宅。亦陶侃宅在焉。殷芸小說。湘州有南寺。東有賈誼宅。宅有井。小而深。上斂下大。狀似壺。卽誼所穿。井傍局腳石牀。容一人坐。卽誼所坐也。出盛弘之荆州記。又云。誼宅今爲陶侃廟。時種甘猶有存者。出庾穆之湘州記。襄沔記。繁欽宅、王粲宅。並在襄陽。井臺尚存。

絶句六首

日出籬東水。雲生舍北泥。竹高鳴翡翠。沙僻舞鵾一作鶤鷄。

藹藹花蘂亂。飛飛蜂蝶多。幽棲身懶動。客至欲如何。

鑿井交椶葉。吳若本注。交椶。作井綆也。開渠斷竹根。扁舟輕裊纜。小逕曲通村。

急雨捎溪足。斜暉轉樹腰。隔巢黃鳥並。翻藻白魚跳。

舍下笋穿壁。庭中藤刺一作到簷。地晴絲冉冉。江白草纖纖。

江動月移石。溪虛雲傍花。鳥棲知故道。帆過宿誰家。

絕句四首

堂西長笋別開門。塹北行椒卻背村。梅熟許同朱老喫。松高擬對阮生論。朱阮。劍外相知。

欲作魚梁雲復一作覆湍。因驚四月雨聲寒。青溪先有蛟龍窟。竹石如山不敢安。

兩個黃鸝鳴翠柳。一行白鷺上青天。窗含西嶺千秋雪。門泊東吳萬里船。西山白雪。四時不消。

藥條藥一作茱甲潤青青。色過棕亭入草亭。苗滿空山慚取譽。根居隙地怯成形。

杜工部集卷之十三終

# 杜工部集卷之十四

虞山蒙叟錢謙益箋注

近體詩一百十九首行過戎、渝州。居雲安、夔州作。

哭嚴僕射歸櫬

素幔隨流水。歸舟返舊京。老親如宿昔。部曲異平生。風送一作逆蛟龍雨。一作匣天長驃騎營。一哀三峽暮。遺後見君情。

蛟龍匣西京雜記。漢帝送死。皆珠襦玉匣。武帝匣上。皆鏤爲蛟龍鸞鳳龜麟之象。世謂爲蛟龍玉匣。按霍光傳。賜璧珠璣玉衣梓宮。則人臣亦可稱蛟龍匣也。

宴戎州楊使君東樓

勝絕驚身老。情忘發興奇。座從歌妓密。樂任主人爲。重碧拈一作酤。一作擘。一作拓。春一作筩酒。輕紅擘荔枝。樓高欲愁思。橫笛未休吹。

戎州太平寰宇記。戎州。春秋爲僰侯國。梁爲戎州。隋煬帝廢。以其地爲犍爲郡。拈酒趙曰。元稹元日詩。羞看稚子先拈酒。白樂天歲假詩。歲酒先拈辭不得。拈酒。唐人語也。作酤非是。荔枝寰宇記。戎州僰道縣。有荔枝園。郡國志云。僰。住施夷中最賢者。古所謂僰僮之富。多以荔枝爲業。園植萬株。一樹可收一百五十斛。又有荔枝灘。方輿勝覽。荔枝廳在倅廳。名曰萬朶紅。又一本在尉廳。一樹四柯。西南一柯。獨肉厚而味甘。黄魯直云。

## 渝州候嚴六侍御不到先下峽

聞道乘驄發。沙邊待至今。不知雲雨散。虛費短長吟。山帶烏蠻闊。江連白帝深。船經一柱觀。留眼一作滯共登臨。

渝州元和郡國志。渝州。古之巴國也。開皇元年。改爲渝州。以渝水爲名。寰宇記。其地東至魚復。西連僰道。北接漢中。南極牂牁。下峽寰宇記。明月峽。在巴縣東八十里。烏蠻梁益州記。雋州雋山。其地接諸蠻部。有烏蠻秋蠻。

## 撥悶一云贈嚴二別駕

聞道雲安麴米春。纔傾一盞即醺人。乘舟取醉非難事。下峽消愁定幾巡。長年三老遙憐汝。棙柂開頭一作鳴鐃捷有神。已辦青錢防雇直。當令美味入吾脣。

麴米春東坡云。退之詩。且可勤買拋青春。杜詩有麴米春。裴硎傳奇有松醪春。國史補云。郢之富水。烏程之若下。滎陽之土窟春。富平之石凍春。劍南之燒春。乃知唐人名酒多以春也。

## 聞高常侍亡忠州作

歸朝不相見。蜀使忽傳亡。虛歷金華省。何殊地下郎。致君丹檻折。哭友白雲長。獨步詩名在。祇令故舊傷。永泰元年正月。左散騎常侍高適卒。

宴忠州使君姪宅

出守吾家姪。殊方此日歡。自須遊阮巷。一作舍不是怕湖一作溪灘。樂助長歌逸。一作送杯一作林饒旅思寬。昔曾如意舞。牽率强爲看。

忠州後漢巴東郡。貞觀八年。改臨州爲忠州。以地邊巴徼。意懷忠信爲名。湖灘峽程記。四百五十灘。有清水、重峯、湖灘、漢灘。

禹廟

禹廟空山裏。秋風落日斜。荒庭垂橘柚。古屋畫龍虵。雲氣生虛壁。一云噓清壁江聲走白沙。早知乘四載。疏鑿一云流落控三巴。

禹廟方輿勝覽。禹祠在忠州臨江縣南。過岷江二里。龍蛇招魂。仰觀刻桷。畫龍蛇些。孫莘老云。橘柚錫貢、驅龍蛇。皆禹之事。公因見此有感也。三巴巴記云。閬白二水東南流。曲折三回如巴字。故謂三巴。郭璞江賦。巴東之峽。夏后疏鑿。元和郡國志。項羽封高祖爲漢王。王巴蜀。天下既定。乃分巴蜀。置廣漢郡。武帝又置犍爲郡。劉璋爲益州牧。於是分巴郡。自墊江已下爲永寧郡。先主又以固陵爲巴東郡。于是巴郡分而爲三。號曰三巴。

## 題忠州龍興寺所居院壁

忠州三峽內。井邑聚雲根。小市常爭米。孤城早閉門。空（一作豈）看過客淚。莫覓主人恩。淹泊仍愁虎。深居賴獨園。

陸務觀有龍興寺弔少陵先生寓居詩。扈蹕老臣身萬里。天寒來此聽江聲。寺門聽江聲甚壯。

## 旅夜書懷

細草微風岸。危檣獨夜舟。星垂平野闊。月湧大江流。名豈文章著。官應老病休。飄飄（一作零）何所似。天地（一作外）一沙鷗。星垂。俗本多作星隨。

## 別常徵君

兒扶猶杖策。臥病一秋强。白髮少新洗。寒衣寬總長。故人憂見及。此別淚相忘。各逐萍流轉。來書細作行。

## 十二月一日三首

今朝臘月春意動。雲安縣前江可憐。一聲何處送書雁。百丈誰家上水（一作瀨）船。未將梅蘂驚愁眼。要一作更取楸一作椒花媚遠天。明光起草人所羨。肺病幾時朝日邊。

寒輕市上山煙碧。日滿樓前江霧黃。負鹽出井此谿女。打鼓發船何郡郎。新亭舉目風景切。茂陵著書消渴長。春花不愁不爛熳。楚客唯聽棹相將。雲安冬蒸地煖。有煙霧。又家有鹽井。其俗以女當門戶。多販鹽自給。

卽看燕子入山扉。豈有黃鸝歷翠微。短短桃花臨水岸。輕輕柳絮點人衣。春來準擬開懷久。老去親知見面稀。他日一盃難强進。重嗟筋力故山違。新亭山謙之丹陽記。新亭。吳舊亭也。隆安中。丹陽尹司馬恢移創今地。楚客夔爲南楚。故公謂楚客。將。送也。

又雪

南雪不到地。青崖霑未消。微微向日薄。脈脈去人遙。冬熱鴛鴦病。峽深豺虎驕。愁邊有江水。焉得北之朝。

奉漢中王手札

國有乾坤大。王今叔父尊。剖符來蜀道。歸蓋取荆門。峽險通舟過。陳作峻江長注海奔。主人留上客。避暑得名園。前後緘書報。分明饌玉恩。天雲浮絶壁。風竹在華軒。已覺良宵永。陳作逸何看駭浪飜。入期朱邸雪。朝傍紫微垣。枚乘文章老。河間禮樂存。悲秋宋玉宅。失路武陵源。淹薄俱崖口。東西異石根。夷音迷咫尺。鬼物傍一作倚黄昏。犬馬誠爲戀。狐狸不足論。從容草奏罷。宿昔奉清罇。

## 贈崔十三評事公輔

飄飄吳作飆西極馬。來自渥洼池。颯𩙪定一作寒。一作鄧。山柱。低徊風雨枝。我聞龍正直。道屈爾何爲。且有元戎命。悲歌識者誰。吳作知官聯辭冗長。行路洗欹危。脱劍主人贈。去帆春色隨。陰沉鐵鳳闕。教練羽林兒。天子朝侵早。雲臺仗數移。分軍應供給。百姓日支離。黠吏因封己。公才或守雌。燕王買一作賈駿骨。渭老得熊羆。活國名公在。拜壇羣寇疑。冰壺動瑤碧。野水失蛟螭。入幕諸彥集。渴賢高選宜。騫騰坐可致。九萬起於斯。復進出矛戟。昭然開鼎彝。會看之子貴。歎及老夫衰。豈但江曾決。還思霧一披。暗塵生古鏡。拂匣照西施。舅氏多人物。無慙困翮垂。

寒山 謝靈運入華子岡詩。南州實炎德。桂樹凌寒山。

長江二首

衆水會涪萬。瞿塘爭一門。朝宗人共挹。盜賊爾誰尊。孤石隱如馬。高蘿垂飲猿。歸心異波浪。何事卽飛翻。

涪萬 鶴曰。瞿塘在夔州東一里。而雲安在州西百三十里。雲安與萬州爲鄰。使君一灘占西境。故此詩爲雲安作。 瞿塘 水經注。峽中有瞿塘黃龍二灘。夏水廻復。沿泝所忌。寰宇記。瞿塘在夔州東一里。古西陵峽也。連崖千丈。奔流電激。舟人爲之恐懼。方輿勝覽。瞿塘峽乃三峽之門。兩崖對峙。中貫長江。望之如門。 如馬 寰宇記。灩澦堆。周圍二十丈。在州西南二百步。蜀江中心。瞿塘峽口。李膺益州記云。灩澦堆。夏水漲沒數十丈。其狀如馬。舟人不敢進。又曰猶預。言舟子取途。不決水脈。故猶預也。樂府作淫豫。其歌曰。淫豫大如馬。瞿塘不可下。 飲猿 水經注。巴東郡治白帝山城。西南臨大江。闞之眩目。唯馬嶺小差透迤。猶斬山爲路。羊腸數四。然後得上。益州刺史鮑陋鎭此。爲譙道福所圍。城裏無泉。乃南開水門。鑿石爲函道。上施木天公直下至江中。有似猿臂相牽汲引。然後得水。水門之西。江中有孤石。爲淫豫石。冬出水二十餘丈。夏則沒。亦有裁出矣。

浩浩終不息。乃知東極臨。一作深 衆流歸海意。萬國奉君心。色借瀟湘闊。聲驅灩澦深。荆作沈 未辭添霧雨。接上遇一作過 衣襟。

承聞故房相公靈櫬自閬州啓殯歸葬東都有作二首

遠聞房太守。一作尉 歸葬陸渾山。一德興王後。孤魂久客間。孔明多故事。安石竟崇班。他日嘉陵涕。仍霑楚水還。

陸渾山（舊書。琯少好學。與東平呂向隱於陸渾伊陽山中。讀書凡十餘歲。）一德（伊尹作咸有一德。以戒太甲曰。惟尹躬暨湯。咸有一德。琯建分鎮討賊之議。首定興復之功。故以一德興王許之。琯爲肅宗所惡。幾有伊生嬰戮之禍。故以伊尹比之。亦寓意于玄肅父子之間也。）孔明（蜀志。臣壽等言。臣前在著作郎。侍中領中書監濟北侯臣荀勗、中書令關內侯臣和嶠奏使臣定故蜀丞相諸葛亮故事。）安石（王獻之傳。謝安薨。贈禮有異同之議。惟獻之與徐邈共明安之忠勳。孝武帝遂加安殊禮。）嘉陵（寰宇記。周地圖云。水源出秦州嘉陵。因名嘉陵。卽閬中水。楚水。夔已下之江也。）

丹旐飛飛日。初傳發閬州。風塵終不解。江漢忽同流。劍動新（趙云善本作親）身匣。書歸故國樓。盡哀知有處。爲客恐長休。

雲安九日鄭十八攜酒陪諸公宴

寒花開已盡。菊蘂獨盈枝。舊摘人頻異。輕香酒暫隨。地偏初衣袷。山擁更登危。萬國皆戎馬。酣歌淚欲垂。

答鄭十七郎一絕

雨後過畦潤。花殘步屐遲。把文驚小陸。好客見當時。

將曉二首

石城除擊柝。鐵鎖欲開關。鼓角悲荒塞。星河落曙山。巴人常小梗。蜀使動無還。垂老孤帆色。飄飄犯百一作白蠻。

軍吏回官燭。舟人自楚歌。寒沙蒙薄霧。落月去清波。壯惜身名晚。衰慙應接多。歸朝日簪笏。筋力定如何。

懷錦水居止二首

軍旅西征僻。風塵戰伐多。猶一作獨聞蜀父老。不忘舜謳歌。天險終難立。柴門豈重過。朝朝巫峽水。遠逗錦江波。

萬里橋南當作西宅。百花潭北莊。層軒皆面水。老樹飽經霜。雪嶺界天白。錦城曛日黄。惜哉形勝地。回首一茫茫。

子規

峽裏雲安縣。江樓翼瓦齊。兩邊山木合。終日子規啼。眇眇春風見。蕭蕭夜色凄。客愁那聽此。故作傍人低。一作故傍旅人低吳曾漫錄。鮑彪詩譜。柳子厚永州遊山記云。多秭歸之禽。秭歸是蜀中地名。疑其地多此禽也。史記曆書。秭鴂先滜。注。秭音姊。鴂音規。子規鳥也。一名鷤搗。乃知子規作秭歸。不爲無本矣。按酈道元水經注。乃縣之名。秭歸以屈原姊得名。鮑說非也。

## 立春

春日春盤細生菜。忽憶兩京梅發時。盤出高門行白玉。菜傳纖手送青絲。巫峽寒江那對眼。杜陵遠客不勝悲。此身未知歸定處。呼兒覓紙一題詩。

春盤 摭遺。東晉李鄂。立春日命以蘆菔芹芽爲菜盤相餽貺。四時寶鏡。立春日春餅生菜。號春盤。高門 三輔舊事。武帝於未央宮起高門武臺殿。鮑宣傳。高門去省戶數十步。求見出入。二年未省。水經注。北出西頭第二門。本名洛門。又曰朝門。一曰高門。蘇林曰。高門。長安城北門也。一曰廚門。其內有長安廚官在東。故曰廚門也。

## 漫成一絕

江月去人只數尺。風燈照夜欲三更。沙頭宿鷺聯拳靜。一作起船尾跳魚撥一作跋刺鳴。

撥刺 吳曾漫錄。思玄賦云。彎威弧之撥刺。注。撥刺。張弓聲。而非魚也。太白詩。雙鰓呀呷鰭鬣張。跋刺銀盤欲飛去。意與杜同。以撥爲跋。

## 老病

老病巫山裏。稽留楚客中。藥殘他日裏。花發去年叢。夜足霑沙雨。春多逆水風。合分雙賜筆。猶作一飄蓬。

賜筆漢官儀。尚書丞郎。月給赤管大筆一雙。隃麋墨一枚。

南楚

南楚青春異。暄寒早早分。無名江上草。隨意嶺頭雲。正月蜂相見。非時鳥共聞。杖藜妨躍馬。不是故離羣。

寄常徵君

白水青山空復春。徵君晚節傍風塵。楚妃堂上色殊衆。海鶴堦前鳴向人。萬事糾紛猶絶粒。一官羈絆實藏身。開州入夏知涼冷。不似雲安毒熱新。

開州開州。盛山郡。巴郡朐䏰縣地。東至夔州雲安縣龍目驛一百九十里。

寄岑嘉州州據蜀江外

不見故人十年餘。不道故人無素書。願逢顔色關塞遠。豈意出守江城居。外江三峽且相接。斗酒新詩終日一作自疎。謝朓每篇堪諷誦。馮唐已老聽吹噓。泊船秋夜經春草。伏枕青楓限玉除。眼前所寄選何物。贈子雲安雙鯉魚。

> 按杜確岑嘉州詩集序。参自庫部正郎出爲嘉州。杜鴻漸表爲職方郎中兼侍御史。列於幕府。無幾使罷。寓居于蜀。鴻漸使罷還朝。在大曆二年六月。則公寄此詩。當在元年。

## 移居夔州郭

伏枕雲安縣。遷居白帝城。春知催柳別。江與(一作已)放船淸。農事聞人說。山光見鳥情。禹功饒斷石。且就土微平。

> 夔州 寰宇記。夔州。春秋時爲夔子國。秦爲巴郡地。漢屬益州部。漢書地理志云。江關都尉理魚復。有橘官。即此地也。公孫述至魚復。有白龍出井中。因號魚復爲白帝城。蜀先主敗于夷陵。退屯白帝。改爲永安郡。武德二年。改夔州。天寶元年。改雲陽郡。乾元元年。復爲夔州。夔州雲安縣上水。去夔州奉節縣二百四十三里。 微平 水經注。江水又東逕廣谿峽。斯乃三峽之首也。蓋自昔禹鑿以通江。郭景純所謂巴東之峽。夏后疏鑿者。方輿勝覽。引杜詩舊注云。㳌峽皆開鑿而成。故少平土。惟夔州稍平耳。

## 舡下夔州郭宿雨濕不得上岸別王十二判官

依沙宿舸舡。石瀨月娟娟。風起春燈亂。江鳴夜雨懸。晨鐘雲外(晉作岸)濕。勝地石堂煙。柔櫓輕鷗外。含悽覺汝賢。

## 雨不絕

鳴雨既過漸細晉作細雨微。映空搖颺如絲飛。堦前短草泥不亂。院裏長條風乍稀。舞石旋應將乳子。行雲莫自濕仙衣。眼邊江舸何忽促。未待晉作得安流逆浪歸。

舞石水經注。石燕山。其山有石。紺而狀燕。因以名山。其石或大或小。若母子焉。及雷風相薄。則石燕群飛頡頏如眞燕矣。羅君章云。今燕不必復飛也。

崔評事弟許相迎不到應慮老夫見泥雨怯出必愆佳期走筆戲簡

江閣要賓許馬迎。午時起坐自天明。浮雲不負青春色。細雨何孤白帝城。身過花間霑濕好。醉於馬上往來輕。虛疑皓首衝泥怯。實少銀鞍傍險行。

宿江邊閣

暝色延山逕。高齋次水門。薄雲巖際宿。孤月浪中翻。鸛鶴追飛靜。一作盡豺狼得食喧。不眠憂戰伐。無力正乾坤。

夜宿西閣曉呈元二十一曹長

城暗更籌急。樓高雨雪微。稍通綃幕霽。遠帶玉繩稀。門鵲晨光起。一作喜牆一作檣烏宿處飛。寒江流甚細。有意待人歸。

檣烏（檣烏。舊注以爲相風之烏。又謂門鵲。指門端刻鵲。皆曲說也。）

西閣口號（呈元二十一）

山木抱雲稠。寒江繞上頭。雪崖纔變石。風幔不依樓。社稷堪流涕。安危在運籌。看君話王室。感動幾銷憂。

西閣雨望

樓雨霑雲幔。山寒（一作高）著水城。逕添沙面出。湍減石稜生。菊蘂淒疎放。松林駐遠情。滂沲朱檻濕。萬（一作方）慮傍（一作倚）簷楹。

不離西閣二首

江柳非時發。江花冷色頻。地偏應有瘴。臘近已含春。失學從愚子。無家住（一作任）老身。不知西閣意。肯別定留（一作何）人。（舊注。落句言西閣之意。肯令我別乎。莫定要留人也。）

西閣從人別。人今亦故亭。江雲飄素練。（一作葉）石壁斷（一作斬）空青。滄海先迎日。銀河倒列星。平生耽勝事。吁駭始初經。

西閣三度期大昌嚴明府同宿不到

問子能來宿。今疑索故要。匣琴虛夜夜。手板自朝朝。金吼霜鐘徹。花催臘（一作蠟）炬銷。早凫江檻底。雙影漫飄颻。

霜鐘（山海經。豐山有九鐘焉。是知霜鳴。郭云。霜降則鐘鳴。故言知也。）

西閣二首

巫山小搖落。碧色見松林。百鳥各相命。孤雲無（一作非）自心。層軒俯江壁。要路亦高深。朱紱猶紗帽。新詩近玉琴。功名不早立。衰病（一作疾）謝知音。哀世非（一作無）王粲。終然（一作朝）學越吟。

相命（登樓賦。鳥相鳴而舉翼。大戴禮夏小正曰。鳴也者。相命也。）越吟（登樓賦。莊舃顯而越吟。）

懶心似江水。日夜向滄洲。不道含香賤。其如鑷白休。經過調（一作凋）碧柳。蕭索（一作瑟）倚朱樓。畢娶何時竟。消中得自由。豪（一作榮）華看古往。服食寄冥搜。詩盡人間興。兼須入海求。

含香（漢官儀。尚書郎握蘭含雞舌香奏事。與黄門侍郎對揖。）

## 閣夜

歲暮陰陽催短景。天涯霜雪霽寒宵。五更鼓角聲悲壯。三峽星河影動搖。野哭幾晉作千家聞戰伐。夷歌數晉作是處起漁樵。臥龍躍馬終黃土。人事依依漫一作音塵日。一作音書頻。寂寥。

星河 天官書。天一、槍、棓、矛、盾。動搖角大。兵起。漢書。元光中。天星盡搖。上以問候星者。對曰。星搖者。民勞也。後伐四夷。百姓勞于兵革。漢武故事。元光元年。天星大動。光耀煥煥竟天。數夜乃止。上以問董仲舒。對曰。是謂星搖。民人勞之妖也。是歲謀伐匈奴。天下始不安。 臥龍躍馬 吳若本注。夔州有白帝祠。郭外有孔明廟。

## 西閣夜

恍惚寒山暮。逶迤白霧昏。山虛風落石。樓靜月侵門。擊柝可憐子。無衣何處村。時危關百慮。盜賊爾猶存。

## 瀼西寒望

水色含羣動。朝光切太虛。年侵一作終頻悵望。興遠一蕭疏。猿挂時相學。鷗行烱自如。瞿塘春欲至。定卜瀼西居。

瀼西 方輿勝覽。大瀼水。在奉節縣。入蜀記。土人謂山間之流通江者曰瀼。

入宅三首赤甲白鹽二山

奔峭背赤甲。斷崖當白鹽。客居愧遷次。春酒漸多添。花亞欲移竹。鳥窺新捲簾。衰年不敢恨。勝概欲相兼。

奔峭謝靈運詩。徒旅苦奔峭。善引淮南子。岸峭者必陀。許愼曰。陀。落也。然則峭亦落也。赤甲水經。江水又東南逕赤岬西。注。是公孫述所造。因山據勢。周迴七里一百四十步。東高二百丈。西北高一千丈。南連基白帝。山甚高大。不生樹木。其石悉赤。土人云。如人袒胛。故謂之赤岬山。淮南子曰。彷徨于山岬之傍。注。岬。山脅也。郭仲産曰。斯名將因此而興矣。荆州圖記云。魚復縣西北赤甲城。東連白帝城。西臨大江。白鹽水經注。廣谿峽。斯乃三峽之首也。其間三十里。頹巖倚木。厥勢殆交。北岸山上有神淵。淵北有白鹽崖。高可千餘丈。俯臨神淵。土人見其高白。故因名之。寰宇記。白鹽山。在州城瀨東。山半有龍池。

亂後居難定。春歸客未還。水生魚復音腹浦。雲暖麝香山。半粘樊作頂梳頭白。過眉拄杖班。相看多使者。一一問函關。

魚復浦寰宇志。奉節縣。本漢魚復縣也。今縣北三十里有赤甲城。是舊魚復縣基。地理志。江關都尉理魚復。有橘官。水經注。江水又東逕魚復縣故城南。故魚國也。地志。夔治魚復。灩澦風濤電射。巨魚却而不得上。故名曰魚復浦也。麝香山寰宇志。在秭歸縣東南一百一十里。多麝。

宋玉歸州宅。雲通白帝城。吾人淹老病。旅食豈才名。峽口風常急。江流氣不平。只應與兒子。飄轉任浮生。

歸州（漢志。秭歸本國。杜預曰。夔國。唐置歸州。西溪叢語曰。歸州亦有宋玉宅。）

赤甲

卜居赤甲遷居新。兩見巫山楚水春。炙背可以獻天子。美芹由來知野人。荆州鄭薛寄書近。蜀客郗岑非我鄰。笑接郎中評事飲。病從深酌道吾眞。

炙背（嵇康絕交書。野人有快炙背而美芹子者。欲獻之至尊。雖有區區之意。亦已疏矣。）郗岑（符載楊鷗墓志。永泰三載。相國杜公鴻漸奏授犀浦縣令。僚友杜員外甫、岑郎中參、郗舍人昂。聞公擯落。失聲咨嗟。）鄭、薛。（即鄭審、薛據也。）

卜居

歸羨遼東鶴。吟同楚執珪。未成遊碧海。著處覓丹梯。雲障（陳作嶂）寬江左。（一云北）春耕破瀼西。桃紅客若至。定似昔（一作晉）人迷。

暮春題瀼西新賃草屋五首

久嗟三峽客。再與暮春期。百舌欲無語。繁花能幾時。谷虛雲氣薄。波亂日華遲。戰伐何由定。哀傷不在茲。

此邦千樹橘。不見比封君。養拙干戈際。全生麋鹿羣。畏人江北草。旅食瀼西雲。萬里巴渝曲。三年實飽聞。

封君　水經注。沅水東歷龍陽縣之氾洲。洲長二十里。吳丹陽太守李衡植柑于其上。臨死。勑其子曰。吾洲里有木奴千頭。不責衣食。歲絹千疋。太史公曰。江陵千樹橘。可當封君。此之謂矣。衡柑成。歲絹千疋。　巴渝曲　晉樂志。漢高祖自蜀漢將定三秦。閬中范因率賨人以從帝。爲前鋒。及定秦中。封因爲閬中侯。復賨人七姓。其俗喜舞。高祖樂其猛銳。數觀其舞。後使樂人習之。閬中有渝水。因其所居。故名曰巴渝舞。　三年　公以永泰元年五月下忠、渝。至夔。大曆三年正月出峽。今二年之暮春。故曰三年。

綵雲陰復白。錦樹曉晉作晚來青。身世雙蓬鬢。乾坤一草亭。哀歌時自惜。醉舞爲誰醒。細雨荷鋤立。江猿吟翠屏。

壯年晉作志學書劍。他日委泥沙。事主非無祿。浮生卽有涯。高齋依藥餌。絕域改春華。喪亂丹心破。王臣未一家。

欲陳濟世策。已老尙書郎。未息豺虎鬬。空慚鴛鷺行。時危人事急。晉作惡風逆晉作急羽毛傷。落日悲江漢。中宵淚滿牀。

園

仲夏流多水。清晨向小園。碧溪摇艇闊。朱果爛枝繁。始爲江山靜。終防市井喧。畦蔬繞茅屋。自足媚盤飧。

### 豎子至

樝梨且一作纔綴碧。梅杏半傳黄。小子幽園至。輕籠熟柰香。山風猶滿把。野露及新嘗。欲寄一作敧枕江湖客。提攜日月長。

樝山海經。洞庭之山。其木多柤梨橘櫾。柰蜀都賦。朱櫻春熟。素柰夏成。

### 示獠奴阿段

山木蒼蒼落日曛。竹竿裊裊細泉分。郡人入夜爭餘瀝。豎一作稚子尋源獨不聞。病渴三更迴白首。傳聲一注濕青雲。曾驚陶侃胡奴異。怪爾常穿虎豹羣。

獠奴北史。獠無名字。以長幼次第呼之。丈夫稱阿謩阿段。婦人稱阿夷阿等之類。胡奴陶侃胡奴。未詳所出。舊引僞坡注。今削之。有人云見劉敬叔異苑。考之。仍是僞蘇注也。異苑是流俗刻本。或繕寫人勦入耳。不足援據。

### 秋野五首

秋野日疎一作荒蕪。寒江動碧虛。繫舟蠻井絡。一作路卜宅楚村墟。棗熟從一作行人打。葵荒欲自一作且鋤。盤飧老夫食。分減及溪一作樵魚。

井絡蜀都賦。岷山之精。上爲井絡。注曰。岷山之地。上爲東井維絡也。

易識浮生理。難教一物違。水深魚極樂。林茂鳥知歸。吾老甘貧病。榮華有是非。秋風吹几杖。不厭此一作北山薇。

禮樂攻吾短。山林引興長。掉頭紗帽仄。曝背竹書光。風落收松子。天寒割蜜房。稀疎小紅翠。駐屐近微香。

蜜房蜀都賦。蜜房郁毓被其阜。班固終南頌。蜜房溜其巔。

遠岸秋沙白。連山晚照紅。潛鱗輸駭浪。歸翼會高風。砧響家家發。樵聲箇箇同。飛霜任青女。賜被隔南宮。

青女淮南子。秋三月。青女乃出。以降霜雪。高誘注曰。青女。天神。青娛玉女。主霜雪也。昭明太子博山香爐賦。青女司寒。紅花翳景。賜被蘗崧傳。詔大官賜尙書郎已下食。幷給帷被。

身許麒驎畫。年衰鴛鷺羣。大江秋易盛。空峽夜多聞。逕隱千重石。帆留一片雲。兒童解蠻語。不必作參軍。

## 溪上

峽內淹留客。溪邊四五家。古苔生迮一作濕。又作窄。地。秋竹隱疎花。塞俗人無井。山田飯有沙。西江使船至。時復問京華。

## 樹間

岑寂雙甘樹。婆娑一院香。交柯低几杖。垂實礙衣裳。滿歲如松碧。同時待菊黃。幾廻霑葉一作落露。乘月坐胡牀。

## 課小豎鉏斫舍北果林枝蔓荒穢淨訖移牀三首一云秋日閑居三首

病枕依茅棟。荒鉏淨果林。背堂資僻遠。在野興清深。山雉防求敵。江猿應獨吟。洩雲高不去。隱几亦無心。

衆壑生寒早。長林卷霧齊。青蟲懸就日。朱果落封一作成泥。薄俗防人一作狸面。全身學馬蹄。吟詩坐一作重迴首。隨意葛巾低。

籬弱門何向。沙虛岸只一作自摧。日斜魚更食。客散鳥還來。寒水光難定。秋山響易哀。天涯稍曛黑。倚杖更一作獨徘徊。

寒雨朝行視園樹

柴門雜樹向千株。丹橘黃甘此地無。江上今朝寒雨歇。籬中秀一作邊新色畫屏紆。桃蹊李逕年雖故。一作古梔子紅椒艷復殊。鎖石藤梢元自落。倚刊作到天松骨見來枯。林香出實垂將盡。葉蒂辭一作離枝不重蘇。愛日恩光蒙借貸。清霜殺氣得憂虞。衰顏更一作動覓藜牀坐。緩步仍須竹杖扶。散騎未知雲閣處。啼猿僻在楚山隅。

雲閣秋興賦。寓直于散騎之省。高閣連雲。陽景罕曜。

季秋江村

喬木村墟古。疎籬野蔓懸。清一作素琴將暇日。白首望霜天。登俎黃甘重。支牀錦石圓。遠遊雖寂寞。難見此山川。

小園

由來巫峽水。本自楚人家。客病留因藥。春深買爲花。秋庭風落果。瀼岸雨頽沙。問俗營寒事。將詩待物華。

## 自瀼西荆扉且移居東屯茅屋四首

白鹽危嶠北。赤甲古城東。平地一川穩。高山四面同。煙霜淒野日。秔稻熟天風。人事傷蓬轉。吾將守桂叢。

東屯困學紀聞。東屯。乃公孫述留屯之所。距白帝五里。東屯之田。可百許頃。稻米爲蜀第一。于㮚東屯少陵故居記。峽中多高山峻谷。地少平曠。東屯距白帝五里而近。稻田水畦。延袤百頃。前帶清溪。後枕崇岡。樹林葱蒨。氣象深秀。稱高人逸士之居。四川總志。大瀼水。府治東。自達州萬頃地發源。經此流入大江。東瀼水。府治東十里。公孫述于東濱墾稻田。號曰東屯。夔門志曰。東屯諸處。宜瓜疇芋區。瀼西亦然。陸務觀記。東屯李氏。居已數世。上距少陵。纔三易主。大曆初故劵猶在。王龜齡云。世傳計臺乃少陵舊宅。今有祠堂。舊經云。少陵祠有三。在漕臺、奉節縣及東屯三處。

東屯復瀼西。一種住青溪。來往皆陳作兼茅屋。淹留爲稻畦。市喧宜近利。西居近市林僻此無蹊。若訪衰翁語。須令朧客迷。

朧客陸機詩。遊賞愧朧客。

道北馮都使。高齋見一川。子能渠細石。吾亦沼清泉。枕帶一作席還相似。柴荆卽有焉。斫畬應費日。解纜不知年。

高齋陸務觀高齋記。少陵居夔。三徙居皆名高齋。其詩曰次水門者。白帝城之高齋也。曰依藥餌者。瀼西之高齋也。曰見一川者。東屯之高齋也。故又曰高齋非一處。按此云高齋。馮都使之高齋也。

牢落西江外。參差北戶間。久遊巴子國。吳作宅臥病楚人山。幽獨移佳境。淸深隔遠關。寒空見鴛鷺。廻首憶晉作想朝班。

茅堂檢校收稻二首

香稻三秋末。平田百頃間。喜無多屋宇。幸不礙雲山。御袂侵寒氣。嘗新破旅顏。紅鮮終日有。玉粒未吾慳。

稻米炊能白。秋葵煑復新。誰云滑易飽。老藉軟俱勻。種幸房州熟。苗同伊闕春。無勞映渠盌。自有色如銀。

房州房州。唐與夔州並屬山南道。伊闕伊闕。屬河南府。公有莊墅在焉。

東屯月夜

抱疾漂萍老。防邊舊穀屯。春農親異俗。歲月在衡門。青女霜楓重。黃牛峽水喧。泥留虎鬭跡。月挂客愁村。喬木澄稀影。輕雲倚細根。數驚聞雀噪。暫睡想猿蹲。日轉東方白。風來北斗昏。天寒不成寢。無夢寄一作有歸魂。

東屯北崦

盜賊浮生困。誅求異俗貧。空村惟見鳥。落日未一作不逢人。步壑風吹面。看松露滴身。遠山迴白首。戰地有黃塵。

從驛次草堂復至東屯二首一本東屯下有茅屋二字

峽陳作山內一作裏歸田客。一作舍江邊借馬騎。非尋戴安道。似向習家池。峽險風烟僻。陳作合天寒橘柚垂。築場看斂積。一學楚人爲。

短景難高臥。衰年强此身。山家蒸栗暖。野飯射麋新。世路知交薄。門庭畏客頻。牧童斯一作須在眼。田父實爲鄰。

暫往白帝復還東屯

復作歸田去。猶殘穫稻功。築場憐穴蟻。拾穗許村童。落杵光輝白。除一作殊芒子粒紅。加飡可扶老。倉庾一作虞慰飄蓬。

## 刈稻了詠懷

稻穫空雲水。川平對石門。寒風疎落木。一作荆草旭日散雞豚。野哭初聞戰。樵歌稍出村。無家問消息。作客信乾坤。

## 上白帝城

城峻隨天壁。樓高更女一作望墻。江流思夏后。風至憶襄王。老去聞悲角。人扶報夕陽。公孫初恃險。躍馬意何長。

城峻寰宇記。荆州記云。巴東郡峽上北岸有一山。孤峙甚峭。巴東郡據以爲城。水經注云。白帝山北緣馬嶺。接赤岬山。其間平處。南北相去八十五丈。東西七十丈。又東傍瀼谿。卽以爲隍。西南臨大江。瞰之眩目。惟馬嶺小差逶迤。猶斬山爲路。羊腸數轉。然後得上。故記云。寒山九坂。最爲險峻。女墻釋名。城上垣謂之女墻。言其卑小。比之于城。如女子之於丈夫也。公孫蜀都賦。公孫躍馬而稱帝。

## 上白帝城二首

江城含變態。一上一回新。天欲今朝雨。山歸萬古春。英雄餘事業。衰邁久風塵。取醉他鄉客。相逢故國人。兵戈猶擁蜀。賦斂强一作尙輸秦。不是煩形勝。深慚一作愁畏損神。

白帝空祠廟。孤雲自往來。江山城宛轉。棟宇客徘徊。勇略今何在。當年亦壯哉。後人將酒肉。虛殿日塵埃。谷鳥鳴還過。林花落又開。多慚病無力。騎馬入青苔。

白帝廟 方輿勝覽。白帝廟。在奉節縣東八里舊州城內。有三石筍猶存。

## 武侯廟

遺廟丹青落。一作古 空山草木長。猶聞辭後主。不復臥南陽。

武侯廟 方輿勝覽。在夔州城中八陣臺下。宋知州張震祠堂記。唐夔州治白帝。侯廟在西郊。王十朋記。武侯故祠。在州之南門。沿城而西。少陵所謂西郊諸葛廟。其在茲地乎。 南陽 南雍州記。隆中諸葛亮故宅。有舊井一。今涸無水。盛弘之記云。井深五丈。廣五尺。堂前有三間屋。基址極高。云是孔明避水臺。宅西有山臨水。孔明常登之。鼓琴而爲梁父吟。因名此山爲樂山。殷芸小說。南陽是襄陽墟名。非南陽郡也。出異苑。

## 八陣圖

功蓋三分國。名成八陣圖。江流石不轉。遺恨失吞吳。

八陣 寰宇記。八陣圖。在奉節縣西南七里。水經注。江水又東逕諸葛亮圖壘南。石磧平曠。望兼川陸。有亮所作八陣圖。東跨故壘。皆累細石爲之。自壘西去。聚石八行。行間相去二丈。因曰八陣。既成。自今行師。更不覆敗。皆圖兵勢行藏之權。自後深識者所不能了。荊州圖記云。永安宮南一里渚下平磧上。有孔明八陣圖。聚細石爲之。各高五尺。廣十圍。歷然棊布。縱橫相當。中間相去九尺。正中間南北巷悉廣五尺。凡六十四聚。或爲人散亂。及爲夏水所沒。冬水退。復依然如故。成都圖經。武侯之八陣有三。在夔者六十有四。方陣法也。嘉話錄。王武子曾爲夔州。之西市。俯臨江岸沙石。下看諸葛亮八陣圖。箕張翼舒。鵝形鸛勢。象石分布。宛然尙存。峽水大時。巴蜀雪消之際。大樹十圍。枯槎百丈。破磑巨石。隨波塞川而下。水與岸齊。雷奔山裂。聚石爲堆者斷可知也。及乎水落川平。萬物皆失故態。唯陣圖小石之堆。標聚行列依然。如是者垂六七百年。陶灑推激。迨今不動。劉禹錫曰。是諸葛公誠明一心。爲玄德効死。況此法出六韜。是太公上智之材所搆。自有此法。惟孔明行之。所以神明保持。一定而不可改也。桓溫征蜀過此。布常山蛇陣。遂勒銘曰。望古識其眞。臨源愛往跡。恐君遺事節。聊下南山石。陸法和亦曾征蜀。及上白帝城。插標云。此下必掘得諸葛鏃。掘之得箭鏃一斛。**呑吳** 按先主征與敗績。還至魚復。孔明嘆曰。法孝直若在。必能制主上東行。不至傾危矣。公詩意亦如此。世傳子瞻云云。坡無此言。纖兒僞託耳。

## 謁先主廟

慘澹風雲會。乘時各有人。力侔分社稷。志屈偃經綸。復漢留長策。中原仗老臣。雜耕心未已。歐血事酸辛。霸氣西南歇。雄圖曆數屯。錦江元過楚。劍閣復通秦。舊俗存祠廟。空山立（一作泣）鬼神。虛簷交（一作扶）鳥道。（一作過）枯木半龍鱗。竹送清（樊作青）溪月。苔移玉座春。閭閻兒女換。歌舞歲時新。絕域歸舟遠。荒城繫馬頻。如何對搖落。況乃久風塵。孰（荆作勢）與關張並。功臨耿鄧親。應（一作繼）天才不小。得士（晉作土）契無鄰。遲暮堪帷幄。飄零且釣緡。向來憂國淚。寂寞洒衣巾。

**先主廟** 方輿勝覽。先主廟。去奉節縣六里。**歐血** 魏書。亮糧盡勢窮。憂恚嘔血。一夕燒營遁走入谷道。發病卒。臣松之以爲亮在渭濱。魏人躡跡。勝負之形。未可測量。而云嘔血。蓋因亮自亡而自夸大也。夫以孔明之略。豈爲仲達嘔血乎。及至劉琨喪師。與晉元帝牋。亦云亮軍敗嘔血。此則引虛記以爲言也。**關張** 關張既喪。蜀之虎臣無與二人並者。李義山云。關張無命欲何如。皆惜之之詞也。今謂公不當比並關張。則陋矣。功臨耿鄧親。惜公之功業。將臨耿鄧而未就也。述古詩云。吾慕寇鄧勳。濟時亦良哉。亦寓嘆仰之意。細思孰與關張二聯。畢竟是公自敘語。公當流落風塵之中。而不忘應天得士之感。故有此言。若云稱道武侯。則嚼然無味矣。伯仲之間見伊吕。公所以稱武侯也。若以關張比並。則兒童皆知其不然。何煩子美激賛耶。

白鹽山

卓立羣峯外。蟠根積水邊。他皆任厚地。爾一作我獨近高天。白牓千家邑。清秋萬估一作里船。詞人取佳句。刻畫竟誰傳。英華作刷練始堪傳

積水荆州記曰。三峽之首。北岸有白鹽峯。峯下有黄龍灘。水最急。沿泝所忌。故曰積水邊也。

灧澦堆

巨積陳作石水中央。江寒出水長。沉牛荅雲雨。如馬戒舟航。天意存傾覆。神功接混茫。干戈連解纜。行止憶垂堂。

灧澦

灧澦既没孤根深。西來水多愁太陰。江天漠漠鳥雙去。風雨時時龍一吟。舟人漁子歌迴首。估客胡商淚滿襟。寄語舟航惡年少。休翻鹽井横一云摸。又作擲。黄金。

白帝

白帝城中雲出門。(一作城頭雲若屯)白帝城下雨翻盆。高江急峽雷霆鬬。翠(一作古)木蒼藤日月昏。戎(一作去)馬不如歸馬逸。千家今有百(一作十)家存。哀哀寡婦誅求盡。慟哭秋原何處村。

白帝城樓

江度寒山閣。城高絕塞樓。翠屏宜晚對。白谷會深遊。急急能鳴雁。輕輕不下鷗。夷陵春色起。漸擬放扁舟。

曉望白帝城鹽山

徐步移班杖。看山仰白頭。翠深開斷壁。紅(一作江)遠結飛樓。日出清(一作寒)江望。暄和散旅愁。春城見松雪。始擬進歸舟。

鹽山(水經注。廣谿峽。其間三十里。頹巖倚木。厥勢殆交。北岸山上有神淵。淵北有白鹽崖。高可千餘丈。土人見其高白。因以名之。方輿勝覽。在城東七十里。崖壁五十餘里。其色炳耀。狀若白鹽。)

白帝城最高樓

城尖徑昃(一作翼)旌旆愁。獨立縹緲之飛樓。峽坼雲霾龍虎臥。(吳作睡)江清日抱黿鼉遊。扶桑西枝對(一作封)斷石。弱水東影隨長流。杖藜歎世者誰子。泣血迸空迴白頭。

扶桑山海經。暘谷上有扶桑。十日所浴居。水中有大木。九日居下枝。一日居上枝。弱水禹貢疏云。弱水最在西北。水又西流。

白帝樓

漠漠虛無裏。連連睥睨侵。樓光去日遠。峽影入江深。臘破思端綺。春歸待一金。去年梅柳意。還欲攪邊心。

陪諸公上白帝城吳有頭字宴越公堂之作

此堂存古製。城上俯江郊。落構垂雲雨。荒堦蔓草茅。柱穿蜂溜蜜。棧缺燕添巢。坐接春盃氣。心傷艷蘂梢。英靈如過隙。宴衎願投膠。莫問東流水。一作水清淺生涯未卽拋。

越公堂方輿勝覽。在瞿塘關城內。隋楊素所爲。投膠吳若本注。古樂府。以膠投漆中。誰能別離此。

峽隘

聞說江陵府。雲沙靜一作淨眇然。白魚如切玉。朱橘不論錢。水有遠湖樹。人今何處舡。青山各在眼。陳作若卻望峽中天。

諸葛廟

久遊巴子國。屢入武侯祠。竹日斜虛寢。溪風滿薄帷。君臣當共濟。賢聖亦同時。翊戴歸先主。并吞更出師。蟲蛇穿畫壁。巫覡醉蛛絲。欻憶吟梁父。躬耕也(一作起)未遲。

## 峽口二首

峽口大江間。西南控百蠻。城欹連粉堞。岸斷更青山。開闢多(一作當)天險。防隅一水關。亂離聞鼓角。秋氣動衰顏。

時清關失險。世亂戟如林。去矣英雄事。荒哉割據心。蘆花留客晚。楓樹坐猿深。疲苶煩親故。諸侯數賜金。(主人柏中丞頻分月俸)

## 天池

天池馬不到。嵐壁鳥纔通。百頃青雲杪。層波白石中。鬱紆騰秀氣。蕭瑟浸寒空。直對巫山出。(一作峽)兼疑夏禹功。魚龍開闢有。菱芡(一作芰)古今同。(一云豐)聞道奔雷黑。初看浴日紅。飄零神女雨。斷續楚王風。欲問支機石。如臨獻寶宮。九秋驚雁序。萬里狎漁翁。(一作樵童)更是無人處。誅茅(一作勞)任薄躬。

瞿塘兩崖

三峽傳何處。雙崖壯此門。入天猶石色。穿水忽雲根。猱玃鬚髯古。蛟龍窟宅尊。羲和冬一作駿馭近。愁畏日車翻。

雲根詩人多以雲根爲石。以雲觸石而生也。宋孝武登樂山詩。屯烟擾風穴。積水溺雲根。元魏宣武裴粲詔云。栖素雲根。餌芝清壑。

夔州歌十絶句

中巴之東巴东山。江水開闢流其間。白帝高爲三峽鎭。夔州一作瞿塘險過百牢關。

巴東三巴记。巴地東至魚復。西連僰道。北接漢中。南極牂牁。是其界也。寰宇記。劉備改魚復爲永安。後主改爲巴東郡。百牢關寰宇記。在漢中郡西縣西南。隋開皇中置。以蜀路險。號曰百牢關。一云置在百牢谷。元和志。隋置白馬關。後以黎陽有白馬關。故更此名。按百牢關爲入川之隘口。但不如瞿塘之險耳。僞蘇注載辛毗云。夔州百牢關。兵馬不可越。祝穆誤引之。遂載百牢關於夔州。宜削去。

白帝夔州各異城。蜀江楚峽混殊名。英雄割據非天意。霸主并吞在物情。

入蜀記。晚至瞿唐關。塘故夔州。與白帝城相連。杜詩白帝夔州各異城。蓋言難辨也。

羣雄競起問刊作聞前朝。王者無外見今朝。比訝漁陽結怨恨。元聽舜日舊簫韶。

漁陽朱浮傳。浮以書責彭寵曰。奈何以區區漁陽。結怨天子。

赤甲白鹽俱刺天。閭閻繚繞接山巔。楓林橘樹丹青合。複道重樓錦繡懸。

丹青西京雜記。終南山有樹。葉一青一赤。望之斑駁如錦繡。長安謂之丹青樹。

瀼東瀼西一萬家。江北江南晉作江南江北春冬花。背飛鶴子遺瓊蘂。相趁鳧雛入蔣牙。

東屯稻畦一百頃。北有澗水通青苗。晴浴狎鷗分處處。雨隨神女下朝朝。

青苗困學紀聞。東屯有青苗陂。

蜀麻吳鹽自古通。萬斛之舟行若風。長年三老長歌裏。白晝一作賈攤錢高浪中。江鄰幾雜志。白馬灘前高浪中。

長年入蜀記。長讀如長幼之長。長年三老。梢工是也。攤錢。博也。梁冀能意錢之戲。注云。卽攤錢也。

憶昔咸陽都市合。山水之圖張賣時。巫峽曾經寶屏見。楚宮猶對碧峯疑。

武侯祠堂一作生祠不可忘。中有松柏參天長。干戈滿地客愁破。雲日如火炎天涼。

閬風玄圃與蓬壺。中有高堂晉作唐天下無。借問夔州壓何處。峽門江腹擁城隅。

上卿翁請修武侯廟遺像缺落時崔卿權夔州

大賢爲政卽多聞。刺史眞符不必分。尙有西郊諸葛廟。卧龍無首對江濆。

# 杜工部集卷之十五

虞山蒙叟錢謙益箋注

近體詩一百四十三首居夔州作

## 偶題

文章千古事。得失寸心知。作者皆殊列。名聲豈浪垂。騷人嗟不見。漢道盛於斯。前輩飛騰入。餘波綺麗爲。後賢兼舊列。一云制。一云利。別本作例。歷代各清規。法自儒家有。心從弱歲疲。永懷江左逸。多病一作謝鄴中奇。騄驥皆良馬。騏驎帶好兒。車輪徒已斲。堂構惜一作肯仍虧。漫作潛夫論。虛傳幼婦碑。一作詞緣情慰漂蕩。抱疾屢遷移。經濟慚長策。飛棲假一枝。塵沙傍蜂蠆。江峽繞蛟螭。蕭瑟唐虞遠。聯翩楚漢危。聖朝兼盜賊。異俗更喧卑。鬱鬱星辰劍。蒼蒼雲雨池。兩都開幕府。萬㝢插軍麾。南海殘銅柱。東風避月支。音書恨烏鵲。號怒怪熊羆。稼穡分詩興。柴荆學土宜。故山迷白閣。秋水隱一作憶黃陂。不敢要佳句。愁來賦別離。

江左沈約謝靈運傳論。降及元康。潘、陸特秀。遺風餘烈。事極江左。自建武暨于義熙。歷載將百。遒麗之辭無聞焉耳。仲文始革孫、許之風。叔源大變太元之氣。爰逮宋氏。顏、謝騰聲。文心雕龍。江左篇製。溺乎玄風。續晉陽秋曰。正始中。王何好莊老。至過江。佛理尤盛。郭璞五言。始會合道家之言而韻之。孫綽、許詢。轉相祖尙。而詩騷之體盡矣。**鄴中**江淹雜體詩序。關西鄴下。既已罕同。河外江南。頗爲異法。**月支**匈奴傳。東胡强而月支盛。

# 秋興八首

**秋興**殷仲文詩云。獨有清秋日。能使高興盡。潘岳秋興賦序云。於時秋也。遂以名篇。

箋曰。此詩舊箋影略。末悉其篇章次第。鈎鎖開闔。今要而言之。玉露凋傷一章。秋興之發端也。江間塞上。狀其悲壯。叢菊孤舟。寫其悽緊。末二句結上生下。故卽以夔府孤城次之。絕塞高城。杪秋薄暮。俄看落日。俄見南斗。爐煙潛而哀猿號。急杵斷而悲笳發。蘿月蘆花。淒淸滿眼。蕭辰遙夜。攢簇一時。請看二字。緊映每依南斗。卽連上城高暮砧。當句呼應耳。夜夜如此。朝朝亦然。日日如此。信宿亦然。心抱南斗京華之思。身與漁人燕子爲侶。遠則匡衡、劉向之不如。近則同學輕肥之相笑。第三章正申秋興名篇之意。古人所謂文之心也。然每依北斗望京華一句。是三章中吃緊關節。蕭條歲晚。身事如此。長安棊局。世事如此。企望京華。平居寂寞。故曰百年世事不勝悲也。次下乃重章以申之。蓬萊宮闕一章。思全盛日之長安也。瞿唐峽口一章。思陷沒後之長安也。昆明池水一章。思自古帝王之長安也。昆吾御宿一章。思承平昔遊之長安也。由瞿唐鳥道之區。指曲江禁近之地。兵塵秋氣。萬里連延。首章卽云塞上風雲接地陰也。唐時遊幸。莫盛於曲江。故悲陷沒則先舉曲江。漢朝形勝。莫壯於昆明。故追隆古則特舉昆明。曰漢時。曰武帝。正尅指自古帝王也。此章蓋感嘆遺蹟。企想其妍麗。而自傷遠不得見。乃疊申曲江。末句文勢了然。今以爲概指喪亂則迂矣。天寶之禍。干戈滿地。營壘俱在國西。及郭令收西京。陳於香積寺北。澧水之東。皆漢上林苑地。在昆明御宿之間。然城南故地。風景無恙。故曰自逶迤也。碧梧紅豆。秋色依然。拾翠同舟。春游如昨。追綵筆於壯盛。感星象於至尊。豈非神遊化人。夢迴帝所。低垂吟望。至是而秋興之能事畢矣。此詩一事疊爲八章。章雖有八。重重鈎攝。有無量樓閣門在。今人都理會不到。但少分理會。便恐隨逐穿穴。如鼷鼠入牛角中耳。餘義則更於分章下詳之。

玉露凋傷楓樹林。巫山巫峽氣蕭森。江間波浪兼天湧。塞上風雲接地陰。叢菊兩（一作重）開他日淚。孤舟一繫故園心。寒衣處處催刀尺。白帝城高急暮砧。

**巫山巫峽** 水經注。江上歷峽東。逕新崩灘。其下十餘里有大巫山。非惟三峽所無。乃當抗峯岷峨。偕嶺衡疑。其間首尾一百六十里。謂之巫峽。蓋因山爲名也。自三峽七百里中。兩岸連山。略無闕處。重巖疊嶂。隱天蔽日。自非亭午夜分。不見曦月。 **孤舟** 張璁曰。時公艤舟以俟出峽。

箋曰。招魂曰。湛湛江水兮上有楓。目極千里兮傷春心。宋玉以楓樹之茂盛傷心。此以楓樹之凋傷起興也。

又曰。江間洶湧。則上接風雲。塞上陰森。則下連波浪。此所謂悲壯也。叢菊兩開。儲別淚於他日。孤舟一繫。僦歸心於故園。此所謂悽緊也。秋夜客舍詩云。南菊再逢人臥病。公在夔府。兩見菊花。故有兩開之句。舊箋指樊川故里之菊。非也。九日詩云。繫舟身萬里。孤舟一繫。即已辨故園之心矣。所謂遠望當歸也。以節則杪秋。以地則高城。以時則薄暮。刀尺苦寒。急砧促別。末句標舉興會。略有五重。所謂嵯峨蕭瑟。眞不可言。公孫白帝城。亦英雄割據之地。此地聞砧。尤爲悽斷。上白帝城詩云。老去聞悲角。意亦如此。

夔府孤城落日斜。每依南（一作北）斗望京華。聽猿實下三聲淚。奉使虛隨八月查。畫省香爐違伏枕。山樓粉堞隱悲笳。請看石上藤蘿月。已映洲前蘆荻花。

**聽猿** 水經注。每至晴初霜旦。林寒澗肅。常有高猿長嘯。屬引清異。空岫傳響。哀轉久絕。故漁者歌曰。巴東三峽巫峽長。猿鳴三聲淚霑裳。范注。荆州記。夷陵縣峽口山。非日中夜半。不見日月。多猿鳴。至清遠。 **畫省** 漢官儀。省中皆胡粉塗壁。畫古賢烈女。以丹塗地。謂之丹墀。 **香爐** 漢官儀。尚書郎主作文書起草。晝夜直更于建禮門內。臺給青縑白綾被。或以錦被。帷帳茵褥。畫通中枕。女侍史二人。絜被服。執香爐燒熏。從入臺中。給使護衣服。**山樓**張璁曰。謂所寓西閣也。

箋曰。孤城落日。悵望京華。曰每依南斗。蓋無夕而不然也。石上之月。已映藤蘿。又是依斗望京之候矣。請看二字。緊映每字。無限凄斷。見于言外。如云已又過却一日矣。不知何日得見京華也。又曰。每依南斗望京華。皎然所謂截斷衆流句也。孤城砧斷。日薄虞淵。萬里孤臣。翹首京國。雖復八表昏黃。絕塞慘澹。唯此望闕寸心。與南斗共芒色耳。此句爲八首之綱骨。章重文疊。不出於此。聽猿奉使。伏枕悲笳。遥夜愔愔。莫可爲喻。然石上藤蘿之月。已映洲前蘆荻之花矣。莫遂謂長夜漫漫何時旦也。細思請看二字。又更是不覺乍見訝而嘆之詞。作如是解。此二字喚起有力。此翁老不忘君。千歲而下。可以相泣息也。

**千家山郭靜朝暉。一日**一作百處**江樓坐翠微。信宿漁人還汎汎。清秋燕子故飛飛。匡衡抗疏功名薄。劉向傳經心事違。同學少年多不賤。五陵衣馬自輕肥。**

**匡衡**衡爲少傅數年。數上疏陳便宜。及朝廷有政議。傅經以對。言多法義。上以爲任公卿。建昭三年。代韋玄成爲丞相。**劉向**九歎序曰。向以博古敏達。典校經書。追念屈原忠信之節。故作九歎。歎者。傷也。

箋曰。漁人燕子。即所見以自傷也。亦以自況也。公抗疏不減匡衡。而近侍移官。一斥不復。故曰功名薄。若劉向雖數奏封事不用。而猶居近侍。典校五經。公則白頭幕府。深愧平生。故曰心事違也。七歌云。長安卿相多少年。所謂同學者。蓋長安卿相也。曰少年。曰輕肥。公之目當時卿相如此。又曰。山郭千家。朝暉冷靜。寫出夔府孤城也。信宿漁人。不但自況。以其延緣荻葦。擕家嘯歌。羈棲之客。殆有弗如。還汎汎者。亦羨之之詞也。九辯曰。燕翩翩其辭歸兮。蟬寂寞而無聲。以燕遇秋寒。徊翔而畏懼也。故以清秋目之。燕燕于飛。詩人取喻送別。已則繫舟伏枕。而燕乃下上辭歸。飛翔促數。攪余心焉。曰故飛飛者。惱亂之詞。亦觸迕也。抗疏之功名既薄。傳經之心事又違。旋觀同學少年。五陵衣馬。亦漁人燕子之儔侶耳。故以自輕肥薄之。

下一自字。與還泛泛。故飛飛。翻倒相應。杜陵有布衣。老大心轉拙。於長安卿相何有哉。

聞道長安似弈棋。百年世事不勝（一作堪）悲。王侯第宅皆新主。文武衣冠異昔時。直北關山金鼓振。征西車馬（樊作騎）羽書遲（一作馳）。魚龍寂寞秋江冷。故國平居有所思。

弈棋（左傳。弈者舉棋不定。不勝其偶。而況置君而不定乎。）百年（辛有曰。不及百年。此其戎乎。）第宅（長安志。奉慈寺。本虢國夫人宅。其地本中書令馬周宅。津陽門詩曰。八姨新起合歡堂。右相李林甫宅。本衛國公李靖宅。林甫死後。改爲道士觀。天寶中。京師堂寢。已極宏麗。而第宅未甚逾制。然衛國公李靖廟。已爲嬖人楊氏廐矣。及安史二逆之後。大臣宿將。競崇棟宇。人謂之木妖。）直北（謂隴右關輔間也。）魚龍（酈道元曰。魚龍以秋日爲夜。龍秋分而降。蟄寢于淵。故以秋日爲夜也。）

箋曰。長安似弈棋。言謀國者如弈棋之無定算。故貽禍于百年之後。而不勝其悲也。百年世事。用辛有之言也。王侯第宅。指誤國之人。如林甫、國忠輩也。玄宗寵任蕃將。而肅宗信向中官。俾居朝右。文武衣冠。皆異于昔時也。所謂百年世事者如此。

又曰。肅宗收京已後。委任中人。中外多故。公不以移官僻遠。愁置君國之憂。故有聞道長安之章。每依南斗望京華。情見于此。白帝城高。目以故國。兼天波浪。嘆彼魚龍。曰平居有所思。殆欲以滄江遺老。奮袖屈指。覆定百年舉棋之局。非徒悲傷晼晚。如昔人願得入帝城而已。

蓬萊宮闕對南山。承露金莖霄漢間。西望瑤池降王母。東來紫氣滿函關。雲移雉尾開宮扇。日繞龍鱗識聖顏。一臥滄江驚歲晚。幾迴青瑣照（一作點）朝班。

**蓬萊** 劇談錄。含元殿。國初建造。鑿龍首岡以爲基址。彤墀釦砌。高五十餘丈。左右立棲鳳翔鸞二闕。龍尾道出於闕前。倚欄瞰前山。如在諸掌。殿去五門二里。每元朔朝會。禁軍御仗。宿於殿庭。金甲葆戈。雜以綺繡。文武纓珮序立。蕃胡夷長。仰觀玉座。如在霄漢。識者以爲自姬漢迄於隋。未有如此之盛。雍錄。東內大明宮含元殿基。高於平地四丈。含元之北爲宣政。宣政之北爲紫宸。地每退北。輒又加高。至紫宸則極矣。其北遂爲蓬萊殿。自丹鳳門北。則有含元殿。又北則有宣政殿。又北則有紫宸殿。三殿南北相沓。皆在山上。至紫宸又北而爲蓬萊。則山勢盡矣。 **王母** 樂史楊貴妃外傳。開元二十八年十月。玄宗幸溫泉宮。使高力士取楊氏女於壽邸。度爲女道士。號太眞。住內太眞宮。天寶四載七月。於鳳皇園册太眞宮女道士楊氏爲貴妃。進見之日。奏霓裳羽衣曲。唐人詩多以王母比貴妃。劉禹錫詩。仙心從此在瑤池。三淸八景相追隨。公詩云。惜哉瑤池飲。又曰落日留王母也。

**函關** 天寶元年。田同秀見玄元皇帝降于永昌街。云有靈寶符在函谷關尹喜宅旁。上發使求得之。高力士外傳。開元之末。天寶之初。陳希烈上玄元之尊。田同秀獻寶符之瑞。貴妃受寵。外戚承恩。 **宮扇** 儀衛志。唐制。人君舉動必以扇。大駕鹵簿儀物。則有曲直華蓋。六寶香蹬大繖。雉尾障扇。雉尾扇。方雉尾扇。花蓋。小雉尾扇。朱畫團扇。俾倪之屬。會要。開元中。蕭嵩奏。每月朔望。皇帝受朝于宣政殿。先列仗衛。及文武四品以下於庭。侍中進外辦。上乃步自序西門出。昇御座。起步入東序門。然後放仗散。臣以爲宸儀肅穆。昇降俯仰。衆人不合得而見之。乃請備羽扇于殿兩廂。上將出。所司承旨索扇。扇合。上座定。乃去扇。給事中奏無事。將退。又索扇如初。今以爲常。

箋曰。公詩曰。憶獻三賦蓬萊宮。此記其事也。王母函關。記天寶承平盛事。而荒淫失政。亦略見矣。雲移二句。記朝儀之盛。曰識聖顔者。公以布衣朝見。所謂往時文彩動人主也。落句方及拾遺移官之事。

又曰。此詩追思長安全盛。敍述其宮闕崇麗。朝省尊嚴。而感傷則見於末句。蓋自靈武迴鑾。放逐蜀郡舊臣。自此中官竊柄。開元、天寶之盛事。不可復見。而公坐此移官。滄江歲晚。能無三歎於今昔乎。幾回青瑣。追數其近侍奉引。時日無幾也。嗟乎。西望瑤池以下。開寶之長安也。王侯第宅以下。肅宗之長安也。徘徊感嘆。亦所謂重章而共述也。

瞿唐峽口曲江頭。萬里風煙接素秋。花萼夾城通御氣。芙蓉小苑入邊愁。朱簾繡柱圍黃鵠。

通作鶬

錦纜牙檣起白鷗。迴首可憐歌舞地。秦中自古帝王州。

夾城小苑 舊唐書。開元二十年。遣范安及于長安廣花萼樓。築夾城至芙蓉園。長安志。開元二十年。築夾城入芙蓉園。自大明宮夾東羅城複道經通化門觀。以達南內興慶宮。次經春明延喜門。至曲江芙蓉園。而外人不之知也。

箋曰。此記長安失陷之事也。玄宗自秦幸蜀。故有瞿唐曲江。萬里風煙之感。蓋玄宗幸蜀。正八月也。入邊愁。并指吐蕃陷長安也。歌舞樂遊之地。一切殘毀。則宗廟宮闕。不言而可知矣。又曰。開元中。廣花萼樓。築夾城複道。自南內徑達曲江芙蓉園。亂後。御道崩隤。宸游絕跡。故曰通御氣也。祿山反報至。上欲遷幸。登興慶宮花萼樓。置酒。四顧悽愴。此所謂入邊愁也。舊箋謂并指吐蕃陷長安。非也。珠簾繡柱。指陸地帟幕之妍華。錦纜牙檣。指水嬉櫂枻之炫耀。哀江頭云。江頭宮殿鎖千門。此則痛定而追思也。長安天府。三成帝畿。故曰周以龍興。秦以虎視。至有唐而胡虜長驅。天子下殿。不亦傷乎。落句之意。以為樂游歌舞之地。逸豫不戒。馴至於都邑風煙。九廟灰燼。而自古帝王都會。遂有百年為戎之嘆也。王仲宣七哀云。南登灞陵岸。回首望長安。迴首之言。良可深省。

昆明池水漢時功。武帝旌旗在眼中。織女機絲虛月夜。一作夜月石鯨鱗甲動秋風。波漂菰米沉雲黑。露冷蓮房墜粉紅。關塞極天唯鳥道。江湖滿地一漁翁。

旌旗 西京雜記。昆明池中。有戈船樓船。各數百艘。樓船上建樓櫓。戈船上建戈矛。四角悉垂幡旄旍葆麾蓋。照灼涯涘。余少時猶憶見之。織女 漢宮闕疏。昆明池有二石人。牽牛織女象。西都賦。左牽牛而右織女。似雲漢之無涯。石鯨 西京雜記。昆明池刻玉石為魚。每至雷雨。魚常鳴吼。鬐尾皆動。漢世祭之以祈雨。往往有驗。菰米 西京雜記。太液池邊皆是彫胡紫籜綠節之類。菰之有米者。長安人謂為彫胡。菰之有首者。謂之綠節。沉雲黑 西京賦。昆明靈沼。黑水玄阯。善曰。水色黑。故曰玄阯也。趙注曰。言菰米之多。黯黯如雲之黑也。蓮房 昌黎曲江荷花行云。問言何處芙蓉多。撐舟昆明渡雲錦。注云。昆明池周回四十里。

芙蓉之盛。如雲錦也。

箋曰。此借武帝以喻玄宗也。兵車行云。武皇開邊意未已。韋應物詩云。少事武皇帝。唐人皆然。

又曰。今人論唐七言長句。推老杜昆明池水爲冠。實不解此詩所以佳。楊用修曰。觀西京雜記三輔黃圖所載。則知盛世殷富之景。觀織女機絲四句。則知兵火凋殘之狀。此亦强作解事耳。敍昆明之勝者莫如孟堅、平子。一則曰。集乎豫章之館。臨乎昆明之池。左牽牛而右織女。若雲漢之無涯。一則曰。豫章珍館。揭焉中峙。牽牛立其左。織女處其右。日月於是乎出入象扶桑與濛汜。此用修所誇盛世之文也。余謂班、張以漢人敍漢事。鋪陳名勝。故有雲漢日月之言。公以唐人敍漢事。摩娑陳跡。故有機絲夜月之詞。此立言之體也。何謂彼頌繁華而此傷喪亂乎。菰米蓮房。補班、張鋪敍所未見。沈雲墜粉。描畫素秋景物。居然金碧粉本。昆池水黑。故賦言黑水玄阯。菰米沉沉。象池水之玄黑。極言其繁殖也。用修言兵火殘破。菰米漂沉不收。不已倍乎。舊箋謂借漢武以喻玄宗。指武皇開邊爲證。玄宗雖興兵南詔。未嘗如武帝穿昆明以習戰。安得有旌旗在眼之語。兵車行、前後出塞。諷諫窮兵者多矣。安用於此中廋辭致譏。豈主文譎諫之義乎。今謂昆明一章。緊承上章秦中自古帝王州一句而申言之。時則曰漢時。帝則曰武帝。織女石鯨。蓮房菰米。金隄靈沼之遺蹟。與戈船樓櫓。並在眼中。而自傷其僻遠而不得見也。於上章末句。尅指其來脉。則此中敍致。褔疊環鎖。了然分明。如是而曰。七言長句果以此詩爲首。知此老亦爲點頭矣。末二句正寫所思之況。關塞極天。豈非風煙萬里。滿地一漁翁。卽信宿泛泛之漁人耳。上下俛仰。亦在眼中。謂公自指一漁翁則陋。

昆吾御宿自逶迤。紫閣峯陰入渼晉作漾陂。一云紫閣峯陰入渼陂。昆吾御宿自逶迤。香稻草堂本作紅豆。一作紅稻。一作紅飯。啄餘一作殘鸚鵡粒。碧梧棲老鳳凰枝。佳人拾翠春相問。仙侶同舟晚更移。綵筆昔遊一作曾干氣象。白頭吟望苦低垂。

**昆吾御宿** 羽獵賦序。武帝廣開上林。東南至宜春、鼎湖、御宿、昆吾。晉灼曰。昆吾地名。上有亭。師古曰。御宿。則今長安城南御宿川也。羞宿聲相近。故或云御羞。或云御宿。三輔黃圖曰。御宿川。在長安城南。武帝離宮別館。禁禦人不得往來。上宿其中。故曰御宿。 **紫閣** 遊城南記。東上朱坡。憩華嚴寺。下瞰終南之勝。霧巖玉案。圭峯紫閣。粲在目前。注曰。圭峯、紫閣在終南山祠之西。圭峯下有草堂寺。紫閣之陰卽渼陂。杜詩紫閣峯陰入渼陂是也。 **紅豆** 沈括筆談及洪興祖楚詞補注。並作紅豆啄餘鸚鵡粒。當以草堂本爲正。雲溪友議。李龜年曾于湘中採訪使筵上唱紅豆生南國。春來發幾枝。 **拾翠** 洛神賦。或採明珠。或拾翠羽。

箋曰。此記遊宴渼陂之事也。仙侶同舟。指岑參兄弟也。公詩云。氣衝星象表。詩感帝王尊。所謂綵筆昔遊干氣象也。公與岑參輩宴遊。在天寶獻賦之後。窮老追思。故有白頭吟望之歎焉。

又曰。箋以爲思昔游之長安是矣。今更指昔游之地。謂亦連躡上章而來。蓋武帝建元中微行數出。廣開上林。東南至宜春、鼎湖、昆吾、御宿。北繞黃山。周袤數百里。元狩三年。始穿昆明池以象滇河。今詩昆吾御宿二句。正指武帝所開城南故地。言自逶迤者。躡昆明池水言之。謂不獨穿鑿昆明爲武帝之功。凡上林黃山之間。更衣禁禦。建置歷然。亦皆如昆明旗幟常在眼中也。秦州自古帝王州一句。亦總結於此。蓋事訖而重申。亦章重而事別矣。公詩如駮鷄之犀。四面皆見。故錯綜互舉。以告知者。

## 詠懷古跡五首

支離東北風塵際。漂泊西南天地間。三峽樓臺淹日月。五溪衣服共雲山。羯胡事主終無賴。詞客哀時且未還。庾信平生最蕭瑟。暮年詩賦動江關。

**五溪** 荆州記曰。臨沅縣南臨沅水。水源出牂牁且蘭縣。至郡界分爲五溪。故云五溪蠻。元和郡國志。辰州取辰溪爲名。蠻戎所居也。其人皆盤瓠之子孫。或曰。巴子兄弟。入爲五溪之長。今兩溪在州西。次南武溪。次南沅溪。次南辰溪。次東南熊溪。次東南朗溪。其熊朗二溪。與酈道元水經注雖不同。推其次第相當。則五溪盡在今辰州界也。干寶晉紀。武陵長沙廬江郡蠻。槃瓠之後。後漢南蠻傳。帝女解去衣裳。爲僕鑒之結。著獨力之衣。鑒結。漢書注云。或作豎髻。生六男六女。織績木皮。染以草實。好五色衣服。敍州圖經。五溪之南。卽益州牂牁郡界。五溪諸蠻。遙接益州四郡。故先主伐吳。使馬良招五溪諸蠻。授以官爵。庾信周書。信在周。雖位望通顯。常有鄉關之思。乃作哀江南賦以致其意。其辭曰。信年始二毛。卽逢喪亂。藐是流離。至于暮齒。燕歌遠別。悲不自勝。楚老相逢。泣將何及。又云。將軍一去。大樹飄零。壯士不還。寒風蕭瑟。

搖落深知宋玉一作爲主悲。風流儒雅亦吾師。悵望千秋一灑淚。蕭條異代不同時。江山故宅空文藻。雲雨荒臺豈夢思。最是楚宮俱泯滅。舟人指點到今疑。

雲雨荒臺選善注曰。漢書注云。雲夢中高唐之臺。此賦蓋假設其事。諷諫淫惑也。楚宮寰宇記。楚宮。在巫山縣西二百步。在陽臺古城內。卽襄王所遊之地。陽雲臺高一百二十丈。南枕長江。宋玉賦云。游陽雲之臺。望高唐之觀。卽此也。

羣山萬壑赴荊門。生長明妃尚有村。一去紫臺連朔漠。獨留青塚向黃昏。畫圖省識春風面。環珮空歸月夜魂。千載一作歲琵琶作胡語。分明怨一作愁恨曲中論。

荊門郭景純江賦。巴東之峽。夏后疏鑿。絕壁萬丈。壁立赮駮。虎牙嵥豎以屹崒。荊門闕竦而盤礴。秭歸志云。左荊襄。右巴蜀。面施黔。背金房。大江經其前。香溪繞其後。樂史楊貴妃外傳。昭君生于峽州。故有昭君村。紫臺別賦。紫臺稍遠。關山無極。善注。紫臺。卽紫宮也。琵琶石崇王明君詞序。昔公主嫁烏孫。令琵琶馬上作樂。以慰其道路之思。其送明君。亦必爾也。其造新曲。多哀怨之聲。故敍之于紙云爾。

蜀主窺吳幸三峽。崩年亦在永安宮。翠華想像空一作寒山裏。玉殿虛無野寺中。古廟杉松巢水鶴。歲時伏臘走村翁。武侯祠屋常鄰近。一體君臣祭祀同。殿今爲寺。廟在宮東。

**窺吳**門。水經注。江水又東逕石門灘。灘北岸有山。山上合下開。洞達東西。緣江步路所由。劉備爲陸遜所破。走經此門。追者甚急。乃燒鎧斷道。孫桓爲遜前驅。斬上夔道。截其要徑。備踰山越險。僅乃得免。忿恚而歎曰。吾昔至京。桓尚小兒。而今迫孤乃至于此。遂發憤而薨矣。**永安宮**華陽國志。先主戰敗。委舟舫。由步道還魚復。改魚復爲永安。明年正月。召丞相亮于成都。四月。殂于永安宮。水經注。江水又東逕南鄉峽東。逕永安宮南。劉備終于此。諸葛亮受遺處也。其間平地可二十里許。江山迥闊。入峽所無。城周十餘里。背山面江。頹墉四毀。荊棘成林。左右民多墾其中。寰宇記。劉備改魚復爲永安。仍于州之西七里。別置永安宮。

諸葛大名垂宇宙。宗臣遺像肅清高。三分割據紆籌策。萬古雲霄一羽毛。伯仲之間見伊呂。

**伊呂**張輔樂葛優劣論。孔明包文武之德。文以寧內。武以折衝。殆將與伊呂爭儔。豈徒樂毅爲伍哉。**蕭曹**後魏書。毛循之曰。昔在蜀中。聞長老言陳壽曾爲諸葛門下書佐。得撻百下。故其論武侯云。應變將略。非其所長。崔浩典論曰。亮之相劉備。當九州鼎沸之會。英雄奮發之時。君臣相得。魚水爲喻。而不能與曹氏爭天下。委棄荊州。退入巴蜀。誘奪劉璋。僞連孫氏。守窮崎嶇之地。僭號邊鄙之間。此策之下者。可與趙佗爲偶。而以爲蕭曹亞匹。不亦過乎。謂壽貶亮。非爲失實。此詩所以正浩之過論也。

指揮若定失蕭曹。福一作運移漢祚難恢復。一作終難復志決身殲軍務勞。

## 諸將五首

漢朝陵墓對南山。胡虜千秋尚入關。昨日玉魚蒙葬地。早時金盌出人間。見愁汗馬西戎逼。曾閃朱旗北斗殷。多少材官守涇渭。將軍且莫破愁顏。

**漢朝陵墓**張載七哀詩云。北芒何壘壘。高陵有四五。借問誰家墳。皆云漢世主。恭文遙相望。原陵鬱膴膴。季世喪亂起。賊盜如豺虎。毀壤過一抔。便房啓幽戶。珠柙離玉體。珍寶見剽擄。魏文帝典論。喪亂以來。漢氏諸陵。無不發掘。至乃燒取玉柙金鏤。體骨并盡。董卓傳。卓自留屯畢圭苑中。使呂布發諸帝陵及公卿以下冢墓。收其珍寶。**玉魚**韋述西京新記。宣政門內曰宣政殿。初成。每見數十騎馳突出。高宗使巫祝劉明奴問其所由。鬼曰。我漢楚王戊太子。死葬於此。明奴曰。按漢書戊與七國反。誅死無後。焉得葬此。鬼曰。我當時入朝。以路遠不隨坐。病死。天子于此葬我。漢書自遺誤耳。明奴因宣詔。欲爲改葬。鬼曰。出入誠不安。改葬幸甚。天子斂我玉魚一雙。及發掘。玉魚宛然。棺柩略盡。**金盌**吳若本注云。金作玉。漢武故事。茂陵事本言玉椀。按漢武故事。鄴縣有一人。于市貨玉盃。吏疑其御物。欲捕之。因忽不見。縣送其器。推問。乃茂陵中物也。光自呼吏問之。說市人形貌如先帝。沈炯行經漢武通天臺表奏亦云。甲帳珠簾。一朝零落。茂陵玉盌。遂出人間。舊注引干寶搜神記盧充幽婚事。雖有棺中金椀。與陵墓無與也。**北斗殷**英華辨證。漢書有朱旗絳天。杜云曾閃朱旗北斗殷。則是因朱旗絳天。閃見斗亦赤也。本是殷字。於顏切。紅色也。修書時。宣宗諱正緊。或改作閑。今既祧不諱。則是殷字何疑。左傳。左輪朱殷。**涇渭**二水在長安西北。是春吐蕃請和。郭子儀以利我不虞。乃遣兵戍奉天。即此地也。

箋曰。此詩指漢朝陵墓。以喻唐也。宮闕陵墓。並對南山。有充奉屯衞之盛。而不能禁胡虜之入。故曰千秋尚入關也。祿山作逆。繼以吐蕃。焚毀未已。駸駸有發掘之虞。玉魚金椀。借尋常墳墓之事以婉言之。不忍如張載七哀所謂便房啓幽戶。珠柙離玉體。斥言之而無諱也。昔日玉魚。才蒙葬地。早時金盌。已出人間。曰昔日。曰早時。言變亂倏忽。不可常保也。指西戎入犯之促數。故曰見愁汗馬。指胡虜焚宮之熛焰。故曰曾閃朱旗。所以告戒長安之諸將者如此。

韓公本意築三城。擬絕天驕拔漢旌。豈謂盡煩回紇馬。翻然遠救朔方兵。胡來不覺潼關隘。龍起猶聞晉水清。獨使至尊憂社稷。諸君何以答升平。

**三城**舊書。神龍三年。張仁愿于河北築三受降城。先是朔方與突厥以河爲界。河北岸有拂雲祠。突厥每入寇。必禱祠。候冰合而入。時默啜西擊娑葛。仁愿乘虛奪漠南之地。築三城。首尾相應。以拂雲祠爲中城。相去各四百里。皆據津濟。遞相應接。北拓三百餘里。於牛頭朝那山北。置烽燧一千八百所。自是突厥不得度山放牧。朔方無復寇掠。呂溫三受降城碑曰。跨大河以北嚮。制胡馬之南牧。以拂雲祠爲中城。東西相去。各四百里。過朝那而北。闢斥候迭望。幾二千所。分形以據。同力而守。納陰山於寸眸。拳大漠於一掌。涉河而南。門用晏閉。公猶以爲未也。方將建大旆。提金鼓。馳神筭。鞠虎旅。定保塞一隅之安。空苦寒萬里之野。大略方運。元勳不集。厥後賢愚迭任。工拙異勢。城隍險固。寇得凌軼。或驅馬飲河而去。或控弦俾壘而旋。吾知韓公不瞑目於地下矣。

**回紇**祿山反范陽。河北皆陷。郭子儀以孤軍起朔方。賊將誘河曲九府六戎州部落數萬逼行在。子儀以回紇首領葛邏支擊走之。回紇太子葉護自將助討祿山。戰于灃上。賊詭伏將襲我。回紇馳剪其伏。出賊背夾攻之。賊大敗。遂收長安。新店之役。賊陳出輕騎。子儀悉軍追掩。賊張兩翼包之。官軍亂而却。回紇望見。即踰西嶺從後擊。塵且坌。飛矢射賊。賊驚曰。回紇至矣。遂大敗。僵尸相屬。官軍乘勝。遂收東都。由此觀之。汾陽以朔方孤軍。收復兩都。皆賴回紇助順之力。故曰豈意盡煩回紇馬也。肅宗即位日。朝廷草昧。軍容單寡。詔子儀、光弼班師赴行在。國威始振。故帝唯依朔方軍爲根本。僕固懷恩曰。朔方將士。爲先帝中興主人。是陛下蒙恩故吏。今曰翻然遠救朔方兵。故知助順之功。不獨在朔方矣。

**潼關**廣德元年。吐蕃度便橋。上幸陝。至華州。豐王珙見上于潼關。上至陝。恐吐蕃東出潼關。徵子儀詣行在。子儀曰。若出兵藍田。虜必不敢東向。自哥舒失守之後。潼關之險。與賊共之。僕固懷恩誘回紇吐蕃。連兵入犯。蹂躪三輔。故曰胡來不覺潼關隘也。

**晉水**一行并州起義堂頌。我高祖龍躍晉水。鳳翔太原。册府元龜。高祖師次龍門縣。代水清。太宗生時。有二龍戲於門外井中。經三日乃冲天而去。龍起猶聞晉水清。即李翱所謂神堯以一旅取天下也。其感嘆如此。

箋曰。當景龍之時。張仁愿築城虜腹中。制其南牧。猶以狼居瀚海。絕幕未空爲恨。不及百年。而羯胡作逆。回鶻助順。堂堂中夏。借力犬羊。以資匡復。國勢之寖衰如此。邊事之倒置如此。不亦傷乎。是以悲潼關之失隘。思唐堯之一旅。勸勉河北諸將。不應無韓公之老謀。而以賊遺君父也。往余沿襲舊聞。謂責諸將不應借助於回紇。當盜發幽陵。天子西走。汾陽提朔方孤軍。轉戰逐北。香積之窮伏。西嶺之却迴。非回紇協力奮擊。或出其背。或出其後。勝負未決。兩都之收復未可知也。當此之時。能預料其怙恩肆掠。逆而拒之乎。魏勃曰。失火之家。當先白大人後救火乎。此切諭也。故吾謂豈謂盡煩云云。乃俯仰感嘆之詞。非以是爲謀國不臧而有所彈刺也。有言末章二句。屬勸勉汾陽之詞。汾陽自相州罷歸。部曲離散。承詔曰。麾下才數十騎。僅免於朝恩、元振交口訾嗷。少陵於此時。惜之可也。訟之可也。又何庸執三寸之管。把其短長乎。新書亦謂太宗能用突厥。而肅宗不能用回紇。兔園書生。不識世務。鈔略論斷。妄談兵事。如此類者。皆可以一笑也。

洛陽宮殿化爲烽。休道秦關百二重。滄海未全歸禹貢。薊門何處盡堯封。朝廷袞職雖多預。一作誰爭補天下軍儲不自供。稍喜臨邊王相國。肯銷金甲事春農。

袞職後漢論。王暢李膺。彌縫袞闕。注。彌縫。猶補合也。臨邊廣德二年。王縉同平章事。其年八月。代李光弼都統河南淮西山南東道諸節度行營事。兼領東京留守。歲餘。還河南副元帥。請減軍資錢四十萬貫。修東都殿宇。大曆三年。領幽州盧龍節度。又兼太原尹。北京留守。充河東軍節度。箋曰。此責朝廷之大臣出將者也。將相大臣。當安危重任。不思何以歸職貢。復封疆。補袞職於朝廷。供軍儲于天下。如王縉者。不過募耕勸農。修承平有司之職業而已。曰稍喜者。蓋深致不滿之意。非褒詞也。朝廷袞職。思得中興賢佐如仲山甫以補袞闕。非尋常諫諍之謂也。

迴首扶桑銅柱標。冥冥氛祲未一作不全銷。越裳翡翠無消息。南海明珠久寂寥。殊錫曾爲大司馬。總戎皆插侍中貂。炎風朔雪天王地。只在忠臣陳作良翊聖朝。

銅柱水經注。昔馬文淵積石爲塘。達於象浦。建金標爲南極之界。林邑記曰。馬援樹兩銅柱於象林南界。與西屠國分漢之南疆也。俞益期箋曰。馬文淵立兩銅柱于林邑岸北。山川移易。銅柱今復在海中。新書。環王本林邑。其南大浦。有五銅柱。山形若倚蓋。西重巖。東涯海。明皇令特進何履光以兵定南詔。取安寧城及鹽井。復立馬援銅柱。乃還。越裳開元中。用中官楊思勗將兵。討安南五溪隴州等處首領。思勗有膂力。殘忍好殺。積屍爲京觀。所至立功。大司馬舊書。李輔國判元帥行軍司馬。專掌禁兵。上元二年。拜兵部尙書。詔羣臣于尙書省送上。楊炎鑿武受命宮頌。廣平王俶。太尉光弼。司徒子儀。尙書僕射冕。兵部尙書輔國。總戎至德二年。九節度討安慶緒于相州。不立統帥。以魚朝恩爲觀軍容宣慰處置使。觀軍容使名自朝恩始。廣德元年。改爲天下觀軍容宣慰處置使。程元振代輔國判元帥行軍司馬。專制禁兵。加鎭軍大將軍。右監門衛大將軍。充軍使。寶應

**侍中**　應劭漢書。侍中。周官也。金蟬有貂。秦始皇破趙。得其冠以賜侍中。漢官儀。侍中左蟬右貂。本秦丞相吏。往來殿內。故謂之侍中。分掌乘輿服物。下至褻器虎子之屬。晉輿服志。天子元服。亦先加大冠。左右侍臣及諸將軍武官通服之。侍中常侍。則加金璫。附蟬爲飾。插以貂毛。黃金爲竿。侍中插左。常侍插右。

箋曰。此深戒朝廷不當使中官出將也。楊思勗討安南五溪。殘酷好殺。故越裳不貢。呂太一收珠南海。阻兵作亂。故南海不靖。李輔國以中官拜大司馬。所謂殊錫也。魚朝恩等以中官爲觀軍容使。所謂總戎也。炎風朔雪。皆天王之地。只當精求忠良。以翊聖朝。安得偏信一二中人。據將帥之重任。自取潰僨乎。肅代間。國勢衰弱。不復再振。其根本胥在於此。斯豈非忠規切諫救世之針藥與。

**錦江春色逐人來。巫峽清秋萬壑哀。正憶往時嚴僕射。共迎中使望鄉臺。主恩前後三持節。軍令分明數舉盃。西蜀地形天下險。安危須仗出羣材。**

**數舉盃**　新書。鴻漸入成都。政事一委崔寧。日與僚屬杜亞、楊炎縱酒高會。羯鼓錄載鴻漸出蜀。至嘉陵江。與從事楊崖州、杜亞登驛樓望月。行觴燕語。遂命家僮取鼓與板笛。此云軍令分明數舉杯。蓋闇譏其日飲不事事也。八哀詩。於嚴武云。豈無成都酒。憂國只細傾。則鴻漸之縱飲。於憂國之志荒矣。

箋曰。此言蜀中將帥也。崔旰殺郭英乂。柏茂琳、李昌夔、楊子琳舉兵討旰。蜀中大亂。杜鴻漸受命鎭蜀。畏旰。數薦之于朝。請以節制讓旰。茂琳等各爲本州刺史。上不得已從之。鴻漸以宰相兼成都尹。劍南東西川副元帥。主恩尤隆於嚴武。而畏怯無遠略。憚旰雄武。反委以任。姑息養亂。日與從事置酒高會。其有媿於前鎭多矣。公詩標巫峽錦江。指西蜀之地形也。曰正憶。曰往時。感今而指昔也。主恩則是。而軍令則非。昔人之三杯。何如今人之縱飲。如武者眞出羣之材。可以當安危之寄。而今之非其人。居可知也。公身居蜀中。而風刺出鎭之宗衮。故其詩指遠而詞文如此。

# 秋日夔府詠懷奉寄鄭監審李賓客之芳一百韻

絕塞烏蠻北。孤城白帝邊。飄零仍百里。消渴已三年。雄劍鳴開匣。羣書滿繫船。草堂本云。一作所向皆窮轍。餘生日繫船。亂離心不展。一作轉衰謝日蕭然。筋力妻孥問。菁華歲月遷。登臨多物色。陶冶賴詩篇。峽束滄江起。巖排石一作古樹石楠也圓。拂雲霾楚氣。朝川作潮海蹴一作櫬吳天。煑井爲鹽速。燒畬度地偏。有時驚疊嶂。何處覓平川。鸂鶒雙雙舞。獼猴壘壘懸。碧蘿長似帶。錦石小如錢。春草何曾歇。寒花亦可憐。獵人吹戍火。野店引山泉。喚起搔頭急。扶行幾屐穿。兩京猶薄產。四海絕隨肩。幕府初交辟。郎官幸備員。瓜時猶一作仍。一作拘。旅寓。萍泛苦貪緣。藥餌虛狠藉。秋風灑靜便。開襟驅晉作袪瘴癘。明目掃雲煙。高宴諸侯禮。佳人上客前。哀箏傷老大。華屋豔神仙。南內開元曲。常時弟子傳。法歌聲變轉。滿座涕潺湲。都督柏中丞筵。聞梨園弟子李仙奴歌。弔影夔州僻。回腸杜曲煎。即今龍廄水。莫帶犬戎羶。西京龍廄門。苑馬門也。渭水流苑馬門內。耿賈扶王室。蕭曹拱御筵。乘威滅蜂蠆。戮力効川作效鷹鸇。舊物森猶在。凶徒惡未悛。國須行戰伐。人憶止戈鋋。奴僕何知禮。恩榮錯與權。胡星一彗孛。川作闇黔首川作惡首遂拘攣。哀痛絲綸切。煩苛法令蠲。業成陳始王。兆喜出于畋。宮禁經綸密。台階翊戴全。熊羆載呂望。鴻雁美周宣。側聽中興主。長吟不世賢。音徽一柱數。道里下牢千。鄭在江陵。李在夷陵。鄭李光時論。文章並我先。陰何尚淸省。沈宋欻聯翩。律比崑崙竹。音知燥濕絃。風流俱善價。愜當久忘筌。置驛常如此。登龍蓋有焉。雖云隔禮數。不敢墜周旋。高視收人表。虛心味道玄。馬來皆汗血。鶴唳必青田。羽翼商山起。蓬萊漢閣連。管寧紗帽淨。江令錦袍鮮。東郡時題壁。南湖日扣舷。遠遊凌絕境。佳句染華牋。每欲孤飛去。徒爲百慮牽。生涯已寥落。國步乃一作尙迍邅。衾枕成蕪沒。池塘作棄捐。平生多病。卜築遺懷。別離憂怛怛。伏臘涕漣漣。露菊班豐鎬。秋蔬一作菰影澗瀍。共誰論昔事。幾處有新阡。富貴空迴首。喧爭懶著鞭。兵戈塵漠漠。江漢月娟娟。局促看秋燕。蕭疏聽晚蟬。雕蟲蒙記憶。烹鯉問沉綿。卜羨君平杖。偸存子敬氈。囊虛把釵釧。米盡坼花鈿。甘子陰涼葉。茅齋八九椽。陣圖沙北岸。市暨瀼西巔。市暨音既。峽人目市井處曰市暨。八陣圖、市暨。夔人語也。江水橫通山谷處。方人謂之瀼。羈絆心常折。棲遲病卽痊。紫收岷嶺芋。一云紫秧岷下芋。白種陸池一作家蓮。色好梨勝頰。穰多栗過拳。敕廚唯一味。求飽或三鱣。兒去看魚笱。人來坐馬韉。一云俗異鄰蛟室。朋來坐馬韉。縛柴門窄窄。通竹溜涓涓。塹抵公畦稜。京師農人。指田遠近。多云幾稜。稜音去聲。村依野廟壖。缺籬將棘拒。倒石賴藤纏。借問頻朝謁。何如穩醉眠（一作晝）。誰云行不逮（一作達）。自覺坐能堅。霧雨銀章澀。馨香粉署妍。紫鸞無近遠。黄雀任翩翾。困學違從衆。明公各勉旃。聲華夾宸極。早晚到星躔。懇諫留匡鼎。諸儒引服（一作伏。誤）虔。不逢（一作過）輸鯁直。會是正陶甄。宵旰憂虞軫。黎元疾苦駢。雲臺終日畫。青簡爲誰編。行路難何有。招尋興已專。由來具飛檝。暫擬控鳴弦。身許雙峯寺。門求七祖禪。落帆追宿昔。衣褐向眞詮。安石名高晉。（鄭高簡。得謝太傅之風。）昭王客赴燕。（李宗親有燕昭之美。燕周之裔。）途中非阮籍。查上似張騫。披拂（一作晤。晉作豁）。雲寧在。淹留景不延。風期終破浪。水怪莫飛涎。他日辭神女。傷春怯杜鵑。淡交隨聚散。澤國遶迴旋。本自依迦葉。何曾藉偓佺。鑪峯生轉眄。橘井尚高褰。東走窮歸鶴。南征盡跕鳶。晚聞多妙教。卒踐塞前愆。顧凱丹青列。頭陀琬琰鐫。衆香深黯黯。幾地肅芊芊。勇猛爲心極。淸羸任體孱。金篦空刮眼。鏡象未離銓。（一云平等未離銓）

賫井（寰宇記。大寧監。本夔州大昌縣前鎭溪井。山嶺峭壁之中。有鹹泉湧出。土人以竹引泉。置鑊煮鹽。）燒畬（劉禹錫畬田作。何處好畬田。團團縵山腹。鑽龜得雨卦。上山燒臥木。又竹枝詞。銀釧金釵來負水。長刀短笠去燒畬。舊注。楚俗燒榛種田曰畬。先以刀芟治林木曰斫畬。其刀以木爲柄。刃向曲。謂之畬刀。）搔頭（西京雜記。武帝過李夫人。就取玉簪搔頭。自此後。宮人搔頭皆用玉。玉價倍貴焉。）開元曲（長安志。長生殿教坊。唐紀曰。玄宗置左右教坊於蓬萊宮側。帝自爲法曲俗樂。以教宮人。號皇帝梨園弟子。唐會要。開元二年。上以天下無事。聽政之暇。于梨園自教法曲。必盡其妙。謂之皇帝梨園弟子。又太常梨園。別教院法歌樂章曲等。明皇雜錄。天寶中。上命宮中女子數百人爲梨園弟子。皆居宜春北院。其後李龜年流廢江南。每遇良辰美景。當爲人歌。歌闋。座上聞之。莫不掩泣而罷酒。**龍廐**雍錄。後苑有驥德院。禁爲衛士斬首。蓋自玄武門出宮入廐也。馬所在。韋后入飛龍廐。六典。東都玄武門內之東。曰飛龍廐。**犬戎**犬戎。謂吐蕃陷京師也。凶徒奴僕。指安、史降將也。始王。指代宗初年也。于畋。喻其幸陜。猶所謂賢多隱屠釣。王肯載同歸也。**燥濕**廣絶交論。客所謂撫紘徽音。未達燥濕變響。韓詩外傳。天時有燥濕。弦有緩急。徽柱推移。不可記也。**錦袍**江摠集有山水衲袍賦。其序曰。皇儲監國餘辰。勞謙終宴。有令以衲袍降賜。何以奉揚恩德。**東郡**江陵。漢舊縣。屬南郡。史記。江陵故郡都。西通巴巫。在巴武之東。故曰東郡也。**君平杖**益州記。雁橋東。有嚴君平卜處。土臺高數丈也。岑參嚴君平卜肆詩。君平曾賣卜。卜肆荒已久。至今杖頭錢。時時地上有。**梨栗**蜀都賦。紫梨津潤。榹栗罅發。**三鱣**楊震傳。冠雀銜三鱣魚。飛集講堂前。注。鱣音善。臣賢按續漢及謝承書。鱣字皆作鱓。然則鱣鱓古字通。顏氏家訓。孫卿云。魚鱉鰌鱣。韓非說宛皆曰鱣似蛇。蠶似蠋。並作鱣字。假鱣爲鱓。其來久矣。按楊震傳。三鱣音善。所謂假鱣爲鱓者也。爾雅釋魚。音知然反。陸德明音義。張連反。即黃魚也。此鱣鮪之鱣。杜詩所謂三鱣也。蓋用楊震傳三鱣而兼取郭、陸音釋。未知當否。吳曾曰。以楊震碑考之。則云貽我三魚。以辨懿德。則稱鱣稱鱓。皆未必得其眞也。**馬䩭**海錄碎事。蘇秦既貴。張儀來謁。坐于馬䩭而食之。**雙峯寺**舊書。達摩傳慧可。慧可嘗斷其左臂以求法。慧可傳璨。璨傳道信。道信傳弘忍。弘忍與道信。並住蘄州雙峯山東山寺。故謂其法爲東山法門。贊寧高僧傳。道信禪師留止廬山大林寺十年。蘄州道俗請度江北黃梅縣。見雙峯寺有好泉石。即住入山。三十餘年。蘄州東山弘忍。七歲至雙峯。信密付法衣。號東山法門。六祖得法于東山。削椎髻于法性寺。移住寶林寺。刺史韋據命出大梵寺。苦辭入雙峯曹侯溪。寶林傳云。能大師傳法衣處。在曹溪寶林寺。寶林後枕雙峯。咸淳中。魏武帝玄孫曹叔良。住雙峯山寶林寺左。人呼爲雙峯曹侯溪。儀鳳二年。叔良惠地于大師。自開元以來。時人乃號六祖爲雙峯和尚。今按信忍二祖。並住雙峯寺。寺號東山。故稱東山法門。六祖還嶺南。自云於菩提樹下開東山法門。昔人云。天台之佛隴。猶鄒魯之洙泗。故所至可以稱東山也。然據寶林志及寧公僧傳。則曹溪亦有雙峯之號。今曹溪志闕此名者。蓋失考耳。**七祖禪**箋曰。禪門自南能北秀兩宗分列。二詩云。身許雙峯寺。應指蘄之雙峯。趙蝦宿四祖寺詩。千林樹下雙峯寺。亦其證也。

宗弟子。各立其師爲第六祖。而北宗遂尊秀之弟子普寂。立爲第七祖。李華大德雲禪師碑云。自菩提達摩降及大照禪師。七葉相承。謂之七祖。中岳越禪師記云。摩訶七葉。至大照禪師。王縉大證禪師碑。敘達摩歷傳至大通。大通傳大照。相傳如嫡。密付法印。大通卽秀。大照卽寂也。獨孤及三祖碑云。能公退老于曹溪。其嗣無聞。秀公傳普寂。門徒萬人。升堂者六十三。是時曹溪頓門。孤行嶺南。秀公師弟。兩京法主。三帝門師。帝王分座。后妃臨席。兩宗喧寂。門宇天淵。至之之文。可謂實錄矣。開元末。荷澤會公直入東都。面抗北祖。致普寂之門。盈而復虛。天寶收復。設壇度以助軍須。能祖宗風。於斯大振。王維撰六祖能禪師碑云。弟子曰神會。遇師於晚景。問道於長年。雖末後供樂最上乘。會自敘六祖宗脈。房琯作六葉圖序。而後震旦六祖之傳始定。公與右丞、房相。皆歸心於曹溪。不許北宗門人躋秀而祧能者也。故其詩曰。身許雙峯寺。門求七祖禪。既曰身許雙峯。知其不許度門矣。七祖之禪門。系之以求。則知李華諸人所敘大照七葉者。固未可尅定爲宗子矣。張燕公。南北兩事者也。撰大通碑。極嘆深廣。而六祖之號闕如。豈非南海一瓣香。故有深寄與。房敘六葉。公求七祖。金湯護法之深旨。固可以參考也。然上元遷墉之後。眞宗般若宗風。茂著水南。弟子豈無援祖功宗德之議。刊正祖門之統系者。公其或以大鑒既沒。佛衣不傳。不應循北宗之例。建立七祖。滋宗門之諍論。聊以門求七祖。示置衣之微旨與。貞元十二年。楷定禪門宗旨。勑立荷澤爲七祖。劉禹錫送宗密上人歸草堂云。自從七祖傳心印。不要三乘入便門。虞集敘曹溪後系。亦定以荷澤爲首。如洪覺範輩。孰知見料揀。或非通人之所與也。不能縈敘。聊舉要以詢識者。頭陀姓字英賢錄。王巾。字簡栖。爲頭陀寺碑。文詞巧麗。爲世所重。碑在鄂州。困學紀聞。說文通釋。以爲王屮。

## 贈李八一作公祕書別三十韻

往時中補右。扈蹕上元初。反氣凌行在。妖星下直廬。六龍瞻漢闕。一作殿萬騎略一作集姚一作嫣墟。玄朔迴一作還天步。神都憶帝車。一戎纔汗馬。百姓免爲魚。通籍蟠螭印。差肩列鳳輿。事殊迎代邸。喜異賞朱虛。寇盜方歸順。乾坤欲晏如。不才同補袞。奉詔許牽裾。鴛鷺叨雲閣。麒麟滯玉除。一作石渠 文園多病後。中散舊交疎。飄泊哀相見。平生意有餘。風煙巫峽遠。臺榭楚宮虛。一作除 觸目非論故。新文尚起予。清秋凋碧柳。別浦落紅蕖。消息多旗幟。經過歎里閭。戰連脣齒國。軍急羽毛書。幕府籌頻問。山劍元帥杜相公。初屈幕府參籌畫。相公朝謁。今赴後期也。 山家藥正鋤。祕書比臥青城山中 台星入朝謁。使節有吹噓。西蜀災長弭。南翁憤始攄。對敭抗一作坑 士卒。乾沒費倉儲。勢藉兵須用。功無禮忽諸。御鞍金騕褭。宮硯玉蟾蜍。拜舞銀鉤落。恩波錦帕舒。此行非不濟。良友昔相於。去旆一作棹 依顏色。沿流想疾徐。沉綿疲井臼。倚薄似樵漁。乞去米煩佳客。鈔詩聽小胥。杜陵斜晚照。潏水帶寒淤。莫話清溪髮。蕭蕭白映梳。

中補右 公於肅宗初拜左拾遺。所謂中補右者。必李祕書於是時官右補闕也。中者。右補闕屬中書省也。上元初。謂上之元初。非若寄題草堂詩經營上元始也。 姚墟 後漢郡國志。漢中郡城固。嫣墟在西北。前書曰。在西城。帝王世紀云。安康謂之嫣墟。或謂之姚墟。此指明皇幸蜀。先至漢中郡也。 朱虛 漢文帝即位。先封太尉朱虛侯等。而後封宋昌。肅宗行賞。獨厚于靈武諸臣。公有文公賞從臣之譏。而此又以朱虛爲喻。皆微詞也。 抗士卒 吳曾漫錄。上林賦。抏。挫也。吾官切。言李方入對。宜論蜀中師老財匱也。又王褒四子講德論曰。驚邊抏士。厲犯嶅薨。案上林賦。揚翠葉。杌紫莖。張揖云。杌。動也。音兀。五臣作杭。音亢。翰曰。杭。搖也。講德論抏士亦同。吳曾蓋取五臣音以釋此詩耳。 井臼 馮衍傳。兒女常自操井臼。 倚薄 謝靈運詩。拙疾相倚薄。

## 寄劉峽州伯華使君四十韻

峽內多雲雨。秋來尙鬱蒸。遠山（一作天）朝白帝。深水謁（一作出）夷陵。遲暮嗟爲客。西南喜得朋。哀猿更（一作勞）起坐。落雁失飛騰。伏枕思瓊樹。臨軒對玉繩。青松寒不落。碧海闊逾澄。昔歲文爲理。羣公價盡增。家聲同令聞。時論以儒稱。太后當（一作臨）朝肅。多才接迹昇。翠虛捎魍魎。丹極上鵾鵬。宴引春壺滿。（一作酒）恩分夏簟冰。彤章五色筆。紫殿九華燈。學並盧王敏。書偕褚薛能。老兄眞不墜。小子獨無承。近有風流作。聊從月繼（一作峽。一作繇）徵。放蹄知赤驥。捩翅服蒼鷹。卷軸來何晚。襟懷庶可憑。會期吟諷數。益破旅愁凝。雕刻初誰料。（一作解）纖毫欲自矜。神融躡飛動。戰勝洗侵淩。妙取筌蹄棄。高宜百萬層。白頭遺恨在。青竹幾人登。迴首追談笑。勞歌跼寢興。年華紛已矣。世故莽相仍。刺史諸侯貴。郎官列宿應。潘生驂閣遠。（一云潘安雲閣遠）黃霸璽書增。乳贙（胡犬切。有力也。）號攀石。饑鼯訴落藤。藥囊親道士。灰劫問胡僧。憑久烏皮折。（一作綻）簪稀（一作間）白（一作皁）帽稜。林居看蟻穴。野食行（去聲。一作幸。又作待。）魚罾。筋力交彫喪。飄零免戰兢。皆（一作昔）爲百里宰。正似六安丞。姹女縈新裹。丹砂冷舊秤。但求椿壽永。莫慮杞天崩。鍊骨調情性。張兵撓棘矜。養生終自惜。伐數（一作叛）必全懲。政術甘疎誕。詞場媿服膺。展懷詩誦魯。割愛酒如澠。吳若本舊注云。平生所好。消渴止之。咄咄寧書字。冥冥欲避矰。江湖多白鳥。天地有青蠅。

夷陵寰宇記。峽州。春秋戰國時並爲楚地。故曰荆門虎牙。卽楚之西塞。白起攻楚燒夷陵。卽其地。荆渚記云。夷陵郡。居大江之上。西通全蜀。故夷陵有安蜀古城在焉。家聲劉允濟博學善屬文。與王勃早齊名。垂拱四年。奏上明堂賦。則天甚嘉歎之。手制褒美。拜著作郎。詩云學並盧王敏。又與膳部同事天后。知爲允濟無疑。捎魍魎東京賦。捎魑魅。斮獝狂。注。捎。擊也。駗閣秋興賦序。以太尉掾兼虎賁中郎將。寓直于散騎之省。高閣連雲。陽景罕曜。六安丞後漢桓譚。出爲六安郡丞。意忽忽不樂。譚以數言事忤旨貶謫。公以救房琯出爲華州司功。故曰皆爲百里宰。正似六安丞也。劉盞與公同謫者。不知其名。姹女參同契。河上姹女。靈而最神。漢眞人丹訣。姹女隱在丹砂中。注。姹女。卽汞也。

## 夔府書懷四十韻

昔罷河西尉。初興薊北師。不才名位晚。敢恨省郎遲。扈聖崆峒日。端居灩澦時。萍流仍汲引。樗散尙恩慈。遂阻雲臺宿。一作靈臺伯常懷湛露詩。翠華森遠矣。白首颯淒其。拙被林泉滯。生逢酒賦欺。文園終寂寞。漢閣自磷緇。病隔君臣議。一作識慚紆德澤私。揚鑣驚主辱。拔劍撥年衰。社稷經綸地。風雲際會期。血流紛在眼。涕洒亂交頤。四瀆樓船汎。中原鼓角悲。賊壕連白翟。戰瓦落丹墀。先帝嚴靈一作虛寢。宗臣切受遺。恆山猶突騎。遼海競張旗。田父嗟膠漆。行人避蒺藜。總戎存大體。降將飾卑詞。楚貢何年絕。堯封舊俗疑。長吁翻北寇。一望卷西夷。不必陪玄圃。超然待具茨。凶一作休兵鑄農器。講殿闢書帷。廟算高難測。天憂實在茲。形容眞潦倒。答效莫支持。使者分王命。羣公各典司。恐乖均賦歛。不似問瘡痍。萬里煩供給。孤城最怨思。綠林寧小患。雲夢欲難追。即事須嘗膽。蒼生可察眉。議一作義堂猶集鳳。正觀是元龜。處處喧飛檄。家家急競錐。蕭車安不定。蜀使下何之。釣瀨疏墳籍。耕巖進奕棊。地蒸餘破扇。冬暖更纖絺。豺遘一作搆哀登楚。麟傷泣象尼。衣冠迷適越。藻繪憶遊睢。賞月延秋桂。傾陽逐露葵。大庭終反樸。京觀且僵尸。高枕虛眠晝。哀歌欲和誰。南宮載勳業。凡百愼交綏。

**雲臺** 後漢藥崧爲郎。嘗獨直臺上。無被枕杫。蔡質漢官儀。尙書入直臺下。**受遺** 肅宗崩。李輔國殺張后及越王係。始引太子於九仙門。與宰相相見。始行監國之令。代宗卽位。尊輔國爲尙父。宗臣切受遺。指輔國也。肅宗以丁卯日崩。戊辰始發喪於兩儀殿。宣遺詔。故曰先帝嚴靈寢。皆紀實以示譏也。**膠漆** 吳若本注。用棄甲事。吳曾漫錄。謂潼關棄甲也。東萊注。膠漆所以爲弓。誅求之多。則田父以誅求爲嗟也。**蒺藜** 東萊注。鐵蒺藜所以禦馬。所在布蒺藜於地。而行人避之。**總戎** 東萊注。總戎。代宗也。時爲元帥。**西夷** 謂代宗初吐蕃之禍。**書帷** 東方朔傳。文帝集上書囊以爲殿帷。**雲夢** 代宗卽位。復授來瑱襄州節度。潛令裴茙圖之。茙兵爲瑱所敗。瑱入朝謝罪。誣搆賜死。僕固懷恩上書自訟。有曰。來瑱受誅。朝廷不示其罪。諸道節度。誰不疑懼。近聞詔追數人。盡皆不至。實畏中官讒口。虛受陛下誅夷。范志誠亦曰。公信其甘言。入則爲來瑱。不復還矣。代宗以詐殺瑱。而藩鎭皆貳。此所謂雲夢欲難追也。**集鳳** 蜀都賦曰。議殿爵堂。蔡邕獨斷。其有疑事。公卿百官會議。若臺閣有所正處。而獨執異意者曰駁議。駁議曰某官某甲議。以爲如是。下言臣愚戇議異。其非駁議。不言議異。**元龜**東萊注。言欲求治。當以正觀爲元龜也。**蕭車**蕭育傳。南郡江中多盜賊。拜育爲南郡太守。上以育耆舊名臣。乃以三公使車。載育入殿中受策。**豺遘**王粲詩。西京亂無象。豺虎方遘患。登楚。指粲作登樓賦也。**遊雎**文選。遊雎渙者。學藻繢之綵。陳留風俗傳云。襄邑縣南有雎水渙水。故有黼黻藻錦。日月華蟲。以奉天子宗廟御服焉。**南宮**後漢書。永平中。顯宗追感前世功臣。乃圖畫二十八將於南宮雲臺。**交綏**左傳注。古名退軍爲綏。秦晉志未能堅戰。短兵未至。爭而兩退。故曰交綏。疏。舊說。綏。部也。又綏訓爲安。兵書務在進取。恥言其退。以安行卽爲大罪。故以綏爲名。李衛公曰。綏。六轡總也。謂軍不戰。但交綏而退。猶云交馬而還也。東萊注。此兩句深戒大臣及諸將。欲功成圖像。當以交綏爲愼。勿輕使志之不堅而後可也。

## 解悶十二首

草閣柴扉星散居。浪翻江黑雨飛初。山禽引子哺紅果。溪友一作女得錢留白魚。

商胡離別下揚州。憶上西一作蘭陵故驛樓。爲問淮南米貴賤。老夫乘興欲東流。一作遊

**西陵**水經注。浙江又逕固陵城北。今之西陵也。有西陵湖。亦謂之西城湖。會稽志云。西陵城。在蕭山縣西十二里。謝惠連有西陵阻風獻康樂詩。吳越改曰西興。東坡詩。爲傳鐘鼓到西興是也。浙江通志。西陵城。吳越改爲西陵驛。按白樂天答微之泊西陵驛見寄云。煙波盡處一點白。應是西陵古驛臺。則西陵舊有驛。至吳越始改西興耳。**東游**越絕書。秦皇東遊之會稽。水經注。會稽山東有硎。去禹廟七里。深不見底。謂之禹井云。東遊者多探其穴也。會稽志云。晉宋人指會稽剡中皆曰東。如謝太傅傳云。海道還東是也。公詩亦云東盡白雲求。

一辭故國十經秋。每見秋瓜憶故丘。一作侯今日南一作東湖采薇蕨。何人爲覓鄭瓜一作袁州。今鄭祕監審

**秋瓜**水經注。長安第二門。本名霸城門。民見門色青。又名青門。門外舊出佳瓜。是以阮籍詩曰。昔聞東陵瓜。近在青門外。南出東頭第一門。本名覆盎門。其南有下杜城。應劭曰。故杜陵之下聚落也。故曰下杜門。**袁**

州鄭審大曆中爲袁州刺史。瓜州。必袁州之譌也。**瓜州**張禮遊城南記。濟潏水。涉神禾原。西望香積寺。下原過瓜州村。注。瓜州村。在申店潏水之陰。許渾集有和淮南相公重遊瓜州詩。淮南相公。杜佑也。注。瓜州村與鄭莊相近。鄭莊。虔郊居也。審爲虔之姪。其居必在瓜州村。所謂每見秋瓜憶故丘也。

沈范早知何水部。曹劉不待薛郎中。獨當省署開文苑。兼泛滄浪學釣翁。水部郎中薛據

**沈范**何遜傳。范雲見其對策。大相稱賞。因結忘年交好。一文一詠。雲輒嗟賞。沈約亦愛其文。嘗謂遜曰。吾每讀卿詩。一日三復。猶不能已。李義山詩。霧夕詠芙蕖。何郎得意初。此時誰最賞。沈范兩尚書。**薛據**唐會要。天寶六年。風雅古調科。薛據及第。韓文薛公達墓志。據爲尚書水部郎中。贈給事中。後山云。省署開文苑。滄浪學釣翁。據之詩也。

李陵蘇武是吾師。孟子論文更不疑。一云第二句作首句一飯未曾留俗客。數篇今見古人詩。校書郎雲卿

復憶襄陽孟浩然。清詩句句盡堪傳。卽今耆舊無新語。漫釣槎頭縮頸一作項鯿。

**鯿魚**襄陽耆舊傳。峴山下漢水中出鯿魚。味極肥而美。襄陽人採捕。遂以槎斷水。因謂之槎頭縮項鯿魚。爲水族上味。孟浩然詩。試垂竹竿釣。果得槎頭鯿是也。

陶冶性靈在一作存底物。新詩改罷自長吟。孰知二謝將能事。頗學一作覺陰何苦用心。

**陶冶**邵氏聞見錄。少陵陶冶性靈存底物。本於顏之推至於陶冶性情。從容諷諫。入其滋味。亦樂事也。

不見高人王右丞。藍田丘壑漫陳作蔓寒藤。最傳秀句寰區滿。未絕風流相國能。右丞弟。今相國縉。

**藍田**唐國史補。王維好釋氏。故字摩詰。立性高致。得宋之問輞川別業。山水勝絕。今清源寺是也。**相國**金壺記。唐王維。字摩詰。弟縉。字夏卿。二公名望。首冠一時。時議云。論詩則王維、崔顥。論筆則王縉、李

邕。祖詠、張說。不得與焉。盧氏雜記。王縉好與人作碑銘。有送潤毫者。誤叩其兄門。維曰。大作家在那邊。

先帝貴妃今寂寞。（陳作俱）荔枝還復入長安。炎方每續朱櫻獻。玉座應悲白露團。

荔枝 舊書。帝幸驪山。貴妃生日。命小部張樂長生殿。因奏新曲未有名。會南方進荔枝。因名曰荔枝香。唐國史補。貴妃生于蜀。好食荔枝。南海所生。尤勝蜀者。故每歲飛馳以進。然方暑而熱。經宿輒敗。樂史外傳。十四載六月一日。貴妃生日。于長生殿奏新曲。會南海進荔枝。因以曲名荔枝香。十五載六月。上幸巴蜀。貴妃從至馬嵬。縊于佛堂前之梨樹下。纔絕而南方進荔枝至。上覩之。長號歎息。使力士曰。與我祭之。按諸書皆云南海進荔枝。蔡君謨荔枝譜云。貴妃嗜涪州荔枝。歲命驛致。東坡亦云。天寶歲貢取之涪。蓋當時南海與涪州並進也。苕溪漁隱據此以謂雒陽取之嶺南。長安來自巴蜀。南海道里遼邈。所記必誤。書生寒儉之語。可發一笑耳。方輿紀勝。妃子園在涪州之西。去城十五里。當時以馬遞馳載。七日七夜至京。人馬斃于路者甚衆。

箋曰。此詩爲蜀貢荔枝而作。謂仙遊久閟。時薦未改。自傷流落。不獲與炎方花果共薦寢園。不勝園陵白露凊秋草木之悲也。題云解悶者。覩朱櫻之續獻。喜宗廟之再安。收京詩云。歸及薦櫻桃。即此意也。次下三首。檃括張曲江荔枝賦而作。曲江謂南海荔枝。百果之中。無一可比。以其産於殊方。京華莫之知。固未之信。左思賦。與龍眼齊名。而魏文帝引蒲桃龍眼相比。是時二方不通。傳聞之大謬也。故其賦序曰。物以不知爲輕。味以無比而疑。遠不可驗。終然永屈。士之與彼。何以異也。今詩瀘戎一首。言物之以不知而輕也。賦曰。亭十里兮莫致。門九重兮曷通。山五嶠兮白雲。江千里兮青楓。此非所謂青楓隱映石逶迤乎。賦又曰。何斯美之獨遠。嗟爾命之不逢。每被銷於凡口。罕獲知於貴躬。非所謂京華應見無顔色。紅顆酸甜只自知乎。翠瓜一首。言味之以無比而疑也。賦曰。受精氣於離震。爰負陽以從宜。蒙休和之所播。涉寒暑而匪虧。馨氣含滋。備四時之氣。非瓜李夏榮。梨蔔寒成之可擬也。賦又曰。沈美李而莫取。浮甘瓜而自退。柿何稱乎梁侯。梨何幸乎張公。諸果雖枝蔓相同。而荔枝以遠方獨異。固將欲神醴露不數甘橘。而無比見疑。牽連凡果。不唯妄擬蒲萄。抑且下同瓜李。此可爲嘆息也。側生一首。言遠不可驗。終然永屈也。賦曰。陋下澤之沮洳。惡層厓之險巇。彼前志之或妄。何側生之見疵。詩曰。側生野岸及江蒲。不熟丹宮滿玉壺。傷其作酸南裔。不生禁近。雖盤根擢本。有異乎邛竹菌桂。而反被側生之誚。如曲江所云也。物之受屈如此。雲壑布衣。老死駘背。曾不如殊方花果。猶得奔騰傳置。以博翠眉之一笑。士之無驗而永屈。殆有甚焉。公於曲江之賦。俛仰竊嘆。而終歸於釋悶者。良有以也。古人雖漫興小詩。比物託諭。必有從來。注家不知大意。鈎索字句。往往齟齬不通。聊書其概如此。

**憶過瀘戎摘荔枝。青楓隱映石逶迤。京中舊見無顏色。**陳作京華應見無顏色 **紅顆酸甜只自知。**

**瀘戎** 方輿紀勝。自瀘州城北沿江而下七八里。有杜園荔枝。品格與他園爭勝。又有母氏園。距州城上流三十里。荔枝連亘。品格最多。蜀中荔枝。瀘敍之品爲上。涪州次之。合州又次之。涪州以妃子傳名。其實不如瀘敍。

**無顏色** 白樂天荔枝圖敍云。若本枝一日而色變。二日而香變。三日而味變。四五日外色香味盡去矣。唐書云。每歲飛馳以進。方暑而熟。經宿輒敗。 **紅顆酸甜** 曲江云。彼衆味之有五。此甘滋之不一。樂天敍云。花如橘春榮。實是丹夏熟。漿滋甘如醴酪。皆言其甘也。蔡君謨云。今之廣南州郡與夔梓間所出。大率早熟。肌肉薄而味甘酸。子美所食者。夔涪間荔枝也。故有紅顆酸甜之語。

**翠瓜碧李沉玉甃。赤梨蒲萄寒露成。可憐先不異枝蔓。此物娟娟長遠生。**

曲江賦云。直欲神於醴露。何比數於甘橘。援蒲萄以見擬。亦古人之深失。甘橘蒲萄。猶不堪比擬。況張梨木李之凡果乎。公詩申明此意。謂諸果不異枝蔓。而荔枝以遠生獨別。其瓌詭之狀。甘滋之味。不達於京華。使人以凡果相題目。士之孤遠違世。不能自拔於流俗。正此類也。舊解云。言荔枝與上四果枝蔓無異。特以生於遠方。世遂貴之耳。爲此言者。其將夷荔枝等於凡果乎。抑亦抑而下之。以爲不應貴於凡果乎。文義違反。至此極矣。

**側生野岸及江蒲。**蒲一作浦 **不熟丹宮滿玉壺。雲壑布衣駘背死。勞生重**荆作人害 **馬翠眉須。**

左太沖賦云。邛竹緣嶺。菌桂臨厓。旁挺龍目。側生荔枝。曲江賦全反其語。故曰雲壑沃若。孔翠於斯。靈根所盤。不高不卑。彼前志之或妄。何側生之見疵。此詩云。側生野岸及江蒲。正曲江所謂側生見疵也。左氏曰。萑澤之蒲。可勝既乎。澤之產蒲明矣。而趙注以畝爲蒲。或又引劉熙釋名。以菴爲蒲。皆曲解可笑也。

## 復愁十二首

人煙生處僻。一云遠處虎跡過新蹄。野鶻一作鶴。又作鷂。晉作雉。翻窺草。村船逆上溪。

釣艇收緡盡。昏鴉一作鷗接翅歸。吳作稀月生初學扇。雲細不成衣。

月生李義府詩。鏤月爲歌扇。裁雲作舞衣。

萬國尚防寇。故園今若何。昔歸相識少。早已戰場多。

身覺省郎在。家須農事歸。年深荒草逕。老恐失柴扉。

金絲鏤一作縷箭鏃。皁尾製一作掣旗竿。一自風塵起。猶嗟行路難。

胡虜何曾盛。干戈不肯休。閭閻聽小子。談話一作笑覓封侯。

貞觀銅牙弩。開元錦獸張。花門小前一作箭好。此物棄沙場。

弩張南越志。龍川有營澗。常有銅牙弩流出水。皆以銀黃雕鏤。取之者久而後得。父老云。越王弩營也。漢書。材官蹶張。如淳曰。能埸强弩張之。選曰。黃間機張。

今日翔麟馬。先宜駕鼓車。無勞問河北。諸將覺一作角。樊作攡。榮華。

翔麟唐會要。貞觀中。骨利幹獻良馬百疋。其中十疋尤駿。太宗奇之。各爲製名。名曰十驥。九曰翔麟紫。

任轉江淮粟。休添苑囿兵。由來貔虎士。不滿鳳皇城。

江淮鶴曰。唐自天寶之後。輿地半爲盜區。所賴江淮之地不失。猶得藉以爲國。故史有唐得江淮財濟中興之語。

江上亦秋色。火雲終不移。巫山猶錦樹。南國且黃鸝。

每恨陶彭澤。無錢對菊花。如今九日至。自覺酒須賒。

病減詩仍拙。吟多意有餘。莫看江總老。猶被賞時魚。

賞魚會要。蘇氏記曰。開元八年。中書令張嘉正奏曰。致仕官及內外官五品以上。檢校試判及內供奉官見占闕者。聽準正員例。許終身佩魚。以爲榮寵。以理去任。亦許佩魚。自後恩制。賞緋紫例兼魚袋。謂之章服。

承聞河北諸道節度入朝歡喜口號絕句十二首

祿山作逆降天誅。更有思明亦已無。洶洶人寰猶不定。時時鬬戰欲何須。

箋曰。河北諸將。歸順之後。朝廷多故。招聚安史餘黨。各擁勁卒數萬。治兵完城。自署文武將吏。不供貢賦。結爲婚姻。互相表裏。朝廷專事姑息。不能復制。雖名藩臣。羈縻而已。故聞其入朝。喜而作詩。首舉祿山以示戒。聳動之以周宣、漢武。勸勉之以爲孝子忠臣。而末二章。則舉臨淮、汾陽以爲表儀。其立意深遠如此。題曰歡喜。曰口號。實惘乎有餘悲矣。

社稷蒼生計必安。蠻夷雜種錯相干。周宣漢武今王是。孝子忠臣後代看。

雜種舊書。安祿山。營州柳城雜種胡人也。本無姓氏。名軋犖山。史思明本名窣干。營州寧羌州突厥雜種胡人也。

喧喧道路多歌謡一作好童謡。河北將軍盡入朝。始一作晉是乾坤王室正。卻交一作教江漢客魂銷。大曆二年正月。淮南節度使李忠臣入朝。三月。汴宋節度使田神功來朝。八月。鳳翔等道節度使李抱玉入朝。

不一作北道諸公無表來。茫然一作茫茫庶事遣一作使人猜。擁兵相學干戈鋭。使者徒勞百萬廻。

鳴玉鏘金盡正臣。修文偃武不無人。興王會靜妖氛氣。聖壽宜過一萬春。

英雄見事若通神。聖哲爲心小一身。燕趙休矜出佳麗。宮闈不擬選才人。天興聖節。諸道節度使獻金帛器用珍玩駿馬爲壽。共直緡錢二十四萬。常衮上言請卻之。不聽。此詩稱頌聖哲。實則諷諭代宗。當卻諸道之進奉也。

抱病江天白首郎。空山樓閣暮春光。衣冠是日朝天子。草奏何時入帝鄉。

澶漫山東一百州。削成如桉抱青丘。苞茅重入歸關內。王祭還供盡海頭。山東十道志。有河北。無山東。唐制。長安自太行以東。皆山東也。削成山海經。太華之山。削成而四方。郭曰。今山形上大下小。削。峻也。顔延年詩。踐華因削成。青丘寰宇記。青丘。在青州千乘縣。齊景公有馬千駟。畋于青丘。此是也。

東逾遼水北滹沱。星象風雲喜一作氣共和。紫氣關臨天地闊。黄金臺貯俊賢多。遼水水經。大遼水。出塞外衛白平山。東南入塞。過遼東襄平縣西。又玄菟高句麗縣有遼山。小遼水所出。西南至遼隧縣。入大遼水也。滹沱寰宇記。滹沱河。源出代州繁時縣東南孤阜山。後漢書注。在今代州

繁時縣東。流經定州深澤縣東南。即金臺寰宇記。金臺。在易州易縣東南三十里。燕昭王所造。置千金于上。以招
光武所度處。今俗猶謂之危渡口。賢士。又有西金臺。俗呼此爲東金臺。又有小金臺。在縣東南十五里。即
郭隗臺也。王隱晉書曰。段匹磾進屯故安縣故燕太子丹金臺。二說不同。水經注。故安城側。一水東出金臺陂。陂
北十餘步有金臺。臺上東西八十許步。南北加減。高十餘丈。昭王不欲令諸侯之客伺隙燕邦。故修建下都。館之
南垂。燕昭創之于前。子丹踵之於
後。故雕墻敗館。尙傳鐫刻之名。

漁陽突騎邯鄲兒。酒酣並轡金鞭垂。意氣卽歸雙闕舞。雄豪復遣五陵知。

五陵西都賦。南望杜霸。北眺五
陵。英俊之域。紱冕所興。

李相將軍擁薊門。白頭雖老一作惟有赤心存。竟能盡說諸侯入。知有從來天子尊。

舊書。光弼輕騎入徐州。田神功遽歸河南。尙衡、殷仲卿、來瑱皆憚其威名。相繼赴闕。及其懼魚朝恩之害。不敢入
朝。人疑其有異志。因此不得志。愧恥成疾而薨。公則以諸將入朝。歸功臨淮。以白頭赤心許之。八哀詩云。直筆在
史臣。將來洗箱篋。此公之直筆也。中興戰功。首推郭、李。並受朝恩、元振讒搆。郭以居中自保●
李以在邊受疑。亦有幸不幸耳。此詩以李、郭並誦。良有深意。史臣目論。多所軒輊。不亦陋乎。

十二年來多戰場。天威已息陣堂堂。神靈漢代中興主。功業汾陽異姓王。

喜聞盜賊蕃寇總退口號五首

蕭關隴水入官軍。青海黃河卷塞雲。北極晉作闕轉愁一作深龍虎氣。西戎休縱犬羊羣。

鶴曰。舊史。大曆二年九月。吐蕃寇靈州。進寇邠州。十月。靈州奏破吐蕃二
萬。通鑑。十月。路嗣恭破吐蕃于靈州城下。唐志。蕭關在武州。與靈州相近。

贊普多教使入秦。數通和好止（晉作尚）煙塵。朝廷忽用哥舒將。殺伐虛悲公主親。

開元二十九年。金城公主薨。吐蕃遣使告哀。仍請和。上不許。十二月。吐蕃襲石堡城。蓋嘉運不能守。玄宗憤之。天寶七載。以哥舒翰爲隴右節度使。攻而拔之。

崆峒西極（晉作北）過崑崙。駝馬由來擁國門。逆氣數年吹路斷。蕃人聞道漸星奔。

勃律天西采玉河。堅昆碧盌最來多。舊隨漢使千堆寶。少答胡（晉作朝）王萬匹羅。

**勃律** 酉陽雜俎。天寶初。安思順進五色玉帶。又于左藏庫中得五色玉杯。上怪近日西蕃無五色玉。令責安西諸蕃。蕃言比常進。皆爲小勃律所劫。不達。上怒。欲征之。羣臣多諫。獨李右座林甫贊成上意。且云。武臣王天運謀勇可將。乃命將四萬人。兼統諸蕃兵伐之。及逼勃律城下。勃律君長恐懼請罪。悉出寶玉。願歲貢獻。天運不許。卽屠城。擄三千人及其珠璣而還。勃律中有術者。言將軍無義。不祥。天將大風雪矣。行數百里。忽風四起。雪花如翼。風吹小海水成冰柱。起而復摧。經半日。小海漲湧。四萬人一時凍死。惟蕃漢各一人得還。具奏。玄宗大驚異。卽令中使隨二人驗之。至小海側。冰猶崢嶸如山。隔冰見兵士死。立者坐者。瑩徹可數。中使將反。冰忽消釋。衆屍亦不復見。新書。大勃律直吐蕃西。與小勃律接。小勃律去京師九千里而贏。距吐蕃贊普牙東八百里。

**玉河** 五代史。于闐國南一千三百里曰玉州。云張騫所窮河源。出于闐而山多玉者。此山也。其河源所出。至于闐分爲三。東曰白玉河。西曰綠玉河。又西曰烏玉河。三河皆有玉而色異。每歲秋水涸。國王撈玉于河。然後國人得撈玉。

**堅昆** 寰宇記。黠戛斯。西北荒之國也。本名結骨。又名居昜。又謂之堅昆。酉陽雜俎。堅昆部落。其上代有神。與牸牛交而生。其人髮黃目綠。赤髭髯。其髭髯俱黑者。漢將李陵及其兵衆之胤也。

箋曰。按奘師西域記云。贍部洲地有四主焉。南象主。西寶主。北馬主。東人主。象主。印度國也。人主。中夏國也。馬主。突厥國也。寶主。胡國也。漢通三十六國。甘英抵條支而歷安息。臨西海以望大秦。距玉門陽關四萬餘里。唐置八蕃。亦云西至波斯、吐蕃、堅昆。所謂四主者。前古未聞也。公此詩云。勃律天西采玉河。堅昆碧盌最來多。與西方寶主之記。最爲符合。宣律師云。雪山之西。至于西海。名寶主。今云勃律天西。則爲雪山之西可知。又云地接西海。偏悦異珍。而輕禮重貨。是爲胡國。今云胡王。非胡國而何。報答之禮。以萬丈羅爲重。非輕禮重貨而何。寶主之疆域風土。備寫於兩行之中。考方志者。可以無理絶人區。事出天外之疑矣。天竺爲靈聖降集。震旦則仁義昭明。殷乎中土。二域爲勝。衣毛鳥言。獷暴忍殺。方諸寶鄉。區以别矣。少陵之詩。於羌胡雜種。長驅犯順。深憂痛疾。情見乎詞。此詩則曰。舊隨漢使。少答胡王。庶幾許其内屬。僂以郎序。不忍以禽獸絶之。亦春秋之法也。

今春喜氣滿乾坤。南北東西拱至尊。大曆二年鶴本三年調玉燭。玄元皇帝聖雲孫。

## 洞房

洞房環珮冷。玉殿起秋風。秦地應新月。龍池一作虵滿舊宫。繫舟今夜遠。淸漏往時同。萬里黄山北。園陵白露中。

龍池唐樂志。龍池樂。玄宗所作也。玄宗龍潛之時。宅在隆慶坊。宅南坊人所居變爲池。望氣者亦異焉。玄宗正位。以坊爲宫。池水逾大。游漫數里。爲此樂以致其祥也。南部新書。興慶宫九龍池。在大同殿古基之南。西對瀛州門。周環數頃。水極深廣。北望之渺然。東西微狹。中有龍潭。泉源不竭。雖歷冬夏。未嘗耗減。黄山寰宇記。漢黄山宫。在興平縣西南三十里。武帝西行至黄山宫。即此也。晉灼曰。黄山。宫名。在槐里。按漢武帝茂陵。在興平縣東北十七里。正黄山宫之北。蓋借茂陵以喩玄宗泰陵也。

## 宿昔

宿昔靑門裏。蓬萊仗數移。花嬌迎雜樹。龍喜出平池。落日一作月留王母。微風倚少兒。宫中行樂祕。少有外人知。

花嬌李翰林別集序。開元中。禁中初重木芍藥。得四本。紅紫淺紅通白者。上因移植于興慶池東沈香亭前。會花方繁開。上乘照夜車。太眞妃以步輦從。開元天寶花木記云。禁中呼木芍藥爲牡丹。龍喜明皇十七事。天寶中。興慶池小龍。嘗出游宮垣南溝水中。蜿蜒奇狀。靡不瞻覩。鑾輿西幸。龍一夕乘雲雨。自池中望西南而去。王母漢武內傳。於是王母言語粗畢。嘯命靈官使駕龍嚴車欲去。帝下席叩頭。請留殷勤。乃止。少兒衞青傳。衞媪長女君孺。次女少兒。次女則子夫。少兒先與霍仲孺通。生去病。及衞皇后尊。少兒更爲陳掌妻。蓋以子夫之姊。譬貴妃之妹也。行樂周仁傳。得幸入臥內。於後宮祕戲。仁常在旁。

## 能畫

能畫毛延壽。投壺郭舍人。每蒙天一笑。復似一作以物皆一作初春。政化平如水。皇恩晉作明斷若神。時時用抵戲。亦未雜風塵。

能畫西京雜記。畫工有杜陵毛延壽。寫人好醜老少。必得其眞。安陵陳敞。新豐劉白、龔寬。並工牛馬人形。同日棄市。投壺西京雜記。武帝時。郭舍人善投壺。以竹爲矢。不用棘也。古之投壺。取中而不求還。故實小豆。惡其矢躍而出也。郭舍人則激矢令還。一矢百餘反。謂之爲驍。言如博之豎梟於掌中。爲驍傑也。每爲武帝投壺。輒賜金帛。天笑神異經。東荒山中有大石室。東王公居焉。與一玉女投壺。設有入不出者。天爲之笑。張華曰。言笑者開口流光。抵戲文穎曰。角抵。蓋雜技樂。巴渝戲魚龍蔓延之屬也。

## 鬬鷄

鬬鷄初賜錦。舞馬既一作解登牀。簾下宮人出。樓前御柳一作曲長。仙遊終一閟。女樂久無香。寂寞驪山道。清秋草木黃。

**鬬鷄**東城父老傳。明皇以乙酉生而喜鬬鷄。是兆亂之象也。時賈昌爲五百小兒長。天子甚愛幸之。金銀之賜。日至其家。**舞馬**明皇雜錄。上每賜宴酺。則御勤政樓。教坊爲角觝戲。鬬雞。宮人數百。飾以珠翠。衣以錦繡。自幃中擊雷鼓爲破陣樂。又令教舞馬。四百蹄各爲左右。分爲部目。爲某家寵。某家驕。時塞外以善馬來貢者。上俾之教習。無不曲盡其妙。因令衣以文繡。絡以金鈴。飾其鬣間。雜以珠玉。其曲傾盃樂者數十回。奮首鼓尾。縱橫應節。又施三層板牀。舞馬于上。抃轉如飛。或命壯士舉榻。馬舞于榻上。樂工數十人。立於前後左右。皆衣淡黃衫。文玉帶。必求年少而姿白美秀者。安祿山亂。馬散落人間。田承嗣得之。一日。軍中大饗。馬聞樂而舞。承嗣以爲妖而殺之。**宮人**明皇雜錄。玄宗製新曲四十餘。又新製樂譜。每初年望夜。御勤政樓。觀燈作樂。貴臣戚里。借看樓觀望。夜闌。太常樂府縣散樂畢。即遣宮女於樓前縛架出眺。歌舞以娛之。**驪山**南部新書。驪山華清宮。毀廢已久。今所存唯繚垣耳。天寶所植松柏。遍滿岩谷。雖經兵寇而不被斫伐。朝元閣在山嶺之上。最爲嶄絕。柱礎尚有存者。山腹卽長生殿。殿東西盤石道。自山麓而上。道側有飲酒亭子、明皇吹笛樓、宮人走馬樓故居。猶存繚垣之內。容齋三筆。先忠宣公在北方。得唐人畫驪山宮殿圖。華清宮居山嶺。殿外垂簾。宮人無數。穴簾隙而窺。一時伶官劇戲。品類雜沓。皆列於下。杜一詩。眞所謂親見之也。

## 鸚鵡

鸚鵡含愁思。聰明憶別離。翠衿渾短盡。紅觜漫多知。未有開籠日。空殘舊宿枝。世人憐復損。何用羽毛奇。

**鸚鵡**禰衡賦。性辯慧而能言兮。才聰明以識機。紺趾丹觜。綠衣翠衿。閉以雕籠。剪其翅羽。想崑山之高嶽。思鄧林之扶疎。顧六翮之殘毀。雖奮迅其焉如。明皇雜錄。開元中。嶺南獻白鸚鵡。養之宮中。歲久頗縱聰慧。洞曉言詞。上及貴妃。皆呼雪衣娘。戲於殿檻。有鷹搏之而斃。遂瘞於苑中爲主塚。呼爲鸚鵡塚。此詩亦詠開元舊事也。

## 歷歷

歷歷開元事。分明在眼前。無端盜賊起。忽已歲時遷。巫峽西江外。秦城北斗邊。爲郎從白首。臥病數秋天。

洛陽

洛陽昔陷沒。胡馬犯潼關。天子初愁思。都人慘別顏。清笳去宮闕。翠蓋出關山。故老仍流涕。龍髯幸再攀。

愁思 明皇十七年。羯胡犯闕。上欲遷幸。登興慶宮花萼樓。置酒。四顧淒愴。使美人善歌者一人歌水調。畢奏。上將去。復留眷眷。因使視樓下。有少年善水調歌頭者。使之登樓且歌。上聞之。潸然出涕。顧侍者曰。誰爲此詞。曰李嶠。上曰。李嶠眞才子也。不待曲終而去。 再攀 上皇至自蜀。士庶舞抃路側曰。不圖今日再見二聖。

驪山

驪山絕望幸。花萼罷登臨。地下無朝燭。人間有賜金。鼎湖龍去遠。銀海雁飛深。萬歲蓬萊日。長懸舊羽林。

花萼 鄭綮傳信記。上於東都起五王宅。於上都置花萼樓。蓋與諸王爲會集宴樂之地。上與諸王。靡日不會聚。杜云花萼罷登臨。蓋是時明皇已厭世矣。 朝燭 水經注。始皇冢以人魚膏爲燈燭。庶其不滅者久之。

賜金 北史。隋獻皇后山陵後。帝賜楊素金鉢一。實以金。銀鉢一。實以珠。 銀海 劉向傳。秦始皇葬於驪山之阿。下錮三泉。上崇山墳。石槨爲游館。人膏爲燈燭。水銀爲江海。黃金爲鳧雁。國志曰。始皇陵有銀蠶金雁。以多奇物。故俗云秦皇地市。吳越春秋。闔廬葬於虎丘。傾水銀爲池。黃金珠玉爲鳧雁。何遜經孫氏陵詩。銀海終無浪。金鳧會不飛。羽林玄宗用萬騎軍平韋庶人之難。以登大位。萬騎本隸左右羽林。後改爲龍武軍。與左右羽林爲北四門軍。

提封

提封漢天下。萬國尙同心。借問懸車（一作軍）守。何如儉德臨。時徵俊乂入。草竊（一作莫慮）犬羊侵。願戒兵猶火。恩加四海深。困學紀聞。明皇以侈致亂。故少陵以儉爲救時之砭。

覆舟二首

巫峽盤渦曉。黔陽貢物秋。丹砂同隕石。翠羽共沉舟。羇使空斜影。龍居（一作官）閟積流。篙工幸不溺。俄頃逐輕鷗。沉舟張儀傳。積羽沉舟。

竹宮時望拜。桂館或求仙。姹女淩波日。神光照夜年。徒聞斬蛟劍。無復爨犀船。使者隨秋色。迢迢獨上天。

竹宮（漢武故事。祭太乙。令人登通天臺。以候天神。天神既下祭所。若大流星。乃舉烽火。而就竹宮望拜。）桂館（郊祀志。公孫卿曰。仙人好樓居。於是長安作飛廉桂館。使卿持節設具。而候神人。）姹女（桓帝時童謠。河間姹女工數錢。）

## 垂白（一云白首）

垂白（一云白首）馮唐老。清秋宋玉悲。江喧長少睡。樓迴獨移時。多難身何補。無家病不辭。甘從千日醉。未許七哀詩。

## 草閣

草閣臨無地。柴扉永不關。魚龍迴夜水。星月動秋山。久（一作夕）露清（一作晴）初濕。高雲薄未還。汎舟慚小婦。飄泊損紅顏。

無地（頭陀寺碑。飛閣逶迤。下臨無地。王原叔本作橆地。非。）

## 江月

江月光於（一作如）水。高樓思殺人。天邊長作客。老去一霑巾。玉露團清影。銀河沒半輪。誰家挑錦字。滅燭（一云燭滅）翠眉嚬。

高樓吳曾漫錄。沈約詠月詩。高樓切思婦。西園遊上才。庾肩吾望月詩。樓上徘徊月。牕中愁殺人。故杜云高樓思殺人。錦字別賦。織錦曲兮泣已盡。

江上

江上日多雨。蕭蕭荆楚秋。高風下木葉。永夜攬貂裘。勳業頻看鏡。行藏獨倚樓。時危思報主。衰謝不能休。

中夜

中夜江山靜。危樓望北辰。長爲萬里客。有媿百年身。故國風雲氣。高堂戰伐塵。胡雛負恩澤。嗟爾太平人。

夢弼曰。故國。謂長安也。高堂。謂杜陵屋廬也。胡雛。指祿山也。

江漢

江漢思歸客。乾坤一腐儒。片雲天共遠。永夜月同孤。落日心猶壯。秋風病欲疎。一作蘇古來存老馬。不必取長途。

白露

白露團甘子。淸晨散馬蹄。圃開連石樹。船渡入江溪。憑几看魚樂。廻鞭急（一作至）鳥棲。漸知秋實美。幽徑恐多蹊。

孟氏

孟氏好兄弟。養親唯小園。承顏胝手足。坐客强盤飧。負米力（晉作寒。一作夕）。葵外。讀書秋樹根。卜鄰慚近舍。訓子學（一作覺）。誰（一作先）門。

吾宗（衛倉曹崇簡）

吾宗老孫子。質朴古人風。耕鑿安時論。衣冠與世同。在家常早起。憂國願年豐。語及君臣際。經書滿腹中。

有歎

壯心久零落。白首寄人間。天下兵常鬭。（聞蜀官軍自圍普還）江東客未還。窮猿號雨雪。老馬怯（一作望。一作泣）。關山。武德開元際。蒼生豈重攀。

冬深（一云即日）

花葉隨天意。江溪共石根。早霜隨類（一云淚）影。寒水各依（一云流）痕。易下楊朱淚。難招楚客魂。風濤暮不穩。捨棹宿誰門。

不寐

瞿塘夜水黑。城內改更籌。翳翳月沉霧。輝輝星近樓。氣衰甘少寐。心弱恨和（一作知。陳作多。或作容。）愁。多壘（陳作疊恨）滿山谷。桃源無處求。

月圓

孤月當樓滿。寒江動夜扉。委波金不定。照席綺逾依。未缺空山靜。高懸列宿稀。故園松桂發（一作菊）。萬里共清輝。

中宵

西閣百尋餘。中宵步綺疏。飛星過水白。落月動沙虛。擇木知幽鳥。潛波想巨魚。親朋滿天地。兵甲少來書。

綺疏（梁冀傳。窗牖皆有綺疏青瑣。注。綺疏。謂鏤為綺文。）

遣愁

養拙蓬爲戶。茫茫何所開。江通神女館。地隔望鄉臺。漸惜容顏老。無由弟妹來。兵戈與人事。回首一悲哀。

神女館寰宇記。巫山。盛弘之荆州記曰。沿峽二十里。有新崩灘至巫峽。因山爲名也。神女廟在峽之岸。方輿勝覽。在巫山縣西北二百五十步。有陽雲臺。

秋清

高秋蘇病吳作肺氣。白髮自能梳。藥餌憎加減。門庭悶掃除。杖藜還客拜。愛竹遣兒書。十月江平穩。輕舟進所如。

傷秋

林僻來人少。山長去鳥微。高秋收畫扇。一云藏羽扇久客掩荆一作柴扉。懶慢頭時櫛。艱難帶減圍。將軍猶汗馬。天子尚戎衣。白蔣風飇脆。殷檉曉夜稀。何年減一作滅豺虎。似有故園歸。

白蔣蜀都賦。攢蔣叢蒲。注。蔣。菰名也。

秋峽

江濤萬古峽。肺氣久衰翁。不寐防巴虎。全生狎楚童。衣裳垂素髮。門巷落丹楓。常怪商山老。兼存翊贊功。

南極

南極青山衆。西江白谷分。古城疎落木。荒戍密寒雲。歲月虵常見。風飈虎或（一作忽）聞。近身皆鳥道。殊俗自人羣。睥睨登哀柝。矛弧照夕曛。亂離多醉尉。愁殺李將軍。

搖落

搖落巫山暮。寒江東北流。煙塵多戰鼓。風浪少行舟。鵝費羲之墨。貂餘季子裘。長懷報明主。臥病復高秋。

耳聾

生年鶡冠子。歎世鹿皮翁。眼復幾時暗。耳從前月聾。猿鳴秋淚缺。雀噪晚愁空。黃落驚山樹。呼兒問朔風。

鶡冠　劉向七略。鶡冠子常居深山。以鶡爲冠。故號鶡冠子。虞般佑高士傳。鶡冠子。或曰楚人。隱居幽山。衣弊履穿。以鶡爲冠。莫測其名。因服成號。著書言道家事。馮煖常師事之。煖後顯於趙。鶡冠子懼其薦己也。乃與煖絕。

## 獨坐二首

竟日雨冥冥。雙崖洗更青。一作清水花寒落岸。山鳥暮過庭。煖老須燕玉。充饑憶楚萍。胡笳在樓上。哀怨不堪聽。

燕玉 趙傁曰。燕玉。婦人也。古詩。燕趙多佳人。美者顏如玉。宋人仍襲。多用燕玉。實不知其何出。顧大韶曰。燕玉。正用玉田種玉事也。按搜神記。雍伯葬父母于無終山。有人與石一斗。令種之。玉生其田。北平徐氏有女。雍伯求之。要以白璧一雙。伯至玉田。求得五雙。徐氏妻之。在北平城西北百三十里。有無終城。故燕地也。今爲玉田縣。燕玉事出此無疑。

白狗斜臨北。黃牛更在東。峽雲常照夜。江月會兼風。曬藥安垂老。應門試小童。亦知行不逮。苦恨耳多聾。

白狗 水經注。鄉口溪。源出歸鄉縣東南數百里。西北入縣。逕狗峽西。峽崖龕中。石隱起有狗形。形狀具足。故以狗名峽。輿地紀勝。白狗峽。在秭歸縣東三十里。

## 遠遊

江闊浮高棟。晉作凍雲長出斷山。塵沙連越巂。風雨暗荆蠻。雁矯銜蘆內。猿啼失木間。弊裘蘇季子。歷國未知還。

銜蘆淮南子。雁從風飛。以愛氣力。銜蘆而翔。以避弋繳。盛弘之荆州記。雁塞東南。嶺屬無際。唯一處爲下。胡雁違塞。矯翼裁度。失木淮南子。猿狖失木而擒於狐狸。非其處也。

## 夜一云秋夜客舍

露下天高一云空山秋氣清。空山獨夜旅魂驚。疎燈自照孤帆宿。新月猶懸雙杵鳴。南菊一作國再逢人臥病。北書不至一作到雁無情。步蟾一作簷倚杖看牛斗。銀漢遥應接鳳城。

步蟾趙傁曰。當以步簷爲正。上林賦。步櫩周流。善曰。步櫩。步廊也。楚詞曰。曲屋步櫩。注。步櫩。長砌也。櫩。古簷字。

## 暮春

臥病擁塞在峽中。瀟湘洞庭虚映空。楚天不斷四時雨。巫峽常吹千里風。沙上草閣柳新闇。城邊野池蓮欲紅。暮春鴛鷺立洲渚。挾子翻飛還一叢。

## 晴二首

久雨巫山暗。新晴錦繡文。碧知湖外晉作上草。紅見海東雲。竟日鶯相和。摩霄鶴數羣。野花乾更落。風處急紛紛。

啼烏爭引子。鳴鶴不歸林。下食遭泥去。高飛恨久陰。雨聲衝塞盡。日氣射江深。迴首周南客。驅馳魏闕心。

雨

始賀天休雨。還嗟地出雷。驟看浮（一作巫）峽過。密作（舊作塞密）渡江來。牛馬行無色。蛟龍鬭不開。干戈盛陰氣。未必自陽臺。

月三首

斷續巫山雨。天河此夜新。若無青嶂月。愁殺白頭人。魍魎移深樹。蝦蟆動半輪。故園當北斗。直指（一作想）照西秦。

併照（一作點）巫山出。新窺楚水清。羈棲愁見裏。（一作愁裏見）二十四迴明。必驗升沉體。如知進退情。不違銀漢落。亦伴玉繩橫。

萬里瞿塘峽。（一作月）春來六上弦。時時開暗室。故故滿青天。爽合風襟靜。高當淚臉懸。南飛有烏鵲。夜久落江邊。

雨

萬木雲深隱。連山雨未開。風扉掩不定。水鳥過舊作去仍廻。蛟館如鳴杼。樵舟豈伐枚。淸涼破炎毒。衰意欲登臺。

晚晴

返一作晚照斜初徹。一作散浮雲薄未歸。江虹明遠一作近飲。峽雨落餘飛。鳧雁陳作鶴終高去。熊羆覺自肥。秋分客尙在。竹露夕一作久微微。

夜雨

小雨夜復密。廻風吹早秋。野一作夜涼侵閉戶。江滿帶維舟。通籍恨陳作限多病。爲郞忝薄遊。天寒出巫峽。醉別仲宣樓。

更題

只應踏初雪。騎馬發荆州。直怕巫山雨。眞傷白帝秋。羣公蒼玉珮。天子翠雲裘。同舍晨趨侍。胡爲淹此一云此滯留。

蒼玉六典。珂。三品以上九子。四品七子。五品五子。珮。一品山玄玉。五品以上水蒼玉。

## 歸

束帶還騎馬。東西卻渡船。林中才有地。峽外絕無天。虛白高人靜。喧卑俗累牽。他鄉悅遲暮。不敢廢詩篇。

## 返照

楚王宮北正黃昏。白帝城西過雨痕。返照入江翻石壁。歸雲擁樹失山村。衰年肺病唯高枕。絕塞愁時早閉門。不可久留豺虎亂。南方實有未招魂。

## 熱三首

雷霆空霹靂。雲雨竟虛無。炎赫衣流汗。低垂氣不蘇。乞為寒水玉。願作冷秋菰。何(晉作那)似兒童歲。風涼出舞雩。

瘴雲終不滅。瀘水復西來。閉戶人高臥。歸林鳥卻迴。峽中都似火。江上只空(晉作聞)雷。想見陰宮雪。風門颯踏開。

瀘水 水經注。瀘峯最為高秀。水之左右。馬步之徑纔通。而時有瘴氣。三月四月逕之。必死。非此時猶令人悶吐。五月以後。行者差得無害。益州記曰。瀘水兩峯有殺氣。暑月舊不行。故武侯以夏渡為艱。

朱李沉不冷。彫胡晉作菰炊屢新。將衰骨盡痛。被褐一作喝味空頻。欻翕炎蒸景。飄颻征戍人。十年可解甲。爲爾一霑巾。

日暮

牛羊下來久。各已閉柴門。風月自淸夜。江山非故園。石泉流暗壁。草露滴秋根。一作滿秋原頭白燈明裏。何須花燼繁。

八月十五夜月二首

滿目飛明鏡。歸心折大刀。轉蓬行地遠。攀桂仰天高。水路疑霜雪。林棲見羽毛。此時瞻白兔。直欲數秋毫。

大刀樂府解題。大刀頭者。刀頭有環也。何當大刀頭者。何日當還也。破鏡者。月半缺也。破鏡飛上天者。言月半當還也。

稍下巫山峽。猶銜白帝城。氣沉全浦暗。輪仄半樓明。刁斗皆催曉。蟾蜍且自傾。一作淸張弓倚殘魄。不獨漢家營。

十六夜翫月

舊挹金波爽。皆傳玉露秋。關山隨地闊。河漢近人流。谷口樵歸唱。孤城笛起愁。巴童渾不寢。半夜有行舟。

十七夜對月

秋月仍圓夜。江村獨老身。捲簾還照客。倚杖更隨人。光射潛虬動。明翻宿鳥頻。茅齋依橘柚。清切露華新。

村雨

雨聲傳兩夜。寒事颯高秋。挈（一作攜）帶看朱紱。開箱覩黑裘。世情只益睡。盜賊敢忘憂。松菊新霑洗。茅齋慰遠遊。

雨晴

雨時山不改。晴罷峽如新。天路看殊俗。秋江思殺人。有猿揮淚盡。無犬附書頻。故國愁眉外。長歌欲損神。

晚晴吳郎見過北舍

圃畦新一作佳雨潤。媿子廢鉏來。竹杖交頭拄。柴扉隔一云掃徑開。欲棲羣鳥亂。未去小童催。明日重陽酒。相迎自醱醅。

## 暝

日下四山陰。山庭嵐氣侵。牛羊歸徑險。鳥雀聚枝深。正枕當星劍。收書動玉琴。半扉開燭影。欲掩見淸砧。

星劍吳曾漫錄。越絶書。觀其文。如列星之行。觀其光。如水溢於塘。故曰星劍。玉琴琴賦。徽以荊山之玉。

## 雲

龍似一作自。一作以。瞿唐會。江依白帝深。終年常起峽。每夜必通林。收穫辭霜渚。分明在夕岑。高齋非一處。秀氣豁煩襟。

## 月

四更山吐月。殘夜水明樓。塵匣元開鏡。風簾自上鉤。兔應疑鶴髮。蟾亦戀貂裘。斟酌姮娥寡。天寒奈九秋。

西溪叢語。塵匣二句。乃用沈雲卿月詩。臺前疑挂鏡。簾外自懸鈎。

## 雨四首

微雨不滑道。斷雲疎復行。紫崖奔處黑。白鳥去邊明。秋日新霑影。寒江舊落聲。柴扉臨野碓。半得一作濕擣香秔。

江雨舊無時。天晴忽散絲。暮秋霑物冷。今日過雲遲。上馬回休出。看鷗坐不辭。高一作層軒當灔澦。潤色靜書帷。

物色歲將晏。天隅人未歸。朔風鳴淅淅。寒雨下霏霏。多病久加飯。衰容新授衣。時危覺凋喪。一作喪亂故舊短書稀。

楚雨石苔滋。京華消息遲。山寒青兕叫。江晚白鷗饑。神女花鈿落。鮫人織杼悲。繁憂不自整。終日灑如絲。

## 夜

絕岸風威動。寒房燭影微。嶺猿霜外宿。江鳥夜深飛。獨坐親雄劍。哀歌嘆短衣。煙塵繞閶闔。白首壯心違。

閶闔水經注。魏明帝上法太極。于洛陽南宮。起太極殿于漢崇德殿之故處。改雉門爲閶闔門。閶闔門外。夾建巨闕。以應天宿。

晨雨

小雨晨光內。初來葉上聞。霧交纔灑地。風逆一作折旋隨雲。暫起柴荆色。輕霑鳥獸羣。麝香山一半。亭午未全分。

反照

反照開巫峽。寒空半有無。已低魚復暗。浦也不盡白鹽孤。山也荻岸如秋水。松門似畫圖。牛羊識僮僕。既夕應傳呼。

向夕

畎畝孤城外。江村亂水中。深山催短景。喬木易高風。鶴下雲汀一作河近。鷄棲草屋同。琴書散明燭。長夜始堪終。

曉望

白帝更聲盡。陽臺曙色分。高峯寒一作初上日。疊嶺宿霾一作未收雲。地坼江帆隱。天清木葉聞。荆扉對麋鹿。應共爾爲羣。

雷

巫峽中宵動。滄江十月雷。龍蛇不成蟄。天地劃爭迴。卻碾空山過。深蟠絕壁來。何須妒雲雨。霹靂楚王臺。

雨

冥冥甲子雨。已度立春時。輕箑煩相向。纖絺恐自疑。煙添纔有色。風引更如絲。直覺巫山暮。兼催宋玉悲。

甲子年譜。通鑑。大曆二年正月辛亥朔。至十三日甲子。諺云。春甲子雨。赤地千里。

朝二首

清旭楚宮南。霜空萬嶺含。野人時獨往。雲木曉相參。俊鶻無聲過。饑烏下食貪。病身終不動。搖落任江潭。

浦帆晨初發。郊扉冷未開。村一作林疎黃葉墜。野靜白鷗來。礎潤休全濕。雲晴欲半迴。巫山冬可怪。昨夜有奔雷。

礎潤淮南子。山雲蒸而柱礎潤。江淹詩。山雲潤柱礎。

## 晚

杖藜尋晚巷。一作巷晚炙背近墻暄。人見幽居僻。吾知拙養尊。朝廷問府主。耕稼學山村。歸翼飛棲定。寒燈亦閉門。

## 夜二首

白夜月休弦。燈花半委一作委半眠。號山無定鹿。落樹有驚蟬。暫憶江東鱠。兼懷雪下船。蠻歌犯星起。空一作重覺在天邊。

城郭悲笳暮。村墟過翼稀。甲兵年數久。賦斂夜深歸。暗樹依巖落。明河繞塞微。斗斜人更望。月細鵲休飛。

# 杜工部集卷之十六

虞山蒙叟錢謙益箋注

近體詩九十七首居夔州作

宗武生日

小子何時見。高秋此日生。自從都邑語。已伴一作律老夫名。詩是吾家事。人傳世上情。熟精文選理。休覓綵衣輕。凋瘵筵初秩。欹斜坐不成。流霞分一作飛片片。一作幾片涓滴就徐傾。吳若本注。宗武小名驥子。曾有詩。驥子好男兒。

又示宗武

覓句新知律。攤書解滿牀。試吟青玉案。莫羨陳作帶紫羅囊。假古雅切日從時飲。明年共我長。應須飽經術。已似愛文章。十五男兒志。三千弟子行。曾參與游夏。達者得升堂。

紫囊晉志。八坐尚書荷紫。以生紫爲袷囊。綴之服外。加于左肩。昔周公負成王。制此服。至今以爲朝服。假日登樓賦。聊假日以銷憂。賈逵國語注曰。暇。閑也。暇或作假。

熟食日示宗文宗武

消渴游江漢。羇棲尙甲兵。幾年逢熟食。萬里逼淸明。松柏邙一作邙山路。風花白帝城。汝曹催我老。廻首淚縱橫。

又示兩兒

邙山元和郡國志。邙州南接邛來山。因以爲名。十道志。邙山。在偃師縣北二里。子美先塋在洛。故有是句。

令節成吾老。他時見汝心。浮生看物變。爲恨與年深。長葛書難得。江州涕不禁。團圓思弟妹。行坐白頭吟。

長葛元和郡國志。本漢長杜縣地。置長葛縣。屬許州。

社日兩篇

九農一作秋豐成德業。百祀發光輝。報効神如在。馨香舊不違。南翁巴曲醉。北雁塞聲微。尙想東方朔。恢諧割肉歸。

社日西溪叢語。此詩詠諧割肉。社日用伏日事。蘇黃皆以爲誤。史記年表。秦德公二年。始作伏祠。社乃同日。至漢方有春秋二社。與伏分也。　九農蔡邕獨斷。先農者。葢神農之神。至少昊之世。置九農之官。

陳平亦分肉。太史竟論功。今日江南老。他時渭北一作水童。歡娛看絕塞。涕淚落秋風。鴛鷺廻金闕。誰憐病峽中。

九日五首闕一首

重陽獨酌一云少飲盃中酒。抱病起一作獨。又作豈。登江上臺。竹葉於人既無分。菊花從此不須開。殊方日落玄猿哭。舊國霜前白雁來。弟妹蕭條各何往。干戈衰謝兩相催。

竹葉張協七命。乃有荊南烏程。豫北竹葉。張華輕薄篇。蒼梧竹葉淸。宜城九醖酒。白雁古今詩話。北方白雁。秋深乃來。來則霜降。謂之霜信。

舊日重陽日。傳盃不放盃。卽今蓬鬢改。但愧菊花開。北闕心長戀。西江首獨迴。茱萸晉作萸房賜朝士。難得一枝來。

舊與蘇司業。兼隨鄭廣文。采花香泛泛。一云簇簇。一云漠漠。坐客醉紛紛。野樹歌一作欹還倚。秋砧醒卻聞。歡娛兩冥莫。西北有孤雲。

故里樊川菊。登高素滻源。他時一笑荊作醉後。今日幾人存。巫峽蟠江路。終南對國門。繫舟身萬里。伏枕淚雙痕。爲客裁烏帽。從兒具綠尊。佳辰對一作帶羣盜。愁絕更誰吳作堪論。

素滻游城南記。長安志云。少陵原南接終南山。北直滻水。今萬年縣有洪固鄉司馬村。在長安城之東南。少陵在村之東北。則滻水在東。非在北矣。少陵東接鳳涼原。滻水出焉。東北對白鹿原。邢谷水出焉。二水合流入渭。杜詩所謂登高素滻源是也。少陵之東岡下。即滻水之西岸。

九日一云日高一云登高諸人集于林

九日明朝是。相要舊俗非。老翁難早出。賢客幸知歸。舊采黃花賸。新梳白髮微。漫看年少樂。忍淚已霑衣。

大曆二年九月三十日

爲客無時了。悲秋向夕終。瘴餘夔子國。霜薄楚王宮。草敵虛嵐翠。花禁冷葉一作蘂紅。年年小搖落。不與故園同。

十月一日

有瘴非全歇。爲冬亦不吳作不亦難。夜郎溪日暖。白帝峽風寒。蒸裹如千室。焦糟一作糖幸一柈。茲辰南國重。舊俗自相歡。

夜郎水經注。溫水出牂牁夜郎縣。縣故夜郎侯國也。前書。夜郎縣有遯水。東至廣鬱。蒸裹齊民要術。裹蒸生魚。方七寸准。又云五寸准。豉汁煮秫米如蒸熊。生薑橘皮胡芹小蒜鹽細切熬糝。膏油塗箬。十字裹之。糝在上。復以糝屈牖篸之。

## 孟冬

殊俗還多事。方冬變所爲。破甘一作瓜霜落爪。嘗稻雪翻匙。巫峽一作吳岫寒都薄。烏蠻一作沙。一作黔溪。瘴遠隨。終然減灘瀨。暫喜息蛟螭。

## 冬至

年年至日長爲客。忽忽窮愁泥殺人。江上形容吾獨老。天邊一作涯風俗自相親。杖藜雪後臨丹壑。鳴玉一云明主朝來散紫宸。心折此時無一寸。路迷何處見一作是三秦。

## 小至

天時人事日相催。冬至陽生春又來。刺繡五紋一作文添弱線。吹葭六琯動浮灰。岸容待臘將舒柳。山意衝寒欲放一作破梅。雲物不殊鄉國異。教兒且覆掌中杯。

小至唐會要。開元八年。中書門下奏開元新格。冬至日祀圓丘。遂用小冬日視朝。按小冬日。即小至也。邵寶曰。小至謂至前一日。如小寒食之類。添線海錄。歲時記。晉魏間。宮中以紅線量日影。冬至後。日添長一線。而杜詩云。刺繡五紋添弱線。魯直詩。宮線添尺餘。未知孰是。舊注引唐雜錄。唐宮中以女功揆日之長短。冬至後。日晷漸長。比常日增一線之功。掌中杯舊註引覆杯池及禮記覆醢爲解。偶觀李太白宴北湖詩云。感此勸一觴。願君覆瓠壺。榮盛當作樂。無令後賢吁。則知覆杯乃傾尊倒甕。及時行樂之意。二公詩。正可相發明也。

## 覽物（草堂作峽中覽物）

曾爲掾吏趨三輔。憶在潼關詩興多。巫峽忽如瞻華岳。蜀江猶似見黄河。舟中得病移衾枕。洞口經春長薜蘿。形勝有餘風土惡。幾時廻首一高歌。

## 憶鄭南玭

鄭南伏毒寺。（一作守）瀟灑到江心。石影銜珠閣。泉聲帶玉琴。風杉曾曙倚。雲嶠憶春臨。萬里滄浪（陳作蒼茫）外。龍蛇只自深。

鄭南　寺名伏毒。在華州鄭南縣。劉禹錫別集云。舅氏牧華州。前後由華覲謁。陪登伏毒寺。曾題詩于梁。今典馮翊。南望三峯。浩然生思。寄詩云。曾作關中客。頻經伏毒巖。晴烟沙苑樹。曉日渭川帆。　玭（吳若本注。）玭疑作玼。音泚。玉色鮮潔也。

## 懷灞上游

悵望東陵道。平生灞上遊。春濃停野騎。夜宿敞雲樓。離別人誰在。經過老自休。眼前今古意。江漢一歸舟。

## 愁（强戲爲吳體）

江草日日喚愁生。巫一作春峽泠泠非世情。盤渦鷺浴底心性。獨樹花發自分明。十年戎馬暗萬國。異域賓客老孤城。渭水秦山得見否。人今罷病虎縱橫。

虎縱橫張璁曰。虎縱橫。謂暴歛也。時京兆用第五琦什一稅法。民多流亡。

## 晝夢

二月饒睡昏昏然。不獨夜短晝分眠。桃花氣暖眼自醉。春渚日落夢相牽。故鄉門巷荆棘底。中原君臣豺虎邊。安得務農息戰鬬。普天無吏橫索錢。

## 覽鏡呈柏中丞

渭水流關內。終南在日邊。膽銷豺虎窟。淚入犬羊天。起晚堪從事。行遲更學舊作覺仙。鏡中衰謝色。萬一故人憐。

學仙更學仙。言步履遲緩。更可以學仙乎。正衰謝之意也。

## 即事

暮春三月巫峽長。皛皛行雲浮一作無日光。雷聲忽送千峯雨。花氣渾如百和香。黃鶯過水翻迴去。燕子銜泥濕不妨。飛閣捲簾圖畫裏。虛無只少對瀟湘。

百和香古詩。博山罏中百和香。鬱金蘇合及都梁。

卽事一云天畔

天畔羣山孤草亭。江中風浪雨冥冥。一雙白魚不受釣。三寸黄甘猶自青。多病馬卿無日起。窮途阮籍幾時醒。未聞細柳散金甲。腸斷秦川一作州流濁涇。

悶

瘴癘浮三蜀。風雲暗百蠻。卷簾唯白水。隱几亦青山。猿捷長難見。鷗輕故不還。無錢從滯客。有鏡巧催顏。

戲作俳諧體遣悶二首

異俗可吁怪。斯人難並居。家家養烏鬼。頓頓食黄魚。舊識能一作難爲態。新知已暗疎。治生且耕鑿。只有不關一作開渠。

烏鬼邵伯溫聞見錄。夔峽之人。歲正月十百爲曹。設牲酒于田間。已而衆操兵大噪。謂之養烏鬼。養。去聲。長老言。地近烏蠻戰場。多與人爲厲。用以禳之。沈存中疑少陵詩所自也。疏詩者。乃以鸕鶿别名烏鬼。予往來夔峽間。問其人如存中之言。鸕鷀亦無別名。漫叟詩話云。興國軍太守楊鼎臣云。川人嗜豬肉。家家養豬。每呼豬作烏鬼聲。故謂之烏鬼。沈存中筆談。士人劉克博觀異書。按夔州圖經。稱峽中人以鸕鷀捕魚。謂之烏鬼。冷齋夜話。川峽路民。多供事烏蠻鬼。故云烏鬼。蔡寬夫詩話云。元微之江陵詩。病賽烏稱鬼。巫占瓦代龜。注云。南人染病。則賽烏鬼。楚巫列肆。悉賣龜卜。則烏鬼之名。自見于此。巴楚間常有殺人祭鬼者。曰烏野七頭神。則烏鬼乃所事神名爾。鸕鷀決非烏鬼。當從元注也。演繁露。元微之嘗投簡陽明洞。有詩云。鄉味猶珍蛤。家神愛事烏。乃知唐俗眞有烏鬼也。又國史補。裴中令節度江陵。遣軍將王稹往嶺南。擲石甃一烏於竹林。遂有烏鬼報讐之異。唐俗以烏爲神。祠而事之。有自來矣。**頓頓**吳曾漫錄。頓字亦有所本。晉謝僕射、陶太常詣吳領軍。日已中。客比得一頓食。**黃魚**夢弼曰。公詩云。日見巴東峽。黃魚出浪新。峽中黃魚。大者至數百斤。小者亦數十斤。豈鸕鷀之所能捕哉。以烏鬼爲鸕鷀。其謬甚矣。

**西歷青羌板。**一作坂 **南留白帝城。於菟**一作穀於 **侵客恨。粔籹作人情。瓦卜傳神語。畬田費火聲。**一作耕 **是非何處定。高枕笑浮生。**頃歲自秦涉隴。從同谷縣出游蜀。留滯于巫山也。

**青羌坂**水經注。青衣縣。故有青衣羌國也。竹書紀年。梁惠成王十年。瑕陽人自秦道岷山青衣水來歸。縣有蒙山。青衣所發。華陽國志。天漢四年。罷沈黎。置兩部都尉。一治旄牛。主外羌。一治青衣。主漢民。**粔籹**招魂。粔籹蜜餌。有餦餭些。補注。粔籹。蜜餌也。吳謂之膏環。餌。粉餅也。粔音巨。籹音女。又音汝。

## 得舍弟觀書自中都已達江陵今茲暮春月末行李合到夔州悲喜相兼團圓可待賦詩即事情見乎詞

**爾到**晉作過 **江陵府。何時到峽州。亂離生有別。聚集病應瘳。颯颯開啼眼。朝朝上水樓。老身須**

付託。白骨更何憂。

喜觀卽到復題短篇二首

巫峽千山暗。終南萬里春。病中吾見弟。書到汝爲人。意一作竟答兒童問。來經戰伐新。泊船悲喜後。欵欵話一作議歸秦。

待爾嗔烏鵲。抛書示鶺鴒。枝間喜不去。原上急曾經。江閣嫌津柳。風帆數驛亭。應論十年事。愁一作撚絕始星星。

烏鵲西京雜記。陸賈曰。乾鵲噪而行人至。

舍弟觀歸藍田迎新婦送示兩篇

汝去迎妻子。高秋念却廻。卽今螢已亂。好與雁同來。東望西江水。一作永南遊北戶開。卜居期靜處。會有故人杯。

北戶爾雅。觚竹北戶。注。觚竹在北。北戶在南。疏。北戶。卽日南郡是也。吳都賦。開北戶以向日。

楚塞難爲路。一作別藍田莫滯留。衣裳判白露。鞍馬信淸秋。滿峽重江水。開帆八月舟。此時同一醉。應在仲宣樓。

第五弟豐獨在江左近三四載寂無消息覓使寄此二首

亂後嗟吾在。羇棲見汝難。草黃騏驥病。沙晚（一作暖）鶺鴒寒。楚設關城險。吳吞水府寬。十年朝夕淚。衣袖不曾乾。

聞汝依山寺。杭州定越州。風塵淹別日。江漢失（一作共）清秋。影著啼猿樹。魂飄結蜃樓。明年下春水。東盡白雲求。（一作遊）

啼猿樹（盧照鄰巫山高云。莫辨啼猿樹。）蜃樓（天官書。海旁蜃氣象樓臺。廣野氣成宮闕。）

舍弟觀赴藍田取妻子到江陵喜寄三首

汝迎妻子達荊州。消息眞傳解我憂。鴻雁影來連峽內。鶺鴒飛急到沙頭。嶢關險路今虛遠。禹鑿寒江正穩流。朱紱即當隨綵鷁。青春不假報黃牛。

沙頭（方輿勝覽。沙頭市。去江陵十五里。元稹詩。闐咽沙頭市。玲瓏竹岸隐。）嶢關（嶢關。即藍田關。其路有七盤十二繂。）穩流（峽江冬寒水落。其流穩也。）

馬度（一作瘦）秦關（一作吳山）雪正深。北來肌骨苦寒侵。他鄉就我生春色。故國移居見客心。剩欲（一作歡劇）提攜如意舞。喜多行坐白頭吟。巡簷索共一作近梅花笑。冷蘂一作落疎枝半不禁。

如意 王戎好作如意舞。

庾信羅含俱有宅。春來秋去作誰家。短墻若在從殘草。喬木如存可假花。卜築應同蔣詡徑。爲園須似邵平瓜。比年一作因病一作斷酒開涓滴。弟勸兄酬何怨嗟。

庾信 九域志。宋玉宅。庾信所居。 羅含 羅含傳。含爲荊州別駕。以廨舍喧擾。於城西池小洲上立茅屋。伐木爲材。織葦爲席而居。布衣蔬食。晏如也。渚宮記。安成王在鎭。以羅含故宅借錄事劉朗之。嘗見一丈夫。衣冠甚偉。披衿而立。朗之驚問。忽然失之。未及還。朗之以罪見黜。人謂君章有神。羅君章宅。在江陵城西三里。庾信亦嘗居之。 蔣詡 嵇康高士傳。蔣詡。杜陵人。詡爲兗州。王莽爲宰衡。詡奏事到霸上。移疾歸杜陵。荊棘塞門。舍中三徑。終身不出。時人諺曰。楚國二龔。不如杜陵蔣翁。此句正用杜陵故事。與邵平爲偶。非泛用三徑也。

箋曰。庾信、羅含有宅。謂江陵之寓居也。春來秋去。以燕自況也。短墻喬木。指秦中故居。蔣詡、邵平。一居杜陵。一居東陵。皆老于長安者也。弟勸兄酬。言歸秦之樂也。

江雨有懷鄭典設

春雨闇闇塞一作發峽中。早晚來自楚王宮。亂波分披已打岸。弱雲狼藉不禁風。寵光蕙葉與多碧。點注桃花舒小紅。谷口子眞正憶汝。岸高瀼滑一作闊限西東。

張璁曰。夔有澗水。橫通山谷間。謂之瀼。時公又自赤甲還居瀼西。則鄭居瀼東也。

王十五前閣會

楚岸收新雨。春臺引細風。情人來石上。鮮鱠出江中。隣舍煩書札。肩輿强老翁。病身虚俊味。何幸飫兒童。

俊味藝苑雌黄。杜詩俊味。亦有來處。本草胡注云。此物煮爲虀臛。極俊美。

寄韋有夏郎中

省郎憂病士。書信有柴胡。飲子頻通汗。懷君想報珠。親知天畔少。藥味峽中無。歸楫生衣卧。春鷗洗翅呼。猶聞上急水。早作取平途。萬里皇華使。爲僚記腐儒。

韋有夏潘淳曰。顔魯公東方朔碑陰。有朝城主簿韋有夏。殆斯人耶。生衣趙曰。生衣者。生水衣于其上也。東坡云。沈佺期回波詞。姓名雖蒙齒録。袍笏未易牙緋。子美用飲子對懷君。亦齒録牙緋之比也。

陪柏中丞觀宴將士二首

極樂三軍士。誰知百戰場。無私齊綺饌。久坐密金章。醉客霑鸚鵡。佳人指鳳凰。幾時來翠節。特地引紅粧。

鸊鵜（酉陽雜俎。梁宴魏使。魏肇師舉酒勸陳昭。俄而酒至鸊鵜盃。）

繡段裝簷額。金花帖鼓腰。一夫先舞劍。百戲後歌樵。（一作譙）江樹城孤遠。雲臺使寂寥。漢朝頻選將。應拜霍嫖姚。

七月一日題終明府水樓二首

高棟曾軒已自涼。秋風此日灑衣裳。翛然欲下陰山雪。不去非無漢署香。絕壁過雲開錦繡。疎松夾水奏笙簧。看君宜著王喬履。眞賜還疑出尙方。（終明府。功曹也。兼攝奉節令。故有此句。佇觀奏。卽眞也。）

宓子彈琴邑宰日。終軍棄繻英妙時。承家節操尙不泯。爲政風流今在茲。可憐賓客盡傾蓋。何處老翁來賦詩。楚江巫峽半雲雨。淸簟疎簾看奕碁。

季秋蘇五弟纓江樓夜宴崔十三評事韋少府姪三首

峽險江驚急。樓高月迥明。一時今夕會。萬里故鄉情。星落黃姑渚。秋辭白帝城。老人因酒病。堅坐看君傾。

黃姑渚（古歌詞。黃姑織女時相見。黃姑。卽河鼓也。曹植九詠。乘回風兮浮漢渚。）

明月生長好。浮雲薄漸（一作暫）遮。悠悠照邊塞。悄悄憶京華。清動盃中物。高隨海上查。不眠瞻白兔。百過落烏紗。

對月那無酒。登樓況有江。聽歌驚白鬢。笑舞拓秋牕。尊蟻添相續。沙鷗並一雙。盡憐君醉倒。更覺片（一作我）心降。

九月一日過孟十二倉曹十四主薄兄弟

藜杖侵寒露。蓬門啓曙烟。力稀經樹歇。老困撥書眠。秋覺追隨盡。來因孝友偏。清談見滋味。爾輩可忘年。

過客相尋

窮老眞無事。江山已定居。地幽忘盥櫛。客至罷琴書。挂壁移筐果。呼兒問（一作闕）煑魚。時聞繫舟楫。及此問吾廬。

孟倉曹步趾領新酒醬二物滿器見遺老夫

楚岸通秋屐。胡牀面夕畦。藉糟分汁滓。甕醬落提攜。飯糲添香味。朋來有醉泥。理生那免俗。方法報山妻。

藉糟酒德頌。枕麴藉糟。汁滓周禮。醴齊注云。醴猶體也。成而汁滓相將。

柳司馬至

有使歸三峽。相過問兩京。函關猶出將。渭水更屯兵。設備邯鄲道。和親邏些城。幽燕唯鳥去。商洛少人行。衰謝身何補。蕭條病轉嬰。霜天到宮闕。戀主寸心明。

邏些城舊書吐蕃傳。其人或隨畜牧而不常厥居。然頗有城郭。其國都城。號爲邏些城。新書。吐蕃有邏娑川。鶴曰。大曆二年九月十月。京師以吐蕃入寇兩戒嚴。故作此詩。

簡吳郎司法

有客乘舸自忠州。遣騎安置瀼西頭。古堂本買藉疏豁。借汝遷居停宴遊。雲石熒熒高葉曙。一作曉風江颯颯亂帆秋。却爲姻婭過逢地。許坐曾軒數散愁。

瀼西時公又移居東屯。故以瀼西草堂借吳郎也。

又呈吳郎

堂前撲棗任西鄰。無食無兒一婦人。不爲困窮寧有此。祇緣恐懼轉須親。即防知一作遠客雖多事。使便一作插疎籬卻甚眞。已訴徵求貧到骨。正思戎馬淚盈巾。

西鄰前漢王吉傳。吉居長安。東家有大棗樹。垂吉庭中。吉婦取棗以啗吉。此句闇用其事。

覃山人隱居

南極老人自有星。北山移文誰勒銘。徵君已去獨松菊。哀壑無光留戶庭。予見亂離不得已。子知出處必須經。高車駟馬帶傾覆。悵望秋天虛翠屏。

柏學士茅屋

碧山學士焚銀魚。白馬卻走身巖居。古人已用三冬足。年少今曾一作開萬卷餘。晴雲滿戶團傾蓋。秋水浮堦溜決渠。富貴必從勤苦得。男兒須讀五車書。

題柏大兄弟山居屋壁二首

叔父朱門貴。郎君玉樹高。山居精典籍。文雅涉風騷。江漢終吾老。雲林得爾曹。哀絃繞白雪。未與俗人操。

野屋流寒水。山籬帶薄雲。靜應連虎穴。喧已去人羣。筆架霑牕雨。書籤映隙曛。蕭蕭千里足。荆作馬箇箇五花文。

戲寄崔評事表姪蘇五表弟韋大少府諸妷

隱豹深愁雨。潛龍故起雲。泥多仍徑曲。心醉阻賢羣。忍待江山麗。還披鮑謝文。高樓憶疏豁。秋興坐氛氳。

秋日寄題鄭監湖上亭三首

碧草逢一作違春意。沅湘萬里秋。池要山簡馬。月淨一作靜庾公樓。磨滅餘篇翰。平生一釣舟。高唐寒浪減。一作滅髣髴識昭丘。

山簡馬 山簡鎮襄陽。每臨高陽池。未嘗不大醉而還。時人爲之歌曰。時時能騎馬。倒著白接䍦。 庾公樓 方輿勝覽。南樓今在郡治南鶴山頂上。非庾亮所登故基。亮所登。乃武昌安樂宮端門也。李肇鄂州南樓記云。孫氏更名漢鄂曰武昌。今州東八十里武昌縣是也。今鄂州乃漢沙羨。當晉咸康時。沙羨未始有鄂及武昌之名。庾亮安得至此。 高唐 高唐賦序。楚襄王與宋玉遊於雲夢之臺。望高唐之觀。漢書注曰。雲夢中高唐之臺。張揖曰。雲夢。楚藪也。在南郡華容縣。其中有臺館。又曰。妾巫山之女也。爲高唐之客。聞君遊高唐。願薦枕席。蓋神女在巫山之陽。而共爲高唐之客。則在雲夢。故臺館皆在華容也。陽臺自在巫山。亦曰陽雲臺。寰宇記云。陽雲臺高一百二十丈。南枕長江。宋玉云。遊陽雲之臺。望高唐之觀。即此也。欒氏殆失攷矣。公詩云。高唐寒浪減。髣髴識昭丘。殆亦指雲夢言之。 昭丘 登樓賦。北彌陶牧。西接昭丘。荆州圖記曰。當陽東南七十里有楚昭王墓。登樓則見。所謂昭丘。水經注。沮水又南逕楚昭王墓。東對麥城。故王仲宣之賦登樓云。西接昭丘是也。

新作湖邊宅。還聞賓客過。自須開竹逕。誰道避雲蘿。官序潘生拙。才名賈傅多。捨舟應轉地。（一作卜）鄰接意如何。

暫阻（一作住）蓬萊閣。終爲江海人。揮金應物理。拖玉豈吾身。羹煮秋蓴滑。（一作弱）盃迎（一作凝）露菊新。賦詩分氣象。佳句莫頻頻。

謁眞諦寺禪師

蘭若山高處。烟霞嶂（一作障）幾重。凍泉依細石。晴雪落長松。問法看詩忘。（一作安）觀身向酒慵。未能割妻子。卜宅近前峯。

別崔潩因寄薛據孟雲卿（內弟潩赴湖南幕職）

志士惜妄動。知深（陳作深知）難固辭。如何久磨礪。但取不磷緇。夙夜聽憂主。飛騰急濟時。荆州過薛孟。（晉作遇）爲報欲論詩。

送李八秘書赴杜相公幕

青簾白舫益州來。巫峽秋濤天地廻。石出倒聽楓葉下。灔澦堆櫓搖皆一作背指菊花開。貪趨相府今晨發。恐失佳期後命催。南極一星朝北斗。五雲多處是三台。

張璁曰。公有贈李秘書別詩曰。幕府籌頻問。山家藥正鋤。自注。秘書比臥青城山中。詳此。則鴻漸平崔旰。必資其謀。至入朝。表用之也。

巫峽弊廬奉贈侍御四舅別之澧朗

江城秋日落。山鬼閉門中。行李淹吾舅。誅茅問老翁。赤眉猶世亂。青眼只途窮。傳語桃源客。人今出處同。

奉送十七舅下邵桂

絕域三冬暮。浮生一病身。感深辭舅氏。別後見何人。縹緲蒼梧帝。推遷孟母隣。昏昏阻雲水。側望苦傷神。

送覃二判官

先帝一作皇弓劍遠。小臣餘此生。蹉跎病江漢。不復謁承明。餞爾白頭日。永懷丹鳳城。遲遲戀屈宋。渺渺臥荆衡。魂斷航舸失。天寒沙水清。肺肝若稍愈。亦上赤霄行。

季夏送鄉弟韶陪黃門從叔朝謁

令弟尚爲蒼水使。名家莫出杜陵人。比來相國兼安蜀。歸赴朝廷已入秦。捨舟策馬論兵地。拖玉腰金報主身。莫度清秋吟蟋蟀。早聞黃閣畫麒麟。

杜鴻漸以大曆二年六月入朝。蟋蟀潘岳秋興賦。蟋蟀鳴於軒屏。張璁曰。捨舟策馬。言蜀地用兵。水陸不得並進也。自注。韶比兼開江使。通成都外江下峽舟船。

送十五弟侍御使蜀

喜弟文章進。添余別興牽。數盃巫峽酒。百丈內江船。未息豺狼鬬。空催犬馬年。歸朝多便道。搏擊望秋天。

內江輿地廣記。涪州內江。卽黔江也。昔司馬錯泝此水南上擊楚。奪黔中地。又李膺益州記云。內江至關頭灘。灘長百步。懸崖倒水。舟楫莫通。方輿紀勝。九域志引水經云。卽延江文津也。杜詩注云。水自渝上合州者。謂之內江。自渝由戎瀘上蜀者。謂之外江。與此不同。按內江卽黔江。地志甚明。杜注不足據。

送田四弟將軍將夔州柏中丞命起居江陵節度陽城郡王衛公幕一云夔府送田將軍赴江陵

離筵罷多酒。起地發寒塘。廻首中丞座。馳牋異姓王。燕辭楓樹日。雁度麥城霜。空醉晉作定山翁酒。遙憐似葛强。

麥城水經注。沮水又東逕驢城西。磨城東。又南逕麥城西。盛弘之荆州記。麥城東有驢城。沮水之西有磨城。犄角麥城。子胥造此二城。以攻麥城。俗諺云。東驢西磨麥自破。

送王十六判官

客下荆南盡。君今復入舟。買薪猶白帝。鳴櫓少一作已沙頭。衡霍生春早。瀟湘共海浮。荒林庾信宅。爲仗主人留。

沙頭吳若本注。江陵吳船至。泊於郭外沙頭。入蜀記。過白湖拋江。至升子鋪。日入泊沙市。自公安至此六十里。自此至荆南。陸行十里。舟不復進矣。老杜云。買薪猶白帝。鳴櫓已沙頭。又劉夢得云。沙頭檣干上。始見春江闊。皆謂此也。方輿勝覽。沙頭市至江陵城十五里。庾信宅寰宇記。羅含宅。在江陵城西三里。庾信亦嘗居之。

奉送卿二翁統節度鎮軍還江陵

火旗還錦纜。白馬出江城。嘹唳吟一作鳴笳發。蕭條別浦清。寒空巫峽曙。落日渭陽明。一作情留

滯嗟衰疾。何時見息兵。

送鮮于萬州遷巴州

京兆先時傑。琳琅照一門。朝廷偏注意。一作壐接近與名藩。祖帳排陳作維舟數。寒江觸石喧。看

君妙爲政。他日有殊恩。

琳琅顏魯公鮮于仲通神道碑。仲通子六人。叔曰萬州刺史炅。雅有父風。頗精吏道。作牧萬州。政績尤異。有詔遷秘書少監。尋又改牧巴州。仲通一門。並見贈鮮于京兆詩注。

寄杜位頃者與位同在故嚴尙書幕

寒日經簷短。窮猿失木悲。峽中一作筵爲客恨。江上一作並憶君時。天地身何在。吳作往風塵病敢辭。封書兩行淚。霑灑裛新詩。

奉寄李十五秘書二首文嶷

避暑雲安縣。秋風早下來。暫留刊作之魚復浦。同過楚王臺。猿鳥千崖窄。江湖萬里開。竹枝歌未好。畫舸莫陳作且遲一作輕回。

竹枝竹枝本出於巴渝。唐貞元中。劉禹錫在沅湘。以俚歌鄙陋。乃依騷人九歌。作竹枝新歌。禹錫曰。竹枝。巴渝也。巴兒聯歌。吹短笛擊鼓以赴節。

行李千金贈。衣冠八尺身。飛騰知有策。意度不無神。班秩兼通貴。公侯出異人。玄成負文彩。世業豈沉淪。

奉送韋中丞之晉赴湖南

寵渥徵黃漸。權宜借寇頻。湖南安背水。峽內憶行春。王室仍多故。蒼生倚大臣。還將徐孺子。一作榻處處待高人。

送李功曹之荊州充鄭侍御判官重贈

曾聞宋玉宅。每欲到荊州。此地生涯晚。遙悲一作通水國秋。孤城一柱觀。落日九江流。使者雖光彩。青楓遠自愁。

宋玉宅 水經注。宜城城南有宋玉宅。玉。邑人。雋才辯給。善屬文而識音也。西溪叢語。唐余知古渚宮故事曰。庾信因侯景之亂。自建康遁歸江陵。居宋玉故宅。宅在城北三里。故其賦曰。誅茅宋玉之宅。穿徑臨江之府。老杜云。曾聞宋玉宅。李義山亦云。可憐留著臨江宅。異代應教庾信居是也。然子美移居夔州入宅詩云。宋玉歸州宅。又有江山故宅之詠。蓋歸州亦有宋玉宅也。

送孟十二倉曹赴東京選

君行別老親。此去苦家貧。藻鏡留連客。江山憔悴人。秋風楚竹冷。夜雪鞏梅春。朝夕高堂念。應宜綵服新。

憑孟倉曹將書覓土婁舊莊

平居喪亂後。不到洛陽岑。爲歷雲山問。無辭荊棘深。北風黃葉下。南浦白頭吟。十載江湖客。茫茫遲暮心。

別蘇徯赴湖南幕

故人有遊子。棄擲傍天隅。他日憐才命。居然屈壯圖。十年猶塌翼。絕倒爲驚吁。消渴今如在。提攜愧老夫。豈知臺閣舊。先陳作洗拂鳳凰雛。得實翻蒼竹。棲枝把翠梧。北辰當宇宙。南岳據江湖。國帶風塵色。兵張虎豹符。數論封內事。揮發府中趨。贈爾一作汝秦人策。莫鞭轅下駒。

存殁口號二首

席謙不見近彈棊。畢耀仍傳舊小詩。玉局他年無限笑。一作事白楊今日幾人悲。道士席謙善彈棊。故曰玉局。

彈棊梁冀傳注。藝經曰。彈棊。兩人對局。白黑棊各六。後先列棊相當。更先彈也。其局以石爲之。古今詩話。彈棊局。方五尺。中心高如覆盆。其顛爲小壺。四角微起。李商隱詩。玉作彈棊局。中心恨不平。謂其中尊也。

鄭公粉繪隨長夜。曹霸丹青已白頭。天下何曾有山水。人間不解重驊騮。高士滎陽鄭虔善畫山水。曹霸善畫馬也。

奉漢中王手札報韋侍御蕭尊師亡

秋日蕭韋逝。淮王報峽中。少一作小年疑柱史。多術怪仙公。不但時人惜。祇應吾道窮。一哀侵疾病。相識自兒童。處處鄰家笛。飄飄客子蓬。强吟懷舊賦。已作白頭翁。

### 哭王彭州掄

執友驚淪沒。斯人已寂寥。新文生沈謝。異骨降松喬。北部初高選。東堂早見招。蛟龍纏倚劍。鸞鳳夾吹簫。歷職漢庭久。中年胡馬驕。兵戈闇（一作鬬）兩觀。寵辱事三朝。蜀路江干（一作干戈）窄。彭門（一作鬬）地理遙。解龜生碧草。諫獵阻清霄。頃壯戎麾出。叨陪幕府要。將軍臨氣候。猛士塞風飈。井漏（一作渫。一作滿。）泉誰汲。烽疎火不燒。前籌自多暇（一作假）。隱几接終朝。翠石俄雙表。寒松竟後凋。贈詩焉敢墜。染翰欲無聊。再哭經過罷。離魂去住銷。之官方玉折。寄葬與萍漂。曠望渥洼道。霏微河漢橋。夫人先即世。令子各清標。巫峽長雲雨。秦城近斗杓。馮唐毛髮白。歸興日蕭蕭。

渥洼（渥洼道。屬令子。河漢橋。屬夫人。舊注甚繆。）

### 見螢火

巫山秋夜螢火飛。簾疎巧入坐人衣。忽驚屋裏琴書冷。復亂簷邊星宿稀。卻繞井欄添箇箇。

偶經花蘂弄輝輝。滄江白髮愁看汝。來歲如今歸未歸。

吹笛

吹笛秋山風（一云風山）月清。誰家巧作斷腸聲。風飄律呂相和切。月傍（草堂作倚）關山幾處明。胡騎中宵堪北走。武陵一曲想南征。故園楊柳今搖（一作摧。一作花。）落。何得愁中曲（王原叔得甫詩藁。曲作卻。）盡生。

胡騎　世說。劉越石爲胡騎所圍數重。城中窘迫無計。越石始夕。乘月登樓清嘯。胡賊聞之。皆悽然長歎。中夜奏胡笳。賊皆流涕。人有懷土之苦。向曉又吹之。賊並棄圍奔走。陳宏讓長笛吐清氣詩。胡騎爭北歸。偏知別鄉苦。武陵　古今注。武溪深。乃馬援南征之所作也。援門生爰寄生善吹笛。援作歌以和之。名曰武溪深。陳賀徹長笛吐清氣詩。方知出塞胡。不憚武陵深。楊柳　唐書樂志。梁樂府有胡吹歌云。上馬不捉鞭。反拗楊柳枝。下馬吹橫笛。愁殺行客兒。此歌詞元出北國。卽鼓角橫吹笛折楊柳是也。演繁露。笛亦有落梅折柳二曲。今其詞亡。不可考矣。

孤雁（一云後飛雁）

孤雁不飲啄。飛鳴聲念羣。（一作聲聲飛念羣）誰憐一片影。相失萬重雲。望盡（一作斷）似猶見。哀多如更（一作更復）聞。野鴉無意緒。鳴噪自（一作亦）紛紛。

鷗

江浦寒鷗戲。無他亦自饒。卻思翻玉羽。隨意點春苗。雪暗還須浴。（一作落）風生一任飄。幾羣滄海上。清影日蕭蕭。風生。南越志。江鷗。一名海鷗。在海漲中。隨潮上下。常以三月風至。乃還洲嶼。頗知風雲。若羣至岸必風。

猿

裊裊啼虛壁。蕭蕭挂冷枝。艱難人不見。一作免隱見爾如知。慣習元從衆。全生或用奇。前林騰每及。父子莫相離。

黃魚

日見巴東峽。黃魚出浪新。脂膏兼飼犬。論衡。彭蠡之濱。以魚食犬。鹽鐵論。江陵之人。以魚飼犬。韓詩。飼犬驗今朝。長大不容身。長大爾雅注。鱣大者。長二三丈。今江東呼爲黃魚。陸機云。大者千餘斤。可蒸爲臛。又可爲鮓。魚子可爲醬。筒桶一作筩相沿久。風雷肯爲神。一作伸泥沙卷涎沫。廻首怪龍鱗。

白小

白小羣分命。天然二寸魚。細微霑水族。風俗當園蔬。入肆銀花亂。傾箱雪片虛。生成猶拾一作捨卵。盡取義何如。

園蔬（賓退錄。靖州圖經載其俗居喪。不食酒肉鹽酪。而以魚爲蔬。今湖北多然。謂之魚茶。老杜嘗往來荆楚。而夔亦與湖北爲隣。風俗當園蔬。正指此也。）拾卵（西京賦。擭胎拾卵。蚳蝝盡取。）

## 麑

永與清溪別。蒙將玉饌俱。無才逐仙隱。不敢恨庖廚。亂世輕全物。微聲及禍樞。衣冠兼盜賊。饕餮用斯須。

麑（爾雅。麑。大麛。旄毛狗足。）仙隱（神仙傳。魯女生入華山中。乘白鹿車。從玉女數十人。）微聲（昌邑臨海郡記。郡西北侯官山。有三足麑。其聲嘶嗄。）

## 鷄

紀德名標五。初鳴度必三。殊方聽有異。失次曉無慚。問俗人情似。充庖爾輩堪。氣交亭育際。巫峽漏司南。

五德（韓詩外傳。田饒謂魯哀公。鷄有此五德。君猶瀹而食之。）氣交（裴玄新語。正朝縣官殺羊。懸其頭于門。又磔鷄以副之。俗說以厭癘氣。玄以問江南任君。任君曰。是月土氣上升。草木萌動。羊齧百草。鷄啄五穀。故殺之以助生氣。）

## 玉腕騮（江陵節度衛公馬也）

聞說荆南馬。尚書玉腕騮。頓驂（陳作驂驔）飄赤汗。跼蹐顧長楸。胡虜三年入。乾坤一戰收。舉鞭如有問。欲伴習池遊。

見王監兵馬使說近山有白黑二鷹羅者久取竟未能得王以爲毛骨有異他鷹恐臘後春生鶱飛避暖勁翮思秋之甚眇不可見請余賦詩

雪別本俱作雲飛玉立盡清秋。不惜奇毛恣遠遊。在野只教心力一作膽破。千晉作干。或作于。人何事網羅求。一生自獵知無敵。百中爭能恥下韝。鵬礙九天須卻避。兔藏一作經三穴一作營三窟莫深憂。

白鷹酉陽雜俎。漠北白者。身長且大。五觔有餘。細斑短項。鷹內之最。生沙漠之北。不知遠近。向代州中山飛。又有房山白、漁陽白、東道白。下韝東觀漢記。桓虞歎曰。善吏如使良鷹。下韝卽中。鵬礙幽明錄。楚文王好獵。有人獻一鷹。文王見其殊常。故爲獵于雲夢。毛羣羽族。爭噬競搏。此鷹瞪目遠瞻雲際。俄而雲際有一物。凝翔鮮白。鷹便竦翮而升。矗若飛電。須臾羽墮如雪。血下如雨。有大鳥墮地。兩翅廣數十里。時有博物君子曰。此大鵬雛也。

黑鷹不省人間有。度海疑從北極來。正翮摶風超紫塞。立陳作玄冬幾夜宿陽臺。虞羅自各虛施巧。春雁同歸必見猜。萬里寒空祗一日。金眸玉爪不刊作未凡材。

北極酉陽雜俎。取鷹法。七月二十日爲上時。內地者多。塞外者殊少。八月上旬爲次時。八月下旬爲下時。塞外鷹畢至矣。紫塞崔豹古今注。秦築長城。土色皆紫。漢塞亦然。故云紫塞也。虞羅隋魏彥深鷹賦。何虞者之多巧。運橫羅以羈束。

張璁曰。按王兵馬。荆南趙芮公猛將。公嘗爲賦二角鷹。言其勇銳相敵。則此亦所以況之也。

杜工部集卷之十六終

# 杜工部集卷之十七

虞山蒙叟錢謙益箋注

近體詩五十五首（大曆三年正月。起峽中。至江陵。及湖南作。）

太歲日

楚岸行將老。巫山坐復春。病多猶是客。謀拙竟何人。閶闔開黃道。衣冠拜紫宸。榮光懸日月。賜與出金銀。愁寂鴛行斷。參差虎穴鄰。西江元下蜀。北斗故臨秦。散地逾高枕。生涯脫要津。天邊梅柳樹。相見幾迴新。

元日示宗武

汝啼吾手戰。吾笑汝身長。處處逢正月。迢迢滯遠方。飄零還柏酒。（一作葉）衰病只藜床。訓喻青衿子。名慚白首郎。賦詩猶落筆。獻壽更稱觴。不見江東弟。高歌淚數行。（第五弟豐。漂泊江左。近無消息。）

遠懷舍弟穎觀等

陽翟空知處。荊南近得書。積年仍遠別。多難不安居。江漢春風起。冰霜昨夜除。雲天猶錯莫。花萼倚蕭疎。對酒都疑夢。吟詩正憶渠。舊時元日會。鄉黨羨吾盧。

續得觀書迎就當陽居止正月中旬定出三峽

自汝到荆府。書來數喚吾。頌椒添諷詠。禁火卜歡娛。一作呼舟楫因人動。形骸用杖扶。天旋夔子國。春近岳陽湖。發日排南喜。傷神散北吁。飛鳴還接翅。行序密銜蘆。俗薄江山好。時危草木蘇。馮唐雖晚達。終覬在皇都。

將別巫峽贈南卿兄瀼西果園四十畝

苔竹素所好。萍蓬無一作不定居。遠遊長兒子。幾地別林廬。雜蘂紅相對。他時錦不如。具舟將出峽。巡圃念攜鋤。正月喧鶯末。茲辰放鷁初。雪籬梅可折。風榭柳微舒。託贈卿家有。因歌野興疎。殘生逗陳作逼江漢。何處狎樵漁。

送大理封主簿五郎親事不合卻赴通州主簿前閬州賢子余與主簿平章鄭氏女子垂欲納一有采字鄭氏伯父京書至女子已許他族親事遂停

禁臠去東床。趨庭赴北堂。風波空遠涉。琴瑟幾音泊虛張。渥水出騏驥。崑山生鳳皇。兩家誠欻欻。中道許蒼蒼。頗謂秦晉匹。從來王謝郎。青春動才調。白首缺輝光。玉潤終孤立。珠明得闇藏。餘寒折花卉。恨別滿江鄉。

禁臠晉書。袁崧欲以女妻謝混。王珣曰。卿莫近禁臠。

## 人日兩篇

元日到人日。未有不陰時。冰雪鶯難至。春寒花較遲。雲隨白水落。風振紫山悲。蓬鬢稀疏久。無勞比素絲。

人日談藪。魏收對北齊高祖。董勛風俗答問云正月一日爲鷄。七日爲人。西清詩話。宋人劉克曰。東方朔占書。一日至八日。其日晴。主所生之物育。陰則災。少陵謂天寶亂後。人物歲歲俱災。此春秋書法耶。 白水山海經。白水出蜀而東南注江。入江州城。下注江州縣屬巴郡。 紫山後漢志。廣漢郡綿竹地道記曰。有紫岩山。緜水之所出焉。

此日此時人共得。一談一笑俗相看。尊前柏葉休隨酒。勝裏金花巧耐寒。佩劍衝星聊暫拔。匣琴流水自須彈。早春重引江湖興。直道無憂行路難。

勝裏荆楚歲時記。正月七日爲人日。以七種菜爲羹。剪綵爲人。或鏤金箔爲人。以貼屛風。亦戴之頭鬢。賈充李夫人典戒。人日造華勝相遺。像瑞圖金勝之形。又象西王母戴勝也。

## 江梅

梅蘂臘前破。梅花年後多。絶知春意好。一作早最奈客愁何。雪樹元一作能同色。江風亦自波。故園不可見。巫岫鬱嵯峨。

庭草

楚草經寒碧。庭春入眼濃。舊低收葉舉。新掩卷牙重。步履宜輕過。開筵得屢供。看花隨節序。不敢强爲容。

大曆三年春白帝城放船出瞿唐峽久居夔府將適江陵漂泊有詩凡四十韻

老向巴人裏。今辭楚塞隅。入舟翻不樂。解纜獨長吁。窄轉深啼狖。虛隨亂一作落浴鳧。石苔凌几杖。空翠撲肌膚。疊壁排霜劍。奔泉濺水珠。杳冥藤上下。濃淡樹榮枯。神女峯娟妙。昭君宅有無。曲留明怨惜。一作別夢盡失歡娛。擺闔盤渦沸。欹斜激浪輸。風雷纏地脈。冰雪耀天衢。鹿角灘名眞走險。狼頭灘名如跋胡。惡灘寧變色。高臥負微軀。書史全傾撓。裝囊半壓濡。生涯臨臬兀。死地脫斯須。不有平川決。一作快焉知衆壑趨。乾坤霾漲海。雨露洗春蕪。鷗鳥牽絲颺。驪龍濯錦紆。落霞沉綠綺。殘月壞金樞。泥筍苞初荻。沙茸出小蒲。雁兒爭水馬。燕子逐檣烏。絶島容烟霧。環洲納曉晡。前聞辨陶牧。轉眄拂宜都。縣郭南畿好。路入松滋縣津亭北望孤。勞心依憩息。朗詠劃昭蘇。意遣樂還笑。衰迷賢與愚。飄蕭將素髮。汨沒聽洪鑪。丘壑曾忘返。文章敢自誣。此生遭聖代。誰分哭窮途。卧疾淹爲客。蒙恩早廁儒。廷爭酬造化。樸直乞去江湖。灔澦險相迫。滄浪深可逾。浮名尋已已。懶計却區區。喜近天皇寺。先披古畫圖。此寺有晉右軍書。張僧繇畫孔子洎顔子十哲形像。應經帝子渚。同泣舜蒼梧。朝士兼戎服。君王按湛盧。旄頭初俶擾。鶉首麗泥塗。甲卒身雖貴。書生道固殊。出塵皆野鶴。歷塊匪轅駒。伊呂終難降。韓彭不易呼。五雲高太甲。六月曠摶扶。回首黎元病。爭權將帥誅。山林託疲苶。未必免崎嶇。

狼頭 輿地紀勝。蜀江狼尾灘。陳時屯隋兵之所。屬峽州。水經注。江水又東流狼頭灘。其水並峻激奔暴。魚鱉所不能游。行者常苦之。其歌曰。灘頭白勃堅相持。倏忽淪沒別無期。袁崧曰。自蜀至此五千餘里。下水五日。上水百日也。宜都記曰。渡流頭灘十里。便得宜昌縣。江水又東。經狼尾灘而歷人灘。按流頭灘。當即所謂狼頭也。 金樞 海賦。大明摭轡於金樞之穴。伏滔望海賦。金樞理轡。 笋蒲 謝靈運詩。初篁苞綠籜。新蒲含紫茸。善注。蒼頡篇曰。茸。草貌。然此茸謂蒲華也。 水馬 注引本草海馬。恐未是。 陶牧 登樓賦。北彌陶牧。荊州記曰。江陵縣西有陶朱公冢。 宜都 水經注。夷道縣。漢武帝伐西南夷。路由此出。故曰夷道矣。劉備曰宜都。郡治在縣東四百步。故城吳丞相陸遜所築也。 天皇寺 歷代名畫記。江陵天皇寺。明皇置。內有柏堂。僧繇畫盧舍那佛像及仲尼十哲。帝怪問。釋門內如何畫孔聖。僧繇曰。後當賴此耳。及後周滅佛法。焚天下寺塔。獨以此殿有宣尼像。乃不令毀拆。 帝子渚 九歌。帝子降兮北渚。注曰。堯二女隨舜不及。沒于湘水之渚。因爲湘夫人。 蒼梧 禮。舜葬于蒼梧。 鶉首 晉志。自東井十六度至柳十八度爲鶉首。秦之分野。屬雍州。 太甲 王勃益州夫子廟碑。帝車南指。遁七曜于中階。華蓋西臨。藏五雲于太甲。酉陽雜俎。燕公常讀王勃夫子學堂碑頌。自帝車至太甲四句。悉不解。訪之一公。公言北斗建于七曜。在南方。有是之祥。無位聖人當出。華蓋以下。卒不可悉。困學紀聞。晉天文志。華蓋杠旁六星曰六甲。分陰陽而配節候。太甲恐是六甲一星之名。然未有考證。

巫山縣汾州唐使君十八弟宴別兼諸公攜酒樂相送率題小詩留于屋壁

臥病巴東久。今年强作歸。故人猶遠謫。玆日倍多違。接宴身兼杖。聽歌淚滿衣。諸公不相棄。擁別借光輝。

春夜峽州田侍御長史津亭留宴得筵字

北斗三更席。西江萬里船。杖藜登水榭。揮翰宿春天。白髮煩一作須多酒。明星惜此筵。始知雲雨峽。忽盡下牢邊。

泊松滋江亭

紗帽隨鷗鳥。扁舟繫此亭。江湖深更白。松竹遠微一作還青。一柱全應近。高唐莫再經。今宵南極外。甘作老人星。

松滋寰宇記。本漢舊縣。晉咸康三年。以松滋流戶在荆土者立松滋縣。輿地紀勝。江亭在松滋縣治。後杜子美、孟浩然俱有詩。

行次古城店汎江作不揆鄙拙奉呈江陵幕府諸公

老年常道路。遲日復山川。白屋花開裏。孤城麥秀邊。濟江元自闊。下水不勞牵。風蝶勤依槳。春鷗懶避船。王門高德業。幕府盛才賢。行色兼多病。蒼茫汎愛前。

古城水經注。江水又東逕陸抗故城北。又云。北對夷陵縣之故城。城南臨大江。此所謂古城也。

乘雨入行軍六弟宅

曙角淩雲罷。春城帶雨長。水花分塹弱。巢燕得泥忙。令弟雄軍佐。凡才汚省郎。萍漂忍流涕。衰颯近中堂。

宴胡侍御書堂李尙書之芳、鄭秘監審同集。歸字韻。

江湖春欲暮。牆宇日猶微。闇闇春吳作書籍滿。輕輕花絮飛。翰林名有素。墨客興無違。今夜文星動。吾儕醉不歸。

書堂飲既夜復邀李尙書下馬月下賦絶句

湖水一作月林風相與清。殘尊下馬復同傾。久拚野鶴如霜鬢。遮莫鄰鷄下五更。

遮莫舊注。俚語。猶言儘教也。

上巳日徐司錄林園宴集

鬢毛垂領白。花蘂亞枝紅。欹倒衰年廢。招尋令節同。薄衣一作蕩臨積水。吹面受和風。有喜留攀桂。無勞問轉蓬。

奉送蘇州李二十五長史丈之任

星坼台衡地。曾爲人所憐。公侯終必復。經術昔吳作竟相傳。食德見從事。克家何妙年。一毛生鳳穴。三尺獻龍泉。赤壁浮春暮。姑蘇落海邊。客間頭最白。惆悵此離筵。

台衡舊史。李林甫有子二十五人。此或是林甫幼子。史云。林甫自處台衡。朝野側目。及國忠誣搆。天下以爲寃。新史世系表。林甫子僅載五人。無從考據耳。或云是適之之後也。

暮春江陵送馬大卿公恩命追赴闕下

自古求忠孝。名家信有之。吾賢富才術。此道未磷緇。玉府摽孤映。霜蹄去不疑。激揚音韻徹。籍甚衆多推。潘陸應同調。孫吳亦異時。北辰徵事業。南紀赴恩私。卿月昇金掌。王春度玉墀。薰風行應律。湛露卽歌詩。天意高難問。人情老易悲。尊前江漢闊。後會且深期。

暮春陪李尚書李中丞過鄭監湖亭汎舟得過字韻

海內文章伯。湖邊意緒多。玉尊移晚興。桂檝帶酣歌。春日繁魚鳥。江天足芰荷。鄭莊賓客地。衰白遠來過。

奉送蜀州柏二別駕將中丞命赴江陵起居衛尚書太夫人因示從弟行軍司馬佐

中丞問俗畫熊頻。愛弟傳書彩鷁新。遷轉五州防禦使。起居八座太夫人。楚宮臘送荆門水。白帝雲偷碧海春。報與惠連詩不惜。知吾斑鬢總如銀。

畫熊後漢輿服志。三公列侯車。倚鹿。伏熊。黑轓。五州鶴曰。貞觀十四年。夔州爲都督府。督歸、夔、忠、萬、涪、渝、南七州。至德元載。使。治夔州。原領夔、峽、忠、歸、萬五州。故曰五州也。詩云五州。誤也。按方鎭表。廣德二年。置涪忠夔都防禦 八座唐以六尚書、左右僕射合爲八座。

夏日楊長寧宅送崔侍御常正字入京得深字韻

醉酒揚雄宅。升堂子賤琴。不堪垂老鬢。還對欲分襟。天地西江遠。星辰北斗深。烏臺俯麟閣。長夏白頭吟。

麟閣六典。秘書省。天投初改爲麟臺監。神龍元年復舊。初。漢御史中丞掌蘭臺祕書圖籍。故歷代置都邑。建臺省。以秘書與御史爲鄰。

和江陵宋大少府暮春雨後同諸公及舍弟宴書齋

渥洼汗血種。天上麒麟兒。才士得神秀。書齋聞爾爲。棣華晴雨好。綵服暮春宜。朋酒日歡會。老夫今始知。

夏夜李尚書筵送宇文石首赴縣聯句

愛客尚書重。之官宅相賢。子美酒香傾坐側。帆影駐江邊。之芳翟表郎官瑞。鳧看令宰仙。或雨稀雲葉斷。夜久燭花偏。子美數語欹一作攲紗帽。高文擲彩箋。之芳興饒行處樂。離惜醉中眠。或單父長多暇。河陽實少年。子美客居逢自出。爲別幾悽然。之芳

宇文晁尚書之甥崔彧司業之孫尚書之子重泛鄭監前湖審

郊扉俗遠長幽寂。野水春來更接連。錦席淹留還出浦。葛巾欹側未迴船。尊當霞綺輕初散。棹拂荷珠碎卻圓。不但習池歸酩酊。君看鄭谷去夤緣。

多病執熱奉懷李尚書之芳

衰年正苦病侵凌。首夏何須氣鬱蒸。大水淼茫炎海接。奇峯硉兀火雲升。思霑道暍黃梅雨。

敢望宮恩玉井冰。不是尙書期不顧。山陰野雪興難乘。

玉井魚豢魏略。明帝九龍殿前爲玉井綺欄。水經注。華林園疏圃中。有古玉井。井悉以珉玉爲之。以錙石爲口。工作精密。猶不變古。璨焉如新。東京賦。於南則有謻門曲榭。注。謻門。冰室門也。門內有宣陽冰室。

水宿遣興奉呈羣公

魯鈍仍多病。逢迎遠復迷。耳聾須畫字。髮短不勝篦。澤國雖勤雨。炎天竟淺泥。小江還積浪。弱纜且長堤。歸路非關北。行舟卻向西。暮年漂泊恨。今夕一作久客亂離啼。童稚頻書札。盤飧詎糝藜。我行何到此。物理直難齊。高枕翻星月。嚴城疊鼓鞞。風號聞虎豹。水宿伴鳧鷖。異縣驚虛往。同人惜解攜。蹉跎長汎鷁。展轉屢鳴鷄。嶷嶷瑚璉器。陰陰桃李蹊。餘波期救涸。費日苦輕齎。支策門闌邃。肩輿羽翮低。自傷甘賤役。誰愍強幽棲。巨海能無釣。浮雲亦有梯。勳庸思樹立。語默可端倪。贈粟囷應指。登橋柱必題。丹心老未折。時訪武陵溪。

奉賀陽城郡王太夫人恩命加鄧國太夫人陽城郡王。衛伯玉也。

衛幕銜恩重。潘輿送喜頻。濟時瞻上將。錫號戴慈親。富貴當如此。尊榮邁等倫。郡依封土舊。國與大名新。紫誥鸞迴紙。清朝燕賀人。遠傳冬笋味。更覺綵衣春。奕葉班姑史。芬芳孟母鄰。義方兼有訓。詞翰兩如神。委曲承顔體。騫飛報主身。可憐忠與孝。雙美畫騏驎。

鶴曰。舊書。大曆初。伯玉丁母憂。朝廷以王昂代其任。諷將士請留。遂起復再任。則此詩當作于伯玉封王。母同受封之時。大約是大曆元年前作。按通鑑。伯玉丁母憂。是大曆五年。

江陵望幸

雄都元壯麗。望幸欻威神。地利西通蜀。天文北照秦。風烟含越鳥。舟楫控吳人。未枉周王駕。終期漢武巡。甲兵分聖旨。居守付宗臣。早發雲臺杖。刊作路恩波起涸鱗。

肅宗上元元年九月。置南都于荊州。以爲江陵府。改呂諲爲尹。二年罷都。是年建卯月。又詔爲南都。尋罷。呂諲傳。建請荊州置南都。於是更號江陵府。以諲爲尹。置永平軍萬人。以遏吳蜀之衝。廣德元年冬。乘輿幸陝。以伯玉有幹略。可當重寄。乃拜江陵尹兼御史大夫。充荊南節度觀察等使。

江邊星月二首

驟雨清秋夜。金波耿玉繩。天河元自白。江浦一作渚向來澄。映物連珠斷。緣空一鏡升。餘光隱一作憶更漏。況乃露華凝。

金波漢郊祀歌。月穆穆以金波。謝玄暉詩。金波麗鳷鵲。玉繩低建章。

江月辭風纜。一作檻江星別霧一作露船。鷄鳴還曙一作曉色。鷺浴自清川。歷歷竟誰種。悠悠何處圓。

客愁殊未已。他夕始相鮮。

歷歷古樂府。天上何所有。歷歷種白楡。

舟月對驛近寺

更深不假燭。月朗自明船。金刹青楓外。朱樓白水邊。城烏啼眇眇。野鷺宿娟娟。皓首江湖客。鈎簾獨未眠。

舟中

風餐江柳下。雨臥驛樓邊。結纜排魚網。連檣並米舩。今朝雲細薄。昨夜月清圓。飄泊南庭老。祗應學水仙。

水仙侯鯖錄。清泠傳曰。馮夷。華陰潼鄉隄畔人也。服八石得水仙。是爲河伯。一云以八月庚子浴於南河溺死。出莊子大宗師第六卷義注中。

遣悶

地闊平沙岸。舟虛小洞房。使塵來驛道。城日避烏檣。一作牆暑雨留蒸濕。江風借夕涼。行雲星隱見。疊浪月光芒。螢鑒緣帷徹。蛛絲罥鬢長。哀箏猶凭几。鳴笛竟霑裳。倚著如秦贅。過逢類楚狂。氣衝看劍匣。穎脫撫錐囊。妖孽關東臭。兵戈隴右瘡。時清疑武略。世亂跼文場。餘力浮于海。端憂問彼蒼。百年從萬事。故國耿難忘。

秦贅賈誼傳。秦人家貧子壯則出贅。師古曰。言其不出妻家。亦猶人身之有贅。

江陵節度陽城郡王新樓成王請嚴侍御判官賦七字句同作

樓上炎天冰雪生。高飛燕雀賀新成。碧窗宿霧濛濛濕。朱栱浮雲細細輕。杖鉞褰帷瞻具美。投壺散帙有餘清。自公多暇延參佐。江漢風流萬古情。

又作此奉衞王

西北樓成雄楚都。遠開山岳散江湖。二儀清濁還高下。三伏炎蒸定有無。推轂幾年唯鎮靜。曳裾終日盛文儒。白頭授簡焉能賦。媿似相如爲大夫。

舟一有中字出江陵南浦奉寄鄭少尹審

更欲投何處。飄然去此都。形骸元土木。舟檝復江湖。社稷纏妖氣。干戈送老儒。百年同棄物。萬國盡窮途。雨洗平沙靜。天銜闊岸紆。鳴螿隨泛梗。別燕起秋菰。棲託難高臥。飢寒迫向隅。寂寥相呴沫。浩蕩報恩珠。溟漲鯨波動。衡陽雁影徂。南征問懸榻。東逝想乘桴。濫竊商歌聽。時憂卞泣誅。經過憶鄭驛。斟酌旅情孤。

## 江南逢李龜年

岐王宅裏尋常見。崔九堂前幾度聞。正是（友議作値）江南好風景。落花時節又逢君。

雲溪友議。明皇幸岷山。百官皆竄辱。李龜年奔迫江潭。杜甫以詩贈之。龜年曾於湘中採訪使筵上唱紅豆生南國。又清風朗月苦相思。此詞皆王右丞所製。至今梨園唱焉。歌闋。合座莫不望南幸而慘然。明皇雜錄。樂工李龜年。特承恩遇。于東都道通里。大起第宅。中堂制度。甲于都下。今裴晉公移于定鼎門南別墅。號綠野堂。其後龜年流落江南。每遇良辰勝景。常爲人歌數闋。座客聞之。莫不掩泣而罷。**岐王**舊書。岐王範。好學工書。雅愛文章之士。又多聚書畫古跡。爲時所稱。開元十四年病薨。鶴曰。開元十四年。公年十五。是時未有梨園子弟。當是嗣岐王也。按崔九亦以開元十四年卒。未知鶴作何解。通鑑。開元二年正月。置梨園弟子。**崔九**吳若本注云。崔九。即殿中監滌。中書令湜之弟也。舊書。湜弟滌。素與玄宗款密。用爲祕書監。出入禁中。與諸王侍宴。不讓席而坐。或在寧王之上。後賜名澄。開元十四年卒。**江南**王翦定荊江南地。項羽紀。徙義帝于江南。楚辭章句。襄王遷屈原于江南。在江湘之間。龜年方流落江潭。故曰江南。苕溪漁隱云。天寶後。子美未嘗至江南。誤矣。

## 官亭夕坐戲簡顏十少府

南國調寒杵。西江浸日車。客愁連蟋蟀。亭古帶蒹葭。不返青絲鞚。虛燒夜燭花。老翁須地主。細細酌流霞。

## 秋日荆南述懷三十韻

昔承推奬分。媿匪挺生材。遲暮宫臣忝。艱危衮職陪。揚鑣（樊作鞭）隨日馭。折檻出雲臺。罪戾寬猶活。干戈塞未開。星霜玄鳥變。身世白駒催。伏枕因超忽。扁舟任往來。九鑽巴噀火。三蟄楚祠雷。望帝傳應實。昭王問不廻。蛟螭深作横。豺虎亂雄猜。素業行已矣。浮名安在哉。琴烏曲怨憤。庭鶴舞摧頽。秋雨漫湘水。（一云秋水漫湘竹）陰風過嶺梅。苦搖求食尾。常曝報恩鰓。結舌防讒柄。探腸有禍胎。蒼茫步兵哭。展轉仲宣哀。飢籍（入聲）家家米。愁徵處處盃。休爲貧士嘆。任受衆人咍。得喪初難識。榮枯劃易該。差池分組冕。合沓起蒿萊。不必伊周地。皆知（一作登）屈宋才。漢庭和異域。晋史坼中台。霸業尋常體。忠臣忌諱災。羣公紛戮力。聖慮窅（樊作睿）徘徊。數見銘鍾鼎。真宜法斗魁。願聞鋒鏑鑄。莫使棟梁摧。盤石圭多翦。凶門轂少推。垂旒資穆穆。祝網但恢恢。赤雀翻然至。黄龍詎（一作不）假媒。賢非夢傳野。隱類鑿顔坯。自古江湖客。冥心若死灰。

九鑽三蟄　山谷云。子美入蜀下峽年月。則詩中自可見。其曰。九鑽巴噀火。三蟄楚祠雷。則往來兩川九年。在夔府三年可知矣。苕溪漁隱曰。杜又有十暑岷山葛。三霜楚戶砧之句。詩譜以謂公以乾元己亥冬至蜀。

不以暑計。起明年庚子。至是爲十暑。時已在湖南。獨言岷山。永泰乙巳秋至雲安。雲安荆湖皆楚地。至是合爲五霜。而云三者。獨以峽中言之。巴嘆火。用欒巴嘆火事。**望帝**望帝。借以喻玄宗也。代宗惡李輔國。而不能明正其罪。使盜竊其首。猶昭王南征不復。而周人不能問之于楚也。昔人謂陶淵明詩。悼國傷時。不欲顯斥。寓以他語。使奥漫不可指摘。知此。則可以讀杜詩矣。**昭王**湘中記。益陽有昭潭。其下無底。湘水最深處也。或謂周昭王南征不復。沒于此潭。因以爲名。**琴烏**琴錄。琴曲有烏夜啼。樂府解題。烏夜啼。宋臨川王義慶造也。**中台**晉志。三台六星。兩兩而居。起文昌。列抵太微。一曰天柱。三公之位。在天曰三台。西近文昌二星曰上台。爲司命。主壽。次二星曰中台。爲司中。主宗室。東二星曰下台。爲司祿。主兵。張華傳。華爲司空。中台星坼。少子韙勸華遜位。華不從。遂遇害。昔承推奬分。公受知于房太尉也。折檻出雲臺。以救房諭官也。宗臣忌諱災。敍房病卒閬州。公詩好用小庾語。庾傷司徒王褒詩云。豈意中台坼。君當風燭前。王亦病卒。不必以張華遇害爲疑也。房卒于廣德元年。此追述之耳。是年二月。回紇登里可汗歸蕃。詳回紇傳中。所謂漢庭和異域也。皆代宗初元之事。故牽連書之耳。**斗魁**晉志。北斗七星。在太微北。魁四星爲璇璣。杓三星爲玉衡。杓南三星及魁第一星西三星。皆曰三公。主宣德化。調七政。和陰陽之官也。史記。魁枕參首。平旦建者魁。斗爲帝車。運于中央。斗魁戴筐六星。曰文昌宮。

## 秋日荆南送石首薛明府辭滿告別奉寄薛尚書頌德敍懷斐然之作三十韻

南征爲客久。西候別君初。歲滿歸鳧舄。秋來把雁書。荆門留美化。姜被就離居。聞道和親入。垂名報國餘。連枝不日並。八座幾時除。往者胡星孛。恭惟漢網疎。風塵相澒洞。天地一丘墟。殿瓦鴛鴦坼。宮簾翡翠虛。鉤陳摧徼道。槍櫐失儲胥。文物陪巡守。親賢病拮据。公時呵猰貐。首唱卻鯨魚。勢愜宗蕭相。郭令公材非一范睢。諸名將屍塡太行道。血走浚儀渠。滏口師仍會。函關憤已攄。紫微臨大角。皇極正乘輿。賞從頻峩冕。殊私再直廬。公舊執金吾。新投羽林。前後二將軍。豈惟高衞霍。曾是接應徐。降集飜翔鳳。追攀絕衆狙。侍臣雙宋玉。戰策兩穰苴。鑒澈勞懸鏡。荒蕪已荷鋤。嚮來披述作。石首處見公新文一卷重此憶吹噓。白髮甘凋喪。青雲亦卷舒。經綸功不朽。跋涉體何如。公頃奉使和番。已見上。應訝躭湖橘。常餐占野蔬。十年嬰藥餌。萬里狎樵漁。楊子淹投閣。鄒生惜曳裾。但驚飛熠燿。不記改蟾蜍。烟雨封巫峽。江淮略孟諸。湯池雖險固。遼海尚填淤。努力輸肝膽。休煩獨起予。

景仙守扶風事。見前。大曆二年十一月。和番使檢校戶部尚書薛景仙自吐番使還。首領論泣陵隨景仙入朝。槍纍長楊賦。木擁槍纍。以爲儲胥。范雎吳若本注云。諸名將。未詳其義是否。

## 哭李尚書之芳

漳濱與蒿里。逝水竟同年。欲掛留徐劍。猶迴憶戴船。相知成白首。此別間黃泉。風雨嗟何及。江湖涕泫然。修文將管輅。奉使失張騫。史閣行人在。詩家秀句傳。客亭鞍馬絕。旅櫬網蟲懸。復魄昭丘遠。歸魂素滻偏。樵蘇封葬地。喉舌罷朝天。秋色凋春草。王孫若箇邊。

## 重題

涕泗不能收。哭君余（一作餘）白頭。兒童相識（一作顧）盡。宇宙此生浮。江雨銘旌濕。湖風井徑秋。還瞻魏太子。賓客減應劉。（李公歷禮部尙書。薨于太子賓客。）

井徑（蕪城賦。邊風急兮城上寒。井徑滅兮丘隴殘。注。九夫爲井。遂上有徑。）

獨坐

悲愁（一作秋）迴白首。倚杖背孤城。江斂洲渚出。天虛風物清。滄溟服（一作恨）衰謝。朱紱負平生。仰羨黃昏鳥。投林羽翮輕。

暮歸

霜黃碧梧白鶴棲。城上擊柝復烏啼。客子入門月皎皎。誰家擣練風淒淒。南渡桂水闕舟檝。北歸秦（一作洛）川多鼓鞞。年過半百不稱意。明日看雲還杖藜。

移居公安敬贈衞大郎（鈞）

衞侯不易得。余病汝知之。雅量涵高遠。淸襟照等夷。平生感意氣。少小愛文辭。河海由來合。風雲若有期。形容勞宇宙。質朴謝軒墀。自古幽人泣。流年壯士悲。水烟通徑草。秋露接園葵。入邑豺狼鬭。傷弓鳥雀饑。白頭供宴語。烏几伴棲遲。交態遭輕薄。今朝豁所思。

清襟袁粲答王儉詩。老夫亦何寄。之子照清襟。

公安送韋二少府匡贊

逍遙公後世多賢。送爾維舟惜此筵。念我能書一作常能數字至。將詩不必萬人傳。時危兵甲黃塵裏。日短江湖白髮前。古往今來皆涕淚。斷腸分手各風烟。

逍遙公宰相世系表。韋敻。字敬遠。後周逍遙公。號逍遙公房。至嗣立。更號小逍遙公房。張說東山記。皇帝幸韋公東山之別業。是日卽席拜公逍遙公。

贈虞十五司馬

遠師虞秘監。今喜識玄孫。形象丹青逼。家聲器宇存。淒涼憐筆勢。浩蕩問詞源。爽氣金天豁。清談玉露繁。佇鳴南岳鳳。欲化北溟鯤。交態知浮俗。儒流不異門。過逢聯客位。日夜倒芳尊。沙岸風吹葉。雲江月上軒。百年嗟已半。四坐敢辭喧。書籍終相與。青山隔故園。

公安縣懷古

野曠呂蒙營。江深劉備城。寒天催日短。風浪與雲平。灑落君臣契。飛騰戰伐名。維舟倚前浦。長嘯一含情。

呂蒙營（寰宇記。公安縣有孱陵城。十三州志曰。吳大帝封呂蒙爲孱陵侯。此地也。入蜀記。光孝寺後有廢城。髣髴尚存。圖經謂之呂蒙城。）劉備城（荊州記云。劉備敗于襄陽。南奔荊州。吳大帝推爲左將軍荊州牧。鎮油口。卽居此城。時人號備爲左公。故名其城公安也。水經注。劉備之奔江陵。使築而鎮之。曹公聞孫權以荊州借備。臨書落筆。）

公安送李二十九弟晉肅入蜀余下沔鄂

正解柴桑纜。仍看蜀道行。檣烏相背發。塞雁一行鳴。南紀連銅柱。西江接錦城。憑將百錢卜。飄泊問君平。

（夢弼曰。晉肅。李賀之父。見韓退之諱辯。）

宴王使君宅題二首

漢主追韓信。蒼生起謝安。吾徒自漂泊。世事各艱難。逆旅招邀近。他鄉思（英華作意）緒寬。不才甘朽質。高臥豈泥蟠。

汎愛容霜髮。（一作鬢）留歡卜夜閑。（一云上夜關）自吟詩送老。相勸酒開顏。戎馬今何地。鄉園獨舊山。（舊山一作在山）江湖墮清月。酩酊任扶還。

夜關英華辯證。世傳杜子美不避家諱。兩押閑字。其實非也。或改作夜闌。又不在韻。按下圜集。杜詩自是留歡上夜關。蓋有投轄之意。上字訛爲卜。關字訛爲閑耳。

留別公安太易沙門

隱居欲就廬山遠。麗藻初逢休上人。數問舟航留製作。長開篋笥擬心神。沙村白雪仍含凍。江縣紅梅已放春。先踏罏峯置蘭若。徐飛錫杖出風塵。

杜工部集卷之十七終

# 杜工部集卷之十八

虞山蒙叟錢謙益箋注

近體詩六十一首自公安發。次岳州及湖南作。

曉發公安數月憩息此縣

北城擊柝復欲罷。東方明星亦不遲。鄰雞野哭如昨日。物色生態一云生生能幾時。舟檝眇然自此去。江湖遠適無前期。出門轉眄已陳迹。藥餌扶吾隨所之。

入蜀記。公移居公安詩云。水烟通徑草。秋露接園葵。而留別太易沙門云。沙村白雪仍含凍。江縣紅梅已放春。則以是秋至此縣。暮冬始去。其曰數月憩息。蓋謂此也。

泊岳陽城下

江國踰千里。山城僅百層。岸風翻夕浪。舟雪灑寒燈。留滯才難盡。艱危氣益增。圖南未可料。變化有鯤鵬。

纜船苦風戲題四韻奉簡鄭十三判官泛

楚岸朔風疾。天寒鶬鴰呼。漲沙霾草樹。舞雪渡江湖。吹帽時時落。維舟日日孤。因聲置驛外。爲覓酒家壚。

登岳陽樓

昔聞洞庭水。今上岳陽樓。吳楚東南坼。乾坤日夜浮。親朋無一字。老病有孤舟。戎馬關山北。憑軒涕泗流。

岳陽樓 岳陽風土記。岳陽樓。城西門樓也。方輿勝覽。岳陽樓。在郡治西南。西面洞庭。左顧君山。不知創始。開元四年。張說出守是邦。與才士登臨賦詠。自爾名著。方回曰。予登岳陽樓。左序毬門壁間。大書孟詩。右書杜詩。後人不敢復題也。劉長卿云。疊浪浮元氣。中流沒太陽。世不甚傳。他可知也。

陪裴使君登岳陽樓

湖闊兼雲霧。樓孤屬晚晴。禮加徐孺子。詩接謝宣城。雪岸叢梅發。春泥百草生。敢違漁父問。從此更南征。

過南岳入洞庭湖

南征 招魂。獻歲發春兮。汨吾南征。

洪波忽爭道。岸轉異江湖。鄂渚分雲樹。衡山引舳艫。翠牙穿裛槳。荊作蔣 碧節上一云吐寒蒲。病渴身何去。春生力更無。壤童犂雨雪。漁屋架泥塗。欹側風帆滿。微冥水驛孤。悠悠廻赤壁。浩浩略蒼梧。帝子留遺恨。曹公屈壯圖。聖朝光御極。殘孽駐艱虞。才淑隨廝養。名賢隱鍛鑪。邵平元入漢。張翰後歸吳。莫怪啼痕數。危檣逐夜烏。

洞庭湖 方輿勝覽。在巴陵縣西。西吞赤沙。南連青草。橫亘七八百里。風土記。鼎、澧、沅、湘合諸蠻南黔之水。匯于洞庭。至巴陵與荊江合。山海經注。長沙巴陵縣西有洞庭陂。潛伏通江。水經注。湖水廣圓五百餘里。日月若出沒于其中。湘水、沅水、澧水、微水四水同注洞庭北。北會大江。名之五渚。國策。秦與荊戰。取洞庭五渚。羅君章湘中記曰。湘水之出于陽朔。則觴爲之舟。至洞庭。日月若出入于其中也。赤壁 水經注。江水左逕百人山南。右逕赤壁山北。昔周瑜與黃蓋詐魏武大軍處所也。方輿勝覽。赤壁山。在蒲圻西百二十里。北岸烏林。與赤壁相對。今江漢間言赤壁者五。漢陽、漢川、黃州、嘉魚、江夏。惟江夏之說爲近。帝子 山海經。洞庭之山。帝之二女居焉。是常游于江淵。澧沅之風。交瀟湘之淵。出入必以飄風暴雨。水經注。湘水又北逕黃陵亭西。又合黃陵水口。其水上承太湖。湖水西流。逕二妃廟南。世謂之黃陵廟也。言大舜之陟方也。二妃從征。溺于湘江。神遊洞庭之淵。出入瀟湘之浦。故民爲立祠于水側焉。荊州牧劉表。刊石立碑。樹之于廟。以旌不朽之傳矣。

## 宿青草湖

洞庭猶在目。青草續爲名。宿槳依農事。郵籤報水程。寒冰爭倚薄。雲月遞微明。湖雁雙雙起。人來故北征。

青草 荊州記。巴陵南有青草湖。周廻百里。日月出沒其中。湖南有青草山。故因以爲名。青草湖。一名洞庭湖。洞庭亦謂之太湖。南還錄。洞庭西岸有沙洲。堆阜隆起。即青草廟下。一湖之中有此洲。南名青草。北名洞庭。

所謂重湖也。水經注。湘水自汨口西北逕壘石山西。而北對青草湖。亦或謂之青草山也。元和郡國志。巴丘湖。又名青草湖。在巴陵縣南七十九里。周迴二百六十五里。俗云卽古雲夢澤也。

宿白沙驛初過湖南五里

水宿仍餘照。人煙復此亭。驛邊沙舊白。湖外草新青。萬象皆春氣。孤槎自客星。隨波無限月。的一作景的近南溟。

白沙水經注。瀟者。水清深也。湘中記曰。湘川清照五六丈。下見底石如樗蒱矣。五色鮮明。白沙如霜雪。赤崖如朝霞。是納瀟湘之名矣。

湘夫人祠

肅肅湘妃廟。空牆碧水春。蟲書玉佩蘚。燕舞翠帷塵。晚泊登汀樹。微馨借一作香惜渚蘋。蒼梧恨不盡。染淚在叢筠。

方輿勝覽。黄陵廟。在湘陰北八十里。王逸注楚辭。以湘君爲水神。湘夫人乃二妃也。郭璞曰。天帝之二女。而處江爲神。江湘之有夫人。猶河洛之有虙妃也。禮。五岳比三公。四瀆比諸侯。今湘川不及四瀆。無秩于命祀。而二女帝者之后。配靈神祇。無緣當復下降小水而爲夫人也。韓退之黄陵廟碑。則以娥皇爲湘君。女英爲湘夫人。後世宗之。公此詩題曰湘夫人祠。蓋本王逸之說也。

祠南夕望

百丈牽江色。孤舟泛日斜。興來猶杖屨。目斷更雲沙。山鬼迷春竹。湘娥倚暮花。湖南清絕

**地。萬古一長嗟。**

**湘娥** 江賦。乃協靈爽于湘娥。王逸楚辭注曰。堯二女墜于湘水之中。因爲湘夫人也。

## 登白馬潭

**水生春纜沒。日出野船開。宿鳥行猶去。叢花**一作花叢**笑不來。人人傷白首。處處接金盃。莫道新知要。南征且未廻。**

## 歸雁

**聞道今春雁。南歸自廣州。見花辭漲海。避雪到羅浮。是物關兵氣。何時免客愁。年年霜露隔。不過五湖秋。**

**廣州** 唐會要。大曆二年。嶺南節度使徐浩奏。十一月二十五日。當管懷集縣陽雁來。乞編入史。從之。先是五嶺之外。翔雁不到。浩以爲陽爲君德。雁隨陽者。臣歸君之象也。史稱浩貪而妄。公詩蓋深譏之。謝靈運山居賦。海鳥違風。朔禽避涼。注。朔禽。雁也。寒月轉往衡陽。盧思道孤鴻賦序。淮南子曰。東歸碣石。違溽暑也。平子賦云。南翔衡陽。避祁寒也。地志。衡山一陽峯極高。雁不能過。遇春北歸。故名迴雁。**漲海** 謝承書。交趾七郡貢獻。皆從漲海出入。

## 野望

納納乾坤大。行行郡國遙。雲山兼五嶺。風壤帶三苗。野樹侵江闊。春蒲長雪消。扁舟空老去。無補聖明朝。

五嶺 元和郡國志。晉懷帝分荆州湘中諸郡。置湘州。南以五嶺爲限。北以洞庭爲界。隋平陳。改潭州。取昭潭爲名也。裴淵廣州記。五嶺云。大庾、始安、臨賀、桂陽、揭陽。師古曰。嶺者。西自衡山之南。東窮于海。一山之限耳。而别標名則有五焉。 三苗 書疏傳曰。三苗之國。左洞庭。右彭蠡。其國在南方。水經注。洞庭湖右岸有山。世謂之苗烏頭石。石北右會翁湖口水。上承翁湖。左合洞浦。所謂三苗之國左洞庭者也。潭州圖經云。三苗國之南境。元和郡國志。岳州。古三苗之國也。

### 入喬口 長沙北界

漠漠舊京遠。遲遲歸路賖。殘年傍水國。落日對春華。樹蜜早蜂亂。江泥輕燕斜。賈生骨已朽。悽惻近長沙。

樹蜜 古今注。枳椇子。一名樹蜜。一名木餳。實形拳曲。核在實外。味甘美如餳蜜。

### 銅官渚守風

不亦作樊夜楚帆落。避風湘渚間。水耕先浸草。春火更燒山。早泊雲物晦。逆行波浪慳。飛來雙白鶴。過去杳難攀。

銅官水經注。湘水右岸。銅官浦出焉。湘水又北逕銅官山。西臨湘水。山土紫色。內含雲母。故亦謂之雲母山也。湘水又左合決湖口水。出西陂。東通湘渚。方輿勝覽。銅官渚。在寧鄉縣界三十里。舊志。楚鑄錢處。水耕漢武詔。江南之地。火耕水耨。應劭曰。燒草下水種稻。草與稻俱生。高七八寸。因悉芟去。復下水灌之。草死稻獨長。所謂火耕水耨也。

北風新康江口信宿方行

春生南國瘴。氣待北風蘇。向晚霾殘日。初宵鼓大鑪。爽攜卑濕地。聲拔洞庭湖。萬里魚龍伏。三更鳥獸呼。滌除貪破浪。愁絕付摧枯。執熱沉沉在。凌寒往往須。且知寬疾肺。不敢恨危途。再宿煩舟子。衰容問僕夫。今晨非盛怒。便道即長驅。隱几看帆席。雲山湧坐隅。

新康水經注。溈水出益陽縣馬頭山。東逕新陽縣南。晉太康元年。改曰新康。

雙楓浦

輟棹青楓浦。雙楓舊已摧。自驚衰謝力。不道棟梁材。浪足浮紗帽。皮須截錦苔。江邊地有主。暫借上天廻。

雙楓浦方輿勝覽。在瀏陽縣。

奉送王信州崟北歸

朝廷防盜賊。供給愍誅求。下詔選郎署。傳聲能典（一作典信）州。蒼生今日困。（一作起）天子嚮時憂。井屋有烟起。瘡痍無血流。壤歌唯海甸。畫角自山樓。白髮寐常早。荒榛農復秋。解龜踰臥轍。遣騎覓扁舟。徐榻不知（一作能）倦。穎川何以酬。塵生（一作孝塵）彤管筆。寒膩黑貂裘。高義終焉在。斯文去矣休。別離同雨散。行止各雲浮。林熱鳥開口。江渾魚掉頭。尉佗雖北拜。太史尚南留。軍旅應都息。寰區要盡收。九重思諫諍。八極念懷柔。徙倚瞻王室。從容仰廟謀。故人持雅論。絕塞豁窮愁。復見陶唐理。甘爲汗漫遊。

信州（梁大同三年。於巴州郡理立信州。唐武德元年。改巴東郡爲信州。二年。又改信州爲夔州。）尉佗（當是指崔旰輩也。）

江閣臥病走筆寄呈崔盧兩侍御

客子庖廚薄。江樓枕席清。衰年病祗瘦。長夏想爲情。滑憶（一作喜）彫胡飯。香聞錦帶羹。溜匙兼煖腹。誰欲致（一作覓）盃甖。

潭州送韋員外牧韶州（迢）

炎海韶州牧。風流漢署郎。分符先令望。同舍有輝光。白首多年疾。秋天昨夜涼。洞庭無過雁。書疏莫相忘。

韓文韋氏夫人墓誌銘。其大王父迢。以都官郎爲嶺南軍司馬。卒贈同州刺史。

潭州留別杜員外院長（韶州刺史韋迢）

江畔長沙驛。（一作澤）相逢纜客船。大名詩獨步。小郡海西偏。地濕愁飛鵩。天炎畏跕鳶。去留俱失意。把臂共潸然。

江閣對雨有懷行營裴二端公

南紀（一作極）風濤壯。陰晴屢不分。野流行地日。江入度山雲。層閣憑雷殷。長空水面（一作面水）文。雨來銅柱北。應（一作意）洗伏波軍。

早發湘潭寄杜員外院長　　韋迢

北風昨夜雨。江上早來涼。楚岫千峯翠。湘潭一葉黃。故人湖外客。白首尚爲郎。相憶無南雁。何時有報章。

酬韋韶州見寄

養拙江湖外。朝廷記憶疎。深慚長者轍。重得故人書。白髮絲難理。新詩錦不如。一作並雖無南去雁。看取北來魚。

千秋節有感二首

自罷千秋節。頻傷八月來。先朝常宴會。壯觀已塵埃。鳳紀編生日。龍池塹劫灰。湘川新涕淚。秦樹遠樓臺。寶鏡羣臣得。金吾萬國迴。衢尊不重飲。白首獨餘哀。

千秋節玄宗紀。開元十七年八月癸亥。上以降誕日宴百寮于花萼樓下。百寮表請每年八月五日爲千秋。王公以下獻寶鏡及承露囊。天下諸州。咸令宴樂。休假三日。仍編爲令。唐實錄。上手詔答曰。卿等請爲令節。上獻嘉名。自我作古。是爲美事。依卿來請。定付所司。御氣雲樓敞。含風綵仗高。仙人張內樂。王母獻宮桃。羅襪紅蕖艷。金羈白雪毛。舞階銜壽酒。走索背秋毫。聖主他年貴。邊心此日勞。桂江流向北。滿眼送波濤。

內樂明皇雜錄。玄宗夢仙子十餘輩。御卿雲而下。各執樂器懸奏之。度曲清越。一仙人曰。此神仙紫雲廻。今傳授陛下。爲正始之音。上覺。命玉笛習之。盡得其曲。走索西京賦。跳丸劍之揮霍。走索上而相逢。

晚秋長沙蔡五侍御飲筵送殷六參軍歸灃州覲省

佳士欣相識。慈顏望遠遊。甘從投轄飲。肯作置書郵。高鳥黃雲暮。寒蟬碧樹秋。湖南冬不雪。吾病得淹留。

湖中送敬十使君適廣陵

相見各頭白。其如離別何。幾年一會面。今日復悲歌。少壯樂難得。歲寒心匪他。氣纏霜匣滿。冰置玉壺多。遭亂實漂泊。濟時曾琢磨。形容吾校老。膽力爾誰過。秋晚岳增翠。風高湖湧波。鶱騰訪知己。淮海莫蹉跎。

長沙送李十一銜

與子避地西康州。洞庭相逢十二秋。遠媿尚方曾賜履。竟非吾土倦登樓。久存膠漆應難並。一辱泥塗遂晚收。李杜齊名眞忝竊。朔雲寒菊倍離憂。

西康州西康州乃同谷縣。武德元年。以縣置西康州。李杜西溪叢語。後漢范滂母謂滂曰。汝得與李杜齊名。死亦何恨。杜詩李杜齊名。正用此也。按後漢黨錮傳。杜密與李膺俱坐。而名行相次。故時人亦稱李杜焉。注云。前有李固、杜喬。故言亦也。杜詩正用此。西溪所引。似是而實謬。

重送劉十弟判官

分源豕韋派。別浦雁賓秋。年事推兄忝。人才覺弟優。經過辨酆劍。意氣逐吳鉤。垂翅徒衰老。先鞭不滯留。本枝淩歲晚。高義豁窮愁。他日臨江待。長沙舊驛樓。

豕韋趙曰。言劉、杜同出也。左傳。范宣子曰。在夏爲御龍氏。在商爲豕韋氏。在周爲唐杜氏。

奉贈盧五丈參謀琚時丈人使自江陵。在長沙待恩旨。先支率錢米。

恭惟同自出。妙選異高標。入幕知孫楚。披襟得鄭僑。丈人藉才地。門閥冠雲霄。老矣逢迎拙。相於契託饒。賜錢傾府待。爭米駐船遙。鄰好艱難薄。氓心杼軸焦。客星空伴使。寒水不成潮。素髮乾垂領。銀章破在腰。說詩能累夜。醉酒或連朝。藻翰惟牽率。湖山合動搖。時清非造次。興盡卻蕭條。天子多恩澤。蒼生轉寂寥。休傳鹿是馬。莫信鵩如陳作爲鴞。未解依依袂。還斟泛泛瓢。流年疲蟋蟀。體物幸鷦鷯。辜刊作孤負滄洲願。誰云晚見招。

自出鶴曰。公祖母盧氏。卽所誌范陽太君者。

登舟將適漢陽

春宅棄汝去。秋帆催客歸。庭蔬尚在眼。浦浪已吹衣。生理飄蕩拙。有心遲暮違。中原戎馬盛。遠道素書稀。塞雁與時集。檣烏終歲飛。鹿門自此往。永息漢陰機。

漢陽元和郡國志。武德四年。分沔陽郡。于漢陽縣置沔州及漢陽縣。漢陰寰宇志。漢陰城。在穀城縣北。

暮秋將歸秦留別湖南幕府親友

水闊蒼梧野。天高白帝秋。樊晃作晚途窮那免哭。身老不禁愁。大府才能會。諸公德業優。北歸衝雨雪。誰一作俱憫弊貂裘。

送盧十四弟侍御護韋尚書靈櫬歸上都二十韻

素幕渡江遠。朱幡登陸微。悲鳴駟馬顧。失涕萬人揮。參佐哭辭畢。門闌誰送歸。從公伏事久。之子俊才稀。長路更執紼。此心猶倒衣。感恩義不小。懷舊禮無違。墓待龍驤詔。臺迎獬豸威。深衷見士則。雅論在兵機。戎狄乘妖氣。塵沙落禁闈。往年朝謁斷。他日掃除非。但促銅壺箭。一作整休添玉帳旂。動詢黃閣老。肯慮白登圍。萬姓瘡痍合。羣兇嗜一作雄慾肥。刺規多諫諍。端拱自光輝。儉約前王體。風流後代希。對揚期特達。衰朽再芳菲。空裏愁書字。山中疾采薇。撥盃要忽罷。抱被宿何依。眼冷看征蓋。兒扶立釣磯。清霜洞庭葉。故就別時飛。

哭李常侍嶧二首

一代風流盡。修文地下深。斯人不重見。將老失知音。短日行梅嶺。寒山（一作江）落桂林。長安若箇畔。猶想映貂金。

青瑣陪雙入。銅梁阻一辭。風塵逢我地。江漢哭君時。次第尋書札。呼兒檢贈詩。發揮王子表。不媿史臣詞。

哭韋大夫之晉

悽愴郇瑕邑。差池弱冠年。丈（一作大）人叨禮數。文律早周旋。臺閣黃圖裏。簪裾紫蓋邊。尊榮真不忝。端雅獨翛然。貢喜音容間。馮招病疾纏。南過駭倉卒。北思悄聯綿。鵩鳥長沙諱。犀牛蜀郡憐。素車猶慟哭。寶劍欲高懸。漢道中興盛。韋經亞相傳。冲融標世業。磊落映時賢。城府深朱夏。江湖眇霽天。綺樓關（一作高）樹頂。飛旐汎堂前。帟幕疑風燕。笳簫急暮蟬。輿殘虛白室。跡斷孝廉船。童孺交遊盡。喧卑俗事牽。老來多涕淚。情在强詩篇。誰寄方隅理。朝難將帥權。春秋褒貶例。名器重雙全。

郇瑕　水經注。服虔曰。郇國在解縣東。郇瑕氏之墟也。

舟中夜雪有懷盧十四侍御弟（一作郎）

朔風吹桂水。朔（一作大）雪夜紛紛。暗度南樓月。寒深北渚雲。燭斜初近見。舟重竟無聞。不識山陰道。聽雞更憶君。

對雪

北雪犯長沙。胡雲冷萬家。隨風且間（一作開）葉。帶雨不成花。金錯囊從（一作徒）罄。銀壺酒易賒。無人竭浮蟻。有待至昏鴉。（何遜詩。城陰度塹黑。昏鴉接翅歸。）

樓上

天地空搔首。頻抽白玉簪。皇輿三極北。身事五湖南。戀闕勞肝肺。論（一作掄）材媿杞柟。亂離難自救。終是老湘潭。

冬晚送長孫漸舍人歸州

參卿休坐幄。蕩子不還鄉。南客瀟湘外。西戎鄠杜旁。衰年傾蓋晚。費日繫舟長。會面思來札。銷魂逐去檣。雲晴鷗更舞。風逆雁無行。匣裏雌雄劍。吹毛任選將。

大曆二年八月。吐蕃寇靈州、邠州。九月又入寇。京師戒嚴。

## 暮冬送蘇四郎徯兵曹適桂州

飄飄蘇季子。六印佩何遲。早作諸侯客。兼工古體詩。爾賢埋照久。余病長年悲。盧綰須征日。樓蘭要斬時。歲陽初盛動。王化久磷緇。爲入蒼梧廟。看雲哭九疑。

盧綰鶴曰。盧綰、樓蘭。蓋指大曆四年十二月桂州朱濟時反。容管經略使王翃敗之。此當是其時作。

## 風疾舟中伏枕書懷三十六韻奉呈湖南親友

軒轅休製律。虞舜罷彈琴。尙錯雄鳴管。猶傷半死心。聖賢名古邈。羈旅病年侵。舟泊常依震。湖平早一作半見參。如聞馬融笛。若倚仲宣襟。故國悲寒望。羣雲慘歲陰。水鄉霾白屋。楓岸疊青岑。鬱鬱冬炎瘴。濛濛雨滯淫。鼓迎非一作非方祭鬼。彈落似鴞禽。興盡纔無悶。愁來遽不禁。生涯相汨沒。時物自一作正蕭森。疑惑尊中弩。淹留冠上簪。牽裾驚魏帝。投閣爲劉歆。狂走終奚適。微才謝所欽。吾安藜不糝。女一作汝貴玉爲琛。烏几重重縛。鶉衣寸寸針。哀傷同庾信。述作異陳琳。十暑岷山葛。三霜楚戶砧。叨陪錦帳座。久放白頭吟。反樸時難遇。忘機陸易沉。應過數粒食。得近四知金。春草封歸恨。源花費獨尋。轉蓬憂悄悄。行藥病涔涔。瘞夭追潘岳。持危覓鄧林。蹉跎翻學步。感激在知音。卻假蘇張舌。高誇周宋鐔。納流迷浩汗。峻址得嶔崟。城府開清旭。松筠一作篁起碧潯。披顏爭倩倩。逸足競駸駸。朗鑒存愚直。皇天實照臨。公孫仍恃險。侯景未生擒。書信中原闊。干戈北斗深。畏人千里井。問俗九州箴。戰血流依舊。軍聲動至今。葛洪尸定解。許靖力還任。家事丹砂訣。無成涕作霖。

首二句吳若本注云。伏羲造瑟。神農作琴。舜彈五弦琴。歌南風之篇有矣。雄鳴律曆志。制十二筩。以聽鳳之鳴。其雄鳴爲六。雌鳴亦六。半死七發。龍門之桐。高百尺而無枝。其根則半死半生。仲宣襟登樓賦。憑軒檻以遙望兮。向北風而開襟。尊中弩風俗通。應郴爲汲令。請主簿杜宣賜酒。北壁上有懸赤弩。照于杯中形如蛇。宣惡之。及飲得疾。後郴知之。延宣於舊處設酒。指謂宣曰。此弩形耳。宣病遂瘳。梁簡文臥疾詩云。沉痾類弩形。牽裾辛毗諫文帝徙冀州士家。帝不答。起入內。毗隨而引其裾。帝遂奮衣不還。良久乃出曰。佐治。卿持我何太急耶。數粒鷦鷯賦。巢林不過一枝。每食不過數粒。行藥西溪叢語。鮑照行藥至城東橋詩注云。因病服藥。行而宣導之。杜詩。行藥病涔涔。漢許皇后云。我頭岑岑。藥中得無有毒乎。瘞夭西征賦。夭赤子於新安。坎路側而瘞之。黃鶴因瘞夭一語。疑爲宗文之故。年譜遂大書曰。是年四月宗文卒。則妄矣。潤州刺史樊晃敘杜工部小集云。君有宗文宗武。近知所在。漂寓江陵。則宗文之亡。實在工部歿後也。周宋莊子說劍篇。周宋爲鐔。恃險大曆三年。崔寧旣入朝。楊子琳乘虛襲據成都府。寧弟寬攻破子琳。收復成都。四年。子琳敗還瀘州。招聚亡命。得數千人。沿江東下。聲言入朝。擊王守仙于忠州。殺夔州別駕張忠。據其城。荊南節度使衛伯玉欲結以爲援。以夔州許之。爲之請於朝。此詩公孫、侯景。皆指子琳也。千里井玉臺新詠。劉勳妻王氏詩。千里不唾井。況乃昔所奉。李太白平虜將軍妻詩云。古人不唾井。莫忘昔纏綿。李濟翁資暇錄云。諺云。千里井。不反唾。蓋由南朝宋之計吏。瀉剉馬草于公館井中。且自言相去千里。豈當重來。及其復至。熱渴汲水遽飲。不憶前所棄草。草結于喉而斃。俗因相戒曰。千里井。不反唾。復訛爲唾耳。**葛洪**晉中興書。葛洪上羅浮山中煉丹。在山積年。忽與廣州刺史鄧岱書云。當欲遠行。岱得書狼狽。而洪已亡。顏色如平生。體輕弱如空衣。時咸以爲神仙。**許靖**陳國袁徽。寄寓交州。與尚書令荀彧書曰。許文休英才偉士。智略足以計事。自流宕以來。與羣士相隨。每有患急。常先人後已。與九族中外。同其飢寒。其紀綱同類。仁恕惻怛。皆有效事。不能復一一陳之耳。

## 奉贈蕭二十使君

昔在嚴公幕。俱爲蜀使臣。艱危參大府。前後間清塵。嚴再領成都。余復參幕府。起草鳴先路。乘槎動要津。王鳧聊暫出。蕭雉只相馴。終始任安義。荒蕪孟母鄰。聯翩匍匐禮。意氣死生親。嚴公沒後。老母在堂。使君溫凊之問。甘跪之禮。名數若已之庭闈焉。太夫人頃逝。喪事又首諸孫主典。撫孤之情。不減骨肉。則膠漆之契可知矣。張老存家事。嵇康有故人。食恩慚鹵莽。鏤骨抱酸辛。巢許山林志。夔龍廊廟珍。鵬圖仍矯翼。熊軾且移輪。磊落衣冠地。蒼茫土木身。塤篪鳴自合。金石瑩逾新。重憶羅江外。同遊錦水濱。結歡隨過隙。懷舊益霑巾。曠絕含香舍。稽留伏枕辰。停驂雙闕早。迴雁五湖春。不達長卿病。從來原憲貧。監河受貸粟。一起轍中鱗。

**蕭雉**蕭廣濟孝子傳。蕭芝至孝。除尚書郎。有雉數十頭。飲啄宿止。當上直。送至岐路。下直入門。飛鳴車側。**張老**晉語。趙文子冠見張老而語之。張老曰。善矣。物備矣。志在子。注。張老。晉大夫張孟。

奉送二十三舅錄事之攝郴州崔偉

賢良歸盛族。吾舅盡知名。徐庶高交友。劉牢出外甥。泥塗豈珠玉。環堵但柴荆。衰老悲人世。驅馳厭甲兵。氣春江上别。淚血渭陽情。舟鷁排風影。林烏反哺聲。永嘉多北至。勾漏且南征。必見公侯復。終聞盜賊平。郴州頗涼冷。橘井尚凄清。從役何蠻貊。居官志在行。

送魏二十四司直充嶺南掌選崔郎中判官兼寄韋韶州

選曹分五嶺。使者歷三湘。才美膺推薦。君行佐紀綱。佳聲斯一作期共一作不樊遠。雅節在周防。明白山濤鑒。嫌疑陸賈裝。故人湖外少。春日嶺南長。憑報韶州牧。新詩昨寄一作夜將。

選曹唐會要。上元三年。勑桂廣交黔等州都督府。所奏擬土人首領。任官簡擇。宜准舊制。四年。度差强明清正五品以上官。充使選補。仍令御史同往注擬。三湘寰宇記。湘潭、湘鄉、湘陰。是爲三湘。

送趙十七明府之縣

連城爲寶重。茂宰得才新。山雉迎舟楫。江花報邑人。論交翻恨晚。臥病卻愁春。惠愛南翁悅。餘波及老身。

燕子來舟中作

湖南爲客動經春。燕子銜泥兩度新。舊入故園常識主。如今社日遠看人。可憐處處巢君（一作居）室。何異飄飄託此身。暫語船檣還起去。穿花落水（范德機云。善本作帖水。）益霑巾。

同豆盧峯知字韻（貽主客李員外賢子棐也）

錬金歐冶子。噴玉大宛兒。符彩高無敵。聰明達所爲。夢蘭他日應。折桂早年知。爛漫通經術。光芒刷羽儀。謝庭瞻不遠。潘省會於斯。唱和將雛曲。田翁號鹿皮。

歸雁二首

萬里衡陽雁。今年又北歸。雙雙瞻客上。一一背人飛。雲裏相呼疾。沙邊自宿稀。繫書元（一作無）淚語。愁寂故山薇。

欲雪違胡地。先花別楚雲。卻過青渭影。高起洞庭羣。塞北春陰暮。江南日色曛。傷弓流落羽。行斷不堪聞。

小寒食舟中作

佳辰强飯（一云飲）食猶寒。隱几蕭條帶鶡冠。春水船如天上坐。老年花似霧中看。娟娟戲蝶過閑開（一作幔）。片片輕鷗下急湍。雲白山青萬餘里。愁看直北是長安。

清明二首

朝來新火起新烟。湖色春光淨客船。繡羽銜花他自得。紅顏騎竹我無緣。胡童結束還難有。楚女腰肢亦可憐。不見定王城舊處。長懷賈傅井依然。虛霑焦舉（當作周舉）爲寒食。實藉嚴君賣卜錢。鐘鼎山林各天性。濁醪麤飯任吾年。

賈傅井（盛弘之荆州記。湘州南寺之東。有賈誼宅。宅之中有井。井旁有石。有局脚床。可容一人坐。形制甚古。皆傳曰即誼所坐。水經注。湘州城内郡廨西陶侃廟。云舊是賈誼宅。地中有一井。是誼所鑿。極小而深。上歛下大。其狀似壺。傍有一脚石牀。纔容一人坐。流俗相承云。誼宿所坐牀。又有大柑樹。亦云誼所植也。）焦舉（後漢書。周舉遷并州刺史。移書于子推。書云。春中寒食一月。老少不堪。今則三日而已。）

此身飄泊苦西東。右臂偏枯半耳聾。寂寂繫舟雙下淚。悠悠伏枕左書空。十年蹴踘將雛遠。萬里鞦韆習俗同。旅雁上雲歸紫塞。家人鑽火用青楓。秦城樓閣烟（一作鶯）花裏。漢主山河錦繡中。風水（一作春去）春來洞庭闊。白蘋愁殺白頭翁。

鞦韆（古今藝術圖。鞦韆。北方山戎之戲。以習輕趫者。或曰。自齊桓公北伐山戎。此戲始傳中國。）

發潭州

夜醉長沙酒。曉行湘水春。岸花飛送客。檣燕語留人。賈傅才未有。褚公書絕倫。高名前後事。廻首一傷神。褚永徽末放此州

迴棹

宿昔試一作世安命。自私猶畏天。勞生繫一物。爲客費多年。衡岳江湖大。蒸池疫癘偏。散才嬰薄一作舊俗。有跡負前賢。巾拂那關眼。瓶罍易滿船。火雲滋垢膩。凍雨裛沉一作塵綿。强飯蓴添滑。端居茗續煎。淸思漢水上。涼憶峴山巔。順浪翻堪倚。廻帆又省牽。吾家碑不昧。王氏井依然。几杖將衰齒。茅茨寄短椽。灌園曾取適。遊寺可終焉。遂性同漁父。成名一作功異魯連。篙師煩爾送。朱夏及寒泉。

蒸池　水經注。承水出衡陽重安縣西邵陵縣界邪薑山。東北流至重安縣。逕舜廟下。武水出鍾武縣西南表山。東流至湘東臨承縣北。東注于湘。謂之承口。漢地理志。承陽在承水之陽。故名。讀若蒸。屬長沙國。郡國志。臨蒸縣俯臨蒸水。其氣如蒸。故曰臨蒸。元和郡國志。衡陽城東傍湘江。北背蒸水。　漢水峴山　元和郡國志。峴山。在襄陽縣東南九里。山東臨漢水。古今大路。　家碑　南部新書。杜預刻石爲二碑。一沉萬山之下。一立峴山之上。時人多使沉碑峴首。唐賢往往有之。誤也。當爲沉碑萬山。

贈韋七贊善

鄉里衣冠不乏賢。杜陵韋曲未央前。爾家最近魁三象。斗魁下兩兩相比爲三台時論同歸一云因侵尺五天。俚語云。城南韋杜。去天尺五。北走關山一作河開雨雪。南遊花柳塞雲一作風烟。洞庭春色悲公子。蝦菜忘歸范蠡船。

洞庭此謂楚之洞庭也。陶朱中男殺人。囚於楚。張華曰。陶朱公冢在南郡華容縣西。故知非吳之洞庭也。

奉酬寇十侍御錫見寄四韻復寄寇

往別郇瑕地。于今四十年。來簪御府筆。故泊洞庭船。詩憶傷心處。春深把臂前。南瞻按百越。黃帽待君偏。

黃帽師古曰。刺船之郎。皆著黃帽。因號曰黃頭郎也。

杜員外兄垂示詩因作此寄上　郭受

新詩海內流傳遍。舊德朝中屬望勞。郡邑地卑饒霧雨。江湖天闊足風濤。松醪酒熟旁看醉。蓮葉舟輕自學操。春興不知凡幾首。衡陽紙價頓能高。

唐詩記事。受大曆間爲衡陽判官。松醪裴硎傳奇。酒名松醪春。原化記。有松花酒。紙價吳若本注。衡陽出武家紙。又云出五里紙。

酬郭十五判官

才微歲老尙虛名。臥病江湖春復生。藥裹關心詩總廢。花枝照眼句還成。只同燕石能星隕。自得隋珠覺夜明。喬口橘洲風浪促。繫帆何惜片時程。

花枝吳曾漫錄。梁武帝春歌曰。階上香入懷。庭中花照眼。春心一如此。情來不自限。乃悟子美花枝照眼之句。

## 衡州送李大夫七丈勉赴廣州

斧鉞下青冥。樓船過洞庭。北風隨爽氣。南斗避文星。日月籠中鳥。乾坤水上萍。王孫丈人行。垂老見飄零。

舊書。大曆四年。李勉除廣州刺史。兼嶺南節度觀察使。

## 附錄

### 他集互見四首

#### 哭長孫侍御

道爲謀一作諫。一作詩。書重。名因賦頌雄。禮闈曾擢桂。憲府舊一作近乘驄。流水生涯盡。浮雲世事空。唯餘舊臺柏。蕭瑟九原中。

文苑辯證云。杜誦哭長孫侍御詩。今載杜甫集中。按中興間氣集、又玄集、唐宋類詩。皆云杜誦。高仲武當唐中興肅宗時編間氣集。載誦詩止此一首。又云杜君詩平調不失。如流水生涯盡。浮雲世事空。得生人始終之理。故編之。必不誤。近卞圜注杜詩。亦載此篇。雖云或以爲杜誦作。然不明辯也。

## 虢國夫人

虢國夫人承主恩。平明上馬入宮（祜集作金）門。卻嫌脂粉涴顏色。淡掃蛾眉朝至尊。

見張祜集。作集靈臺二首。萬首唐人絕句。亦作張祜。楊妃外傳。有姊三人。皆豐碩修整。工于謔浪。每入宮中。移晷方出。虢國不施粧粉。自衒美艷。常素面朝天。當時杜甫有詩云云。

## 軍中醉飲寄沈八劉叟

酒渴愛江清。餘甘（一作酣）漱晚汀。軟沙欹坐穩。冷石醉眠醒。野膳隨行帳。華音發從伶。數盃君不見。醉（一作都）已遣沉冥。

英華辯證。其有可疑及當兩存者。如暢當此詩。及司空曙杜鵑行。今並載杜甫集。潘淳詩話補遺。唐顧陶集詩選二十卷。載暢當軍中醉歌寄沈八劉叟詩。山谷頃在蜀道。見古石刻。有唐人請以老杜酒渴愛江清爲韻。人各賦一詩。

## 杜鵑行（見陳浩然本。亦見黃鶴本。）

古時杜宇稱望帝。魂作杜鵑何微細。跳枝竄葉樹木中。搶佯（英華作翔）瞥捩雌隨雄。毛衣慘黑貌（一作自）憔悴。衆鳥安肯相尊崇。隳（英華作陋）形不敢棲華屋。短翮唯願巢深叢。穿皮啄朽觜欲禿。苦饑始得食一蟲。誰言養雛不自哺。此語亦足爲愚蒙。聲音咽咽如有謂。（英華作咽噦若有謂。注云。咽平聲。）號啼略與嬰兒同。口乾垂血轉迫促。似欲（英華作欲以）上訴於蒼穹。蜀人聞之皆起立。至今斅學傳遺風。（英華作相效傳遺風）迺知變化不可窮。豈知昔日居深宮。嬪嬙（一作妃）左右如花紅。（文苑英華作司空曙。注云。又見杜甫集。）

吳若本逸詩七篇

聞惠二過東溪特一送

惠子白駒（一作魚。一作驢。）瘦。歸溪惟病身。皇天無老眼。空谷滯（一作值）斯人。崖蜜松花熟。（一作白。一作古。）山杯（一作村醪）竹葉新。柴門了無（一作生）事。黃（一作園）綺未稱臣。

李祁蕭遠校書云。陳恬叔易傳東坡記此詩云。右一篇。劉斯立得於管城人家冊子葉中。題云。工部員外詩集。名甫。字東甫。其餘諸篇。語多不同。如故園桃李今搖落。安得愁中卻盡生也。（草堂本。右一篇見洪駒父詩話。劉路左車言。嘗收得唐人雜篇詩冊有之。）

舟泛洞庭（一作過洞庭湖）

蛟室圍青草。龍堆擁（一作隱）白沙。護江（一作堤）盤古木。迎櫂舞神鴉。破浪南風正。收颿（一作回檣）（一作歸舟）畏日斜。雲山千萬疊。底處上仙槎。（草堂作湖光與天遠。直欲泛仙槎。）

右洪玉甫云。有人得之江中石刻。（王直方云。此老杜過洞庭湖詩也。潘淳云。元豐中。有人得此詩刻于洞庭湖中。不載名氏。以示山谷。山谷曰。子美作也。今蜀本已收入。）

李鹽鐵二首（後一首題云李監宅。在第九卷中。）

落葉（一作華館）春風起。高城烟霧開。雜花分戶映。嬌燕入簷回。一見能傾產。（一作座）虛懷只愛才。鹽官雖絆驥。名是漢庭來。

長吟

江渚飜鷗戲。官橋帶柳陰。江飛競渡日。草見踏春（草堂作青）心。已撥形骸累。眞爲爛熳深。賦詩歌（草堂作新）句穩。不免（一作覺）自長吟。

絕句九首（前六首在十三卷中）

聞道巴山裏。春船正好行。都將百年興。一望九江城。（草堂本云。行趙作還。城趙作山。）

水檻溫江口。茅堂石筍西。移船先主廟。洗藥浣沙（草堂作花）溪。

設（一作謾）道春來好。狂風大放顛。吹（一作飛）花隨水去。翻卻釣魚船。

右謝克家任伯題云。右五詩。得盛文肅家故書中。猶是吳越錢氏時人所傳。格律高妙。其爲少陵不疑。（詩說雋永。晁氏嘗於中壺緘線纊夾中。得吳越人寫本杜詩。諱流字之類。乃盛文肅故書也。如日出籬東水等絕句六首。乃九首。其一云。漫道春來好云云。）

草堂詩箋逸詩拾遺

瞿唐懷古（見吳若本。又見英華。）

西南萬壑注。勍敵兩崖開。地與山根裂。江從月窟來。削成當白帝。空曲隱陽臺。疏鑿功雖美。陶鈞力大哉。

送司馬入京（見吳若本）

羣盜至今日。先朝忝從臣。歎君能戀主。久客羨歸秦。黃閣長司諫。丹墀有故人。向來論社稷。爲話涕沾巾。

惜別行送劉僕射判官（見陳浩然本。又見英華。）

聞道南行市駿馬。不限疋數軍（一作官）中須。襄陽幕府天下異。主將儉省憂艱虞。祇收壯健勝鐵甲。豈因格鬬求龍駒。而今西北自反胡。騏驎蕩盡一疋無。龍媒眞種在帝都。子孫永落西南隅。向非戎事備征伐。君肯辛苦越江湖。江湖凡馬多顋頓。衣冠往往乘蹇驢。梁公富貴於身疎。號令明白人安居。俸錢時散士子盡。府庫不爲驕豪虛。以茲報主寸心赤。氣卻西戎迴北狄。羅網羣馬籍一作鳥藉馬多。氣在一作用驅馳出金帛。劉侯奉使光推擇。滔滔才略滄溟窄。杜陵老翁秋繫船。扶病相識長沙驛。強梳白髮提胡盧。手把一作兼菊花路旁摘。九州兵革浩茫茫。三歎聚散臨重陽。當杯對客忍流涕。一作涕淚君一無此字不覺老夫神內傷。

呀鶻行見陳浩然本。又見英華。

病鶻孤陳作卑飛俗眼醜。每夜江邊宿衰柳。清秋落日英華作月已側身。過雁歸鴉錯迴首。緊腦雄姿迷所向。疎翮稀毛不可狀。強神迷復皁雕前。俊才早在蒼鷹上。風濤颯颯寒山陰。熊羆欲蟄一作蟄龍蛇深。念爾此時有一擲。失聲濺血非其心。

狂一作短歌行贈四兄見陳浩然本。又見英華。

與兄行年校一歲。賢者是兄愚者弟。兄將富貴等浮雲。弟切功名好權勢。長安秋雨十日泥。

我曹鞴馬聽晨雞。公卿朱門未開鎖。我曹已到肩相齊。吾兄睡穩方舒膝。不襪不巾踏曉日。男啼女哭莫我知。身上須繒腹中實。今年思我來嘉州。嘉州酒重一作香花繞一作滿樓。樓頭吃酒樓下臥。長歌短詠一作歌還相酬。四時八節還拘禮。女拜弟妻男拜弟。幅巾鞶帶不挂身。頭脂足垢何曾洗。吾兄吾兄巢許倫。一生喜怒長任眞。日斜枕肘寢已熟。啾啾唧唧爲何人。浩然本作何爲人

右五篇。乃蘇州太守裴煜如晦所收。見舊集補遺。

逃難見陳浩然本

五十頭白翁。南北逃世難。疏布纏枯骨。奔走苦不暖。叶去聲已衰病方入。四海一塗炭。乾坤萬里內。莫見容身畔。妻孥復隨我。回首共悲歎。故國莽丘墟。鄰里各分散。歸路從此迷、涕盡湘江岸。

寄高適

楚隔乾坤遠。難招病客魂。詩名惟我共。世事與誰論。北闕更新主。南星落故園。定知相見

日。爛熳倒芳尊。

送靈州李判官

羯胡腥四海。回首一茫茫。血戰乾坤赤。氛迷日月黃。將軍專策略。幕府盛材良。近賀中興主。神兵動朔方。

與嚴二郎奉禮別

別君誰暖眼。將老病纏身。出涕同斜日。臨風看去塵。商歌還入夜。巴俗自爲鄰。尙媿微軀在。遙聞盛禮新。山東羣盜散。闕下受降頻。諸將歸應盡。題書報旅人。

奉禮唐志。太常寺奉禮二人。

巴西驛亭觀江漲呈竇使君二首

轉驚波作怒。卽恐岸隨流。賴有盃中物。還同海上鷗。關心小剡縣。傍眼見揚州。爲接情人飲。朝來減半一作片愁。

向晚波微一作猶綠。連空岸腳青。日兼春有暮。愁與醉無醒。漂泊猶杯酒。躊躇此驛亭。相看萬里外。同是一浮萍。

## 遣憂

亂離知又甚。消息苦難眞。受諫無今日。臨危憶古人。顧作傷故臣 紛紛乘白馬。攘攘著黄巾。隋氏留顧作營宮室。焚燒何太頻。

受諫謂代宗還京。太常博士柳伉上疏切諫也。臨危至德初。上皇在蜀。思九齡之先覺。下詔褒贈。遣使就韶州致祭。劇談錄。明皇幸蜀。妃子既死。一日登高山。望秦川。謂高力士曰。吾取張九齡言。不至於此。遣使祭之。吹笛爲曲。號謫仙怨。公不斥言而曰古人。其詞婉矣。吳曾漫錄。唐顧陶大中丙子歲。編唐詩類選載此詩。世所傳杜集皆無之。

## 早花

西京安穩未。不見一人來。臘日一作月巴江曲。山花已自開。盈盈當雪杏。豔豔待春一作香梅。直苦風塵暗。誰憂容一作客鬢催。

## 巴山

巴山遇中使。云自峽一作陝城來。盜賊還奔突。乘輿恐未回。天寒邵伯樹。地闊望仙臺。狼狽風塵裏。羣臣安在哉。

邵伯樹海錄。詩甘棠注云。棠。杜也。一名杜梨而小也。召伯不欲勞民。止舍于甘小棠樹之下而斷訟焉。望仙臺三輔黄圖。望仙臺。漢武帝所建。在華州華陰縣。

收京

復道收京邑。兼聞殺犬戎。衣冠却扈從。車駕已還宫。尅復成如此。安危一作扶持在數公。莫令回首地。慟哭起悲風。

巴西聞收宫闕送班司馬入京

聞道收宗廟。鳴鑾自陜歸。傾都看黄屋。正殿引朱衣。劍外春天遠。巴西勑使稀。念君經世亂。匹馬向王畿。

花底

紫萼扶千蘂。黄鬚照萬花。忽疑行暮雨。何事入朝霞。恐是潘安縣。堪留衞玠車。深知好顔色。莫作委泥沙。

柳邊

只道梅花發。那知柳亦新。枝枝總到地。蘂蘂自開春。紫燕時翻翼。黄鸝不露身。漢南應老盡。覉上遠愁人。

送竇九歸成都

文章亦不盡。竇子才縱横。非爾更苦節。何人符大名。讀書雲閣觀。問絹錦官城。我有浣花竹。題詩須一行。

贈裴南部聞袁判官自來欲有按問

塵滿萊蕪甑。堂横單父琴。人皆知飲水。公輩不偷金。梁獄書因上。一作應作秦臺鏡欲臨。獨醒時所嫉。羣小謗能深。即出黄沙在。何須白髮侵。使君傳舊德。已見直繩心。

奉使崔都水翁下峽

無數涪江筏。鳴橈總發時。别離終不久。宗族忍相遺。白狗黄牛峽。朝雲暮雨祠。所過頻問訊。到日自題詩。

問鄭縣郭三十二明府茅屋壁

江頭且繫船。爲爾獨相憐。雲散灌壇雨。春青彭澤田。頻驚適小國。一擬問高天。别後巴東路。逢人問幾賢。

遣悶戲呈路十九曹長

江浦雷聲喧昨夜。春城雨色動微寒。黃鸝並坐交愁濕。白鷺羣飛大劇乾。晚節漸於詩律細。誰家數去酒盃寬。惟吾最（一作君醉）愛淸狂客。百遍相看（一作過）意未闌。

隨章留後新亭會送諸君

新亭有高會。行子得良時。日動映江幕。風鳴排檻旗。絕葷終不改。勸酒（一作醉）欲無詞。已墮峴山淚。因題零雨詩。

東津送韋諷攝閬州錄事

聞說江山好。憐君吏隱兼。寵行舟遠汎。怯別酒頻添。推薦非承乏。操持必去嫌。他時如按縣。不得慢陶潛。

客舊館

陳迹隨人事。初秋別此亭。重來梨葉赤。依舊竹林青。風幔何（一作前）時卷。寒砧昨夜聲。無由出江漢。愁緒一作秋渚月冥冥。

閬州奉送二十四舅使自京赴任青城

聞道王喬舄。名因太史傳。如何碧雞使。把詔紫微天。秦嶺愁回馬。涪江醉泛船。青城漫汚雜。吾舅意淒然。

愁坐

高齋常見野。愁坐更臨門。十月山寒重。孤城月水昏。葭萌氏種迥。左擔犬戎存。一作屯終日憂奔走。歸期未敢論。

葭萌十道志曰。利州益昌郡。土地所屬。與文州同。春秋戰國時並屬蜀。漢葭萌縣地。華陽國志曰。昔蜀王封其弟于漢中。號曰苴侯。因命其地曰葭萌。左擔任豫益州記。江由左擔道。按圖在陰平縣北。于成都爲西。其道至險。自北來者。擔在左肩。不得度擔也。鄧艾束馬懸車之處。華陽國志。崍降賈子。左擔七里。

陪鄭公秋晚北池臨眺

北池雲水闊。華館闢秋風。獨鶴元依渚。衰荷且映空。采菱寒刺上。踏藕野泥中。素楫分曹往。金盤小逕通。萋萋露草碧。片片晚旗紅。盃酒霑津吏。衣裳與釣翁。異方初豔菊。故里亦高桐。搖落關山思。淹留戰伐功。嚴城殊未掩。清宴已知終。何補參卿事。一作參軍乏歡娛到薄躬。

去蜀

五載客蜀郡。一年居梓州。如何關塞阻。轉作瀟湘遊。世一作萬事已黃髮。殘生隨白鷗。安危大臣在。不一作何必淚長流。

放船

收帆下急水。卷幔逐回灘。江市戎戎暗。山雲淰淰寒。村荒一作荒林無徑入。獨鳥怪人看。已泊城樓底。何曾夜色闌。

淰吟上聲。魚吹水貌。

哭台州鄭司戶蘇少監

故舊誰憐我。平生鄭與蘇。存亡不重見。喪亂獨前途。豪俊何人一作誰人在。文章掃地無。羈遊萬里闊。凶問一年俱。白首中原上。清秋大海隅。夜臺當北斗。泉路著東吳。得罪台州去。時危棄傾儒。移官蓬閣後。穀貴歿潛夫。流慟嗟何及。銜冤有是夫。道消詩興廢。心息酒爲徒。許與才雖薄。追隨跡未拘。班楊名甚盛。嵇阮逸相須。會取君臣合。寧銓品命殊。賢良不必展。廊廟偶然趨。勝決風塵際。功安造化鑪。從容拘一作詢舊學。慘淡閟陰符。擺落嫌疑久。哀傷志力輸。俗依綿谷異。客對雪山孤。童稚思諸子。交朋列友于。情乖淸酒送。望絕撫墳呼。瘧病一作痢餐巴水。瘡痍老蜀都。飄零迷哭處。天地日榛蕪。

右二十七篇。朝奉大夫員安宇所收。

送王侍御往東川放生池祖席

東川詩友合。此贈怯輕爲。況復傳宗近。空然惜別離。梅花交近野。草色向平池。儻憶江邊臥。歸期願早知。

惠義寺送王少尹赴成都得峯字

苒苒谷中寺。娟娟林表峯。闌干上處遠。結構坐來重。騎馬行春徑。衣冠起晚鐘。雲門青寂寂。此別惜相從。

右二篇。見王原叔本。

避地

避地歲時晚。竄身筋骨勞。詩書遂牆壁。奴僕且旌旄。行在僅聞信。此生隨所遭。神堯舊天下。會見出腥臊。

右一篇。見趙次翁本。題云。至德二載丁酉作。

惠義寺園送辛員外

朱櫻此日垂朱實。郭外誰家負郭田。萬里相逢貪握手。高才仰望足離筵。

又送

雙峯寂寂對春臺。萬竹青青照一作送客杯。細草留連侵坐軟。殘花悵望近人開。同舟昨日何由得。並馬今朝未擬迴。直到綿州始分首。江邊樹裏共誰來。

右二篇。見下園本。並見吳若本。

滹南遺老詩話。世所傳十注杜詩。有曰新添者四十餘篇。吾舅周君德卿嘗辨之云。惟瞿唐懷古、呀鶻行、送劉僕射、惜別行。爲杜無疑。其餘皆非眞本。蓋後人依放而作。欲竊盜以欺世者。其中一二雖稍平易。亦不免蹉跌。至于逃難、解憂、送崔都水、聞惠子過東溪、巴西觀漲及呈竇使君等。尤爲無狀。吾舅自幼爲詩。便祖工部。嘗與余語及新添之詩。則顰蹙曰。人才之不同。如其面焉。耳目鼻口相去亦無幾矣。然諦視之。未有不差殊者。詩至少陵。他人豈得而亂之哉。公之持論如此。其中必有所深得者。表而出之。以俟明眼君子云。

# 杜工部集卷之十八終

# 杜工部集卷之十九

虞山蒙叟錢謙益箋注

## 表賦記説讚述十五首

### 進三大禮賦表天寶十三年

臣甫言。臣生長陛下淳樸之俗。行四十載矣。與麋鹿同羣而處。浪跡吳本有於字陛下豐草長林。實自弱冠之年矣。豈九州牧伯。不歲貢豪俊於外。豈陛下明詔。不仄席思賢於中哉。臣之愚頑。靜無所取。以此知分。沈埋盛時。不敢依違。不敢激訐。默以漁樵之樂自遣而已。頃者賣藥都市。寄食朋友。吳作友朋竊慕堯翁擊壤之謳。適遇國家郊廟之禮。不覺手足蹈舞。形於篇章。漱吮甘液。游泳和氣。聲韻寖廣。卷軸斯存。抑亦古詩之流。希乎述者之意。然詞理野質。終不足以拂天聽之崇高。配史籍以永久。恐倏先狗馬。遺恨九原。謹稽首投延恩匭獻納。上表進明主朝獻太清宮、朝享太廟、有事于南郊等三賦以聞。臣甫誠惶誠恐。頓首頓首。謹言。

新書本傳。天寶十三載。玄宗朝獻太淸宮。饗廟及郊。甫奏賦三篇。帝奇之。使待詔集賢院。命宰相試文章。呂汲公年譜、呂東萊注三賦。並云十三載。黄鶴曰。舊書玄宗紀。十載正月乙酉朔壬辰。朝獻太淸宮。癸巳朝享太廟。甲午有事于南郊。朝享太廟賦曰。壬辰既格於道祖。乘輿即以是日致齋于九室。有事于南郊賦曰。二之日。朝廟之禮既畢。與舊書甲子俱合。則爲十載獻賦明矣。趙子櫟年譜。考明皇紀。十三載二月癸酉。朝獻太淸宮。甲戌親享太廟。未嘗有事南郊。當以舊書爲正。按諸書載十三載獻賦。並承新書本傳之誤。然獻賦自在大禮告成之日。鶴以謂九載預獻。則非也。

## 朝獻太淸宮賦

冬十有一月。天子既納處士之議。承漢繼周。革弊用古。勒崇揚休。明年孟陬。將攄大禮以相籍。越彝倫而莫儔。歷良辰而戒吉。分祀事而孔修。營室主夫宗廟。乘輿備乎冕裘。甲子王以昧爽。春寒薄而淸浮。虛閶闔。逗蚩尤。張猛馬。出騰虬。捎熒惑。墮旄頭。風伯扶道。雷公挾輈。通天台之雙闕。警溟漲之十洲。浩劫礌砢。萬仙颼飀。欻臻于長樂之舍。鬼入乎崑崙之丘。太一奉引。庖犧左文粹作在右。堯步舜趨。禹馳湯驟。鬱閟宮之嵂崒。坼元氣以經構。斷紫雲而竦牆。撫流沙而承霤。紛隮珠而陷碧。燿波錦而涙繡。森青冥而欲雨。艴光烔而初晝。於是翠蕤俄的。藻藉舒就。祝融擲火以焚香。溪女捧盤而盥漱。羣有司之望幸。辨名物之難究。瓊漿自閒於粢盛。羽客先來於介冑。爍聖祖之儲祉。敬雲孫而及此。詔軒轅使合符。救王喬以覩履。積昭感于嗣續。匪正辭於祝史。若肸蠁而有憑。肅風颸而乍起。揚流蘇於浮柱。金英霏而披靡。擬雜珮於曾巔。孔文粹作芝蓋欻以颯纚。中縱縱以廻復。外蕭蕭而未已。上穆然注道爲身。覺天傾耳。陳僭號于五代。復戰國于千祀。曰。嗚呼。昔蒼生纏孟德之禍。爲仲達所愚。鑿齒其俗。窫窳其孤。赤烏高飛。不肯止其屋。黄龍哮吼。不肯負其圖。伊神器臬兀。而小人呴喻。曆紀大破。瘡痍未蘇。尙攫拏于吳蜀。又顚躓於羯胡。縱羣雄之發憤。一作讀誰一統于亭衢。在拓跋與宇文。豈風塵之不殊。一作雜比聰廆及堅特。渾貔豹而齊驅。愁陰鬼嘯。落日梟呼。各擁兵甲。俱稱國都。且耕且戰。何有何無。惟累聖之徽典。恭淑愼以允緝。茲火土之相生。非符讖之備及。煬帝終暴。叔寶初襲。編簡尙新。義旗爰入。旣淸國難。方覩家給。竊以爲數子自誣。敢正乎五行攸執。而觀者潛晤。一作悟或喜至於泣。鱗介以之鳴簴。一作猲鱗介之鳴簴。昆蚑以振蟄。昆蚑以之振蟄。感而遂通。罔不具集。仡神光而甜閈。羅詭異以戢𢿱。地軸傾而融曳。洞宮儼以嶷岌。九天之雲下垂。四海之水皆立。鳳鳥威遲而不去。鯨魚屈矯以相吸。掃太始之含靈。卷殊形而可挹。則有虹蜺爲鉤帶者。入自於東。揭莽蒼。履崆峒。素髮漠漢。至精濃濃。條弛張於巨細。覬披寫於心胸。蓋修竿無隙。而仄席已容。裂手中之黑簿。睨堂下之金鐘。得非擬斯人于壽域。明返樸於玄蹤。忽翳日而翻萬象。卻浮雲（文粹作空）而留六龍。咸讋跖而壯茲應。終蒼黃而昧所從。上猶色若不足。處之彌恭。天師張道陵等。洎左玄君者。前千二百官吏。謁而進曰。今王巨唐。帝之苗裔。坤之紀綱。土配君服。宮尊臣商。起數（一作數起）得統。特立中央。且大樂在懸。黃鐘冠八音之首。太昊斯啓。青陸獻千春之祥。曠哉勤力耳目。宜乎大帶斧裳。故風后孔甲充其佐。山稽岐伯翼其旁。至於易制取法。足以朝登五帝。夕宿三皇。信周武之多幸。存漢祖之自强。且近朝之濫吹。仍改卜乎嗣堂。初降素車。終勤恤其後。有客白馬。固漂淪不忘。伊庶人得議。實邦家之光。臣道陵等。試本之於青簡。探之於縹囊。列聖有差。夫子聞斯於老氏。好問自久。宰我同科於季康。取撥亂返正。乃此其所長。萬神開。八駿迴。旗掩月。車奮雷。驂七曜。燭九垓。能事穎脫。清光大來。或曰。今太平之人。莫不優游以自得。況是蹴魏踏晉。批周抉隋之後。與夫（一作乎）更始者哉。

附東萊呂祖謙注

孟陬梁元帝纂要。正月爲孟陬。記月令注。孟春者。十月會于陬訾。斗建寅之辰。十洲隋虞茂和望海詩。十洲雲霧起。三山波浪高。祝融祝融乃社稷五祀之官。顓頊氏有子曰犂。爲祝融。注。犂。明貌。火正也。左昭二十九年。聖祖唐玄宗紀。天寶二年正月丙辰。加號玄元皇帝曰太聖祖。二月壬子。享於玄元宮。改西京玄元宮曰太清宮。軒轅史。黄帝姓公孫。名曰軒轅。披山通道。東至於海。登丸山及岱宗。西至於空桐。登雞頭。南至於江。登熊湘。北逐葷粥。合符釜山。而邑於涿鹿之阿。王喬後方技傳。王喬。顯宗世爲葉令。喬有神術。每月朔望。常自縣詣臺。帝怪其來數而不見車騎。密令太史伺望之。言其臨至。輒有雙鳧從東南飛來。於是候鳧至。舉羅張之。但得一隻舃焉。乃詔尚方詠視。則四年中所賜尚書官屬履也。肸蠁文選左太冲蜀都賦。景福肸蠁而興作。注。肸蠁。溼生蟲蚊之類。言大福之興。如此蟲羣飛而多也。拓拔宇文通鑑本紀。後魏拓拔氏祚傳十六主。分爲東西魏。後周宇文氏祚傳五主。禪位於隋。聰廆堅特晉紀載。劉聰字玄明。以永嘉四年僭卽皇帝位。前燕慕容廆封燕王。在位四十九年。遣使者册贈大將軍。開府儀同三司。謚曰襄。其孫雋僭號。僞謚武宣皇帝。前秦苻堅。字永固。以升平元年僭大秦天王。後蜀李特。字元休。在位六年。其子雄僭稱王。追謚特景王。及僭追尊曰景皇帝。火土歷代紀運圖。隋以火德。唐以土德。義旗唐高祖募衆起兵。傳檄諸郡。號爲義兵。太昊前魏相傳。太昊乘震。執規司春。風后孔甲山稽岐伯逸史。風后孔甲充其位。山稽岐伯翼其傍。所以格天地。通神明。安萬姓。成性類者也。素車記郊特牲。宗廟之器。可用也而不可便其利。大圭不琢。美其質也。素車之乘。尊其樸也。所以交于神明也。如是而後宜。

朝享太廟賦

初高祖太宗之櫛風沐雨。勞身焦思。用黃鉞白旗文粹作旆者五年。而天下始一。歷三朝而戮力。今庶績之大備。上方采庬俗之謠。稽正統之類。蓋王者盛事。臣聞之於里曰。昔武德已前。黔黎蕭條。無復生意。遭鯨鯢之蕩汨。荒歲月而沸渭。衮服紛紛。朝廷多閏者。仍亘乎晉魏。

臣竊以自赤精之衰歇。曠千載而無真人。及黃圖之經綸。息五行而歸厚地。則知至數不可以久缺。凡材不可以長寄。故高下相形。而尊卑各一作必異。惟神斷繫之於是。本先帝取之以義。壬辰既格于道祖。乘輿卽以是日致齋于九室。所以昭達孝之誠。所以明繼天之質。具禮有素。六官咸秩。大輅每出。或黎元不知。豐年則多。而筐筥甚實。既而太尉參乘。司僕扈蹕。望重闉以肅恭。順法駕之徐疾。公卿淳古。士卒精一。默宗廟之愈深。抵職司之所密。宿翠華於外戶。曙黃屋於通術。氣淒淒於前旒。光靡靡於嘉栗。階有賓阼。帳有甲乙。升降之際。見玉柱生芝。擊拊之初。覺鈞天合律。筍簴仡以碣礚。干戚宛而婆娑。鞉鼓塤篪爲之主。鐘磬竽瑟以之和。雲門咸池取之至。空桑孤竹貴之多。八音修一作循通。既比乎旭日昇而氛埃滅。萬舞陵亂。又似乎春風壯而江海波。鳥不敢飛而玄甲崢嶸以岳峙。象不敢去而鳴珮劍綸以星羅。已而上乾豆以登歌。美休成之既饗。璧玉儲精以稠疊。門闌洞豁而森爽。黑帝歸寒而激昂。蒼靈戒曉而來往。熙事莽而充塞。羣心靡以振蕩。桐花未吐。孫枝之鸞鳳相鮮。雲氣何多。宮井之蛟龍亂上。若夫生弘佐命之道。死配貴神之列。則殷劉房魏之勳。是可以中摩伊呂。上冠夔高。代天之工。爲人之傑。丹青滿地。松竹高節。自唐興以來。若此時哲。皆朝有數四。名垂卓絕。向不遇反正撥亂之主。君臣父子之別。奕葉文武之雄。注意生靈之切。雖前輩之溫良寬大。豪俊果決。曾何以措其筋力與韜鈐。載其刀筆與喉舌。使祭則與。食則血。若斯之盛而已。爾乃直于主。索于祊。讐幽全之物。散純道之精。蓋我后常用。維時克貞。甞以蕭合。酌以茅明。嘏以慈告。祝以孝成。故天意張皇。不敢殄其瑞。神姦妥帖。不敢秘其精。而撫（一作無）絕軌享鴻名者矣。于以奏永安。于以奏王夏。福穰穰於絳闕。芳霏霏於玉斝。沛枯骨而破聾盲。施殀胎而逮鰥寡。園陵動色。躍在藻之泉魚。弓劍皆鳴。汗鑄金之風馬。霜露堪吸。禎祥可把。曾宮歔欷。陰事儼雅。薄清輝於鼎湖之山。（一作上）靜餘響於蒼梧之野。（一作下）上（一本無）窅然漠漠。惕然兢兢。紛益所慕。若不自勝。瞰牙旗而獨立。吟翠駮而未乘。五老侍祠而精駭。千官泓聽而（一作以）思凝。於是二丞相進曰。陛下應道而作。惟天與能。澆訛散。淳樸登。尙猶日愼業業。孝思烝烝。恐一物之失所。懼先王之咎徵。如此之勤恤匪懈。是百姓何以報夫元首。在臣等何以充其股肱。且如周宣之教親不暇。孝武之淫祀相仍。諸侯敢于迫脅。方士奮其威稜。一則以微言勸内。一則以輕舉虛憑。又非陛下恢廓緒業。其瑣細亦曷足稱。丞相退。上蹋天蹐地。授綏登車。伊鴻文粹作頌洞槍櫑。先出爲儲胥。本枝根株乎萬代。睿想經緯乎六虛。甲午方有事於采壇紺席。宿夫行所如初。

## 附呂東萊注

鯨鯢左宣十二年。古者明王伐不敬。取其鯨鯢而封之。以爲大戮。注。鯨鯢。大魚名。以喻不義之人。吞食小國。多閏前王莽傳贊。餘分閏位。注云。莽不得正王之位。如歲月之餘分爲閏也。九室大戴禮明堂篇。明堂九室。室有四戶八牖。翠華前司馬相如上林賦。建翠華之旗。黃屋通術後輿服志。黃屋大纛。所以輔其德。記。審端經術。注。經音徑。術音遂。周禮。徑上有遂。甲乙前西域贊。武帝作通天之臺。興造甲乙之帳。空桑孤竹禮大司樂。孤竹之管。空桑之琴瑟。殷劉房魏殷開山、劉文靜、房玄齡、魏徵。詳見本傳。直主索祊記郊特牲。直祭祝于主。注。直。正也。謂薦熟之時也。以熟爲正。索祭祝于祊。注。索。求神也。祭于廟門曰祊。警幽散純毛血告幽全之物也。告幽全之物者。貴純之道也。膋蕭取膟膋燔燎升首。報陽也。注云。膓間脂也。與蕭合燒之。酌茅縮酌用茅。明酌也。並同上。祝嘏記禮運。祝以孝告。嘏以慈告。是謂大祥。此禮之大成也。永安前禮樂志。叔孫通因秦樂人制宗廟樂。大祝迎神于廟門。奏嘉至。猶古降神之樂也。皇帝入廟門。奏永至以爲行步之節。猶古采齊肆夏也。皇帝就酒東廂。坐定。奏永安之樂。美禮已成也。王夏禮春官大司樂。凡樂事。大祭祀。宿縣。遂以聲展之。王出入則令奏王夏。尸出入則令奏肆夏。牲出入則令奏昭夏。玉斝舜祠宗廟。以玉斝也。教親詩黃鳥。刺宣王也。注云。刺其以陰祀教親而不至。聯兄弟而不固。

## 有事于南郊賦

蓋主上兆於南郊。聿懷多福者舊矣。今茲練时日就陽位之美。又所以厚祖考通神明而已。職在宗伯。首崇禋祀。先是春官條（文粹作修）頌祇之書。獻祭天之紀。令泰龜而不昧。俟萬事之將履。掌次閱氈邸之則。封人考壝宮之旨。司門轉致乎牲牢之繫。小胥專達乎懸位之使。二之日。朝廟之禮既畢。天子蒼然視於無形。澹然若有所聽。又齋心於宿設。將旰食而匪寧。旌門坡陁以前騖。彀騎反覆以相經。頓曾城之軋軋。軼萬戶之熒熒。馳道端而如砥。浴日上而如萍。掣翠旄於華蓋之角。彗黃屋於鉤陳之星。神仙戍削以落羽。魍魎幽憂以固扃。戰岐慄華。擺渭掉涇。地回回而風淅淅。天泱泱而氣青青。甲胄乘陵。轉迅雷於荆門巫峽。玉帛淸迴。霽夕雨於瀟湘洞庭。於是乘輿霈然乃作。翳夫鸞鳳將至。以沖融寥廓。不可以彌度。聲明通乎純粹。溟涬爲之垠堮。駟蒼螭而蜿蜒。若無骨以柔順。奔烏攫而黝蟉。徒有勢於殺縛。朱輪竟野而杳冥。金鑁（一作駿）成陰以結絡。吹堪輿以軒輊。（一作轅）搶寒暑以前卻。中營密擁乎太陽。宸眷眇臨乎長薄。熊羆弭耳以相舐。虎豹高跳以虛攫。上方將降帷宮之絲縭。屏玉軑（一作軼）以蠳略。人門行馬。以拱乎合沓之場。皮弁大裘。始進於穹崇之幕。銜牙鏗鏘以將集。周衛轇轕而咸若。月窟黑而扶桑寒。田燭稠而曉星落。肅定位以告潔。（一作絜）藹嚴上而清超。雲菌萏以張蓋。春葳蕤以建杓。簪裾斐斐。樽俎蕭蕭。方面曲折。周旋寂寥。必本於天。王宮與夜明相射。動而之地。山林與川谷俱標。於是乎官有御。事有職。所以敬鬼神。所以勤稼穡。所以報本反始。所以度長立極。玄酒明水之上。越席疏布之側。（一作列）必取先於稻秫麴蘗之勤。必取著於紛純文繡之飾。雖三牲八簋。豐備以相沿。而蒼璧黃琮。實歸乎正色。先王之丕業繼起。信可以永其昭配。羣望之徧祭在斯。示有以明其翼戴。由是播其聲音以陳列。從乎節奏以進退。韶夏濩武采之於訓謨。鍾石陶匏具之於梗概。變方形於動植。聽宮徵於砰磕。英華發外。非因乎筍簴之高。和順積中。不在乎雷鼓（一作霆）之大。既而膟（一作鬱）膋挂罥。柴燎窟塊。豬耆擘赫。葩斜晦潰。雹纏風升。雪颯星碎。拂勿僁濊。眇溟莅淬。聖慮岑寂。玄黃增霈。蒼生顒昂。毛髮清籟。雷公河伯。咸騷駭以修聳。霜女江妃。乍紛綸而晻曖。執紱秉翟。朱干玉戚。鼓瑟吹笙。金支翠旌。神光倏歘。祀事虛明。於是沓灑乎渙汗。紆餘乎經營。浸朱崖而灑朔漠。洶暘谷而濡若英。耆艾涕而童子儛。叢棘坼而猩犴傾。是率土之濱。覃醽醁以涵泳。非奉郊之縣。獨宴慰以縱横。玄澤淡泞乎無極。殷薦綢繆乎至精。稽古之時。屢應符而合契。聖人有作。不逆寡而雄成。爾乃孤卿侯伯。雜羣儒三老。儼而絶皮軒。趨帳殿。稽首曰。臣聞燧人氏已往。法度難知。文（一作和）質未變。太昊氏繼天而王。根啓閉於厥初。以木傳子。攄終始而可見。洎虞夏殷周。兹煥炳而葱蒨。秦失之於狼貪蠶食。漢綴之以虵斷龍戰。中莽茫（一作茫茫）夫何從。聖蓄縮曾不下眷。伏惟道祖。視生靈之磔裂。醜害馬之蹄齧。呵五精之息肩。考正氣之無轍。協夫貽孫以降。使之造命更挈。累聖昭洗。中祚觸蹶。氣慘黷乎脂夜之妖。勢迴薄乎龍虵之孽。伏惟陛下。勃然憤激之際。天闕（文粹作闕）不敢旅拒。鬼神爲之嗚咽。高衢騰塵。長劍吼血。尊卑配。宇縣刷。插紫極之將頽。拾淸芬於已缺。鑪以之（一作之以）仁義。鍛以之（一作之以）賢哲。聯祖宗之耿光。卷戎狄之彯撇。蓋九五之後。人人自以遭唐虞。四十年來。家家自以爲稷卨。王綱近古而不軌。天聽貞觀以高揭。蠢爾差僭。粲然優劣。宜其課密於空積忽微。刊定於興廢繼絶。而後覩數統從首。八音六律而惟新。日起算外。一字千金而不滅。上曰。吁。昊天有成命。（一作帝）惟五聖以受。我其夙夜匪遑。寔用素樸以守。于嗟乎麟鳳。胡爲乎郊藪。豈上帝之降鑒及茲。玄元之垂裕于後。夫聖以百年爲鶉鷇。道以萬物爲芻狗。今何以茫茫臨乎八極。眇眇託乎羣后。端策拂龜於周漢之餘。緩步闊視於魏晉之首。斯上古成法。蓋其人已朽。不足道也。於是天子默然而徐思。終將固之又固之。意不在抑殊方之貢。亦不必廣無用之祠。金馬碧雞。非理人之術。珊瑚翡翠。此一物何疑。奉郊廟以爲寶。增怵惕以孜孜。況大庭氏之時。六龍飛御之歸。

弭耳 文苑辯證。彌囚彌耳。或欲作弭。大禮賦。熊羆弭耳。而周禮小祝。彌災兵。則彌與弭同。　蠖略 辯證云。南郊賦。屛玉軑以蠖略。按甘泉賦。蠖略蕤綏。蠖。於鑊反。正言車馬之狀。而集作蠖略。非。

附呂東萊注

陽位 記郊特牲。兆于南郊。就陽位也。　禋祀 禮春官大宗伯。以禋祀祀昊天上帝。　太龜 春官龜人。凡有祭祀。則奉龜以往。記曲禮曰。爲日。假爾太龜有常。　氈邸 天官掌次。掌王次之法。以待張事。王大旅上帝。則張氈案。設皇邸。　壝宮 封人。掌王之社壝。爲畿封而樹之。　繫牲 司門。祭祀之牛繫焉。監門養之。並地官。　懸位 春官。小胥正樂懸之位。王宮懸。諸侯軒懸。卿大夫判懸。士特懸。辨其聲。　華蓋 晉天文志。大帝上九星曰華蓋。所以覆庇大帝之座也。　鉤陳 紫宮中六星曰鉤陳。鉤陳口中一星曰天皇帝。　人門 禮天官掌舍。無宮則共人門。注。謂王行所逢遇。若住遊觀。陳列周衛。則立長大之人以表門。　皮弁 記郊特牲。祭之日王皮弁。以聽祭報。示民嚴上也。　大裘 禮春官。王祀昊天上帝。服大裘。　扶桑 淮南子天文訓曰。日出于暘谷。浴于咸池。拂于扶桑。　田燭 記郊特牲。喪者不敢凶服。氾埽反道。鄉爲田燭。注。田首爲燭。郊道之民爲之也。　王宮夜明 記祭法曰。王宮祭日也。夜明祭月也。　玄酒明水越席疏布 記郊特牲。玄酒明水之尚。貴五味之本也。疏布之尙。反女功之始也。莞簟之安。而蒲越藁鞂之尙。明之也。注。蒲越藁鞂。藉神之席也。**三牲八簋**記祭統。三牲之俎。八簋之實。美物備矣。**蒼璧黃琮**禮春官大宗伯。以蒼璧禮天。黃琮禮地。**望徧**書舜典。望于山川。徧于羣神。**陶匏**記郊特牲。器用陶匏。以象天地之性也。**霜女**淮南子。青女出以降霜。注。青女。天神也。**江妃**張華博物志。舜死。二妃淚下。染竹卽斑。妃死爲湘江水神。故曰湘妃。又曰江妃。**若英**文選月賦。嗣若英于西冥。李善注。若木之英也。山海經。灰野之山。有赤桐青葉。名曰若木。日所入處。**叢棘**易坎卦上九。係用徽纆。置于叢棘。三歲不得凶。注云。言衆議于九棘之下也。**狴犴**揚吾子篇。狴犴使人多禮乎。注云。牢獄也。**太昊**帝王世紀。燧人氏歿。犧氏繼之而王。首德于木。爲百王先。帝出于震。未有所因。故位在東方。主春。象日之明。是稱太昊。**脂夜龍蛇**前五行志傳曰。思心之不睿。是謂不聖。厥咎霿。厥罰恆風。厥極凶短折。有脂夜之妖。若脂水夜汚人衣。淫之象也。皇之不建。厥咎眊。厥罰恆陰。厥極弱。時則有龍蛇之孽。**課密**後律曆志。曆之廢興。以課疏密。**玄元**唐史會要。乾符三年。追尊老君爲太上玄元皇帝。**鶉鷇**莊天地篇。聖人鶉居而鷇食。鳥行而無彰。天下有道則昌。天下無道則修德就閒。鷇音口逗反。**芻狗**老虛用篇。天地不仁。以萬物爲芻狗。視之如芻草狗畜而不貴也。**金馬碧鷄**前郊祀志。或言益州有金馬碧鷄之神。**珊瑚翡翠**晉輿服志。晉過江服章多闕。而冕飾以珊瑚翡翠。

## 進封西嶽賦表

臣甫言。臣本杜陵諸生。年過四十。經術淺陋。進無補於明時。退常困於衣食。蓋長安一匹夫耳。頃歲國家有事於郊廟。幸得奏賦待制於集賢。委學官試文章。再降恩澤。乃猥以臣名實相副。送隸有司。參列選序。然臣之本分。甘棄置永休。望不及此。豈意頭白之後。竟以短篇隻字。遂曾闚徹宸極。一動人主。是臣無負於少小多病貧窮好學者已。在臣光榮。雖死萬足。至於仕進。非敢望也。日夜憂迫。復未知何以上答聖慈。明臣子之効。況臣常有肺氣之疾。恐忽復先草露。塗糞土。而所懷冥寞。孤負皇恩。敢攄竭憤懣。領略丕則。作封西嶽賦一首以勸。所覬明主覽而留意焉。先是御製嶽碑文之卒章曰。待余安人治國。然後徐思其事。此蓋陛下之至謙也。今茲人安是已。今茲國富是已。況符瑞翕集。福應交至。何翠華之脈脈乎。維嶽固陛下本命。以永嗣業。維嶽授陛下元弼。克生司空。斯又不可寢已。伏惟天子霈然留意焉。春將披圖視典。冬乃展采錯事。日尚浩闊。人匪勞止。庶可試哉。微臣不任區區懇到之極。謹詣延恩匭獻納。奉表進賦以聞。臣甫誠惶誠恐。頓首頓首。謹言。

## 封西嶽賦并序

舊書紀。天寶九載正月。羣臣請封西嶽。從之。二月辛亥。西嶽廟災。時久旱。制停封西嶽。二月。右相楊國忠守司空受册。天雨黄土。霑于朝服。會要。臨軒册三公。自神龍以來。册禮久廢。唯天寶末。册楊國忠爲司空。至是册太尉子儀。復行册禮。玄宗御製西嶽華山碑云。十有一載。孟冬之月。停鑾廟下。久勤報德之願。未暇崇封之禮。

上既封泰山之後。三十年間。車轍馬跡。至于太原。還于長安。時或謁太廟。祭南郊。每歲孟冬。巡幸溫泉而已。聖主以爲王者之體。告厥成功。止于岱宗可矣。故不肯到崆峒。訪具茨。

驅八駿於崑崙。親射蛟於江水。始爲天子之能事壯觀焉爾。況行在供給。蕭然煩費。或至作歌有慙於從官。誅求坐殺於長吏。甚非主上執玄祖醇醲之道。端拱御蒼生之意。大哉聖哲。垂萬代則。蓋上古之君。皆用此也。然臣甫愚。竊以古者疆埸有常處。贄見有常儀。則備乎玉帛而材不匱乏矣。動乎車輿而人不愁痛矣。雖東岱五嶽之長。足以勒崇垂鴻。與山石無極。伊太華最爲難上。至於封禪之事。獨軒轅氏得之。夫七十二君。罕能彙之矣。其餘或蹶踣風雲。碑版祠廟。終么麼不足追數。今聖主功格軒轅氏。業纂七十君。風雨所及。日月所照。莫不砥礪。華。近甸也。其可恧乎。比歲鴻生巨儒之徒。誦古史。引時呂作詩義。云國家土德。與黃帝合。主上本命。與金天合。而守闕者亦百數。天子寢不報。蓋謙如也。頃或詔厥郡國。掃除曾巔。雖翠蓋可薄乎蒼穹。而銀字未藏於金氣。臣甫誠薄劣。不勝區區吟詠之極。故作封西嶽賦以勸。賦之義。預述上將展禮焚柴者。實覬聖意因有感動焉。爲其詞曰。惟時孟冬。百工乃休。上將陟西嶽。覽八荒。御白帝之都。見金天之王。既刊石乎岱宗。又合符乎軒皇。茲事體大。越不可載已。先是禮官草具其儀。各有典司。俯叶吉日。欽若神祇。而千乘萬騎。已蹕略佁儗。屈矯陸離。唯君所之。然後拭翠鳳之駕。開日月之旗。撞鴻鐘。發雷鞀。辨格澤之脩竿。決河漢之淋漓。擴天狼之威弧。墜魍魎之霏霏。赤松前驅。彭祖後馳。方明夾轂。昌寓侍衣。山靈秉鉞而踉蹡。海若護蹕而參差。風馭冉以縱嫂。雲螭縫而遲蚭。地軸軋軋。殷以下折。原隰草木。儼而東飛。岐梁閃倏。涇渭反覆。而天府載萬侯之玉。尙方具左纛黃屋。已焜煌於山足矣。乘輿尙鳴鑾和。儲精澹慮。華蓋之大角低回。北斗之七星皆去。屆蒼山而信宿。屯絕壁之清曙。既臻夫陰宮。犀象硉兀。戈鋋窸窣。飄飄蕭蕭。洶洶如也。於是太一抱式。玄冥司直。天子迺宿袚齋。就登陟。駢素虬。超崩岃。天語秘而不可知。代欲聞而不可得。柴燎上達。神光充塞。泥金乎菌萏之南。刻石乎青冥之北。上意由是茫然。延降天老。與之相識。問太微之所居。稽上帝之遺則。颯弭節以徘徊。撫八紘而黮黑。忽風翻而景倒。澹殊狀而異色。冏若褰袪開帷。下辯宸極者久之。雲氣蓊以廻複。山嘷棠而未息。祀事孔明。有嚴有翼。神保是格。時萬時億。爾乃駐飛龍之秋秋。詔王屬以中休。覲羣后於高掌之下。張大樂於洪河之州。芬樹羽林。莽不可收。千人舞。萬人謳。騏驎踆踆而在郊。

鳳凰蔚跋而來遊。雷公伐鼓而揮汗。地祇被震而悲愁。樂師拊石而具發。激越乎遐陬。羣山爲之相峽。萬穴爲之倒流。又不可得載已。久而景移樂闋。上悠然垂思曰。嗟乎。余昔歲封泰山。禪梁父。以爲王者成功。已纂終古。嘗覽前史。至於周穆漢武。豫遊寥闊。亦所不取。惟此西嶽。作鎭三輔。非無意乎。頃者猶恐百姓不足。人所疾苦。未暇瘞斯玉帛。考乃鐘鼓。是以視嶽於諸侯。錫神以茅土。豈唯壯設險於甸服。報西成之農扈。亦所以感一念之精靈。答應時之風雨者矣。今茲冢宰庶尹。醇儒碩生。僉曰黄帝顓頊。乘龍遊乎四海。發軔匝乎六合。竹帛有云。得非古之聖君。而泰華最爲難上。故封禪之事。鬱沒罕聞。以余在位。發祥隤祉者。焉可勝紀。而不得已。遂建翠華之旗。用塞雲臺之議。矧乎殊方奔走。萬國皆至。玄元從助。清廟歆欷也。臣甫舞手蹈足曰。大哉爍乎。眞天子之表。奉天爲子者已。不然。何數千萬載。獨繼軒轅氏之美。彼七十二君。又疇能臻此。蓋知明主聖罔不克正。功罔不克成。放百靈。歸華淸。

## 進鵰賦表天寶三載

臣甫言。臣之近代陵夷。公侯之貴磨滅。鼎銘之勳。不復照曜於明時。自先君恕預以降。奉儒守官。未墜素業矣。亡祖故尚書膳部員外郎先臣審言。修文於中宗之朝。高視於藏書之府。故天下學士。到于今而師之。臣幸賴先臣緒業。自七歲所綴詩筆。向四十載矣。約千有餘篇。今賈馬之徒。得排金門上玉堂者甚衆矣。唯臣衣不蓋體。常寄食於人。奔走不暇。只恐轉死溝壑。安敢望仕進乎。伏惟天子（文粹作明主）哀憐之。明主（文粹無此二字）儻使執先祖之故事。拔泥塗之久辱。則臣之述作。雖不足以鼓吹六經。先鳴數子。至於沈鬱頓挫。隨時敏捷。而揚雄枚皋之流。庶可跂及也。有臣如此。陛下其舍諸。伏惟明主哀憐之。無令役役。便至於衰老也。臣甫誠惶誠恐。頓首頓首。死罪死罪。臣以爲鵰者。鷙鳥之殊特。搏擊而不可當。豈但壯觀於旌門。發狂於原隰。引以爲類。是大臣正色立朝之義也。臣竊重其有英雄之姿。故作此賦。實望以此達於聖聰矣。不揆蕪淺。謹投延恩匭進表獻賦以聞。謹言。

鵰賦

當九秋之淒清。見一鶚之直上。以雄材爲己任。横殺氣而獨往。梢梢勁翮。肅肅遺響。杳不可追。俊無留賞。彼何鄉之性命。碎今日之指掌。伊鷙鳥之累百。敢同年而爭長。此鵰之大略也。若乃虞人之所得也。必以氣禀玄冥。陰乘甲子。河海蕩潏。風雲亂起。雪沍山陰。冰纏樹死。迷向背於八極。絶飛走於萬里。朝無以充腸。夕違其所止。頗愁呼而蹭蹬。信求食而依倚。用此時而椓杙。待尤者而綱紀。表狎羽而潛窺。順雄姿之所擬。欻捷來於森木。固先擊於利觜。解騰攫而竦神。開網羅而有喜。獻令文粹作禽之課。數備而已。及乎閩隸受之也。則擇其清質。列在周垣。揮拘攣之掣曳。挫豪梗之飛颻。識畋遊之所使。登馬上而孤騫。然後綴以珠飾。呈於至尊。摶風槍櫑。用壯旌門。乘輿或幸別館。獵平原。寒蕪空闊。霜仗喧繁。觀其夾翠華而上下。卷毛血之崩奔。隨意氣而電落。引塵沙而晝昏。豁堵墻之榮觀。棄功効而不論。斯亦足重也。至如千年孽狐。三窟狡兔。恃古冢之荆棘。飽荒城之霜露。迴惑我往來。趦趄我場圃。雖有青骹戴角。白鼻如瓠。蹙奔蹄而俯臨。飛迅翼而遐寓。而料全於果。見迫寧遽。屢攬之而穎脱。便有若於神助。是以曉哮其音。颯爽其慮。續下韝而繚繞。尚投跡而容與。奮威逐北。施巧無據。方蹉跎而就擒。亦造次而難去。一奇卒獲。百勝昭著。夙昔多端。蕭條何處。斯又足稱也。爾其鶬鴰鴉鴟之倫。莫益於物。空生此身。聯拳拾穗。長大如人。肉多奚有。味乃不珍。輕鷹隼而自若。託鴻鵠而爲鄰。彼壯夫之慷慨。假强敵而逡巡。拉先鳴之異者。及將起而復文粹作遄臻。忽隔天路。終辭水濱。寧掩羣而盡取。且快意而驚新。此又一時之俊也。夫其降精於金。立骨如鐵。目通於腦。筋入於節。架軒楹之上。純漆光芒。掣梁棟之間。寒風凜冽。雖趾蹻千變。林嶺萬穴。擊叢薄之不開。突杈枒而皆折。又有觸邪之義也。久而服勤。是可吁畏。必使烏攫之黨。罷鈔盜而潛飛。梟怪之羣。想英靈而虛墜。豈非虛陳其力。叨竊其位。等摩天而自安。與槍榆而無事者矣。故不見其用也。則晨飛絕壑。暮起長汀。來雖自負。去若無形。置巢巀嵲。養子青冥。倏爾年歲。茫然闕廷。莫試鈎爪。空廻斗星。衆雛儻割鮮於金殿。此鳥已將老於巖扃。

天狗賦并序

天寶中。上冬幸華清宮。甫因至獸坊。怪天狗院列在諸獸院之上。胡人云。此其獸猛健。一作捷無與比者。甫壯而賦之。尚恨其與凡獸相近。

澹華清之莘莘漠漠。而山殿戍削。縹與天風。崛乎迴薄。上揚雲旓兮。下列猛獸。夫何天狗嶙峋兮。氣獨神秀。色似狻猊。小如猿狖。忽不樂雖萬夫不敢前兮。非胡人焉能知其去就。向若鐵柱欹而金鏁斷兮。事未可救。瞥流沙而歸月窟兮。斯豈踰晝。日食君之鮮肥兮。性剛簡而清瘦。敏於一擲。威解兩鬬。終無自私。必不虛透。嘗觀乎副君暇豫。奉命于畋。則蚩尤之倫。已脚渭戟涇。提挈丘陵。與南山周旋。而慢圍者戮。實禽有所穿。伊鷹隼之不制兮。呵犬豹以相纏。蹙乾坤之翕習兮。望麋鹿而飄然。由是天狗捷來。發自於左。頓六軍之蒼黃兮。劈萬馬以超過。材官未及唱。野虞未及和。罔𩨂矢與流星兮。圍要害而俱破。洎千蹄之迸集兮。始拗怒以相賀。眞雄姿之自異兮。已歷塊而高臥。不愛力以許人兮。能絕甘以爲大。既而羣有噉咋。勢爭割據。垂小亡而大傷兮。翻投跡以來預。劃雷殷而有聲兮。紛膽破而何遽。似爪牙之便禿兮。無魂魄以自助。各弭耳低徊。閉目而去。每歲天子騎白日。御東山。百獸蹴蹌以皆從兮。四猛仡銛銳乎其間。夫靈物固不合多兮。胡役役隨此輩而往還。惟昔西域之遠致兮。聖人爲之豁迎風。虛露寒。體蒼螭。軋金盤。初一顧而雄材稱是兮。召羣公與之俱觀。宜其立閶闔而吼紫微兮。却妖孽而不得上干。時駐君之玉輦兮。近奉君之渥歡。使臭處而誰何兮。儵周垣而辛酸。彼用事之意然兮。匪至尊之賞闌。仰千門之崚嶒兮。覺行路之艱難。懼精爽之衰落兮。驚歲月之忽殫。顧同儕之甚少兮。混非類以摧殘。偶快意於校獵兮。尤見疑於蹻捷。此乃獨步受之於天兮。孰知羣材之所不接。且置身之暴露兮。遭縱觀之稠疊。俗眼空多。生涯未愜。吾君儻憶耳尖之有長毛兮。寧久被斯人終日馴狎已。

唐興縣客館記

中興之四年。王潛爲唐興宰。修厥政事。始自鰥寡惸獨。而和其封內。非侮循循。不畏險膚。而行而一。咨于官屬。于羣吏。于衆庶曰。邑中之政。庶幾繕完矣。惟賓館上漏下濕。吾人猶不堪其居。以容四方賓。賓其謂我何。改之重勞。我其謂人何。咸曰。誕事至。濟厥載。則達觀于大壯。作之閈閎。作之堂構。以永圖。崇高廣大。踰越傳舍。通梁直走。鬼將墜壓。素柱上承。安若泰山。兩傍序開。發洩霜露。潛靚深矣。步櫚複霤。萬瓦在後。匪丹艧爲。實疎達爲。迴廊南注。又爲覆廊。以容介行人。亦如正館。制度小劣。直左階而東。封殖修竹茂樹。挾右階于南。環廊又注。亦可以行步風雨。不易謀而集事。邑無妨工。亦無匱財。人不待子來。定不待方中矣。宿息井樹。或相爲賓。或與之毛。天子之使至。則曰邑有人焉。某無以栗階。州長之使至。則曰。某非敢賓也。子無所用俎。四方之使至。則曰。子既某多矣。敢辭贄。或曰。明府君之侈也。何以爲人。皆曰。我公之爲人也。何以侈。子徒見賓館之近夫厚。不知其私室之甚薄。器物未備。力取諸私室。人民不知賦歛。乃至於館之醯醢闕。出於私廚。使之乘駟闕。辦於私廐。君豈爲亭長乎。是躬親也。若館宇不修。而觀臺榭是好。賓至無所納其車。我浩蕩無所措手足。獲高枕乎。其誰不病吾人矣。玼瑕忽生。何以爲之。是道也。施舍不幾乎先覺矣。杖之友朋歎曰。美哉。是館也成。人不知。人不怒。廨署之福也。府君之德也。府君曰。古有之也。非吾有也。余何能爲是。亦前州府君崔公之命也。余何能爲是。自辛丑歲秋分。大餘二。小餘二千一百八十八。杜氏之老記已。

一本云。廨署之福也。府君之德也。府君之德也。廨署之福也。府君曰。古有之也。非吾有也。余何能爲是。亦前州府君崔公之命也。余何能爲是。潛曰。辛丑歲秋分。大餘二。小餘二千一百八十八。杜氏之老記。

說旱初。中丞嚴公節制劍南日。奉此說。

周禮司巫。若國大旱。則率巫而舞雩。傳曰。龍見而雩。謂建巳之月。蒼龍宿之體。昏見東方。萬物待雨盛大。故祭天。遠爲百穀祈膏雨也。今蜀自十月不雨。月旅建卯。非雩之時。奈久旱何。得非獄吏只知禁繫。不知疏決。怨氣積。寃氣盛。亦能致旱。是何川澤之乾也。塵霧之塞也。行路皆菜色也。田家其愁痛也。自中丞下車之初。軍郡之政。罷弊之俗。已下手開濟矣。百事冗長者。又以革削矣。獨獄囚未聞處分。豈次第未到。爲獄無濫繫者乎。穀者百姓之本。百役是出。況冬麥黃枯。春種不入。公誠能暫輟諸務。親問囚徒。除合死者之外。下筆盡放。使囹圄一空。必甘雨大降。但怨氣消則和氣應矣。躬自疏決。請以兩縣及府繫爲始。管內東西兩川。各遣一使。兼委刺史縣令。對巡使同疏決。如兩縣及府等囚例處分。衆人之望也。隨時之義也。昔貞觀中。歲大旱。文皇帝親臨長安萬年二赤縣決獄。膏雨滂足。卽岳鎭方面歲荒札。皆連帥大臣之務也。不可忽。凡今徵求無名數。又耆老合侍者。兩川侍丁。得異常丁乎。不殊常丁賦斂。是老男老女。死日短促也。國有養老。公遽遣吏存問其疾苦。亦和氣合應之義也。時雨可降之徵也。愚以爲至仁之人。常以正道應物。天道遠。去人不遠。

## 畫馬贊

韓幹畫馬。毫端有神。驊騮老大。騕褭清新。魚目瘦腦。龍文長身。雪垂白肉。風蹙蘭筋。逸態蕭踈。高驤縱恣。四蹄雷雹。一日天地。御者閑敏。去何難易。愚夫乘騎。動必顚躓。瞻彼駿骨。實惟龍媒。漢歌燕市。已矣茫哉。但見駑駘。紛然往來。良工惆悵。落筆雄才。（穆天子傳。飛兎、騕褭。日馳三萬里。）

## 雜述

杜子曰。凡今之代。用力爲賢乎。進賢爲賢乎。進賢賢乎。則魯之張叔卿、孔巢父二才士者。聰明深察。博辯閎大。固必能伸於知己。令聞不已。任重致遠。速於風飆也。是何面目黧黑。常不得飯飽喫。（一作飽飯吃）曾未如富家奴。茲敢望縞衣乘軒乎。豈東之諸侯深拒於汝乎。豈新令尹之人未汝之知也。由天乎。有命乎。雖岑子、薛子。引知名之士。月數十百。塡爾逆旅。請誦詩。浮名耳。勉之哉。勉之哉。夫古之君子。知天下之不可蓋也。故下之。知衆人之不可先也。故後之。嗟乎叔卿。遺辭工於猛健。放蕩似不能安排者。以我爲聞人而已。以我爲益友而已。叔卿靜而思之。嗟乎巢父。執雌守常。吾無所贈若矣。泰山冥冥崒以高。泗水瀰瀰以清。悠悠友生。復何時會于王鎬之京。載飲我濁酒。載呼我爲兄。

## 秋述

秋。杜子卧病長安旅次。多雨生魚。青苔及榻。常時車馬之客。舊雨來今雨不來。昔襄陽龐德公。至老不入州府。而揚子雲草玄寂寞。多爲後輩所褻。近似之矣。嗚呼。冠冕之窟。名利卒卒。雖朱門之塗泥。士子不見其泥。矧抱疾窮巷之多泥乎。子魏子獨踽踽然來。汗漫其僕夫。夫又不假蓋。不見我病色。適與我神會。我棄物也。四十無位。子不以官遇我。知我處順故也。子挺生者也。無矜色。無邪氣。必見用。則風后、力牧是已。於文章則子游、子夏是已。無邪氣故也。得正始故也。噫。所不至於道者。時或賦詩如曹、劉。談話及衛、霍。豈少年壯志未息俊邁之機乎。子魏子今年以進士調選。名隸東天官。告余將行。既縫裳。既聚糧。東人怵惕。筆札無敵。謙謙君子。若不得已。知祿仕此始。吾黨惡乎無述而止。

## 東西兩川說

聞西山漢兵食糧者四千人。皆關輔山東勁卒。多經河隴幽朔教習。慣於戰守。人人可用。兼羌堪戰子弟向二萬人。實足以備邊守險。脫南蠻侵掠。邛雅子弟不能獨制。但分漢勁卒助之。不足撲滅。是吐蕃馮陵本自足支也。權量西山邛雅兵馬。卒叛援形勝明矣。頃三城失守。罪在職司。非兵之過也。糧不足故也。今此輩見闕兵馬使。八州素歸心於其世襲刺史。獨漢卒自屬裨將主一作帥之。竊恐備吐蕃在羌。漢兵小呢。而釁隙隨之矣。況軍須不足。姦吏減剋未已哉。愚以爲宜速擇偏裨主之。主之勢。明其號令。一其刑賞。申其哀恤。致其驩忻。宜先自羌子弟始。自漢兒易解人意。而優勸旬月。大浹洽矣。仍使兵羌各繫其部落。刺史得自教閱。都受統於兵馬使。更不得使八州都管或在一羌王。或都關一世襲刺史。是羌之豪族。發源有遠近。世封有豪家。紛然聚藩落之議於中。肆與奪之權於外已。然則備守之根危矣。又何以藉其爲本。式遏雪嶺之西哉。比羌族封王者。初以拔城之功得。今城失矣。襲王如故。總統未已。奈諸董攘臂何。王尹之獄是矣。由策嗣羌王。關王氏舊親。西董族最高。怨望之勢然矣。誠於此時便宜聞上。使各自統領。不須王區分易制。然後都靜聽取別於兵馬使。不益元戎氣壯。部落無語。或縱一部落怨。獲羣部落喜矣。無爽如此處分。豈惟邛南不足憂。八州之人。願賈勇復取三城不日矣。幸急擇公所素諳明了將。正色遣之。獠賊內編屬自久。數擾背亦自久。徒惱人耳。憂慮蓋不至大。昨聞受鐵券。爵祿隨之。今聞已小動。爲之奈何。若不先招諭也。穀貴人愁。春事又起。緣邊耕種。卽發精卒討之甚易。恐賊星散於窮谷深林。節度兵馬。但驚動緣邊之人。供給之外。未見免劫掠。而還賃其地。豪族兼有其地而轉富。蜀之土肥無耕之地。流冗之輩。近者交互其鄉村而已。遠者漂寓諸州縣而已。實不離蜀也。大抵祗與兼并豪家力田耳。但均畝薄斂。則田不荒。以此上供王命。下安疲人可矣。豪族轉安。是否非蜀。仍禁豪族受賃罷人田。管內最大。誅求宜約。富家辦而貧家創痍已深矣。今富兒非不緣子弟職掌盡在節度衙府州縣官長手下哉。村正里（一作雖）見面。不敢示文書取索。非不知其家處。獨知貧兒家處。兩川縣令刺史有權攝者。須盡罷免。苟得賢良。不在正授權。在進退聞上而已。

# 杜工部集卷之二十

虞山蒙叟錢謙益箋注

## 策問文狀表碑誌十七首

### 乾元元年華州試進士策問五首

問。山林藪澤之地。各以肥磽多少爲差。故供甲兵士徒之役。府庫賜與之用。給郊廟宗社之祀。奉養祿食之出。辨乎名物。存乎有司。是謂公賦知歸。地著不撓者已。今聖朝紹宣王中興之洪業于上。庶尹備山甫補袞之能事于下。而東寇猶小梗。率土未甚闢。總彼賦稅之獲。盡贍軍旅之用。是官御之舊典闕矣。人神之攸序乖矣。欲使軍旅足食。則賦稅未能充備矣。欲將誅求不時。則黎元轉罹于疾苦矣。子等以待問之實。知新之明。觀志氣之所存。於應對乎何有。佇渴救斂之通術。願聞强學之所措意。道在此矣。得游說乎。

問。國有輶車。廬有飲食。古之按風俗。遣使臣。在王官之一守。得馳傳而分命。蓋地有要害。郊有遠近。供給之比。省費相懸。今茲華惟襟帶。關逼輦轂。行人受辭於朝夕。使者相望於道路。屬年歲無蓄積之虞。職司有愁痛之歎。況軍書未絕。王命急宣。插羽先翥於騰鷹。
敝帷不供於埋馬。豈芻粟之勤獨爾。實騄駬之價闕如。人主之軫念屢及於茲。邦伯之分憂
何嘗敢怠。乞恩難再。近日已降水衡之錢。積骨頗多。無暇更入燕王之市。欲使輶軒有喜。
主客合宜。閭閻罷杼軸之嗟。官吏得從容之計。側佇新語。當聞濟時。

問。通道陂澤。隨山濬川。經啓之理。疏奠之術。抑有可觀。其來尚矣。初聖人盡力溝洫。有
國作爲隄防。洎後代控引淮海。漕通涇渭。因舟楫之利。達倉庾之儲。又賴此而殷。亦行之
自久。近者有司相土。決彼支渠。既潰渭而亂河。竟功多而事寢。人實勞止。岸乃善崩。遂使
委輸之勤。中道而棄。今軍用蓋寡。國儲未贍。雖遠方之粟大來。而助挽之車不給。是以國
朝仗彼天使。徵茲水工。議下淇園之竹。更鑿商顔之井。又恐煩費居多。績用莫立。空荷成
雲之鍤。復擁塡淤之泥。若然則舟車之用。大小相妨矣。軍國之食。轉致或闕矣。矧夫人烟
尚稀。牛力不足者已。子等飽隨時之要。挺賓王之資。副乎求賢。敷厥讜議。

問。足食足兵。先哲雅誥。蓋有兵無食。是謂棄之。致能掉鞅靡旌。斯可用矣。況寇猶作梗。

兵不可去。日聞將軍之令。親覩司馬之法。關中之卒未息。灞上之營何遠。近者鄭南訓練。城下屯集。瞻彼三千之徒。有異什一而稅。竊見明發教以戰鬭。亭午放其庸保。課乃菽麥。以爲尋常。夫悅以使人。是能用古。伊歲則云暮。實慮休止。未卜及瓜之還。交比翳桑之餓。羣有司自救不暇。二三子謂之何哉。

問。昔唐堯之爲君也。則天之大。敬授人時。十六升自唐侯者已。昔帝舜之爲臣也。舉禹之功。克平水土。三十登爲天子者已。本之以文思聰明。加之以勞身焦思。既睦九族。協和萬邦。黜去四凶。舉十六相。故五帝之後。傳載唐虞之美。無得而稱焉。易曰。君子終日乾乾。詩曰。文王小心翼翼。竊觀古人之聖哲。未有不以君唱於上。臣和於下。致乎人和年豐。成乎無爲而理者也。主上躬純孝之聖。樹非常之功。內則拳拳然事親如有闕。外則悖悖然求賢如不及。伊百姓不知帝力。庶官但恭己而已。寇孽未平。咎徵之至數也。倉廩未實。物理、之固然也。今大軍虎步。列國鶴立。山東之諸將雲合。淇上之捷書日至。二三子議論弘正。詞氣高雅。則遺祲盪滌之後。聖朝砥礪之辰。雖遭明主。必致之於堯舜。降及元輔。必要之於稷卨。驅蒼生於仁壽之域。反淳朴於羲皇之上。自古哲王立極。大臣爲體。眇然坦途。利往何順。子有說否。庶復見子之志。豈徒瑣瑣射策。趨競一第哉。頃之問孝廉。取備尋常之對。多忽經濟之體。考諸詞學。自有文章在。束以徵事。曷成凡例焉。今愚之粗徵。貴切時務而已。夫時患錢輕。以至於量貲幣。權子母。代復改鑄。或行乎前檢莢。後契刀。當此之際。百姓蒙利厚薄。何人所制輕重。又穀者。所以阜俗康時。聚人守位者也。下至十室之邑。必有千鍾之藏。苟凶穰以之。貴賤失度。雖封丞相而猶困。侯大農而謂何。是以繼絶表微。無或區分踰越。蒙實不敏。仁遠乎哉。

前殿中侍御史柳公紫微仙閣畫太一天尊圖文

石髓老放神乎始清之天。遊目乎浩𤋮之家。泠泠然馭乎風。熙熙然登乎臺。進而俯乎寒林。退而極乎延閣。見龍虎日月之君。亘于疎梁。塞于高壁。骨者鬣者。皙者黝者。視遇之間。若寇嚴敵者已。伊四司五帝天之徒。青節崇然。綠輿駢然。仙官洎鬼官。無央數衆。陽者近。陰者遠。俱浮空不定。目所向如一。蓋知北闕帝君之尊。端拱侍衛之內。於天上最貴矣。已而左玄之屬吏。三洞弟子某進曰。經始續事。前柱下史河東柳涉。職是樹善。損於而家。憂於而國。剝私室之匱。渴蒸人之安。志所至也。請梗槩帝君救護之慈。朝拜之功曰。若人存思我主籙。生之根。死之門。我則制伏妖之興。毒之騰。凡今之人。反側未濟。柳氏柱史也。立乎老君之後。獲隱嘿乎。忍塗炭乎。先生與道而遊。與學而遊。可上以昭太一之威神于下。下以昭柱史之告訴于上。玉京之用事也。率土之發祥也。惡乎寢而。庸詎仰而。先生藐然若往。頽然而止曰。噫。夫鳥亂於雲。魚亂於河。獸亂於山。是畢弋鈎罟削格之智生。是機變繳射攫拾之智極。故自黃帝已下。干戈崢嶸。流血不乾。骨蔽平原。乖氣橫放。淳風不返。雖書載蠻夷率服。詩稱徐方大來。許其慕中夏與。夫容成、中央氏、尊盧氏輩結繩而已。百姓至死不相往來。茲茂德困矣。矧賢主趣之而不及。庸主聞之而不曉。浩穰崩蹙數千古哉。至使世之仁者。蒿目而憂世之患。有是夫。今聖主誅干紀。康大業。物尙疵癘。戰爭未息。必揆當時之變。日愼一日。衆之所惡與之惡。衆之所善與之善。勅有司寬政去禁。問疾薄斂。修其土田。險其走集。以此馭賊臣惡子。自然百祥攻百異有漸。天下洶洶。何其撓哉。已登乎種種之民。舍夫哼哼之意。是巍巍乎北闕帝君者。肯不乘道腴。卷黑簿。詔北斗削死。南斗注生。與夫圓首方足。施及乎蠢蠕之蟲。肖翹之物。盡驅之更始。何病乎不得如昔在太宗之時哉。石髓老畢辭。三洞弟子某又某。靜如得。動如失。久而卻走。不敢貳問。

祭故相國清河房公文

維唐廣德元年。歲次癸卯。九月辛丑朔。二十二日壬戌。京兆杜甫。敬以醴酒茶藕蓴鯽之奠。奉祭故相國清河房公之靈曰。嗚呼。純朴既散。聖人又歿。苟非大賢。孰奉天秩。唐始受命。羣公間出。君臣和同。德教充溢。魏、杜行之。夫何畫一。婁、宋繼之。不墜故實。百餘年間。見有輔弼。及公入相。紀綱已失。將帥干紀。烟塵犯闕。王風寖頓。神器圮裂。關輔蕭條。乘輿播越。太子卽位。揖讓倉卒。小臣用權。尊貴倏忽。公實匡救。忘餐奮發。累抗直詞。空聞泣血。時遭祲沴。國有征伐。車駕還京。朝廷就列。盜本乘弊。誅終不滅。高義沈埋。赤心蕩折。貶官厭路。讒口到骨。致君之誠。在困彌切。天道闊遠。元精茫昧。偶生賢達。不必濟會。明明我公。可去時代。賈誼慟哭。雖多顚沛。仲尼旅人。自有遺愛。二聖崩日。長號荒外。

後事所委。不在臥內。因循寢疾。憔悴無悔。死矣泉塗。激揚風槩。天柱既折。安仰翼戴。地維則絕。安放夾載。豈無羣彥。我心忉忉。不見君子。逝水滔滔。泄涕寒谷。吞聲賊壕。有車爰送。有紼爰操。撫墳日落。脫劍秋高。我公戒子。無作爾勞。斂以素帛。付諸蓬蒿。身瘞萬里。家無一毫。數子哀過。他人鬱陶。水漿不入。日月其慆。州府救喪。一二而已。自古所歎。罕聞知己。曩者書札。望公再起。今來禮數。爲態至此。先帝松柏。故鄉枌梓。靈之忠孝。氣則依倚。拾遺補闕。視君所履。公初罷印。人實切齒。甫也備位此官。蓋薄劣耳。見時危急。敢愛生死。君何不聞。刑欲加矣。伏奏無成。終身愧恥。乾坤慘慘。豺虎紛紛。蒼生破碎。諸將功勳。城邑自守。鼙鼓相聞。山東雖定。灞上多軍。憂恨展轉。傷痛氤氳。玄豈正色。白亦不分。培塿滿地。崑崙無羣。致祭者酒。陳情者文。何當旅櫬。得出江雲。嗚呼哀哉。尙饗。

爲補遺薦岑參狀

宣議郎試大理評事攝監察御史賜緋魚袋岑參。右臣等。竊見岑參。識度清遠。議論雅正。佳名早立。時輩所仰。今諫諍之路大開。獻替之官未備。恭惟近侍。實藉茂材。臣等謹詣閤門。

奉狀陳薦以聞。伏聽進止。

至德二載六月十二日。左拾遺內供奉臣裴薦等狀

右拾遺內供奉臣孟昌浩

右拾遺內供奉臣魏齊聃

左拾遺內供奉臣杜　甫

左　補　闕臣韋少遊

## 奉謝口勑放三司推問狀

右臣甫。智識淺昧。向所論事。涉近激訐。違忤聖旨。既下有司。具已舉劾。甘從自棄。就戮爲幸。今日巳時。中書侍郎平章事張鎬奉宣口勑。宜放推問。知臣愚戇。舍臣萬死。曲成恩造。再賜骸骨。臣甫誠頑誠蔽。死罪死罪。臣以陷身賊庭。憤惋成疾。實從間道。獲謁龍顏。猾逆未除。愁痛難過。猥廁衮職。願少裨補。竊見房琯以宰相子。少自樹立。晚爲醇儒。有大臣體。時論許琯。必位至公輔。康濟元元。陛下果委以樞密。衆望甚允。觀琯之深念主憂。義

形於色。況畫一保太。素所蓄積者已。而琯性失於簡。酷嗜鼓琴。董庭蘭今之琴工。遊琯門下有日。貧病之老。依倚爲非。琯之愛惜人情。一至於玷汙。臣不自度量。歎其功名未垂。而志氣挫衄。覬望陛下棄細錄大。所以冒死稱述。何思慮始竟。闕於再三。陛下貸以仁慈。憐其懇到。不書狂狷之過。復解網羅之急。是古之深容直臣。勸勉來者之意。天下幸甚。天下幸甚。豈小臣獨蒙全軀。就列待罪而已。無任先懼後喜之至。謹詣閤門。進狀奉謝以聞。謹進。

至德二載六月一日。宣議郎行左拾遺臣杜甫狀進。

**董庭蘭** 朱長文琴史云。董庭蘭。隴西人。唐史謂其爲房琯所昵。數通賕謝。爲有司劾治。而房公由此罷去。杜子美亦云。庭蘭游琯門下有日。貧病之老。依倚爲非。琯之愛惜人情。一至於玷汙。而薛易簡稱庭蘭不事王侯。散髮林壑者六十載。貌古心遠。意閑體和。撫弦韻聲。可以感鬼神矣。天寶中。給事中房琯。好古君子也。庭蘭聞義而來。不遠千里。余因此說。亦可以觀房公之過而知其仁矣。當房公爲給事中也。庭蘭已出其門。後爲相。豈能遽棄哉。又賕謝之事。吾疑譖琯者爲之。而庭蘭朽耄。豈能辨釋。遂被惡名耳。房公貶廣漢。庭蘭詣之。公無慍色。唐人有詩云。七條絃上五音寒。此樂求知自古難。惟有開元房太尉。始終留得董庭蘭。按薛易簡以琴待詔翰林。在天寶中。子美同時人也。其言必信。伯原琴史。千載而下。爲庭蘭雪此惡名。白其厚誣。不獨正唐史之繆。兼可以補子美之闕矣。

## 爲華州郭使君進滅殘寇形勢圖狀

右臣竊以逆賊束身檻中。奔走無路。尙假餘息。蟻聚苟活之日久。陛下猶覬其匍匐相率。降款盡至。廣務寬大之本。用明惡殺之德。故大軍雲合。蔚然未進。上以稽王師有征無戰之義。下以成古先聖哲之用心。茲事玄遠。非愚臣所測。臣聞易載隨時。不俟終日。先王之用刑也。抑亦小者肆諸市朝。大者陳諸原野。今殘孽雖窮蹙日甚。自救不暇。尙慮其逆帥望秋高馬肥之便。蓄突圍拒轍之謀。大軍不可空勤轉輸之粟。諸將宜窮犄角之進。頃者。河北初收數州。思明降表繼至。實爲平盧兵馬在賊左脅。賊動靜乏利。制不由己。則降附可知。今大軍盡離河北。逆黨意必寬縱。若萬一軼略河縣。草竊秋成。臣伏請平盧兵馬及許叔冀等軍從鄆州西北渡河。先衝收魏。或近軍志避實擊虛之義也。伏惟陛下圖之。遣李銑、殷仲卿、孫靑漢等軍邐迤渡河佐之。收其貝博。賊之精銳。撮在相魏衞之州。賊用仰魏而給。賊若抽其銳卒。渡河救魏博。臣則請朔方伊西北庭等軍渡沁水。收相衞。賊若迴戈距我兩軍。臣又請郭口、祁縣等軍鶩嵐馳屯。據林慮縣界。候其形勢漸進。又遣李廣琛、魯炅等軍進渡河。收黎陽、臨河等縣。相與出入犄角。逐便撲滅。則慶緒之首。可翹足待之而已。

是亦恭行天罰。豈在王師必無戰哉。愚臣聞見淺狹。承乏待罪。未精愼固之守。輕議擒縱之術。抑臣之夢寐。貴有裨補。謹進前件圖如狀。伏聽進止。乾元元年七月日。某官臣狀進。

為夔府柏都督謝上表

臣某言。伏奉月日制。授臣某官。祇拜休命。內顧殞越。策駑馬之力。冒累踐之寵。自數勳力。萬無一稱。再三怵惕。流汗至踵。謹以某月日到任上訖。臣某誠戰誠懼。頓首頓首。死罪死罪。伏以陛下君父任使之久。掩臣子不逮之過。就其小効。復分深憂。察臣劍南區區。恐失臣節如彼。加臣頻煩階級。鎭守要衝如此。勉勵疲鈍。伏揚陛下之聖德。愛惜陛下之百姓。先之以簡易。間之以樂業。均之以賦斂。終之以敦勸。然後畢禁將士之暴。弘洽主客之宜。示以刑典難犯之科。寬以困窮計無所出。哀今之人。庶古之道。內救惸獨。外攘師寇。上報君父。曲盡庸拙之分。下循臣子。勤補失墜之目。灰粉骸骨。以備守官。伏惟恩慈。胡忍容易。愚臣之願也。明主之望也。限以所領。未遑謁對。無任兢灼之極。謹遣某官。奉表陳謝以聞。臣誠喜誠懼。死罪死罪。

# 唐故德儀贈淑妃皇甫氏神道碑

后妃之制古矣。而軒轅氏、帝嚳氏次妃之跡。最有可稱。存乎舊史。然則其義隱。其文略。周禮王者內職大備而陰教宣。詩人關雎風化之始。樂得淑女。蓋所以教本古訓。發皇婦道。居具燕寢之儀。動有環珮之節。進賢才以輔佐君子。不淫色以取媚閨房。雖彤管之地。功過必紀。而金屋之寵。流宕一揆。稽女史之華實。嗣嬪則之清高。亦時有其人。偉夫精選。淑妃諱字。一作某姓皇甫氏。其先安定人也。惟高封商。於赫有光。伊玄祖樹德。于今不忘。必宋之子。莫之與比。伊清風繼代。惠此餘美。夫其系緒蕃衍。紱冕所興。列爲公侯。古有皇父充石。則其宗可知也。夫其體元消息。經術之美。刊正帝圖。中有玄晏先生。則其家可知矣。嗟乎。我有奕葉。承權輿矣。我有徽猷。展肅雍矣。積羣玉之氣。自對白虹之天。生五色之毛。不離丹鳳之穴。曾祖炟。皇朝宋州刺史。祖粹。皇朝越州刺史。都督諸軍事。父日休。皇朝左監門衛副率。妃則副率府君之元女也。粤在襁褓。體如冰雪。氣象受於天和。詩禮傳乎胎教。故列我開元神武之嬪御者。豈易其容止法度哉。今上昔在春宮之日。詔詰良家女。擇視可否。充備淑哲。太妃以内秉純一。外賫沈靜。明珠在蚌。水月鮮白。美玉處石。崖岸津潤。結褵而金印相輝。同輦而翠旗交影。由是恩加婉順。品列德儀。雖掖庭三千。爵秩十四。掩六宮以取俊。超羣女以見賢。豈渥澤之不流。曾是不敢以露才揚己。卑以自牧而已。夫如是。言足以厚人倫。化風俗。彌縫坤載之失。夾輔元亨之求。嗚呼。彼蒼也常與善。何有初也不久好奈何。況妃亦既遘疾。怙如慮往。上以之服事最舊。佳人難得。送藥必經于御手。見寢始廻于天步。月氏使者。空說返魂之香。漢帝夫人。終痛歸來之像。以開元二十三年歲次乙亥十月癸未朔。薨于東京某宮院。春秋四十有二。嗚呼哀哉。望景向夕。澄華徽陰。風驚碧樹。霧重青岑。天子悼履綦之蕪絕。惜脂粉之凝冷。下麟鳳之銀牀。到梧桐之金井。嗚呼哀哉。厥初權殯于崇政里之公宅。後詔以某月二十七日己酉。卜葬於河南縣龍門之西北原。禮也。制曰。故德儀皇甫氏。贊道中壺。肅事後庭。孰云疾疢。奄見凋落。永言懿範。用愴于懷。宜登四妃之列。式旌六行之美。可册贈淑妃。喪事所須。並宜官供。河南尹李適之。充使監護。非夫清門華胄。積行累功。序于王者之有始有卒。介于嬪御之不僭不濫。是何存榮

歿哀。覩有遇之多也。有子曰鄂王。諱瑤。兼太子太保。使持節幽州大都督事。有故在疚而
卒。豈無樂國。今也則亡。匪降自天。云何吁矣。有女曰臨晉公主。出降代國長公主子滎陽
潛曜。官曰光祿卿。爵曰駙馬都尉。昔王儉以公主恩尚帝女爲榮。何晏兼關內侯。是亦晉朝
歸美。公主禮承於訓。孝自於心。霜露之感。形於顏色。享祀之數。缺於灑掃。嘗戚然謂左右
曰。自我之西。歲陽載紀。彼都之外。道里遐絶。聖慈有蓬萊之深。異縣有松檟之阻。思欲輕
舉。安得黃鵠。未議巡豫。徒瞻白雲。望關塞之風烟。尋常涕泗。懷伊川之陵谷。恐懼遷移。
於是下教邑司。爰度碑版。甫忝鄭莊之賓客。遊竇主之園林。以白頭之嵇、阮。豈獨步於
崔、蔡。而野老何知。斯文見託。公子泛愛。壯心未已。不論官閥。游、夏入文學之科。兼敍哀
傷。顏、謝有后妃之誄。銘曰。

積氣之淸。積陰之靈。漢曲廻月。高堂麗星。驚濤洶洶。過雨冥冥。洗滌蒼翠。誕生娉婷。其一
婉彼柔惠。迴然開爽。綢繆之故。昔在明兩。恩渥未渝。康哉大往。展如之媛。孰與爭長。其二
珩珮是加。翬褕克備。先德後色。累功居位。壼儀孔修。宮教咸遂。王于獎飾。禮亦尊異。其三

小苑春深。離宮夜逼。池畔臨風。花間度月。同輦未歸。焚香不息。嗚呼變化。惠好終極。其四

馮相視祲。太史書氛。藏舟晦色。逝水寒文。翠幄成彩。金鑪罷爇。燕趙一馬。瀟湘片雲。其五

恍惚餘跡。蒼茫具美。王子國除。匪他之恥。公主愁思。永懷于彼。日居月諸。丘隴荊杞。其六

巖巖禹鑿。瀰瀰伊川。列樹拱矣。豐碑缺然。爰謀述作。欻就雕鐫。金石照地。蛟龍下天。其七

少室東立。繚垣西走。佛寺在前。宮橋在後。維山有麓。與碑不朽。維水有源。與詞永久。其八

皇父充石左傳。宋武公之世。鄋瞞伐宋。司徒皇父帥師禦之。耏班御皇父充石。杜預注。皇父。戴公子。充石。皇父名。鄂王舊書。鄂王瑤母皇甫德儀。光王琚母劉才人。皆玄宗在臨淄邸。以容色見顧。出子朗秀。而母加愛焉。及惠妃承恩。鄂王之母。亦漸疏薄。太子瑛與鄂光王等。謂母氏失職。嘗有怨望。臨晉公主新書公主傳。代國長公主。睿宗女。名華。字華婉。劉皇后所生。下嫁鄭萬鈞。臨晉公主。玄宗女。皇甫淑妃所生。下嫁鄭潛曜。卒大曆時。孝友傳。開元中。代國長公主寢疾。潛曜侍左右。累三月不靧面。尙臨晉公主。歷太僕光祿卿。

鶴曰。碑云自我之西。歲陽載紀。按爾雅自甲至癸。爲歲之陽。妃以開元二十三年乙亥薨。至天寶四載乙酉。爲歲陽載紀矣。碑當立于是年也。東觀餘論。董君新序稱甫爲淑妃碑。在開元二十三年。最少作也。余按是年甫才二十四歲。碑末云云。若其葬年所作。豈得稱白頭嵇阮與野老何知哉。又其銘曰。日居月諸。丘隴荊杞。列樹拱矣。豐碑缺然。則其立碑。蓋在葬後六年。非皇甫葬時作也。董君不考立碑年。但據其葬年。故誤耳。

## 唐故萬年縣君京兆杜氏墓誌

甫以世之錄行跡示將來者多矣。大抵家人賄賂。詞客阿諛。眞僞百端。波瀾一揆。夫載筆光

茫於金石。作程通達於神明。立德不孤。揚名歸實。可以發皇內則。標格女史。竊見於萬年縣君得之矣。其先系統於伊祁。分姓於唐杜。吾祖也。我知之。遠自周室。迄於聖代。傳之以仁義禮智信。列之以公侯伯子男。春秋傳云。穆叔謂之世祿。其在茲乎。曾祖某。隋河內郡司功。獲嘉縣令。王父某。皇監察御史。洛州鞏縣令。前朝咸以士林取貴。宰邑成名。考某。修文館學士。尚書膳部員外郎。天下之人。謂之才子。兄升。國史有傳。縉紳之士。誄爲孝童。故美玉多出於崑山。明珠必傳於江海。蓋縣君受中和之氣。成肅雍之德。其來尚矣。作配君子。實惟好仇。河東裴君。諱榮期。見任濟王府錄事參軍。入在清通。同行領袖。素髮相敬。朱紱有光。縣君旣早習于家風。以陰教爲己任。執婦道而純一。與禮法而始終。可得聞也。昔舅歿姑老。承順顏色。侍歷年之寢疾。力不暇於須臾。苟便於人。皆在於手。淚積而形骸奪氣。憂深而巾櫛生塵。尊卑之道然。固出自於天性。孝養哀送。名流稱仰。允所謂能循法度。則可以承先祖。供給祭祀矣。維其矜莊門戶。節制差服。功成則運。有若四時。物或猶乖。匪踰終日。黼畫組就之事。割烹煎和之宜。規矩數及於親姻。脫落頗盈於歲序。若其先人後己。上下敦睦。懸罄知歸。揖讓惟久。在嫂叔則有謝氏光小郎之才。於娣姒則有鍾琰洽介婦之德。周給不礙於親疎。泛愛無擇於良賤。至於星霜伏臘。軒騎歸寧。慈母每謂於飛來。幼童亦生乎感悅。加以詩書潤業。導誘爲心。遏悔吝於未萌。驗是非於往事。內則致諸子於無過之地。外則使他人見賢而思齊。爰自十載已還。默契一乘之理。絕葷血於禪味。混出處於度門。喻筏之文字不遺。開卷而音義皆達。母儀用事。家相遵行矣。至於膳食滑甘之美。紕結縫線之難。展轉忽微。欲參謀而縣解。指麾補合。猶取則於垂成。其積行累功。不爲薰修所住著。有如此者。靈山鎮地。長吐烟雲。德水連天。自浮星象。則其著心定惠。豈近於揚搉者哉。越天寶元年某月八日。終堂于東京仁風里。春秋若干。示諸生滅相。越六月二十九日。遷殯于河南縣平樂鄉之原。禮也。嗚呼哀哉。琴瑟罷聲。蘋蘩晦色。骨肉號兮天地感。中外痛兮鬼神惻。有長子曰朝列。次朝英。北海郡壽光尉。次朝牧。女長適獨孤氏。次閻氏。皆禀自胎教。成於妙年。厥初寢疾也。唯長子長女在側。英牧或以遊以宦。莫獲同曾氏之元申。號而不哭。傷斷鄰里。悠哉少女。未始聞哀。又足酸鼻。嗚呼。縣君有語曰。可以褐衣斂吾。起塔而葬。裴公自以從大夫之後。成縣君之榮。愛禮實深。遺意蓋闕。但褐衣在斂。而幽隧爰封。其所庂飾。咸遵儉素。眷兹邑號。未降天書。各有司存。成之不日。嗚呼哀哉。有兄子曰甫。制服於斯。紀德於斯。刻石於斯。或曰。豈孝童之猶子歟。奚孝義之勤若此。甫泣而對曰。非敢當是也。亦爲報也。甫昔卧病於我諸姑。姑之子又病。間女巫至。曰。處楹之東南隅者吉。姑遂易子之地以安我。我是用存。而姑之子卒。後乃知之於走使。甫嘗有説於人。客將出涕。感者久之。相與定謚曰義。君子以爲魯義姑者。遇暴客於郊。抱其所攜。棄其所抱。以割私愛。縣君有焉。是以舉兹一隅。昭彼百行。銘而不韻。蓋情至無文。其詞曰。嗚呼。有唐義姑京兆杜氏之墓。

鶴曰。甫昔卧病於我諸姑。意公之母早亡。而育於姑也。

唐故范陽太君盧氏墓誌

五代祖柔。隋吏部尚書容城侯。大父元懿。是渭南尉。父元哲。是廬州慎縣丞。維天寶三載五月五日。故修文館學士著作郎京兆杜府君諱某之繼室。范陽縣太君盧氏。卒於陳留郡之私第。春秋六十有九。嗚呼。以其載八月旬有一日。發引歸葬於河南之偃師。以是月三十日庚申。將入著作之大塋。在縣首陽之東原。我太君用甲之穴。禮也。墳南去大道百二十步奇三尺。北去首陽山二里。凡塗車芻靈。設熬置銘之名物。加庶人一等。蓋遵儉素之遺意。塋內西北去府君墓二十四步。則壬甲可知矣。遺奠之祭畢。一二家相進曰。斯至止。將欲啓府君之墓門。安靈櫬於其右。豈厥飾未具。時不練歟。前夫人薛氏之合葬也。初太君令之。諸子受之。流俗難之。太君易之。今茲順壬取甲。又遺意焉。嗚呼孝哉。孤子登。號如嬰兒。視無人色。且左右僕妾洎廝役之賤。皆蓬首灰心。嗚呼流涕。寧或一哀所感。片善不忘而已哉。實惟太君積德以常。臨下以恕。如地之厚。縱天之和。運陰教之名數。秉女儀之標格。嗚呼。得非太公之後。必齊之姜乎。薛氏所生子適曰某。故朝議大夫兗州司馬。次曰升。幼卒。報復父讐。國史有傳。次曰專。歷開封尉。先是不祿。息女長適鉅鹿魏上瑜。蜀縣丞。次適河東裴榮期。濟王府錄事。次適范陽盧正均。平陽郡司倉參軍。嗚呼。三家之女。又皆前卒。而某等夙遭內艱。有長自太君之手者。至於婚姻之禮。則盡是太君主之。慈恩穆如。人或不知者。咸以爲盧氏之腹生也。然則某等亦不無平津孝謹之名於當世矣。登卽太君所生。前任武康尉。二女。曰適京兆王佑。任硤石尉。曰適會稽賀撝。卒常熟主簿。其往也。旣哭成位。有若冢婦同郡盧氏。介婦滎陽鄭氏。鉅鹿魏氏。京兆王氏。女通諸孫子三十人。內宗外宗。寢以疎闊者。或玄纁玉帛。自他日互有所至。若以爲杜氏之葬。近於禮而可觀。而家人亦不敢以時繼年。式志之金石。銘曰。

太君之子。朝儀所尊。貴因長子。澤就私門。亳邑之都。終天之地。享年不永。歿而猶視。升復父讐舊書。審言貶授吉州司戶參軍。與州僚不叶。司馬周季重與員外司戶郭若訥共搆審言罪狀。繫獄。將因事殺之。旣而季重等府中酣讌。審言子幷。年十三。懷刃以擊之。季重中傷死。而幷亦爲左右所殺。季重臨死曰。吾不知審言有孝子。郭若訥誤我至此。審言因此免官。還東都。自爲文祭幷。士友咸哀幷孝烈。蘇頲爲墓誌。劉允濟爲祭文。箋曰。此誌代其父閑作也。薛氏所生子曰閑。曰幷。曰專。太君所生曰登。誌曰某等夙遭內艱。有長自太君之手者。知其代父作也。又云。幷幼卒。專先是不祿。則知閑尚無恙也。鶴以爲代登作。又疑閑已卒。何不考之甚也。元誌云。閑爲奉天令。是時尚爲兗州司馬。閑之卒。蓋在天寶間。而其年不可考矣。公母崔氏。此云冢婦盧氏。盧字誤。以祭外祖父母文及張燕公義陽王碑考之甚明。而作年譜者曲爲之說曰。先生之母微。故歿而不書。或又大書於世系曰。母盧氏。生母崔氏。其敢爲誕妄如此。

## 祭遠祖當陽君文

維開元二十九年。歲次辛巳。月日。十三葉孫甫。謹以寒食之奠。敢昭告于先祖晉駙馬都尉鎭南大將軍當陽成侯之靈。初陶唐出自伊祁。聖人之後。世食舊德。降及武庫。應乎虬精。恭聞淵深。罕得窺測。勇功是立。智名克彰。繕甲江陵。祲清東吳。建侯于荆。邦于南土。河水活活。造舟爲梁。洪濤莽沍。未始騰毒。春秋主解。稾隸躬親。嗚呼筆跡。流宕何人。蒼蒼孤墳。獨出高項。靜思骨肉。悲憤心胸。峻極于天。神有所降。不毛之地。儉乃孔昭。取象邢山。全模祭仲。多藏之誡。焯序前文。小子築室。首陽之下。不敢忘本。不敢違仁。庶刻豐石。樹此大道。論次昭穆。載揚顯號。于以采蘩。于彼中園。誰其尸之。有齊列孫。嗚呼。敢告茲辰。以永薄祭。尚饗。

**武庫** 晉書。預在內七年。損益萬機。朝野稱美。號杜武庫。**虬精** 晉書。預在荆州。因讌集。醉臥齋中。外人聞嘔吐聲。竊窺于戶。正見一大蛇垂頭而吐。聞者異之。**造舟** 水經注。孟津亦曰盟津。又曰富平津。晉陽秋。杜預造橋于富平津。所謂造舟爲梁也。又謂之曰陶河。晉書。預以孟津渡時有覆沒之患。請建河橋于富平津。橋成。帝從百寮臨會。舉觴屬預曰。非君。此橋不立也。**春秋** 晉書。預耽思經籍。爲春秋左氏經傳集解。又參考衆家譜第。謂之釋例。摯虞賛之曰。左丘明本爲春秋作傳。而左傳遂自孤行。釋例本爲傳設。而所發明何但左傳。故亦孤行。**孤墳** 水經注。密縣陘山上有鄭祭仲墓。冢西有子産墓。累石爲方墳。墳東有廟。並東北向鄭城。杜元凱言不忘本。晉書。預先爲遺令曰。吾去春入朝。自表營洛陽城東首陽之南。爲將來兆域。開隧道南向。儀制取法于鄭大夫。欲以儉自完耳。棺器小斂之事。皆當稱此。子孫一以遵之。陘山。晉書作邢山。

## 祭外祖祖母文

維年月日。外孫滎陽鄭宏之。京兆杜甫。謹以寒食庶羞之奠。敢昭告于外王父母之靈。嗚呼。外氏當房。祭祀無主。伯道何罪。元陽誰撫。緬惟夙昔。追思艱窶。當太后秉柄。內宗如縷。紀國則夫人之門。舒國則府君之外父。聿以生居貴戚。釁結狂豎。雌伏單棲。雄鳴折羽。憂心惙惙。獨行踽踽。悲夫逝景。分飛忽間于鳳皇。咄彼讒人。有詞何異於鸚鵡。初。我父王之遘禍。我母妃之下室。深狴殊塗。酷吏同律。夫人於是布裙屝屨。提餉潛出。昊天不傭。退藏于密。久成凋瘵。溘至終畢。蓋乃事存于義陽之誄。名播于燕公之筆。嗚呼哀哉。宏之等從母昆弟。兩家因依。弱歲俱苦。慈顏永違。豈無世親。不如所愛。豈無舅氏。不知所歸。誓以偏往。惻戀光輝。漸漬相勗。居諸造微。幸遇聖主。願發清機。以顯內外。何當奮飛。洛城之北。邙山之曲。列樹風煙。寒泉珠玉。千秋古道。王孫去兮不歸。三月晴天。春草萋兮增綠。頃物將牽累。事未遂欲。使淚流頓盡。血下相續者矣。捧奠遲迴。炯心依屬。庶多載之灑掃。循茲辰之軌一作軏躅。

**紀國**舊書。紀王慎。太宗第十子。越王貞敗。慎亦下獄。改姓虺氏。配流嶺表。道至蒲州而卒。慎次子沂州刺史義陽王琮等五人。垂拱中並遇害。中興初。追復官爵。張燕公義陽王碑曰。初永昌之難。王下河南獄。妃錄司農寺。唯有崔氏女。屝屨布衣。往來供饋。徒行頳色。傷動人倫。中外咨嗟。目爲勤孝。按碑則公之外母。紀王之孫。義陽之女也。故曰紀國則夫人之門。又曰名播于燕公之筆也。公母崔氏。此有明徵。范陽太君誌。稱冢婦盧氏。其爲傳寫之誤無疑矣。燕公碑又載義陽二子。配在嶲州。長曰行遠。以冠就戮。次曰行芳。以童當捨。芳啼號抱行遠。乞代兄命。既不見聽。固求同盡。西南傷之。稱爲死悌。季子行休。泣血上請迎喪遠裔。至孝潛通。精魄昭應。新書又載紀國之女適裴仲者。王死。嘔血數升。絕膏沐者二十年。王既歸葬。一慟而卒。中宗舉哀章善門。下詔褒揚。勤孝死悌。萃于一門。未有如紀國之盛者也。余是以詳著之。**舒國**舒王元名。高祖第十八子。永昌年。與子亶俱爲丘神勣所陷。繫詔獄死。元名坐遷利州。尋被殺。神龍初贈司徒。曰府君之外父者。蓋舒國爲府君外王父也。于贈李義詩可考。

## 爲閬州王使君進論巴蜀安危表

臣某言。伏自陛下平山東。收燕薊。洎海隅萬里。百姓感動。喜王業再康。瘡痏蘇息。陛下明聖。社稷之靈。以至於此。然河南河北。貢賦未入。江淮轉輸。異於曩時。唯獨劍南。自用兵已來。稅斂則殷。部領不絕。瓊林諸庫。仰給最多。是蜀之土地膏腴。物產繁富。足以供王命也。近者賊臣惡子。頻有亂常。巴蜀之人。橫被煩費。猶相勸勉。充備百役。不敢怨嗟。吐蕃今下松維等州。成都已不安矣。楊琳師再脅普合。顒顒兩川。不得相救。百姓騷動。未知所裁。況臣本州。山南所管。初置節度。庶事草創。豈暇力及東西兩川矣。伏願陛下聽政之餘。

料巴蜀之理亂。審救援之得失。定兩川之異同。問分管之可否。度長計大。速以親賢出鎭。哀罷人以安反仄。犬戎侵軼。羣盜窺伺。庶可遏矣。而三蜀。天府也。徵取萬計。陛下忍坐見其狼狽哉。不卽爲之。臣竊恐蠻夷得恣屠割耳。實爲陛下有所痛惜。必以親王委之節鉞。此古之維城盤石之義明矣。陛下何疑哉。在近擇親賢。加以醇厚明哲之老。爲之師傅。則萬無覆敗之跡。又何疑焉。其次付重臣舊德。智略經久。擧事允愜。不隕穫于蒼黃之際。臨危制變之明者。觀其樹勳庸於當時。扶泥塗於已墜。整頓理體。竭露臣節。必見方面小康也。今梁州既置節度。與成都足以久遠相應矣。東川更分管數州於內。幕府取給。破弊滋甚。若兵馬悉付西川。梁州益坦爲聲援。是重歛之下。免至多門。西南之人。有活望矣。必以戰伐未息。勢資多軍。應須遣朝廷任使舊人。授之使節留後之寄。綿歷歲時。非所以塞衆望也。臣於所守封界。連接梓州。正可爲成都東鄙。其中別作法度。亦不足成要害哉。徒擾人矣。伏惟明主裁之。又天下徵收赦文。減省軍用外諸色雜賦名目。伏願損之又損之。劍南諸州。亦困而復振矣。將相之任。內外交遷。西川分壺。以仗賢俊。愚臣特望以親王總戎者。意在根固流長。國家萬代之利也。敢輕易而言。次請慎擇重臣。亦願任使舊人。鎭撫不缺。借如犬戎俶擾。臣素知之。臣之兄承訓。自沒蕃已來。長望生還。僞親信于贊普。探其深意。意者報復摩彌青海之役決矣。同謀誓衆。於前後沒落之徒。曲成翻動。陰合應接。積有歲時。每漢使回。蕃使至。帛書隱語。累嘗懇論。臣皆封進上聞。屢達臣兄承訓憂國家緣邊之急。願亦勤矣。況臣本隨兄在蜀。向二十年。兄既辱身蠻夷。相見無日。臣比未忍離蜀者。望兄消息時通。所以戮力邊隅。累踐班秩。補拙之分淺。待罪之日深。蜀之安危。敢竭聞見。臣子之義。貴有所盡於君親。愚臣迂闊之說。萬一少裨聖慮。遠人之福也。愚臣之幸也。昨竊聞諸道路云。吐蕃已來。草竊岐隴。逼近咸陽。似是之間。憂憤隕迫。益增尸祿寄重之懼。寤寐報効之懇。謹冒死具巴蜀成敗形勢。奉表以聞。

杜工部集卷之二十終

# 杜工部集附錄

## 誌傳集序

### 唐故檢校工部員外郎杜君墓係銘

元稹 江陵士曹時作

叙曰。余讀詩至杜子美。而知大小之有所總萃焉。始堯舜時。君臣以賡歌相和。是後詩人繼作。歷夏殷周千餘年。仲尼緝拾選練。取其干預教化之尤者三百篇。其餘無聞焉。騷人作而怨憤之態繁。然猶去風雅日近。尙相比擬。秦漢已還。採詩之官既廢。天下妖謠民謳。歌頌諷賦。曲度嬉戲之詞。亦隨時間作。至漢武帝賦柏梁詩。而七言之體興。蘇子卿李少卿之徒。尤工爲五言。雖句讀文律各異。雅鄭之音亦雜。而詞意簡遠。指事言情。自非有爲而爲。則文不妄作。建安之後。天下文士。遭罹兵戰。曹氏父子。鞍馬間爲文。往往横槊賦詩。其遒壯抑揚。寃哀悲離之作。尤極於古。晉世風概稍存。宋齊之間。教失根本。士子以簡慢歙習舒徐相尙。文章以風容色澤。放曠精淸爲高。蓋吟寫性靈。流連光景之文也。意義格力。固無取焉。陵遲至于梁陳。淫艷刻飾。佻巧小碎之詞劇。又宋齊之所不取也。唐興。官學大振。歷世之文。能者互出。而又沈宋之流。研練精切。穩順聲勢。謂之爲律詩。由是而後。文變之體極焉。然而莫不好古者遺近。務華者去實。效齊梁則不逮于魏晉。工樂府則力屈于五言。律切則骨格不存。閒暇則纖濃莫備。至于子美。蓋所謂上薄風雅。下該沈宋。言奪蘇李。氣吞曹劉。掩顏謝之孤高。雜徐庾之流麗。盡得古今之體勢。而兼人人之所獨專矣。使仲尼鍛其旨要。尚不知貴其多乎哉。苟以其能所不能。無可無不可。則詩人以來。未有如子美者。是時山東人李白。亦以奇文取稱。時人謂之李杜。余觀其壯浪縱恣。擺去拘束。模寫物象。及樂府歌詩。誠亦差肩于子美矣。至若鋪陳終始。排比聲韻。大或千言。次猶數百。詞氣豪邁。而風調清深。屬對律切。而脫棄凡近。則李尚不能歷其藩翰。況堂奧乎。予嘗欲條析其文。體別相附。與來者爲之準。特病嬾未就耳。適遇子美之孫嗣業。啓子美之柩。襄祔事於偃師。途次於荆。雅知余愛言其大父之爲文。拜余爲誌。辭不能絕。余因係其官閥而銘其卒葬云。係曰。昔當陽成侯姓杜氏。下十世而生依藝。令於鞏。依藝生審言。審言善詩。官至膳部員外郎。審言生閑。閑生甫。閑爲奉天令。甫字子美。天寶中。獻三大禮賦。明皇奇之。命宰相試文。文善。授右衛率府胄曹。屬京師亂。步謁行在。拜左拾遺。歲餘以直言失官。出爲華州司功。尋遷京兆功曹。劍南節度嚴武。狀爲工部員外郎。參謀軍事。旋又棄去。扁舟下荆楚間。竟以寓卒。旅殯岳陽。享年五十九。夫人弘農楊氏女。父曰司農少卿怡。四十九年而終。嗣子曰宗武。病不克葬。歿。命其子嗣業。嗣業貧無以給喪。收拾乞匃。焦勞晝夜。去子美歿後餘四十年。然後卒先人之志。亦足爲難矣。銘曰。

維元和之癸巳。粤某月某日之佳辰。合窆我杜子美于首陽之山前。嗚呼。千載而下。曰此文先生之古墳。

## 舊書文苑傳

杜甫。字子美。本襄陽人。後徙河南鞏縣。曾祖依藝。位終鞏令。祖審言。位終膳部員外郎。自有傳。父閑。終奉天令。甫天寶初。（當在開元末）應進士不第。天寶末。獻三大禮賦。玄宗奇之。召試文章。授京兆府兵曹參軍。（新書云。天寶十三載。獻三賦。使待制集賢院。命宰相試文章。擢河西尉。不拜。改右衞率府胄曹參軍。）十五載。祿山陷京師。肅宗徵兵靈武。甫自京師宵遁。赴河西。謁肅宗于彭原郡。拜右拾遺。（新書云。天子入蜀。甫避走三川。肅宗立。自鄜州羸服。欲趨行在。爲賊所得。至德二載。亡走鳳翔。謁上。拜左拾遺。按集注自京竄至鳳翔。當從新書。）房琯布衣時。與甫善。時琯爲宰相。請自帥師討賊。帝許之。其年十月。琯兵敗於陳濤斜。明年春。琯罷相。甫上疏。言琯有才。不宜罷免。肅宗怒。貶琯爲刺史。出甫爲華州司功參軍。（新書云。甫上疏。言琯罪細。不宜免大臣。帝怒。詔三司推問。宰相張鎬曰。甫若抵罪。絕言者路。帝乃解。然自是不甚省錄。時所在寇奪。甫家寓鄜。彌年艱窶。孺弱至餓死。因許甫自往省視。從還京師。出爲華州司功參軍。）時關畿亂離。穀食踊貴。甫寓居成州同谷縣。（新書云。關輔飢。輒棄官去。客秦州。）自負薪採梠。兒女餓殍者數人。久之。召補京兆府功曹。（新書云。流落劍南。結廬成都西郭。召補京兆功曹參軍。不至。）上元二年冬。（當作廣德二年）黃門侍郎鄭國公嚴武鎭成都。奏爲節度參謀。檢校尚書工部員外郎。賜緋魚袋。新書云。武再帥劍南。表爲參謀。檢校工部員外郎。武與甫世旧。待遇甚隆。甫性褊躁。無器度。恃恩放恣。嘗憑醉登武之牀。瞪視武曰。嚴挺之乃有此兒。武雖急暴。不以爲忤。新書云。武外若不爲忤。中銜之。一日欲殺甫及梓州刺史章彝。集吏于門。武將出。冠鈎于簾三。左右白其母。奔救得止。獨殺彝。按嚴杜死生交誼。見于詩篇者甚至。鈎簾欲殺。出于雲溪友議。實齊東野人之語也。宋子京好摭拾小說。故妄載之。当以舊書爲正。魯訔曰。考杜詩。武再鎭蜀。章彝已交印入覲。史當失之。甫于成都浣花里。種竹植樹。結廬枕江。縱酒嘯詠。與田父野老相狎。蕩無拘撿。嚴武過之。有時不冠。其傲誕如此。永泰元年夏。武卒。甫無所依。及郭英乂代武鎭成都。英乂武人麤暴。無能刺謁。乃遊東蜀。依高適。既至而適卒。適自東川入朝。在嚴武再鎭之前。拜散騎常侍。乃卒。舊書誤也。寶應元年。避徐知道之亂。入梓州。居東川者三年。依高適。當在此時。而史誤記耳。是歲崔寧殺英乂。楊子琳攻西川。蜀中大亂。甫以其家避亂荊楚。扁舟下峽。未維舟而江陵亂。甫居江陵及公安頗久。史曰未維舟者。非也。史載居夔下峽事皆不詳。乃泝沿湘流。遊衡山。寓居耒陽。甫嘗遊岳廟。爲暴水所阻。旬日不得食。耒陽聶令知之。自櫂舟迎甫而還。永泰二年。當作大曆五年。啗牛肉白酒。一夕而卒于耒陽。時年五十九。子宗武。流落湖湘而卒。元和中。宗武子嗣業。自耒陽遷甫之柩。歸葬於偃師縣西北首陽山之前。天寶末詩人。甫與李白齊名。而白自負文格放達。譏甫齷齪。而有飯顆山頭之嘲誚。元和中。詞人元稹論李杜之優劣曰。余讀詩至杜子美云云。特病懶未就耳。自後屬文者。以稹論爲是。甫有集六十卷。新書贊曰。唐興。詩人承陳隋風流。浮靡相矜。至宋之問沈佺期等。研揣聲音。浮切不差。而號律詩。競相沿襲。逮開元間。稍裁以雅正。然恃華者質反。好麗者壯違。人得一概。皆自名所長。至甫。渾涵汪茫。千彙萬狀。兼古人而有之。他人不足。甫乃厭餘。殘膏賸馥。

沾丐後人多矣。故元稹謂詩人以來。未有如子美者。甫又善陳時事。律切精深。至千言不少衰。世號詩史。昌黎韓愈。于文章愼許可。至歌詩。獨推曰。李杜文章在。光燄萬丈長。誠可信云。

## 杜工部小集序

潤州刺史樊　晃

工部員外郎杜甫。字子美。膳部員外郎審言之孫。至德初。拜左拾遺。直諫忤旨。左轉。薄遊隴蜀。殆十年矣。黄門侍郎嚴武總戎全蜀。君爲幕賓。白首爲郎。待之客禮。屬契闊湮阨。東歸江陵。緣湘沅而不返。痛矣夫。文集六十卷。行于江漢之南。常蓄東游之志。竟不就。屬時方用武。斯文將墜。故不爲東人之所知。江左詞人所傳誦者。皆君之戲題劇論耳。曾不知君有大雅之作。當今一人而已。今採其遺文。凡二百九十篇。各以志類。分爲六卷。且行於江左。君有子宗文宗武。近知所在。漂寓江陵。冀求其正集。續當論次云。

## 贈杜工部詩集序

孫　僅

叙曰。五常之精。萬象之靈。不能自文。必委其精萃其靈于偉傑之人。以渙發焉。故文者。天地眞粹之氣也。所以君五常。母萬象也。縱出横飛。疑無涯隅。表乾裏坤。深入隱奥。非夫腹五常精。心萬象靈。神合冥會。則未始得之矣。夫文各一。而所以用之三。謀勇正之謂也。謀以始意。勇以作氣。正以全道。苟意亂思率。則謀沮矣。氣萎體瘵。則勇喪矣。言蕪辭蕪。則正塞矣。是三者迭相羽翼。以濟乎用也。備則氣淳而長。剝則氣散而涸。中古而下。文道繁富。風若周。騷若楚。文若西漢。咸角然天出。萬世之衡軸也。後之學者。瞽實聾正。不守其根。而好其枝葉。由是日誕月艷。蕩而莫返。曹劉應楊之徒唱之。沈謝徐庾之徒和之。爭柔鬬葩。聯組擅繡。萬鈞之重。爍爲錙銖。眞粹之氣。殆將滅矣。洎夫子之爲也。剔陳梁。亂齊宋。抉晉魏。瀦其淫波。遏其煩聲。與周楚西漢相準的。其夐邈高聳。則若鑿大虛而噭萬籟。其馳驟怪駭。則若仗天策而騎箕尾。其首截峻整。則若儼鉤陳而界雲漢。樞機日月。開闔雷電。昂昂然神其謀。挺其勇。握其正。以高視天壤。趨入作者之域。所謂眞粹氣中人也。公之詩。支而爲六家。孟郊得其氣焰。張籍得其簡麗。姚合得其淸雅。賈島得其奇僻。杜牧薛能得其豪健。陸龜蒙得其贍博。皆出公之奇偏爾。尙軒軒然自號一家。爀世烜俗。後人師擬不暇。矧合之乎。風騷而下。唐而上。一人而已。是知唐之言詩。公之餘波及爾。於戲。以公之才。宜器大任。而顚沛寇虜。汩沒蠻夷者。屯于時耶。戾于命耶。將天嗜厭代。未使斯文大振耶。雖道振當世。而澤化後人。斯不朽矣。因覽公集。輒洩其憤以書之。

# 王內翰序

翰林學士兵部郎中知制誥史館修撰王洙撰

杜甫。字子美。襄陽人。徙河南鞏縣。曾祖依藝。鞏令。祖審言。膳部員外郎。父閑。奉天令。甫少不羇。天寶中。獻三賦。召試文章。授河西尉。辭不行。改右衞率府胄曹。天寶末。以家避亂鄜州。獨轉陷賊中。至德二載。竄歸鳳翔。謁肅宗。授左拾遺。詔許至鄜迎家。明年收京。扈從還長安。房琯罷相。甫上疏論琯有才。不宜廢免。肅宗怒。貶琯邠州刺史。出甫爲華州司功。屬關輔飢亂。棄官之秦州。又居成州同谷。自負薪採梠。餔糒不給。遂入蜀。卜居成都浣花里。復適東川。久之。召補京兆府功曹。以道阻不赴。欲如荆楚。上元二年。聞嚴武鎮成都。自閬州挈家往依焉。子美自閬還成都。武再鎮蜀時也。原叙序誤。武再鎮兩川。奏爲節度參謀。檢校工部員外郎。賜緋。永泰元年夏。武卒。郭英乂代武。崔旰殺英乂。楊子琳柏貞節舉兵攻旰。蜀中大亂。甫逃至梓州。亂定。歸成都。無所依。子美避徐知道亂。入梓州。崔旰亂後。自雲安寓夔。不復還成都矣。原叙此序誤。乃泛江遊嘉戎。次雲安。移居夔州。大曆三年春。下峽。至荆南。又次公安。入湖南。泝沿湘流。遊衡山。寓居耒陽。嘗至嶽廟。阻暴水。旬日不得食。耒陽聶令知之。自具舟迎還。五年夏。一夕醉飽卒。年五十九。觀甫詩與唐實錄。猶概見事迹。比新書列傳。彼爲踳駮。傳云。召試。授京兆府兵曹。而集有官定後戲贈詩。注云。初授河西尉。辭。改右衞率府胄曹。傳云。遁赴河西。謁肅宗于彭原。而集有喜達行在詩。注云。自京竄至鳳翔。傳云。嚴武卒。乃遊東蜀。依高適。既至而適卒。據適自東川入朝。拜右散騎常侍。乃卒。又集有忠州聞高常侍亡詩。傳云。扁舟下峽。未維舟而江陵亂。乃遊湘衡。而集有居江陵及公安詩至多。傳云。甫永泰二年卒。而集有大曆五年正月追酬高蜀州詩。及別題大曆年者數篇。甫集初六十卷。今秘府舊藏。通人家所有。稱大小集者。皆亡逸之餘。人自編摭。非當時第叙矣。蒐裒中外書。凡九十九卷。古本二卷。蜀本二十卷。集略十五卷。樊晃序小集六卷。孫光憲序二十卷。鄭文寶序少陵集二十卷。別題小集二卷。孫僅一卷。雜篇三卷。除其重複。定取千四百有五篇。凡古詩三百九十有九。近體千有六。起太平時。終湖南所作。視居行之次若歲時爲先後。分十八卷。又別錄賦筆雜著二十九篇爲二卷。合二十卷。意茲未可謂盡。他日有得。尚副益諸。寶元二年十月。王原叔記。

元好問中州集云。祝簡廉夫詩說云。王原叔初不注杜詩。予識其孫彦朝。彦朝不說杜詩非其大父注。蓋彦朝不學。見流俗皆讀舊注。因而認有。可歎可叹。今日見吳彦高東山集云。元祐間。秘閣校對黃本鄧忠臣。字愼思。余柳氏姨之夫。今世所注杜詩。乃愼思平生究竭心力而爲之者。鑱板家標題。遂以託名王原叔。近歲得浙本杜詩。是原叔之孫祖寧所傳。前有序引。備言其大父未嘗注杜詩。廉夫彦高益可信。故併記于此。

## 後記

王琪

近世學者。爭言杜詩。愛之深者。至剽掠句語。迨所用險字而模畫之。沛然自以絕洪流而窮深源矣。又人人購其亡逸。多或百餘篇。少數十句。藏弆矜大。復自以爲有得。翰林王君原叔。尤嗜其詩。家素蓄先唐舊集。及採秘府名公之室。天下士人所有。得者悉編次之。事具于記。于是杜詩無遺矣。子美博聞稽古。

其用事。非老儒博士。罕知其自出。然訛缺久矣。後人妄改而補之者衆。莫之遏也。非原叔多得其眞。爲害大矣。子美之詩。詞有近質者。（如麻鞋見天子。垢膩腳不襪之句。）所謂轉石于千仞之山。勢也。學者尤效之而過甚。豈遠大者難窺乎。然夫子之刪詩也。至于檜曹小國。寺人女子之詩。苟中法度。咸取而絃歌。善言詩者。豈拘于人哉。原叔雖自編次。余病其卷帙之多而未甚布。暇日與蘇州進士何君瑑、丁君修。得原叔家藏。及今古諸集。聚于郡齋而參考之。三月而後已。義有兼通者。亦存而不敢削。閱之者固有淺深也。而又吳江邑宰河東裴君煜。取以覆視。乃益精密。遂鏤于板。庶廣其傳。或俾余序于篇者。曰如原叔之能文稱于世。止作記于後。余竊慕之。且余安知子美哉。但本末不可闕書。故概舉以附于卷終。原叔之文。今遷于卷首云。嘉祐四年四月望日。姑蘇郡守太原王琪後記。

## 成都新刻草堂先生詩碑序

胡宗愈

草堂先生。謂子美也。草堂。子美之故居。因其所居而號之曰草堂先生。先生自同谷入蜀。遂卜成都浣花江上萬里橋之西。爲草堂以居焉。唐之史記。前後牴牾。先生至成都之年月不可考。其後先生寄題草堂云。經營上元始。斷手寶應年。然則先生之來成都。殆上元之初乎。嚴武入朝。先生送武之巴西。遂如梓州。蜀亂。乃之閬州。將遊荆楚。會武再鎮兩川。先生乃自閬州挈妻子歸草堂。武辟先生爲參謀。武卒。蜀又亂。先生去之東川。移居夔州。遂下荆渚。泝沅湘。上衡山。卒于耒陽。先生以詩鳴于唐。凡出處去就。動息勞佚。悲歡憂樂。忠憤感激。好賢惡惡。一見于詩。讀之可以知其世。學士大夫謂之詩史。其所遊歷。好事者隨處刻其詩于石。至成都則闕然。先生之故居。松竹荒涼。略不可記。今丞相呂公鎮成都。復作草堂于先生之舊址。繪先生之像於其上。宗愈假符于此。乃錄先生之詩。刻石置於草堂之壁間。先生雖去此。而其詩之意有在于是者。亦附其後。庶幾好事者於以考先生去來之迹云。元祐庚午。資政殿學士中大夫知成都軍府事胡宗愈序。

## 杜工部集後記

吳若

右杜集。建康府學所刻板也。初敎授劉亘常今。當兵火瓦礫之餘。便欲刻印文籍。得府帥端明李公行其言。繼而樞密趙公不廢其說。未幾。趙公移帥江西。常今亦以病丐罷。屬府倅吳公才德充、察推王誾伯言嗣成之。德充伯言爲求工外邑。付學正張巽、學錄李鼎要以必成。踰半年。敎授錢壽朋耆朋來。乃克成焉。蓋方督府宣司鼎來。百工奔走。趣命不暇。刀板在手。奪去者屢矣。一集之微。更歲歷十餘君子始就。

嗚呼。儒業之難興如此。常今初得李端明本以爲善。又得撫屬姚寬令威所傳故吏部鮑欽止本。校足之。末得若本。以爲無恨焉。凡稱樊者。樊晃小集也。稱晉者。開運二年官書也。稱荆者。王介甫四選也。稱宋者。宋景文也。稱陳者。陳無己也。稱刊及一作者。黃魯直晁以道諸本也。雖然。子美詩如五穀六牲。人皆知味。而鮮不爲異饌所移者。故世之出異意。爲異説。以亂杜詩之眞者甚多。此本雖未必皆得其眞。然求不爲異者也。他日有加是正者重刻之。此學者之所望也。紹興三年六月。荆溪吳若季海書。

# 少陵先生年譜

## 世系

- 一代 當陽侯預
- 二代 錫、躋、耽、尹
- 三代
- 四代
- 五代
- 六代 乾光 齊司徒右長史
- 七代 漸 梁邊城太守
- 八代 叔毗 周硤州刺史。見孝義傳。子廉卿。
- 九代 某；某 隋河內郡司功參軍。獲嘉縣令。見萬年縣君京兆杜氏墓誌。
- 十代 某；依藝 監察御史。河南鞏縣令。
- 十一代 易簡 登進士。累轉殿中侍御史。咸亨中。吏部員外郎。；審言 修文館學士。尚書膳部員外郎。
- 十二代 閑 朝議大夫。兗州司馬。終奉天令。；并 見國史；專 歷開封尉；登 任武康尉
- 十三代 甫 甫弟有穎、觀、豐、占。未知列。故不行序。
- 十四代 宗文；宗武
- 十五代 嗣業

案唐宰相世系表。杜預四子。錫、躋、耽、尹。襄陽杜氏。出自預少子尹。元稹墓誌云。晉當陽侯下十世而生依藝。甫祭遠祖當陽君文。稱十三葉孫甫。甫爲預之後。未知預四子。誰爲甫之祖。而舊譜以甫爲尹之後。此何據也。唐舊書杜易簡傳。易簡。襄州襄陽人。周硤州刺史叔毗曾孫。易簡從祖弟審言。易簡、審言。同出叔毗下。獲嘉爲甫高祖。卽硤州之子也。周書杜叔毗傳。其先京兆杜陵人也。徙居襄陽。祖乾光。齊右司徒右長史。父漸。梁邊城太守。此世系之較然可考者也。以世系表推之。尹下六代。爲襲池陽侯洪泰。與乾光爲行。洪泰生二子。祖悅、顒。與漸爲行。顒生三子。景仲、景秀、景恭。與叔毗爲行。叔毗、景恭皆仕周。其子皆仕隋。叔毗之子爲廉卿。則未知其爲易簡之祖與。審言之祖與。舊譜以叔毗爲顒子。景仲、叔毗。並系顒下。紕繆極矣。此不可不正也。顏魯公撰杜濟神道碑。爲征南十四代孫。甫有示從孫濟詩。斯爲合矣。世系表。濟與位同出景秀下。並征南十四代。而詩稱從弟位。抑又何與。宋人謂新唐宰相世系表承用逐家譜牒。多所謬誤。歐陽公略不削筆。恐未可以表爲據也。姑書之以俟博聞者。

| 紀年 | 時事 | 出處 | 詩 |
|---|---|---|---|
| 睿宗　先天元年壬子。卽景雲三年。正月改元太極。五月改延和。八月改先天。 | 七月。立皇太子隆基爲皇帝。以聽小事。自尊爲太上皇。八月。玄宗卽位。 | 呂大防詩譜云。按志傳皆年五十九卒。在大曆五年庚戌。當生於是年。 | |
| 玄宗　開元元年癸丑。卽先天二年。十二月改元。 | 七月。誥歸政于皇帝。九月。張說爲中書令。十月。姚元之同中書門下三品。 | | |
| 開元二年甲寅 | | | |
| 開元三年乙卯 | | 觀舞劍器行云。開元三年。余尙童稚。于郾城觀公孫舞劍器。詩譜云。是年才四歲。或有誤。 | |
| 開元四年丙辰 | 六月。睿宗崩。十月。葬于橋陵。以同州蒲城縣爲奉先縣。十二月。姚崇罷。宋璟兼黃門監。蘇頲同平章事。 | | |
| 開元五年丁巳 | 九月。改紫微省依舊爲中書省。黃門省爲門下省。黃門監爲侍中。 | | |

| 紀年 | 時事 | 出處 | 詩 |
|---|---|---|---|
| 開元六年戊午 | | 年七歲。壯遊詩云。七齡思即壯。開口詠鳳皇。進鵰賦表云。自七歲所綴詩筆。向四十載矣。約千有餘篇。 | |
| 開元七年己未 | | | |
| 開元八年庚申 | 正月。宋璟蘇頲罷。 | 壯遊詩。九齡書大字。有作成一囊。 | |
| 開元九年辛酉 | 九月。張說同中書門下三品。 | | |
| 開元十年壬戌 | | | |
| 開元十一年癸亥 | 四月。張說爲中書令。十月。幸溫泉。作溫泉宮。 | | |
| 開元十二年甲子 | | | |
| 開元十三年乙丑 | 十一月。東封泰山。 | 年十四。壯遊詩云。往昔十四五。出遊翰墨場。斯文崔魏徒。以我似班揚。 | |
| 開元十四年丙寅 | 四月。張說罷。岐王範薨。 | 年十五。 | |

| 紀年 | 時事 | 出處詩 |
| --- | --- | --- |
| 開元十五年丁卯 | | |
| 開元十六年戊辰 | | |
| 開元十七年己巳 | 八月癸亥。以每年八月五日爲千秋節。宋璟爲尙書右丞相。 | |
| 開元十八年庚午 | 十一月。張說薨。 | |
| 開元十九年辛未 | | 年二十。上三大禮賦表云。浪跡陛下豐草長林。自弱冠之年。壯遊詩。東下姑蘇。渡浙江。遊剡溪。當起于是年。 |
| 開元二十年壬申 | 三月。信安王禕大破奚契丹于幽州。六月。遣范安及于長安廣花蕚樓。築夾城至芙蓉園。 | |
| 開元二十一年癸酉 | 二月。韓休同中書門下平章事。十一月。宋璟致仕。十二月。韓休罷。張九齡同中書門下平章事。 | |

| 紀年 | 時事 | 出處 | 詩 |
|---|---|---|---|
| 開元二十二年甲戌 | 正月。帝幸東都。五月。張九齡爲中書令。李林甫同平章事。十二月。張守珪斬契丹王屈烈及其大臣虜可汗。傳首東都。 | | |
| 開元二十三年乙亥 | 帝在東都。 | 壯遊詩。歸帆拂天姥。中歲貢舊鄉。忤下考功第。拜辭京尹堂。放蕩齊趙間。裘馬頗清狂。快意八九年。西歸到咸陽。按史。二十四年。移貢舉于禮部。則下考功第。在二十四年之前。 | |
| 開元二十四年丙子 | 三月。始移考功貢舉。遣禮部侍郎掌之。十月。駕還西京。十一月。張九齡罷。李林甫兼中書令。牛仙客同平章事。 | | |
| 開元二十五年丁丑 | 四月。張九齡貶荆州長史。廢太子瑛、鄂王瑤、光王琚爲庶人。賜死。是年上以幾致刑措。推功元輔。十一月。宋璟薨。 | | |

| 紀年 | 時事 | 出處 | 詩 |
| --- | --- | --- | --- |
| 開元二十六年戊寅 | 三月。杜希望攻拔吐蕃新城。以其地爲威戎軍。六月。張守珪大破契丹林胡。遣使獻捷。是年分左右羽林。置龍武軍。 | | |
| 開元二十七年己卯 | 八月。蓋嘉運大破突厥施于碎葉城。擒其王火吐火仙。送京師。 | | |
| 開元二十八年庚辰 | 二月。張九齡卒。是時頻歲豐稔。京師米斛不滿二百。天下乂安。雖行萬里。不持寸刃。 | | |
| 開元二十九年辛巳 | 正月。兩京諸州。各置玄元皇帝廟。并崇玄學。八月。以安祿山爲營州都督。充平盧軍使。 | 年三十歲。祭遠祖當陽君文曰。小子築室首陽之下。謹以寒食之奠。敢昭告于先祖。 | 冬日雒城北謁玄元皇帝廟。 |
| 天寶元年壬午。正月丁未改元。 | 正月。得靈寶于尹喜故宅。置玄元廟于大寧坊。八月。李適之爲左相。九月。兩京玄元廟改曰太上玄元皇帝宮。 | 在東都。姑萬年縣君卒于東京仁風里。六月。遷殯于河南縣。 | 南曹小司寇于我太夫人堂下累土爲山。 |
| 天寶二年癸未 | 正月。安祿山入朝。三月。改西京玄元廟爲太微宮。東京爲太清宮。 | | |

| 紀年 | 時事 | 出處 | 詩 |
| --- | --- | --- | --- |
| 天寶三載甲申。正月改元爲載。 | 正月。遣左右相以下祖別賀知章于長樂坡。李白供奉翰林。三月。安祿山兼范陽節度使。壽王妃楊氏。號太眞。召入宮。李白賜金放歸。 | 在東都。五月。祖母范陽太君卒于陳留之私第。八月。歸葬偃師。是時李白自翰林放歸。客遊梁宋齊魯。相從賦詩。正在天寶三四載間。 | |
| 天寶四載乙酉 | 八月。册太眞爲貴妃。三姊皆賜第京師。 | 在齊州。李邕爲北海太守。陪宴歷下亭。李白高適俱有贈邕詩。當是同時。白有魯郡石門別杜二子美詩。或四五載之秋也。 | 陪李北海宴歷下亭。同李北海登歷下古城新亭。贈李白。 |
| 天寶五載丙戌 | 四月。左相李適之罷。陳希烈同平章事。 | 歸長安。 | |
| 天寶六載丁亥 | 正月。遣使就殺北海太守李邕。李適之飲藥死。詔天下通一藝者詣京師。林甫下尙書覆試。皆退下。九月。安祿山築雄武城。十月。幸溫泉宮。改爲華清宮。十一月。哥舒翰充隴右節度使。十二月。高仙芝討小勃律。虜其王歸。 | 應詔退下。在長安。 | |

| 紀年 | 時事 | 出處 | 詩 |
|---|---|---|---|
| 天寶七載戊子 | 韋濟爲河南尹。遷尚書左丞。十月。幸華清宮。封貴妃三姊並國夫人。十二月。哥舒翰築神威軍于青海上。又築城龍駒島。吐蕃不敢近青海。 | 在長安。 | 奉寄河南韋尹丈人。上韋左丞。奉贈韋左丞丈二十二韻。 |
| 天寶八載己丑 | 閏六月。謁太清宮。册玄元尊號。高祖以下五帝。皆加大聖字。京兆尹蕭炅坐贓左遷汝陰太守。哥舒翰攻拔吐蕃石堡城。 | | |
| 天寶九載庚寅 | 正月。詔封西岳。三月。岳廟災。久旱。停封。五月。封安祿山東平郡王。七月。以鄭虔爲廣文館博士。 | 在長安。 | 醉時歌贈廣文館博士鄭虔。 |
| 天宝十載辛卯 | 正月壬辰。朝獻太清宮。癸巳朝饗太廟。甲午有事于南郊。二月。安祿山兼領三鎮。四月。鮮于仲通討南詔。大敗于西洱河。八月。安祿山大敗于契丹。十一月。楊國忠兼領劍南節度使。 | 年四十。進三大禮賦。玄宗奇之。命待制集賢院。 | 兵車行。杜位宅守歲。 |

| 紀年 | 時事 | 出處 | 詩 |
| --- | --- | --- | --- |
| 天寶十一載壬辰 | 十一月。李林甫薨。楊國忠爲右相。哥舒翰、安祿山、思順皆入朝。 | 召試文章。送隸有司。參列選序。 | |
| 天寶十二載癸巳 | 正月。京兆鮮于仲通諷選人爲楊國忠立頌省門。 | | 贈鮮于京兆。 |
| 天寶十三載甲午 | 正月。安祿山入朝。加僕射。二月。楊國忠守司空受册。三月。張垍貶盧溪司馬。兄均建安太守。八月。霖雨積六十餘日。陳希烈罷。韋見素同平章事。 | 進封西嶽賦。 | 麗人行。投贈哥舒開府。送高三十五書記。送蔡希曾都尉還隴右因寄高三十五書記。贈田九判官。秋雨嘆三首。歎庭前甘菊花。苦雨奉贈隴西公。上韋左相。九日寄岑參。承沈八丈東美除膳部員外。奉同郭給事湯東靈湫作。 |
| 天寶十四載乙未 | 十一月。安祿山反。陷河北諸郡。郭子儀爲朔方節度副大使。十二月。陷東京。哥舒翰爲兵馬副元帥。守潼關。 | 投河西尉。不拜。改右衛率府胄曹參軍。十一月。往奉先縣。 | 官定後戲贈。去矣行。自京赴奉先縣詠懷五百字。 |

| 紀年 | 時事 | 出處 | 詩 |
| --- | --- | --- | --- |
| 肅宗　天寶十五載丙申。七月。肅宗即位。改至德元載。 | 正月。祿山僭號于東京。李光弼爲河東節度副大使。六月。哥舒翰戰敗于靈寶西。祿山陷潼關。上出延秋門。次馬嵬。陳元禮殺楊國忠。貴妃自縊。祿山陷京師。陳倉令薛景仙殺賊將。保扶風。七月。次普安郡。房琯同平章事。丁卯。下詔制置天下。八月癸巳。太子即位于靈武。上皇遣韋見素房琯使靈武冊命。李泌見上于靈武。回紇吐蕃請助國討賊。九月。上幸彭原郡。十月。房琯敗績于陳陶斜。永王璘反。十二月。以高適爲淮南節度使。 | 五月。自奉先往白水。六月。自白水往鄜州。聞肅宗立。自鄜羸服奔行在。遂陷賊中。 | 白水縣崔少府十九翁高齋三十韻。三川觀水漲二十韻。九日藍田崔氏莊。崔氏東山草堂。悲陳陶。悲青坂。對雪。月夜。遺興。 |
| 至德二載丁酉 | 正月。上在彭原。安慶緒弒祿山而自立。二月。幸鳳翔。史思明自博陵。蔡希德自太行。高秀岩自大同。牛廷玠自范陽。引兵十萬寇太原。李光弼大破之。永王璘敗死。五月。郭子儀敗于清渠。退保武功。 | 春在賊中。五月。竄歸鳳翔。拜左拾遺。上疏救房琯。上怒。詔三司推問。張鎬救之。仍放就列。八月。墨制放還鄜州。省妻子。十月。扈從還京。 | 蘇端薛復筵簡薛華醉歌。元日寄韋氏妹。哀王孫。哀江頭。憶幼子。春望。晦日尋崔戢李封。雨過蘇端喜晴。 |

房琯罷。張鎬同平章事。八月。鎬出兼河南節度等使。九月。廣平王統朔方安西回紇衆收西京。十月。慶緒奔河北。廣平王收東京。上皇誥定行期。李泌乞歸衡山。癸亥。上自鳳翔還京。十一月壬申。御丹鳳樓下制。十二月。上皇至自蜀。居興慶宮。上皇誥。改蜀郡爲成都府。長史爲尹。分劍南東西川。各置節度使。十二月。大封蜀郡靈武元從功臣。陷賊官六等定罪。

送率府程錄事。
一百五日夜對月。
大雲寺贊公房四首。
喜達行在所三首。
述懷。
送長孫九侍御赴武威判官。
送樊二十三侍御漢中判官。
送從弟亞安西判官。
送韋十六評事同谷防禦判官。
送郭中丞充隴右節度使。
送楊六判官使西蕃。
月。
奉贈嚴八閣老。
塞蘆子。
彭衙行。
留別賈嚴二閣老。
晚行口號。 北征。
徒步歸行。
行次昭陵。 玉華宮。
九成宮。 羌村三首。
喜聞官軍已臨賊境二十韻。
收京三首。 臘日。

| 紀年 | 時事 | 出處 | 詩 |
| --- | --- | --- | --- |
| 乾元元年戊戌。二月改元。復以載爲年。 | 二月。李輔國判行軍司馬。三月。元帥楚王俶改封成王。四月。册張淑妃爲皇后。九廟成。迎神主入新廟。五月。張鎬罷。立成王爲皇太子。六月。貶房琯爲邠州刺史。下制數其罪。劉秩嚴武等俱貶。七月。幼女寧國公主嫁回紇。九月。命郭子儀統九節度之師討安慶緒。以魚朝恩爲觀軍容使。十二月。圍相州。 | 任左拾遺。六月。出爲華州司功。冬晚間至東都。 | 宣政殿退朝。晚出左掖。紫宸殿退朝。題省中院壁。和賈至早朝大明宮。曲江對雨。曲江對酒。偪仄行。送李校書。洗兵馬。送賈閣老出汝州。端午日賜衣。送鄭十八虔貶台州司戶。題鄭十八著作虔。贈王中允維。答岑補闕見贈。出金光門有悲往事。題鄭縣亭子。望岳。留花門。至日遣興寄兩院補遺故人。湖城東遇孟雲卿。閿鄉姜七少府設鱠。戲贈閿鄉秦少府。李鄠縣丈人胡馬行。瘦馬行。得舍弟消息。憶弟二首。 |

| 紀年 | 時事 | 出處 | 詩 |
| --- | --- | --- | --- |
| 乾元二年己亥 | 正月。史思明稱燕王于魏州。李嗣業卒于行營。三月。九節度師潰于滏水。思明殺安慶緒。郭子儀斷河陽橋。以餘衆保東京。召子儀還京。以李光弼代之。六月。以裴冕爲成都尹。充劍南節度使。九月。史思明陷東京。光弼守河陽。 | 春自東都回華州。關輔飢。七月。棄官西去。度隴。客秦州。卜西枝村。置草堂未成。十月。往同谷縣。寓同谷不盈月。十二月一日。自隴右入蜀。至成都。 | 潼關吏等詩六首。夏日歎。夏夜歎。早秋苦熱堆案相仍。立秋後題。秦州雜詩二十首。山寺。示姪佐。佐還山後寄。宿贊公房。東樓等詩二十八首。赤谷西崦人家。西枝村尋置草堂地夜宿贊公堂二首。太平寺泉眼。夢李白二首。別贊上人。萬丈潭。兩當縣吳少侍御江上宅。發秦州紀行十二首。寓居同谷縣作歌七首。發同谷縣赴劍南紀行十二首。 |
| 上元元年庚子 | 三月。以李若幽爲成都尹。李奐爲東川節度使。四月。李光弼破賊于懷州河陽。閏月。以房琯爲晉州刺史。七月。上皇 | 間營至蜀州之青城新津。是歲營草堂。故曰經營上元始。堂成詩云。頻來語燕定新巢。則三月堂成。 | 石犀行。石筍行。蜀相。卜居。有客。 |

| | | | |
|---|---|---|---|
| | 移居西內。高力士配流巫州。九月。以江陵爲南都。蜀郡先爲南京。復爲蜀郡。制郭子儀統諸道兵自朔方取范陽。爲魚朝恩所沮。十一月。李光弼收懷州。十二月。李鼎爲鳳翔尹。 | | 狂夫。堂成。賓至。西郊。杜鵑行。憶昔。南鄰。赴青城縣出成都寄陶王二少尹。丈人山。 |
| 上元二年辛丑。九月。去上元年號。稱元年。以十一月爲歲首。以斗所建辰爲名。 | 二月。崔光遠代李若幽爲成都尹。李光弼敗于北邙。河陽懷州俱陷。三月。史思明爲其子朝義所殺。四月。張鎬貶辰州司戶。段子璋反于東川。陷綿州。東川節度使李奐奔成都。五月。崔光遠擒子璋。將花驚定恃功大掠。復以李光弼爲河南副元帥。出鎮臨淮。王思禮卒。八月。李輔國守兵部尚書。建亥月。光遠卒。建丑月。合劍南兩川爲一道。廢東川節度。以嚴武爲成都尹。 | 年五十歲。居草堂。 | 百憂集行。戲作花卿歌。草堂即事。入奏行。 |
| 寶應元年壬寅。建巳月。改元。復以正月爲歲首。建巳月 | 建卯月。復下詔建都。河東諸將殺鄧景山。封郭子儀爲汾陽王。召來瑱赴京師。復令 | 草堂詩云。斷手寶應年。七月。送嚴武還朝。到綿州。未幾。徐知道之亂。因入梓州。 | 戲贈友二首。奉和嚴中丞西城晚眺。嚴中丞枉駕見過。 |

爲四月。是月代宗
即位。

還鎭。密勅裴茙代之。建辰
月。元載同平章事。建巳月。
乙卯。玄宗崩。丁卯。上崩。李
輔國殺張后及越王係。乃發
喪。號輔國尙父。五月。李光
弼至徐州。諸將畏其威名。相
繼赴闕。六月。程元振代輔國
判行軍司馬。來瑱擒裴茙于
中口。七月。嚴武召還。爲二
聖山陵橋道使。徐知道反。以
兵守劍閣。武不得出。八月。
徐知道爲其下所殺。郭子儀
解副元帥節度使。留京師。九
月。裴冕貶施州刺史。十月。
雍王适爲天下兵馬元帥。僕
固懷恩副之。討史朝義。雍王
見回紇可汗于河北。進克河
陽東都。河北悉平。李懷仙斬
朝義首來獻。

冬復歸成都。迎家至梓。十一
月。往射洪縣南之通泉縣。皆
梓屬邑。本傳云。遊東蜀依
高。當在此時。嚴武入朝之
後。

奉酬嚴公寄題野亭之
作。
嚴公仲夏枉駕草堂。
嚴公廳宴同詠蜀道畫
圖。
遭田父泥飲美嚴中丞。
奉送嚴公。
同嚴侍郎到綿州同登杜
使君江樓。
觀打魚歌。
又觀打魚。
奉濟驛重送嚴公。
越王樓歌。
海棕行。
姜楚公畫角鷹歌。
九日登梓州城。
九日奉寄嚴大夫。
相從歌。　光祿坂行。
冬遊金華山觀陳拾遺學
堂。
陳拾遺故宅。
謁文公上方。
奉贈射洪李四丈。
早發射洪。
通泉驛。
過郭代公故宅。
觀薛稷少保書畫壁。
通泉縣薛少保畫鶴。

陪王侍御因登東山最高頂宴。
姚通泉晚攜酒泛江。
漁陽。
黃河二首。
天邊行。
大麥行。
苦戰行。
去秋行。
聞官軍收河南河北。

代宗 廣德元年癸卯。七月改元。

正月。來瑱入朝謝罪。賜死。閏月。史朝義降將分帥河北。各爲節度使。回紇登里可汗還國。三月。玄宗葬泰陵。四月。李之芳自吐蕃歸。七月。吐蕃盡取河隴。八月。房琯拜特進刑部尙書。卒于閬州。十月。吐蕃寇奉天武功。上出幸陝州。吐蕃入長安。立廣武王承宏爲帝。郭子儀復京師。十一月。程元振放歸田里。廣州市舶使呂太一反。十二月。上還長安。以魚朝恩爲天下觀軍宜慰處置使。吐蕃陷松維保三州。及雲山新築二城。西川節度使高適不能救。

在梓州。九月二十二日壬戌。祭房相于閬州。是年除京兆功曹。本傳。久之。召補京兆功曹別駕。巴州詩注。時甫除京兆功曹。在東川。

春日戲題惱郝使君。
數陪李梓州泛江。
陪李梓州登惠義寺。
章梓州水亭。
陪章侍御宴南樓。
將適吳楚留別章使君留後。
寄題江外草堂。
閬州東樓送十一舅。
鹿氏溪放歌行。
發閬中。憶昔二首。
冬狩行。送李卿曄。
自平。贈別賀蘭銛。
警急。收京。西山。
王命。征夫。

| 紀年 | 時事 | 出處 | 詩 |
| --- | --- | --- | --- |
| 廣德二年甲辰 | 劍南東西川。以黃門侍郎嚴武爲節度使。七月。李光弼薨于徐州。八月。王縉都統河南淮南山東南道節度行營事。九月。江南西道觀察使張鎬卒。李勉代之。嚴武破吐蕃七萬衆。拔當狗城。十月。收吐蕃鹽井城。僕固懷恩誘吐蕃回紇入寇。十一月。吐蕃軍潰。 | 春自梓往閬州。嚴武再鎮蜀。春晚還歸成都。六月。在武幕中。武表爲節度參謀檢校工部員外郎。賜緋魚袋。 | 閬山歌。閬水歌。送李梓州之任幷寄章十侍御。將赴荊南寄別李劍州。別唐十五誠因寄賈侍郎。別房太尉墓。自閬中領妻子却赴蜀山。將赴成都草堂途中有作先寄嚴鄭公五首。草堂。四松。水檻。破船。營屋。揚旗。和嚴鄭公軍城早秋。遣悶。立秋日雨院中有作。院中晚晴懷西郭茅舍。到村。宿府。陪鄭公秋晚北池臨眺。初冬。太子張舍人寄織成褥段。 |
| 永泰元年乙巳。正月改元。 | 正月。散騎常侍高適卒。嚴武加檢校吏部尚書。四月卒。五月。郭英乂爲成都尹。九月。 | 辭幕府。歸浣花溪草堂。五月。離草堂南下。自戎州至渝州。六月。至忠州。旋至雲安 | 正月三日歸溪上。弊廬遣興奉寄嚴公。春日江村五首。 |

| | | | |
|---|---|---|---|
| | 僕固懷恩復引吐蕃回紇入寇。懷恩死于鳴沙。十月。郭子儀說諭回紇。合回紇軍擊破吐蕃于靈臺。郭英乂爲兵馬使崔旰所殺。邛州牙將柏茂琳。瀘州楊子琳。劍南李昌夔。皆起兵討旰。 | 縣。居之。自秋徂冬。俱在雲安。 | 別蔡十四著作。哭嚴僕射歸櫬。莫相疑行。宴戎州楊使君東樓。去蜀。聞高常侍亡。宴忠州使君宅。禹廟。題忠州龍興寺院壁。十一月十日三首。杜鵑。 |
| 大曆元年丙午。十一月改元。 | 二月。以杜鴻漸爲山南西道劍南東西川等道副元帥。鴻漸請以山南西道節度使張獻誠兼充東川節度使。柏茂琳爲邛州刺史。充邛州防禦使。崔旰爲茂州刺史。充山西防禦使。二月。張獻誠與旰戰。敗于梓州。八月。鴻漸至蜀。請以節度使讓旰。以旰爲劍南西川節度行軍司馬。茂琳爲邛南節度使。各罷兵。 | 春自雲安縣至夔州。居之。秋寓于夔之西閣。有爲夔府柏都督謝上表。是年終歲居夔州。 | 雲安立春。客居。客堂。水閣朝霽奉簡嚴雲安。子規。贈鄭十八賁。青絲。近聞。折檻行。引水。蠶穀行。移居夔州郭。古柏行。縛鷄行。負薪行。最能行。課伐木。園人送瓜。園官送菜。 |
| 大曆二年丁未 | 正月。復分劍南東西川爲二道。六月。杜鴻漸還朝。荆南 | 在夔州西閣。春還居赤甲。三月。遷瀼西。秋還東屯。復自 | 立春日。雨。赤甲。入宅。 |

| | |
|---|---|
| | 大曆三年戊申 |
| 衛伯玉封陽城郡王。七月。崔旰爲西川節度使。杜濟爲東川節度使。 | 四月。崔寧入朝。五月。楊子琳入成都。寧妾任氏募兵擊走之。十月。以京兆尹李勉爲廣州刺史。 |
| 東屯歸瀼西。是年終歲居夔。 | 正月中旬。去夔出峽。三月。至江陵。秋發荆南。秋移居公安。憩此縣者數月。歲暮發公安。之岳州。 |
| 暮春題瀼西新賃草堂五首。晚登瀼西堂。自瀼西荆扉移居東屯茅屋四首。秋行官張望督促東渚耗稻。觀公孫大娘弟子舞劍器行。 | 元日示宗武。又示宗武。太歲日。遠懷舍弟穎觀等。續得觀書。白帝城放船出瞿唐四十韻。將別巫峽贈南鄉兄瀼西果園四十畝。宿青溪驛。泊舟松滋亭。行次古城店。呈江陵幕府諸公。暮春江陵送馬大卿。舟中出南浦寄鄭少尹。移居公安縣贈衛大郎。公安送韋二少府。 |

| | | | |
|---|---|---|---|
| | | | 公安懷古。發劉郎浦。晚發公安。泊岳陽城下。登岳陽樓。歲晏行。 |
| 大曆四年己酉 | 二月。楊子琳擊王守仙于忠州黃茅峽。殺夔州別駕張忠。以據其城。以爲峽州團練使。以衡州刺史韋之晉爲潭州刺史。徙湖南軍於潭州。 | 正月。自岳陽之潭州。秋欲適漢陽。暮秋欲歸。皆不果。卒留潭。自是率舟居。 | 宿青草湖。湘夫人祠。入喬口。陪裴使君登岳陽樓。道林岳麓二寺行。發潭州。上水遣懷。銅官渚守風。回棹。登舟將適漢陽。風病舟中伏枕書懷呈湖南親友。暮秋將歸秦留別湖南幕府親友。 |
| 大曆五年庚戌 | 四月。湖南兵馬使臧玠殺其團練使崔瓘。楊子琳裴虯陽濟各出軍討玠。子琳取賂而還。 | 春在潭州。夏避臧玠亂。入衡州。因至耒陽。本傳云。泝沿湘流。遊衡山。寓居耒陽。啗牛肉白酒。一夕而卒。年五十九。元微之誌云。扁舟下荆楚。竟以寓卒。旅殯岳陽。諸譜云。欲還襄陽。道卒。殯於岳陽。皆誤也。 | 正月追酬高蜀州人日。清明。至衡州縣謁文宣王新學堂。入衡州。聶耒陽以僕阻水書致酒肉療飢荒江詩得代懷興盡本韻至縣呈聶令。 |

# 諸家詩話

宋人方惟道兄弟。纂錄唐宋以來評杜詩者。號曰諸家老杜詩評。蔡夢弼草堂詩話一卷。悉摭韻語陽秋之類。尤爲猥雜。今删補而存之。

## 唐書一事

文宗紀。鄭注言。秦中有火。宜興土以厭之。乃濬昆明曲江二池。上好爲詩。每誦杜甫曲江行云。江頭宮殿鏁千門。細柳新蒲爲誰綠。乃知天寶已前。曲江四岸。皆有行宮臺殿。百司廨署。思復昇平故事。故爲樓殿以壯之。太和九年十月。內出曲江新造紫雲樓彩霞亭額。仇士良以百戲于銀臺門迎之。

## 唐本事詩二事

李白才逸氣高。與陳拾遺齊名。先後合德。其論詩云。梁陳已來。豔薄斯極。沈休文又尚以聲律。將復古道。非我而誰歟。故陳李二集。律詩殊少。嘗言寄興深微。五言不如四言。七言又其靡也。況使束于聲調俳優哉。故戲杜曰。飯顆山頭逢杜甫。(唐摭言作長樂坡前逢杜甫)頭戴笠子日卓午。借問別來(別一作新)太瘦生。總爲從前作詩苦。蓋譏其拘束也。太瘦生。唐人語也。至今猶以生爲語助。如作麽生、何似生之類。

白常出入宫中。恩禮殊厚。竟以疎縱乞歸。上亦以非廊廟器。優詔罷遣之。後以不羈。流落江外。又以永王招禮。累謫於夜郎。及放還。卒於宣城。杜所贈二十韻。備敍其事。讀其文。盡得其故跡。杜逢祿山之難。流離隴蜀。畢陳于詩。推其至隱。殆無遺事。故當時號爲詩史。

## 劉禹錫嘉話三事

爲詩用僻字。須有來處。常訝杜員外巨顙拆老拳。疑老拳無據。及覽石勒傳。卿既遭孤老拳。孤亦飽卿毒手。豈虚言哉。後輩業詩。卽須有據。不可率爾道也。

茱萸二字。經三詩人皆已道。亦有能否焉。杜公言更把茱萸子細看。王右丞徧插茱萸少一人。朱倣學他年少插茱萸。杜公爲最優也。

禹錫常言。白樂天苦好余秋水詠。曰東屯滄海闊。南讓洞庭寬。又石頭城下作。山圍故國周遭在。潮打空城寂寞回。自知不及韋蘇州春潮帶雨晚來急。野渡無人舟自横。又杜少陵過洞庭詩落句曰。春去春來洞庭闊。白蘋愁殺白頭翁。鄙夫之言。有媿杜公也。雲溪友議。中山公謂賓友曰。嘗過洞庭。雖爲一篇。靜思杜員外落句云云。鄙夫之言。有媿于杜公也。

## 歐陽文忠公詩話一事

陳舍人從易。當時文方盛之際。獨以醇儒古學見稱。其詩多類白樂天。蓋自楊劉唱和。西崑集行。後進學者爭效之。風雅之變。謂之西崑體。繇是唐賢諸詩集。幾廢而不行。陳公時偶得杜集舊本。文多脫誤。至迗蔡都尉詩云。身輕一鳥。其下脫一字。陳公因與數客各用一字補之。或云疾。或云落。或云起。或云下。莫能定。其後得一善本。乃是身輕一鳥過。陳公歎服。以爲雖一字。諸君亦莫能到也。

## 王荆公鍾山語錄一事

暝色赴春愁。下得赴字最好。若下起字。卽小兒語也。無人覺來往。疎嬾與何長。下得覺字大好。足見吟詩要一字兩字工夫也。

## 司馬溫公迂叟詩話一事

牂羊墳首。三星在罶。言不可久。古人爲詩。貴于意在言外。使人思而得之。近世詩人。惟杜子美最得詩人之體。如國破山河在。明無餘物矣。城春草木深。明無人矣。花鳥平時可娛之物。見之而泣。聞之而恐。

則時可知矣。他皆類此。不可遍舉。

## 古今詩話一事

章聖問侍臣。唐時酒每斗價幾何。丁晉公奏曰。唐時酒每斗三百文。舉杜詩以證。章聖大喜曰。杜甫詩自可爲一代之史也。

## 東坡三事

子美自許稷與契。人未必許也。然其詩云。舜舉十六相。身尊道更高。秦時用商鞅。法令如牛毛。自是稷契輩人口中語也。又云。知名未足稱。局促商山芝。又云。王侯與螻蟻。同盡隨丘墟。願聞第一義。回向心地初。乃知子美詩外尚有事在也。

司空表聖自論其詩。以爲得味外味。綠樹連村暗。黃花入麥稀。此句最善。又云。棊聲花院閉。幡影石壇高。吾嘗獨遊五老峯。入白鶴觀。松陰滿地。不見一人。惟聞棊聲。然後知此句之工也。但恨其寒儉有僧態。若杜子美云。暗飛螢自照。水宿鳥相呼。四更山吐月。殘夜水明樓。則才力富健。去表聖之流遠矣。

東坡王定國詩集序曰。太史公論詩。以爲國風好色而不淫。小雅怨誹而不亂。以予觀之。是特識變風變雅耳。烏覩詩之正乎。昔先王之澤衰。然後變風發乎情。雖衰而未竭。是以猶止于禮義。以爲賢于無所止者而已。若夫發于情。止于忠孝者。其詩豈可同日而語哉。古今詩人衆矣。而杜子美爲首。豈非以其流落飢寒。終身不用。而一飯未嘗忘君也歟。

## 蔡約之西清詩話一事

詩之聲律。至唐始成。然亦多原六朝旨意。而造語工夫。各有微妙。何遜入西塞詩。薄雲巖際出。初月波中上。至少陵江邊小閣。則云。薄雲巖際宿。孤月浪中飜。雖因舊而益妍。類獺髓補痕也。

## 秦淮海進論一事

淮海秦少遊進論曰。杜子美之于詩。實積衆流之長。適當其時而已。昔蘇武、李陵之詩。長于高妙。曹植、劉公幹之詩。長于豪逸。陶潛、阮籍之詩。長于沖澹。謝靈運、鮑照之詩。長于峻潔。徐陵、庾信之詩。長于藻麗。于是子美窮高妙之格。極豪逸之氣。包沖澹之趣。兼峻潔之姿。備藻麗之態。而諸家之作所不及焉。然不集諸家之長。子美亦不能獨至于斯也。豈非適當其時故耶。孟子曰。伯夷聖之淸者也。伊尹聖之任者也。柳下惠聖之和者也。孔子聖之時者也。孔子之所謂集大成。嗚呼。子美亦集詩之大成與。

## 王彦輔麈史一事

杜審言詩。有綰霧青條弱。牽風紫蔓長。又有寄語洛城風月道。明年春色倍還人之句。若子美林花著雨臙脂落。水荇牽風翠帶長。又云。傳語風光共流轉。暫時相賞莫相違。雖不襲取其意。而語脈益有家法矣。

## 葉夢得二事

石林葉夢得詩話曰。詩語固忌用巧太過。然緣情體物。自有天然工巧。而不見其刻削之痕。老杜細雨魚兒出。微風燕子斜。此十字殆無一字虛設。細雨著水面爲漚。魚常上浮而淰。若大雨則伏而不出。燕體輕弱。風猛則不能勝。惟微風乃受以爲勢。故又有輕燕受風斜之句。至若穿花蛺蝶深深見。點水蜻蜓款款飛。深深字若無穿字。款款字若無點字。皆無以見其精微如此。然讀之渾然。全似未嘗用力。此所以不礙其氣格超勝。唐末諸子爲之。便當入魚躍練江拋玉尺。鶯穿絲柳織金梭體矣。詩人以一字爲工。世固知之。惟老杜變化開闔。出奇無窮。殆不可以形迹捕詰。如江山有巴蜀。棟宇自齊梁。則其遠近數千里。上下數百年。只在有與自兩字間。而吐吞山水之氣。俯仰古今之懷。皆見於言外。此工妙至到。人力不可及也。

## 詩話二事

隱居詩話云。唐人詠馬嵬之事者多矣。世所稱者。劉禹錫云。官軍誅佞幸。天子捨妖姬。羣吏伏門屏。貴人牽帝裾。低回轉美目。風日爲無輝。白居易云。六軍不發爭奈何。婉轉蛾眉馬前死。此乃歌詠祿山能使官軍叛逼迫明皇。明皇不得已而誅楊妃也。豈特不曉文章體裁。而造語蠢拙。抑亦失臣下事君之禮。老杜則不然。其北征詩曰。憶昨狼狽初。事與古先別。不聞夏商衰。中自誅褒妲。乃見明皇鑒夏商之敗。畏天悔禍。賜妃子以死。官軍何與焉。唐闕史載鄭畋馬嵬詩。命意似矣。而詞句凡下。比託無狀。不足道也。夏鄭公誶評老杜初月詩。微升紫塞外。已隱暮雲端。以爲意主肅宗也。鄭公善評詩也。吾觀退之煌煌東方星。奈此衆客醉。其順宗時作也。東方。謂憲宗在儲也。

## 葛常之一事

韻語陽秋曰。老杜當干戈騷屑之際。間關秦隴。負薪拾梠。餔糒不給。困躓極矣。自至蜀依裴冕。始有草堂之居。觀其經營往來之勞。備載于詩。皆可考也。其曰萬里橋西宅。百花潭北莊者。言其地也。經營上元始。斷手寶應年。言其時也。雪裏江船渡。風前徑竹斜。寒魚依密藻。宿鷺起圓沙。言其景物也。至於草堂塹西無樹林。非子誰復見幽深。則乞榿木於何少府之詩也。草堂少花今欲栽。不問綠李與黃梅。則乞果于徐少卿之詩也。王侍御攜酒草堂。則喜而爲詩曰。故人能領客。攜酒重相看。王錄事許草堂資不到。則戲而爲詩曰。爲嗔王錄事。不寄草堂資。蓋其流離貧窶之餘。不能以自給。皆因人而成也。其經營之勤如此。然未及黔突。避成都之亂。入梓居閬。其心則未嘗一日不在草堂也。遣弟檢校草堂。則曰鵝鴨宜常數。柴荆莫浪開。寄題草堂。則曰尚念四松小。蔓草易拘纏。送韋郎歸成都。則曰爲問南溪竹。抽梢合過牆。塗中寄嚴武。則曰常苦沙崩損藥闌。也從江檻落風湍。每致意如此。及成都亂定。再依嚴爲節度參謀。復歸草堂。則曰不忍竟捨此。復來薙榛蕪。入門四松在。步屧萬竹疎。則其喜可知矣。未幾。嚴武卒。徬徨無依。復捨之而去。以唐史及公詩考之。草堂斷手於寶應之初。而永泰元年四月嚴武卒。是秋公寓夔州雲安縣。有此草堂者。終始祗得四載。而其間居梓閬三年。公詩所謂三年奔走空皮骨是也。則安居草堂。僅閱歲而已。

# 唱酬題詠

## 登慈恩寺塔　　高適

香界泯羣有。浮圖豈諸相。登臨駭孤高。披拂欣大壯。言是羽翼生。迥出虛空上。頓疑身世別。乃覺形神王。宮闕皆戶前。山河盡簷向。秋風昨夜至。秦塞多淸曠。千里何蒼蒼。五陵鬱相望。盛時慚阮步。末宦知周防。輸效獨無因。斯焉可遊放。

## 魯郡東石門送杜二甫　　李白

醉別復幾日。登臨徧池臺。何言石門路。一作下重有金尊開。秋波落泗水。海色明徂徠。飛蓬各自遠。且盡手中杯。

## 沙丘城下寄杜甫　　李白

我來竟何事。高臥沙丘城。城邊有古樹。日夕連秋聲。魯酒不可醉。齊歌空復情。思君若汶水。浩蕩寄南征。

## 雜言寄杜拾遺

任　華

杜拾遺。名甫第二才甚奇。任生與君別來已多時。何嘗一日不相思。杜拾遺。知不知。昨日有人誦得數篇黄絹詞。吾怪異奇特借問。果然稱是杜二之所爲。勢攫虎豹。氣騰蛟螭。滄海無波似鼓蕩。華嶽平地欲奔馳。曹劉俯仰慚大敵。沈謝逡巡稱小兒。昔在帝城中。盛名君一箇。諸人見所作。無不心膽破。郎官叢裏作狂歌。丞相閣中嘗醉卧。前年皇帝歸長安。承恩闊步青雲端。積翠扈游花匼匝。披香寓直月團欒。英才特達承天眷。公卿無不相欽羨。只緣汲黯好直言。遂使安仁却爲掾。如今避地錦城隅。幕下英寮每日相就提玉壺。半酣起舞捋髭鬚。乍低乍昂旁若無。古人制禮但爲防俗士。豈得爲君設之乎。而我不飛不鳴亦何以。只待朝廷有知己。亦嘗讀却無限書。拙詩一句兩句在人耳。如今看之總無益。又不能崎嶇傍朝市。且當事耕稼。豈得便徒爾。南陽葛亮爲朋友。東山謝安作鄰里。閑常把琴弄。悶即攜尊起。鶯啼二月三月時。花發千山萬山裏。此中幽曠無人知。火急將書憑驛吏。爲報杜拾遺。

## 使南海道長沙

侍御史唐　扶

道林岳麓仲與昆。卓犖請從先後論。松根踏雪二千步。始見大屋開三門。泉清或戲蛟龍窟。殿豁數盡高帆掀。卽今異鳥聲不斷。聞道看花春更繁。從容一衲分若有。蕭瑟兩鬢吾能髡。逢迎侯伯轉覺貴。膜拜佛像心加尊。稍揖英皇頮濃淚。試與屈賈招淸魂。荒唐大樹悉枏桂。細碎小草多蘭蓀。沙彌去學五印字。靜女來懸千尺幡。主人念我塵眼昏。半夜號令期至暾。遲回雖得上白舫。羇紲不敢言綠尊。兩祠物色採拾盡。壁間杜甫原少恩。晚來光彩更騰射。筆鋒正健如可吞。

（侯鯖錄云。長沙道林嶽麓寺。老杜所賦詩者。沈傳師有詩碑見于世。其序云。奉酬唐侍御姚員外道林寺題示。姚員外詩不復見之。今得唐侍御詩。題云。儒林郎監察御史唐扶。）

## 和

湖南觀察使沈傳師

承明年老輒自論。乞得湘守東南奔。（唐書沈傳師傳。穆宗時。召入翰林爲學士。改中書舍人。翰林闕承旨。穆宗欲面命。辭曰學士院長參天子密議。次爲宰相。臣自知必不能。願治人一方。爲陛下長養之。因稱疾。出爲湖南觀察使。）爲聞楚國富山水。青嶂邐迤僧家園。含香珥筆皆耆舊。謙抱自忘臺省尊。不令執簡候亭館。直許攜手遊山樊。忽驚列岫晚來碧。積雪洗盡烟嵐昏。碧波迴嶼三山轉。丹檻逶郭千艘屯。華鑣蹀躞絢沙步。大旆燦錯輝松門。樛枝競鶩龍蛇勢。折榦不沒風霆痕。相重古殿倚巖腹。別引新徑縈雲根。目傷平楚虞帝魂。情多思遠聊開尊。危絃細管逐歌飇。畫鼓繡靴隨節翻。鏘金七言淩老杜。入木八法蟠高軒。嗟予絕倒久不和。忍復感激論元元。

## 道林　崔珏

臨湘之濱岳之麓。西有松寺東岸無。松風十里擺不斷。竹泉瀉入千僧廚。宏梁大棟何足貴。山寺難有山泉俱。四時惟夏不敢入。燭龍安敢停斯須。遠公池上種何物。碧羅扇底紅鱗魚。香閣朝鳴大法鼓。天宮夜轉三乘書。野花市井栽不著。山鷄飲啄聲相呼。金檻僧廻步步影。石盆水濺聯聯珠。北臨高處日正午。舉手欲摸黃金烏。遙江大船小于葉。遠林雜樹齊如蔬。潭州城郭在何處。東邊一片青糢糊。長卿之門久寞寞。五言七言夸規模。我吟杜詩清入骨。灌頂何必須醍醐。

## 岳麓道林　韋蟾

石門道接蒼梧野。愁色陰深二妃寡。廣殿崔嵬萬壑間。長廊詰曲千巖下。靜聽林飛念佛鳥。細看壁畫馱經馬。暖日斜明螮蝀梁。濕烟散冪鴛鴦瓦。北方部落檀香塑。西國文書貝葉寫。壞欄迸竹醉好題。窄路垂藤困堪把。沈裴筆力鬬雄壯。宋杜詞源兩風雅。謂沈傳師裴蚪之書。宋之問杜甫之詩也。他方居士來施齋。彼岸上人投結夏。悲我未離擾擾徒。勸我休學悠悠者。何時得與劉遺民。夢得同入東林白蓮社。

## 杜甫同谷茅茨（唐咸通十四載作） 趙鴻

工部棲遲後。鄰家大半無。青羌迷道路。白社寄杯盂。大雅何人繼。全生此地孤。孤雲飛鳥什。空勸舊山隅。

## 栗亭 趙鴻

（萬丈潭在子美宅西。鴻又刻萬丈潭詩。）

杜甫栗亭詩。詩人多在口。悠悠二甲子。題紀今何有。

（趙鴻刻石同谷曰。工部題栗亭十韻。不復見。蓋鴻時已逸公詩矣。）

## 讀杜詩 杜牧

杜詩韓筆愁來讀。似倩麻姑癢處搔。天外鳳皇誰得髓。無人解合續絃膠。

## 耒陽 羅隱

楚水悠悠浸耒亭。楚南天地兩無情。忍教孫武重泉下。不見詩人說用兵。

## 耒陽杜工部祠堂　徐介

手接汨羅水。天心知所存。故教工部死。來伴大夫魂。流落同千古。風騷共一源。消凝傷往事。斜日隱頹垣。

## 調張籍　韓愈

李杜文章在。光焰萬丈長。不知羣兒愚。那用故謗傷。蚍蜉撼大樹。可笑不自量。伊我生其後。舉頭遙相望。夜夢多見之。晝思反微茫。徒觀斧鑿痕。不矚治水航。想當施手時。巨刃磨天揚。垠崖劃崩豁。乾坤擺雷硠。惟此兩夫子。家居率荒涼。帝欲長吟哦。故遣起且僵。剪翎送籠中。使看百鳥翔。平生千萬篇。金薤垂琳琅。仙官勅六丁。雷電下取將。流落人間者。泰山一豪芒。我願生兩翅。捕逐出八荒。精誠忽交通。百怪入我腸。刺手拔鯨牙。舉瓢酌天漿。騰身跨汗漫。不著織女襄。顧語地上友。經營無太忙。乞君飛霞珮。與我高頡頏。

## 裴說一首

騷人久不出。安得國風清。擬掘孤墳破。重教大雅生。皇天高莫問。白酒恨難平。悒怏寒江上。誰人知此情。

## 孟賓于一首

南遊何感思。更甚葉繽紛。一夜耒江雨。百年工部文。青山當日見。白酒至今聞。惟有爲詩者。經過時弔君。二詩出耒陽祠志

| | |
|---|---|
| 忠雅堂集校箋 | [清]蔣士銓著　邵海清校　李夢生箋 |
| 甌北集 | [清]趙翼著　李學穎、曹光甫校點 |
| 惜抱軒詩文集 | [清]姚鼐著　劉季高標校 |
| 兩當軒集 | [清]黄景仁著　李國章校點 |
| 惲敬集 | [清]惲敬著　萬陸、謝珊珊、林振岳標校　林振岳集評 |
| 茗柯文編 | [清]張惠言著　黄立新校點 |
| 瓶水齋詩集 | [清]舒位著　曹光甫點校 |
| 龔自珍全集 | [清]龔自珍著　王佩諍校點 |
| 龔自珍詩集編年校注 | [清]龔自珍著　劉逸生、周錫韓校注 |
| 水雲樓詩詞箋注 | [清]蔣春霖著　劉勇剛箋注 |
| 人境廬詩草箋注 | [清]黄遵憲著　錢仲聯箋注 |
| 嶺雲海日樓詩鈔 | [清]丘逢甲著　丘鑄昌標點 |

| | |
|---|---|
| 牧齋雜著 | [清]錢謙益著　[清]錢曾箋注<br>錢仲聯標校 |
| 牧齋初學集詩注彙校 | [清]錢謙益著　[清]錢曾箋注<br>卿朝暉輯校 |
| 李玉戲曲集 | [清]李玉著<br>陳古虞、陳多、馬聖貴點校 |
| 吴梅村全集 | [清]吴偉業著　李學穎集評標校 |
| 歸莊集 | [清]歸莊著 |
| 顧亭林詩集彙注 | [清]顧炎武著　王蘧常輯注<br>吴丕績標校 |
| 安雅堂全集 | [清]宋琬著　馬祖熙標校 |
| 吴嘉紀詩箋校 | [清]吴嘉紀著　楊積慶箋校 |
| 陳維崧集 | [清]陳維崧著　陳振鵬標點<br>李學穎校補 |
| 屈大均詩詞編年校箋 | [清]屈大均著　陳永正等校箋 |
| 秋笳集 | [清]吴兆騫撰　麻守中校點 |
| 漁洋精華録集釋 | [清]王士禛著<br>李毓芙、牟通、李茂肅整理 |
| 聊齋志異會校會注會評本 | [清]蒲松齡著　張友鶴輯校 |
| 敬業堂詩集 | [清]查慎行著　周劭標點 |
| 納蘭詞箋注 | [清]納蘭性德著　張草紉箋注 |
| 方苞集 | [清]方苞著　劉季高校點 |
| 樊榭山房集 | [清]厲鶚著　[清]董兆熊注<br>陳九思標校 |
| 劉大櫆集 | [清]劉大櫆著　吴孟復標點 |
| 儒林外史彙校彙評 | [清]吴敬梓著　李漢秋輯校 |
| 小倉山房詩文集 | [清]袁枚著　周本淳標校 |

| | |
|---|---|
| 雁門集 | [元]薩都拉著<br>殷孟倫、朱廣祁校點 |
| 揭傒斯全集 | [元]揭傒斯著　李夢生標校 |
| 高青丘集 | [明]高啓著　[清]金檀注<br>徐澄宇、沈北宗校點 |
| 唐寅集 | [明]唐寅著　周道振、張月尊輯校 |
| 文徵明集(增訂本) | [明]文徵明著　周道振輯校 |
| 震川先生集 | [明]歸有光著　周本淳校點 |
| 海浮山堂詞稿 | [明]馮惟敏著<br>凌景埏、謝伯陽標校 |
| 滄溟先生集 | [明]李攀龍著　包敬第標校 |
| 梁辰魚集 | [明]梁辰魚著　吴書蔭編集校點 |
| 沈璟集 | [明]沈璟著　徐朔方輯校 |
| 湯顯祖詩文集 | [明]湯顯祖著　徐朔方箋校 |
| 湯顯祖戲曲集 | [明]湯顯祖著　錢南揚校點 |
| 白蘇齋類集 | [明]袁宗道著　錢伯城校點 |
| 袁宏道集箋校 | [明]袁宏道著　錢伯城箋校 |
| 珂雪齋集 | [明]袁中道著　錢伯城點校 |
| 隱秀軒集 | [明]鍾惺著　李先耕、崔重慶標校 |
| 譚元春集 | [明]譚元春著　陳杏珍標校 |
| 張岱詩文集(增訂本) | [明]張岱著　夏咸淳輯校 |
| 陳子龍詩集 | [明]陳子龍著<br>施蟄存、馬祖熙標校 |
| 夏完淳集箋校(修訂本) | [明]夏完淳著　白堅箋校 |
| 牧齋初學集 | [清]錢謙益著　[清]錢曾箋注<br>錢仲聯標校 |
| 牧齋有學集 | [清]錢謙益著　[清]錢曾箋注<br>錢仲聯標校 |

| | |
|---|---|
| 東坡樂府箋 | [宋]蘇軾著　[清]朱孝臧編年<br>龍榆生校箋 |
| 東坡詞傅幹注校證 | [宋]蘇軾著　[宋]傅幹注<br>劉尚榮校證 |
| 欒城集 | [宋]蘇轍著　曾棗莊、馬德富校點 |
| 山谷詩集注 | [宋]黄庭堅著　[宋]任淵、史容、<br>史季温注　黄寶華點校 |
| 山谷詩注續補 | [宋]黄庭堅著　陳永正、何澤棠注 |
| 山谷詞校注 | [宋]黄庭堅著　馬興榮、祝振玉校注 |
| 淮海集箋注 | [宋]秦觀撰　徐培均箋注 |
| 淮海居士長短句箋注 | [宋]秦觀著　徐培均箋注 |
| 清真集箋注 | [宋]周邦彦著　羅忼烈箋注 |
| 石林詞箋注 | [宋]葉夢得著　蔣哲倫箋注 |
| 樵歌校注 | [宋]朱敦儒著　鄧子勉校注 |
| 李清照集箋注(修訂本) | [宋]李清照著　徐培均箋注 |
| 陳與義集校箋 | [宋]陳與義著　白敦仁校箋 |
| 蘆川詞箋注 | [宋]張元幹著　曹濟平箋注 |
| 劍南詩稿校注 | [宋]陸游著　錢仲聯校注 |
| 放翁詞編年箋注(增訂本) | [宋]陸游著　夏承燾、吴熊和箋注<br>陶然訂補 |
| 范石湖集 | [宋]范成大撰　富壽蓀標校 |
| 于湖居士文集 | [宋]張孝祥著　徐鵬校點 |
| 稼軒詞編年箋注(定本) | [宋]辛棄疾撰　鄧廣銘箋注 |
| 辛棄疾詞校箋 | [宋]辛棄疾著　吴企明校箋 |
| 姜白石詞編年箋校 | [宋]姜夔著　夏承燾箋校 |
| 後村詞箋注 | [宋]劉克莊著　錢仲聯箋注 |
| 瀛奎律髓彙評 | [元]方回選評　李慶甲集評校點 |

| | |
|---|---|
| 長江集新校 | [唐]賈島著　李嘉言新校 |
| 張祜詩集校注 | [唐]張祜著　尹占華校注 |
| 三家評注李長吉歌詩 | [唐]李賀著　[清]王琦等評注 |
| 樊川文集 | [唐]杜牧著　陳允吉校點 |
| 樊川詩集注 | [唐]杜牧著　[清]馮集梧注 |
| 温飛卿詩集箋注 | [唐]温庭筠著　[清]曾益等箋注 |
| 玉谿生詩集箋注 | [唐]李商隱著　[清]馮浩箋注　蔣凡校點 |
| 樊南文集 | [唐]李商隱著　[清]馮浩詳注　錢振倫、錢振常箋注 |
| 皮子文藪 | [唐]皮日休著　蕭滌非、鄭慶篤整理 |
| 鄭谷詩集箋注 | [唐]鄭谷著　嚴壽澂、黄明、趙昌平箋注 |
| 韋莊集箋注 | [五代]韋莊著　聶安福箋注 |
| 李璟李煜詞校注 | [南唐]李璟、李煜著　詹安泰校注 |
| 張先集編年校注 | [宋]張先著　吴熊和、沈松勤校注 |
| 二晏詞箋注 | [宋]晏殊、晏幾道著　張草紉箋注 |
| 乐章集校箋 | [宋]柳永著　陶然、姚逸超校箋 |
| 梅堯臣集編年校注 | [宋]梅堯臣著　朱東潤編年校注 |
| 歐陽修詩文集校箋 | [宋]歐陽修著　洪本健校箋 |
| 歐陽修詞校注 | [宋]歐陽修著　胡可先、徐邁校注 |
| 蘇舜欽集 | [宋]蘇舜欽著　沈文倬校點 |
| 嘉祐集箋注 | [宋]蘇洵著　曾棗莊、金成禮箋注 |
| 王荆文公詩箋注 | [宋]王安石著　[宋]李壁箋注　高克勤點校 |
| 王令集 | [宋]王令著　沈文倬校點 |
| 蘇軾詩集合注 | [宋]蘇軾著　[清]馮應榴注　黄任軻、朱懷春校點 |

| | |
|---|---|
| 玉臺新咏彙校 | 吴冠文、談蓓芳、章培恒彙校 |
| 王梵志詩集校注(增訂本) | [唐]王梵志著　項楚校注 |
| 盧照鄰集箋注 | [唐]盧照鄰著　祝尚書箋注 |
| 駱臨海集箋注 | [唐]駱賓王著　[清]陳熙晉箋注 |
| 王子安集注 | [唐]王勃著　[清]蔣清翊注 |
| 陳子昂集(修訂本) | [唐]陳子昂撰　徐鵬校點 |
| 孟浩然詩集箋注(增訂本) | [唐]孟浩然著　佟培基箋注 |
| 王右丞集箋注 | [唐]王維著　[清]趙殿成箋注 |
| 李白集校注 | [唐]李白著　瞿蜕園、朱金城校注 |
| 高適集校注(修訂本) | [唐]高適著　孫欽善校注 |
| 杜詩趙次公先後解輯校 | [唐]杜甫著　[宋]趙次公注<br>林繼中輯校 |
| 杜詩鏡銓 | [唐]杜甫著　[清]楊倫箋注 |
| 錢注杜詩 | [唐]杜甫著　[清]錢謙益箋注 |
| 杜甫集校注 | [唐]杜甫著　謝思煒校注 |
| 岑參集校注 | [唐]岑參著　陳鐵民、侯忠義校注 |
| 戴叔倫詩集校注 | [唐]戴叔倫著　蔣寅校注 |
| 韋應物集校注(增訂本) | [唐]韋應物著　陶敏、王友勝校注 |
| 權德輿詩文集 | [唐]權德輿撰　郭廣偉校點 |
| 王建詩集校注 | [唐]王建著　尹占華校注 |
| 韓昌黎詩繫年集釋 | [唐]韓愈著　錢仲聯集釋 |
| 韓昌黎文集校注 | [唐]韓愈著　馬其昶校注<br>馬茂元整理 |
| 劉禹錫集箋證 | [唐]劉禹錫著　瞿蜕園箋證 |
| 白居易集箋校 | [唐]白居易著　朱金城箋校 |
| 柳宗元詩箋釋 | [唐]柳宗元著　王國安箋釋 |
| 柳河東集 | [唐]柳宗元著　[宋]廖瑩中輯注 |
| 元稹集校注 | [唐]元稹著　周相録校注 |

# 《中國古典文學叢書》已出書目

| | |
|---|---|
| 詩經今注 | 高亨注 |
| 楚辭今注 | 湯炳正、李大明、李誠、熊良智注 |
| 司馬相如集校注 | [漢]司馬相如著　金國永校注 |
| 揚雄集校注 | [漢]揚雄著　張震澤校注 |
| 張衡詩文集校注 | [漢]張衡著　張震澤校注 |
| 阮籍集 | [魏]阮籍著　李志鈞等校點 |
| 陸機集校箋 | [晉]陸機著　楊明校箋 |
| 陶淵明集校箋(修訂本) | [晉]陶潛著　龔斌校箋 |
| 世説新語箋疏(修訂本) | [南朝宋]劉義慶撰　余嘉錫箋疏　周祖謨等整理 |
| 世説新語校釋(增訂本) | [南朝宋]劉義慶撰　[南朝梁]劉孝標注　龔斌校釋 |
| 鮑參軍集注 | [南朝宋]鮑照著　錢仲聯增補集説校 |
| 謝宣城集校注 | [南朝齊]謝朓著　曹融南校注集説 |
| 江文通集校注 | [南朝梁]江淹著　丁福林、楊勝朋校注 |
| 文心雕龍義證 | [南朝梁]劉勰著　詹鍈義證 |
| 詩品集注(增訂本) | [梁]鍾嶸著　曹旭集注 |
| 文選 | [梁]蕭統編　[唐]李善注 |
| 蕭繹集校注 | [南朝梁]蕭繹著　陳志平、熊清元校注 |